KB113052

항몽전쟁
그 상세한 기록

❸ 불안한 평화

항몽전쟁

그 상세한 기록

구종서 지음

3

불안한 평화

살림

차례

보충자료

1권 차례

2권 차례

일러두기

- 인명·지명·중요 관직이름의 한자나 영문 표기는 괄호 또는 각주에 넣었다.
- 나이는 요즘의 법정 방식대로 만으로 표시했다. 그러나 출생 연대가 불명한 것은 자료의 표기대로 따랐다.
- 사료에 음력으로 되어 있는 사건 발생 날짜는 그대로 두었다.
- 구체적인 사실이나 개념은 알기를 원하는 독자와 원치 않는 독자의 편의를 고려하여, 따로 각주또는 칼럼으로 써서 선택할 수 있게 했다.
- 문자가 없던 시대의 몽골어가 후세에 한문이나 영문으로 번역되는 과정에서, 표기 형태나 발음이 저자마다 다른 것들은 한국인들에게 익숙한 것을 선택하여 쓰고, 채택되지 않은 것은 병기또는 각주로 소개하는 다른 책과 혼란이 없게 했다.

제 1 장

시련의 왕정복고

국권을 폐하에게 돌려드립니다

최씨왕조의 제4대 집권자 최의를 처단하여 최충헌 이래 60년간의 최씨 권력을 타도한 뒤, 정변의 지도자들은 곧 대궐로 들어갔다. 백관이 모두 태정문(泰定門) 밖에 나와서 그들을 맞았다.

무오정변의 지도부를 이루고 있던 김준과 유경·최온은 강화궁 편전에 들어가 고종을 배알했다.

김준이 앞으로 나아가 읍(揖)하고 말했다.

"최충헌 일가가 그 동안 국권을 찬탈하고 왕권을 탈취하여 정사를 독천 했기로, 신들이 이를 바로잡기 위해 거사해서 최의를 처단하고 국권을 폐 하에게 돌려드리려 합니다."

고종은 기쁘면서도 긴장된 표정이었다.

유경이 먼저 나섰다.

"그렇습니다, 폐하. 그 동안 일부 무인들이 도적질해 갔던 나라의 권력 을 원래의 자리로 되돌려 '정권을 임금에게 복귀시키려는 것'(復政于王) 입니다. 저희들의 복정우왕을 가납하여 주십시오, 폐하."

다음으로 최온이 말했다.

"최충헌 일가는 위로는 임금을 존경할 줄 몰랐고, 아래로는 백성을 위하지 않아 나라가 이 모양이 되었습니다. 이에 저희가 그 죄를 물어 처단한 것이오니 저희들의 충정을 가납하여 주십시오, 폐하."

고종이 입을 열었다.

"오, 경들은 과인을 위하여 비상한 공을 세웠다."

고종은 그렇게 말하면서 말문이 막힌 듯 한동안 말을 못하고 눈물만 흘렸다. 실로 감개무량(感慨無量)한 순간이었다. 군신이 모두 숙연했다. 극히 짧지만 엄숙한 시간이 흘러갔다.

잠시 후 고종이 다시 마음을 가다듬어 말했다.

"왕권이 드디어 임금에게 다시 돌아오다니…… 실로 얼마만인가."

김준이 대답했다.

"경인년(1170)의 정중부변란 이후 88년만입니다."

유경이 부연해서 설명했다.

"공자 성인의 말씀이 맞습니다. 공자께서는 '정권이 대부(大夫)에게 있게 되면 5대에 이르도록 실권(失權)하지 않는 경우가 드물고, 배신(陪臣, 가신)이 나라의 명령권을 잡게 되면 3대에 이르도록 실권하지 않는 경우가 드물다'[1]고 했습니다. 대부의 지위에 있던 최충헌 일가는 4대에 이르러 권력을 잃어서, 역시 5대에는 이르지 못했습니다."

대부란 국가 벼슬의 최상층인 재상급의 공경(公卿) 벼슬 곧 경(卿)보다는 아래이고, 하층 관리인 사서인(士庶人) 곧 사(士)보다는 위에 있는 집정관을 말한다.

"오, 그렇군."

복정우왕. 고종에게는 꿈만 같았다. 그래서 그것을 다시 한 번 확인해 보고 싶어서 물었다.

"그러면 이제부터는 국사와 정사를 오로지 과인의 뜻대로 처결할 수 있는 것인가?"

---

1) 원문; 孔子曰, 政在大夫 五世希不失矣, 陪臣 執國命 三世希不失矣.

유경이 대답했다.

"나라의 제도에 따라 조정의 논의를 거치되, 종국적으로는 폐하의 뜻에 따라 만사가 처결됩니다. 폐하께서 모든 정사를 친히 보살피시는, 이른바 만기친람(萬機親覽)을 행하시게 됩니다."

"음, 고맙소. 수고들 많았소. 짐은 경들의 공을 결코 잊지 않을 것이오."

김준이 다시 말했다.

"지금 백성들은 식량이 떨어져 굶어죽는 사람이 많습니다. 최의는 민생을 불쌍히 여기지 않아 아사(餓死)하는 백성을 앉아서 보기만 하고 진대(賑貸)하지 않았습니다. 이제 저희가 최의를 처단했으니, 청컨대 폐하께서는 창고의 곡식을 내어 굶주린 백성들을 진휼하여 사람들의 마음을 위로하십시오."

"그리 하시오."

늘 차분하던 고종의 얼굴은 평소와는 판이하게 상기되어 있었다.

"오늘은 우리 역사에서 대단히 특기할 만한 일이 일어났소. 그대들이 바로 그 공신들이오. 논공은 차차 하겠지만 우선 그대들의 노고를 치하해서 가급(加給)을 행하겠소."

고종은 그 자리에서 주병자인 김준을 별장에서 세 계급 특진시켜 장군으로 올렸다. 실권 없는 대사성(大司成, 국자감의 장)인 유경은 직급은 같은 정3품이지만 강력한 권한을 갖는 추밀원의 우부승선(右副承宣)으로 옮겨 주었다. 고종은 또 박송비를 장군에서 한 계급 위인 대장군으로 승진시켰다. 다른 정변공로자들에게도 모두 차등 있게 관작(官爵)을 올려 주었다.

고종은 이어서 강안전(康安殿)으로 갔다. 거기에는 벌써 백관들과 군사들이 모여 있었다. 고종을 보고, 그들은 마치 임금이 새로 즉위할 때처럼 진하(陳賀)했다.

거기서 왕정복고의 예를 마치자 고종은 전정(殿庭)으로 들어갔다. 김준과 박송비가 이번 정변에 참여한 여러 공신들과 좌별초·우별초·신의군 및 도방의 군사들을 거느리고 전정으로 갔다.

그들은 고종이 서있는 앞에 도열하여 서서 절했다. 그리고는 김준의 선창으로 만세를 불렀다.

"우리 폐하 만세!"

"만세!"

"만만세!"

그들은 손을 높이 들고 목청을 높여 만세를 세 번 부른 뒤에 물러 나왔다.

김준은 나라 창고를 열어서 굶주린 백성들에게 곡식을 나누어 주었다. 그는 다시 최의 집 창고를 열어, 거기에 있던 가산들을 공신들에게 차등 있게 분배했다.

그때 식량을 받은 사람은 여러 종친과 재추, 문무백관과 서리·군졸·관노, 그리고 강화도에 사는 일반 백성들에게 이르기까지 모든 사람들에게 돌아갔다. 그들은 적게 받았을 경우가 3가마니였다.

한편 박승개(朴承盖, 낭장)를 경상도로, 전종(全琮, 내시)을 전라도로 보내서 최의와 최만종 형제의 토지와 노비·미곡·은백 등을 몰수했다.

재추들은 다시 임금에게 상소를 올리면서 말했다.

"최충헌은 나라의 극악한 대죄인이었고, 그 아들 최우는 국권을 전제하고 지시와 명령을 독단으로 한 자입니다. 공신각에 걸려있는 그의 화상을 삭제하고 그의 묘정배향(廟庭配享)을 철폐해야 합니다."

고종은 그 말을 받아들여, 공신각에서 최충헌-최우 부자의 초상을 삭제하고 열성조의 묘정에 배향된 것도 철거토록 했다.

다음달 4월 1일에는 고종이 정변에 참여한 사람 8명을 위사공신(衛社功臣)으로 봉했다. 그들의 위공서열은 유경과 김준·박희실·이연소·박송비·김승준·임연·이공주의 순이었다.

고종은 그 중에서 천민이나 노예에 속한 자에게는 자손에 이르도록 벼슬할 수 있는 길을 열어주었다. 일등공신에게는 쌀 2백 석과 채단 1백 필을 내렸다. 이번 왕정복고에 공이 있는 모든 사람들에게 좋은 집과 땅을 그들의 품급에 따라 차등 있게 나누어 주었다.

고종은 정변군인 야별초와 신의군의 공로자들에게 쌀 3가마니와 은 1근, 베 3필씩을 별도로 내려주었다.

고종은 다시 김준의 세 아들을 포함해서 19명의 가담자를 동력보좌공신(同力輔佐功臣)으로 올려주었다. 그들 대부분은 김준의 심복들이었다.

이번 무오정변에 문신인 유경·최온 등이 참여한 것은 정변의 성격이 무신들만에 의해 이뤄진 과거의 무인정변과 많이 달라진 모습을 보여준다. 문신과 무신의 세력균형에 변화가 오고 있다는 징표였다.

이런 변화로 무신들은 이제 과거의 무인정권 시대처럼 무인단독으로 전권을 행사할 수가 없었다. 아직 무인우위 체제는 유지됐지만, 무인 독주의 시대는 끝나고 있었다.

이와 함께 의종 24년(1170) 8월 30일에 종말을 고했던 고려왕정이 88년 만에 일단 부활했다. 그러나 국왕이 자력으로 왕정복고를 수행하지 못했기 때문에, 아직도 왕권(王權)은 약하고 무권(武權)은 강했다.

임금의 말발이 서다

최씨정권을 타도하고 왕정복고의 정변을 일으킨 다음 달인 고종 45년 (1258) 4월. 정변의 일등 공신 유경(柳璥, 우부승선)과 김준(金俊, 장군)이 왕궁으로 고종을 찾아갔다.

유경이 먼저 말했다.

"이주(李柱, 중랑장)와 최문본·유태·박선·유보 등 반역 5인의 목을 베도록 청합니다."

김준이 나섰다.

"이주는 정변 때 저희들의 움직임을 탐지하여 최의에게 고발한 자입니다."

이주는 김준과 유경의 움직임을 미리 알고, 자기와 가까운 군관들인 최문분·유태·박선·유보를 불러 의논한 끝에 서찰을 써서 연서하여 최의에게 고발했다.

유경과 김준의 주청을 듣고 고종은 좀 난처하다는 표정으로 말했다.

"이 무리들은 경망하고 미혹하여 오직 눈앞의 이익만 도모하였으니 어찌 대의를 알겠는가. 몰라서 죄를 범한 것이니 사면하는 것이 옳을 것이오. 그러나 공신인 경들이 굳이 베자고 청하니 유배시킴이 좋겠소."

김준이 반발하고 나섰다.

"그렇지 않습니다, 폐하. 저들은 이번 정변 때, 최의에 의해 동원된 반역자들입니다. 저들을 살려주시면 후환이 생깁니다. 반드시 참형에 처해야 합니다."

고종은 얼굴을 붉히며 말했다.

"그들을 그렇게 반드시 죽여야 한다면 그대들은 왜 다시 짐에게 아뢰는가? 그들을 죽이든지 살리든지 경들의 마음대로 함이 가하겠거늘."

고종은 다시는 신하들에게 좌우되는 임금이 되지 않겠다고 의지를 다졌다.

절대로 물러서지 않을 것이다. 저들은 분명히 복정우왕(復政于王)이라 했다. 내게 왕권을 돌려준다고 그들 스스로가 한 말이다.

고종은 '죽이든 살리든 맘대로 하라'는 말을 남기고 일어나 발걸음을 안으로 옮겨가고 있었다. 고종의 뒷모습을 보며 김준과 유경은 땅에 엎드려 큰 목소리로 사죄했다.

"폐하, 진노를 거두십시오. 저희들의 죄가 큽니다."

"폐하, 저희는 폐하의 뜻을 받들겠습니다."

고종은 대꾸하지 않았지만 속으로 생각했다.

암, 그래야지. 이제는 임금이 결코 신하들에 밀려 저들의 눈치를 보고 뒤로 물러서는 일은 없어야 한다.

고종은 그렇게 자신에게 다짐하면서 안으로 들어가 버렸다.

결국 김준 일당의 음모를 사전에 분쇄하려 했던 최의파 군사들은 고종의 뜻대로 모두 유배되는 것으로 그쳤다.

최씨정권이 타도된 이후 고종의 권력행사가 과거와는 달랐다. 권신들의 요구에 대해 고종은 거부권을 행사하기 시작했다. 그 거부권은 먹혀들었다. 당시로서는 큰 변화였다.

김준은 최의의 가산을 적몰하기 위해 가택수색부터 벌였다. 수색대의 조사는 철저하고 단호했다. 그때 가택수색에서 최의에게 보내진 여러 통의 서찰도 발견됐다. 그 중의 하나는 견룡 행수로 있는 최문본(崔文本, 별장)의 편지였다.

이 편지는 즉시 김준에 보고됐다.

"내용은 무엇인가?"

"최문본이 우리의 모의를 알고서 최의에게 고한 서면보고서입니다."

"그래? 어디 보자."

최문본은 바로 김준이 정변의 외형적 지도자로 추대한 추밀사 최온(崔昷)의 아들이다. 추밀사(樞密使)는 종2품으로, 임금의 비서실인 추밀원의 제2인자다.

김준은 최문본의 서찰을 읽고 희색이 만면했다.

"됐다. 이것으로 충분하다."

김준은 기쁜 얼굴로 참모들을 바라보면서 만족스럽게 웃으며 말했다.

"아주 잘 된 일이다. 최근 문신들의 힘이 커졌다. 우리도 문신들의 도움 없이는 최의를 타도하기가 어려웠다. 그래서 유경과 최온을 추대할 수밖에 없었다. 그러나 우리 무인들로서는 문권의 강화를 좌시할 수 없다. 저들은 무권보다는 왕권, 항몽보다는 친몽을 선호하는 자들이다. 따라서 문신들을 거세하지 않으면 우리가 끝까지 지켜야 할 무권이나 항몽은 꺾이고 만다."

임연이 말했다.

"그렇습니다, 장군."

김준이 최문본의 서찰을 손에 든 채 계속했다.

"그래서 이번 일은 아주 잘 된 것이야. 더구나 최온은 정변의 마지막 단계에서 우리에게 업힌 자이면서, 어부지리(漁父之利)를 얻고 있어. 어차피 최온을 제거해야 할 판인데 좋은 구실이 생겼다."

박송비가 말했다.

"그렇소이다, 김 장군. 우리 일이 아주 순조롭게 잘 풀려가고 있소."

최씨정권이 타도된 뒤로 무권이 약화되고 왕권과 문권이 상대적으로 강화되자, 다시 문권과 무권, 무권과 왕권의 상호 견제와 갈등이 일기 시작했다.

김준은 다음 날 고종을 알현했다.

"추밀사 최온은 문벌과 세계(世系)만 믿고 교만 방자한 자입니다. 그는 일찍이 조정에서 상장군 조성(趙晟)을 질책한 바 있고, 지금에 와서는 또 최의를 축출한 저희를 원망하고 있습니다. 정사의 공신들 모두가 지금 최온 때문에 불안에 떨고 있으니 청컨대 최온에게 벌을 내려주십시오."

최온은 기품이 웅대하고 성격이 활달하여 곧은 말을 잘하는 사람이었다. 일을 처결할 때는 항상 과단성이 있었다. 이런 대인다운 풍모를 존중하여 김준은 정변 때 그를 청해서 상의했고, 최온은 이에 쾌히 응했다.

최온은 최린의 6촌이고, 강화 천도 당시 문하시중을 지낸 최종준(崔宗峻)의 조카다. 최온은 곧 최종준의 형인 최종자(崔宗梓)의 아들로서, 최유청의 증손이 된다. 따라서 최온의 화려한 문벌과 탄탄한 세력은 천민 출신인 김준에게는 두렵고도 증오스러운 상대였다.

김준의 탄핵을 듣고 고종이 말했다.

"최온은 그 동안 나라에 공이 컸고, 뜻이 크고 기개가 있는 사람이 아니오. 언행에 거리낌이 없고 일에 임해서는 과감하게 결단하는 사람이오. 인물됨이 이러하니 마땅히 아껴서 쓸 만한 신하인데 함부로 처벌함이 가하겠소?"

"실은 그런 점 때문에 저희도 정변의 지도자로 추대했습니다. 그러나 최의를 위해 일한 그 아들 최문본을 유배시키자, 최온은 우리를 수시로 비난하고 원망하고 있습니다. 이런 자가 고위직에 있으면 뒷날이 우려되니 반드시 처벌함이 마땅합니다."

"경이 그렇게 간절히 청하니 유배시키도록 하시오."

"망극합니다, 폐하."

이래서 최온은 고종 45년(1258) 6월 25일 흑산도로 유배됐다. 이로써 김준은 강력한 문신측 견제세력 하나를 제거했다.

임금의 거부권은 비록 타협적인 것이기는 했지만 그런 대로 계속 먹혀들었다. 고종은 그런 상대적인 수준의 거부권에도 만족했다.

고종은 유경에 대해서 항상 친근감을 가지고 있었다. 자기와 견해가 유사할 뿐 아니라 편안한 사람이기 때문이었다. 정변 후에는 그런 감정이 더욱 짙어졌다.

그때 고종은 66세였고, 유경은 열 아홉 살 아래인 47세였다. 그러나 고종은 유경을 우신(友臣)으로 여겨, 신하로되 오히려 벗처럼 대하여 그와 안대(案對)해서 한담하기를 좋아했다.

정변이 끝난 며칠 뒤, 고종과 유경이 단 둘이 마주하고 있을 때였다.

고종이 물었다.

"유공, 나에겐 참으로 궁금한 점이 하나 있소."

"무엇입니까, 폐하."

"그 삼별초 말이야. 그건 최우가 자기네 사병으로 만든 가군(家軍, 사병)이 아닌가. 비록 국고에서 급료가 나가고, 본토에 나가 몽골군을 쳐서 이기기는 했지만, 나는 그들을 한 번도 나라의 군대라고는 생각한 적이 없소. 다만 집정자 최우·최항·최의의 사병으로만 알아왔는데, 그들이 최의를 배반하고 권력을 빼앗아 나에게 돌려주다니, 그것이 아무래도 이상하단 말이오."

"거기에는 두 가지 이유가 있습니다."

"무엇이오?"

"첫째 최의는 최우·최항과는 달리 어리고 무능했습니다. 그러면 선대의 가신들을 아끼고 공평히 대접해야 하는데 그렇지 못했습니다. 자기의 친인척 중에서 소수의 못난 사람만 중용하고, 야심 있고 세력이 강한 김준이나 이공주·박희실·이연소·임연 같은 자들을 멀리하여, 최의의 측근파와 소외파 두 세력이 서로 반목하기에 이르렀습니다."

"음. 최가세력에 내분이 있어 서로 싸운 게로군."

"그렇습니다, 폐하."

"또 하나는?"

"삼별초는 자기 직속상관 외에는 누구의 명령에도 따르지 않는다는 점입니다. 따라서 삼별초 군사들은 최의의 명령은 물론 폐하께서 친히 명을 내리셔도 자기네 직속상관의 표정만 살필 뿐, 움직이려 하지 않습니다. 반대로 직속상관의 명령이 있으면, 폐하께서 아무리 말리신다 해도 자기네 상관을 따릅니다. 그런데 최의는 그런 삼별초 군관들의 신뢰를 받지 못해 삼별초라는 큰 세력을 스스로 잃었을 뿐만 아니라 결국은 그들에게 주멸되고 말았습니다."

"알겠소. 삼별초는 제대로 된 군사들이군. 원래 군사란 그래야 싸워서 이기는 군대가 될 수 있는 것이지. 올바른 군대라면 직속상관에만 절대복종하면 되는 것이야."

고종이나 유경은 삼별초가 믿음직하다고 생각했다. 그러면서도 그들을 김준이나 삼별초의 몇몇 도령과 지유가 장악하고 있다는 사실이 불안했다.

왕정이 복고됐다고는 하나 고종의 통치권은 아직도 미약하고 불안했다. 고종과 유경은 운룡감응(雲龍感應)[2]의 관계였다. 용이 구름의 도움을 받아 하늘로 오를 수 있듯이, 마음과 뜻을 맞춰 서로 구하고 도와주었다.

---

2) 운룡감응(雲龍感應); 구름과 용이 서로 감응해서 돕고 구해 준다는 뜻. 구름과 용은 서로 보완관계에 있어, 용은 구름의 도움이 있어야 비룡(飛龍)이 되어 그 세를 더할 수 있다. 운룡감응은 임금이 현신을 얻어 서로 뜻이 맞아 그 도움을 받아서 정사를 잘 이끌어 갈 때 사용되는 말이다.

문신의 강자 유경의 제거

최씨정권이 무너지고 왕정이 복고된 뒤에도 무권은 여전히 문권을 압도하고 있었다. 김준은 무권의 대표이고, 유경은 문권의 대표였다. 따라서 실질적으로는 김준의 힘이 더 컸다.

그러나 김준은 유경을 깍듯이 받들었다. 그는 궁궐을 드나들 때는 언제나 유경의 방에 들러 안부를 전했다. 유경도 김준을 따뜻이 대하고 임금의 동향과 심경을 그때그때 알려주곤 했다.

정변 후에 우부승선(右副承宣)이 된 유경은 고려 정계의 강자였다.

고종은 재추들의 건의에 따라 유경의 아들들을 6품 관직으로 임명하고, 그들에게 농지 1백결과 노비 15명씩을 주었다. 유경의 고향인 황해도의 유주(儒州, 신천군 문화면)를 문화현으로 승격시키고, 유주의 감무를 문화현령으로 올려 주었다. 이것은 유경에 대한 파격적인 대우였다.

더구나 유경은 정변 후 평소에 고종이 쓰고 있는 궁중의 편전(便殿) 옆에다 자기의 정방(政房)을 차려놓았다. 정방은 최씨정권 때, 역대 최씨 집정자들이 자기 사저에 차려놓고 모든 관리들의 인사와 중요 정책결정을 관장하던 고려 최강의 권력기관이다.

무오정변 이후 왕권복고의 명분에 따라 이 기구가 편전으로 이전되어 항몽파 무인의 손에서 떠나고, 그 기관을 문신이며 대몽 화친파인 유경이 장악했다.

이제는 문신인 유경이 나라의 전주(銓注)를 관장하여 무릇 국가의 모든 기무(機務)와 문무 백관의 인사를 혼자서 재결했다. 무인정권 집정에 준하는 자리를 문신이 메웠다.

이것은 왕권의 실질적인 강화와 무권에 대한 문권의 우월을 의미하는 권력균형의 변화였다.

왕권과 문권에 맞서 무권을 지키려는 김준에게는 그런 것들이 불만이었다. 정변을 주도해서 성공시킨 결정적인 역할은 김준 진영의 야별초 무인들의 공이다. 그러나 정변의 과실은 문신인 유경에게 돌아갔다고 김준은 생각하고 있었다.

정변의 공로로 유경은 일등공신에다 추밀원 우부승선 및 상장군으로 올라갔다. 그러나 김준은 일등공신이긴 하지만 관작은 장군일 뿐이었다. 공식적인 지위나 권한으로 보아 김준은 절대로 유경에 맞설 수 없었다.

이런 권력변화에 대해 김준과 그의 진영에서 민감한 반응을 보였다.

박송비가 먼저 말했다.

"이게 아니지 않소이까? 우리가 유경을 위해서, 문신을 위해서, 목숨을 걸고 거사했습니까."

임연이 말을 받았다.

"더구나 유경은 화친파입니다. 우리와는 운명을 같이 할 수 없는 자입니다."

김준이 말했다.

"그렇다. 유경은 왕정복고파다. 게다가 문권회복을 추구하면서 몽골과의 화친을 추구하고 있다. 모든 것이 우리와 반대이다. 우리 무인은 이런 유경과는 공존할 수가 없다."

비록 외형적으로는 무인정권이 없어졌으나 김준은 그런 사실을 인정하려 하지 않았다. 유경을 제거해서 문권의 성장을 억압하고, 왕권회복을 차단해서 자기중심의 무인정권을 연장하려는 것이 김준의 생각이었다.

"우리가 타도한 것은 최씨정권이지 무인정권일 수는 없다. 왕정복고란 정변의 표면적인 허울과 명분에 그쳐야 한다. 그래야 우리 무권과 항몽이 지속될 수 있다."

박송비가 말했다.

"우리가 임금에게 '복정우왕'이라고 했으니, 왕권이 강화되는 것은 어쩔 수 없습니다. 그러나 문권이 강화되는 것은 막아야 합니다. 유경은 임금에 접근하여 문권강화를 기도하고 있습니다."

유경은 왕정복고를 진심으로 원했다. 그러나 김준은 정권은 계속 무신들이 틀어쥐어야 한다고 생각했다. 박송비는 유경으로 인한 문권강화를 막아야 한다고 강조했다.

지금은 전시다. 이럴 때에 어떻게 문신들에게 나라의 정사를 맡길 것인가. 더구나 문권과 왕권이 상대적으로 강화되고 있는 반면, 무권은 오히려 약화되고 있지 않는가. 유경이 문제다. 이 자를 축출해야 한다.

이것이 김준의 속내이자 소신일 뿐만 아니라 대부분 무인들의 기본인식이었다.

그때 김준의 아우 김승준(金承俊, 중랑장)은 정부 인사에 불만을 가지고 있었다. 그의 불만은 인사권을 장악하고 있는 유경에 대한 불평과 비판으로 터져 나왔다.

"무오정변에서의 나의 공로는 지대한데도, 나의 관직은 너무나 낮다. 이것은 유경이 일을 공정하게 처리하지 않기 때문이다."

유경이 이런 김승준의 비난을 전해 듣고 크게 노했다.

"김승준이 그렇게 떠벌이고 다녀? 건방진 놈. 가서 김승준을 불러와라."

김승준이 불려오자, 유경이 말했다.

"공의 공로로 말하면 하루에 아홉 번씩 승진시켜도 옳을 것이오. 그러나 국가의 법전은 자급(資級)에 따라서 벼슬을 제수하도록 규정하고 있소. 그렇기 때문에 아무리 공이 크다 해도 순서에 따라서 단계적으로 올라가게 되는 것이오. 경도 그것쯤은 알고 있지 않소?"

유경은 '무식하게 그것도 모르고 있느냐'는 투로 말했다.

"알고 있소이다."

"그런데 경은 대정에서 네 등급을 건너뛰어 중랑장으로 승진되어 있소. 그만하면 됐지, 무슨 불만이 그리도 커서 그렇게 공공연히 나를 비방하며 다니고 있소?"

"……"

김승준은 말이 막혀 아무 말도 못했다.

"그대는 임금이 내게 내리는 벼슬을 내가 스스로 사양한 것을 알 것이오. 지난 4월 폐하께서는 내게 추밀원 지주사에다 상장군을 제수하셨소. 그러나 나는 지금의 우부승선에 만족하여 지주사를 사절하고 상장군만 받았소이다. 나는 사심 없는 사람이오."

김승준은 말로는 유경을 당할 수가 없어 묵묵히 물러서고 말았다. 그러나 그 후 유경에 대한 김승준의 불만은 더욱 깊어졌다.

유경이 나를 능멸했어. 아니, 형과 조카들, 우리 집안을 우롱한 것이야. 제 놈이 사심이 없다고. 어디 두고 보자.

김준 진영에서는 이미 최온에 이어 유경을 다음의 제거목표로 찍어놓고 있었다. 김준 진영의 모임에서였다. 다시 유경 규탄론이 터져 나왔다.

김준이 말했다.

"유경은 문신의 중심인물이다. 그는 지금 무신들의 권력을 빼앗아 왕에게 돌린다는 명분으로 임금과 공모해서 무인권력을 백지로 돌리고, 다시 문신정권을 세우려 하고 있다."

임연이 말했다.

"그뿐이 아닙니다. 유경은 몽골과 화친을 주장하고 있습니다. 그는 유승단과 최린·최자의 충실한 후계자입니다."

"그렇다. 유경은 문신들과 결속해서 임금과 함께 몽골과 타협하려 하고 있다. 몽골에 투항하려는 것이야. 그리되면 그 동안 몽골과 싸워온 우리 무인들은 설자리가 없다. 더구나 우리 삼별초는 해산되고 만다."

김승준이 나섰다.

"그렇습니다. 따라서 유경을 처단해야 합니다."

"그러나 지금 유경에 대한 임금의 신임이 워낙 커서 그를 어떻게 건드릴 수가 없다."

"그렇다면 자객을 시켜 처치할 수도 있지 않습니까? 저를 보내주십시오. 제가 처단하겠습니다."

김준 진영에서 많은 사람들이 유경 처단을 자원하고 나섰다. 그러나 김준은 고개를 저었다.

"유경을 처단하는 일이야 식은 죽 먹기지. 그러나 일에는 명분이 있어야 한다. 지금은 유경을 처단할 만한 명분이 없다."

그 후로 김승준과 임연은 매일 유경을 제거할 계책을 궁리하고 있었다.

김승준이 말했다.

"지금 유경은 좋은 집을 많이 가지고 있고, 그 권세가 날로 성해져서 문정(門庭)이 저자와 같아 뜰안과 마당에 뇌물이 널려 있다고 하오. 이것만 가지고도 유경의 비행을 상소할 수 있소."

임연이 맞장구를 치며 말했다.

"지금은 외적의 침입을 받고 있는 전시입니다. 이런 전시에 왕을 가까이 모시고 있는 중신이 그런 사욕을 부린다는 것은 있을 수 없지요. 더구나 그가 권력을 자기 수중에 집중하고 있다는 것은 왕권에 대한 위협입니다."

최우 시대에 김준의 알선으로 최씨진영에 가입되어 출세 길에 오른 임연은 김준을 아버지, 김승준을 숙부라고 불러왔다.

임연이 말했다.

"유경을 이대로 방치한다면 국가의 안위가 위태할 뿐만 아니라, 우리의 운명도 안심할 수 없습니다. 지금 유경의 권세는 하늘의 구름을 좌지우지하고 비바람도 맘대로 움직일 수 있을 정도로 커졌습니다."

그러나 김준은 담담하게 말했다.

"지금 임금은 유경을 절대적으로 신임하고 있다. 그런 추상적인 말로는 임금을 설득할 수 없어."

그러자 김승준이 임연을 거들고 나섰다.

"그러니까 지금 무슨 수를 써서라도 유경을 제거하지 않으면 왕권과 문권이 계속 강화되고 나라 정책도 화친으로 기울고 맙니다. 그리 되면 우리는 제대로 관직을 얻을 수 없고, 나중에는 유경의 손에 해를 당할 우려가 있습니다. 그것은 제2의 최충헌을 만들어 내는 겁니다."

"그것을 누가 모르는가. 유경을 제거해야 한다는 것은 우리의 공동 목표다. 문제는 방법이다. 뾰족한 명분이 서는 방법을 찾아야 하네."

임연이 나섰다.

"이런 방법이 있습니다. 유경이 근래 임금의 비호 하에 권력이 너무 커졌다는 것, 그것을 배경으로 최근에 더욱 큰 욕심을 부려 관군을 뽑아다가 자기 사병을 키우고 있다는 것을 임금에게 설명하는 것입니다."

"좋은 얘기다. 그런 정도면 임금에게 진언할 수 있다. 그러나 임금이 그 얘기로 유경을 물리치지는 않을 것이다. 임금은 유경이 정변공로자 중에서 몇 안 되는 문신이고, 그가 임금에게 충성을 다하고 있다고 믿어 그에게 전적으로 의존하고 있다."

"만약 그래도 임금이 유경을 감싸서 그를 건드릴 수 없다면 그 주변만이라도 치는 것입니다. 우선 유경의 손발부터 끊어놓는 것이죠."

"그의 손발이라면 누군가?"

"우득규(禹得圭, 장군)·김득룡(金得龍, 지유)·양화(梁和, 별장)·경원록(慶

元祿, 낭장) 등입니다."

실수나 허술함이 없어야 한다고 생각한 김준은 신중했다.

"그들의 죄상은 무엇인가?"

"유경의 사병을 맡고 있는 군관들입니다. 총지휘권을 맡고 있는 것은 우득규이고, 그 하위 지휘자가 양화와 경원록이라는 것, 이런 실무를 기획하고 창안한 것이 김득룡이라는 것을 임금에게 설명하면 왕도 가만히 있지는 못할 것입니다."

"이럴 때일수록 무인들이 일치단결해야 하는데 오히려 분열되어 문신 쪽에 붙어있으니 문제구나. 필시 유경이 무인들을 분열시키면서 그들을 끌어들여 왕권과 문권을 강화해서 몽골과의 화친으로 끌고 가려는 것이야."

"그러니까 빨리 그를 내쳐야 합니다."

"알았다. 유경이 사병(私兵)을 만들고 있다면 그것으로 명분이 충분하다."

"또 있습니다. 유경은 좋은 저택이 여럿입니다. 그 권세가 날로 성해서 그의 집 대문 앞에는 사람들이 저자 보듯이 항상 들끓고 있습니다."

"그것이 유경 처벌의 이유가 될 수 있는가?"

"그것은 유경이 부정한 방법으로 재산을 모으고 세력을 키우고 있다는 증거로 임금에게 제시하면 임금도 진노할 것입니다."

"알았다. 그것도 한 가지 이유가 될 수는 있겠다."

다음 날 김준은 고종에게 갔다.

"유경이 정변 후 권세가 커져서 국정을 거의 전단(專斷)하는 것이 과거의 최항·최의와 같습니다. 게다가 사람들을 끌어 모으고 재산을 불리고 있음이 최충헌·최우와 같습니다. 그에게 대장군을 제수하신 뒤로 유경은 최씨들처럼 사병까지 기르고 있습니다. 이것은 저희가 최의를 몰아내고 국권을 폐하에게 돌린 근본적인 취지를 거역하는 것으로 왕권에 대한 중대한 위협입니다."

"유경이 사병을 기르다니, 대체 어디서 어떻게 하고 있다는 게오?"

"장군인 우득규를 책임자로 하고 그 밑에 별장 양화와 낭장 경원록을 두어, 관군 중에서 날래고 용기 있는 자들을 끌어 모으고 있습니다. 그런 전반적인 일을 지유인 김득룡이 맡아서 지도하고 있습니다."

"그러면 유경이 그 사병을 어디에다 재우고 어디서 먹이고 있단 말이오?"

"그들은 각기 소속된 중앙군의 부대에서 침식하면서 실제로는 유경에게 충성하고 있습니다."

"그런가."

그러면서 고종은 혼자서 생각해보고 있었다.

유경이 비록 군사들을 주변에 모으고 있다 해도 그것은 사병(私兵)이라 할 수가 없다. 그가 임금을 위협하기 위해서 그리하는 것은 아닐 것이다.

고종은 김준을 바라보는 대신 유경을 떠올리면서, 그 문제를 헤아리고 있었다.

유경이 사병을 기르는 것이 임금이나 나라에 나쁠 것도 없지 않겠는가. 오히려 군사를 장악하고 있는 김준세력의 공격을 막기 위한 자위책일 뿐이다. 그것은 무인인 김준 진영을 견제하여 문무간의 세력균형 유지에 도움이 되고, 그것이 결국은 왕권강화에 도움이 된다.

고종은 그렇게 믿으면서 말했다.

"그러나 너무 염려하지 마시오. 내가 알기로는 유경이 그렇게 무모한 자는 아니오."

"그렇게 방심하셔서는 아니 됩니다, 폐하. 저들의 세력이 뿌리 내리면 그때 가서는 어찌할 수 없게 됩니다. 유경의 집에는 매일 뇌물을 들고 와서 벼슬을 구하는 무리가 문전성시(門前成市)를 이루고 있습니다. 그들이 모두 유경의 세력이 되고 재력이 됩니다. 폐하, 최가 일당의 선례를 참고하십시오."

"그러면 어떻게 하란 말이오?"

"유경을 내쳐야 합니다."

"그러나 아직은 유경이 군사를 가지고 있다고 보기도 어렵고, 또 그렇게 믿을 만한 처사도 없지 않소? 이런 정도를 가지고 공신을 핍박하는 것은 공신에 대한 임금의 처사가 아니오. 나는 공신들을 아끼고 있소. 그런 공로가 있는 그대를 내가 아끼는 것도 그와 같소."

"그러나 사직과 왕권의 안전을 생각하셔야 합니다."

"그러면 유경을 어떻게 하란 말이오?"

"유경의 공을 인정해서 그를 아주 내칠 수가 없다면, 그의 권한을 줄여 다른 조정 신하들의 근심을 덜어 주십시오. 그리고 유경의 밑에 있는 자들이라도 내치셔서 후환을 미리 없애야 합니다."

고종은 곤혹스런 심정으로 잠시 생각하는 듯 침묵했다.

문무 신료들의 권력싸움이구나. 문신인 유경이 무인인 김준에게 밀리고 있어. 지금 선비들이 어떻게 장수들을 이길 수가 있겠는가. 이럴 때는 지는 것이 살 길이다. 유경을 지게 해서 목숨을 살려주자.

고종은 그렇게 생각하고 다시 입을 열었다.

"공신인 그대가 그렇게 간절히 호소하니, 유경의 승선 벼슬을 파하여 첨서추밀원사(簽書樞密院事)로 내리고, 우득규와 김득룡·양화·경원록 등 4인을 투옥하도록 하시오."

첨서추밀원사는 부승선과 같은 직급인 정3품이지만 실권은 없는 자리다.

"감사합니다, 폐하. 즉시 거행토록 하겠습니다."

고종의 명령은 즉각 시행됐다.

이래서 유경은 사실상 고려제일의 권력자에서 밀려나고, 그 자리에는 김준이 들어섰다. 고종은 뒤에 김준에게 우부승선(右副承宣, 정3품) 직을 주었다. 이와 함께 약화됐던 무권이 상승하던 문권을 누르고 다시 권력의 우위를 회복했다.

무인 김준에 의한 문신 유경의 제거. 이것은 또 하나의 정변이었다.

김준의 천하

유경이 비록 내침을 당했지만 그는 만만찮은 사람이었다. 자신이 강등되고 그의 수족들이 투옥된 다음 날, 그는 대궐로 들어가 김준을 찾아갔다.

유경이 말했다.

"김 장군. 경이 처음에 '나와 함께 한마음으로 의거(義擧)하여 왕실에 정권을 회복시켜 드렸으니, 이제 우리는 골육지친(骨肉之親)과 같은 관계가 되었소.' 하지 않았소이까?"

"그랬지요."

"그렇다면 비록 참소를 잘하는 자라도 감히 우리를 이간질하지 못할 것인데, 어찌하여 오늘날 우리가 이렇게 됐소. 나는 그대가 그렇게까지 할 줄은 몰랐소이다. 큰일을 함께 하여 성사시킨 우리 공신들이 지금 지켜야 할 것은 의리와 단합인데, 그 의리는 도대체 어디로 가고 단합은 어떻게 됐단 말이오?"

권위가 배어있는 유경의 말을 듣고, 김준은 부끄러워하며 말했다.

"일이 어떻게 그렇게 됐습니다."

"지금과 같은 정치권력 문제에서 사람을 사귈 때는 공자 말씀을 잘 기억해서 실천해야 합니다. 공자는 군자가 사람을 사귈 때는 '화하되 동하지 않는다'(和而不同, 화이부동)고 했고, 소인은 '동하되 화하지 않는다' (同而不和, 동이불화)고 했소. 무릇 군자는 자기 주체성이 있기 때문에 다른 사람과 사이좋게 협력하지만 무턱대고 어울리는 일은 없고, 소인배는 자기 이익을 우선하기 때문에 일부로 다른 사람의 의견에 적극 찬동하지만 실제로 행동할 때는 계산에 따라서 행동한다는 말이지요. 지금 나는 김 장군을 도대체 어떻게 보아야 할 지 알 수가 없소."

"큰일을 하다보면 행동이 원칙대로 되지 않을 수도 있지요."

"김 장군, 그걸 말이라고 하시오! 동이 화하면 힘이 강화되지만, 단순히 동하기만 하면 곧 붕괴되고 마는 것이오. 나는 김 장군을 그렇게 작은 사람으로는 보지 않았소이다."

유경은 더 이상 말하지 않고 돌아서서 나왔다.

그날 밤 김준 진영에서는 다시 이 문제를 가지고 유경을 성토했다.

임연이 먼저 나섰다.

"유경이 어떻게 그렇게 겁박조로 나와서 장군을 의리 없는 소인배로 매도할 수 있는 겁니까. 그자를 계속 이렇게 놔둬서는 안 됩니다. 임금의 뜻을 고려할 것도 없습니다. 우리가 그냥 처치합시다."

차송우가 나섰다.

"그래야 합니다. 유경이 아직 하늘 높은 줄을 모르고 날뛰고, 범 무서운 줄도 모르고 덤비고 있습니다. 이것은 그자가 오만방자하여 우리를 무시하고 있기 때문입니다. 이 기회에 그를 단단히 혼내줘야 합니다."

문신 유경을 버리고 무인 김준 진영에 들어와 있는 송길유가 끼어들었다.

"그렇습니다. 아직도 큰소리치고 있다니, 그냥 두면 후환이 있을 것입니다."

비행이 많은 송길유는 김준과 유경의 노력에도 불구하고 최의에 의해 추자도로 귀양 갔다가 무오정변 뒤에 김준이 풀어주어 돌아왔다.

다음으로 김준의 심복인 이제(李悌, 낭장)가 말했다.

"장군, 결단을 내려 주십시오. 제가 가서 처단하여 유경의 목을 가져오겠습니다."

그러자 손원경(孫元慶, 낭장)도 나섰다.

"아니오, 제가 가겠습니다."

고종의 개입으로 문무 권력변동을 가져온 무혈정변을 유혈정변으로 아주 끝장내자는 강경론들이었다.

김준이 그런 말들을 다 듣고 나서 말했다.

"지금은 과거와 같은 무인정권의 시대가 아니다. 우리가 최의로부터 국권을 빼앗아서 임금에게 되돌려 주었다. 적어도 명분과 형식은 그렇게 되어 있다. 따라서 모든 중대사는 폐하의 처결을 받아서 시행해야 한다. 이것은 내가 진정으로 바라는 바가 아니지만, 지금은 그렇게 하지 않을 수가 없다. 세상은 그만큼 바뀌었다. 이걸 우리가 알아야 한다."

임연이 나섰다.

"세상이 바뀐 것이 아니라 김 장군의 태도가 바뀌었습니다. 그렇게 너무 인자하게 임하시면 오히려 해가 미쳐올까 두렵습니다. 그래 가지고서야 앞으로 우리가 어떻게 큰일을 도모할 수 있겠습니까?"

"아니야. 분명히 세상은 바뀌었다. 세상이 바뀌면 지도자도 바뀌어야 한다. 바뀌지 않으면 유능한 지도자가 될 수 없다. 그런데 세상이 바뀌었는데도 지도자가 바뀌지 않고 세상이 바뀐 것조차 모른대서야, 우리가 어떻게 세상을 이끌어 가겠는가."

임연은 물러서지 않았다.

"우리가 바뀌는 것보다도 유경을 없애는 것이 더 급합니다. 먼저 유경을 처단해 버리고 사후에 임금의 재결을 받아도 되지 않습니까?"

"사람을 함부로 죽일 수는 없다. 일이 벌어지면 암살자와 그 배후 세력을 확실히 알기는 어렵지만, 암살자가 누구인지는 세상이 다 알게 된다. 따라서 명분 없이 사람을 죽일 수는 없다. 우리는 이의방이나 최충헌·최항과는 달라야 한다. 일에는 절차가 있다. 내가 내일 폐하를 뵙고 의논할 것이다."

다음날 김준은 다시 대전으로 들어가서 고종에게 말했다.

"저희가 유경으로부터 호된 질타를 받았습니다. 유경은 아직도 반성의 기미가 없습니다. 어명이 계셨으면 그것을 죄인의 입장에서 겸허하게 받아들여 깊이 자신을 되돌아보아야 함에도, 유경은 오히려 어명을 업신여기며 계속 사적인 감정으로 매사에 임하고 있습니다."

"그랬었소?"

"보다 강한 조치를 하명해 주십시오, 폐하."

"어떻게 하면 되겠소?"

"유경이 거느리고 있는 자들을 벌주셔야 합니다."

"이미 벌을 주지 않았소?"

"투옥한 정도로는 부족합니다. 더 엄히 다스려야 합니다."

"어떻게 벌을 줘야 하겠소?"

"우득규와 김득룡·양화를 참형에 처하고, 경원록을 유배하도록 하명해 주십시오."

"꼭 그리 해야만 되겠소?"

"그리하지 않으면 지존하신 폐하와 국가의 영이 서질 않습니다. 저희가 목숨을 걸고 정변을 일으켜 최의를 제거한 것은 '복정우왕'으로 왕권을 강화하려 한 것이지, 유경 중심의 문권을 키우려고 한 것은 결코 아닙니다. 이대로 내버려 두시면 다시 의종 시대의 문권 횡포가 됩니다, 폐하."

고종은 생각했다.

그러면 다시 무권시대가 되어 복정우왕은 헛된 물거품이 되고 만다. 지금도 무권은 그대로 강하다. 사람만 최의에서 김준으로 바뀐 것이야.

고종은 그리 생각하며 말했다.

"허면, 그리 하도록 하오."

왕명은 곧 시행되어 참형과 유형이 이뤄졌다.

이래서 김준은 가장 강력한 정적 유경의 심복들을 완전히 제거했다. 최강의 집정자였던 유경은 이제 고립무원의 약자로 전락하고 말았다. 무혈이 유혈로 변했다.

그러나 김준에게는 또 다른 경계 대상이 남아있었다. 그것은 최의 타도의 거사를 맨 처음 기획하고 앞장섰던 신의군의 박희실과 이연소다. 공신서열에서도 유경·김준에 이어서 3위가 박희실, 4위가 이연소였다.

그 중에서도 김준이 특히 꺼려한 것은 성격이 대담하고 지략이 뛰어난 박희실이었다. 박희실은 신의군을 장악하고 있었다. 그는 야별초를 장악하고 있는 김준의 영향권 밖에 서있는 장수였다. 그 점이 김준을 더욱 자극했다.

문신과 무신의 권력투쟁에서 승리한 김준은 권력투쟁의 방향을 같은 무인세력으로 돌렸다. 김준의 야별초와 박희실의 신의군 사이에 암투가 시작됐다.

어느 날 김준은 참모들을 모아놓고 솔직하게 털어놓았다.

"최온도 가고, 유경도 갔다. 앞으로는 신의군의 박희실과 이연소가 문제다."

차송우가 나섰다.

"그렇습니다. 그들은 임금으로부터 공로가 인정되어 있고, 이미 장군으로 승진되어 있습니다. 지금 그들은 신의군을 확실하게 장악하여 군사력도 확보하고 있습니다."

임연이 말했다.

"바로 그런 이유 때문에 빨리 저들을 제거하고 신의군도 우리가 장악하지 않으면 후일이 걱정됩니다."

"어떻게 다스리면 좋겠는가?"

김준이 묻자, 임연이 대답했다.

"일단 박희실과 이연소를 신의군에서 떼어내는 겁니다."

"어떻게 떼는가?"

김준의 책사 차송우가 나섰다.

"박희실은 사람을 잘 다루고 언변이 능합니다. 더구나 그는 이미 이십 년 전인 고종 25년(1238)에 의주별장으로 있으면서, 사신인 김보정(金寶鼎)을 수행하여 몽골에 다녀온 적이 있습니다. 지금 국가적으로 가장 중요한 것은 몽골에 대한 외교입니다. 따라서 박희실의 관작을 높이고 그에게 몽골외교 임무를 맡기면 어떻습니까?"

"직급은 높여주고 힘은 무력화시킨다 그 말이군. 그거 좋은 방법이다. 오해를 받지 않으면서 저들을 무력화시키는 것이군. 알았다. 과연 차송우답다."

차송우는 무인 중에서 논리와 지략이 뛰어난 장수였다.

김준은 다음날 다시 고종에게 가서 대몽외교의 중요성을 강조하고, 박희실을 제일의 적임자로 추천했다.

"아니, 김 장군이 그렇게 몽골과의 외교를 중요시하고 있으니 참으로 다행이오. 과거의 집정자들은 너무나 항몽에 치우쳐 나라를 곤혹하게 했는데, 경은 전쟁보다는 외교를 더 중시하고 있으니 분명 그들과 다르구료."

고종은 그렇게 김준을 추어주면서 즉석에서 김준의 제의를 수락했다.

"그래, 박희실로 하여금 몽골 관계를 전담케 하시오."

"예, 폐하."

김준은 물러 나와서 그날로 박희실을 불렀다.

"지금의 추세로 보아 몽골과의 관계가 중요하오. 폐하의 생각도 그런 쪽이오. 몽골관계는 이제 전쟁만으로는 될 일이 아니외다. 외교로 이겨야 한단 말이오."

"그렇습니다."

"그러나 몽골과의 외교를 투항적인 문신들에게만 맡길 수는 없소. 우리가 주도해야 합니다. 삼별초가 맡아야 한다는 말씀이오. 삼별초 중에서도 몽골에 대해 잘 알고 있는 박 장군이 대몽외교를 맡아줄 수 있겠소이까?"

"장군의 생각이 그렇다면 나라의 일인데 내가 어이 따르지 않겠습니까? 나는 장군을 주병자로 추대할 때부터 장군의 명에 따르기로 했습니다."

박희실은 아무 거부감 없이 받아들였다.

이렇게 해서 김준 진영의 강력한 견제 세력이었던 신의군의 박희실은 군을 떠났다. 막강한 장수에서 화려한 외교관으로 돌아섰다. 그 후 박희실은 유능한 외교관으로 변신하여 몽골을 상대로 화려한 활약을 벌인다.

김준은 최온과 유경·박희실을 차례로 거세했다. 이제 남은 것은 신의군의 이연소 뿐이었다. 그러나 이런 상황에서 박희실이 없는 이연소 따위는 신경 쓸 필요조차 없었다.

마침내 김준에 도전할 세력은 고려에는 존재하지 않게 됐다. 고려천하는 이제 김준의 것이 되었다.

김준의 대권이 확립되자 군부 안에서 새로운 도전이 일기 시작했다.

천민출신의 가신이 자기 주군(主君)을 죽이고 나라를 제 맘대로 움직여? 우리 고려는 군자의 나라다. 이런 자는 용서할 수 없다.

김준이 천하를 자의로 호령하자, 이를 아니꼽게 생각한 유원적(兪元勣, 장군)이 직계인 정수경(鄭守卿, 낭장)과 함께 김준을 잡아 없애려는 음모를 꾸미고 있었다.

유원적은 먼저 친형인 유천우(兪千隅, 승선)를 찾아가서 의논했다.

"김준 같은 무리가 왕권을 임금에게 돌린다는 명분으로 거사하고는, 정변에 성공하자 경쟁자들을 제거하고 다시 국권을 농락하고 있습니다. 이렇다면 최항-최의와 무엇이 다릅니까. 이런 자를 제거하여 국가기강을 바로잡으려 하는데 형님도 우리와 행동을 함께 해주셔야 하겠습니다."

"뭐라? 자네가 김준을 제거한다고? 어떤 사람들과 함께 도모하려 하는가?"

"정수경 등과 함께 하기로 했습니다."

"네, 이놈! 그런 큰일을 하면서 정수경 같은 무리와 함께 해서 성공할 수 있겠느냐? 그건 구배괄모(龜背刮毛)일 뿐이다. 거북의 잔등에 털이 한 올이라도 있단 말이냐. 네놈들의 짓거리는 '거북의 잔등에서 털을 깎으려는' 허황되고 어리석은 일일 뿐이야!"

"아니, 형님."

"내 당장 김준에게 고해서 너희를 처단케 할 것이로되, 형으로서 그리할 수는 없으니 곤장을 치리라. 빨리 이곳에 와서 엎드려라!"

유천우는 그렇게 해서 장수가 되어 있는 아우 유원적에게 곤장을 친 다음에 쫓아버리면서 말했다.

"너희는 반드시 실패할 것이니 당장 거둬치워!"

그러나 유원적은 단념하지 않았다. 그는 계속 사람들을 끌어 모아 김준을 칠 계획을 은밀히 진행시켜 나갔다. 그는 가까운 친구인 윤수(尹秀, 장군)를 찾아갔다.

"김준 같은 자가 정권을 잡더니 세상 무서운 줄을 모르고 국권을 마구 휘두르고 있소. 임금의 신하로서 우리가 이런 자를 용서할 수 있겠는가?"

그러자 윤수가 담담한 표정으로 물었다.

"어찌하겠다는 것인가?"

"김준을 잡아 죽이고, 모든 국권을 임금에게 돌려주려 하네. 반드시 성공할 것이야. 그대도 함께 하세."

"알겠네. 그리 하세."

그러나 윤수는 비겁하고 표리부동(表裏不同)한 사람이었다. 그는 의리가 없고, 배신에 능한 장수였다. 유원적이 돌아간 뒤, 윤수는 곧바로 김준에게 찾아가서 밀고했다.

"그래? 그 유원적 놈이?"

김준은 수하들을 불렀다.

"당장 가서 유원적과 정수경을 잡아들여라!"

곧 그들이 잡혀왔다.

김준의 심문이 시작됐다.

"정수경, 네가 어떻게 내게 그 따위 모반을 하려는가?"

"나는 그런 일이 없소이다. 윤수 장군이 딴 욕심이 있어서 꾸민 짓입니다."

정수경은 강력히 부인했다.

그러나 유원적은 달랐다.

"그렇소. 김준, 그대가 국권을 임금에게 돌린다는 명분으로 주군인 최의를 죽이고도 권력을 임금에게 돌리지 않고 전권을 장악하고 있는데, 그게 용서받을 수 있는 일인가? 그래서 내가 그대 일당을 처단하려 했다."

"알겠다. 더 이상 심문할 필요도 없다."

권력자는 도전을 용서하지 않는다. 그것은 인간의 본성이자, 권력의 본질이다. 김준은 유원적과 정수경을 목을 베어 처형한 다음, 그들의 가산을 몰수했다.

김준은 유천우가 몰랐을 리가 없다고 생각했다.

"유천우는 문신이다. 문권을 지키기 위해 문신들이 배후에서 유원적의 무리를 부추겼는지도 모른다."

김준은 유천우도 잡아들였다.

"그대의 아우 유원적이 나를 죽이려 했다. 그대도 사전에 이것을 알고 있지 않았는가?"

유천우는 의외로 대담했다.

"아우가 하는 그런 큰일을 어찌 형인 내가 몰랐겠소? 알았소이다."

"그러면 왜 나에게 고하지 않았는가?"

"원적이 놈이 와서 그런 말을 하면서 정수경의 무리와 함께 한다고 하기에, 그런 자들과 같이 해서는 성공할 수 없다고 생각하고, 원적에게 곧

장을 친 다음, 빨리 손을 떼라고 꾸짖어 보냈소이다. 그런 일을 사전에 알았으니 당연히 고변해야 했을 것이나, 고발하지 않은 세 가지 이유가 있소."

"무엇이오."

"첫째는 늙으신 어머니가 계시므로 어머니의 마음을 상하게 할까 걱정됐고, 둘째는 형이라는 자가 동생을 잡아먹고 혼자서 위험을 모면하려 한다고 세상 사람들이 흉볼 것이 두려웠소."

"셋째는?"

"셋째는 그자들의 음모가 반드시 실패할 것을 확신했기 때문에, 굳이 고하지 않았을 뿐이외다."

"왜 그들이 실패할 것이라고 생각했소."

"유원적과 정수경은 그런 일을 제대로 꾸며서 성공할 수 없는 위인들이오. 더구나 나는 당신네 진영에서 이런 음모를 모르고 당하고 있을 것이라고는 생각지 않았소."

김준은 노기를 거두고 부드러운 목소리로 말했다.

"만일 그대가 몰랐다고 대답했다면 사람들의 의심만 더 샀을 것이오. 그러나 지금 사실대로 말했으니 더 이상 책임을 추궁하지는 않겠소. 나는 그대가 본래부터 어머니를 효성스럽게 모신다는 것을 알고 있었소."

"고맙소이다."

"전에 내 아우 김승준이 손님을 불러 대접한 일이 있었는데 그때 그대도 초대되어 왔소. 그날 상위에는 잘 익은 감이 있어서 모든 사람이 그것을 맛있게 먹었는데 그대만은 감을 먹지 않았소. 이유를 물었더니, 그대는 어머니에게 가져다 드리기 위해서라고 했소. 그대가 이제 어머니의 마음을 상하게 할까 두려워하여, 형으로서 아우의 역모를 말하지 못했다고 자변(自辨)했으니, 그것을 그대로 믿을 만하다고 생각하오."

"……"

"그러나 아우가 반역을 범했으니 형인 그대도 책임을 면할 수는 없소."

김준은 유천우를 벼슬에서 파면하는데 그쳤다.[3]

천하는 무인 김준과 그 일당이 확실하게 틀어쥐게 됐다. 최의를 죽이고 이뤄졌던 복정우왕(復政于王)은 허상이었다. 자력으로 정권을 탈환하지 못한 고종은 결코 국권을 장악할 수 없었다. 왕정복고는 이제 완전히 물거품이 됐다.

따라서 고려의 국권행사나 정책결정은 여전히 정변의 주역인 항몽 자주파 무인들에 의해 주도됐다. 강화되던 문권을 누르고 도전하는 무인들을 모두 몰아낸 김준은 실질적으로 자기중심의 무인정권을 다시 살려냈다.

이제 김준의 권력은 상대가 없을 정도로 막강해졌다. 그러나 그의 외형적 직위나 공식적인 절차는 아직 이뤄지지 않고 있었다. 그때 김준은 유경에 다음 가는 하사공신 2위에다 군의 장군(정4품)과 중추원 우부승선(정3품)의 직을 맡고 있을 뿐이었다.

과거의 권력자들이 차지했던 중추원의 지주사(知奏事, 정3품)나 교정별감(敎定別監)과 같은 실권 직위가 아직 김준에게는 없었다.

---

3) 이 부분은 고려사(高麗史) 열전의 '유천우조'에 나오는 얘기다. 그러나 같은 고려사 열전의 '임연조'에는 유원적과 정수경이 김준이 아닌 임연을 죽이려 했다고 기록돼 있다. 이것은 고려사 편찬자의 착오다. 여기서는 '유천우조'의 기록에 따랐다.

홍복원의 말로

고려에서 최씨정권이 무너지고, 여몽 간에는 고려 태자의 입조문제를
놓고 외교협상과 군사전투가 모두 정체상태에 들어간 고종45년(1258) 7월
이었다.

몽골에서는 몽골에 귀부하여 만주의 동경(東京, 지금의 요양)에 살면서
몽골을 위해 활동 중이던 영녕공 왕준(王綧)과 홍복원(洪福源)이 서로 다
투고 있었다.

왕준이 몽골에 볼모로 간 것은 고종 29년(1242) 4월이었다. 그 후 8년 뒤
인 고종 37년(1250) 한때, 왕준은 먼저 몽골에 투항하여 세력을 펴고 있던
홍복원의 집에 머물러 있었다.

홍복원은 왕준을 극진히 받들어서 불편이 없도록 노력했다. 왕준도 홍
복원으로부터 신세를 지고 있다고 생각하고 감사히 여기고 있었다.

그러나 세월이 지나면서 그들 사이에는 점점 불화와 불평이 쌓여갔다.
그것은 요양 일대에 있는 고려인들에 대한 지배권을 둘러싼 일종의 암투
였다.

당시는 홍복원이 요양의 고려인 사회를 맡아서 다스리는 고려총관이
되어 있었다. 홍복원의 집권체제는 계속 정비돼 나갔다. 그 무렵 고려에

서 만주로 넘어가는 귀순자의 수가 늘고 있었기 때문이었다. 이와 함께 홍복원 세력은 강화됐다.

몽골은 이런 현상이 고려인들의 반몽활동을 가져오지 않을까 걱정하고 있었다. 몽골은 반심(叛心)이 강한 홍복원의 권한을 약화시켜야겠다고 생각했다. 그 방법은 만주의 고려인 관리기구를 양분하여, 그 하나를 왕준에게 맡기는 것이었다.

그 후 몽골 황실에서는 황실 여자를 아내로 맞아 사위가 되어있는 왕준을 신임했다. 몽골의 행정당국에서도 그런 왕준에게 더 비중을 두었다. 고려인들 사이에서도 영녕공 왕준에 대한 환심이 커졌다.

왕준의 영향력이 커지자 홍복원이 이를 두려워하여 질시하면서, 그들 사이에 권력경쟁이 일어나기 시작했다.

그러던 어느 날. 몽골로 도망하여 왕준을 받들고 있던 고려군의 장교 이조(李稠, 교위)가 헐레벌떡 왕준에게 달려갔다.

"영녕공 전하, 홍복원이 전하를 증오하여 저주하고 있습니다. 그는 요즘 들어 무당을 시켜서 전하를 저주하는 짓거리를 계속하고 있습니다."

"그게 사실이냐?"

"그렇습니다. 이것이 그 증거입니다."

그러면서 이조는 그가 가져온 보따리를 풀었다.

"아니, 이런 흉물을!"

왕준은 질겁하며 놀랐다.

그것은 나무로 만든 조그마한 사람의 형상이었다. 그러나 그 목인(木人)의 손발과 몸뚱이는 결박되고 이마와 얼굴과 머리에는 못들이 박혀 있었다.

"홍복원이 전하를 저주하기 위해 무당을 시켜서 이렇게 나무로 전하의 형상을 만들어 사지와 몸을 꽁꽁 묶고 이마와 머리에 못을 박아서는 몰래 땅에다 묻기도 하고 웅덩이에 던지기도 했습니다. 이것은 땅에 묻었던 것을 파온 것입니다."

그러면서 이조는 그것을 왕준 앞으로 밀었다.

왕준이 말했다.

"알았다. 그냥 내버려두어라."

"아닙니다. 이런 짓은 절대로 용서해서는 안 됩니다."

"여기는 남의 땅이다. 우리 고려인끼리 추태를 부릴 수는 없다. 더구나 나는 왕족이고, 홍복원은 반역자다. 그런 내가 홍복원과 싸울 수야 있겠는가."

이조는 물러 나왔다. 그러나 그는 홍복원으로부터 몇 차례 모욕을 당한 것이 생각났다.

이번이 기회다. 홍복원 같은 놈을 내버려둬서는 안 된다. 이놈은 나의 원수일 뿐만 아니라 고려의 반역자다. 이런 자가 복을 누려서는 안 된다. 홍복원은 제거돼야 한다.

이조는 홍복원의 행동을 몽골 황실에 알렸다.

황실로부터 보고를 받은 몽골 황제 몽케가 말했다.

"홍복원이 그런 방법으로 영녕공을 저주하고 있단 말이냐?"

"그렇다고 합니다, 폐하. 그 증거가 되는 목인(木人)을 이조가 가지고 있다고 합니다."

"그래, 알았다. 내 언제고 홍복원의 못된 버릇을 고쳐놓겠다. 돌아가거라."

몽골황제 몽케는 그 후 적절한 방법과 시기를 잡아 홍복원에게 경고를 주기로 했다.

그때 몽케는 왕준과 홍복원을 모두 신임하고 있었다. 왕족인 왕준은 그의 신분과 인품으로, 고려를 배반하고 귀부한 홍복원은 충성심으로 각각 몽케의 총애를 받았다.

이조가 몽골 황실에 호소했다는 소문이 거꾸로 흘러 홍복원에게 들어갔다. 홍복원이 왕준을 집으로 찾아가서 따졌다.

"공이 나에게서 은혜를 받은 것이 퍽 오래 전부터였는데, 어찌 도리어 나를 참소한 적이 있는 이조를 시켜 나를 모함하게 합니까?"

"이조가 그대를 모함했는가?"

"시치미 떼지 마십시오."

"사람의 일을 어찌 그리 쉽게 단정하는가? 일을 좀 더 확실하게 알아보시오."

"알아볼 것도 없습니다. 어쨌든 공의 행동은 이른바 '집에서 기른 개가 도리어 그 주인을 무는 것'(吠主狗)입니다."

"아니, 내가 폐주구란 말인가? 폐주구는 우리 고려 백성들이 그대를 이르는 말이 아닌가?"

"내가 폐주구가 아니라, 영녕공이 바로 폐주구란 말이오. 단순히 나에게 배신했다고 해서 하는 말만이 아닙니다. 나야 하찮은 신분이지만, 영녕공은 왕족이고 황실의 어른이시면서 나라의 은덕을 듬뿍 받은 분이오. 그런 입장에서 어떻게 모국 고려를 치고 있는 몽골에 와서 이렇게 충성하고 있습니까?"

"고려를 배반하고 참소하기가 그대들 부자보다 더 한 사람이 있겠는가? 그대를 폐주구라 하는 소리는 많이 들었지만, 나를 폐주구라 하는 사람은 오늘 그대가 처음이오."

그때 조국 고려를 배반했다 해서 '폐주구'라고 불리던 홍복원이 그 말을 왕준에게 덮어씌웠다. 인내심이 많던 왕준도 더 이상 참을 수가 없었다.

"아니, 홍복원! 여기가 아무리 이국 땅이로소니, 고려인인 그대가 내게 이럴 수가 있는가!"

"우린 이제 고려인이 아닙니다. 엄연한 몽골의 고관이외다. 다 같이 고려를 배반해서 몽골에 기생하며 몽골에 충성하는 이른바 부몽배(附蒙輩)가 아니오이까? 우리가 무슨 고려인이오?"

왕준과 홍복원이 폐주구 운운하며 다투고 있는 말을 왕준의 부인이 들었다. 부인은 몽골황족으로 몽케의 가까운 친척이었다. 그는 말과 행동·외모 등 모든 것이 남자보다 더한 여장부였다.

홍복원의 행패를 참을 수가 없었던 부인은 주변에 대고 말했다.

"가서 저 홍복원을 이 방으로 끌어오너라."

결혼할 때 부인이 데려온 몽골인 가신들이 나가서 홍복원을 잡아들였다. 성질이 급하고 억센 부인이 큰 소리로 말했다.

"홍복원은 무릎을 꿇고 똑바로 앉아라!"

"예, 마마."

부인은 홍복원의 무릎을 꿇려놓고 따졌다.

"그대는 고려에 있을 때 어떤 신분이었나?"

"북계 변방의 소리(小吏)였습니다."

"그러면 영녕공은 어떤 분이었는가?"

"중앙인 개경의 왕족(王族)이었습니다."

"그렇다면 내 남편 영녕공이 진정 네 주인이요, 너야말로 정말 개가 되는 터이다. 헌데, 도리어 네가 폐주구니 뭐니 하면서 영녕공을 개로 여겨 주인을 문다고 하다니, 어인 말인가? 주인을 문 개는 오히려 주인을 겁박하는 홍복원 네가 아니더냐?"

"……"

"왜 말이 없느냐? 나는 몽골황족의 몸으로 황제의 명령을 받들어 영녕공과 결혼해서, 고려의 왕공(王公)을 남편으로 모시고, 일심으로 정성껏 받들며 살아오고 있다. 네 말대로 영녕공이 개라면, 나는 개를 남편으로 삼아서 받들고 있다는 말이 아니냐. 이것은 우리 대몽골 제국의 황실에 대한 모욕이다. 나는 황족으로서 도저히 참을 수가 없다. 너를 어떻게 해야 하는지 황제께 가서 여쭤봐야 하겠다."

부인이 성을 내어 그렇게 꾸짖고는 주변에다 말했다.

"내 말을 대령시켜라. 곧 카라코럼 황궁으로 가서 몽케 황제에게 들어

가리라."

부인은 바로 말을 타고 동경을 떠나 카라코럼의 황궁으로 달려갔다. 승마에 능한 그녀였지만, 아무리 급히 달려도 오류일은 걸릴 거리였다.

왕준의 부인이 카라코럼으로 떠났다는 말을 듣고 홍복원은 겁이 났다. 그는 영녕공에게 찾아가서 빌었다.

"전하, 제가 너무 무엄했습니다. 용서를 빕니다."

간사한 홍복원은 머리를 바닥에 대고 고두사죄(叩頭謝罪)했다. 그는 울며불며 계속 빌었다.

"알았소. 정말 우리끼리 이런 일이 있었다는 것은 부끄러운 일이오. 내 아내를 붙잡아 말려봅시다. 내가 가겠소."

"감사합니다, 전하."

"허나, 그녀의 성격이 보통이 아니라서……"

"빈손으로 가서는 안 됩니다. 잠시 기다려 주십시오."

홍복원은 사람을 시켜 자기 집에 다녀오게 했다. 심부름을 갔던 사람이 잠시 후 돌아왔다. 그는 작은 상자 하나를 내놓았다.

홍복원은 그 상자를 왕준 앞에 놓으면서 말했다.

"이걸 가져가서 요긴하게 쓰십시오."

홍복원은 은백을 털어 왕준에게 주며 간청했다.

마음이 여린 왕준은 말을 타고 부인을 쫓아갔다. 그는 대도를 거쳐 밤에도 쉬지 않고 계속 서북쪽으로 갔다. 말을 타지만 아직 미숙한 왕준은 내몽골의 초원길을 달리고 고비사막을 넘어 카라코럼을 향했다. 그러나 부인을 따라잡지는 못했다.

왕준의 몽골인 부인은 동경을 떠난 지 엿새가 되는 날 오후 수도 카라코럼에 도착했다. 그는 곧바로 몽케가 들어있는 황궁 투멘 암갈란 궁(Tumen Amgalan Palace)으로 달려갔다. 궁전 앞에 서있는 은으로 만든 화려한 나무가 햇빛을 받아 반짝이고 있었다.

부인은 궁전 안으로 들어가서 몽케에게 자초지종을 고했다.

그 말을 듣고 몽케가 말했다.

"아니, 홍복원이 왕족인 영녕공을 폐주구라 하면서 모욕했단 말이냐! 내 일찍부터 홍복원의 못된 행동을 들어왔지만 그렇게까지 할 줄은 몰랐다. 이런 놈은 용서할 수 없다."

그리고는 사람을 불렀다.

"장사 몇 명을 동경으로 보내 홍복원을 혼 내주도록 하라."

몽케의 명을 받은 칙사가 황실의 장사(壯士)들을 거느리고 동경을 향해서 떠났다. 그들은 카라코럼에서 조금 떨어진 곳에서 왕준을 만났다.

왕준이 말했다.

"이제 문제가 다 해결됐으니 여기서 돌아가 주시오."

왕준이 그들을 되돌려 보내려고 설득했다. 그러나 그들은 물러서지 않았다.

"저희는 몽케 다칸의 황명을 받고 가는 겁니다. 몽골의 황명은 지엄합니다. 길을 비켜주시오."

그들은 왕준을 놓아두고 그 길로 계속 달려갔다. 케레이트의 수도였던 카라시구이를 거쳐서 몽골비사가 편찬된 코디아랄의 별궁을 지나 달려갔다. 그들은 닷새 뒤 요양으로 들어가, 바로 홍복원 집으로 갔다.

마침 홍복원이 자기 집에 있었다. 카라코럼의 장사들은 신발을 신은 채 홍복원의 방으로 들어가서 홍복원을 짓이겼다.

"이놈아, 너는 고려에서 도망와 우리 황실의 도움을 받아서 영화를 누리며 오늘에 이르렀다. 그런데 황도에서 이렇게 멀리 떨어져 있다고 우리 황가의 여인을 괴롭히고 영녕공을 겁박한단 말이냐!"

"미안합니다. 사과드립니다. 제 잘못이었습니다. 영녕공에게 사과하여 문제는 이미 해결됐습니다. 이 뜻을 전하기 위해 영녕공이 카라코럼으로 가셨습니다."

홍복원은 애걸복걸 살려달라고 호소했다.

"우리가 영녕공을 만났다. 그러나 우린 황명을 받고 왔다."

몽골의 궁정 장사들은 계속 발로 걷어차고 주먹으로 내리쳐서 홍복원을 그 자리에서 죽였다. 홍복원의 집과 재산도 모두 몰수당했다.

황제의 칙사들은 홍복원의 처와 홍다구(洪茶丘)·홍군상(洪君祥) 등 홍복원의 어린 아들 7형제에게는 질곡을 씌워서 카라코룸으로 잡아갔다.

그들은 몽케에게 고했다.

"홍복원은 죽었고, 일가족을 체포해 왔습니다."

"나이 먹은 홍복원이야 잘못이 있지만 그 가족들이야 무슨 죄가 있겠는가. 더구나 어린 자식들과 집에 들어앉아 살림이나 하는 부인이 뭘 알았겠는가. 그건 홍복원의 단독행동이었을 것이다. 홍복원이 죽었다면 됐다. 가족들은 모두 풀어주어 돌려보내라."

몽케의 명령에 의해서 홍복원의 처자들은 훈방됐다. 과단성 있는 몽케는 자기 부인에게도 사치생활이나 정치관여, 인사청탁 등에는 절대 개입하지 못하게 할 정도로 가부장적인 인물이었다. 그런 만큼 또한 부녀자의 처우에도 관대했다.

홍복원은 고종 18년(1231) 몽골이 처음 고려를 침공했을 때, 북계 인주(麟州, 신의주)의 신기군 도령으로 있으면서 살리타이에 투항하여 침공군을 도왔다. 몽골군이 철수하자 반란을 일으킨 뒤에는 몽골로 도망해 고려를 참소하면서, 몽골군의 침공이 있을 때마다 자청하여 그 앞잡이 노릇을 5차례나 했다.

그의 부친 홍대순(洪大純)에 이어 몽골에 투항하여 협력한 반역자 홍복원의 말로는 이렇게 끝났다. 그때 홍복원은 52세였다. 홍복원의 아들 홍다구는 홍복원이 죽는 것을 보고 겁을 내어, 그 후로는 고려를 모함하는 일이 적어졌다.

홍다구는 요양에서 태어난 귀순 2세였다. 따라서 몽골에 대한 충성심은 강했고, 아비의 영향을 받아 고려는 멸시하는 편이었다.

홍다구는 아직 어렸지만 두뇌가 명민하고, 성격은 냉랭하면서 표독했다. 그는 속으로 아비의 원수를 갚겠다고 벼르고 있었다.

홍복원이 죽은 지 3년이 지난 1261년(원종 2년)이었다. 그때 17세였던 홍다구는 몽케에게 자기 아비 홍복원의 원통한 유한을 씻어달라는 내용의 탄원서를 냈다.

몽케는 그 탄원서를 읽고 말했다.

"글을 보면 사람을 안다. 홍다구는 보통 놈이 아니다. 머리가 좋아. 목표가 확실하고 생각이 분명하다. 키워서 쓸 만한 인재다."

몽골황제 몽케는 조서를 내렸다.

몽케가 홍다구에게 내린 조서

'네 아비 홍복원을 바야흐로 중용할 무렵이었는데, 그가 우리 황실을 모욕했다는 얘기를 듣고 짐은 괘씸하게 여겨 버릇을 고쳐주려 했다. 그러나 이런 사정을 알고 있는 짐의 칙사들이 형벌을 너무 심하게 했다. 기왕에 잘못된 것을 짐이 유신(維新)의 혜택으로 씻어줄 것이다. 그러기 위해서 너는 이미 홍복원에 내려준 호부(虎符)를 띠고 아비의 관직을 계승하여 동경총관으로 부임하라. 너는 동경총관이 되어, 투항한 고려인 군민을 관할토록 하라.'

홍다구는 과거 홍복원의 관직을 정식으로 계승하여, 동경고려총관의 자리에 앉아 고려인들을 다스렸다. 그는 기회가 있을 때마다 고려를 모함하고 괴롭혔다.

대를 이은 부역자 홍복원(洪福源, 1206-1258)

고려 후기의 부원배(附元輩)로 당성(唐城, 남양) 홍씨다. 선조는 중국인이다. 당나라 때 귀족 중의 인재 8명을 신라에 보내 학문을 전하게 했는데, 그 중 한 명이 홍씨였다. 그의 후손들은 당성에 살았으나, 그중 한 명이 인주(麟州)에 가서 살았다. 홍복원의 아버지 홍대순(洪大純)이 인주진의 도령(都領)으로 있을 때인 1218년 몽골군이 거란적을 추격하여 고려에 진주하자, 홍대순은 몽골원수 카치온에 항복하여 부역했다.

그의 아들 홍복원은 인주의 신기도령(神騎都領)으로 있으면서, 1231년 몽골의 제1차 침공이 있을 때 편민 1만 5천호를 이끌고 살리타이에 투항하여, 그의 고려정벌작전에 협력했다. 살리타이가 처인성에서 피살된 뒤, 몽골군은 살리타이의 부장 테무게(Temuge, 帖哥)의 인솔로 철수했다. 홍복원은 그대로 남아 있다가 최우가 반적소탕에 나서자, 이에 불안을 느껴 평양에서 필현보(畢賢甫)와 함께 반란을 일으켰다. 고려군이 토벌하려 하자 몽골로 도망하여, 만주의 요양·심양에 살고 있던 고려인을 다스리는 고려군민장관(高麗軍民長官)에 임명됐다. 그후 그는 몽골 침공군에 합세하여 다섯 차례(1235·1245·1253·1254·1258)나 고려에 침범하여 몽골군의 작전을 도왔다.

홍복원은 왕족으로 몽골에 인질로 잡혀가있던 영령공 왕준(王綧)과 귀부 고려인에 대한 통치권을 둘러싸고 싸우다가, 왕준을 지지하는 몽골 황실에 의해 타살됐다. 그 뒤, 고려군민장관직은 왕준에게로 갔다.

홍복원의 아들은 홍다구(洪茶丘)·홍군상(洪君祥) 등 7명이었다. 홍다구는 유능하고 영민하여 몽골 황제들의 신임을 받아 출세했다. 그는 왕준을 모함하여, 그에게 빼앗겼던 홍복원의 고려군민장관직을 되찾았다. 홍다구는 몽골군 장수가 되어 고려에 들어와 행패를 부렸고, 진도와 제주도의 삼별초 공격에 앞장서서 만행을 부렸다. 역사에서는 홍대순-홍복원-홍다구 등을 삼대부몽역적(三代附蒙逆賊)으로 묘사한다.

태자입조의 난항

고종 44년(1257), 고려는 몽골군이 전선에서 철수하면 태자를 몽골에
보내 입조하겠다고 제의했다. 이미 오랜 전쟁에 지쳐있던 자랄타이는 이
제의를 받아들여 한반도 남부에 진출해있던 몽골군을 압록강 주변으로
철수했다.

몽골이 철군조건을 국왕친조에서 태자입조로 완화시켜 주었음에도 고
려는 지연작전을 써서 몽골에 대한 항복이나 임금-태자의 입조에는 응하
지 않았다.

"태자는 왕자와 다르다. 지금은 전시여서 임금이 잠시도 나라를 비울
수 없다. 특히 지금 나는 늙고 병이 중해 앞날을 알 수 없는 지경인데 어떻
게 태자를 적국에 보내겠는가."

이것이 태자입조에 대한 고종의 태도였다.

기본적으로 항몽파인 고종은 말로는 태자입조에 응하겠다고 약속하면
서도, 실제로는 왕전(王倎)의 출륙을 거부했다. 거부의 이유는 왕전이 병
이 들어 먼 길에 나설 수 없다는 핑계였다.

고려가 다시 태자입조를 거부하자, 자랄타이의 부장(副將)으로 고려에
출정하여 외교문제를 맡고 있는 예수투(Yesutu 余速禿 또는 Yesutai 余愁達)

는 그 자초지종과 전선에서의 고려군의 기습저항을 장계로 써서 황제 몽케에게 보냈다.

몽케는 그 보고서를 받아보고 크게 노해서 말했다.

"아니, 고려왕이 늙음에다 병이 겹쳐 있다기에 철군조건을 낮춰서 국왕 친조 대신 태자입조로 해주었다. 그런데도 고려가 태자입조 약속마저 일방적으로 파했단 말이냐? 그리고 고려군이 우리 군사들을 계속 기습해서 피해가 크다는 게냐?"

예수투의 보고를 받고 몽케는 그 자리에서 명령했다.

"고려에 대한 군사행동을 당장 재개하라."

고려는 몽케를 무마키 위해 이미 고종 44년(1257) 11월에 다시 왕자 왕창(王淐, 안경공)에 최영(崔永, 좌복야)을 수행케 하여 입조시켰다. 왕창은 고종 41년(1254) 1월에 이어 다시 인질로 몽골에 갔다.

"고려가 왕자를 보냈다면 출정을 보류하라. 잠시 지켜볼 것이다."

왕창이 몽골에 입조하자, 당장 고려를 치라는 몽케의 명령도 일단 보류됐다. 그러나 왕자의 인질로도 몽케를 만족시키지는 못했다.

고려에 대한 몽골의 기본정책은 국왕의 몽골친조와 개경으로의 출륙환도였다. 그러나 고려는 교묘한 외교적인 말과 끈질긴 군사 저항으로, 그 어느 것도 받아들이지 않았다.

그 이듬해인 고종 45년(1258)이었다. 김준과 유경이 삼별초 군사들을 이끌고 최씨정권을 타도한 직후인 3월말. 자랄타이의 몽골군 진영에서 이런 정변의 낌새를 알아차렸다.

"강화도에서 무슨 일이 있는 것 같다 합니다."

"무슨 일인가?"

"자세히는 알 수 없으나 정변인 것 같습니다."

"정변? 아니, 그대들이 그렇게 적정을 몰라서야 어떻게 전쟁을 수행할 수 있겠나! 빨리 알아 오라!"

"고려는 강도해안을 워낙 철저히 봉쇄하고 있어 우리가 비집고 들어갈 틈이 없습니다. 본토라면 몰라도 강도의 사정은 제때에 알 수가 없습니다. 그러나 시간이 좀 지나면 내막을 알 수 있습니다."

"고려에서 정변이 일어날 때가 됐다. 강도 조정은 우선 무인정권이 취약해진 데다 군부 안에 분란이 있다고 들었다. 게다가 전쟁이 길어지면서 반전파의 세력이 커지고 있을 게 분명하다."

"그렇습니다. 분명히 정변입니다."

"그러면 다시 공세를 취해 보자. 외교 사절을 보내어 저들의 사정을 알아보는 한편, 군사를 보내 저들 새 집권자들의 반응을 떠볼 것이다. 그러나 군사적인 공격보다는 외교협상을 위한 군사위협 정도로 해두겠다."

그러면서 자랄타이는 사신들을 보내어 강화조정의 내부 상황을 알아보도록 하는 한편, 기병 1천기를 척후대로 남진시켰다. 이것이 자랄타이의 네번째 출격이다.

이번 출격은 정치적 압력에 비중을 두었다. 고려가 태자를 입조시키겠다던 약속을 어기고 왕자를 대신 입조시킨 데 대한 보복이었다. 그들은 외교적인 압력에다 군사적인 강공책을 병행했다.

자랄타이는 출진하는 군사들에게 명령했다.

"점거하는 읍촌들을 모조리 도륙하라. 장정들은 살해하고, 부녀자와 어린이들을 포로로 잡아 오라. 재산을 약탈하고, 약탈할 수 없는 시설물은 모조리 불태워 없애라."

자랄타이는 살상·파괴·약탈·포로 등 군사압력을 강화하는 한편 고려에 대해 외교적 압력을 가했다.

김준이 집정(執政)이 되어 국정을 독단하면서, 군사정권의 재구성을 추진해 나가고 있던 그해(1258) 6월이었다.

자랄타이의 네번째 출격 때 몽골 척후대는 황해도에서 고려 별초 특공군에 의해 격파되어 쫓겨나게 되었는데, 이에 자랄타이는 6월 11일 예수투(Yesutu, 余速禿 또는 余愁達)·푸보타이(Fubotai, 甫波大)에게 다시 기병 2천기를 주어 남진시켰다.

예수투는 평북의 가주(嘉州, 박천군 가산면)에 머물러 진을 치고, 푸보타이는 곽주(郭州, 정주군 곽산면)에 둔영을 쳤다.

자랄타이는 안북(安北, 지금의 안주)에 머물러 있으면서, 6월 17일 보후지(Bohuzhi, 波乎只) 등 6명의 사절을 강화경으로 보냈다. 다음날 고종이 제포관에 나가서 그들을 맞았다.

보후지가 말했다.

"우리 대몽골의 헌종(몽케) 황제께서 '고려국이 육지에서 나와 항복하면 비록 닭이나 개 한 마리라도 죽이지 말고, 그렇지 않고 저항을 계속하면 강화도를 공격하여 도륙하라'고 명령하셨습니다. 지금 국왕과 태자가 서경으로 나와서 항복한다면, 우리는 곧 군사를 돌리겠습니다."

"그대가 지금 보다시피, 나는 이미 이렇게 늙고 병들어 멀리 갈 수가 없소. 강화경에서 여기까지 오는 것도 내게는 힘겨운 일이오. 나와 태자의 친조 대신으로 왕실 사람과 신료들을 보내겠소."

"누굴 보내시렵니까."

"가까운 친족과 몽골을 잘 아는 고관들을 사절로 보내겠소."

고종은 왕족인 왕희(王僖, 영안공)와 화친파 김보정(金寶鼎, 지충주원사)을 자랄타이의 둔소(屯所)로 보냈다.

그러나 자랄타이는 냉랭했다.

"아무 진전없이 이렇게 헛걸음만 계속하고 있으니, 고려는 언제까지 이럴 것인가? 고려가 태자를 보내면 우리는 고려에서 철군하겠다고 약속했소. 그러나 고려는 태자 보내기를 꺼려하고 있다하오. 이래서 일이 이렇게 어렵게 되는 것 아니오."

자랄타이는 엄한 목소리로 계속 말했다.

"우리 헌종 황제께서 고려에 관한 일은 내게 맡기셨소. 고려가 항복하느냐, 않느냐에 따라 우리 몽골군의 철수와 주둔이 결정될 것이오. 고려 국왕이 육지로 나올 수 없다면 태자를 보내서 먼저 몽골 군전(軍前)에서 항복하시오. 우리는 지난번에 선철수 후입조에 동의한 바 있소. 그러나 이것을 고려가 파기했으니, 우리도 그 약속을 지키지 않을 것이오. 따라서 먼저 태자가 나온 다음에라야 우리는 철군할 것이오. 고려가 끝내 태자를 보내지 않으면 우리 군사가 고려의 남계로 다시 들어갈 것이오."

고려에 대한 몽골의 철군조건은 많이 완화돼 있었다. 당초 출륙환도와 국왕친조를 끈질기게 요구하던 몽골이 국왕의 출륙영사와 군문항복으로 바뀌더니, 이제는 태자의 출륙항복으로 후퇴했다. 그러나 고려는 선뜻 응하지 않았다.

그런 고려의 태도에 불만이었던 자랄타이는 평북의 가주와 곽주에 주둔하고 있던 예수투와 푸보타이의 몽골 군사들을 남진시키는 한편, 안주에 있던 자기 휘하의 기병 척후대를 새로 남파했다.

자랄타이의 척후대가 서경을 통과하자 서북 병마사가 이를 강도 조정에 보고했다. 조정에서는 다시 강도와 개경 일원에 계엄을 선포하고 응전 태세를 갖췄다.

6월 22일 몽골군 선봉대가 평양을 통과하고, 26일에는 강화도 서북쪽 건너편인 황해도 염주(鹽州, 연안)와 백주(白洲, 백천)에 도달했다. 예수투가 이끄는 몽골군은 황해도 평주(平州, 지금의 평산)의 보산역(寶山驛)에 와서 둔영을 치고 있었다.

자랄타이에게 갔던 김보정은 자랄타이의 부장인 여수달이 보내는 몽골 사절 8명과 함께 왔으나 왕희는 그대로 안주에 잡혀 있었다. 김보정이 사절들과 함께 강화의 승천포에 이르자 고종이 나가서 그들을 맞았다.

고종이 몽골 사절들에게 말했다.

"우리는 몽골의 요구를 받아들여 태자를 몽골에 보내게 될 것이오."

"보내게 될 것이라는 것이 도대체 뭡니까. 그런 말씀으로는 태자가 몽골에 가는지 아닌지를 판단할 수 없습니다. 좀 분명히 해 주십시오. 태자를 보내신다는 말씀입니까, 아닙니까?"

"가서 조정 신료들과 의논해서 결정할 문제이니 추후에 연락하겠소."

"참으로 답답합니다. 태자입조라는 말이 벌써 몇 번째입니까. 고려와는 정말로 일하기가 힘들군요."

그들은 이때도 확답을 얻지 못하고 돌아갔다.

몽골의 보복공격

　다음 달인 그해(1258) 7월 5일, 고려 조정은 다시 김보정을 몽골군에 보냈다. 김보정은 평주의 보산역에 있는 예수투를 찾아가서 말했다.
　"이제 우리 태자께서 나오십니다. 몽골 측에서 어느 분이 우리 태자를 맞을 것입니까?"
　예수투가 기뻐하며 말했다.
　"그렇습니까. 내가 만나겠소."
　"그러면 백마산에서 우리 태자를 만나십시오."
　"내가 송도 남쪽의 백마산으로 내려가서 태자를 만나라는 말이오?"
　"예, 그래야 합니다."
　"아니, 태자가 나를 보러 오는 것이오, 내가 태자를 보러 가는 것이오?"
　"우리 태자가 멀리 오지 않으려는 것은 감히 장군을 번거롭게 하려는 것이 아닙니다. 단지 몽골 대병(大兵)이 두려워서입니다."
　"태자가 진정으로 나를 보려거든, 장소를 묘곶강(猫串江) 강변으로 합시다. 그 대신 기일은 고려가 정하시오."
　몽골에서 그렇게 나오자, 이번에는 고려 조정의 항전파 신하들이 의문을 제기했다. 무인정권의 새로운 집권자 김준(金俊)이 먼저 말했다.

"몽골이 승천부에서 점점 먼 곳으로 태자를 불러내려고 하는 것은 아무래도 수상하지 않소이까?"

항몽파인 정변의 공신 임연(林衍)이 나섰다.

"옳은 말씀입니다. 아무래도 저들이 어떤 불측한 변을 꾸미려는 것이 분명합니다."

차송우(車松祐, 장군)가 말했다.

"저 몽골인들은 원래 음흉하고 무참한 족속이라, 그들의 말을 함부로 따라서는 안될 것이외다."

대전에 앉아 있다가 이 말을 전해 듣고 자식을 남달리 아끼는 고종은 쾌재를 불렀다.

"맞는 말이다. 우리 장수와 신료들이 일을 신중히 잘 처리하고 있구나."

그래서 고려 조정에서는 사흘 뒤인 7월 8일 통역관 강희(康禧)에게 술과 과일을 가져가서 몽골군을 위문케 하는 한편, 이녹수(李祿綏, 원외랑)를 예수투에게 보내서 말했다.

"장군, 죄송하게 되었소이다. 우리 태자께서 병환이 중하셔서 병이 낫기를 기다렸다가 찾아보도록 해야 하겠습니다."

"뭐라? 이번에는 병 핑계를 대는군."

예수투는 화를 내며 말했다.

"나는 고려가 항복하느냐 않느냐에 따라 철군 여부를 결정할 따름이오. 국왕이 비록 나와서 맞이하지 않는다 하더라고, 태자가 대신 오겠다는 약속이 있으므로 우리는 회군하려 했소. 그러나 사자의 왕복이 서 너 번이나 되는데도 태자가 오지 않으니, 이는 나를 업신여기는 것이오. 이제 마지막으로 한 번 고려의 결단을 알아보기 위해 또 사자를 보내는 것이니, 오직 고려 국왕은 죽든지 살든지 생사를 마음대로 결정하라 하시오!"

"너무 서두르지 마십시오. 태자의 병이 낫거든 반드시 나와서 입조할 것이오."

"이제 고려의 거짓정책을 알았소. 말로는 해결될 수 없으니 우리는 군사를 보내 고려마을을 다시 노략할 것이오. 이것을 국왕에게 분명히 전하시오."

이녹수와 강희는 다시 강화경으로 돌아왔다. 답답한 것은 예수투였다. 그는 사절을 강도로 보냈다. 이번에는 고종이 나가서 그들을 맞지도 않았다.

몽골 사절은 태자입조를 독촉하면서 그 가부를 말해 달라고 했지만, 고려의 대답은 태자의 병이 낫거든 보자고 반복했다.

몽골 사절이 돌아가 예수투에게 그 전말을 보고했다. 예수투가 버럭 소리를 지르며 말했다.

"아니, 고려 임금이 우리 사절을 마중하지도 않고 아무런 대답도 하지 않았단 말이냐! 고려가 아직 정신을 차리지 못하고 있구나. 이제 고려의 거짓을 확실히 알았다. 전군은 출동준비를 서둘러라!"

그 후 몽골군은 다시 고려 전역에서 약탈과 살상을 벌였다.

고려로서는 더 이상 버틸 수가 없었다. 그럼에도 자기 아들을 아끼는 마음이 컸던 고종에게는 나라의 어려움이나 백성의 참상 같은 것은 멀리 떨어져 있는 남들의 문제일 뿐이었다.

예수투는 이런 여몽간의 외교교섭과 전쟁상황, 그리고 고려의 국내사정 등을 자세히 적어 몽골 황제 몽케에게 올렸다.

몽케는 화를 내면서 말했다.

"몽골군은 고려를 격파하라."

이번에는 척후대 정도의 협상위협용 공격이 아니었다. 고려에 계속 속기만 한다고 판단한 자랄타이는 몽케의 공격령을 받고는, 주력군을 보내다시 전투를 벌였다.

몽골군은 남진하여, 수안군에 있는 양파혈(陽波穴)과 가수굴(嘉殊窟)의 두 동굴을 공격했다.

이 굴들은 천연동굴이다. 양파령의 깊은 산 속에 있는 데다 깊고 험잡다. 그 중에서도 양파혈은 상중하 세 개의 굴로 되어 있어 속이 아주 복잡했다. 숨어 지낼 피난처로서는 아주 적절해서, 옛날부터 피난지로 널리 알려져 왔다.

몽골군이 가까이 침입할 때마다, 주변지역 현령들은 백성들을 인솔해서 가수굴과 양파혈로 입보시켰다. 조정에서는 이 두 굴에 각각 방호별감을 보내어 지키게 했다.

고종 45년(1258) 6월, 자랄타이 몽골군의 내습과 약탈이 다시 심해지자 수안(遂安) 현령 박임종(朴林宗)이 백성들을 이끌고 그곳으로 들어가 숨어 있으면서 장정들을 무장시켜 몽골군 부대에 유격전을 펴고 있었다.

야별초 특공군은 최우 이래의 전술에 따라 밤을 이용해 몽골군 진지를 습격하거나 요로의 숲속에 매복해 있다가 접근하는 몽골군을 공격했다. 고려 별초군의 기습을 받고 몽골군은 다수의 인마를 잃은 채 도망했다.

자랄타이는 화가 났다.

"대몽골의 '이리군단' 이 어찌 고려의 지방군이 지키는 동굴 하나 점령치 못하고 당하는가. 몽골에서 사냥할 때는 동굴에 숨어있는 짐승들까지 잡아내지 않았는가. 전군을 투입해서 본격적으로 공격하라."

자랄타이의 명령에 따라 몽골군의 집중적인 동굴작전이 시작됐다.

몽골군의 공격은 양파혈부터 개시됐다. 그들은 산꼭대기에 올라가 밧줄을 드리운 다음, 갑옷 입은 군사들을 맨 위의 동굴 입구로 내려 보냈다. 그러나 거기서는 창이나 칼·도끼도 아무 소용이 없었다.

몽골군은 궁리 끝에 전술을 바꿔 화공(火攻)을 폈다. 그들은 섶에 불을 붙여 굴속으로 던져 넣었다. 동굴 안에 연기가 싸이고, 공기가 뜨거워졌다. 불길이 굴의 구석구석을 핥았다.

그 안에 숨어있던 수안 현령 박임종은 견디다 못해 스스로 목을 매어 자결했다. 그를 따라서 많은 수안 사람들도 자신의 목숨을 끊었다.

조정에서 파견한 양파혈의 방호별감은 주윤(周尹)이었다. 주윤도 연기와 불길을 견딜 수가 없었다. 그는 몽골군에 대항하여 싸우기 위해 별초를 거느리고 굴 밖으로 나갔다. 다른 입보자들도 뒤를 따랐다.

양파혈의 여건이나 입지가 피난지로는 유리했으나 군사들이 방어하기에는 불리했다. 백성들은 밖에 나서자마자 도망했다. 남아있던 별초 군사들의 희생이 컸다. 주윤도 적의 화살에 맞아 전사했다. 고려군은 전사하거나 도망했다. 포로로 잡힌 군인도 많았다.

이래서 천험의 요새 양파혈은 결국 몽골군에 점령됐다.

가수굴에서도 몽골군은 양파혈에서와 비슷한 전술을 썼다. 그들은 같은 수법으로 가수굴에 불을 집어넣었다. 고려군은 역시 불리했다. 그 안에 숨어있던 백성과 군사들은 연기와 고열을 견딜 수가 없었다.

가수굴의 방호별감 노극창(盧克昌)은 군사들을 이끌고 나와 항전하다가 상처를 입고 쓰러져 사로잡혔다. 여기서도 백성들은 굴에서 나와 뿔뿔이 흩어져 도망했다.

고려군은 다시 가수굴에서도 패전했다.

몽골군들은 그들이 점령한 굴속으로 들어가 그 안의 시설과 물품을 모두 불태웠다.

양파혈과 가수굴의 패전보고를 듣고 고종은 침울한 표정으로 말했다.

"오오, 견디다 못해 스스로 목숨을 끊은 관리들과 백성들이 가련하다. 나라에 힘이 없으니 백성들의 아픔이 크다. 힘이 없으면 작은 나라가 어떻게 큰 나라와 싸울 수가 있겠는가. 스스로 목숨을 끊은 박임종과 전사한 주윤, 생포된 노극창의 비운은 모두 부족한 임금의 책임이다."

고종은 몸과 마음이 많이 약해져 있었다. 그는 66세의 고령에 병이 오랫동안 겹쳐 있었다. 고종은 자기 기력이 다해가고 있음을 느끼고 있었다.

가수굴과 양파혈을 혁파한 다음, 자랄타이는 몽골군을 동원하여 개풍의 승천부, 파주의 교하(交河)와 봉성(峯城, 파주읍), 김포의 수안(守安, 통진)과 동성(童城, 김포읍) 등 강화 주변의 삼강지역 요지에서 방화와 약탈을 자행했다.

9월 달에는 몽골군의 기병 3백여 기가 갑곶강 맞은편의 김포 땅 성동(城東) 펄에 와서 연일 군사시위를 벌였다. 그들은 물러가지 않고 그곳에 둔영을 치고 있었다.

강화도 광성진의 맞은편인 김포의 착량(窄梁, 지금의 대곶면 신라리 德浦鎭)에도 몽골군들이 몰려와서 군사시위를 계속했다. 며칠 후 이들은 성동으로 올라가서 그곳의 몽골군과 합류했다.

그 위세가 너무나 강해서 성동의 산과 들이 온통 몽골군으로 뒤덮여 있었다. 역시 외교적 목표를 위한 군사압력이었다.

한편 김보정과 함께 국왕의 입조를 대신하여 자랄타이에게 갔다가 억류돼 있던 왕희(王僖, 영안공)는 두 달 뒤인 그해(1258) 8월 6일 강화로 돌아왔다. 태자입조를 대신하여 몽골에 인질로 갔던 고종의 차자 왕창(王淐)은 10개월 만에 풀려 9월 28일 강화에 도착했다.

조휘-탁청의 반역

정변을 주도하여 새로운 강자로 떠오른 김준은 북계로부터 몽골군 기병들이 남진한다는 보고를 받고 즉시 백성들을 입보시키라고 명령하는 한편, 그들을 저지키 위해 야별초를 몽골군의 진로에 출동시켰다.

고종 45년(1258), 자랄타이의 몽골군이 황해도 지역에 들어섰을 때였다. 강화도에서 파견된 야별초 군사들은 그곳에서 몽골군과 싸워서 이겼다. 이 승리들은 새로 국정을 떠맡은 김준의 위신을 크게 향상시켰지만, 서경이나 북계에서는 승리가 오히려 반정부 성향을 자극했다.

북방민족이 쳐들어오면 제일 먼저 가장 많은 피해를 보는 곳은 평안도 지방이다. 그곳은 적군의 통로이기 때문에 전쟁에 말려들지 않을 수 없다. 전쟁 피해를 피할 수 없는 곳이 평안도(북계)다.

그래서 전쟁이 나거나 길어지면 평안도지역 백성들의 불만은 중앙정부를 향해서 분출됐다.

그때 박주(博州) 사람들은 위도(葦島)에 입보해 있었다. 조정에서는 섬이나 산성에 사람들이 많이 입보해 있을 경우는 관리나 군인을 보내 백성들을 방호하고 위로해 주고 있었다.

그해 6월 최예(崔乂, 낭장)가 도령이 되어 별초들을 거느리고 위도에 가서 민심을 진정시키고 있었다.

"여러분, 고생이 많소이다. 여러분의 고충은 폐하와 조정에서 잘 알고
있습니다. 전쟁은 끝나가고 있습니다. 조금만 더 참으면 평화롭고 안정된
시대가 됩니다."

최예가 이렇게 설유하자 주민들이 되물으며 대들었다.

"그 '조금만'이라는 것이 도대체 얼마 동안입니까?"

"전쟁이 계속된 지 벌써 15년이 됐어요. 우리 북계 백성들이 겪고 있는
고생을 임금과 조정이 다 알고 있다고 하는데, 그 동안 우리가 가족과 이
웃을 잃고 가산을 탕진하면서 입보해서 얼마나 고생했는지는 강도에 앉
아서는 모릅니다."

"그래요. 당신들이 알기는 뭘 알아요. 말로 안다고 해서 아는 것이 아니
외다. 진정으로 우리의 고충을 안다면 임금이나 조정이 뭘 보여줘야지!"

북계인들의 불만은 대단했다.

최예가 당황해서 말했다.

"전시란 원래 모든 사람들이 다 고생하고 피해를 당하는 것입니다. 고
관도 군인도 양반도 마찬가지로 피해를 입고 고생하고 있습니다. 임금도
고생하긴 마찬가지입니다. 전체적으로 보아 전쟁국면은 분명히 끝나가고
있어요. 확실히는 장담할 수 없으나, 일 이 년이면 무슨 큰 변화가 옵니
다."

"변화는 무슨 변화요? 맨 날 마찬가지지."

"우리 폐하와 조정을 믿으십시오. 반드시 좋은 세상이 오고 있습니다.
우리 함께 조금만 더 견뎌봅시다."

최예가 자세를 낮추고 말을 조심하면서 열심히 주민들을 달래고 있었
다. 그러나 위도 사람들과 박주 사람들은 그것을 외면하고 그들끼리 작당
해서 난을 모의하기 시작했다. 잇단 전쟁으로 인한 피해지역 백성들의 분
풀이였다.

"서해도 수안과 그 주변 일대에서 야별초가 몽골군을 기습해서 큰 피해

를 주었다고 합니다. 이제 몽골군의 보복이 시작될 것이 분명하오.”

“그렇소. 이렇게 가만히 있으면 우린 다 죽어요. 일어섭시다.”

“그럽시다. 일어섭시다.”

그래서 그들은 반란을 일으켰다. 이때 반란을 주도한 사람은 안북에 주둔했던 군관 강지준(康之俊, 별장)이었다. 현지 출신의 강지준은 중앙에서 파견된 별초들에 대해 불평이 많았다.

강지준은 밤에 반군들을 이끌고 출동하여 중앙 별초(京別抄)들의 둔소를 습격하고, 최예를 비롯해서 윤겸(尹謙, 지유)·이승진(李承璡, 감창) 등을 살해했다. 최예가 데려간 별초군사들은 반군 세력을 피해 갈대숲으로 도망하여 숨어 있었다.

“저놈들을 추격해서 모두 없애라!”

강지준이 소리치자 반민들이 별초 군사들을 쫓아갔다. 결국 김준이 파견한 경별초 군사들은 모두가 갈대밭에서 살해됐다. 오직 한 사람, 신보주(申輔周, 교위)만이 작은 배를 타고 도망하여 북계 병마사에게 위도의 진상을 보고했다.

북계병마사는 즉시 군사를 이끌고 위도로 쳐들어갔다. 그러나 반란을 주도했던 청장년 남자들은 모두 도망하여 몽골 진영으로 가서 투항했다. 병마사는 남아있는 부녀자와 어리고 약한 사람들을 구해서 데려왔다.

조정에서는 그해(1258) 5월 18일 다시 박견(朴堅, 장군)과 김군석(金君錫, 낭장)을 위도에 보내 백성들을 타이르고 어루만져 선무했다. 반민들은 박견의 선무를 받고 가정으로 돌아갔다. 반란을 주도한 강지준은 도망하지 않고 숨어있다가 사흘 뒤인 5월 21일 위도에서 나와 자수했다.

서북면(북계)에서 자랄타이의 보복공격이 계속되는 동안 동북면(동계)에서는 그해(1258) 11월 몽골의 산지대왕(Sanji Dawang, 散吉大王, 일명 松吉大王)이 동진군을 동원하여 명주(溟州. 강원도 강릉)까지 내려왔다. 몽골군의 재침으로 평안도 지역에서와 마찬가지로 함경-강원 지역 백성들의 고생은 컸다.

그러나 가장 큰 불행은 그해 12월에 일어났다. 용진현(龍津縣) 사람 조휘(趙暉)와 정주(定州) 사람 탁청(卓靑)의 반란이다.

조휘-탁청의 반란군들은 삭방도(朔方道, 함경도 남부와 강원도 북부)의 등주(登州)와 문주(文州)의 사람들과 모의하여 함남의 화주(和州, 영흥)에서 몽골군의 지원을 받아 반기를 들었다.

그때 동북면 병마사 신집평(愼執平, 대장군)은 입보정책에 따라 백성들을 이끌고 죽도(竹島, 함남 덕원군, 지금은 원산시로 편입)로 들어가 있었다. 그러나 곧 식량이 떨어져 군사들을 풀어서 다른 도에 내보내 식량을 조달해 오도록 했다.

따라서 동북면 지역의 경비는 소홀할 수밖에 없었다. 그 틈을 타서 조휘와 탁청이 반란을 일으켰다.

동북의 불만은 서북면 평안도에서와 같이 전쟁에 대한 백성들의 단순한 불평이 아니었다. 그것은 일부 지방 야심가들에 의한 반란이었다는 점에서 달랐다.

조휘와 탁청의 무리들은 먼저 등주로 가서 부사(副使) 박인기(朴人起)를 살해하고 성을 점령했다. 그들은 다시 화주에 가서 부사 김선보(金宣甫)를 살해한 다음 성을 탈취했다.

반군은 다시 강화에서 파병되어 그곳에 주둔하고 있던 경별초들을 습격하여 죽이고, 강원도 고성(高城)으로 내려가 성을 공격했다. 그들은 몽골인들의 수법대로 가는 곳마다 민가를 불태우고 백성들을 살상·약탈하다가 마침내는 화주 이북의 동계지역 땅을 몽골에 바쳤다.

몽골은 이것을 환영했다. 몽골 동로군 사령관인 산지대왕이 영흥에 들어가 주둔하면서, 거기에 동계의 북부지역을 맡을 쌍성총관부(雙城摠管府)를 설치했다. 총관부는 새로 몽골령에 편입된 점령지를 다스릴 몽골의 총독부를 일컫는 것이었다.

몽골은 총관부에는 이를 지휘 감독하는 다루가치와 총책임자인 총관을

1명씩 두었다. 다루가치는 몽골인으로 하고 총관에는 현지인을 임명했다. 이 방침에 따라 산지는 조휘를 쌍성총관부의 책임자인 총관에, 탁청은 천호(千戶)로 앉혔다. 조휘가 행정권, 탁청이 군사권을 맡았다.

그 보고를 접하고 고종은 기절하듯 놀랐다.

"오호, 조휘와 탁청이 땅을 바쳐 몽골의 신하가 됐다는 말인가?"

"그렇다고 합니다."

"그렇다면 몽골이 우리 영토를 아주 자기네 영토로 만든 것이 아니냐?"

"그렇습니다, 폐하."

"나라 임금인 나로서는 열성조(列聖祖)들을 뵈올 면목이 없구나."

결국 이렇게 해서 북계 반란지역의 땅은 거의 백 년 동안 몽골의 영토가 됐다. 그 후 이 땅은 탁청의 후손 탁도경(卓都卿)과 조휘의 후손 조소생(趙小生) 등에 의해 세습적으로 지배되어 나갔다.[4]

조휘-탁청의 반란 이듬해인 고종 46년(1259) 정월이었다. 고려 조정에서는 동계와 서경에 주둔하고 있는 몽골군 장수들에게 문무 관리들을 보내 나라의 새해 선물을 전하게 했다.

서경에 있는 몽골군 왕만호(王萬戶)[5]의 둔소에는 이응(李凝, 형부시랑)을, 동계의 산지대왕 둔소에는 김기성(金器成, 낭장)과 곽정유(郭貞有, 별장)를 보냈다.

동계로 간 김기성과 곽정유가 함경남도의 문주(文州, 지금의 文川)의 보룡역(寶龍驛)에 이르렀을 때였다. 조휘가 그 무리와 몽골군 30명을 이끌고 나타나서 김기성과 곽정유 그리고 그들이 거느린 수졸 13명 등을 모두 죽이고, 그들이 가지고 간 국신(國贐)을 빼앗아 도망했다.

그 후 화주(영흥)의 반란군들은 쌍성총관부의 영지를 확대하기 위해 계

4) 쌍성총관부의 점령지는 98년 뒤인 공민왕 5년(1356) 몽골제국 붕괴기에 동북면 병마사 유인우(柳仁雨)와 천호인 이자춘-이성계 부자에 의해 탈환됐다.
5) 왕만호(王萬戶)는 장수의 이름이 아니고, 군사 1만 명을 지휘하는 왕씨(王氏) 성을 가진 지휘관일 것이다. 지금의 사단규모인 만호대(萬戶隊)의 장(長)을 만호장이라 했다.

속 남진해서 영동지역을 공격했다.

먼저 그들은 몽골군과 함께 속초로 내려와서 설악산의 한계성(寒溪城)을 공격했다. 그러나 한계성의 방호별감 안홍민(安洪敏)이 별초군사들을 거느리고 나가 이를 격퇴했다.

후에 그 반란군들은 동진국 군사들과 함께 강원도 춘주(春州, 지금의 춘천)까지 내려와 천곡천(泉谷川)에 진을 치고 있었다.

그곳에는 고려군 삼별초의 하나인 신의군(神義軍)이 주둔해 있었다. 신의군 군사 중에서 몽골어에 능한 군관 5명이 천곡천으로 갔다. 신의군 전투부대가 그들의 뒤를 따라 가서 반군들 주위에 매복키로 하였다.

신의군 5인 별초대가 쌍성 반군부대로 들어가 유창한 몽골어로 따졌다.

"우리는 자랄타이 원수의 명령을 받고 왔다. 너희는 누구의 명령을 받고 여기에 와있는가."

그의 몽골어 발음이 정확하고 말이 유창하여 반군들은 누구 하나 그들을 의심하는 사람이 없었다.

"우리는 쌍성총관부 군사입니다. 영토를 넓히기 위해 이곳을 점령하고 있습니다."

"자랄타이 원수의 작전명령이 없으면 누구도 출동할 수 없다. 쌍성의 군사도 마찬가지다. 너희 모두는 궁검(弓劍)을 풀어서 한 곳에 두고 복종의 자세로 엎드려 원수의 명령을 들으라."

신의군 5인대 지휘군관은 품에서 서류뭉치를 꺼내 들고 서있었다. 반군들은 주저하지 않고 그의 명령에 따랐다. 모두들 차고 있던 활과 칼을 벗어서 한 구석에 쌓아놓고, 제 자리로 가서 엎드렸다.

신의군은 반군들로 하여금 비무장의 예를 갖추고 상부의 명령을 듣도록 속여서 무장을 쉽게 해제했다.

별초의 군관이 다시 몽골어로 말했다.

"고려의 태자가 장차 우리 몽골에 입조할 것인데, 너희들은 어찌하여 고려의 사자(使者) 김기성을 죽이고 우리에게 오는 고려의 국신을 탈취했는가. 너희의 죄는 죽어 마땅하다."

반군과 동진 군사들은 벌벌 떨고 있었다.

이때 군관이 말채찍을 한 번 크게 휘둘렀다. 그것을 신호로 주위에 매복해 있던 고려의 별초군이 사방에서 함성을 지르며 나와서 공격했다. 반군은 한 사람도 벗어나지 못하고 모두 죽거나 포로가 됐다.

이래서 몽골 영토에 들어간 쌍성총관부의 지배영역을 남으로 확대하려던 조휘-탁청의 기도는 꺾였다.

그때 평양에 주둔하고 있던 몽골장수 왕만호(王萬戶)는 십령군(十領軍, 1만 병력)을 동원해서 평양의 옛 성을 수축하고, 고려인 조선 기술자들을 잡아들여 배를 만들고 있었다. 한편으로는 평양 주변의 평야에 둔전을 마련했다.

이것은 몽골이 평양지역에 오래 머물면서 북계지역을 영구히 지배하기 위한 조치였다. 그때 고려에 대한 몽골의 관심은 단순한 정벌이나 항복에 그치지 않고 이렇게 영토확장을 위한 점령정책으로 기울어져가고 있었다.

제 2 장

화친론의 부활

항몽파 고종의 반성

양파혈-가수굴의 도륙, 동계의 반란과 할지, 북계에서의 몽골의 영구주둔 준비 등 몽골의 영토적 야심에 대한 움직임은 노령에다 병이 겹쳐있던 고종에게 심한 충격을 주었다.

조정은 김준에 의해 장악되어 있었지만 항몽 강경파 무인들은 권력쟁탈에 여념이 없었다. 김준은 항몽은 하면서도 뚜렷한 원칙이나 대책을 준비해 놓지 않았다.

고종은 권력의 정점에서는 제거되었으나 새로 추밀원 부사로 임명된 유경(柳璥)을 불렀다.

"몽골의 무자비한 도륙과 내국인들의 반란이 계속되고 있다. 특히 짐의 가슴을 아프게 하는 것은 몽골의 영토 침탈이다. 몽골에 대한 정책을 어떻게 하면 좋겠는가?"

"예, 폐하. 옳게 보셨습니다. 강도에는 아직 저들이 들어오지 못해 직접적인 피해가 없으나 뭍의 사정은 눈물겨운 형편입니다. 저 몽골의 군사들은 수시로 아무 곳에나 들어가서 사람을 죽이고 부녀자를 겁탈하고 집을 불태우고 있습니다. 산성이나 해도로 피해 들어간 사람들도 식량이 바닥나 굶어죽는 사람이 속출하고 있다합니다. 어차피 우리가 몽골을 이길 수가 없고 언제고 항복할 바에는, 하루라도 빨리 항복하여 전쟁을 끝내는 것이 상책입니다. 그래야 몽골의 할지(割地)도 막을 수 있습니다, 폐하."

"저들은 태자의 입조를 요구하고 있다."

"그것은 몽골이 많이 물러선 것입니다. 저들은 당초 폐하의 몽도친조(蒙都親朝)를 요구해 왔습니다. 저들이 태자입조로 물러섰으니 우리도 상응한 조처를 취하는 것이 좋을 듯합니다. 이제는 태자 저하를 몽골에 행차하게 하셔도 큰 위험은 없을 것입니다."

"그대는 그렇게 생각하는가?"

"신의 우견으로는 그리 믿습니다."

"그래, 알았소."

"태자 저하를 몽골에 보내시려면, 먼저 사절을 몽골에 보내 사정을 알아보고 정지작업을 해 놓아야 할 것입니다, 폐하."

"그래야 하겠지."

유경이 물러간 뒤 고종은 혼자 생각했다. 그는 스스로 항몽을 주장하고, 몽골의 조공요구를 거부했을 뿐만 아니라, 왕자·세자의 입조마저 거부했던 자기의 과거를 조용히 되돌아 보았다.

이젠 역부족이다. 나도 노쇠(老衰)했지만 나라가 쇠잔(衰殘)하고 백성들은 곤핍(困乏)했다. 이젠 군사들도 지쳐서 탈진(脫盡)했다. 지방 세력가들의 반란이 잇달아 일어나고 국토까지 떼어다 몽골에 바치고 있다. 지금은 화친 외에는 다른 길이 없다.

고종은 그 동안 항몽을 견지해 온 자신을 되돌아 보았다.

우리 국력이 약하면서도 세계를 억누르고 있는 몽골을 상대로 항전을 계속해 온 것이 현명한 처사는 아니었다. 자기역량과 국제정세를 올바로 파악한 뒤에 정책이 결정되어야 함에도 우리는 그렇지 못했다. 우리는 몽골이 강한 줄을 미처 몰랐고, 그들이 저렇게 세계를 지배하는 제국이 될 줄도 생각지 못했다. 그것들을 안 뒤에도 우리는 강화의 지세가 험한 것만 믿고 몽골에 저항해 오지 않았는가.

고종은 최우에 이끌려 항몽론을 따르고 자식들을 몽골에 보내기를 두려워했던 것이 부끄럽게 느껴졌다.

몽골에 항복한 동서의 모든 나라들이 항복하고 싶어서 그리 했겠는가. 승산이 없어서 항복한 것이다. 승산이 없으면 유리한 조건을 찾아 항복하는 것이 정칙(正則)이 아니겠는가.

고종은 그런 깨달음이 너무 늦었다고 생각했다.

그래, 유경의 말이 맞는다. 이젠 태자를 보내자. 저들이 그토록 요구하고 나도 약속하지 않았는가. 여몽 양국이 모두 전쟁을 멈추고 싶어 한다. 저들을 더 이상 의심해서 태자입조를 거부할 필요는 없다. 몽골도 세계의 대제국이 됐고, 몇 차례 임금이 바뀌면서 저들의 생각이 바뀌고 태도도 순화됐다. 고려에서도 많은 사람들이 가서 몽골을 보고 돌아왔다. 그곳 황제들이 우리 고려인에게 특별히 잘못 대한 것도 아니다. 몽골 황제들은 오히려 기대 이상으로 자상하고 친절했다. 이제 태자를 보내야겠다. 태자가 가면 일이 잘 될 것이다.

그러면서 고종은 유경의 진언에 따라 태자를 보내기 전에 사전 조사와 교섭을 위한 사신단을 몽골에 보내야겠다고 생각했다.

다음날 고종이 조정에 명했다.

"이제 나라 정사를 혼자서 좌지우지하여 항몽을 주도해 온 최가정부(崔家政府)가 도태되고 왕정이 복고됐다. 이 사실을 몽골에 알리고, 몽골군의 철수를 요구하는 한편, 저들의 정치·군사 사정을 알아 오도록 하라. 이 일에 적합한 사람을 뽑아 몽골에 보내도록 하라."

이렇게 해서 고종은 항몽에서 화친으로, 적대에서 협상으로 정책을 바꾸었다.

나라 사정이 바뀌면서 화친으로 돌아선 고종은 태자 왕전을 몽골에 보내기로 정하고 나서 왕전을 불러들였다.

"부르셨습니까, 부왕 폐하?"

"사정이 많이 바뀌었다. 이젠 항몽만으로는 나라를 버텨나가기가 어렵게 됐다. 최씨정권이 붕괴된 뒤로 무신들의 항몽파가 많이 축소된 반면, 문신들의 화친파가 강화되어 계속 그들의 주장을 노골적으로 표명하고 있다."

"들어서 알고 있습니다."

"그래서 임금을 대신해서 태자인 너를 몽골에 보내기로 했다. 앞으로 이 고려는 네 나라다. 네가 몽골에 가서 그곳 사람들을 미리 만나 두어야 나라를 제대로 이끌어갈 수 있다."

고종은 몹시 미안하고 걱정스러운 표정이었다.

"그렇습니다, 부왕폐하. 염려 마십시오. 제가 다녀오겠습니다."

"그래, 고맙다. 그러나 세상일 모두가 생각대로 되어나가지는 않는다. 더구나 궁궐 안에서 뭇 사람들의 시중을 받아가며 자라온 네게는 더할 것이다. 몽골은 우리와 삼십 년 가까이 전쟁을 해온 적국이 아니냐? 더구나 동서를 정복한 세계대국에다, 야만스런 유목국가다. 스스로 많이 연구하고 계획하여 떠나도록 하라."

"예, 아바마마."

"몽골에 익숙하고 정책에 능숙한 신료들을 함께 보낼 것이다. 문신인 이세재(李世材, 참지정사)나 무신인 김보정(金寶鼎, 추밀원부사) 같은 사람과 자주 만나 앞으로의 일을 추진토록 하라."

"고맙습니다, 폐하."

왕전은 부담을 느끼며 물러났다. 그러나 발걸음은 가벼웠다. 마치 그는 '이제 때를 만났구나' 하는 듯한 표정이었다.

고려 조정에서는 고종 45년(1258) 12월 29일, 새해 설날을 하루 앞두고 박희실(朴希實, 장군)과 조문주(趙文柱, 장군)·박천식(朴天植, 별장)을 몽골로 보냈다.

박희실은 최씨정권을 타도한 무오정변의 기획자이자 주동자였다. 그는 신의군의 핵심 세력이었으나 김준이 그를 꺼려하여 대몽 교섭사로 임명됐다.

박희실의 수행원인 조문주는 정변 당시 견룡부대 행수였고 당시 계급은 산원, 박천식은 조문주 밑에서 대정으로 있었다. 그때 무오정변(1258)에 참여하여 그 공로로 승진된 무인들이었다.

신의군 출신의 정변공신들로 구성된 이들 무인외교팀의 임무는 태자 왕전(王倎)의 몽골 입조를 앞두고 사전 정지작업을 하는 일이었다.

떠나기 전날 고종이 그들을 불렀다.

"그대들이 이번에 몽골에 가면, 불원간에 태자를 몽골의 황궁에 입조시킨다고 말하라. 어차피 우리가 몽골의 요구를 받아주지 않을 수 없으니 그리 하도록 하라. 아직 조정에서 결정하지는 않았지만 태자가 가야만 나라일이 될 것이다."

"태자 저하가 입조하시면 몽골군은 곧 철수할 것입니다."

"나라일이란 정책을 결정하고 집행하는 것이 담당 관리들의 몫이다. 관리들을 잡아야 나라를 잡게 된다. 국신을 충분히 가져가서, 먼저 몽골의 담당 관리들을 만나 나라 사정을 잘 설명하고 국신을 넉넉히 건네주도록 하라."

"예, 폐하."

"선물은 사람을 기쁘게 하는 귀보(貴寶)다. 그것을 받으면 누구나 기쁘고 고마워한다. 그러나 선물은 주는 사람의 정성과 마음이 담겨 있어야 제 구실을 할 수 있다. 따라서 국신을 준비함에는 우리의 마음을 담아서 정성껏 마련해야 한다. 조정에 명해서 국신 준비에 성의를 다하도록 하겠다."

"감사합니다, 폐하."

"몽골은 군사는 강하나, 물자는 가난한 나라다. 따라서 그들은 재물을 좋아한다. 선물을 많이 써서 몽골 관리들의 마음을 잡으면 몽골국가의 마음도 잡힌다. 그러면 우리 고려에 대한 몽골의 가혹한 정책을 완화하고 그들의 과중한 요구를 줄일 수가 있다."

"예, 폐하."

"나라의 관계는 상대를 올바로 알아야 국리를 도모할 수 있다. 이번에 가면 몽골군과 몽골의 사정, 권력자들의 움직임 그리고 중국에서의 전쟁 상황도 잘 살펴서 알아오도록 하라."

박희실 일행은 조정에서 마련해 준 여비와 국신을 가지고 강도를 떠나 몽골을 향했다.

박희실 외교단은 강화경을 떠나 개경을 거쳐 몽골을 향해 북행하다가, 먼저 안북에 들러 몽골 원수 자랄타이를 찾아갔다.

"그대들은 무엇 하러 왔는가?"

자랄타이는 냉랭했다.

"고려에 들어와 있는 몽골의 군대를 철수시키도록 요청하러 왔습니다."

그러면서 박희실 일행은 국신을 내놓았다.

"우리나라 때문에 수고하고 계신 자랄타이 원수에게 우리 임금께서 정성들여 보낸 국신입니다."

선물 보따리를 보고는 자랄타이의 냉랭하던 표정은 부드럽게 바뀌기 시작했다. 그는 부드러운 목소리로 말했다.

"귀국은 우리에게 계속 철수를 요구하고 있다. 고려가 우리의 요구를 듣지 않고 계속 우리를 적대하고 있는데, 어떻게 우리가 군사를 철수할 수 있겠는가?"

박희실이 말했다.

"우리나라에서 출륙환도와 왕의 몽골입조를 결정하지 못한 것은 한갓 권신이 국정을 자기 마음대로 하면서 귀국에 내속(內屬)하기를 거부해 왔기 때문이었습니다. 그러나 권신 최의가 이미 죽었으니 이제 우리가 육지로 나와서 귀국의 명령을 들으려고 합니다."

"그렇게 하시오. 그러면 일이 다 해결될 것이오."

"그러나 귀국의 군대가 우리 국토를 점령하여 우리 조정과 백성을 위압하고 있으니 우리가 어떻게 나올 수 있겠습니까?"

조문주가 나섰다.

"이제 절대권력을 전단(專斷)해 온 권신들이 없어졌으니 장차 우리 고려는 태자를 몽골에 보내 입조케 하고, 조정은 옛 서울 송도로 돌아가게 될 것입니다."

자랄타이는 만면에 웃음을 보이며 말했다.

"그런가. 그것 참 잘된 일이오. 그리 되면 이제 몽골군이 고려에서 아주 철군하여 전쟁이 끝나고, 몽골과 고려 두 나라 사이에 진정한 평화와 우호가 이뤄질 것이오."

"그렇습니다, 장군."

"태자가 온다면 4월 초하루까지 도착하도록 하시오."

"그리 전하겠습니다."

"나는 고려 국왕에게 사절을 보내 그런 우리의 뜻을 전하겠소."

"그러면 우리는 박천식 별장으로 하여금 장군의 사절을 안내하도록 하겠습니다."

"그래, 그리 하시오. 박희실 장군과 조문주 장군이 오니 일이 잘 풀리는군. 그대들이 이번 정변에 공이 크다는 말을 이미 듣고 있었소이다."

"국가대의를 위해서 일조한 것뿐입니다."

"국권을 놓고 벌인 정변인데 목숨을 걸고 나선 것 아니겠소. 대단한 분들이오. 어쨌든 모든 정황으로 보아, 앞으로는 우리 양국 관계가 좋아질 것 같소."

"자랄타이 장군이 그렇게 생각하면 그리 됩니다. 그런 관계 개선을 촉진하기 위해서 부탁 하나 드리겠습니다."

"무엇이오?"

"몽골군의 살생을 중지해 주십시오. 아직도 몽골군은 민간인 촌락에 들어가 죄 없는 백성들을 죽이고 약탈과 방화 그리고 부녀자 겁탈을 계속하고 있습니다. 장군께서 '살아있는 생명을 아끼는 덕'(好生之德)을 베푸셔서, 몽골 군사들의 탈선행위를 즉각 중지해 주십시오. 이제는 세계제국인 몽골이 어질고 우호적인 자세를 보여야 할 때입니다. 그래야 양국관계가 더 빨리 개선될 것입니다."

"알겠소."

이래서 박희실은 박천식으로 하여금 웬양케다(Wenyang-keda, 溫陽加大) 등 자랄타이의 사절 9명을 안내하여 강도로 돌아가도록 했다. 그리고 자신은 조문주와 함께 몽골황제 몽케가 있는 카라코럼으로 가기 위해 중도(中都, 지금의 북경)를 향해서 다시 떠났다.

항몽론자 고종을 화친론자로 바꿔놓은 유경(柳璥, 1211-1289)

고려 후기의 문신으로 문화 유씨. 유경은 사람을 대할 때 말이 부드럽고 웃음이 많아서 인망을 얻었다. 인물을 보는 안목이 뛰어나, 훌륭한 사람을 많이 추천하여 인재를 양성했다. 과거로 급제하여 벼슬에 오른 뒤 항상 강권(强權)과 다부(多富)를 누렸다. 현실적이고 유능했지만 권력과 재물에 욕심이 많았다. 그 때문에 그는 경쟁자들로부터 모함과 질시를 많이 받아, 몇 차례 유배를 당하는 등 수난을 겪었다.

유경은 고종 때 과거에 합격한 문신으로, 최우에게 발탁되어 정방을 이끌어 가는 유능한 실무관료였다. 정방(政房)에 오래 근무하면서 최항의 신임을 받았다. 최항이 죽고 그의 아들 최의가 집권하자 유경은 최의의 무능과 악화된 민심을 고려하여 김준(金俊)과 공모하여 최의를 살해하고 최씨 정권을 타도하고 왕정을 회복시켰다. 그 공로로 고종은 정변 이후 더욱 유경을 가까이 두어 궁궐 안의 편전(便殿)에 정방을 두고, 유경으로 하여금 인사권을 장악하고 국가의 중요 기무를 전담케 했다. 정변 이후 고려의 최강자는 임금 고종이었다. 그런 고종의 가장 가까운 곳에 있는 신하가 바로 유경이었다. 고종의 신임을 받은 유경은 완전한 왕정복고를 기도했으나, 김준 중심의 군부의 반대로 다시 군정이 이어지면서, 유경은 핍박을 받았다.

유경은 대몽정책에서 화친론자였다. 항몽론을 고수하여 왕자들의 몽골입조를 거부하던 고종의 생각을 바꿔 화친정책을 쓰게 한 것도 유경이었다. 1259년 고종은 병환이 깊어 죽게 되자, 유경의 집으로 옮겨 간호를 받다가 그의 집에서 사망했다. 유경은 키가 작았으나 몸은 뚱뚱했다. 누구나 유경을 마주하면 엄숙하게 되리만큼 인품이 높았다. 그는 매사에 민활하고 현명했다. 도량이 크고 깊어서 능히 큰일을 처리할 수 있는 인물이었다. 유경은 사람을 알아보는 눈도 높았다. 그가 추천했거나 급제시킨 사람들은 모두가 훌륭한 자질을 가지고 후에 공을 많이 세웠다. 사람들과의 교제에도 능해서, 재미있는 말과 푸근한 웃음으로 항상 사람들의 마음을 끌었다.

항전에서 화친으로

　고종이 몽골과의 화친을 모색키 위해 태자의 입조를 결심하고 무인사절단을 몽골에 보냈지만, 몽골의 침공이 한층 강화되는 등 사정은 계속 악화되고 있었다.

　새해 들어 고종은 몽골에 대한 정책 논의를 다시 벌였다.

　그해 고종 46년(1259) 정월. 고종은 3품 이상의 문무 신료들을 모아놓고 말했다.

　"나라 형편이 점점 나빠져 지금 그 한계에 와 있소. 몽골군의 공격은 더욱 심해지고, 내부에서는 반란이 자주 일어나 우리 군사를 죽이고 땅을 바쳐 몽골에 투항하는가 하면, 이곳 강도의 창고도 비어서 벌써 몇 번째 관리들의 녹봉을 주지 못했소. 어떻게 해야 하겠소? 몽골에 항복할 것인가, 아니면 계속 이렇게 강도에서 수비할 것인가, 여기에 대한 계책을 진술하시오."

　이 문제는 임금이나 집정자가 결심하여 조신들의 동의를 얻으면 금방이라도 해결될 일이었다. 제기된 지가 너무 오래 됐고 의논도 많이 했기 때문에 깊이 논의할 것은 없었다. 그러나 진퇴양난의 입장에 처하자, 다시 고종이 직접 문제를 들고 나왔다.

신료들은 서로 눈치를 보기만 할 뿐 말이 없었다.

"나라의 중대사이니 주저 말고 말해 보시오."

그러자 이미 72세가 되어 있던 문신 최자(崔滋, 평장사, 정2품)가 나섰다.

"이곳 강도는 지역이 넓고 사람은 드물어서 굳게 지키기가 곤란합니다. 따라서 지금으로서는 육지로 나아가 항복하는 것이 좋겠습니다."

화친론이었다.

다음으로 고종의 사신으로 여러 차례 몽골에 다녀온 김보정(金寶鼎, 추밀원사, 종2품)이 최자를 지지하고 나섰다.

"그렇습니다. 나라에서 파견한 방호사들이 부하 군사들에 의해 살해된 예가 늘어가고 있습니다. 지난달 12월에도 달보성(達甫城) 사람들이 방호별감 정기(鄭琪)를 붙잡아 몽골 군영으로 데려가 넘기면서 자신들은 몽골에 귀부했습니다. 이미 민심이 전쟁을 기피하고 있습니다. 이런 민심이 계속되면 그들은 조정을 등지게 될 것이 걱정됩니다."

역시 화친론이었다.

다음으로 역시 문신인 이장용(李藏用, 정당문학, 중서문하성 종2품)이 나섰다.

"지난해에는 수확을 하지 못해 한해의 농사를 몽골군이 거두어 갔습니다. 백성들의 식량은 이미 떨어진 지 오랩니다. 성주의 기암성(岐巖城)은 몽골군에 포위되어 군민이 합세하여 이를 물리치기는 했으나, 식량이 다하여 차마 입에 올리기가 송구하오나 사람들이 서로 잡아먹었다고 합니다. 이런 사정은 강화경에 가만히 앉아서 듣고만 있을 일이 아닙니다."

이장용도 화친론이었다. 고종은 잠자코 들으면서 고개만 끄덕이고 있었다.

이장용의 말이 계속됐다.

"이제는 몽골과의 화친정책을 기본 방침으로 채택해서 적극적으로 추진해야 합니다. 태자의 입조도 더 이상 미뤄서는 안 됩니다. 이미 폐하께서 허락하신 일이니 태자입조를 서둘러야 합니다. 대외 관계, 특히 적성

국과의 관계에서 제일 중요한 것이 신뢰입니다. 폐하께서 하신 말씀이 실행에 옮겨져야 몽골이 앞으로 우리의 말을 신뢰하게 됩니다. 신뢰가 바탕이 되면 그 토대 위에서 우리의 뜻을 관철해 나가기가 쉽습니다."

문관들 사이에 잠재되어 있던 대몽 화친론이 고종 앞에서 다시 고개를 들기 시작했다. 특히 이장용이 강도 높은 화친론으로 화친파에 합세한 것은 고려의 대몽 정책논쟁에 새로운 바람을 일으켰다.

어렵게 찾은 왕권을 다시는 놓치지 않으려는 듯이 고종이 말했다.

"결국 우리가 갈 길은 몽골과의 화친과 공존이오. 최자와 김보정·이장용이 말한 대로 몽골에 태자를 보내고 항복하도록 하오. 과인도 그렇게 마음을 정해 놓았소."

장내는 쥐 죽은 듯이 조용했다. 항몽파 무인석에서도 아무 말이 없었고, 화친파들도 침묵을 지켰다.

고종이 말을 이어나갔다.

"그러면 어떻게 항복해야 할 것이오?"

다시 최자가 말했다.

"저들의 요구는 많이 물러섰습니다. 처음에는 폐하의 군문항복과 자기네 황제에의 친조를 주장했으나, 지금은 태자의 입조 정도를 주장하고 있습니다. 태자 저하가 입조 하시면 모든 일이 순조롭게 풀릴 것입니다."

이장용이 다시 나섰다.

"그 방법이 지금의 우리에게는 최선이고, 몽골에게는 최하의 길입니다."

이세재(李世材, 참지정사, 종2품)가 촉구하듯이 말했다.

"그리 하소서, 폐하."

화친파 신료들이 합창하듯이 '그리 하소서'를 반복했다.

"알았소. 그리 하도록 하오."

그래서 고종은 몽골에 항복하기로 하고 유화책을 쓰기 시작했다. 그 결정에 따라 조정에서는 태자입조 절차를 밟기 시작했다.

　두 달 뒤인 그해 고종 46년(1259) 3월 8일이었다. 박천식이 안내하여 들어온 자랄타이의 몽골 사신 웬양케다 일행이 강도에 도착했다.

　그 보고를 받고 고종은 생각했다.

　역사에는 대결이 있고 협상이 있다. 투쟁이 있고 화해가 있다. 공격과 방어가 있고, 파괴와 건설이 있다. 그 동안 우리 고려는 몽골의 침략을 맞아 대결과 투쟁, 방어와 파괴로 일관해 왔다. 그러나 우리는 지쳤다. 이제부터는 협상과 화해, 건설과 평화로 넘어가야 한다. 역사의 큰 흐름을 거역할 수는 없지 않겠는가.

　이제 화친론자가 된 고종은 몽골 사신들을 강안전으로 불러들였다.

　웬양케다가 대뜸 고종에게 물었다.

　"태자는 언제쯤 몽골로 갑니까?"

　"5월쯤이면 갈 수 있을 것이오."

　"우리 군사의 진퇴는 태자의 입조시기에 따라 빠르고 늦음이 결정될 것인데, 5월이면 너무 늦습니다."

　"그러면 4월중에 보내기로 하겠소."

　"그렇게 해주시지요. 그러면 내가 오늘 태자를 직접 만나서 약속을 받아 놓겠습니다."

　"굳이 그럴 필요는 없소. 장차 만나게 될 것이오."

　고종은 그렇게 다짐하고 그들에게 금은과 포백을 넉넉히 주었다.

　태자 왕전은 중방에다 잔치를 준비해 놓고 몽골 사절들과 고려의 신료들을 초대했다.

　왕전이 말했다.

　"나는 4월 27일 몽골로 떠날 것이니, 그렇게 알고 준비해 주십시오."

　이래서 그렇게도 많은 희생을 감수하며 끌어오던 태자의 입조 문제가 일단락됐다. 몽골이 끈질기게 요구하던 '국왕친조'가 '태자방문'으로 바뀌어 낙착됐다.

조정에서는 각 주현(州縣)의 수령(守令)들에게 섬이나 성에 들어가 있는 난민들을 데리고 나와서 고장에 돌아가 농사를 짓게 하라고 명령했다. 최우에 의해 선택되어 항몽의 주요 전략으로 실시되어 온 입보정책이 여기서 해제됐다.

고려 정부가 태자의 몽골 입조와 입보 해제를 결정하자, 자랄타이는 고려에 침공해 있던 군사들을 이끌고 압록강 주변의 북쪽으로 철수했다. 몽골군이 고려에서 완전히 철수한 것은 아니지만 전투를 중지하고 일선에서 후방으로 철수하여, 그곳에 주둔하면서 고려의 움직임을 살피고 있었다.

고종은 이런 사태를 보면서 태자가 몽골을 방문함으로써 여몽전쟁은 끝나는 것으로 생각했다.

화친론의 수장이 된 문호 최자(崔滋, 1188-1260)

최자는 해동공자로 불리던 고려의 거유(巨儒) 최충(崔沖)의 6대 후손이다. 최자는 말수가 적었고, 남보다 특이하게 나타나는 것을 피했다. 젊어서부터 글을 열심히 해서 강종 원년(1212) 과거에 급제했다. 처음 벼슬은 외직인 경상도 상주목(尙州牧)의 사록(司祿, 7품)이었다. 사록은 문과에 합격한 문관들이 임관되어 맨 먼저 나가는 지방 외직이다. 최자는 지방에서 열심히 일해서 그 능력을 인정받아, 최우에 의해 내직으로 들어와 국학(國學, 국자감의 후칭)의 말직인 학유(學諭, 종9품) 등에 보충됐다.

그때 최우는 조정 관리들의 우열을 가리기 위해 사람마다 등급을 매겨 인사의 기준으로 삼았다. 그 등급 책정의 기준이 된 것은 선비로서의 문(文, 문장능력)과 관리로서의 이(吏, 행정능력)의 두 가지였다. 그 중에서 이보다는 문을 중시했다. 문과

이가 모두 우수한 사람은 제1급으로 하고, 문에는 능하나 이에 약한 사람은 제2급, 이는 있으나 문에 약한 사람은 제3급, 문과 이 모두가 약한 사람은 최하급인 제4급으로 했다. 최우는 이것을 자기 손으로 병풍에 기록해 두고, 사람을 선발하고 관리들을 보임할 때마다 이것을 참고로 했다.

그때 최자는 문장능력과 행정능력이 모두 취약하다해서 항상 제4급으로 분류돼 있었다. 그 때문에 최자는 최우의 인정에도 불구하고, 10년이 되도록 진급되지 못했다. 그후 어느 때, 최우가 이규보에게 물었다. "그대 후임으로 문한(文翰)을 담당할 사람으로는 누가 적임이라고 생각하는가?" 문한이란 대외 외교문서 등 중요한 국서를 쓰는 직책이다. 이규보가 최우의 물음에 이렇게 답했다. "학유직에 있는 최자(崔滋)가 있고, 과거에 급제한 김구(金坵)가 그 다음이 될 것입니다." 그때 이규보(李奎報)는 최자가 쓴 노래가사 우미인초(虞美人草)와 시 수정배(水精盃)를 읽고, 그를 대단히 우수한 문사로 평가하고 있었다. "최자는 문과 이 모두가 약해서 그 능력이 최하위급으로 분류돼 있소." 그러면서 최우는 관리 등급표를 내보였다. 이규보가 그것을 훑어보고 말했다. "그러면 영공께서 직접 그들을 시험해 보시지요." "그리 합시다. 최자와 김구, 그리고 이수(李需)·이백순(李百順)·하천단(河千旦)·이함(李咸)·임경숙(任景肅)도 이름난 문사들이니, 그들을 함께 시험해 봅시다." 이래서 최우는 그들 문사 7명에게 표(表)와 서(書)를 주고, 정해준 기일 안에 글을 지어 올리게 했다. 그는 이렇게 하기를 열 번이나 했다. 최우가 그들의 글을 받아서, 이규보로 하여금 성적을 평정해서 보고하도록 했다. 그 결과 열 번 중에서 최자가 5번을 일등인 장원을 하고, 5번은 이등인 차석이었다. 문장에 능하고 학문이 깊었던 최우는 이규보의 평정을 면밀히 검토한 끝에 그 평정을 인정하여 우선 최자를 급전도감(給田都監)의 녹사로 임명했다.[6] 이것은 검증단계였다.

최우는 그후 최자의 근무태도와 성적을 면밀히 관찰하고 있었다. 최자는 급전도감에 근무하면서 관리들에게 토지를 분급해 줄 때, 아주 공정하면서도 일을 민속하게 처리했다. 그는 성품이 근면해서 일찍 출근하고 늦게 퇴근하면서 열심히 일

---

6) 급전도감(給田都監); 벼슬한 사람들에게 논과 밭을 나눠주는 일을 담당한 관아.

했다. 이것이 최우의 인정을 받아서, 그후 최자는 여러 번 진급해서 고종 때에 이르러 정언이 되고 다시 상주목사와 두 차례 안찰사로 나갈 수 있었다. 이때에 이르러 최자는 최우의 측근심복으로 자리를 굳혔다. 최자는 최우가 강도로의 천도를 강행했을 때는, 장편의 문학작품인 삼도부(三都賦)를 써서 강화 천도를 찬양했다. 최자는 이 삼도부에서 강도(江都)를 금성탕지라고 하면서, 강도를 개경·서경과 비교하여 삼도 중에서 강도가 가장 뛰어난 도성이라고 강조했다. 그는 삼도부에서 서경은 음란으로 망했고 개경은 사치로 망했지만, 강도는 덕의 터전이어서 풍속이 순후하기 때문에 만년을 내려가도 태평과 안전을 누리게 된다고 강조하고, 그렇게 되기를 기원했다. 당시 천도에 반대하고 불편하고 서글픈 강도생활을 비관하던 많은 사람들이 삼도부를 읽고 자위하고 자신을 달랬다. 이래서 최자의 삼도부는 항몽파 최우에 의해 일방적으로 단행된 강화천도를 합리화하여 천도를 꺼려하던 지배층과 백성들을 설득하는데 기여했다.

이렇게 최자는 세속적인 아첨에도 능했다. 김준이 최우의 신임을 받는 것을 보고, 그는 김준의 세 아들을 초청해서 대접한 일이 있었다. 이 일이 밖에 알려져 최자는 선비들 사회에서 웃음거리가 되기도 했다. 그 후로도 최자는 승진을 거듭해서 여러 요직을 거쳐, 최씨정권이 붕괴되는 무오정변 때는 평장사와 판이부사를 겸하고 있었다. 그때 최자는 수석재상인 총재(摠裁)로서 사태를 무난히 수습하여 상하의 신뢰를 받았다. 그가 제3세대 화친론의 지도자가 됐을 때도 여전히 조정의 수석재상이었다. 최우와 함께 항전파의 일원이었던 최자가 이제는 김보정 이세재 등의 화친론을 앞장서서 이끌어 가는 대표자가 됐다.

제3세대 화친파들

　최씨 군사정권은 고려 항몽세력의 중심이었다. 모든 정책은 집정자가 임의로 결정했다. 그런 최씨정권의 붕괴는 국왕의 권한을 강화했다. 이런 권력구조의 변화는 대몽정책의 근본을 흔드는 계기가 됐다.

　최씨정권이 붕괴된 뒤로 고종은 강화된 왕권으로 몽골과의 화해를 스스로 모색해 나가기 시작했다. 거기에 다시 강화된 화친파 문신들의 압력에 밀려서, 고종은 태자 왕전의 몽골 방문을 허용하고 입보정책을 폐지키로 결정했다.

　이런 국가전략의 변화는 두 가지 배경에서 이뤄졌다. 시대의 변화와 고종 자신의 변화다.

　고종도 초기에는 최우에 버금가는 항몽파였다. 그는 강화천도에는 주저했지만 스스로 항몽론을 취해서 초기에는 몽골 사신의 입국에 제동을 걸었다. 그는 몽골의 항복조건이나 철군조건도 받아들이지 않고 항몽전쟁을 지지했다.

　고종은 후기에 들어와서도 왕자나 태자의 몽골 입조에 반대하면서 여몽화친을 기피했다. 그런 고종이 이제 태자의 몽골 입조를 수락한 것은 항몽입장이 한 단계 후퇴했기 때문이다.

고종은 몽골의 국왕친조 요구는 계속 거부하면서 제1단계로 왕족(王族)을 보내다가, 제2단계로 태자가 아닌 왕자(王子)를 몽골에 인질로 보내더니, 이제 제3단계로 차기 임금인 태자(太子)를 보내기로 했다.

그러나 무인세력을 대표하는 김준은 이런 고종의 입장변화에 불안을 느꼈다. 항몽파였던 임금이 몽골과의 화친을 추구하는 것은 왕권의 강화와 문권의 우월, 무권의 약화를 의미하고 결국은 투항으로 귀착될 것이라고 김준은 생각했다.

그 무렵 화친론이 다시 제기된 것은 몽골의 압력도 있었지만 권력변동이라는 고려의 내부사정의 변화로 가능했다.

항몽의 주체였던 최씨정권이 붕괴되고 형식상으로는 왕정이 복고된 데다, 김준 중심의 무인정권은 아직 제대로 틀을 잡지 못해 취약한 편이었다. 그 위에 고종 자신이 시대의 변화를 읽어 생각을 바꾸고, 화친의 불가피성과 비위험성을 인식했다.

이때 화평론자인 최자는 조정안에서 무인들과 맞서서 대몽 화친론을 주장하는 새로운 지도자로 부상했다.

항몽전쟁 초기의 화평론자는 유승단이었다. 그가 화평론의 제1세대 수장이다. 그때 최우의 치하에서 화평론을 선호한 자는 많았지만, 표면에 나와서 절대권력자 최우의 항몽론에 정면으로 맞서 화평론을 주장한 사람은 유승단뿐이었다.

항몽전쟁 중기의 화평론자는 최린이다. 그가 제2세대 대몽 화평론의 수장이다.

고려의 항몽전쟁 후기에 화평론자로 떠올라 있는 것이 바로 최자다. 유승단과 최린에 이어 최자가 제3세대 화평론의 선봉장으로 올라섰다.

또 한 명의 화친파인 김보정은 무인으로 계급이 상장군에 올라 있으면서, 문관직을 맡고 있었다. 그러나 무인정권 담당자들과는 달리 일찍부터 몽골을 출입하면서 화평론을 지지하여 문신들과 노선을 같이하고 있었다. 그러나 최린이나 최자의 뒤에 서서 동조하는 수준이었다. 그는 이미 세 차례(1234, 1238, 1241)나 몽골을 다녀왔고, 자랄타이를 두 차례(1253, 1258)나 찾아가 철군교섭을 벌인 고려의 몽골통 전문가였다.

이세재도 김보정과 마찬가지로 무인으로 대장군에 올라 문관직을 맡고 있었다. 그는 최자와 같은 적극적인 화친파이기보다는, 항몽이 국가에 이롭지 못하다는 판단 하에 '비항몽 친화평'(非抗蒙 親和平)의 입장에 서있던 소극적인 화친론 온건파였다.

몽골의 출륙환도 압력에 못 이겨 고려가 마지못해 개풍 쪽 승천부의 임해원(臨海院) 옛 궁궐터에 새로 궁궐을 지을 때, 이세재는 신집평(愼執平, 장군)과 함께 그 조영공사를 맡았다.

뒤늦게 화친파에 합류하여 항몽파와 화친파 간의 정책논쟁의 전면에 등장한 이장용은 인주(仁州) 이씨로 중서령을 지낸 문종시대의 권신 이자연(李子淵)의 6대 손이고, 추밀원사로 있던 이경(李儆)의 아들이다. 이장용은 고종조에 들어 과거에 합격한 뒤로, 서경의 사록과 직사관·대사성·승지·추밀원부사 등을 거쳐 바로 전해(1258) 정당문학(政堂文學, 종2품)[7]으로 올라 있었다.

현실주의적인 이장용은 그 특유한 현실감각과 정연한 논리로, 연로한 데다 최근 들어 건강이 눈에 띄게 악화돼 있는 최자의 뒤를 이어 화친파의 선두 대열에 올라서기 시작했다.

---

7) 정당문학(政堂文學); 고려 중서성의 종2품 벼슬로, 참지정사 지문하성사 등과 동급이다. 후에는 참문학사(參文學士)라 했다.

태자가 몽골로 가다

고종 46년(1259) 4월 21일. 태자 왕전(王倎)이 드디어 강화도를 떠나는 날이 왔다. 예정보다 일주일 앞당긴 출발이었다. 고종의 병세가 계속 악화되자 왕전은 하루라도 빨리 대몽강화 문제를 해결해야겠다고 생각하여 출발일정을 앞당긴 것이다.

그때 왕전은 참지정사 이세재(李世材, 대장군)와 추밀원부사 김보정(金寶鼎) 등 수행원 사십여 명을 대동했다. 김준은 그 수행원 중에 자기 동생인 김승준(金承俊)을 끼워 넣었다. 화친파 중심으로 구성된 태자 수행원들을 믿을 수가 없을 뿐더러 그들을 감시하고 견제하기 위해서였다.

국빈인 그들 수많은 사람들이 한꺼번에 움직이며 숙식을 같이 하는 것 자체가 보통 일이 아니었다.

국왕 고종의 특사 자격으로 몽골에 가는 태자 왕전의 비용은 백관들로부터 거두어 들인 은과 비단으로 충당했다. 문무 4품 이상의 관원들은 은을 한 근씩 내고, 5품 이하는 포(布)를 직급에 따라 차등 있게 부담했다.

몽골로 가는 국신을 실은 3백여 필의 말이 왕전 일행의 뒤를 따랐다. 말이 모자라서 길가는 사람의 말을 강제로 매입했기 때문에, 왕전이 떠나기 직전 길에는 말을 타고 다니는 사람이 별로 없었다고 기록돼 있다.

이래서 왕전의 몽행 행렬은 수행원 40명에 하위 실무자와 잡부 등을 포함해서 2백 명이 넘었다.

그때 병이 심해진 고종은 사흘 전인 4월 18일 유경의 자택으로 거처를 옮겼다. 전망이 좋고 조경이 잘 돼있는 유경의 집에서 병치레를 하려는 것이었다. 고종은 유경과 협의한 뒤, 몽골 황제 헌종에게 보내는 표문을 써서 왕전 편에 보냈다.

표문 내용은 이러했다.

고종이 몽제 몽케에게 보내는 표문

'돌이켜 생각건대, 소방(小邦)은 일찍이 군사 통제권을 가진 권신이 오랫동안 군사와 정치를 독단한 적이 있었는데, 내가 그의 수단에 빠져 그를 제어하지 못했기 때문에, 황제의 요구를 시행하지 못한 것이 많았습니다.

다행히 천우신조로 이 흉악한 무리를 쉽사리 처단할 수 있었습니다. 장차 만대를 내려가면서 한 마음으로 힘을 다할 것이며, 근래에 섬으로 피난했던 백성들을 다 제 고장으로 돌아가게 했습니다.

한심하게도 내가 늙은 데다 병세조차 위중한 것은 황제께서도 아시는 바입니다. 그리하여 내가 오늘 직접 가지 못하고 태자를 우선 황제에게 보냅니다. 태자의 몸은 곧 나의 몸이고, 나의 뜻은 곧 태자의 뜻입니다.

삼가 바라건대, 이 뜻을 양해하여 태자의 말을 신임하며, 다시 약소국을 보호하는 은혜를 베풀어 나의 직책을 다할 수 있도록 하여주기 바랍니다.'

왕전 일행이 떠날 때 조정 백관이 강화성의 교외에까지 나와 도열하여 적국에 가는 태자를 전송했다. 화려한 행차와 짐을 실은 마차들이 강화성에서 줄을 지어 승천포로 향했다. 일행은 승천포에서 배를 탔다.

왕전은 그날 오후 늦게 개경에 들어갈 수 있었다. 13세에 개경을 떠난 왕전은 그때 40세였다. 강도로 옮긴 지 27년 만에 왕전은 처음으로 다시 개경을 보았다.

왕전은 그때 개경에 사흘간 머무르면서 왕도의 여기저기를 둘러보았다. 모두가 폐허였다. 성은 여기저기 허물어져 있었다.

몽골 군사들을 태운 말들이 거리를 이리저리 뛰어 다녔고, 그 말들이 배설한 분뇨들이 깨끗하던 개경 거리를 어지러이 더럽혀 놓고 있었다.

왕전은 궁성도 둘러보았다. 그가 태어나서 13년 동안 자라던 집터였다. 궁성의 구조는 그가 27년 전에 마지막 본 것과 조금도 달라진 것이 없었다. 그러나 많이 낡고 헐려 있었다. 성의 여기저기가 헐려 있는 채 보수되지 않았고, 궐 안에는 잡초가 우거져 대궐 같지가 않았다.

궁성 안의 전각들도 모두 낡았고 오색이 영롱하게 단청한 것들도 벗겨져 나간 채 다시 채색되지 않아, 영화롭던 궁궐들은 폐가처럼 썰렁했다.

아름답던 우리 강토가 잉수잔산(剩水殘山)이 되었구나. 빨리 전쟁을 끝내야 한다. 누굴 위한 전쟁이란 말인가.

왕전은 폐허가 되어있는 개경 주변의 산하를 보면서 전쟁의 참화를 가슴속 깊이 새겼다.

왕전은 몽골의 수도 카라코럼으로 향했다. 국왕 고종을 대신해서 몽골 황제에게 항복하고 신복하기 위해서다. 고려와 몽골이 그렇게도 치고받으면서 밀고 당기던 국왕친조 문제는 해결되어 가고 있었다.

왕전은 5월초에 서경을 거쳐 의주로 해서 압록강을 건넜다. 거기서부터는 남의 나라였다. 압록강 이남은 비록 수십 년 째 몽골군에 점령당해 있었지만, 마을이며 도로며 어쩌다 보이는 사람들은 모두 낯익고 정다웠다.

그러나 압록강 이북은 그렇지가 않았다. 사람들의 말소리가 달랐고, 옷이 고려와는 딴판이었다. 마을의 모습이며 거기서 움직이는 사람들의 모습도 고려 같지는 않았다.

강도를 떠난 지 두 달 뒤인 그해 5월 16일 왕전은 만주 땅 호천(虎川)에 이르렀다. 마침 큰비가 내려 물이 불어서 강이 넘쳤다. 수종하는 사람들이 왕전에게 말했다.

"물이 넘쳐 길이 험합니다. 이곳에서 유숙했다가 물이 줄어들기를 기다리도록 하시지요."

"유숙이라뇨? 나는 국가 존망의 중대사를 가지고 적국에 가는 길입니다. 토끼가 호랑이 굴에 가는 것이란 말이오. 고생이 많겠지만, 어서들 가십시다."

태자는 부지런히 달려서 지금의 요양인 동경(東京)에 이르렀다.

요양은 요동의 중심 요지로 대륙의 지배자가 동방의 동이족을 다스리는 통제의 거점이었다. 고구려 때는 요동성이라 했고, 요나라 때는 요양이라 하여 아직까지 유지되고 있었다.

몽골은 지방행정관서인 동경행성을 요양에 두었다. 행정상으로는 요양을 동경이라고 불렀다. 몽골은 중서성 예하 중앙에는 6부를 두고, 지방에는 행성(行省, 행중서성의 약칭)을 두어 일정 지역을 관할하게 했다.

왕전이 도착해 있는 요양은 바로 만주와 고려를 전담하는 지방행성의 소재지였다. 행성은 중앙기구와 마찬가지의 기능을 가지고 있는 소규모의 행정기관이었다.

추밀원이 관할하는 군사 중에서 지방에 나가있는 부대들은 해당 지역 행성에서 관할했다. 따라서 고려 정벌을 맡고 있던 몽골군을 지휘 감독하는 사령부는 바로 요양의 행성이었다.

그때 동경사람들이 고려의 태자가 왔다는 말을 듣고 찾아왔다. 모두가 그 지역의 유력 중국인 인사들이었다.

"태자의 도착이 조금 늦었소이다. 내일 몽골의 대병이 고려로 쳐들어간다고 합니다."

"아, 그래요? 알려줘서 고맙소이다. 헌데, 원정군 원수는 누구랍니까?"

"자랄타이 원수가 없으니까, 그 후임자들이 가겠지요."

"후임자는 누구입니까?"

"아직 정하지 못해서, 그 밑에 있던 예수투(余速達)와 산지대왕(散吉大王)이 함께 맡고 있다고 합다."

"자랄타이 원수는 어디로 갔습니까?"

"아직 모르십니까? 그는 죽었습니다."

"죽다니요? 얼마 전까지도 건재했는데."

"저희끼리 싸우다 칼질을 당한 모양입니다."

"오, 그래요? 그럼 몽골과 고려의 싸움은 끝났습니다."

중국인들은 고개를 갸웃거렸다.

"그럴까요?"

"군부 내부에 소란이 있다는 것은 장수에게 권위가 없고, 부하들이 장수를 존경하거나 두려워하지 않기 때문입니다. 그런 군대로는 전쟁을 한다 해도 필패합니다. 몽골 황제가 그걸 모를 리가 없지요. 따라서 이제 몽골은 우리와 화해하려 할 것이오. 그러니까 전쟁은 없는 겁니다."

왕전은 확신을 가지고 말하고 있었다.

왕전은 국왕친조를 대신해서 자기가 몽골 황제를 방문하지만, 그 결과를 확신할 수는 없었다. 태자입조를 받아들인 자랄타이가 사망했기 때문에 태자의 방몽으로 여몽강화가 이뤄질지가 의문이었다.

그보다 달포쯤 전인 5월 3일이었다. 왕전이 압록강을 건넌 직후 북계 병마사 정지(鄭芝)의 급보를 가지고 파발마가 먼지를 뿜으며 달려갔다. 그들은 강도로 들어가 임금에게 문서를 올렸다.

"자랄타이가 갑자기 죽었다고 합니다. 진상은 알 수 없으나, 몽골 황제가 사람을 보내 자랄타이 휘하의 아도우(Adou, 阿豆 또는 阿只)·렝푸(Rengfu, 仍夫)·샨미(Shanmi, 三彌) 세 명의 장수를 잡아갔다 합니다."

유경의 집에 머물러 있던 고종이 병석에 누워 있다가 일어나 그 보고를 들으면서 말했다.

"몽군 진영에 필시 무슨 변고가 있소. 빨리 그 진상을 상세히 알아 보내도록 하오. 그런 변고가 태자의 일에 무슨 영향은 없겠소?"

고종의 병을 수발하던 유경이 말했다.

"태자가 만나는 상대는 저쪽 황제니까 큰 지장은 없을 것 같습니다."

"그래야겠는데. 그러나 우리와 협상을 벌여 태자입조로 결정을 본 것은 자랄타이가 아니오."

"그렇습니다. 그러나 자랄타이의 결정은 독자적인 것이 아니고, 몽골의 황제나 조정의 승인으로 이뤄졌을 것입니다. 안심하셔도 될 것입니다."

실제로 그때 몽골군이 몽케의 철수 명령에 따라 북계지역으로 물러간 고종 46년(1259) 3월, 몽골군 지휘부 내부의 분란으로 살상극이 벌어졌다. 자랄타이를 살해한 무리는 그의 휘하 장수들이었다.

자랄타이가 사망한 뒤, 고려 원정 몽골군의 지휘권은 자랄타이의 서로 군 지휘관 예수투와 동로군 지휘관 산지대왕이 함께 맡고 있었다.[8]

고종이 유경에게 말했다.

"이제 전쟁은 끝날 것 같다."

"폐하께서는 어떻게 그리 생각하십니까?"

"군이 불화하면 출진할 수 없고(不和於軍 不可以出陣), 진중에서 불화가 일면 싸움에 나갈 수가 없고(不和於陣 不可以進戰), 싸움에 임하여 불화하면 이기지 못한다(不和於戰 不可以決勝). 중국인 학자·선비의 도움을 받고 있는 몽골이 이런 중국의 전통적인 용병 원리를 모를 리 없소. 따라서 몽골 황제가 곧 우리 고려에서 군사를 물릴 것이오."

여몽전쟁이 끝날 것이라는 점에서, 고종은 왕전과 같은 생각이었다. 철저한 왕정복고파인 유경이 일어나서 고종에게 절하며 말했다.

"폐하의 밝으신 판단에 경의를 표합니다. 꼭 그리 될 것입니다."

---

8) 쑹지대왕(松吉大王); 차라대의 부장으로 고려에 침공했던 산지대왕(散吉大王)과 같은 사람. 쑹지는 동로군 지휘관으로, 동계 방면으로 침공하여 영동지방을 유린하고 쌍성총관부를 개설했다.

몽골군 지휘부가 바뀌었다는 말을 듣고, 왕전은 서둘러서 이세재와 김보정을 몽골군 진영에 보냈다.

"보화를 넉넉히 가져가시오. 저들은 가난한 데다 문명이 없는 사람들이기 때문에 보화를 좋아합니다."

이세재와 김보정은 백금 50근과 은병 1개, 은항(銀缸) 1개, 그리고 술과 안주도 마련해서 가져갔다. 그 선물은 자랄타이의 부장으로 고려에 출정했던 예수투와 산지에게 전달됐다.

몽골인들은 선물에 약했다. 수렵과 목축 단계에 있던 그들이 농경 문명 사회를 접하자 모든 것이 신기하고 매혹적이었다.

선물을 받고 산지가 말했다.

"아니, 황제를 뵈러 가는 태자가 왜 우리들에게까지 이런 선물을 주는가?"

"태자께서는 황제를 만나기 전에 산지대왕을 미리 뵙고자 합니다."

"알겠소. 만납시다."

다음날 5월 19일 왕전은 산지를 찾아갔다.

산지가 말했다.

"전쟁이 다시 시작되고 있는 판에, 그대는 왜 왔습니까?"

"헌종(몽케) 황제를 뵙고 전쟁종결을 부탁하기 위해 몽골 카라코럼으로 가는 길입니다."

"우리 황제는 황도에 계시지 않습니다. 폐하께서는 중국으로 떠나면서 우리들에게 고려를 정벌하라고 명령했습니다. 작전권은 우리들에게 위임돼 있습니다. 우리 군사가 곧 고려로 출정합니다."

"우리 고려에서는 오직 귀국 몽케 황제와 산지대왕의 은덕을 힘입어 겨우 남은 목숨을 보전하고 있습니다. 그래서 태자인 내가 산지대왕과 여러 몽골 관인들에게 술잔을 올려 감사의 뜻을 표한 다음에, 몽도(蒙都) 카라코럼으로 들어가서 귀국의 황제를 뵈려 합니다."

"몽케 다칸께서는 친히 송나라 정벌에 나서서 중국의 서부에서 작전을 지휘하고 계십니다. 길이 멀 텐데요."

"황제를 뵙는데 길의 원근이 문제겠습니까."

"고려의 조정은 강도를 떠났습니까."

"주현의 백성들은 섬에서 나왔습니다. 도읍은 헌종 황제의 처분을 기다려서 옮기려 합니다. 몽골군의 고려원정을 중지해 주십시오."

"우리는 고려로 진주하라는 황제 폐하의 명령을 받고 곧 출발할 참입니다. 고려의 왕경(王京)이 아직 강화도에 있는데, 우리가 고려에 들어가지 않고 어떻게 군사를 파(罷)하여 돌아갈 수 있겠습니까? 고려원정 중단은 황명에 대한 거역입니다."

"몽골이 우리에게 '태자가 입조하면 군사를 철수한다'고 했습니다. 기억하시겠지요."

"기억합니다. 자랄타이 원수가 그런 말을 했지요."

"그 말에 따라서 태자인 내가 몽골에 가기 위해 지금 여기에 와있습니다. 내가 이렇게 입조하는 데도 몽골이 군사를 돌이키지 않고 고려로 진군한다면, 우리 백성들이 살상·파괴·약탈·포로를 무서워하여 다시 섬으로 도망할 것입니다. 그렇게 되면 나중에 아무리 돈독히 효유한다 해도 누가 다시 섬에서 나오겠습니까? 그때는 대왕께서 공을 세우기가 어렵습니다."

산지는 침묵을 지키고 있었다.

다시 왕전이 말했다.

"군사들을 쉬게 하십시오. 고려를 정벌하라는 황제의 명령은 나의 몽골 행을 모르는 상태에서 내려진 것입니다. 사정이 달라졌으면 당초의 계획도 당연히 바뀌어야 합니다. 더구나 황제께서는 고려에 대한 군사권을 산지대왕에게 위임하셨다고 했습니다. 그러면 대왕께서 고려진군 여부를 결정할 권한을 위임받은 것입니다. 발명(發兵)을 중지해 주십시오."

산지는 진지하면서도 단호하게 호소하는 왕전의 얼굴을 한참동안 바라보다가 말했다.

"그렇겠군요. 군사를 멈추겠소이다."

"고맙습니다, 대왕."

이래서 몽골의 고려 재침계획은 철회됐다. 왕전은 정말 기뻤다. 생각지도 않았던 중대문제를 현지에서 발견하여 성공적으로 해결해 놓은 것이 다행이었다.

그러나 약소국의 태자 왕전에겐 산지도 만만찮은 상대였다. 더구나 그는 황족의 일원이었다. 산지는 왕전의 원정중단 요청을 들어주면서 이렇게 말했다.

"고려진군을 멈추는 대신 조건이 있소이다."

"무엇입니까?"

"강도의 성이 그대로 있으면 고려의 마음을 신뢰할 수 없으니, 그 성을 헐어야 합니다."

"그것이 뭐 그리 급합니까? 이번에 내가 가서 황제를 뵙게 되면 모든 일이 다 결정될 것입니다. 남은 일들은 모두 황제의 명령에 따라서 하면 됩니다."

"그렇지 않아요. 고려에서 먼저 강화할 뜻을 확고하게 보여야만 우리 황제께서도 고려의 요구를 배려하게 됩니다. 강도성을 먼저 헐어야 합니다. 우리 황제의 뜻도 이러합니다. 양국 간의 화친을 위해서 하는 말입니다. 허니, 내가 사람을 강화경으로 보내 성을 헐도록 하겠습니다."

왕전은 잠시 입을 다물고 무엇을 생각하고 있었다.

그러나 지금 묘안이 없었다. 나로서는 산지를 말릴 수가 없다. 강도성의 파괴 여부를 조정에 맡기자.

왕전은 그렇게 정리하고 말했다.

"강화경의 도성을 허무는 문제는 국가의 중대 사안입니다. 내가 여기서 정할 수는 없지요. 고려에는 임금이 계시고 조정이 있습니다. 대왕의 사신을 강도로 보내서 우리 조정과 의논하게 하시지요. 그러면 임금께서 무슨 조치를 내리실 것입니다."

"그럽시다."

"고맙습니다. 우리 고려군 대장군인 이세재(李世材) 참지정사로 하여금 사절들을 강도까지 안내하도록 하겠습니다."

이래서 산지는 군사를 고려로 진군시키지 않고 만주 땅에 그대로 머물러 있게 하는 한편, 추제(Chuzhe, 周者)와 타고(Tago, 陶高) 등을 사절로 삼아 고려의 수도 강화경으로 보냈다.

왕전은 이세재로 하여금 산지의 사절과 더불어 돌아가서 임금에게 그간의 자기의 활동 상황을 보고토록 했다.

태자 왕전은 이렇게 해서 우선 몽골의 재침을 막아 놓았다. 이것은 강도성의 파괴라는 전제가 붙기는 했지만, 왕전 외교의 첫 번째 승리였다. 왕전의 몽골 방문은 여몽관계의 분수령이었다. 왕전이 몽골의 재침을 사전에 막은 다음부터는 강화협상과 여몽협력이 본격화했다. 고려왕실과 몽골이 타협과 협력의 시대에 들어서기 시작했다.

강화도 성벽이 헐릴 때

태자 왕전이 강화경을 떠난 지 50일쯤 됐을 때였다. 태자를 수행했던 이세재(李世材, 참지정사)가 몽골인 사자 두 명을 데리고 고종 46년(1259) 6월 8일 강도(江都)에 나타났다.

이세재가 도방(都房)에 들어서자 그 영문을 모르는 도방 사람들이 물었다.

"어찌된 일이오. 도중에 돌아오다니?"

"급히 아뢸 말씀이 있어서 태자 전하께서 돌아가라 하셨습니다. 산지의 사신 두 명도 데리고 왔습니다."

이세재는 도방에서 그 동안의 태자의 활동결과를 대충 설명해 주었다. 그리고는 바로 유경의 집으로 고종을 찾아갔다. 고종은 병석에서 일어나 이세재를 맞았다. 이세재는 그간의 전후 사정에 관한 진상을 자세히 설명하면서 말했다.

"우리가 다시 당할 뻔했던 몽골 침략을 태자 전하께서 막았습니다."

고종은 희색이 만면이었다.

"그래. 잘 됐소. 태자의 운이 좋았구려."

"운도 운이려니와 태자 전하께서 일을 침착하고 명민하게 잘 처리하셨기 때문입니다, 폐하. 처음에 냉담하던 산지라는 자가 태자와 얘기하는 동안 점점 태도가 누그러지더니 나중에는 태자 전하에게 반한 듯이 여러 가지 호의를 베풀었습니다."

"오, 그랬소."

"국신을 충분히 가져가게 하신 폐하의 배려가 또한 효력을 보았습니다. 몽골 장수들이 우리 국신을 받고 모두 기뻐했습니다."

"오, 그래? 북계의 보고에 의하면 자랄타이가 죽고 몇 사람이 잡혀갔다는데, 무슨 일이었소?"

"처음에 신들은 그런 일이 있는 줄은 몰랐습니다. 우리가 요양에 들어갔을 때, 그곳의 중국 사람들이 얘기해 주어서 알았습니다. 그 후에 저희가 몽골 장수들을 만났을 때도 저들은 그런 내색조차도 비치지 않았습니다."

"이번에 온 사자들은 강도성 파괴를 요구하러 왔다는 것이오?"

"그렇습니다, 폐하."

고종은 유경을 바라보면서 물었다.

"어떻게 함이 좋겠소?"

"그렇게 하시오소서, 폐하. 저들의 말을 가능한 한도까지는 들어줘야 합니다."

고종은 다시 이세재를 향해서 물었다.

"그대 생각은 어떻소?"

"강도성을 헐지 않을 수 없습니다. 저들의 요구대로 성을 허무는 시늉이라도 해야 태자 전하의 일이 잘 될 것입니다."

이틀 후 고종은 몽골 사신 추제와 타고를 접견했다. 추제가 고종에게 말했다.

"임금께서는 환우 중임에도 저희를 친히 맞아주시니 황송하고 감사합니다."

"이것은 나라의 중대사요. 멀리 오느라 수고가 많았소. 몽군의 출정을 정지시켰다니 고마운 일이오."

"왕전 태자께서 말씀이 분명하고 태도가 훌륭해서 우리 산지 원수가 호의를 가지고 태자의 청을 들어주었습니다. 그래서 고려는 또 한 번의 전화(戰禍)를 피할 수 있게 됐습니다."

"고맙소."

"그런데, 이번에는 우리가 청을 해야 하겠습니다."

"파성(破城)의 일이오?"

"그렇습니다. 강도 성을 모두 헐어 주셔야 합니다. 그래야 태자의 일이 잘되고, 몽골군이 다시 고려에 들어오지 않게 됩니다."

"이런 성은 이곳 말고도 우리 고려국 여러 곳에 있소. 그것들은 몽골군이 들어오기 오래 전부터 있어온 것들이오. 모두 해외의 도적으로부터 나라를 지키기 위한 것이오. 우리 고려는 큰 나라나 간악한 나라들 사이에 있어서, 그들 나라의 도적들이 자주 침입하고 있기 때문에 성을 쌓지 않을 수가 없었소. 지금까지는 거란족·여진족·왜족이 도적 떼를 만들어 우리 해안과 성읍을 마구 출입하며 약탈과 살인을 범하고 있었소. 요즘은 송나라가 저렇게 되면서 우리가 병화(兵禍)를 겪게 되자, 그 야만족들의 침구가 한층 심해진 위에 중국인들까지도 도적으로 변해서 이 나라를 침입하고 있소. 그래서 우리에겐 항상 성이 필요하오."

"그러나 이 강도성은 대부분 고려 왕도가 강화로 옮겨오면서 축조한 것입니다. 그것은 모두 우리 몽골에 대항하기 위한 것입니다."

"그렇지 않소. 우리가 도읍을 이곳으로 옮기기 전에도 강도성은 있었소. 강화성이 있기 때문에 우리가 강화로 들어온 것이오. 다만 우리가 천도한 뒤 허물어진 데를 고치고 부족한 곳을 늘렸을 뿐이오. 개경에 우리의 도성이 있었듯이 어느 때 어느 나라에나 경도(京都, 수도)에는 성이 있는 법이오."

"어쨌든 고려가 진심으로 우리와 화해하려 한다면 먼저 성을 헐어 성의를 보여줘야 합니다."

"이제 몽골과는 화해가 이뤄져 다시는 전쟁이 없게 되겠지만, 만약 이 강도성을 헐면 저 섬나라 일본에서 무도한 왜구(倭寇)의 무리가 호기라고 여겨 건너와서, 다시 이곳을 약탈할 것이니 그것이 걱정이오."

"우리 몽골은 항복한 국가가 다시 도전하지 않기를 바라고 있습니다. 그 증표가 바로 성을 허무는 일입니다. 이 문제가 해결돼야 우리 두 나라의 평화가 안착(安着)될 수 있습니다."

"조정에서 잘 논의해서 결정토록 하겠소."

그날 오후 문무 대신들이 도방에 모여서 파성(破城) 문제가 토의했다. 대체로 성격이 급한 항몽파들이 먼저 나섰다.

박송비가 말했다.

"파성이라니오? 그건 말이 안 됩니다. 이 강도성이 어떻게 쌓은 성입니까. 전란에 시달리면서 백성들이 밥을 굶고 눈물을 삼키면서 쌓은 왕성(王城)이요, 군진(軍鎭)이외다. 지금 강화경에 임금이 계시고, 때는 전시입니다. 강화성은 절대로 헐 수가 없어요."

임연이 박송비를 지지하며 나섰다.

"성이 헐려나가는 것을 보면 백성들이 패배감에 젖어 나라전체가 동요하게 됩니다. 지금까지 버텨왔는데 왜 더 못 버티겠습니까. 몽사(蒙使)의 말 한마디에 나라가 이렇게 흔들려서야 되겠습니까?"

차송우도 끼어들었다.

"그렇소이다. 태자가 몽골에 입조한다기에 걱정이 컸는데, 그 걱정이 실제로 일어나기 시작했습니다. 이렇게 나가다가 나라가 어찌 될지 걱정이 태산입니다."

최휘(崔暉, 대장군)가 나섰다.

"들자하니 몽골이 파성의 문제를 맨 먼저 태자에게 내놓았는데, 태자가 이것을 임금에게 떠 넘겼고, 임금은 이것을 다시 조정에 떠밀었습니다.

도대체 수도의 파성을 반대한 쪽이 한 군데도 없었다니, 이게 말이 됩니까"

차송우가 다시 나섰다.

"태자가 몽골 조정에 입조한 것 자체가 잘못된 것이에요. 지금 태자가 몽골에 들어가 있으니 인질이나 마찬가지입니다. 태자가 인질로 잡혀 있으니 임금이나 조정이 고집을 부리거나 버틸 수가 없는 겁니다."

무인 항몽파들의 얘기를 듣고만 있던 문신석에서 태자 왕전을 따라갔다가 몽사들을 안내하여 돌아온 이세재가 나섰다.

"태자 전하나 폐하께서 파성 문제에 대해서 반대하셨습니다. 몽골은 파성이냐, 재침이냐를 내놓았습니다. 태자는 우선 재침부터 막아놓고 파성을 조정으로 넘겨 시간을 끌어보려 한 것입니다. 몽골측이 너무나 강경하게 나오니까 폐하도 이 문제를 도방으로 넘긴 것입니다. 아직은 누구도 파성을 허락하지 않았습니다. 다만 몽골이 우리 요구를 받아들였는데, 우리는 저들의 요구를 거절할 수 없어 그 결정을 다른 곳으로 넘겼을 뿐입니다."

최자가 말했다.

"전쟁을 직접 맡은 무신 여러분의 심정은 충분히 이해됩니다. 전쟁이 나면 성이 제일 튼튼한 방패인데, 그것을 헐라하니 장수들의 불만이 어찌 없을 수 있겠소이까? 그러나 이것은 우리 내부의 문제가 아니라 우리와 몽골간의 국제관계입니다. 그래서 저쪽 사정도 알아보아야 합니다. 참지정사께서 이번에 동경(요양)까지 다녀왔는데 몽골 쪽의 태도는 어느 정도입니까?"

이세재가 다시 나섰다.

"대단히 완강합니다. 성을 헐지 않으면 아무 것도 하지 않겠다는 심산이었습니다. 태자가 파성을 조정으로 넘기지 않았으면 지금쯤 다시 몽골군이 전국을 짓이기고 있을 것입니다. 태자가 백성들의 살상과 포로, 시설의 방화와 파괴를 막은 것입니다. 어떤 나라든 항복하면 성을 헐게 하는 것이 몽골군의 관례라고 합니다. 다른 나라 같으면 몽골군이 직접 들어가 성을 허는데, 우리 고려만은 스스로 헐게 한다는 것이었습니다."

유경이 물었다.

"우리가 버티면 어떻게 되겠습니까?"

유경의 물음은 이세재로 하여금 몽골의 위압적인 힘을 설명하도록 유도하려는 의도로 보였다.

이세재가 말했다.

"그러면 몽골은 다시 침공할 것입니다. 사실 이번에 태자 전하가 조금만 늦게 떠났으면 벌써 몽골군이 쳐들어왔을 것입니다. 몽골군이 막 출병하려 할 때 우리가 동경에 도착하였습니다. 태자 전하께서 서둘러 몽골의 산지와 만나 협상을 벌인 끝에 몽골군은 출정을 멈추고 고려는 강도성을 허는 것으로 얘기가 됐습니다. 그러나 태자께서 성을 헐겠다고 한 것은 아닙니다. 가서 우리 조정과 의논해서 결정하자고 얘기가 되어 몽사들이 나와 함께 왔습니다."

그 설명을 듣고 최자가 결론을 내리듯이 말했다.

"우리가 몽골과 화친하여 전쟁을 종결시키겠다는 것은 폐하의 확고한 의지이고, 그 문제에 대해서는 조정도 이미 지난 번 어전회의에서 동의한 바 있습니다. 참지정사의 보고를 듣자하니 강도성을 헐지 않으면 안 될 것 같습니다. 따라서 이왕에 성을 헐 바에는 몽골 사신들이 와있을 때 그들이 보는 앞에서 성을 허무는 것이 유리합니다. 내일부터라도 성을 헐기로 합시다."

항몽파 무신 차송우가 다시 나섰다.

"당장은 안 됩니다. 무슨 구실을 대서라도 이 성을 헐지 말고 버텨야 합니다."

최자가 근엄한 목소리로 말했다.

"차 장군. 폐하의 어의와 우리 조정의 결정에 반해서 몽골의 요구를 거부하다가, 몽골이 다시 침공한다면 장군이 책임질 수 있겠소? 이것은 나라의 존폐와 백성의 생멸을 결정하는 문젭니다."

그러자 장내가 숙연해졌다. 차송우도 그리고 어떤 항몽파 무인들도 말하는 사람이 없었다.

시종 침묵을 지키며 지켜보던 김준을 바라보면서 최자가 말했다.

"그럼 내일부터 당장 성을 헐기로 하십시다. 김 장군의 소견은 어떻습니까?"

김준이 처음으로 입을 열었다.

"문신과 무신 사이에 찬반양론이 첨예하나 몽골의 성화가 심하고 태자가 이미 저들에게 약속한 듯하니 어쩔 수가 없겠군요. 강도성은 이제 군사적으로는 큰 의미가 없으니 파성은 정치적인 의미밖에는 다른 뜻이 없습니다. 파성하기로 합시다."

이래서 도방에서 항몽파와 화친파 사이에 밤을 새워 격론을 벌인 끝에 결국 수석 재상인 최자가 영도하는 문신 중심의 화친파가 항몽파의 영수인 김준의 동의를 받아내 강도성을 헐기로 결정했다.

고종 46년(1259) 6월 11일. 날이 밝고 아침을 알리는 북소리가 나면서 강도성(江都城)을 허무는 파성 작업이 시작됐다. 도방이 동원한 사람은 고려 군사와 강화도 백성들이었다.

몽골 사신들이 현장에 나와 감독하면서 소리를 질러가며 빨리 헐기를 독촉했다. 그 고통을 견디기 어려웠던 군사들은 불만을 토하기 시작했다.

"이럴 줄 알았으면 차라리 쌓지나 말 것을. 어려운 때 이 성을 쌓느라 우리 군사와 백성들이 얼마나 고생했나."

"그렇지. 이거 다 우리 백성들이 땀 흘려서 낸 비용으로 이뤄진 것인데."

"임금이 계신 강화경 정도의 읍도(邑都)에 성이 없으면 어떻게 하란 말인가?"

"그나저나 맞서 싸우던 몽골 놈들의 부림을 받아서, 우리가 쌓은 성을 스스로 허무는 것이 정말 견디기 어렵군."

"나라가 약하고 조정에서 결정한 일이니 어쩌겠나."

모두가 자조와 비탄과 허망의 말들이었다.

쇠뭉치를 든 힘센 사람들이 밑에서 성벽을 몇 차례 쳐서 금을 내면, 수십 명의 군사들이 대들보 같은 나무를 잡고 달려가 성벽에 부딪쳐서 무너뜨렸다. 어떤 사람들은 성루 위에 올라가 쇠망치로 때려서 무너뜨리기도 했다. 그럴 때마다 성벽은 큰 꽝음과 함께 먼지를 하늘로 뿜어대며 무너져 나갔다.

남녀노소 많은 백성들이 몰려나와서 성이 헐려나가는 모습을 지켜보았다.

"꼭 나라가 무너져 내리는 것을 바라보는 것만 같군."

갓을 쓰고 나온 선비 하나가 그렇게 말하며 눈시울을 붉혔다.

"임금이 계시고 조정이 들어있는 내성을 때려 허물게 하다니? 이건 나라를 때려 부수는 거야."

그때의 사람들에겐 도성(都城)은 곧 나라였다. 강도성이 무너져 나가는 것을 바라보는 고려인들은 망국의 현장을 보는 심정들이었다.

"아니, 이 성이 어떻게 쌓아진 것인데 저렇게 마구 헐지."

"우리가 1년 농사를 다 바쳐 굶어가면서 이 성을 쌓았는데."

성이 헐려나가는 모습을 지켜보다가는 끝내 목을 놓아 통곡하는 사람들이 많았다.

"우리 시아버님은 이 성을 쌓다가 돌이 굴러내려 돌아가셨어요."

"우리 친정아버지도 그렇게 돌아가셨다우."

부녀자들은 치마 자락으로 눈물을 훔치면서 울먹였다. 그들은 끝내 울음을 터뜨렸다. 철없는 아이들까지 나와서 부모를 따라 함께 울었다. 그들의 통곡소리가 강화경의 천지를 울렸다. 많은 사람들이 그렇게 눈물을 흘리면서 떠날 줄을 몰라 했다. 강도성은 백성들의 눈물과 함께 무너져 내렸다.

그때의 모습을 고려사는 이렇게 전하고 있다.

'성 무너지는 소리가 모진 우뢰와도 같이 온 거리를 진동했다. 거리의 아이들과 골목의 부녀자들이 모두 슬피 울었다.' [9]

고려는 강도성의 내성만 일부 헐고, 외성은 그대로 놓아두고 있었다. 파성 작업을 지켜보던 몽골 사신들이 성화를 부렸다.

"외성이 아직 그대로 있으니 고려가 성심으로 몽골에 항복했다고 할 수 있겠는가! 외성도 허무시오!"

추제는 감독 나온 고려 관리들에게 큰 소리를 쳤다. 그들을 안내하던 이세재가 나서서 말했다.

"그리 서둘지 마시오. 차차 허물도록 하겠소이다."

"빨리 허무시오. 외성까지 다 허물어야만 우리는 돌아갈 것이오."

고려에서는 추제와 타고에게 귀중한 보물들을 준 다음, 6월 18일부터는 도방이 나서서 강도성의 동북부 해안을 따라 쌓은 외성까지 허물기 시작했다.

내성과 외성이 헐리게 되자 공포감이 강화도 전역에 확산되면서 인심이 험악해지기 시작했다.

"강화의 안팎 성을 허물어버리는 것은 반드시 무슨 까닭이 있을 것이야."

"몽골군이 건너와서 도륙전을 벌이려는 것이 아닐까?"

"우리 스스로 살 궁리를 하지 않으면 안 되겠어. 나라만 믿고 앉아있다간 어떻게 될지 몰라."

"몽골 놈들은 물에 약하니까, 그놈들한테서 살아나려면 물로 나가는 수밖에 또 있겠나?"

그때부터 강화에 있는 사람들은 언제든지 강화를 떠나 다른 섬으로 갈

---

9) 원문; 城郭摧折聲 如疾雷 震動閭里, 街童巷婦 皆 爲之悲泣.

수 있는 준비를 서둘렀다. 그들은 앞을 다투어 배를 사들이기에 바빴다. 배 값이 갑자기 세배 네배로 뛰었다.

고려 사절과 몽골 황제

태자 왕전의 몽골 입조를 앞두고 박희실과 조문주가 1259년 정월 중도 (中都, 연경 또는 북경)에 이르러서 들어보니, 황제 몽케는 송나라 정벌을 위해 이미 남쪽 지방으로 멀리 떠나 있었다.

어디로 갈 것인가. 그들은 난감했다. 우선 중도에 있는 몽골의 관부로 가서 몽케의 소재지를 묻기로 했다. 몽골 관부는 금나라 황제가 쓰던 궁궐 건물이었다.

박희실이 물었다.

"우리는 몽골의 요구에 따라 헌종(몽케) 황제를 뵈러 가는 고려의 사신이오. 황제께서 송나라 정벌에 나섰다고 하는데 지금 어디로 가면 뵐 수 있겠소?"

"서하국(西廈國) 방면으로 가셨소. 여기서 서남방 강남 쪽으로 만리는 가야 할 것이오. 우선 황하를 건너 서남쪽으로 계속 가면서 물으시오. 다른 방법이 없소이다. 지금 떠나면 하남(河南)까지는 가야 황제를 만날 수 있을 것이오."

"강을 사이에 두고 서로 왕래하기 어려운 먼 길이라 해서 격강천리(隔 江千里)라 했는데, 천리가 아니고 만리라고 하니 격강만리(隔江萬里)군요.

고맙소이다."

"강도 강이려니와 험산이 많아 힘이 듭니다."

"그러면 첩산만리(疊山萬里)가 되겠군."

최씨 정권을 타도한 무오정변(1258)의 공신 박희실의 무인사절단은 거기서 몽골의 황궁이 있는 카라코럼으로 가지 않고 중국의 강소성 방면으로 향했다. 알아보니 몽케는 촉산(蜀山)을 넘어가 있다는 소문이었다.

박희실의 사절단은 다시 강소성의 의흥현 동남쪽의 촉산을 넘어서 몽케가 머무르고 있는 행재소(行在所)를 찾아갔다. 그들은 1259년(고종 46년) 3월 15일에야 중국의 하남성 섬현(陝縣)의 섬주(陝州)에서 몽케를 만날 수 있었다.

그때 강도에서는 임금과 조정이 웬양케다 일행을 맞아 태자의 입조를 둘러싸고 그 일정을 한창 논의하고 있을 무렵이었다.

몽케가 박희실과 조문주를 불러 놓고 물었다.

"멀리서들 왔다. 우리야 말을 타고 다니는 사람들이니까 넓은 세상도 좁다고 생각하면서 헤매지만, 기껏 소달구지를 모는 그대들이 여기까지 오다니…… 정말 고생이 많았겠구나."

사람이 큰 몽케는 이 약소한 적국 고려의 사신들을 정말 반가워했다.

박희실이 말했다.

"고생이야 많았지만 폐하를 뵈려는 것인데 저희들의 고생 따위가 무슨 문제이겠습니까? 낯선 땅에서 모르는 길을 묻고 물어서 이렇게 격강천리 첩산만리의 땅에 와서 다칸 폐하를 뵙게 되니, 저희는 지난 한철 동안 쌓여온 피로가 한꺼번에 풀려 없어지는 것 같습니다, 폐하."

"오, 그래."

몽케는 너그러운 대인의 미소를 보였다.

조문주가 나섰다.

"대몽골제국의 타칸 폐하께서 이 멀고 험한 전선에 친히 나오셔서 전쟁을 지휘하시는 것을 보니 참으로 놀랍습니다."

몽케는 박희실과 조문주의 애기를 듣고 기분이 좋았다. 그는 크게 웃으면서 말했다.

"그렇지. 큰 전쟁이 계속되고 있는 한, 우리 몽골 황제들은 친히 전선에 나가서 군사들과 함께 전쟁에 임하고 있다. 칭기스 다칸도 전쟁터에서 돌아가셨다. 오고데이·쿠유크 황제도 직접 전쟁터에 나가 군사들을 지휘했지. 몽골 황제는 너희 나라 고려의 임금과는 다르다. 오랜 동안 전쟁이 계속되고 있는데도 백성은 생각지 않고 섬에 들어앉아 있는 고려왕은 도대체 왜 그러고 있는 거냐."

비아냥투로 말해 놓고 몽케는 좀 심했다고 생각됐는지 다시 이렇게 말했다.

"초원에서 말을 타고 살아온 우린 원래 그런 사람들이다. 우리 전통이 또한 그렇고."

"황공합니다, 폐하."

"그러면 하나 묻겠다. 너희 고려는 수시로 우리에게 공물을 바치면서도, 두 나라는 전쟁을 계속하고 있다. 도대체 고려는 우리 몽골의 속국이냐, 적국이냐?"

"다칸 폐하. 폐하의 군사가 우리 고려에 침입한 거란군을 물리쳐 주었을 때, 몽골 황제의 명령에 따라 저희는 이미 몽골의 아우 나라임을 약속했고, 우리 임금이 신하임을 칭하는 표문을 몽골에 올린 바도 있습니다. 저희는 몽골의 적국이 아니고 종속된 나라입니다. 전쟁이 계속되는 것은 몽골군이 계속 들어와 우리 나라를 짓밟고 백성을 괴롭히고 있기 때문입니다."

"우리 군사가 너희를 괴롭혀?"

"우리의 많은 백성들이 몽골군에 의해 목숨을 잃고 있습니다. 재산을 빼앗기고 집은 불에 탔습니다. 다수가 포로로 잡혀갔습니다. 고려 백성들은 몽골군을 범보다도 더 무서워하고 있습니다."

"우리 군사가 고려에 들어가는 것은 고려 임금이 우리의 요구를 거부하고 있기 때문이다. 너희 나라 임금은 언제나 거짓말만 계속하고 있는데 너희들은 무엇하러 여기까지 왔는가?"

박희실이 고종이 써준 표문의 내용을 빠짐없이 설명한 다음 이렇게 말했다.

"오랜 전란으로 우리 소방(小邦) 백성들의 고통이 몹시 큽니다. 고려의 서경과 의주에 있는 몽골의 주둔병을 철수시켜 고려 백성들이 편안하게 살게 해 주십시오, 다칸 폐하."

"고려는 이미 우리 몽골과 한 마음으로 살려고 서약한 바 있다. 그런 바에야 왜 너희는 우리 군대가 고려에 주둔하는 것을 그리 꺼리는가? 더구나 서경 밖(이북)의 땅은 일찍부터 우리 군대의 주둔지가 아니었더냐?"

조문주가 나서서 말했다.

"그렇습니다, 폐하. 몽골군이 들어왔을 때마다 그들은 서경 이북의 고려 땅에 주둔하고 있었습니다. 몽골군이 우리 고려의 남부로 진출해 있을 때에도 몽골군 원수는 주로 그곳 안주에 머물러 있으면서 군사를 지휘했습니다. 겨울철이 되어 말이 달릴 수가 없게 되면 몽골의 군사들은 서경 이북으로 철수하여 휴식을 취하고 다음 전쟁을 준비했습니다."

"그랬을 것이다. 모두 짐의 지시에 따른 것이다. 그곳은 몽골과 고려가 함께 쓰는 공용의 땅이다. 만약 고려가 우리에게 항복하여 저항을 멈추고 지금이라도 정부가 강화 섬에서 뭍으로 나온다면 우리 군이 다시는 고려를 침해치 않도록 하겠다."

"명심하겠습니다, 폐하."

"고려 태자가 짐에게 오겠다고 했는데 고려를 떠났느냐?"

박희실이 말했다.

"저희는 강도를 떠나온 지 이미 오래인지라 그 사정은 알지 못합니다. 그러나 우리 태자께서 몽골 황궁에 입조하기로 되어 있기 때문에 우리 임금께서 저희를 미리 보낸 것입니다."

"고려 태자가 여기까지 올 수가 있겠느냐. 여기는 고려에서 먼 곳이다. 만약 태자가 이미 강도에서 출발했다 해도 아직 고려의 경계를 벗어나지 않았다면 바로 돌아가도록 하라. 그러나 압록강을 건너 우리 지역에 들어와 있다면, 단기(單騎)로써 이곳에 와서 짐에게 조회(朝會)하게 하라."

"예, 알겠사옵니다."

"고려가 다시 출륙하여 환도하게 되면 구도 개경에 다시 궁궐을 지어야 할 것이다. 지방에서 나무를 실어다가 궁궐을 지어야 할 터이니 3년 동안은 군사를 중지하고 궁실 건축에 전념하라. 그것이 끝나는 대로 즉시 임금과 조정이 강화에서 나와 수도를 뭍으로 옮기도록 하라."

몽케는 과연 큰 사람이었다. 그는 과감하고 결단력이 있었다. 몽케는 분명한 원칙을 지키면서 자기 특유의 방식으로 모든 일을 처리했다.

박희실은 몽케에게 감사하는 마음으로 큰절을 하고 말했다.

"감사합니다, 폐하. 앞으로 3년이면 될 것입니다."

"짐이 그대들을 보니 모두가 자기 나라에 대한 애국심이 대단하고 유능하고 현명하다. 짐이 이를 가상히 여겨 그대들에게 벼슬을 내리겠다. 이제 너희들은 우리 몽골제국의 만호(萬戶, 군단장급)다."

그러면서 몽케는 박희실과 조문주에게 만호의 징표인 금부(金符)를 하나씩 주었다. 물론 그들이 받은 만호장 칭호는 단순한 명예직이다. 몽골의 금부를 가지고 있으면 몽골의 통치지역 안에서는 생명의 안정과 통행의 자유가 허용됐다.

몽케가 말했다.

"짐은 우리 뜻을 고려에 전하기 위해 사절을 보내 다시 고려왕의 진의를 알아볼 것이다. 너희는 짐의 사절과 함께 돌아가도록 하라."

그러면서 몽케는 쉬라멘(Shiramen, 尸羅問)을 사신으로 삼아 박희실·조문주 일행과 함께 고려에 보냈다.

박희실과 조문주가 쉬라멘을 안내하여 강도에 도착한 것은 몽케와 헤어진 지 5개월 뒤인 그해(1259) 8월이었다.

박희실 등이 쉬라멘과 함께 강도에 들어왔을 때는 이미 고종이 서거했고, 새로 임금이 될 태자 왕전은 몽골로 떠나고 없었다. 국사는 고종의 유언에 따라 태손 왕심(王諶, 왕전의 장자)이 임시로 대행하고 있었다.

황제 몽케가 고종에게 보내는 조서를 왕심은 중방에 나가서 쉬라멘으로부터 받았다.

몽케의 조서 내용은 이러했다.

몽케가 고종에 보낸 조서

그대(汝)는 섬에서 나오겠다고 매년 말했다. 그대의 글에 의하면 육지로 나와서 남경이나 서경 중 선택하여 있겠다고 말했다. 어디를 선택하든지 그것은 그대의 편리대로 하라. 그런데 또 본래의 말을 어기어 여러 번 허황한 말을 하더니, 이번에는 백성의 목숨을 아끼지 않는 최의를 잡아 죽였다고 했다. 전혀 백성을 생각하지 않았던 최의의 남은 무리들을 모두 잡아 죽여라.

만약 그대가 말한 바와 같이 그대가 우리 왕경으로 와서 우리에게 성의를 다한다면, 그 동안 우리에게 항복한 모든 고려인들을 그대가 관할하도록 귀환시킬 것인지를 검토하겠다. 만일 그대가 관할하지 않을 때에는 내가 임시로 관할하겠다.

고종의 죽음

고종 46년(1259) 5월이었다. 자운사(紫雲寺) 경내의 못에서 거품이 일었는데 그 빛이 붉어서 핏 빛 같았다. 이상한 징조라 해서 인근 사람들이 떼를 지어 모여들었다. 상하의 관리들도 자운사로 몰려가서 거품을 살폈다.

수다스런 사람들은 제각기 주워댔다.

"자줏빛 구름을 따서 절 이름을 자운사라 했으니 자줏빛의 물거품이 생긴 것이 아닌가?"

"자줏빛 구름이라면 원래 상서로운 것이어서 모두들 자운이라는 말을 좋아하지."

"이처럼 어렵고 어지러운 세상인데 상서로운 일이라도 생긴다면 얼마나 좋겠는가."

"이 거품은 이제 좋은 일이 생긴다는 징조일 것이야."

백성들은 그런 말을 들으면서 좋아하고 있었다.

그때 백성들 사이에 끼어서 보문각(寶文閣)의 교감[10] 강도(姜度)가 물거품을 살펴보고 있었다. 보문각은 유신(儒臣)들이 모여서 경서를 강론하던

---

10) 교감(校勘)의 품급은 분명치 않다. 비서성(秘書省) 교감의 경우는 종9품. 보문각의 교감도 이와 비슷했을 것으로 추정된다.

학문연구 관서였다.

강도가 백성들을 향해서 말했다.

"여보시오들, 이런 특이한 징조를 알지 못하면서 함부로 이러쿵저러쿵 말하는 것이 아니오."

수선거리던 주변이 갑자기 조용해졌다.

강도가 섬돌로 올라가서 말했다.

"여러분들, 내 말을 들어보시오. 저 연못의 붉은 거품이 상서로운 길조는 아닙니다. 신라 호경왕(虎景王) 때 대관사(大觀寺) 못의 물이 붉게 변한 적이 있었소. 그해 호경왕이 돌아갔어요. 지금 우리 폐하께서 병환이 위중하십니다. 어쩌면 다시 일어나지 못하게 되실지도 모릅니다. 그러니 여러분, 백성이나 관리들 모두가 마음과 몸을 단정히 하고 정숙한 자세로 정성을 다해서 폐하의 쾌유를 빌어야 합니다."

그 말을 듣고 사람들은 하나둘씩 흩어지기 시작했다.

시름시름 병을 앓아오던 고종은 그 전해인 고종 45년(1258) 말 조위·탁청의 반란 끝에 동계영토 일부가 몽골로 넘어가고, 이듬해(1259) 3월 몽사 웬양케다가 와서 태자의 몽골 입조에 대한 일정을 정한 다음부터, 병이 더욱 심해져서 아주 자리에 눕게 됐다.

왕전이 강도를 떠나기 사흘 전, 고종은 그의 총신인 유경의 집으로 옮겨 앉았다. 그해 4월 태자 왕전이 고려를 떠나 몽골로 들어가자 그 병은 더욱 심해 졌다.

전국 여러 불교의 사찰과 신령을 모신 신사(神祠), 도가의 사당인 도전(道殿) 등에서는 임금의 쾌유를 비는 기도를 올렸다. 관리들을 강화도의 연안에 보내 어부들이 잡았던 산 물고기를 도로 물에 놓아주게 했다.

한편으로는 죄수들에 대한 죄를 대거 감면했다. 그 결과 참형과 교형 등 사형집행 예정자를 제외한 죄수와 유배자들이 많이 방면(放免)됐다.

강화성의 북산 기슭에 자리 잡은 유경의 남향집은 전망이 좋고 조경이 잘 되어 있어서 평소부터 고종이 좋아했다. 고종은 거기서 편하게 병치레를 하려했다. 그러나 고종의 노환은 고쳐서 나을 수 있는 병이 아니었다.

태자 왕전이 요양에서 몽골국의 장수들과 관인들을 만나 철군교섭을 벌이고, 다시 몽골 황제를 찾아 중원의 길을 달리고 있을 때였다.

그해 6월 29일 밤. 고려의 임시수도인 강화경(江華京)에서는 고종이 단말마(斷末魔)의 고통을 겪으면서 유경을 불렀다.

"예, 폐하. 유경 대령했습니다."

"짐은 얼마 남지 않았다. 짐의 후계가 무사히 이뤄져야 할 터인데……"

"염려 마십시오, 폐하. 변고는 없을 것입니다."

"그래야 하겠는데…… 짐의 뒤에는 태자 왕전이 보위에 올라야 한다. 그러나 태자는 지금 몽골에 가 있다. 김준과 그의 무인들이 어떻게 나올지…… 그래서 마음이 놓이질 않는다."

"김준은 표독하기는 하나 뒷심이 없는 사람입니다. 게다가 폐하나 태자 전하에게 아무런 원한이 없습니다. 김준이 이심(異心)을 품지는 않을 것입니다. 염려 마십시오, 폐하. 하오나, 태자 전하에게 후사를 전하신다는 폐하의 뜻을 문서로 분명히 남겨놓는 것은 필요합니다."

"그리 하지. 그리고 짐이 죽어서 보위를 비우게 되면 태자가 귀국할 때까지는 원손인 왕심이 군국(君國)의 정무를 맡아야 할 것이야."

"예, 폐하. 그리 함이 좋겠습니다."

"그리고 짐의 복상 기간은 1년을 하루로 하도록 하라."

"하오나, 폐하……"

"아니야. 임금이 상을 당했을 때 복상 기간 3년은 너무 길어. 더구나 지금은 전시가 아닌가. 나라가 피폐하고 백성들은 지쳤다. 짐의 말대로 3일 안에 상을 거행하라."

"예, 폐하."

"지금 짐이 한 말을 문서로 써오게."

"예, 폐하."

유경이 서재로 들어가 종이를 펼치고 문안을 작성했다. 잠시 후 유경은 그것을 고종의 병석으로 가져갔다. 고종이 부축을 받고 일어나 그것을 읽었다.

"붓을 가져오너라."

고종은 글자 몇 개를 고친 다음, 다시 유경에게 건네주면서 말했다.

"잘 됐어. 이것이 짐의 유조(遺詔)다."

그때 고종의 주변에는 어의 두 명과 유경, 그리고 왕자인 왕창과 태손인 왕심이 있었다.

다음날은 몹시 무더웠다. 해가 뜨겁게 내리 쬐는 낮이었다. 그때 밖에서는 강화성이 헐려나가는 굉음들이 고종의 병상에까지 사나운 소리로 들려왔다. 고종이 힘없는 소리로 말했다. 모두가 숨을 죽이고 경청해야 겨우 그 말소리를 알아들을 수 있었다.

"몽골군이 와서 강화성을 헐고, 태자는 적국에 가있다. 나라는 조각조각 찢어져 나가고, 나라 운명이 장차 어떻게 될지는 짐작조차 할 수 없구나. 죽음이 이미 여기 와있는데도, 짐은 눈이 감겨지지 않는다."

이것이 고종의 마지막 말이었다.

그 말을 남기고 잠시 후 국왕 고종은 숨을 거두었다. 고종이 유경의 집으로 옮겨가 70일을 지낸 그해 1259년 6월 30일 임인일(壬寅日)이었다.

고종은 삼십 년 가까이 그렇게도 그려오던 개경으로 출륙하지 못한 채 전시 수도 강화경에서 서거함으로써, 재위 46년의 파란만장(波瀾萬丈)한 생애를 마쳤다. 그때 고종은 67세였다.

고종의 사망소식을 듣고 집정자인 김준은 즉각 자기 참모들을 불렀다.

"폐하께서 작고하셨다. 우리가 할 일은 무엇인가?"

그러나 아무도 입을 열지 않았다.

"나라의 보위는 잠시도 비울 수 없다. 태자는 멀리 북국에 가 있고, 태손은 아직 어리다. 더구나 태자는 몽골에 투항하려는 생각을 가지고 몽골에 들어갔다. 태자는 문신들과 공모해서 무인들을 무력화하고 있다. 유경의 무리가 근래 다시 화친론을 들고 나와 몽골과 화친하고 무인을 거세하려 하고 있는 것은 왕실과 짜고 하는 짓이다. 문신들이 왕실을 업고 우리 군권을 억제하고 왕권을 강화해서 몽골에 항복하려 하고 있다. 그래서 다음의 왕이 아주 중요하다."

차송우가 말했다.

"왕통계승 문제는 장군이 정해서 밀고 나가면 되는 것이 아닙니까?"

"이건 중대한 문제다. 합법성을 갖추지 않으면 비록 왕으로 추대된다 해도 정통성이 없어 무력한 존재가 되고 만다."

다시 차송우가 말했다.

"왕자는 누구나 왕위를 승계할 수 있습니다. 태자 왕전이 나라와 우리에게 불리하다면, 그 아우 안경공 왕창이 있지 않습니까?"

왕창은 고종의 2남 1녀 중 차남이었다.

김준의 측근인 강보충(康保忠, 장군)이 나섰다.

"그것이 좋겠습니다. 태자 왕전은 만만찮은 인물입니다. 그가 보위에 오르면 신하들의 권한은 전반적으로 축소되고 권력은 무인들에게서 아주 떠나가고 말 것입니다."

"옳은 말입니다. 왕창을 추대하여 즉위시키는 것이 좋겠습니다. 왕전이 임금이 되면 우리 무인정권이 어떻게 될지 아무도 모릅니다."

"무슨 말인가?"

"우리가 지금처럼 이렇게 권력을 가지고 정사를 주도하고 자리를 보전하기가 어려울 것 같습니다. 왕전은 왕권을 강화하기 위해 권신들을 모두 제거하려 할 것입니다."

"바로 보았다. 나도 그것 때문에 고민이다. 임금이 돌아가고 태자가 자리를 비운 것은 절호의 기회다. 그러나 태자를 폐하고 그 아우를 추대하는 것은 명분이 서지 않는다. 이것이 문제다."

이제(李悌, 장군)도 나섰다.

"과거의 무인 집정자들은 임금을 자의로 선택하여 즉위시켰습니다. 장군께서도 그런 권한을 포기하지 마십시오."

손원경(孫元慶, 장군)도 동조했다.

"그렇습니다, 장군. 임금은 장군이 정하셔야 합니다. 하명만 주십시오. 저희가 힘으로 밀어붙이겠습니다. 국왕과 태자의 부재. 지금의 이 기회를 놓치면 안 됩니다."

"좋다. 왕창을 추대키로 한다. 그러나 힘으로만 밀어붙일 수는 없다. 합법성을 갖추기 위해 조정 신하들의 논의를 거쳐 합의를 얻어내도록 하자."

차송우가 다시 나섰다.

"조정 논의를 거친다면 태자를 젖혀놓을 수가 없습니다. 그냥 밀고 나갑시다. 나라를 위해서라면 법을 제처놓고 정변도 일으킬 수 있는 겁니다. 지금까지 그래 오지 않았습니까."

"그렇게 되면 크나큰 분란이 생겨 나라가 위태해진다. 이번은 정변을 일으킬 상황이 아니다."

이래서 김준 진영에서는 안경공 왕창을 받들어 왕위를 계승케 하되, 조정의 동의를 얻어서 시행키로 결정됐다.

다음 날 김준은 조정으로 가서 조신들에게 말했다.

"보위는 잠시도 비울 수가 없는 것인데 태자는 멀리 떠나 있습니다. 우선 경안공을 추대해야 하겠습니다."

김준이 왕창을 받들어 거론하자 문신들이 일제히 들고일어났다.

먼저 최자가 나섰다.

"원자가 왕통을 잇는 것은 고금의 법리입니다. 하물며 태자께서 왕을 대신하여 몽골에 입조하여 수고하고 있는데 그 아우를 임금으로 추대하는 것이 옳겠소이까?"

유경이 최자를 지지하고 나섰다.

"그렇습니다. 이런 때를 위해서 태자를 미리 정해 놓는 것인데, 태자를 제치고 다른 왕자를 추대한다면 나라에 큰 분란이 생깁니다."

이세재가 말했다.

"옳은 말씀들이오. 다른 의논이 있어서는 안 됩니다."

문신들의 기세는 등등했다.

항몽파였던 고종이 화친파로 전환하여 몽골과의 화친과 태자입조를 결정한 뒤로, 화친파인 문신들의 발언권과 단합이 상당히 강화돼 있었다. 그런 조신들의 기세에 눌려 김준은 다른 말을 못하고 침묵하고 있었다.

그러자 최자가 일어서며 말했다.

"모두들 기립해서 경청하시오. 폐하의 유조(遺詔)가 여기 있습니다."

그러면서 최자가 나와서 고종의 유조를 두 손으로 높이 들고 큰 소리로 또박또박 읽어 내려갔다.

고종의 유조

짐이 부덕한 몸으로 국사를 담당하였으나, 오랜 질병이 낫지 않고 위중해지니, 왕위를 오래 비워둘 수가 없다. 더군다나 짐의 원자 왕전은 그 덕행이 족히 위에 오를 만하므로, 이에 태자 왕전에게 왕위에 오를 것을 명하노니, 무릇 너희들 관사(官司)에서는 각각 자기 할 일을 집행하여 사왕(嗣王)의 영을 받들도록 하라.

사왕이 몽골에서 아직 귀국하지 않는 동안은 군국(軍國)의 여러 가지 정무를 태손(太孫)인 왕심(王諶)에게 들어서 처리토록 하라. 능묘제도는 되도록 검박하게 하고, 문무백관이 입은 상복은 1년을 하루로 계산하여 3일 만에 벗도록 하라.

요지는 왕위를 몽골에 가있는 태자 왕전에게 물려줄 것이고, 백관은 새

왕의 말에 따를 것이며, 왕전이 몽골에서 돌아오기까지의 모든 정무는 왕전의 원자인 왕심에게 물어서 하고, 장례는 검소하게 하라는 것이었다.

고종은 후임국왕을 무인들이 자기네 맘대로 정하려 할 것을 예상하고 태자를 후사로 못 박아 놓았다. 국왕이 없는 사이에 그들이 함부로 다른 일을 저지르지 못하게 하기 위해 원손 왕심을 국감으로 정해서 왕전이 돌아오기까지 왕위를 보전할 수 있게 했다.

문신들의 반박과 고종의 유조로, 김준 진영에서 밤늦도록 토론하며 애써 만들어 낸 '왕창추대론'은 힘없이 사라졌다.

최자의 유언 낭독이 끝나자 김준이 말했다.

"알겠습니다. 선왕의 유지를 기꺼이 받들겠습니다."

김준은 과연 뒷심이 약했다. 그는 자기가 끼어들 여지가 없다고 생각했다. 지금까지 절대적인 우월을 유지해 온 무권(武權)이 여기서도 문권(文權)에 밀리고 있었다.

김준은 서둘러서 군사들을 소집했다. 자기는 융복을 입고 휘하의 갑사와 동궁의 속료들을 거느리고 가서 고종의 태손인 왕심을 받들고 대궐로 들어왔다.

고종의 유언에 따라 왕심이 국무를 맡아 처리하기 시작했다. 김준은 대궐 안에 머물면서 임시로 국사를 감무(監撫)했다.

김준은 박천식(朴天植, 별장)을 몽골에 보내 왕전에게 고종의 사망을 알리게 했다. 박희실을 따라갔다가 돌아온 박천식은 대륙 방면의 길에 익숙했기 때문이었다. 한편 왕심은 왕심대로 왕전에게 따로 사람을 보내 고종의 사망을 전하게 했다.

박천식은 몽골로 가는 길에 예수투 군영에 들렀다.

예수투가 물었다.

"어쩐 일이오?"

"이번에 우리 고종 임금께서 붕어(崩御)하셨습니다. 이 사실을 몽골 황제에게 보고하기 위해 황도로 가는 길입니다."

"오, 그래요. 조의를 표합니다."

예수투는 그렇게 말했지만 그의 말씨와 표정에는 조금도 숙연한 데가 없었다. 오히려 그는 퉁명스런 어투로 말을 계속했다.

"번국이나 속령의 흉사는 지존하신 황제에게는 진달(進達)하지 않는 법이오. 그러니 그대는 카라코럼으로 갈 필요가 없소."

그러면서 예수투는 자기 부하 케다(Keda, 加大)와 지다(Zhida, 只大)를 사절로 삼아 박천식과 함께 강도로 가게 했다. 그러나 왕심이 보낸 사절은 예수투를 만나지 않고 바로 중원으로 갔다.

고려사를 편수한 사관은 고종에 대해 대몽정책과 국가보위의 공을 높여 이렇게 평했다.

고종에 대한 사평

고종 시대에 안으로는 권세를 잡은 가신이 잇대어 나라의 명령을 제 마음대로 했고, 밖으로는 여진과 몽골이 해마다 군사를 보내어 침범하였으니, 당시의 나라 정세는 매우 위태로웠다. 그러나 왕이 조심스럽게 법을 지키고 수치를 견디어 참았기 때문에, 나라를 보전하였을 뿐만 아니라, 마침내 정권이 왕실로 돌아오게 되었다.

그리고 왕은 적이 들어오면 성을 튼튼히 하여 굳게 지키고, 적이 물러가면 사신을 보내어 화친을 맺었다. 심지어는 태자를 시켜 예물을 가지고 직접 몽골 정부에 들어가게 했다. 고종이 이렇게 했기 때문에, 마침내 사직을 유지하고 나라를 길이 보전하게 되었다.

대륙을 헤매는 왕전

　몽골로 향한 고려태자 왕전은 박희실·손문주 일행보다 한 달쯤 늦게 중도(中都, 지금의 북경)에 도착했다. 송나라를 정벌하기 위해서 중국의 서남쪽 전선으로 가 있었던 몽골황제 몽케는 아직 수도 카라코럼으로 돌아오지 않고 있었다.

　몽케는 그때 중국의 사천성 합천현의 동쪽에 있는 조어산(釣魚山)에 머물러 있으면서, 그 서쪽의 파현(巴縣, 사천성)을 치는 군사들을 지휘하고 있었다. 왕전은 황막한 중원 대륙에서 몽케를 찾아 다시 서남쪽으로 떠났다.

　그때 왕전은 몽케를 만나기 위해 조어산으로 가는 길이었고, 박희실은 이미 몽케를 만나고 고려로 돌아오는 길이었다. 그러나 그들은 길이 엇갈려 서로 만나지 못했다.

　왕전이 일행 2백여 명과 함께 하북성과 산서성을 차례로 거쳐, 1259년 2월 하순에야 섬서성의 경조(京兆)에 이르렀다. 경조는 중국 고대의 정치 문화의 중심지인 장안(長安)의 부근으로, 지금의 섬서성의 시안(西安) 일대다. 경조는 중국의 한 복판이 될 만큼 고려에서는 멀고 중원에서는 깊은 곳이었다.

　고려 태자 왕전이 몽케를 만나기 위해 왔다는 말을 듣고 경조 지역을 수비하던 중국인 책임자가 찾아왔다.

"이곳은 중국에서 유명한 온천입니다. 물이 좋아 역대 제왕들이 와서 휴양하면서 목욕을 즐겼습니다. 왕자께서도 여기 쉬다가 천천히 가시지요."

그러면서 그는 왕전 일행을 화청궁(華淸宮)으로 안내하겠다고 청했다. 왕전이 그 말을 듣고 말했다.

"화청궁이라면 당나라 명황(明皇, 현종)이 양귀비와 함께 거처하던 행궁이 아니오?"

"그렇습니다. 당 현종은 겨울이면 이곳에 와서 온천욕을 즐기면서 양귀비와 함께 한 철을 보내다가, 이듬해 봄에 돌아가곤 했습니다. 화청궁에는 임금의 욕조 외에도 신하들이 함께 목욕할 수 있는 탕도 있습니다. 자, 가시지요. 제가 모시겠습니다."

"뜻은 고마우나 그만 두시게. 일찍이 명황께서 목욕하던 곳인데 아무리 시대가 흐르고 세상이 바뀌었기로, 어찌 감히 이곳을 더럽힐 수가 있겠는가."

왕전은 자기를 중국 황제의 신하라고 칭하면서 사양했다. 그 소문이 퍼지자 그곳의 중국인들이 말했다.

"고려 태자는 예절을 아는 분이야. 다른 사람들은 말려도 자꾸 떼를 쓰며 목욕을 하겠다고 성화를 부리는데 말야."

"예의란 상대하아(上對下我)야. '상대방을 높이고 자기를 낮추는 것'인데, 고려 태자는 과연 예의가 철저한 사람이군."

"그래서 옛날부터 고려가 '예의를 잘 지키는 동쪽의 나라'라 해서 동방예의지국(東方禮義之國)이라 하지 않는가."

왕전이 부왕 고종의 부음을 공식적으로 들은 것은 그곳 경조부(京兆府, 시안)에서였다. 왕심이 보낸 동궁의 관리가 와서 말했다.

"태자 전하, 용비(龍飛)의 슬픈 소식을 전하게 되어 죄송합니다. 고종 폐하께서 지난해 6월 30일 임인일 유경의 집에서 붕어(崩御)하셨습니다."

용비는 '용이 날아서' 하늘로 올라간다는 것으로 임금의 죽음을 뜻한다. 붕어도 임금이나 천자의 죽음을 높여서 이르는 말로서, 승하(昇遐)와 같은 뜻이다.

"그래? 내가 작별을 고한지 70일 만에 서거하셨군."

부왕의 부음을 받고도 왕전은 아주 차분했다.

"고생과 근심으로 평생을 보낸 한 많은 임금이시오. 병환임을 보면서도 간병을 못하고 떠나왔는데 결국 서거하셨군. 맏이로서 임종을 못했으니 내 죄가 크다. 나라가 이 모양이니 불효자가 생기지."

"폐하께서는 유조(遺詔)에서 전하에게 보위를 물린다고 말씀하시고, 전하가 귀국하시기까지는 태손인 왕심 공에게 군국의 정무를 총람하게 하라고 하셨습니다. 그래서 지금 원손께서 국정을 대람(代覽)하고 계십니다."

"그래, 먼 길에 수고했소. 이 넓고 낯선 대륙에서 이곳까지 찾아오기가 쉽지 않았을 것이오."

"국상(國喪)의 복상은 3일로 한정하라는 유조도 계셨습니다."

"폐하께서는 늘 국난의 시기임을 말씀하시며 검소하게 사시었소. 알았소. 우리의 복상도 사흘만 합시다."

왕전과 그를 수행하던 신하들도 고종의 유조를 받들어 상복을 입었다가 사흘 뒤에 벗었다.

아버지를 잃은 왕전의 슬픔은 시간이 지나면서 더욱 커졌다. 부친의 사망에 대한 자식으로서의 슬픔과 나라에 대한 태자로서의 걱정이 겹쳐, 왕전은 몹시 울적했다. 그러나 그는 슬퍼할 여유가 없었다.

복상을 마치고 왕전 일행은 동관(潼關, 섬서성 동관현)을 거쳐 며칠 째 계속 낯선 길을 달려 서남쪽으로 갔다. 고종의 부음을 전한 동궁 관리는 거기서 고려로 돌아갔다.

중원의 대륙을 가로질러 이렇게 수 만 리 길을 달려 왕전 일행은 육반산(六盤山, 영하회족자치구 固原縣)에 이르렀다. 육반산은 칭기스칸이 서하를 치다가 병에 걸려 1227년 사망한 장소였다.

몽골의 임금들은 스스로 대외정벌에 나가 싸우는데, 우리는 적이 쳐들어와도 섬에 들어가 숨어 있었구나. 왕전은 그렇게 생각하면서 계속 남쪽으로 갔다.

조금만 더 가면 몽케의 행재소가 있다는 곳이었다. 하루 길을 남겨놓고 밤이 되어 그들이 쉬고 있을 때였다.

이 무슨 청천벽력(靑天霹靂)인가. 몽골의 헌종(憲宗) 몽케가 사망했다는 소식이었다.

"아니, 황제가 돌아가다니? 그것도 객지의 전쟁터에서. 그러면 우리는 어찌해야 하는가?"

왕전을 비롯한 고려의 사절 모두에게는 그 푸른 하늘이 갑자기 새카맣게만 보였다. 그들에게 적국 황제 몽케의 죽음은 자국의 임금이자 부왕인 고종의 죽음보다도 더 충격적이었다.

몽케는 중국의 사천지방으로 가서 송나라를 치다가, 그해 7월 부상을 당해 사천성 파현의 합주(合州, 지금의 合川) 동쪽에 있는 조어산 군영으로 돌아왔다. 중국의 후한 말 삼국시대에 유비의 촉나라 진지가 있던 지역이었다.

몽케는 업무를 보면서 치료를 받았다. 그러나 그는 식사를 못하면서 계속 피똥만 누었다.

전의(典醫)들이 자리를 지켜가며 노력했지만 시간이 지나도 차도가 없더니, 몽케는 그해(1259년) 8월 11일 그곳에서 재위 8년만에 사망했다. 당시 54세. 고려와 몽골은 두 달 사이에 각기 임금을 잃었다.

몽케와 그의 할아버지인 칭기스는 모두 세계제국의 황제이면서 모두 전쟁을 지휘하다가 전선에서 죽었다. 그들이 전사한 장소도 거의 비슷한 중국 서부였다.

몽케가 남송을 치다가 죽은 합주의 조어산 기슭은 32년 전인 1227년(고종 14년) 8월 칭기스가 북부의 서하(탕구트)를 치다가 사망한 청수에서 곧바로 남쪽으로 멀리 떨어진 곳으로, 중경(重京) 바로 북쪽에 있다.

몽케의 사망 원인은 아직 베일에 가려있다. 거기에는 두 가지 이설이 있다. 하나는 전장에서 입은 부상이 치명적이었다는 전사설(戰死說)과 그때 크게 돌았던 역병으로 죽었다는 병사설(病死說)이다. 사서에는 바바(baba)로 사망했다고 되어 있다. 바바는 역병(疫病)이라는 뜻의 아랍어다. 그 후의 사서들은 이 역질이 흑사병이거나 콜레라일 것이라고 추측하고 있다. 후세의 연구결과 몽케의 사인은 적리(赤痢)로 밝혀졌다. 적리는 피똥을 싸게 되는 이질(痢疾)의 일종으로, 여름에 많이 생기는 급성 전염병이다.

몽케는 매사에 과감하고 철저했다. 그리고 생활은 검소했다. 그는 스스로 중국 황제들의 호화생활을 뿌리치고, 칭기스 식의 간소한 초원의 생활을 본받으면서 가족과 부하들에게도 그렇게 하도록 지시했다.

몽케는 군사들의 백성 수탈과 탄압도 금했다. 중국 사천에서 농부로부터 파를 빼앗아온 몽골 병사 하나는 몽케가 실행하는 군법에 의해 처형당했다. 부하들이 사냥을 마치고 행락을 벌이면, 몽케는 그들을 불러 질책하고 그 수행원들에겐 매를 치게 했다.

그러나 몽케의 원칙과는 달리 고려를 침공한 몽골군은 가장 많이 사람을 죽이고 불 지르고 파괴하였다.

몽케의 사망 소식을 전해 듣고, 그를 찾아 나선 왕전은 당혹스럽기 한량없었다.

"이 낯설고 넓은 중국의 대륙천지에서 어디로 가서 누구를 만나야 할 것인가."

몽골의 권력집단 안에는 비상이 걸렸다. 천하의 대권을 쥐는 그 제위에 누가 오를 것인가. 지금은 아무도 그것을 알 수 없는 긴박한 상황이었다.

몽골의 황족 안에서 황권을 넘볼 수 있는 세력은 셋이었다.

첫째는 몽케의 네 아들이다. 그들은 맏이인 발투를 비롯해서 둘째 우룽타쉬, 셋째 아스타이, 막내 시리기 등이다. 그들은 혈통으로는 황권에 가장 가까이 있었다.

둘째로는 몽케의 형제 집단이다. 칭기스의 막내아들 톨루이에겐 네 아들이 있었다. 맏아들이 몽케, 둘째가 쿠빌라이, 셋째 훌레구, 넷째가 아릭부케다. 이들은 혈통상 몽케의 아들들 다음으로 황권에 가까이 가있었다.

몽케는 몽골의 전체 영토를 5개로 나누어 각지에 황제를 대신해서 통치할 5명의 총독을 두고, 자기는 황제로서 총독의 위에 앉아서 그들을 감독하고 있었다. 몽케의 아우 세 명은 모두 그때부터 총독이 되어 있었다. 따라서 황제로부터 거의 독립적인 자율권을 가지고 자기 영지를 통치하고 있었다. 그 때문에 그들은 군사·경제·조직 등 실제 세력은 막강했다.

셋째로 황권에 도전할 수 있는 세력은 그 동안 톨루이-바투 가(家)에 의해 소외됐던 오고데이-차가타이 가의 후손들이었다. 그러나 오고데이-차가타이 가의 후손들은 그 세력이 약해서 도전권에서 탈락됐다.

황자인 몽케의 아들들은 모두 20대 청년들이었다. 당시 몽골 사회에서 이십대면 당당한 성년이었다. 그러나 세계를 지배하는 몽골제국의 황위라는 점에서는 사정이 달랐다.

칭기스 이래 오고데이·쿠유크·몽케 등 역대 몽골 황제들의 즉위연령은 모두 40대였다. 황제 선출권을 가지고 있는 몽골의 귀족들은 몽케의 아들들이 아직은 너무 어리다고 보고 있었다.

따라서 가장 유력한 황권도전 세력은 몽케의 형제들이었다. 몽케가 죽었다는 소식이 전해지자, 몽케의 형제들 사이에서는 곧 제위의 승계를 놓고 권력투쟁을 시작했다.

몽케의 4형제 중 막내로서 마침 수도 카라코럼을 포함하여 몽골 본토의 총독으로 있던 아릭부케(Ariqbuke, 阿里孛哥)가 지리적 이점을 가지고 황권투쟁에 선수를 쳤다. 아릭부케는 벌써 휘하의 군사를 집결시켜 카라코럼 주변의 들판을 삼엄하게 통제하고 있었다. 군대 이동은 물론 일반인의 통행마저도 엄격히 금지했다.

왕전은 수행원들을 풀어서 몽골인과 중국인들을 만나 몽골 왕실의 동향을 알아오게 했다. 쿠빌라이와 아릭부케가 황위를 놓고 경쟁하고 있다는 소문이 들려왔다.

"그중 누가 황제가 되겠는가?"

왕전이 문제를 내놓았지만, 고려 사절단의 모두가 전혀 상황을 몰라 예측할 수 없었다. 그때 반가운 소식이 하나 들어왔다. 죽은 몽케의 동생 쿠빌라이(Khubilai, 忽必烈)가 강남에서 송나라와의 전쟁을 지도하고 있다는 것이었다.

왕전은 이미 세 차례 몽골을 다녀온 적이 있는 무인출신의 화친파 김보정을 불렀다.

"지금 우리의 처신은 나라의 운명에 대단히 중요하오. 앞으로 누가 몽골의 황제가 될 것인가를 분명히 알고 그에게 접근해야 하는데, 장군의 생각은 어떻소."

"저하의 말씀이 옳습니다. 지금의 몽골 사정을 알 수가 없어 정확히 말씀드리기는 어려우나, 다음 황제로는 아마도 쿠빌라이가 유력할 것으로 저는 봅니다."

"쿠빌라이는 어떤 사람이오?"

"몽케의 형제들 중에서 인품이 가장 훌륭하고 골조가 클 뿐만 아니라, 몽골에서 가깝고도 인구와 물산이 많은 중국을 차지하고 있기 때문에 권력투쟁에서 이겨 차기 황제가 될 가능성이 가장 높다고 봅니다."

"오, 그래요?"

"설사 그가 황제가 되지 못한다 해도 고려가 몽골의 영향권에서 벗어나지 않는 한, 고려는 중국을 맡고 있는 쿠빌라이의 관할 하에 들어가게 될 것이 분명합니다."

"그렇겠군요."

"그런 사람이라면 반드시 만나야 합니다. 여기서 기다렸다 만날 것이 아니라 찾아가서 만나는 것이 예가 되고, 우리 일을 도모함에도 도움이 될 것입니다."

왕전은 일행과 함께 남쪽을 향해 계속 말을 몰아 달렸다. 왕전이 중국 하남성 임여현의 동쪽인 양(梁)과 호북성 초(楚)의 경계지역 교외에 이르렀다. 그곳은 하남성과 호북성의 경계일 뿐만 아니라 화북(華北)과 화중(華中)을 가르는 경계지점이다.

그때 또 다른 희소식이 들어왔다.

"마침 쿠빌라이 대왕이 샹양(襄陽)에서 군사를 돌이켜 북쪽으로 올라오고 있다고 합니다."

샹양은 지금의 호북성 샹판(襄樊, 양번, Xiangfan)이다. 샹판은 시안(西安)에서 우한(武漢) 사이의 중간쯤에 있는 도시다.

왕전이 물었다.

"올라오는 길은 어디라던가?"

"바로 이 길이라 합니다."

"그런가? 천만다행이군."

"몽골이 송나라를 치면서, 황제인 몽케는 서로군을 맡아 이 방면에서 전쟁을 지휘했고, 아우 쿠빌라이는 동로군을 맡아 송나라의 중동부 지역에서 전쟁을 지휘했다고 합니다. 몽케가 죽자 쿠빌라이가 전쟁을 멈추고 서로군 쪽으로 가서 몽케가 출정했던 길을 따라 카라코럼으로 가고 있다고 합니다. 그 길이 바로 이 길입니다."

"이는 하늘의 도움이 없으면 있을 수 없는 일이오."

"그렇습니다. 쿠빌라이는 이삼일 안에 이곳에 이를 것이라 합니다."

"정말 의외의 행운이오."

"이것은 공적으로는 우리 고려의 국복(國福)이자 사사롭게는 저하의 위복(爲福)입니다."

"쿠빌라이 대왕의 진로를 알아보면서 여기서 그를 예로써 맞을 만반의 준비에 소홀함이 없도록 하시오."

쿠빌라이는 동정호(洞庭湖) 동북쪽에 있는 송나라의 어조우(鄂州, 호북성 무창현, 지금의 岳陽)를 포위하고 있다가 몽케의 부음을 들었다. 송나라는 이미 몽골에 대해 강화를 요구하고 있던 참이었다.

몽케의 사망과 함께 몽골 군사들은 전선에서 일탈하여 흩어지면서 통제력을 잃고 있었다. 쿠빌라이는 그런 몽골군들을 모아들였다. 그 결과 그의 군사력은 계속 강화됐다. 그 소문은 곧 전선 전체로 퍼져나갔다. 그와 함께 몽골군 부대들이 쿠빌라이 군부로 집결하기 시작했다.

그때 쿠빌라이의 중국인 참모 학경(郝經)이 나섰다.

"대단히 불행한 일이나 유혈투쟁이 불가피할 것 같습니다. 아릭부케 공과 대결키 위해서는 전하께서 맡고 계신 중국지역의 평화가 선결돼야 합니다."

"그대는 그리 생각하는가?"

"예, 전하. 마침 남송에서 강화를 제의해 왔으니 이를 받아들여 남송 정벌을 당분간 중단하시고, 군사를 빨리 북쪽으로 돌려야 합니다. 이젠 우리 세력이 상당히 커졌습니다."

"아무래도 그래야 할 것이야."

쿠빌라이는 송나라의 강화 요구를 받아들여 일단 전쟁을 끝낸 다음, 남송에 대한 농성을 풀었다. 현지에는 부관인 장군 바두르(Baadur)의 부대를 남겨 송나라와의 문제를 맡기고, 쿠빌라이는 황급히 회군하여 북상했다. 새로 증편된 부대들도 그의 뒤를 따라나섰다.

그때 쿠빌라이는 자기가 동로군을 끌고 내려간 악주(鄂州, 무창)-여남(汝南)-조주(曹州)-형태(邢台)-중도(中都)-개평(開平)의 길을 택하지 않고, 몽케의 서로군이 내려갔던 길을 택했다. 바로 그런 진로변경이 있었기 때문에 왕전과 쿠빌라이는 만날 수 있게 된다.

왕전과 쿠빌라이의 만남

다음 날이면 쿠빌라이가 이곳에 들어온다는 날이었다. 왕전은 도로변 넓은 자리에 터를 잡고 중국인 거주자들을 시켜 쿠빌라이를 맞을 자리를 짓도록 했다.

"첫 만남이 중요합니다. 첫 인상이 매사를 결정하는 것이니 한 치의 허술함이 없도록 만반의 준비를 잘 갖추고 모두가 정성을 갖춰 정중하게 예의를 다 하도록 해야 합니다."

왕전은 수행원들에게 그렇게 주의시키는 한편, 쿠빌라이에게 사람을 보내기로 했다.

"김보정 부사가 쿠빌라이에게 가서 고려의 태자 일행이 여기서 쿠빌라이를 기다리고 있다고 알리시오. 이 전갈은 대단히 중요하오."

이래서 몽골사정에 익숙한 화친파 장수 김보정이 역관을 데리고 쿠빌라이 쪽으로 갔다. 그들은 경마라도 하듯이 말을 때리며 남쪽으로 달렸다. 그렇게 한 나절을 달려가니 과연 쿠빌라이의 거대군단이 서서히 북상하고 있었다.

김보정이 쿠빌라이에게 다가가서 말했다.

"대왕 전하, 안녕하십니까? 저는 고려국의 추밀원부사 김보정입니다.

뵈온 지가 오래 됐습니다."

"예, 알겠소이다. 김 부사, 정말 오랜만입니다. 황도 카라코럼에서 뵙고 처음이군요. 헌데, 여기는 어떻게 오셨소이까?"

"예, 전하. 저희는 고려국의 사절로서 여기에 왔습니다. 우리 태자께서 황도에 조공하기 위해 왔다가, 몽케 폐하께서 남송과의 전쟁에 종군하신 다는 소식을 들었습니다. 그래서 황제의 행재소를 찾아가다가 붕어의 소식을 듣고 난감해 하던 중에 천우와 신조를 얻어 쿠빌라이 대왕 전하께서 북상하신다는 얘기를 들었습니다. 우리 태자께서 전하를 만나 뵙기 위해 지금 저쪽 산 너머 노상(路上)에서 기다리고 있어 미리 전갈하기 위해 왔습니다."

기뻐하기는 쿠빌라이도 마찬가지였다.

"고려의 왕세자가 낯선 여기까지 먼 길을 와서 나를 기다리고 있다고 요?"

"예, 전하. 고려인들은 지금 거기서 전하를 맞기 위한 각종 준비에 여념이 없습니다."

"오, 그래요? 참으로 고마운 일이로군. 자, 가서 고려 세자를 만나봅시다."

고려에서는 임금을 황제라고는 부르지 않았지만 그 호칭은 황제의 호칭인 폐하라고 했고, 그 후계자도 황태자에 준해서 태자라고 불렀다.

그러나 몽골은 그런 것을 인정치 않고 있었다. 그래서 쿠빌라이도 왕전을 태자라 하지 않고, 세자라고 불렀다.[11]

쿠빌라이가 도착하는 날, 왕전은 머리에는 비단으로 만든 연각(軟角)의 오사(烏紗)와 복두(幞頭)를 쓰고, 몸에는 소매가 넓은 자라포(紫羅袍)를 입고, 허리에는 물소 띠(犀鞓)를 띠고, 손에는 상아로 만든 홀(象笏)을 들고

---

11) 왕실의 호칭; 신하들이 '황제'를 부를 때의 호칭은 폐하(陛下)이고 황태자의 호칭은 전하(殿下)다. 반면에 '왕'의 호칭은 황태자와 동격인 전하이고 왕의 후계자는 저하(邸下)라고 불렀다.

서 있었다.

그때 왕전의 미목(眉目)은 그림같이 아름다웠고, 주선하는 그의 말과 행동이 아주 세련되고 예절이 잘 짜여서 따라간 수행원들도 감복할 정도였다.

여러 관료들도 모두 각자의 '관품에 따르는 의복'(品服)의 찬란한 차림으로 왕전의 뒤에 반열을 이루어 폐백을 갖추고 길 왼쪽에 서서 쿠빌라이를 기다리고 있었다.

과연 쿠빌라이가 거대한 기마군단을 이끌고, 왕전이 마련해 놓고 있는 노상의 행사장에 접근해 왔다. 쿠빌라이는 큰 체구에다 전쟁터에서 돌아오는 무장답게 얼굴은 검붉게 타있었고, 부리부리한 눈에서는 형언할 수 없는 어떤 힘이 빛을 내며 솟아나고 있었다.

쿠빌라이는 왕전과 사신 일행의 정중하고도 화려한 모습을 보고 놀라고 기뻐서, 말에서 내려 성큼성큼 다가왔다. 김보정이 그를 안내하여 왕전 앞에 이르렀다.

쿠빌라이는 아주 자비로운 음성과 정감 어린 눈빛을 쏟아내며 말했다.

"고려는 만리 밖의 나라요. 수나라와 당나라의 황제들이 여러 차례 고려(고구려를 의미)를 정벌하려 했어도 능히 항복시키지 못했는데, 이제 세자가 자기 발로 스스로 내게 왔으니 이것은 하늘의 뜻이오."

"그렇습니다, 대왕 전하. 천우신조(天佑神助)가 아니면 불가능한 일입니다."

쿠빌라이는 왕전 쪽으로 가까이 가서 그를 힘껏 껴안았다. 왕전도 쿠빌라이를 껴안았다. 서로 전쟁을 벌이고 있는 두 나라 차기 임금들의 포옹이었다. 그때 쿠빌라이는 45세. 왕전보다 다섯 살 위였다.

왕전이 고종의 표문을 꺼내어 쿠빌라이에게 주며 말했다.

"고려 국왕이 몽골 황제께 보내는 표문입니다. 받으십시오."

"나는 몽골의 다칸이 아닙니다."

"몽케 황제가 돌아가셨기 때문에 아우이신 대왕께 드립니다. 받아주십시오."

"그래요? 고맙습니다."

쿠빌라이는 고종이 몽케에게 보낸 표문을 받아 읽었다. 그는 감격한 눈으로 왕전을 다시 껴안으면서 말했다.

"고맙습니다. 이젠 전쟁을 끝냅시다."

쿠빌라이의 책사가 된 여진족의 조양필(趙良弼, 중국 강회지역 선무사)과 위구르족의 염희헌(廉希憲, 섬서지역 선무사)도 그의 뒤에 서서 그 광경을 지켜보고 있었다. 그들도 몹시 감개무량한 인상을 받았는지 계속 흐뭇한 미소를 짓고 있었다.

그들의 노상 접촉은 그리 길지 않았다. 쿠빌라이는 왕전을 크게 칭찬하고 격려하면서 고려 사신단을 환영하는 간단한 연회를 베풀었다.

연회가 끝날 무렵 쿠빌라이가 말했다.

"우리 몽골은 헌종(몽케) 황제의 붕어(崩御)로 나라 사정이 복잡해졌습니다. 나는 빨리 나의 초원기지인 개평(開平)으로 돌아가야 합니다. 왕전 공도 함께 가십시다."

왕전이 대답했다.

"예, 그리하겠습니다."

연회가 끝나자 쿠빌라이는 고려인들을 데리고 지금의 내몽골 지방에 있는 자기의 근거지 개평부(開平府)를 향해 북으로 떠났다.

쿠빌라이의 거대한 몽골군 군단과 왕전의 화려한 사절단이 줄을 이어 며칠을 가서 북경에 닿았다. 쿠빌라이는 북경에서 이틀을 쉰 뒤, 금나라와 격전을 벌였던 거용관과 팔달령의 만리장성을 둘러보았다. 왕전 일행도 따라갔다.

쿠빌라이가 왕전을 바라보며 말했다.

"여기는 몽골과 금나라의 격전지였습니다. 여기서 우리가 이기지 못했다면 중도를 점령하지 못했을 것이고, 그리 됐다면 우리 몽골은 지금의 세계대국이 되지 못했을 것입니다."

"그렇겠지요."

그들은 험준한 장성들을 보면서 숨을 돌린 뒤 마차를 탔다. 다시 북으로 올라가 역시 격전장인 선덕(宣德, 지금의 宣和)을 둘러보고, 장쟈코우(張家口)로 갔다. 그들은 장쟈코우에서 하루를 묵은 다음, 서북으로 가서 격전지들을 돌아보았다.

"이곳이 바로 여우고개라는 곳입니다. 우리 몽골과 금나라가 최초의 격전을 벌였던 요새였지요."

"아, 그 야호령(野狐嶺)이 바로 여기군요. 몽골에 다녀온 사절들로부터 얘기는 많이 들었습니다."

그들은 장베이(張北)를 거쳐서 동북쪽으로 갔다. 산은 보이지 않고 넓은 초원이 나타났다. 풀밭에는 하얀 양떼들이 한가히 거닐며 풀을 뜯고 있었다. 왕전은 호기심 있게 주변을 둘러보았다.

몽골에 사신으로 몇 번 다녀온 김보정이 말했다.

"이것이 몽골의 초원입니다. 말과 양을 키우는 풀밭이지요. 이곳은 막남(漠南)의 땅이지만, 더 북쪽으로 가면 넓고 긴 사막이 있습니다. 몽골의 원래 영역은 사막 넘어 북쪽의 초원에 있습니다."

"그래서 중국인들이 쓴 한서에 몽골을 막북(漠北)이라 했군요."

그들은 긴 초원길을 달려, 이듬해인 1260년 정월 난수(灤水, 일명 灤河)라는 이름의 강의 상류인 얼어있는 금련천(金蓮川)을 건너서 개평에 도착했다. 개평은 환주(桓州, 지금의 내몽골 正藍旗)의 동북이다.[12]

멀리 나지막한 산이 하나 보였다. 용강(龍岡)이라고 불리는 언덕이었다. 여기가 바로 쿠빌라이의 궁전이 있는 곳이었다.

개평은 한없이 넓어 보이는 둘룬누르(Duolun Noor) 초원 한가운데 자리잡고 있었다. 그 남쪽을 감도는 난수는 발해만으로 흘러가고, 난수 바로

---

12) 개평이 상도(上都)로 이름이 바뀌었을 때, 난수도 상도하(上都河)라고 불렀다. 난수(난하) 중에서 다륜과 개평 사이 부분이 금련천(金蓮川)이다.

남안에는 둘룬(多倫, Duolun)이라는 도시가 있었다.

개평은 칭기스가 중국을 원정할 때는, 이곳을 지나면서 말들을 먹이고 군사들을 쉬게 하면서 참모들과 작전을 협의하던 장소였다.

중국식 석궁과 석성이 있었지만 게르 천막도 많이 있었다. 쿠빌라이는 이곳에 큰 도성을 짓고 있었다. 포로로 잡혀온 여진족·한족의 남자들이 공사를 벌이며 성을 쌓고 궁전들을 짓고 있었다.

이곳은 후에 대도시로 건설되어 수도인 대도(大都, 중경·북경)[13]와 대칭하여 상도(上都)라 했다. 상도는 황제가 여름이 되면 무더운 대도를 떠나 북상하여 보내는 하궁(夏宮)으로 쓰였다. 그러나 지금은 넓은 초원에 성벽 일부가 남아있을 뿐 넓고 황량한 초원일 뿐이다.

왕전은 개평의 환경과 상황을 둘러보면서 생각에 잠겼다.

결국 쿠빌라이가 앞으로 몽골의 황권을 잡겠구나.

왕전은 멀리 지평선을 바라보면서 의외였지만 쿠빌라이를 만난 것은 참으로 잘된 일이라고 판단했다.

왕전의 고려 사절들은 개평 풀밭에 놓인 게르에 배치되어 짐을 풀었다. 그들은 불편이 많았지만 몽골인들이 주는 음식과 술을 먹으며 참아냈다.

쿠빌라이가 왕전과 함께 개평에 도착한 뒤 어느 날이었다. 조양필이 쿠빌라이에게 말했다.

"고려가 비록 작은 나라라고 하나 만만한 나라는 아닙니다. 산을 의지하고 바다로 막혀서 우리가 군사를 보낸 지 30년이 되었건만 아직도 점령하거나 복종시키지 못하고 있습니다."

"알고 있소. 아주 강인한 나라라고 하더군."

"그렇습니다. 저 고려 태자 왕전은 지난해에 입조했으나, 마침 황제께서 남방을 정벌하는 일로 그를 만나보지 못해 지금까지 중원 대륙을 방황하고 있었습니다."

---

13) 대도; 쿠빌라이가 세운 대원(大元, 원나라)의 수도. 금나라의 중도, 지금의 북경이다.

"오, 그랬소?"

"우리 땅에 들어온 그를 접대하는 음식과 거처가 허술하고 야박하여, 그의 마음을 편안하게 해주지 못했습니다."

"그러면 어떻게 해야 하오?"

"왕전은 고려의 다음 왕이 될 세자로서 예절이 바르고 품격이 있는 사람이니 음식을 후히 하여 번왕의 예절로써 대접하십시오."

"그리 하시오."

중원의 지배자가 천자(天子)라면 주변국의 지배자나 휘하의 제후를 번왕(藩王)이라 불렀다. 번왕이란 조공국의 국왕이다. 황제인 천자는 번왕이 찾아가 배알하면 후하게 대접하는 것이 중국 궁궐의 관례였다.

"앞으로 우리는 황권이 안정되면 남송과 일본을 정벌해야 합니다. 그때는 외교와 수전이 필요합니다. 남송토벌전이나 일본정벌에는 고려의 함대와 수군, 그리고 고려를 앞세워 벌이는 외교가 필요합니다."

"왜 그렇소?"

"고려는 조선술이 높고 수군이 우수합니다. 그들은 남송이나 일본과 오랜 관계가 있었습니다."

"그러면 그들을 도울 나라가 아니오?"

"과거는 그랬지만 앞으로는 그렇지 않을 것입니다. 따라서 지금 왕전을 잘 대접해 주는 것이 좋습니다."

"그리 합시다."

"고려는 일본을 잘 아는 나라입니다. 따라서 그들을 내세워 일본과 외교적으로 접촉하여 조공토록 하는 것이 좋습니다. 외교로 안 되면 일본과 전쟁을 해야 하는데, 그때 고려가 전진기지가 되고 선박과 수군을 동원하여 고려군이 참전토록 해야 합니다."

"그렇겠군."

"이제 현지로부터의 보고를 들으니 왕전이 출국한 사이에 고려 국왕이 사망했다고 합니다. 왕전에게 그의 부왕이 사거한 데 대한 위로의 말씀을 전하십시오, 대왕."

고종이 임종했을 때 고려에서는 김준이 박천식을 보내 이를 몽골 조정에 알리게 했었다. 그러나 예수투는 '흉사는 황제에게 알리지 않는 것'이라 하여 박천식을 돌려보냈다. 그러나 예수투는 고종의 변사 사실을 개평부와 카라코룸에 알렸다.

조양필로부터 그 말을 전해 듣고 쿠빌라이가 말했다.

"오, 그래요? 그리 하지요."

"그리고 진실로 왕전을 고려의 국왕으로 세워서 귀국시키면, 왕전은 반드시 대왕의 은덕을 감사하게 여기고 덕을 받들어 신하의 직분을 닦으려할 것입니다. 이것은 우리 군사를 수고롭게 하지 않고도 나라를 하나 더얻는 것입니다."

"고려가 우리에게 항복하지 않고 30년 동안 저항을 계속해 왔는데 저들을 여기에 억류해 두지 않고 이대로 돌려보내도 되겠소? 더구나 왕전은국왕 친조의 대안으로 항복하기 위해 몽골에 온 인질입니다."

"고려는 다른 피점령국과 다르게 대해야 합니다. 우선 왕전이 먼저 와서 카라코룸의 아릭부케 공에게 가지 않고, 우리 쪽으로 와서 대왕 전하에게 귀복했습니다. 게다가 고려의 조정이 있는 강화도는 우리의 군사로는 점령할 수 없습니다. 이미 그것이 입증됐습니다. 게다가 지금 우리 개평(開平, 쿠빌라이 진영)으로서는 비상시국입니다. 곧 카라코룸(和林, 아릭부케 진영)과 일전을 하게 됩니다."

쿠빌라이의 섬서(陝西) 선무사 염희헌도 말했다.

"그렇습니다, 대왕. 고려국의 세자는 부왕의 임종은 물론, 장례에도 결참하고 대왕을 찾아뵙기 위해 이렇게 먼 길에 와서 고생하고 있으니 가련한 생각마저 듭니다. 왕전을 후히 대접해서 고려왕으로 삼아 보내면 고려안에서 그의 힘이 강화되어 항몽파 무신들을 제압할 수 있습니다. 마침무인정권은 항전파이고 세자는 화친파라고 합니다."

"듣고 보니 그렇겠군. 내가 미처 모르고 있었소. 그리 합시다. 우선 왕전에게 깨끗하고 화려한 전각을 내주고 자리에도 비단을 깔아서 편히 쉬게 하시오. 좋은 술과 음식도 갖추어 주고, 음악도 들을 수 있게 조치해 주시오. 그리고 고려왕으로 삼아서 귀국시킵시다."

이날의 개평 지휘부의 대화는 왕전우대론(王倎優待論) 일색이었고, 모두가 쉽게 합의했다.

인질이 되어 구류될까 두려워했던 고종의 걱정도 사라졌다. 왕전은 이제 개선장군의 기개로 귀국할 수 있게 됐다. 이것은 금나라의 관리로 있다가 쿠빌라이의 심복이 된 조양필과 염희헌의 노력 덕택이었다.

쿠빌라이와 그의 선무사들은 태자 왕전의 생김새와 차림새와 태도, 그리고 그의 지휘 하에 움직이고 있는 고려 사신단의 행동을 보고 심정적으로 모두가 반한 것 같았다.

조양필의 건의가 있은 뒤로 왕전 일행에 대한 몽골의 대접은 한층 융숭해졌다. 집도 천막(게르)에서 크고 넓은 궁실로 옮겼을 뿐만 아니라, 각종 훌륭한 음식과 술이 끊이지 않았다. 이들을 위해 소규모 연회와 가무도 종종 베풀어졌다.

조양필이 왕전에 대해 특별한 호의를 보여 수시로 찾아오고 불편이 없는가를 물었다. 그는 왕전의 말단 수행자들에게도 따뜻이 배려하여 부족함이 없게 했다.

같은 마음의 여몽 혜성들

며칠 뒤 쿠빌라이의 개평 조정에서 고려문제를 논할 때였다. 고려와 왕전에 대해서 좋은 인상을 가지고 있는 조양필이 쿠빌라이에게 말했다.

"고려는 여태 임금과 무인정권 사이에 갈등이 심했습니다. 따라서 저들을 이간시켜 서로 싸우게 해야 합니다. 더구나 고려의 왕실은 무인정권에 눌려 왕권이 아주 약합니다. 게다가 그 무인들은 항몽파이고, 왕실과 문신들은 친몽파라고 합니다. 지금 왕전과 함께 여기 와있는 사람들은 모두 친몽파입니다. 왕전을 고려왕으로 삼아 그로 하여금 문신들과 힘을 모아서 무인정권을 소탕하게 해야 합니다. 우리가 고려 임금을 도와서 무인정권을 붕괴시키면 고려 문제는 쉽게 해결됩니다."

조양필은 몽골 안의 대 고려 화친파이고 왕전 지원파였다.

쿠빌라이가 말했다.

"허나, 해도에 들어가 웅거하고 있는 무인정권을 여기서 우리 맘대로 붕괴시킬 수 있겠는가?"

"지금 고려에서는 무인들끼리 서로 싸우는 바람에 무인들도 단결이 약해지고 전쟁이 장기화되면서 조정과 백성들 사이에 염전사상(厭戰思想)이 널리 퍼져 있다고 합니다. 따라서 우리가 고려 임금에게 힘을 실어주고 필요하면 군사를 빌려줘서라도 무인정권을 무너뜨려야 합니다."

"무인들의 단결이 약화됐다고 했는데 그들도 항전파와 화친파로 분열되어 있는가?"

조양필이 대답했다.

"아직은 그렇게 확실치는 않지만 장수들 사이에도 화친을 주장하는 사람들이 많아졌다고 합니다. 지금 왕전을 수행하여 개평에 와있는 김보정은 무인이면서 친몽파입니다. 고려 임금은 권력이 없어 허수아비와 같으나, 조정의 문신들과 백성들에 대한 권위는 있다고 합니다. 임금에게 우리가 힘을 실어주면, 왕의 권위에 힘이 붙게 되어 무인정권과의 싸움에서 우리의 뜻대로 이길 수 있습니다."

"좋소. 왕전은 더불어 일을 도모할 만한 사람이오."

"앞으로 우리는 왕전을 내세워 고려에서 무인 중심의 반몽 항전파를 약화시켜 제거하고, 문신 중심의 친몽 화친파를 강화하는 방향으로 정책을 전환해야 하겠습니다."

"그렇게 합시다. 그러면 고려 임금을 도와서 무인정권을 무너뜨릴 수 있도록 외교전략과 군사전략을 짜도록 하시오."

"우선 우리가 해야 할 것은 선대 황제들이 고려에 대해서 취해온 '군사적인 강공책'을 '외교적인 온건책'으로 돌리고, 이를 고려의 조야에 널리 알려야 하겠습니다. 그 동안 우리가 고려에게 패한 것은 아니나 승리한 것도 아닙니다. 우리는 고려에서 많은 장수를 잃었습니다. 무익한 전쟁에 우리는 너무나 많은 시간과 물자를 소모했습니다."

"최초의 고려 원정군 원수인 살리타이는 저들의 활에 맞아 전사했고, 마지막 원정군 원수인 자랄타이도 결국은 고려와의 전쟁에서 잃게 된 장수요. 그들은 모두 아까운 장군들이었소."

"그러면 전쟁보다는 외교에 중점을 두되 고려 임금을 지원해서 친몽파 화평세력을 규합하고, 그 힘으로 항몽파 무인정권을 타도하는 방향으로 계책을 세우겠습니다."

"그리 하시오."

어느 날 조양필이 왕전의 객관을 방문했다. 왕전이 말했다.

"조양필 선무사께서 친절히 마음을 써주셔서 덕분에 우리 일행 모두가 아주 편안히 잘 묵고 있습니다."

"아닙니다, 저하. 쿠빌라이 대왕께서 고려 사신들을 특별히 배려해 드리라는 명을 내렸습니다. 앞으로 몽골과 고려 두 나라는 긴밀히 가까운 나라가 될 것입니다. 쿠빌라이 대왕의 뜻이 그러합니다."

"이번의 내가 이렇게 몽골을 방문하고 의외로 쿠빌라이 대왕과 조양필 공을 뵙게 된 것이 모두 양국 관계의 장래에 대한 길조라고 생각됩니다. 조 공이 바쁘신 데도 시간을 내어서 우리가 이렇게 안대(案對)[14]하게 되니 정말 고맙소이다."

안대란 '두 사람이 마주 대하는 것'을 의미한다.

"저하께서 그리 생각해 주시니 고맙습니다."

"나는 조양필 공의 이름을 처음 들었을 때부터 깊은 인상을 받았고, 쿠빌라이 대왕은 아주 복이 많은 분이라는 생각이 들었습니다. 조양필이라는 그 함자(銜字) 때문입니다."

"그렇습니까?"

조양필은 그렇게 물었지만, 왕전의 말이 무슨 뜻인지 알겠다는 표정으로 부드럽게 웃었다.

"공도 익히 알겠지만, 양필(良弼)이란 원래 '좋은 보필자'라는 뜻입니다. 그런데 쿠빌라이 대왕은 조양필 대인과 같은 훌륭한 보필자를 두셨으니 인복이 많다는 생각이 들었지요."

"고맙습니다. 우리 대왕께서 그 말씀을 들으시면 몹시 기뻐할 것입니다."

---

14) 안대(案對)의 안(案) 자에는 '마주한다'는 뜻이 있다. 풍수지리에서 집터나 묏자리가 마주 바라보고 있는 산을 안산(案山)이라고 하는 것도 같은 맥락이다. 안산이 겹쳐있을 때는 중심을 기준으로 해서 가까운 것은 내안산, 그 밖에 있는 것을 외안산이라 부른다.

"양필에 대해서는 재미있는 얘기가 있습니다. 은(殷)나라 임금 고종(高宗, 이름은 무정)은 은왕조를 부흥시키려 했으나, 아직 자신을 잘 보좌해줄 훌륭한 신하가 없었습니다. 양필을 얻지 못한 것이지요. 무정황제(武丁皇帝)는 모든 정사를 총재(冢宰, 재상)에게 맡겨놓고 지켜보고 있었는데, 3년 째 되던 해 어느 날 꿈에 하늘 세계를 다스리는 천제(天帝)를 뵈었습니다. 천제는 자기가 거느리고 있는 훌륭한 신하들 중에서 가장 능력과 충성심이 있는 열(悅)이라는 이름의 양필 한 명을 무정에게 주었지요. 열은 인품과 지혜·지식·덕망·능력 등이 모두 훌륭한 성인(聖人)이었습니다."

"좋은 꿈이군요."

"무정은 잠에서 깨어나자, 바로 그 양필의 인상을 그림으로 그리고 글로 써 두었다가 신하들 중에서 그와 같은 사람을 찾아보았습니다. 그러나 열과 비슷한 사람은 하나도 없었습니다. 무정황제는 백관들에게 명해서 천하에서 열과 비슷한 사람을 찾아오게 했습니다. 그래서 찾은 것이 부험(傅險) 땅에서 역부로 일하고 있는 사람이었습니다."

"역부는 보통 죄수들입니다."

"그렇지요. 그 역부는 죄를 짓고 노역에 끌려 나와서는 부험에서 길을 닦는 도로공사에 나와 있는 중이었습니다. 그의 이름이 천제가 준 성인과 같은 열(悅)이고, 모습도 무정이 꿈에 본 열과 아주 흡사했지요. 무정은 그를 불러올려 보는 순간 '바로 이 사람이다. 이 사람이 천제가 내게 준 바로 그 양필이자 성인인 열이다' 라고 생각했지요. 무정은 그 자리에서 시골의 일개 역부였던 열을 재상으로 등용했어요. 그리고 부험 땅에서 찾아온 열이라 해서 이름을 부열(傅悅)로 지어주었습니다."

"오, 그런 행운이……"

"부열은 현명하고 충성심이 강할 뿐만 아니라, 마음이 선량하고 부지런한 성인이었습니다. 그는 재상으로 많은 공을 세워서 결국 은나라를 부흥시킨 명재상 명양필이 되었지요. 조양필. 예, 아주 좋은 이름입니다."[15]

---

15) 悅(열)을 說(열)이라고도 쓰고, 傅險(부험)을 傅巖(부암)이라고 쓰기도 한다.

"고맙습니다, 저하. 조양필은 쿠빌라이 대왕이 친히 지어주신 이름입니다."

"오, 그래요? 중국에 대한 식견이 높은 쿠빌라이 공이 조양필 선무사를 아주 훌륭하게 보고 그리 했을 것입니다. 하여튼 쿠빌라이 공의 인복과 조 선무사에 대한 그분의 총애에 대해 축하합니다."

"고맙습니다, 저하. 우리 쿠빌라이 공은 저하와 고려에 대해 좋은 인상을 가지고 있습니다. 그리고 고려를 점령하거나 멸망시킬 생각은 없습니다. 이것은 세자가 이렇게 미리 우리나라에 와서 우리 공을 만나 뵈었기 때문입니다."

"그렇습니까. 정말 고맙습니다."

"지금까지 고려는 몽골이 요구하는 국왕친조를 거부하면서 왕족이나 왕자를 인질보내는 것으로 대신해 왔습니다. 역대의 몽골 다칸들은 고려 인질을 몇 달 또는 몇 년씩 억류하면서 계속 국왕친조와 출륙환도를 요구하고, 고려가 응치 않으면 군사를 투입하곤 했습니다."

"그렇지요. 그래서 지금 고려는 6번째 몽골군 침공을 겪고 있습니다."

"그러나 쿠빌라이 대왕은 생각이 다릅니다. 세자께서 스스로 자기를 찾아왔으니 여기에 머물러 계시게 하지 않을 뿐만 아니라, 앞으로는 고려에 대해 군사적인 강공보다는 외교적인 대화로 양국문제를 해결하고자 하십니다.

"정말 고맙습니다. 이것은 모두 조양필 선무사의 선의로 이뤄진 고려의 행운입니다."

"아닙니다, 저하. 쿠빌라이 대왕의 현명한 식견에서 나온 관용입니다. 저하는 곧 귀국이 허용됩니다. 쿠빌라이 왕이 허락하셨습니다. 곧 출발할 준비를 갖추어야 할 것입니다."

이것은 왕전의 귀국에 대한 쿠빌라이의 허락 통지였다.

"그래요? 고맙습니다."

왕전도 예상은 하고 있었지만, 고려가 항복할 때까지 쿠빌라이가 자기를 억류하지 않고 돌려보내 준다는 말에 다시 안도의 숨을 쉴 수가 있었다.

"고맙소이다, 조 공. 모두 조양필 선무사의 은혜로 알겠습니다."

그 후로 왕전과 조양필은 서로 좋아하고 도와주는 사이가 됐다.

그해(1260) 2월 25일이었다. 왕전이 귀국 인사를 하러 갔을 때였다. 쿠빌라이는 반가움과 숙연함이 섞인 표정으로 왕전을 맞아들여 말했다.

"부왕께서 돌아가셨다는 말을 뒤늦게 들었습니다. 충심으로 애도 드리며 고인의 현복(玄福, 명복)을 빕니다."

"감사합니다, 대왕."

왕전은 임종조차 못한 부왕의 작고를 생각하면서 몹시 슬펐다.

그러나 여기는 몽골이다. 더구나 쿠빌라이는 장차 몽골 황제가 될 수 있는 몽골의 황족이다. 경망함이나 사사로움을 보여서는 안 된다. 그렇다. 조금도 흔들려서는 안 된다. 일국의 왕자답게 침착해야 한다.

왕전은 곧 표정을 차분하게 고쳐 잡고 말했다.

"그 동안 따뜻이 배려해 주셔서 편히 지냈습니다. 대왕의 관대한 하려(下廬, 아래 사람에 대한 배려)에 감사드립니다. 제가 이 넓은 중원천지를 헤매다가 우연찮게도 대왕을 뵙게 된 것은 하늘의 도움이었습니다. 천신의 가호로 대왕을 뵘으로써 저의 일도 다 끝났습니다. 귀국을 허락해 주셨으니, 곧 떠나겠습니다."

쿠빌라이는 환하게 웃었다. 왕전의 말이 그의 마음에 쏙 든 모양이었다.

"그 동안 고생 많았소이다. 우리 상황이 아직 유동적이지만 내가 중국을 맡고 있는 한, 몽골군의 고려 침공은 없을 것입니다. 먼 외국 땅에 와서 장기간 머물면서 노고가 많으셨는데 결과가 헛되지 않도록 함께 노력합시다."

"거듭 감사드립니다, 대왕."

"돌아가시면 곧 즉위하게 될 것인데, 고려왕이 되심을 미리 경하 드립니다. 진심으로 감축합니다."

"망극합니다, 대왕."

그때 왕전은 그의 머리에 번개가 치는 것 같음을 느꼈다.

내가 고려왕이 됨을 미리 감축한다고? 쿠빌라이의 이 말은 나의 즉위를 인정하고, 우리가 항복하더라도 사직을 보전케 하겠다는 말이었다. 이것은 나라를 빼앗지 않고 우리의 국체를 유지시켜 주겠다는 보장이다. 국체만 보장된다면야 항복 따위를 주저할 이유는 없었다.

왕전은 속으로 한없이 기쁘면서도 그런 표정을 감추고 정중하게 말했다.

"두터운 후의에 거듭 감사드립니다. 아무쪼록 대왕께서 용좌에 무난히 등극하시기를 빌고 또 그렇게 믿겠습니다."

"고맙소이다. 앞으로 어려운 일이 있으면 알려주십시오. 힘껏 돕겠습니다."

두 사람의 눈길이 다시 마주쳤다. 친절과 우정과 호의가 담뿍 담긴 시선의 교감이었다.

왕전이 말했다.

"대왕께서는 저보다 연세가 위이십니다. 우리 고려의 예법에 경장애유(敬長愛幼)라는 원칙이 있습니다. '아래 사람은 위 사람을 존경하고, 위 사람은 아래 사람을 사랑해야 한다'는 것이지요, 이런 원칙에 따라 저는 대왕과의 관계가 발전되기를 희망합니다."

"오, 경장애유라. 거 참 좋은 예법입니다. 우리 그리 합시다."

"고맙습니다, 대왕. 우리 예법에는 강보약뢰(强保弱賴)라는 원칙도 있습니다. '강한 쪽은 약한 쪽을 보호하고, 약한 자는 강한 자에 의뢰한다'는 것이지요. 저는 몽골과 우리 고려 사이에 이런 원칙에 따라 양국관계가 발전되기를 희망합니다."

"오, 강보약뢰. 그것도 참으로 좋은 원칙이군요. 고려에는 참으로 좋은 예법이 많습니다. 중국에 가서 들으니, 고려를 가리켜 동방예의지국이라 하더이다. 고려는 과연 예의가 높은 나라입니다. 그래, 좋습니다. 강보약뢰. 우리 몽골과 고려, 양국은 앞으로 그렇게 서로 돕고 의지하며 살아갑시다."

"고맙습니다, 대왕."

쿠빌라이는 미리 준비해 두었던 물건들을 꺼내 놓으면서 말했다.

"이거 변변치 않으나 나의 정표로 왕전 세자에게 드립니다."

쿠빌라이는 옥으로 만든 갓끈을 선물로 주고 좋은 말도 한 필 내주어 왕전이 편히 타고 갈 수 있게 했다.

"정말 감사합니다. 대왕의 행운을 빕니다. 안녕히 계십시오."

"안녕히 가십시오. 세자의 건투를 빌겠습니다."

왕전의 몽골 방문은 교전 상대국과의 외교치고는 대성공이었다. 이제 여몽전쟁은 끝났다고 왕전은 생각했다.

왕전과 쿠빌라이의 회담으로 30년간 계속되어온 여몽전쟁은 끝났다. 그 후의 여몽관계는 전쟁 없는 외교로 바뀌었다. 고려는 몽골의 속국이 되어, 저구유 피살 이전의 조공국가로 돌아갔다.

그 후 고려에 대한 몽골의 강경정책은 온건정책으로 바뀐다. 이런 정책 전환에 따라 쿠빌라이는 서경과 북계 지역에 주둔해 있는 몽골군을 철수시키고, 근년 들어 몽골에 귀부했거나 포로로 잡혀간 고려인을 귀환시켜 달라는 고려의 요구를 그대로 받아들였다.

그 결과 고려 주둔 몽골군에게는 1260년 3월 20일까지 철수하라는 회군령이 떨어지고, 몽골에 잡혀간 고려인 포로들은 3월부터 5월에 걸쳐 석방하여 귀국시키라고 명령했다.

몽골의 황제 중에서 태조인 칭기스가 '정복의 천재'라면, 세조 쿠빌라이는 '수성의 수재'다. 쿠빌라이가 평양에 주둔해 있는 몽골군에 대해 철군령을 내리면서, 왕전을 고려국왕으로 책봉한 것도 그런 수성의 철학에서 나왔다.

고려와 몽골에서 동시에 임금이 교체됨으로써 고려에 대한 몽골의 유화정책, 몽골에 대한 고려의 화친정책이 본격화됐다.

쿠빌라이의 새 정책은 국내에서의 왕전(원종)의 세력과 입장을 강화했다. 그는 몽골의 힘을 빌어 무인정권을 타도하고 왕권을 강화하기로 결심했다. 이때 쿠빌라이와 원종의 이해관계는 일치돼 있었다.

왕전-쿠빌라이 상봉 이후, 고려에서 전쟁은 사라지고 평화가 왔다. 오랜 대망의 실현이었다. 그러나 대가는 독립의 상실과 종속의 멍에였다. 쿠빌라이는 조양필의 건의에 따라, 고려에 대해 조선(造船)을 요구하는 한편 고려를 대일외교의 대리자로 내세울 생각이었다.

슬픈 귀국길

아무쪼록 쿠빌라이가 황제가 됐으면 좋겠는데…… 만약 아릭부케가 된다면, 우리 왕실과 고려의 운명은 최악의 상태로 떨어져 다시 불행해질 것이다. 그러나 아니다. 필시 쿠빌라이가 다음 황제가 될 것이야. 나는 그를 보자마자 그가 몽골의 차기 황제라는 직감이 들었지.

왕전은 이런 생각에 잠기면서 강도를 떠난 지 열 달 만에 귀국 길에 올랐다.

쿠빌라이는 자기 심복 장수인 술리타이(Sulitai, 束里大)를 고려 주둔의 새로운 다루가치로 삼아서, 강화상(康和尙)과 함께 왕전을 수행하여 고려로 가게 했다.

강화상은 원래 경남 진주 태생이다. 그는 고려군으로서 일찍이 몽골과 싸우다가 포로가 되어 몽골로 잡혀갔다. 그러나 그 성품과 능력이 인정되어 몽골의 관리로 출세하여 쿠빌라이의 사람이 되었고 그를 따라 중국전선에도 종군했었다.

고려의 태자 왕전이 몽골에 입조한 것은 역사의 필연이었다. 세계 최강의 제국이 된 몽골의 국왕입조 압박을 거부할 수 없었던 고려로서는 차선책으로 태자 왕전을 몽골에 입조케 할 수밖에 없었다. 이것은 피할 수 없는 절차였다.

그러나 왕전이 몽골에 갔을 그때 몽골 황제 몽케가 죽었고 쿠빌라이를 길에서 만난 것은 분명히 우연이었다.

이런 필연과 우연이 만나 그 후 고려사는 중대한 변화를 가져오게 된다.

45년간 임금으로 있던 고종이 죽고 백성들은 예측하기 어려운 사태변화 속에서 그저 불안하고 무서울 뿐이었다. 반란과 반역 사건이 잇달아 일어난 것도 백성들 사이에 널리 퍼져있던 그런 공포와 불안이 표출한 때문이었다. 난을 일으킨 반란자나 몽골에 붙은 반역자들은 모두 중앙 정부의 무력을 멸시하고, 장차 몽골의 고려지배를 운명처럼 확신한 사람들이었다.

김준이 권력을 잡고 태손인 왕심이 왕권을 대리하고 있던 원종 원년 (1260) 정월 하순이었다.

안북도령 원진(元振)이 반란을 일으켜 안북 부사 문수(文殊)와 자주 부사 김맥(金脈)을 살해했다. 황해도 옹진에서는 현령인 정숭(鄭崇)이 고을을 몽골에 바쳐 항복했다.

이듬해 2월에는 군사지도를 맡은 도병마부(都兵馬部)의 육자양(陸子襄, 녹사)이 도망하여 몽골에 투항했다.

김준은 투항자 육자양 등 반역자들의 아비와 형제들을 검거하여 가두었다. 그러나 그 후로도 반란과 반역은 끊임없이 계속되어 나갔다.

그 무렵 동경(東京, 요양)에 주둔하고 있는 몽골 장수 예수투의 군영에서는 고려를 배반하고 몽골에 투항한 김수제(金守磾)와 우정(于琔, 별장)이 함께 몽골식으로 변발을 하고 예수투를 받들고 있었다. 그들은 기회가 있을 때마다 예수투에게 고려를 참소했다.

우정이 말했다.

"고려가 지금 다시 옛 서울 송도에 도읍을 옮기겠다고 하는데 그것은 말짱 거짓말입니다. 고려 조정의 말을 진실로 들으시면 안 됩니다."

"맞는 말이다. 그 동안 고려는 우리를 계속 속여 왔다."

김수제가 말했다.

"고려는 다시 위급해지면 반드시 도읍을 제주도로 옮겨서 저항을 계속할 것입니다. 이것은 항몽을 주장하는 무인들과 고려 조정의 숨은 계책입니다."

"제주도 입도라? 해도로 다시 천도한다는 말이지."

"예, 장군."

"그럴 수도 있겠군. 고맙네."

예수투는 그 충실한 고려인 부하들에 대해 진심으로 고맙게 여기고 있었다. 그때 실제로 고려의 무인들 사이에서는 해도재천론(海島再遷論)이 진지하게 고려되고 있었다.

왕전이 몽골과 무슨 밀약을 체결하고 온다는 소문이 돌았고, 그런 협약에 따라 고려가 몽골의 압력에 굴복하게 되면 제주도에 들어가서라도 몽골과 싸워야 한다는 대몽 항전전략이 공공연하게 주창되었다.

해도재천론을 가장 강력히 주장한 사람은 임연의 예하에 있는 배중손(裵重孫, 장군)·김통정(金通精, 중랑장) 등 야별초의 무인강경파들이었다.

김수제와 우정이 예수투의 군영에서 한창 고려를 참소하고 있던 바로 그 시각, 쿠빌라이를 만나고 고려로 돌아오는 왕전으로부터 예수투 진영으로 기별이 왔다.

예수투가 말했다.

"잘 됐다. 이 기회에 태자 왕전과 그 일행을 붙잡아 구금해 두고, 그 동안 고려 조정이 우리 몽골을 수없이 기만한 죄를 물어야 하겠다."

그렇게 말하면서 예수투는 태자를 맞으러 나갔다. 그는 왕전을 만나 자기 방으로 데려와서 말했다.

"고려 조정은 송도로 출륙환도하기를 거부하고 계속 강도에 머물러 있다가 위급해지면 제주도로 옮겨갈 것이라 하오. 고려는 언제까지 이렇게 우리를 속이고 있을 것이오?"

"몽골을 속이는 일은 절대로 없을 것이오."

"태자의 말을 어떻게 믿을 수 있겠소. 그 동안 고려의 언행으로 보아 나는 태자의 말을 믿을 수가 없소이다."

"내 말을 믿고 안 믿고는 장군의 몫이지만 그런 당치않은 얘기는 도대체 어디서 들었소."

"최근 고려를 떠나 이곳에 와있는 고려인들로부터 직접 들었쑤다."

"고려를 반역한 사람들은 몽골이 좋아한다면 무슨 말을 꾸며대서라도 몽골의 신임을 얻으려는 자들이오. 이것은 반역배의 일반 속성이 아니오이까. 공은 어찌해서 그런 사람들로부터 고려에 관한 모함을 듣고 그대로 따르려 하시오?"

"태자가 그렇게 자신이 있다면 김수제와 우정을 직접 만나서 대질해 보겠소이까?"

"나는 고려국의 태자요. 더구나 부왕이 작고하셔서 머지않아 임금의 자리에 오를 것이외다. 내가 어찌 그런 반역자의 무리들과 마주 앉겠소. 여기서 머리가 깎이고 구류를 당할지언정 나는 그런 일은 못하오!"

예수투는 강경한 태자 왕전의 모습을 보고 의외라고 생각했다.

왕전이 부왕이 돌아가 왕위를 차지하게 되고, 쿠빌라이 대왕을 만나 얘기가 잘 되어 제법 교만해졌구나. 예수투는 기가 꺾인 듯 갑자기 말과 태도를 부드럽게 고쳤다.

"고려는 3월 상순까지는 개경으로 환도해야 합니다. 그리고 왕위에 오를 태자가 몽골을 방문하고 돌아가는데, 무신 김준이 당장 백관들을 데리고 이곳 서경에 와서 태자를 맞아서 모셔가도록 하겠소."

그러나 왕전은 냉담했다.

"김준이 서경까지 나와서 나를 맞을 수는 없을 것이오. 우리 고려에는 역적이 많고 나라를 주관할 사람이 없으니 집정인 김준은 서울을 떠날 수가 없소. 나는 모든 관원과 군사·백성·승도들로 하여금 2월 27(1260)일까지는 모두 개경으로 환도할 준비를 갖추도록 명령하겠소."

"알겠습니다. 그럼 태자는 예정대로 고려로 가십시오. 그러나 우리의 의심이 확실히 풀리지는 않았으니, 일행 중 일부를 우리가 데리고 있으면서 고려 조정의 환도 여부를 지켜보겠습니다."

예수투는 태자를 구금하는 대신 김보정 등 왕전의 수행원 1백 명을 붙잡아 요양의 자기 영내에 가두었다. 그리고는 왕전에게 말했다.

"부탁이 하나 있소이다."

"무엇이오?"

"우정과 김수제의 부자 형제들이 모두 구속되어 있는데, 이들을 잘 돌봐주십시오."

"그들은 모두 고려의 역적들이오."

"그래서 내가 이렇게 부탁하는 것입니다."

"알았소이다."

왕전은 바로 사람을 강도로 보내 예수투와의 합의사항을 조정에 전해주도록 했다. 그것은 2월까지의 환도 준비와 우정·김수제 가족들의 석방에 관한 것이었다.

왕전은 외교적으로 대 성공을 거두고 귀국 길에 올랐지만 그의 마음은 어둡고 무거웠다. 난마와 같이 얽혀있는 고려의 모순된 현실을 어떻게 풀어 나가야 할지 눈앞이 캄캄했다.

그때 고려인들은 앞날을 가늠할 수 없는 고통과 혼란을 겪고 있었다.

우선 식량난이었다. 수도인 강도성은 물론 전국의 모든 지역에서 양식이 떨어져 굶어죽는 사람이 속출했다. 부모가 어린 자식을 버리고, '사람들이 서로 잡아먹었다'(人相殺食)는 말들이 자주 들려오는 세상이었다. 과장됐음이 분명하지만, 그때의 식량 사정이 어떠했는지를 말해주는 얘기다.

구도인 개경의 경우 오랫동안 기근이 계속되어 사람들이 식량을 구하기 위해 성을 빠져 나와 평야가 많고 몽골군인들이 없는 남쪽으로 내려갔다. 관리와 백성을 가릴 것이 없이 먹을 것을 구하러 다니는 사람들이 길위에 잇달았다.

이렇게 되자 강화경의 중방과 어사대에서는 백성들은 그대로 놓아두되, 관리들에게는 송도의 관문을 나가지 못한다는 금령을 내렸다. 그래서 굶어 죽은 사람들 중에는 관리들과 그 가족이 특히 많았다고 기록돼 있다.

한편 60여 년 간 계속돼 온 최씨 정권의 붕괴와 김준 정권의 성립은 지지와 반대를 떠나서 모든 고려인들에게는 크나큰 충격이었다.

게다가 60여 년 동안 싸우던 몽골에 항복하기로 하고, 태자가 항복 사절로 몽골 황제에게 입조하기 위해 떠난 것도 고려인들의 머리에 새로운 혼란을 추가했다.

1259년 4월에 떠난 태자 왕전은 1260년 삼월 초순이 돼서야 압록강을 건넜다. 적국 몽골의 천하를 헤맨 지 11개월만의 귀국이었다.

역시 고국은 고국이었다. 모든 것이 정답고 익숙하게 느껴졌다. 그러나 참담한 나라의 모습은 떠날 때와 조금도 달라진 것이 없었다. 그는 느릿느릿 내려와서 평양에 도착한 뒤에는 다시 열흘 가까이 그곳에 체류하면서 여기저기를 둘러보았다.

전쟁의 상처가 너무나 컸다. 성은 무너지고 도시는 불탔다. 백성들의 얼굴은 굶주림과 절망으로 그늘져 있었다. 아직도 묻히지 못한 시체들이 거리와 야산과 들판에 널려 있었다. 마을과 거리에는 잡초가 무성하게 자라 하얗게 말라 있었다.

왕전이 압록강을 건넌 뒤에도 빨리 강도로 들어가지 않고 천천히 움직이는 것을 쿠빌라이는 몽골에 앉아서 일일이 보고 받고 있었다.

쿠빌라이가 질책하듯이 말했다.

"고려 태자 왕전은 보기보다 다르구나. 그는 사람이 왜 그렇게 느려 터져. 선왕이 죽은 지가 오래 됐고, 왕위를 비운 지가 몇 달인가. 그 동안 나라 일이 많이 밀려있을 터인데, 빨리 들어가 취임해서 일을 보지 않고 무엇하고 있는 게야."

 왕전이 평양에 일주일이 넘게 체류한다는 보고를 받자, 쿠빌라이는 우정 어린 경고 서찰을 써서 징제(Jingjie, 荊節)에게 주어 왕전에게 보냈다. 그러나 왕전은 쿠빌라이의 서찰을 받지 못한 채, 평양을 떠나 천천히 남쪽으로 향했다. 쿠빌라이가 안내자로 보낸 술리타이와 강화상이 왕전과 동행하고 있었다.

왕전의 즉위

    왕전이 몽골방문을 마치고 개경에 도착한 것은 그해(1260) 3월 17일이었다. 그가 개경에 도착하자 맏아들 왕심이 왕족·귀족과 문무·관원 및 삼별초의 정예부대를 거느리고 바다를 건너 승천부의 제포궁(梯浦宮)에 나와서 왕전을 맞았다.

    왕전은 강화경으로 건너가지 않고 개경에 머물러 환도작업을 지도하면서 여기저기를 둘러보았다. 시가와 황궁은 그가 몽골로 떠날 때 보던 황폐한 모습 그대로였다. 거리에서 보는 개경 사람들의 모습은 한층 더 비참해 보였다. 모두가 찌들고 병들고 허기진 사람들이었다.

    그렇게 개경에서 다시 3일을 보낸 뒤, 3월 20일 왕전은 배를 타고 바다를 건너 강화도 승천포에서 내렸다. 왕전은 족히 이십 리 길을 달려 강화성으로 갔다. 몰골이 앙상한 강도성의 성벽과 폐허처럼 황폐해진 그 주변의 성터를 한참 동안 바라보다가 말했다.

    "결국 이렇게 되었군."

    왕전은 그 이상 아무 말도 하지 않았지만 강화성의 파성을 상기하고 있었다. 그는 강화경 궁성으로 가는 도중 고종의 홍릉(洪陵)에 들렀다. 홍릉은 지금과는 달리 그때는 강화경 송악산(松岳山, 지금의 北山)의 북녘 기슭

연화봉에 있었다.

왕전은 마차에서 내려 숨을 몰아쉬면서 가파른 오르막길을 올라갔다. 울창한 숲 사이에서 멀리 북쪽으로 염하[16] 건너 개경이 보였다.

"폐하가 그렇게도 그리던 개경과 송악산(松岳山)이 보여서 좋군요."

"예, 폐하께서는 늘 개경과 송악산을 그리워하시어 강화경 북산을 송악산이라 이름 짓고, 수시로 그 산에 올라가 개경 송악산과 그 밑의 왕도를 바라보시곤 하셨습니다. 이름 있는 산수지리 전문인들이 명당이라고 올린 장소들 중에서, 조정에서 여러 모로 들어보고 검토한 끝에 이곳을 능지로 정했습니다."

왕전이 홍릉에 도착했을 때 이미 제물과 장식들이 준비돼 있었다. 왕전은 가고 없는 부왕에게 간단한 귀국인사를 드렸다. 고종이 서거한 지 9개월 뒤였다. 그는 능단 앞에 엎드려 절하는 동안 계속 눈물을 닦았다.

왕전은 그날 저녁 늦게 승평문(昇平門)을 거쳐 궁성으로 들어갔다. 강화를 떠난 지 꼭 11개월 만이었다.

왕전이 쿠빌라이의 질책성 서찰을 받은 것은 그가 강도에 돌아온 뒤, 4월 9일이 되어서였다. 쿠빌라이의 서찰 내용은 이러했다.

쿠빌라이가 왕전에게 보낸 서찰

우리 태조 칭기스 대황제께서 처음으로 대업의 터를 닦았고, 여러 선황(先皇)들이 서로 이어받아 대대로 큰 공을 세워서 군웅들을 쓸어 없애고 일찍이 사해(四海)를 차지했소. 우리는 적에게 항복하기를 먼저 권하고 주륙하기를 뒤로하여, 일찍이 적을 죽이는 일을 좋아한 적은 없소이다. 지금 넓은 하늘 아래 세상에서 신하로서 우리 몽골에 복종해 오지 않은 자는 오직 그대의 나라 고려와 중국의 송나라뿐이오. 송나라가 믿는 것은 오직 장강(長江, 양자강)뿐이오. 그러나 장강에서도

---

16) 염하는 강화와 김포사이에 있는 강이름. 강화대교 밑으로 보이는 이 강은 폭이 좁아 강처럼 보이지만, 바다와 가까이 연결돼 있어 물은 짜다.

'험난하여 쉽게 함락되지 않는다는 근거지'(險阻處)를 이미 우리에게 잃었소. 이제 송이 의지하는 것은 강이 넓다는 것뿐인데, 그것도 수비를 지탱하지 못하여 스스로 그 울타리를 철거해 버렸소. 우리의 대군은 이미 송의 중심부(心腹)에 들어가 주둔하고 있소. 송나라는 이제 솥 안에 든 물고기이며, 천막 속의 제비일 뿐이오. 따라서 송나라 멸망은 조석에 달려있소이다.

그대는 처음에 세자로서 폐백을 받들고 정성을 바치며, 몸을 단속하고 몽골 조정에 귀부했소. 그때 그대가 슬픔을 머금고 명령을 청하였으므로, 나는 그대를 참으로 가긍하고 민망하게 여겼소. 그러므로 그대를 그대 나라로 돌려보내 옛 강토를 완전히 회복하고 그대 토지에 안착하여 그대의 집안을 보전케 했소. 그것은 살리기를 좋아하는 나의 큰 덕을 넓히고, 옛날에 사이가 나빴던 우리 두 나라 사이의 작은 연고를 떨쳐버리고자 함이었소이다.

헌데, 세자가 나라에 들어가지 않고 어찌 국경 주변에서 머뭇거리고 있는거오. 혹시 세자의 귀국이 늦어져 좌우에서 시기하고 의심하거나, 사사로이 걱정하고 지나치게 빈틈없이 생각하다가 그런 것이오. 강도에 남아있는 백성들이 오랫동안 도탄에 빠져 있는데, 우리가 고려를 끝까지 토벌하는 것은 결코 나의 본심이 아니오. 통제하는 데에 절도를 잃는다면, 천하의 간사한 자들이 다 적이 될 것이오. 진심을 다해 마음속으로 남을 이해한다면, 불안해하던 자들이 스스로 안심하게 될 것이외다.

김준으로부터 중앙과 지방의 모든 관리·군인·백성들에 이르기까지 과거 내란을 주모하여 몽골군에 항거했거나, 우리에 항복 귀부했다가 배반했거나, 원수를 갚기 위해 함부로 사람을 죽였거나, 돌아갈 때가 없어 주인을 배반하고 망명했거나, 무리의 협박에 못 이겨 부득이 따라다니면서 응원했거나 간에, 고려국 사람으로서 일찍이 죄를 범한 자는 죄의 경중을 따지지 않고 모두 용서하여 죄를 면해 주겠소이다.

세자는 여장을 재촉하여 빨리 수레를 몰아서 귀국하여 정치를 바로잡아, 원수를 용서해 주고 감정을 풀어버림으로써, 덕을 펴고 은혜를 베풀도록 하시오. 지금은 바로 만신창이(滿身瘡痍)가 된 고려의 백성들을 어루만지고 편안히 하여야 할 때요. 저 푸른 바다의 강화도로부터 나와 평지의 땅에 살면서, 무기를 팔아서 농사지을 소와 송아지를 사고, 방패와 창을 내버리고 보습과 쟁기를 잡도록 하시오.

우리 몽골 군사는 다시는 고려의 경계를 넘지 않을 것이오. 나의 큰 호령이 한번 나가면, 나는 그대로 실현할 뿐이지 식언하지 않소. 고려에서 다시 감히 변란을 일으켜 국왕을 반대하는 자가 있다면, 그대 임금에게만 간범(干犯)하는 것이 아니라, 나의 법률까지 어지럽히는 것이오. 나라에는 법이 있으므로 이들을 법에 따라 처벌해야 하오. 세자는 이제 고려국의 왕이오. 공손하게 나의 훈계를 받들어, 길이 우리의 동방 울타리가 되어서, 나의 좋은 명령을 선양토록 하시오.

여기서 쿠빌라이는 세계 패권국가(覇權國家)의 왕자답게 침해할 수 없는 위엄과 어질고 드넓은 아량을 다하여, 곧 고려의 왕이 될 왕전에게 충고하고 명령했다. 그 어투는 비록 변방의 군주에게 하는 엄한 경고 같으나, 이것은 왕전에 대한 깊은 애정과 신뢰를 바탕에 깔고 쓴 편지임을 알 수가 있다.

행여 강도에서 변란이라도 일어나 왕전의 안전이 위태하지 않을까를 근심하고, 왕전에 도전하는 자를 엄벌하겠다고 함으로써, 왕전의 안전을 보장해 주려는 배려가 잘 나타나 있다.

그러나 왕전을 감명 깊게 한 것은 사직을 보전해 주겠다는 암시가 들어 있다는 점이었다. '세자는 이제 고려국의 왕이오'라고 분명히 적고 있다. 그 글자들이 왕전에게는 유난히 크고 빛나게 돋보였다.

쿠빌라이는 이 서찰을 황제가 되기 전에 작성하여 왕전에게 보냈다.

왕전은 쿠빌라이의 서찰을 가지고 강도로 들어온 쿠빌라이의 사절 징제(荊節)를 접견하면서 물었다.

"몽골의 황위는 어떻게 되어가오?"

"제가 떠날 때까지 결정된 것은 아무것도 없었습니다."

"그러나 과거의 전례로 보아 조용하지는 않을 것이오. 칭기스나 오고데이·쿠유크 등 역대 황제들이 돌아갔을 때마다 황족들 사이에 황권투쟁이 얼마나 치열했소. 황후들이 나서고 황친끼리 살상극이 벌어지고……"

"그랬지요. 지금 카라코룸에선 막내 형제인 아릭부케가 자기파들로 쿠릴타이를 열어 스스로 황제에 오를 준비를 하고 있습니다. 카라코룸은 우리 수도이기 때문에, 몽케 황제의 조정 신료들이 모두 아릭부케의 손안에 들어있습니다. 그건 황권 경쟁에서 아주 유리한 조건이지요. 그걸 믿고 아릭부케파는 천천히 느긋하게 일을 해 나가고 있습니다."

"그렇겠군."

"그걸 알고 우리 쿠빌라이 대왕 쪽에서는 서두르고 있습니다. 우선 우리 본거지인 개평에서 먼저 쿠릴타이를 소집해서 쿠빌라이 대왕을 다칸으로 추대하는 것이지요."

"그러면 저쪽 아릭부케 측에서 가만히 있겠소?"

"물론 가만히 있지는 않을 것입니다. 자기들도 서둘러서 쿠릴타이를 소집해서 아릭부케를 다칸으로 추대하겠지요."

"그러면 '한 나라에 두 황제'(一國二皇)가 서는 것이 아니오."

"그렇지요. 그러나 한 하늘에 두 해가 있을 수 있겠습니까? 그래서 형제간에 유혈전이 벌어질 것입니다. 우리는 그에 대비해서 군사를 증원하여 조련하고 있습니다. 아시다시피 우리 쿠빌라이 대왕은 양자강 이북의 중국을 차지하고 있습니다. 중국에 사람과 재물이 얼마나 많습니까? 아릭부케와 일전을 벌일 각오로 준비하고 있습니다."

"그리되면 결과는 어떻게 되겠소?"

"모든 움직임이나 여건으로 보아서 쿠빌라이 대왕이 승리하고, 결국은 그 분이 우리 몽골제국의 다칸이 됩니다. 이것은 의심할 여지가 없습니다. 우리는 몇 차례의 경험으로 그것을 확신할 수 있습니다."

"참으로 다행이오. 나로서는 여기서 아무쪼록 쿠빌라이 대왕의 행운을 빌 따름이오."

"고맙습니다. 돌아가서 임금의 뜻을 우리 쿠빌라이 대왕에게 전해 올리겠습니다."

왕전은 이 편지를 읽고, 쿠빌라이가 몽골황제로 등극하는 날에는 그가 자기의 왕권을 뒷받침해 주는 강력한 보루가 될 것이라고 생각했다.

왕전은 며칠 후 4월 21일 강안전에서 왕위에 올라 정식으로 임금이 됐다. 그가 고려 제24대 원종(元宗)이다.

왕전을 수행했던 김보정 등 1백 명의 고려인을 잡아두고 있던 몽골의 예수투는 왕전이 즉위하자 이틀 뒤 그들을 모두 풀어주어 강화경으로 돌아가게 했다.

이어서 원종은 왕비인 경창궁주(慶昌宮主) 유씨(柳氏)를 왕후로 책봉했다. 유씨는 신안공(新安公) 왕전(王佺)의 딸이다. 따라서 성이 왕씨였다. 그러나 족내혼(族內婚)임이 드러나는 것을 피하기 위해 외척 유씨의 성을 빌었을 뿐이다.

원종은 이어서 원자 왕심(王諶)을 태자로 책봉하려 했으나 문제가 생긴 것이다. 왕심은 왕전이 몽골에 가 있을 때 임시로 국정을 맡았던 고종의 원손이다. 그는 김약선의 딸인 정순왕후 소생이다. 정순왕후는 왕심을 낳고는 곧 사망했다. 다음 부인으로 들어온 여인이 바로 유씨다.

원종이 원자 왕심을 태자로 삼으려 하자 왕비 유씨가 말했다.

"원자는 주상께서 몽골에서 돌아오신다는 말을 듣고도 기뻐하는 기색이 조금도 없었습니다."

"설마 그럴 리가요?"

"원자는 권신 최우의 증외손이며 반역으로 몰려서 죽은 김약선의 외손입니다. 저부(儲副, 태자)는 장차 왕위를 계승할 사람인데, 그런 불량한 권신의 후손인 원자를 태자로 세워도 되겠습니까?"

유씨는 원종과의 사이에 2남 2녀를 두고 있었다. 왕심만 제거하면 자기 아들이 임금이 되고 자기는 태후가 될 것이 분명했다. 그래서 태자 왕심이 반역자 김약선의 외손자이고 권신 최우의 외증손임을 강조하여 태자 책봉을 저지하려 한 것이다.

"그런 점이 있군요. 내가 미처 그런 것까지는 생각하지 못했소."

원종은 왕비의 말을 듣고는 왕심의 태자 책봉을 보류하고 있었다.

그것을 전해 듣고 김준이 말했다.

"아니, 왕비가 감히 자기의 혈자(血子)도 아닌 전실 소생의 원자를 밀어 내려 한단 말인가. 태자 자리를 친자식에게 주려 하다니?"

"그렇습니다. 그것은 법으로나 윤리적으로도 있을 수 없는 일입니다."

"더구나 원자는 최우 영공의 외증손이 아닌가. 글을 읽는다는 왕비가 인종대의 공예왕후와 아들 의종 사이의 비극적인 관계를 모른단 말인가. 안될 일이다. 왕비가 감히 우리 주군이었던 최우 시중의 외증손을 건드려?" 17)

김준은 아직도 자기의 상전이었던 최우를 마음속으로 받들고 있었다. 김준이 왕비 유씨에 관한 말을 듣고 가만히 앉아 있을 리가 없었다.

김준은 원종을 찾아가서 간했다.

"왕심 대군께서는 폐하에 대해 달리 생각한 점이 추호도 없습니다. 보위가 비어서 관리들에 대한 인사가 이뤄지지 않고 있을 때, 조정에서 관리들을 임명해 달라고 원손에게 청한 바 있습니다. 그때 원손은 '내가 선왕의 유촉에 의해 비록 정사를 보고 있으나, 관리의 선발과 임명까지야 어찌 감히 할 수가 있겠는가. 그것은 반드시 부왕께서 돌아오신 뒤에 처결할 문제라'고 하면서 사양했습니다."

17) 인종의 비인 공예왕후 임씨는 태자로 책봉돼 있는 원자 왕현(의종)을 폐봉(廢封)하고, 둘째 아들 대령후를 태자로 책봉하려다 시강인 정습명의 반대로 좌절됐다. 그런 일로 당시 고려 최강의 권벌(權閥)이었던 친정인 정안임씨 세력이 무너지고 자신은 보제사에 유폐됐다.

원종은 잠자코 듣고만 있었다.

김준이 계속했다.

"조정에서 나라 일의 급함을 들어 '우리나라는 오로지 영부(領府)들을 두어 나라의 울타리로 삼고 있는데, 지금 군관 중에서 교위나 대정 급에서 죽은 자가 태반이니, 이를 빨리 채우지 않으면 안 됩니다' 하고 간곡히 재차 요청했더니, 원손은 그때서야 5품 이하의 하직들만 임용했을 뿐입니다. 이것 하나만 보아도 원손의 본심을 읽을 수 있습니다."

"그러나 잡음이 계속 들려오고 있어요."

"잘못된 소문입니다. 유일한 적장자인 원자는 고종 황제께서도 점지 하신 원손입니다. 선왕 폐하의 뜻도 감안하십시오."

"......"

"유일한 적실 원손이 태자직에 오르지 못하고 다른 왕자가 그 자리에 들어서면, 뒤에 말썽이 일어나고 야욕자들이 편승하여 변을 일으킬 구실이 됩니다. 이 점도 배려하여 주십시오, 폐하."

권신 김준의 강력하고도 간곡한 진언을 듣고서야 원자 왕심에 대한 의심을 풀었다. 그해 8월 원종은 왕심을 태자로 책봉했다.

제 3 장

형제의 황위전쟁

몽골의 황권투쟁

몽골의 제4대 황제인 헌종 몽케가 죽은 뒤, 몽골에서는 제위를 둘러싸고 몽케의 형제들 사이에 권력투쟁이 시작됐다. 이 황권투쟁에서 유리한 고지를 선점하고 있던 것은 몽케의 4형제 중 막내인 아릭부케(Ariqbuke, 亞里不哥)였다.

몽골 본토를 차지하고 있던 아릭부케는 수도 카라코럼에 포진하고 있으면서 몽케가 죽자 장례를 준비하는 한편, 그곳 수도에 있는 몽골 귀족들의 추대를 받아 등극할 준비를 시작했다. 그러나 그들은 유리한 입장에 있는 만큼 느긋한 마음으로 서두르지 않고 신중히 차근차근 준비해 나갔다.

쿠빌라이가 왕전 일행과 함께 개평(開平)에 도착하자 그의 참모들이 모여들었다.

쿠빌라이의 이복동생 무게(Moge)가 먼저 말했다.

"아릭부케 공이 쿠릴타이를 열어 다칸이 되기 전에, 우리가 먼저 다칸 추대회의를 열어야 합니다."

"바투도 몽케 형을 추대하기 위해 먼저 쿠릴타이를 열었지. 그러나 외지에서 열었기 때문에 그 결과를 인정받지 못했다. 그래서 그들은 내지에서 다시 쿠릴타이를 열어야 했다."

중국에서 함께 온 중국인 참모들이 나섰다.

"이곳이 본향에서 멀리 떨어진 외지이긴 하나 우선 선수를 쳐서 대세를 잡아놓아야 합니다. 이것을 인정하지 않으면 군사력을 써서라도 인정케 해야 합니다."

"군사력?"

"예, 우린 군사력이 강합니다. 필요하다면 중국에서 얼마든지 군사를 늘일 수가 있습니다."

그들은 과거 황권투쟁의 정치대결이나 반대파 숙청과는 달리, 전쟁을 통한 무력정변을 생각하고 있었다.

"그럴 수도 있지."

"더구나 카라코룸은 인구가 많이 늘어나 물자가 부족합니다. 중국에서 실어가지 않으면 그들은 생계의 위협에서 벗어날 수 없습니다. 우리가 물자 공급을 중단하면 그들은 밥을 굶어야 하고 오색찬란하고 부드러운 비단옷을 좋아하는 그들은 비단옷을 제대로 입을 수도 없습니다. 다시 딱딱한 가죽옷을 입어야 합니다. 그런 상태에서 우리의 요청을 거부할 수 있겠습니까."

오치긴의 아들 토카차르(Toqachar)가 말했다.

"코라슴 지역을 원정중인 일 한국(汗國)의 임금 훌레구(Hulegu, 쿠빌라이의 동생)의 진영이나 러시아에 나가있는 킵차크 한국의 임금 베르케(Berke, 바투의 동생)의 진영은 너무 멀어서 오지 못할 것입니다. 우리끼리 먼저 쿠릴타이를 열어야 합니다."

"알았소. 그리 합시다."

며칠이 흐른 뒤 쿠빌라이는 왕전을 고려로 돌려보내고 개평에서 쿠릴타이를 소집했다. 이것이 이른바 '개평 쿠릴타이'다. 아릭부케 지지파들이 몽케의 장례를 치르기에 여념이 없을 때, 쿠빌라이 지지파가 선수를 쳤다. 1260년 3월(양력 4월)이었다.

그러나 몽케 정부의 신료들을 포함하여 다수의 왕족과 귀족들은 개평 쿠릴타이에 참석하지 않았다. 조정의 지지를 받지 못하고 외지에서 열리고 있다는 점이 불참의 원인이었다. 이런 점은 쿠빌라이의 정통성을 훼손하는 약점이 됐다.

그때 몽골의 지배계급은 점령지에 대한 정책을 둘러싸고 두 파로 나뉘어 이론투쟁을 벌이고 있었다.

그 하나가 목축파(牧畜派)였다.

목축파는 몽골군이 점령한 모든 영지를 목초지로 만들어, 유목국가 몽골의 전통산업인 목축업을 계속 주산업으로 육성해 나가자는 주장이었다. 따라서 이들 목축파는 보수파(保守派)였다. 그들은 유목문화의 우수성을 발전시켜 유목제국으로서의 몽골의 순수성·고유성·독자성을 유지해 나가야 한다고 주장했다.

목축파는 중국인들을 모두 죽여야 한다고 말하는 강경파(强硬派)로서, 중국 사람들에게 농사를 못 짓게 하면 농지가 저절로 목초지가 되어 중국을 지배하기도 쉬워질 것이라고 주장했다. 그리하여 유럽-중앙아시아-중국을 잇는 유라시아 대륙의 초원지대에 칭기스 가문의 전통적인 유목제국을 건설하려는 이상을 가지고 있었다.

몽골의 본토를 세력기반으로 하고 있던 아릭부케는 몽골족의 전통적 초원생활을 옹호하는 강경 보수적인 목축파의 중심인물이었다.

다른 하나는 농경파(農耕派)였다.

농경파는 목축파와는 반대로 점령한 이민족의 농지를 계속 농업용으로 쓰게 만들어서, 거기서 식량과 조세를 거둬들여야 한다고 주장했다. 농경파는 자기네 유목문화를 폐쇄적인 후진문화라고 간주하고, 선진적인 농경문화를 유지시켜 거기서 조세를 많이 받아들이는 것이 유익하다는 점에서 진보파(進步派)였다. 농경파는 점령지의 문화와 산업을 존중해 주고, 몽골도 점차 농경사회로 이전해 나가자고 주장한 점에서 개방적인 온건파(穩健派)들이었다. 쿠빌라이는 북방 몽골족의 재래식 천막생활과 유목적 전통을 단절하고 남방 국가들의 농경문화를 육성하고 받아들이자는 온건 진보적인 농경파의 중심인물이었다.

이런 점령지정책 논쟁은 이미 칭기스 시대부터 대두되어 왔으나 확실한 결론이 내려지지 않은 상태였다. 이 논쟁은 중국을 둘러싸고 더욱 첨예하게 벌어졌다.

쿠빌라이의 개평 쿠릴타이는 농경파가 급히 서둘러 소집한 만큼 당연히 쿠빌라이 지지자들만 참석했다. 이 쿠릴타이에서 중국 문화에 익숙해진 농경파들은 서둘러서 쿠빌라이를 몽골제국의 다칸으로 선출했다.

쿠빌라이가 몽골제국의 황제로 즉위한 것은 태자 왕전이 귀국하여 강도성으로 들어간 바로 그날, 1260년 3월 20일이었다. 그가 고려와 밀접한 관계를 맺게 되는 몽골의 제5대 황제 세조(世祖)다. 그때 쿠빌라이는 46세였다.

쿠빌라이는 연호를 중통(中統)으로 정해서 발표했다. '중앙의 통치자'라는 뜻이다. 이는 외지의 변방에서 측근의 소수 지지층에 의해 황제가 됨으로써, 명분과 정당성이 부족했던 취약점을 보완하기 위해서였다. 쿠빌라이는 다칸 즉위 사실을 알리기 위해 쿠릴타이 회의에 참석하지 못한 고위 황실 귀족들에게 사절을 파견했다.

바투에 뒤이어 러시아의 킵차크 한국을 장악하고 있는 조치가의 베르게(조치의 아들이며 바투의 아우)와 중동의 일 한국을 장악하고 있는 홀레구(오고데이의 셋째 아들)는 쿠빌라이의 등극을 지지했다.

개평부는 1백 명으로 구성된 사절을 경쟁지역인 수도 카라코룸에 보내어 쿠빌라이가 쿠릴타이를 통해 다칸이 됐다고 통보했다.

그러자 아릭부케 진영의 규탄이 터져 나왔다. 중국에 대한 쿠빌라이의 애호나 농경주의에 불만을 품고 있던 본토의 황족들과 귀족들은 자기들을 배제한 쿠빌라이의 자의적인 황제 취임에 노골적으로 반발했다.

아릭부케가 나섰다.

"지금 이곳 카라코럼에서는 모든 황족과 신료들이 모여 돌아간 몽케 다칸의 장례를 정중히 치르기 위해 눈코 뜰새없이 바쁜데 너희들은 권력을 탐하여 반역을 범했다. 이건 용서할 수 없다."

아릭부케는 분개하여 쿠빌라이의 즉위를 즉석에서 거부하고는 명령했다.

"이놈들 백 명을 모두 수감하라."

사절들은 모두 카라코럼 감옥에 갇혔다.

아버지 몽케의 가족들이나 차가타이 집안에서도 아릭부케를 지지하고 나섰다. 아릭부케를 지지하는 목축파들도 개평의 쿠빌라이를 반대했다.

"저들은 외지에서 쿠릴타이를 열었고 참석자가 없어 저희들끼리 회의를 진행했습니다. 법을 어긴 쿠릴타이 회의는 당연히 무효입니다."

"그렇습니다. 저들이 내지에 들어와 쿠릴타이를 소집하기 전에 우리가 먼저 열어 황제를 뽑아 올립시다."

목축파들은 아릭부케에 대해 압력을 가했다.

"알았소. 그리 합시다."

아릭부케는 그때부터 서둘러서, 다음 달 4월 몽골의 수도 카라코럼 교외에 있는 알탄(Altan)에서 쿠릴타이를 소집했다. 알탄은 몽케의 대본영이 있는 자리였다. 이 집회는 몽골법에 따라 몽골 땅에서 열린 합법적인 회의였다. 이것이 이른바 '카라코럼 쿠릴타이'다.

평소 쿠빌라이의 교만하고 농경파적인 성향을 반대해온 카라코럼의 목축파들은 거기서 일치하여 아릭부케를 다칸으로 추대했다.

아릭부케는 초원지대 사람으로 초원에서 멀리 나간 적이 없는 민족주의적인 골수 몽골파였다. 그런 점에서 송나라 정벌에 나서서 중국 전선에 있으면서 친중국적인 세계주의자가 된 농경파 쿠빌라이와는 성품이나 지지세력이 달랐다.

남방의 중국을 세력권으로 하고 있는 진보적인 농경파들이 형 쿠빌라이를 받들어 먼저 황제로 추대한 뒤에 북방 몽골 본토에 포진하고 있던 보수적인 목축파는 아우 아릭부케를 추대했다.

보수파들은 황실의 신료와 황족·귀족들이 대부분 참석한 데다, 몽골의 수도에서 쿠릴타이가 열렸다는 점에서 합법적이고 정당한 것이라고 생각했다.

이런 점에서 아릭부케는 쿠빌라이와는 달리 정통성 있는 황제의 명분을 얻을 수는 었었다. 그러나 명분만으로 황권이 확보되는 것은 아니다. 그것을 최후로 확정하는 것은 힘, 곧 군사력이었다.

이리하여 왕전이 예상한 대로 몽골은 이제 두 명의 황제를 갖게 된 것이다. 한 나라에 두 임금. 그것은 필시 피를 부르게 돼있었다. 권력은 나눠 가질 수 없다는 것, 이 원칙은 그 누구도 피할 수 없는 것이었다.

쿠빌라이 형제의 황위전쟁

몽골의 황위는 군사대결로 나타났다. 보수 목축파와 진보 농경파의 정책논쟁은 결국 아릭부케와 쿠빌라이 형제간의 권력투쟁과 결부되어 양측 사이의 군사적인 무력투쟁으로 확대됐다. 쿠빌라이는 싸우면 이길 자신이 있었지만 굳이 싸워야 할 것인가를 놓고 고민했다. 그는 카라코럼으로 몇 차례 사절을 보내 아릭부케와의 타협을 시도했다. 그러나 황족들과 목축파 귀족들의 반대로 좌절됐다.

쿠빌라이의 참모들이 몰려와서 독촉했다.

"유목사회와 농경사회의 싸움은 부단히 계속돼 왔습니다. 북방 유목국가의 남방 중국공격은 바로 그런 전쟁이었습니다. 아릭부케를 지지하는 카라코럼의 목축파들은 과거 막북의 유목민족이 농경국가 중국을 친다는 자세로 지금 중국 개평에 기반을 두고 있는 우리를 치려고 합니다. 우리가 공격 받기 전에 먼저 저들을 쳐야 합니다."

"그렇습니다. 예수교 신자들에 의하면, 성경에 형제 살상극이 있다고 합니다. 형인 카인은 농사를 지었고, 동생인 아벨은 가축을 길렀습니다. 결국 생각이 달랐던 형제가 갈라져 불화를 일으킨 끝에 영농인이 되어 농사짓던 카인이 목축인이 되어 양을 치던 아벨을 죽였습니다. 지금 우리와 저쪽의 대결이 꼭 이렇습니다."

쿠빌라이가 말했다.

"예수교 신자인 어머니한테서 일찍부터 그런 얘기를 들었소. 동생을 죽인 카인은 죄인이 되어 쫓겨났다면서요."

"예, 그렇지요. 그러나 그것은 아우를 죽였기 때문입니다. 죽이지만 않으면 됩니다."

"그렇습니다. 아릭부케 공을 살해할 필요는 없습니다. 물리치기만 하면 됩니다. 그래야 전하가 세상을 잡고 우리 제국이 바로 뻗어나갈 수 있습니다."

"알았소. 그대들의 생각대로 합시다."

그 무렵 카라코럼에서도 목축파 참모들이 아릭부케에게 반역세력의 토벌을 주장하고 나섰다.

"개평의 행동을 이대로 놓아 둔다면 그것은 나라를 지키는 일이 아닙니다. 저들은 불법으로 권력을 탐하고 있습니다."

"그렇습니다. 저들은 위법이고 반역입니다. 우리가 군사를 보내서 친다면, 그것은 위법에 대한 합법의 징벌이고 반역에 대한 국권의 응징입니다."

"알았소. 그렇게 할 수밖에 없겠소."

이래서 쿠빌라이와 아릭부케 형제 사이에, 북부(몽골)의 목축파와 남부(중국)의 농경파 사이에, 그리고 막북의 카라코럼과 막남의 개평부 사이에 결국 무력충돌이 벌어졌다. 황권쟁취를 위한 형제간의 권력전쟁이었다.

황위전쟁은 아릭부케의 파병으로 시작되었다. 그는 자기 아들 줌쿠르와 카라쟈르에게 군사를 주어 개평부를 치게 했다. 군사지휘권은 칭기스의 동생 카사르의 아들인 이숭게(Yisungge)에게 맡겼다.

이숭게는 군사를 몰고 동남쪽 고비 사막을 넘어 개평부를 향해서 진군했다.

전쟁 준비를 서두르고 있던 쿠빌라이 측이 이를 탐지했다.

"카라코럼 군사들이 오고 있습니다. 빨리 출동해야 합니다."

"그런가. 우선 전위군을 보내 막도록 하라."

쿠빌라이의 전위군이 나가서 그들과 싸웠다. 이것이 제1차 교전이었다. 멀리 행군해 오느라 지친 아릭부케의 군사들은 간단히 무너졌다. 싸움은 개평부의 완전 승리로 끝났다. 이숭게도 줌쿠르-카라쟈르와 함께 소수의 측근 군사들을 데리고 북으로 철수했다.

제1차 패전으로 아릭부케의 군사들은 와해되기 시작했다. 당황한 아릭부케는 감금해 두었던 개평부의 사절 1백 명을 모두 목을 베어 처형한 뒤, 서북의 키르키즈 지방으로 퇴각했다. 키르키즈는 아릭부케의 겨울 별장이 있는 곳이었다.

그러나 황권전쟁이 끝난 것은 아니었다. 양쪽 군사들의 제2차 충돌은 몽골의 서남부인 중국 서부의 서하 땅이었던 섬서(陝西)와 감숙(甘肅) 방면에서 일어났다.

아릭부케는 코루카이(Qoruqai)와 유태평(劉太平)을 서안으로 보내 그곳에 있는 쿠빌라이 군사들을 공격케 했다.

쿠빌라이도 아릭부케의 북군이 그곳으로 공격해 올 것을 예상하고 위구르 출신의 명장 염희헌(廉希憲)을 섬서-사천의 선무사로 임명하여 서안으로 보냈다. 그러나 염희헌이 서안에 도착한 것은 코루카이와 유태평이 도착한 이틀 뒤였다.

"염희헌은 개평의 유능한 참모에다 유능한 장수입니다. 그가 없으면 쿠빌라이의 힘이 크게 약화됩니다. 우리가 군사를 쓰기 전에 먼저 염희헌을 설득해서 아릭부케 황제의 신하가 되도록 합시다."

유태평의 얘기를 듣고 코루카이가 동조했다. 그들은 밀사 2명을 염희헌에게 보내 귀순을 권했다. 그러나 염희헌은 그들을 붙잡아 수감했다.

참모들이 말했다.

"쿠빌라이 다칸이 알면 사면령을 내려 저 사절들을 풀어줄 것입니다.

미리 처형하여 없앱시다."

"그럽시다. 아릭부케 쪽에서도 우리 사절 1백 명을 모두 처형했다고 하니 우리도 그의 사절을 없앱시다."

참모들의 권고에 따라 염희헌은 북측 사절들을 처형했다.

원래 쿠빌라이 진영의 전략은 적의 약점을 파악하여 선제공격(先制攻擊)하는 것이었다. 그 전략에 따라 쿠빌라이군이 서안과 사천의 전투에서 아릭부케의 군사를 일방적으로 격파했다. 이어서 벌어진 또 한 차례의 접전에서도 쿠빌라이가 대승했다. 제2차 황군전투도 쿠빌라이의 승리로 끝났다.

두 차례의 패배 끝에 아릭부케의 주력군은 완전히 붕괴됐다. 쿠빌라이는 그 여세를 몰아 군사를 일제히 몽골 초원지역으로 진격시켜서 카라코럼으로 올라갔다. 아릭부케의 본토 방위군은 이 싸움에서 괴멸되어 도망했다.

쿠빌라이는 수도 카라코럼을 차지함으로써 전체 몽골을 장악했다. 쿠빌라이는 부하에게 군사를 주어 카라코럼을 지키게 하고 자기는 개평으로 돌아갔다.

이와 함께 몽골 황위는 전쟁에서 이긴 쿠빌라이에게로 돌아갔다. 그는 개평을 근거지로 황제권을 행사해 나갔다. 몽골의 수도는 북의 내지 카라코럼에서 남의 외지 개평으로 옮겨졌다. 그러나 개평이 아직은 쿠빌라이의 임시 수도일 뿐이었다.

그러나 아릭부케는 기존 영토의 일부를 계속 차지하고 있었다. 쿠빌라이는 서북으로 도망한 아릭부케에 대해서 군사 압력은 중지했으나 경제 봉쇄를 계속했다. 그 동안 중국에서 하루 5백 대의 마차로 실어다주던 식량과 물자로 살아온 아릭부케의 영지는 곧 생활물자가 바닥났다.

그러나 아릭부케는 항복하지 않았다.

"승리를 장담할 수는 없지만 군사가 있는 한 항복할 수는 없다. 우선 군사와 기마를 쉬게 하면서 힘을 길러놓자.”

아릭부케는 지연전술을 펴는 한편 그때 카라코럼에 와있는 쿠빌라이에게 사절을 보내 화해를 청했다.

“화해는 무슨 화해야. 항복하려면 와서 무릎을 꿇고 비는 것이지.”

쿠빌라이는 화해를 거절했다. 아릭부케는 항복하지 않고 대결을 지속했다. 그러는 사이에 1261년 여름과 가을이 지났다. 아릭부케의 말들은 다시 살이 오르고, 군사들은 힘이 생겼다.

군마의 휴양이 충분하다고 생각한 아릭부케는 이숭게를 불렀다.

“전쟁준비가 끝났으니 다시 출정합시다.”

“예, 가지요.”

아릭부케와 이숭게는 군사를 이끌고 쿠빌라이의 본거지인 개평으로 향했다. 1261년 말에 그들은 고비사막에 이르렀다. 시물타이(Simultai 또는 Shomultu) 호수 부근의 알챠 쿵구르(Alchia Coungour)에 도착한 것이다. 아릭부케의 반격을 예상하고 정탐을 계속하던 쿠빌라이는 그들이 온다는 보고를 들었다.

개평에 돌아와 있던 쿠빌라이가 그 보고를 받고 말했다.

“그럴 줄 알았다. 군대를 보내 쳐서 없애라.”

알챠 쿵구르에서 격전이 벌어졌다. 의외의 공격을 받은 아릭부케의 북군은 당황해서 흩어졌다. 승패는 잠시 후에 분명해졌다. 이 제3차 교전에서도 아릭부케는 완패하고 도망했다. 쿠빌라이의 남부 군사들이 그들을 추격했다.

“멈춰라. 아릭부케와 그 주변 사람들은 경솔하고 어리석은 자들이다. 저들이 잘못을 깨닫고 나면 반드시 후회할 거야.”

쿠빌라이의 추격금지령을 받고 개평 군사들은 돌아섰다.

열흘쯤 지나서였다. 쿠빌라이 군이 보이지 않자, 그들이 물러갔다는 것을 알고 아릭부케가 말했다.

“자, 돌아서라. 다시 공격한다.”

아릭부케는 군사를 돌려 다시 개평을 향했다. 그들이 실크리크(Silklik) 언덕 부근의 생간 바굴(Sengan Baghoul)을 지나 알트(Alt) 사막 입구에 이르렀을 때였다. 갑자기 군사들이 달려와 공격하기 시작했다. 쿠빌라이의 남군이었다. 격전이 벌어졌다.

그러나 승패가 쉽게 나지 않았다. 결사의 각오로 싸우는 북군과 자신감에 넘친 남군은 호각지세를 이루었다.

어느새 밤이 됐다. 양군은 전투를 멈추고 야영에 들어갔다.

쿠빌라이가 말했다.

"철수준비를 갖추고 있어라. 아침에 일어나 보면 저들은 도망하고 없을 것이다."

남군은 어둠 속에서 철수 준비를 서두르고 있었다.

한편 아릭부케도 말했다.

"전투로 승부를 가릴 수는 없다. 어두울 때 철군한다."

북군은 새벽을 기해 도망했다. 제4차 교전은 승패 없이 끝났다. 황권투쟁의 전적을 종합하면 3승1무, 쿠빌라이 승리로 막을 내렸다.

이래서 정책대결·권력투쟁·문화논쟁의 성격을 띠고 일어난 목축파와 농경파의 형제전쟁은 물자와 인구가 많은 중국을 장악하고 있던 쿠빌라이의 승리로 끝났다.

쿠빌라이가 아릭부케의 반란을 물리쳤다는 소식을 접한 뒤 어느 날 밤에 원종은 태자 왕심(王諶)을 내전으로 불러들였다.

"태자 네가 몽골 황도에 다녀와야 하겠다. 쿠빌라이 황제가 반란을 평정했으니 이를 축하하는 사절로 네가 가는 것이 좋겠다."

"예, 아바마마."

"개평까지 길은 멀고 험하다. 고생이 많을 것이야."

"아바마마께서 다녀오신 길인데, 어찌 소자가 다녀오지 못하겠습니까? 염려하지 마십시오. 기꺼이 다녀오겠습니다."

"너도 태자가 되었으니 개평의 황궁에 가서 쿠빌라이 폐하를 뵙고 황실의 중요 인사나 조정 대신들과 만나 서로 익혀 놓도록 하라. 그렇게 하는 것이 앞으로 우리 고려나 임금이 될 네게도 좋을 것이다."

"예, 아바마마."

"앞으로 고려는 몽골과 가까이 지내야 나라가 살고 왕실도 보전할 수 있다. 언젠가 저 무인들로부터 왕권을 되물려받아서 명실 공히 임금이 중심이 되어 이 나라를 이끌어가야 한다."

원종은 목소리를 죽여 속삭이듯이 말을 계속해 나갔다.

"그런 우리의 대업은 고려 안에서, 특히 우리 힘만으로는 어렵다. 그러나 몽골 황제의 도움이 있으면 그리 어려운 일은 아니다. 허니, 이번에 황도에 가거든 이 문제를 염두에 두고 언행을 치밀히 해야 한다. 모든 것은 은밀히 해야 해. 극비, 극비로 해야 한다는 말이다. 알겠느냐?"

"예, 아바마마. 명심하여 처신하겠습니다."

원종은 즉위 2년(1261) 4월 18일에 태자 왕심을 몽골에 파견하여 아릭부케의 반란을 평정한 데 대한 하례를 표했다.

그때 원종이 보낸 표문은 이러했다.

원종이 쿠빌라이에게 보낸 표문

폐하의 군대가 승첩을 올렸다는 소식을 방금 전해 듣고, 이미 폐하의 은혜를 많이 입은 우리 고려는 누구보다도 가장 기뻐하면서 이에 축하의 글월을 보냅니다.

신이 전번에 직접 폐하를 찾아갔을 때도 돌보고 염려해 주신 은혜가 깊었습니다. 그 뒤에도 여러 번 조서를 내려 은혜를 베풀어 주셨으니, 더욱더 그 자애로운 은총에 감사드리게 됩니다. 이에 충심으로 성의를 표하기 위해, 세자를 시켜 황제 폐하께 인사를 드리도록 하겠습니다. 어리고 잔약(孱弱)한 아해를 보내오나, 그가 어찌 능히 사신들의 반열에 잘 따라 다닐 수 있겠습니까.

하오나 신이 편지에 다 쓰지 못한 사연을 세자에게 부탁하여 구두로써
보충하게 하려는 것입니다.
바라건대 현명하신 폐하께서 일일이 혜량하시고, 곤란한 우리를 안심
시키며, 또 신이 영원히 자기 직분에 전력할 수 있게 하여주시기 바랍
니다.

무엇인가를 은밀히 호소하려는 투의 표문이었다. 이 표문은 그 후 쿠빌
라이와 원종의 관계를 개인적으로 강화하는 새로운 촉매제가 됐다.

왕심은 개경·평양·의주를 거쳐 압록강을 건넜다. 처음 외국으로 나가
는 왕심의 눈에는 중국의 모든 것이 새롭고 호기심이 갔다.

왕심은 요양·산해관을 거쳐 중경으로 갔다가, 거기서 북진하여 내몽골
의 개평으로 향했다.

왕심은 거대한 초원 안에 자리잡은 쿠빌라이의 황궁으로 안내됐다.

쿠빌라이는 왕심이 전하는 원종의 표문을 받아보고 물었다.

"고려의 세자에게 묻는다. 고려 권신들의 힘이 아직도 임금을 견제할
정도인가?"

"그들의 힘은 과거와 같습니다."

"군주국가에서 신의 권력이 임금을 능가한다면 나라가 제대로 운영될
수 없다. 그대의 부왕은 언제쯤 권신들을 억제하고 왕권을 올바로 행사할
수 있겠는가?"

"향후 수년간이 걸릴 것입니다."

"권신들을 억제하기 위해 고려왕이 짐의 지원을 희망했는가?"

"그런 말씀을 하시지는 않았습니다. 그러나, 폐하의 지원이 계시면 권
신들의 억제는 훨씬 빨라질 것입니다."

"알겠다."

왕심은 그해 9월 4일에 고려로 돌아왔다. 쿠빌라이는 자기의 시위장군
볼리자(Bolija, 勃立札)와 예부낭중 고일민(高逸民)으로 하여금 왕심을 호

종케 했다.

고려와 몽골에서 왕위가 동시에 바뀌면서 30년간 끌어온 여몽전쟁도 끝났다. 몽골의 내정간섭은 있었지만 고려는 국가와 왕위를 유지할 수 있었다.

그러나 이런 원종의 대몽골 화평정책과 몽골의 간섭을 배척하는 군부 강경파 간의 갈등은 깊어만 갔다. 군부 강경파는 삼별초를 중심으로 항몽 자세를 늦추지 않았다. 이런 갈등은 끝내 고려에 두 개의 정부가 들어서고 몽골군을 끌어들이는 삼별초 전쟁으로 발전했다.

황제가 동생을 재판하다

쿠빌라이는 황권 경쟁자인 아우 아릭부케와 그 일파를 일리 지방으로
축출한 다음 더 이상 추격하지 않았다.

쿠빌라이 전략은 적의 근본적인 약점을 공격하는 데 있었다. 아릭부케
의 약점은 물자부족이었다. 쿠빌라이는 즉시 식량이 부족한 카라코럼 등
몽골 본토의 아릭부케 지역에 대해 경제봉쇄를 취했다.

더구나 1250년부터 매년 이상저온이 닥쳐왔다.

몽골은 기온이 평년보다 몇 도만 떨어지거나 강우량이 몇 밀리만 줄어
도 초원의 풀이 자라지 못하고 말라죽는다. 그와 함께 목축들은 떼죽음을
당해 사람들은 끼니를 잇지 못했다. 이런 기후의 이상현상이 오면 풀과
짐승과 사람이 함께 죽었다.

황권전쟁이 끝난 3년 뒤인 1263년의 겨울 추위는 더욱 심해서 가축들
이 대부분 얼어 죽었다. 이런 재해가 목축파의 수령 아릭부케의 본거지
일리 지방에 특히 심하였다. 살아있는 모든 것은 생명을 이어갈 수 없는
대기근을 맞은 것이다. 아릭부케와 그의 추종자들은 더 이상 견딜 수가
없었다.

아릭부케 지역에 이런 악운이 겹치자 목축파의 승산은 더욱 약해지기

시작했다. 몽케나 차가타이의 집안 등 아릭부케를 지지하던 보수파 사람들은 '구름이 흩어지고 안개가 사라지듯'(雲散霧消) 떨어져 나갔다.

점령지의 약탈물로 호화로운 생활을 계속해 온 본국의 목축파 진영은 결국 해체되고 말았다. 쿠빌라이의 물자봉쇄와 전례 없는 자연재해로 인한 붕괴였다.

세력이 흩어지고 물자가 탕진되자 아릭부케는 이듬해 1264년 7월 부하들을 이끌고 개평으로 갔다. 그는 다음 달 8월에 궁궐로 가서 쿠빌라이에게 투항을 청했다.

그러나 쿠빌라이의 태도는 그렇게 관대하진 않았다.

"괘씸한 놈. 제 놈이 무얼 믿고 그렇게 덤벼들다가 이제와서 항복이야."

쿠빌라이는 군대를 정렬시킨 뒤 대전의 정문 앞으로 아릭부케를 불러 세웠다. 문 안에 서서 쿠빌라이가 말했다.

"아릭부케에게 장막을 씌워서 덮어라. 나를 만나려면 황제를 뵙는 의례 방식에 따라야 한다. 아릭부케, 너는 비록 나의 동생이지만 패거리를 모아 나에게 반역했다. 땅에 엎드려 신하의 예를 갖춰라. 그래야만 문을 들어설 수 있다."

아릭부케는 망설이다가 무릎을 꿇었다. 그는 시키는 대로 엎드려 인사를 한 다음에야 궁전의 문을 들어설 수 있었다. 그곳에는 쿠빌라이의 참모와 신하들이 모여 있었다.

쿠빌라이는 한참동안 아릭부케를 응시했다. 그때 아릭부케의 눈에서 눈물이 흘러내렸다. 쿠빌라이의 눈에서도 눈물이 흘러 뺨을 적셨다.

쿠빌라이가 입을 열어 심문을 시작했다.

"그런데 아우, 우리는 황위를 놓고 형제가 서로 싸웠다. 농경파와 목축파 둘 가운데 누가 옳았다고 생각하는가."

"그때는 우리 목축파가 옳았지만 지금은 진보적인 형의 농경파가 옳소."

고분고분치 않은 답변에 쿠빌라이는 안색이 좋지 않았다.

"너는 나라보다는 자신의 권력에 집착했다. 그것이 칭기스 다칸의 정신에 맞겠는가."

장내에 다시 긴장감이 돌았다. 칭기스의 조카인 개평파 투가차르가 말했다.

"폐하, 칭기스 다칸께서는 오늘 이런 자리에서 굳이 과거를 따지는 것을 원치 않았습니다. 그분은 차라리 우리 일동이 즐겁게 지내는 것을 바라고 계십니다."

쿠빌라이는 언짢은 표정을 지었지만 그 제의를 받아들였다.

"그렇소. 그리 합시다."

"감사합니다, 다칸 폐하. 그러나 아릭부케 공은 지금 서 있습니다. 그분을 어떤 자리에 모실까요."

"황자들의 자리에 앉히시오."

이래서 아릭부케는 조카들인 쿠빌라이의 아들들과 나란히 앉았다. 그날은 그렇게 해서 오랜만에 즐거운 집안잔치가 벌어졌다. 흩어졌던 식구들이 다시 모여 술을 마시고 음식을 들며 가무를 즐겼다.

다음날 아침이었다.

쿠빌라이가 말했다.

"오늘은 투항해온 반역자들의 죄를 물어 벌을 내릴 것이다."

개평의 군사들이 아릭부케와 함께 온 군관들을 쇠사슬로 묶었다.

쿠빌라이는 황족 4명과 장군 3명으로 구성된 위원회를 만들어 아릭부케와 그 지지자들을 심문토록 했다. 개평조정의 신하들이 모인 자리에 아릭부케를 불러들여 벌인 일종의 재판이었다.

아릭부케가 나서서 말했다.

"우리 행동은 모두 내가 계획하고 지시해서 이뤄진 것이오. 저 부하들은 아무 죄가 없습니다."

쿠빌라이가 물었다.

"왜 장교들이 죄가 없다고 말하는가. 몽케 칸의 선출에 반대한 장수들은 활을 쏘지는 않았다. 그러나 그들은 활을 쏠 의도가 있었기 때문에 처벌됐다. 그것을 그대는 모르는가. 내란을 선동해서 다수의 귀족과 군대를 죽게 한 너희들은 어떤 벌이든지 받아야 한다."

장교들은 아무 말이 없었다. 그 중에서 가장 나이가 많은 장군 도우멘(Doumen)이 나섰다.

"동지 여러분. 우리가 아릭부케 공을 제위에 옹립할 때, 우리는 그분을 위해서 목숨을 바치겠다고 맹세했소. 그 일을 잊었소. 지금이야말로 우리가 맹세한 약속을 수행할 때오."

쿠빌라이가 놀라 물었다.

"도우멘, 그대의 충성심은 상을 내릴 만하다. 그러나 아릭부케를 위해 죽음을 맹세했다는 것은 무슨 말인가."

아릭부케가 나섰다.

"도우멘 장군은 몽케 다칸께서 저를 영지의 관리자로 임명했기 때문에 다음 황제로 지명한 것이나 마찬가지인데 왜 주저하는가 하며 저를 황제로 추대하자고 말했습니다. 이 문제를 다른 장교들과 의논했더니 모두들 내가 다칸이 돼야 한다고 찬성했습니다. 그들은 목숨을 걸고 나를 받들겠다고 선서했습니다. 목숨을 걸겠다고 한 것은 그것입니다."

쿠빌라이가 죄인석의 장교들을 보면서 말했다.

"그런 일이 있었는가."

"예, 우리는 죽음을 각오하고 아릭부케 공을 다칸으로 추대하려 했습니다."

쿠빌라이는 분개했다. 그는 장교 10명을 처형하고 아우인 아릭부케를 북경으로 보내 가택에 연금했다. 일종의 귀양이었다. 아릭부케의 휘하 장수들도 재판에 회부되어 대부분 사형을 선고받고 처형됐다.

이래서 황위를 둘러싼 형제간의 군사충돌은 끝났다.

황권싸움이 끝나자, 쿠빌라이는 그해 1264년(원종 5년) 8월 종래의 자기 연호 중통을 지원(至元)으로 고치고, 그해를 지원 원년으로 선포했다. 지원은 '완전한 시작'의 뜻이다. 혼잡했던 내분을 청산하고 몽골제국이 완전한 모습으로 다시 시작하자는 것이었다.

그러나 황족과 귀족들은 쿠빌라이가 공개재판을 통해 아릭부케를 모욕한 행위를 비난했다.

"설사 황권에 도전했기로 같은 황족을 그렇게 공개적으로 모욕하고 감금할 수 있는가. 칭기스 다칸의 후손끼리 그래서야 되겠는가."

"아릭부케의 도전이 불법은 아니었다. 오히려 합법적이고 우리 몽골의 정통에 맞는 쿠릴타이였지 않았는가."

쿠빌라이는 이런 공공연한 반대에 부딪쳐 할 수 없이 몽골 땅에서 다시 쿠릴타이를 소집했다.

"이건 쿠빌라이의 권력쟁탈 정변을 합법화해 주는 것일 뿐이다. 우리가 왜 그런데 끼어들어 황실을 더럽히겠는가."

쿠릴타이 참석자들은 좀처럼 모여들지 않았다. 회원 수가 너무 적자 쿠빌라이는 아릭부케의 연금을 풀어주고 그 이상 죄를 묻지 않기로 했다. 다만 황궁출입을 금지하는 것으로 끝냈다.

이런 무마책을 발표한 후 참석자들이 좀 늘기는 했지만, 그래도 많지는 않았다. 그러나 쿠빌라이는 중국계 참모들의 요구에 따라 예정대로 회의를 열어 스스로 황제로 선출됐다. 이래서 그는 정변에 의한 즉위의 오명을 씻고 비로소 합법성과 정통성 있는 다칸이 됐다.

북경의 가택에 연금돼 있던 아릭부케는 묘하게도 2년 뒤인 1266년 그곳에서 병으로 죽었다. 그러자 갖가지 불미한 소문이 나돌기 시작했다.

"그렇게 건강했던 아릭부케 공이 병사했을 리는 없다. 쿠빌라이와 그 지지자들이 독살했을 것이야."

"그렇다. 문제가 이미 끝났는데 형제간에 죽일 수가 있는가. 이것은 칭기스 다칸이나 우리 황실에 대한 모욕이고 반역이야."

황족이나 귀족들은 계속 쿠빌라이를 다칸으로 인정하지 않았다. 그러나 실력으로 도전할 세력은 어디에도 없었다.

　제2대 황제 오고데이는 형인 차가타이의 도움으로 황제가 되고 차가타이의 군사적인 지원으로 황위를 유지하고 정책을 펴나갔다. 제3대 황제 쿠유크는 모후(오고데이의 황후)인 여장부 토레게네(Torgene, 脫列哥那)의 힘에 의해서 황위에 올랐다. 제4대 몽케는 그의 4촌형인 바투에 의해서 황위에 오르고, 바투의 세력을 업고 제위를 지키면서 자기 정책을 밀고 나갈 수 있었다.

　그러나 쿠빌라이는 그들과 달랐다. 농경파의 수령인 그는 자력으로 아릭부케의 목축파를 격파하여 제위를 쟁취했다. 그만큼 그는 독자적이고 강력한 황제가 되어 자기 정책을 펴나갈 수 있었다.

새 시대의 개막

원종이 즉위한 지 3일 뒤인 1260년 4월 24일, 쿠빌라이의 사신 키두오 다(Qiduoda, 其多大)가 몽골에 가 있던 고려의 이인(李寅)과 함께 강화경으로 왔다. 원종이 키두오다를 편전으로 불러 접견했다.

키두오다가 먼저 인사말을 했다.

"보위에 오르심을 진심으로 경하드립니다."

"고맙소이다. 쿠빌라이 대왕은 어떠하십니까?"

"그분이 3월 20일(양력 5월 5일) 우리 몽골국의 황제로 등극하셨습니다."

"오, 그래요? 정말 감축드립니다."

"감사합니다. 가서 우리 폐하에게 전해 올리겠습니다. 그러나 쿠릴타이가 외국 땅에서 개최된 데다가 황실 귀족들은 참석하지 않았습니다. 기존 관례로 보아 정통성이 없다는 여론도 있습니다."

"그렇겠군요."

"새 황제께서는 '고려 임금과 함께 새 시대를 열어갈 것'이라면서 '가서 꼭 그리 전하라'고 분부하셨습니다."

"황은이 망극할 따름입니다."

"쿠빌라이 황제께서는 서경에 주둔하는 몽골군들을 철수시키고 고려인 포로들을 석방할 것입니다."

"내가 말씀드린 대로 다 들어 주시니 거듭 망극할 뿐입니다."

"여기 황제 폐하의 조서가 있습니다."

키두오다는 쿠빌라이의 조서를 원종에게 내놓았다.

쿠빌라이가 원종에 보낸 조서

짐은 온 천하 백성들을 원근과 대소의 차별 없이 일시동인(一視同仁)하고 있소. 그대가 우리 몽골에 귀순했기 때문에 짐은 이미 그대를 고려 국왕으로 승인했소. 나는 고려 문제에 대해 다음과 같이 처리하는 바이오.

첫째, 귀국 조정이 섬에서 육지로 나와 백성들을 편안하게 살게 하겠다는 의도는 내가 기뻐하는 바이오. 지금은 바야흐로 농산물이 자랄 시절이니, 시일을 끌지 말고 다시 농업과 양잠을 권장하여 쇠잔한 백성들을 살찌게 하시오.

둘째, 만일 몽골 군사를 그대로 고려에 머물러 있게 하여 고려 땅을 누르고 있으면 소동이 없지 않을 것이오. 따라서 몽골군 장수들에게 군대를 거느리고 즉시 귀환하라고 이미 지시했소. 그러니 의심하고 두려워하지 마시오.

셋째, 고려와 약속한 대로 작년 봄 2월부터 고려에서 붙잡아 온 자나 도망온 자를 놓아주어 귀국케 했으니, 그들이 고려에 도착하거든 잘 받아서 계속 돌보아 주시오.

넷째, 그 동안 고려에서 죄과를 범한 자가 있을 것이니, 이들은 전 번에 내린 대사령에 따라서 석방해 줄 것이오.

다섯째, 몽골 군민이 고려 사람의 물건을 실 한 올이라도 빼앗는 자가 있으면, 사실을 갖추어 보고하시오. 법에 따라서 단죄하겠소.

내용은 백성들에 대한 입보의 해제와 생업보호를 부탁하고, 몽골군의 철수와 고려인 포로 및 도망자의 송환을 약속하는 것이었다. 이것은 고려의 요구를 대폭적으로 받아들인 조서로 고려에 대한 쿠빌라이의 호의의 표시였다.

원종은 자기의 숙부뻘인 영안공(永安公) 왕희(王僖)를 몽골에 보내 쿠빌라이의 황제 즉위에 대한 예를 표하게 했다. 그때 원종이 보낸 표문은 이러했다.

원종이 쿠빌라이에게 보낸 표문
즉위하시어 천명을 새로 받으시니, 우리는 폐하의 은덕을 더욱 크게 입게 되었습니다. 나는 국왕의 지위를 승계했습니다. 폐하의 즉위식 축하 자리에는 참석하지 못하게 되었으나, 전일에 가서 예방한 바 있으므로 갑절이나 더 기쁜 마음으로 경하드립니다.

몽골의 새 황제 세조 쿠빌라이는 고려 사신들을 접하면서 말했다.

"짐이 즉위한 뒤에 그대 나라에서 가장 먼저 와서 하례하니 매우 기쁘다. 그대 나라 고려가 우리 몽골을 섬긴 지 40여 년이 되고, 이제 이곳 몽골 조정에 모여서 조회하는 나라가 80여 국이 됐다. 우리가 그 80여 국들을 대함에 있어서 고려에 하는 만큼 후하게 대접하는 것을 그대들은 보았는가?"

그러면서 쿠빌라이는 고려에서 몽골로 도망하거나 포로가 되어 끌려간 고려 백성 4백 40호, 1천여 명을 고려로 돌려보냈다.

쿠빌라이는 또 왕희의 귀국 편에 원종의 즉위를 공식 승인하는 호부(虎符)와 국인(國印), 그리고 채단과 활·칼을 선물로 보내왔다.

쿠빌라이의 조서는 이러했다.

쿠빌라이가 원종에게 보낸 조서

고려 관민의 의관은 고려의 풍속대로 입고 쓸 것이니, 하나도 바꿀 것이 없소.

몽골에서 고려에 가는 사람들은 오직 조정에서 파견하는 자 만으로 제한하고 기타는 절대 엄금할 것이오.

고려가 옛 서울로 돌아가는 문제는 빨리 하든 늦게 하든 고려의 역량에 따라 적절히 하시오.

고려에 주둔하고 있는 몽골 군사는 가을을 기한으로 철수할 것이며, 본래 배치했던 다루가치들은 몽골로 귀국하도록 이미 명령했소.

고려인으로 몽골에 남아서 살겠다고 자원한 사람은 십여 명이 되는데, 이들의 소재와 사정을 끝까지 알아봐야 하겠소. 고려 사람으로서 금후에 몽골에 머물러 있겠다고 하는 자들을 결코 허가하지 않겠소.

고려의 사신이 돌아가겠다고 하므로 내가 그대를 특히 총애하는 뜻을 표시하는 바이니, 백성을 유족하게 하고 나라에 유리한 일이라면 무엇이든지 편리한 대로 그대가 처리하시오.

짐은 천하로써 법도를 삼소. 일은 성심을 나타내는데 있는 것이니, 짐의 마음을 체득하여 스스로 의심하지 마시오. 이제 그대 고려왕에게 호부와 국왕의 인장, 옷감, 활, 칼 등의 물건을 보내오.

원종은 다시 한 번 쿠빌라이의 배려에 감사했다. 그러나 더욱 원종을 감격케 한 것은 '의관은 고려의 풍속대로 입고 쓸 것이니, 하나도 바꿀 것이 없다' 고 하고, 호부와 국왕의 인장을 보내준 점이었다. 이것은 고려의 문화적 독자성을 인정하고 사직의 안전을 보장해준 것이다.

이렇게 되면 원종은 아무 것도 두렵지 않았다. 항복도, 환도도 그리고 무인정권도 이제는 무서워 할 것이 없었다.

고려에 대한 쿠빌라이의 약속은 신속하게 실현됐다. 그해 5월 고려에 주둔했던 몽골의 다루가치 술리타이(Sulitai, 速里大)가 소환되어 돌아갔고,

평양에 주둔하고 있던 몽골군은 철수했다.

이렇게 해서 고종 41년(1254)에 시작된 몽골의 제6차 고려침공은 6년만인 원종 원년(1260)에 끝났다. 그러나 30년간에 걸쳐 계속되어 온 여몽전쟁이 여기서 완전히 끝난 것은 아니었다.

그 후에도 몽골군이 고려에 진주하여 고려의 내정에 개입하고, 땅을 몽골에 바친 고려의 반란군을 지원하고, 끝내는 고려 관군과 연합하여 항몽파인 삼별초를 토벌했다.[18]

몽골군의 고려침공 약사(1231-1259)

1) 제1차 침공(1231): 살리타이

몽골의 조공사신 저구유가 1225년 귀국하다가 압록강에서 고려군복을 입은 여진군에 사망하자 몽골이 이를 고려군의 사살이라고 간주, 살리타이의 지휘하에 고려를 침공. 고려침공을 시작한 것은 제2대 임금 오고데이부터다. 몽골군이 개경을 포위하자 강화를 맺고 화해. 몽골은 다루가치를 두어 고려를 관리케 하고 철수했다.

2) 제2차 침공(1232): 살리타이

고려가 몽골의 침입을 피해 강화도로 천도하자, 몽골이 이것을 몽골에 대한 배신이라고 규탄하면서 침범. 조정이 있는 강화도를 공격하지는 못했지만 한반도의 북부와 중부를 유린했다. 몽장 살리타이가 처인성(용인)에서 김윤후군에 피살되자 철수.

3) 제3차 침공(1235-1239): 탕구

제2차 침공에서 살리타이가 전사하는 등 고려의 방어가 강력하자 몽골은 동진

---

18) 국사학계에서는 여기서 몽골군의 고려 침공은 모두 끝나고, 1231년에 시작된 여몽전쟁도 모두 종결됐다고 보고 있다. 몽골침공이 여기서 종결됐느냐, 아니면 삼별초 토벌 때까지도 계속됐느냐 하는 문제는 역사적 현상이 사실이냐 아니냐에 관한 사실(史實)의 문제가 아니라, 그것을 어떻게 보고 평가하느냐하는 사관(史觀)의 문제다.

국, 금나라, 코라슴 등의 침공에 주력했다. 그 3국이 멸망하자, 이듬해 탕구의 지휘하에 다시 고려를 침공. 그때 몽골은 남송과 러시아도 함께 침입했다. 몽골군은 경주까지 진격하여, 초조대장경과 속대장경 및 황룡사 9층탑을 태웠다.

4) 제4차 침공(1247): 아무칸

고려가 항복을 거부하고 항전을 계속하자 아무칸의 지휘하에 다시 고려에 침공. 그 동안 몽골에서 잇달아 임금이 사망하면서, 왕족들 사이에 권력투쟁이 전개되어 고려침공이 지연됐다.

5) 제5차 침공(1253-1254): 야쿠

야쿠가 몽골군을 이끌고 고려의 반역자 홍복원과 함께 침공했다. 그러나 충주에서 다시 김윤후에게 패배하여 철수.

6) 제6차 침공(1254-1259): 자랄타이

자랄타이가 침공하여 전국을 유린했으나, 고려는 항복을 거부하고 외교교섭으로 임했다. 몽골은 출륙환도와 국왕입조를 항복조건으로 제시했으나, 고려는 임금대신 태자가 몽골에 가는 것으로 대체했다. 1259년 고종의 맏아들 왕전이 몽골을 방문했으나, 몽골 임금 몽케는 남송공벌전에 나갔다가 병사. 왕전은 몽케의 동생 쿠빌라이를 만나 강화협정을 맺고 귀국. 그후 쿠빌라이와 왕전이 모두 왕위에 올라, 고려와 몽골의 공존 협력이 이뤄졌다. 이때(1270) 고려군부의 항몽 강경파가 강화협정에 반대하여 삼별초 항전을 일으켰으나, 여몽연합군에 의해 1273년 삼별초가 붕괴됨으로써 고려에는 '조공하의 평화'가 왔다.

왕권과 무권

  왕전이 몽골을 방문하고 돌아와 임금이 됐지만 고려는 여전히 항몽 자주파의 무인정권에 의해 지배되고 있었다.

  여몽강화의 전제 조건으로 강도성은 비록 헐렸으나 강화는 삼별초가 지키고 있는 금성탕지(金城湯池)였다.

  몽골이 고려에 요구해 온 과제는 크게 다섯이었다. 그중 고려와 몽골 사이에 줄다리기 싸움을 벌여온 국왕친조·몽군철수의 두 가지는 이뤄졌다. 그러나 고려의 항몽세력·무인정권·출륙환도의 세 가지는 해결되지 않은 채 남아있었다. 이것은 처음부터 화친파 임금으로 출발한 원종이 해결해야 할 과제였다.

  고려와 몽골의 동맹관계, 원종과 쿠빌라이의 협력관계는 이뤄져 있었지만 항몽 무인세력의 중심인물인 김준(金俊)은 집정으로 막강한 세력과 권력을 유지하고 있었다. 원종에게는 후원자 쿠빌라이는 멀리 있었고 제거할 김준은 가까이 있었다.

  몽골과의 강화와 개경 환도에 반대하는 무인세력을 통제하기 위해서는 우선 김준을 달래야 했다. 김준이 들어주지 않으면 몽골과의 화친은 계속될 수 없었다.

고려의 화친파 영수로 등장한 원종은 무인 중심의 항몽파 영수인 김준과 타협하지 않으면 자기의 왕권 자체가 위협받게 된다고 생각했다. 원종은 우회전략·온건 노선을 택했다.

최씨정권을 타도하고 집권한 김준은 장군(정4품)에 중추원 우부승선(右副承宣, 정3품)의 직위에 있었지만, 그의 세력은 군을 장악하고 있어서 임금으로서도 건드릴 수 없는 폭발물과 같았다.

그래서 원종은 김준과의 협력관계를 강화해 나갔다. 그 때문에 그가 즉위한 뒤로 김준의 지위는 급상승을 거듭했다.

원종은 다시 김준의 직권을 강화하여 추밀원 부사(副使, 정3품)로 임명했다. 부사와 부승선의 품계는 같은 정3품이지만, 직위는 부사가 위이고 권한도 훨씬 강했다. 이 부사 자리는 한때 최의와 유경 등 실권자들이 차지하고 있던 요직이다.

그동안 김준은 내게 충성심을 보여 왔다. 이제 공신과 직위를 올려주었으니 더 충성하겠지.

원종은 이제 한결 마음이 놓였다.

몽골과의 관계를 원만히 개선해 놓았고, 세자도 책봉됐고, 김준과의 관계도 좋아지게 됐으니 원종은 우선 급한 일은 대충 마무리해 놓은 셈이었다.

원종은 그 동안 쌓인 피로가 한꺼번에 풀리는 것 같았다. 온 몸이 날아갈 듯이 홀가분하고 기분은 상쾌했다. 몸에서는 기운이 솟아나는 것 같았다.

그때부터 원종은 여체를 찾아 즐기기 시작했다. 젊고 아름다운 궁녀들을 뽑아서 수방(水房)에 모아놓고 음란과 방종을 벌였다. 그 소문이 궐 내외에 자자했다.

이 말을 듣고 김준은 말했다.

"우리 고려는 아직 전시다. 전시 임금의 행동거지가 그래서야 되겠는가. 임금의 그런 방일한 행동은 막아야 한다. 무슨 방법이 없겠는가?"

김준의 책사 차송우(車松祐, 장군)가 말했다.

"방법이야 왜 없겠습니까? 다만 그것을 실행할 수 있느냐가 문제지요."

"상대가 갓 등극한 임금이다. 이 고려에서 내가 한다는데 못할 일이 있 겠는가? 말해 보라."

"수방을 궐 밖으로 옮겨서 임금의 발길이 쉽게 닿지 못하도록 하면 됩 니다."

"썩 좋지는 않지만 미봉책이 될 수 있다."

김준은 차송우의 말에 따라 수방을 곧 궁궐 밖으로 옮겼다. 원종은 멀 어진 수방을 멀리서 바라볼 뿐, 달리 접근할 수가 없었다.

임금이라고는 하지만 너무 힘이 없으니 권위가 서질 않는구나.

왕은 한편 부끄럽고 한편으론 불쾌했다. 원종은 밖에 나가 성공적으로 대몽관계를 이룩한 개선장군이었지만 안에 들어와서는 김준에게 밀리고 있는 패장일 뿐이었다.

차송우가 김준에게 말했다.

"기분이 시원합니다. 이젠 장군이 직접 임금을 만나 보십시오. 왕은 자 세를 낮출 것입니다."

"그래. 좀 지나치긴 하지만, 임금을 만나겠소. 마침 재가를 받아야 할 일이 있으니 바로 들어가겠소."

원종 3년(1262) 여름. 김준은 궁궐로 원종을 찾아갔다.

"폐하, 혹시 무례가 됐더라도 용서해 주십시오. 지금은 나라가 어려운 때입니다. 수방이 폐하의 정사를 방해한다는 소문이 있어 옮겨놓았습니 다."

원종은 잠시 있다가 말했다.

"그런 음한 소문이 돌고 있소?"

"예. 그래서 폐하께 죄가 되는 줄 알면서도 수방을 궁궐 밖으로 보냈습 니다. 죄송합니다, 폐하."

"아니오. 내 잘못을 시정해 준 처사였소."

"감사합니다, 폐하."

김준은 준비해 간 서류를 꺼내면서 말했다.

"폐하께 새로 건의할 일이 있습니다."

"말씀해 보시오."

"무오정변은 왕권을 유린해 온 최씨권력을 소탕한 쾌거입니다. 정변의 위사공신(衛社功臣)을 늘여 논공행상을 공평히 해야 하겠습니다."

"공신에 누락된 공로자가 있으면 그리 해야지요."

"더러 있습니다. 그들에게 공훈을 주어야 합니다."

"지난번에 8명의 공신을 표창했는데 몇 명을 더 해야 하겠소?"

"다섯 명이면 되겠습니다."

"위사공신이 13명이라. 그 다섯 명은 누구입니까?"

"상장군 이인환(李仁桓)과 장군인 김대재(金大才)·김용재(金用才)·김식재(金式才)·차송우(車松祐)·김홍취(金洪就) 등입니다."

이인환은 이연소와 동일 인물이다.

"모두 김장군의 인척이거나 측근들이구료."

김대재·김용재·김식재는 모두 김준의 아들이다.

"예. 그러나 정변 때 세운 공이 커서 이미 동력보좌공신에는 들어있는 사람들입니다."

"그래요? 그럼 그들을 위사공신으로 올리시오."

"망극합니다, 폐하. 그리고 또 있습니다. 폐쇄된 항몽 공신당(功臣堂)을 부활시켜야 하겠습니다."

"앞으로 출륙하지 않을 수 없을 것 같은데, 이곳 강화도에 항몽 공신당을 짓는다고요?"

"예, 폐하. 국가공신들에게 재(齋)를 올리고 예(禮)를 표한 지가 너무 오래됐습니다."

"공신당을 새로 짓는다면 누구를 봉안할 것이오?"

"먼저 최우를 모셔야 합니다."

"최우를요?"

"예, 폐하. 최우는 이미 고종 폐하에 의해 천도공신으로 포상된 바 있으나, 공신각이 없어 아직 재를 올려 명복을 빌어주지 못했습니다."

최우는 개인적으로는 김준의 상전으로, 김준을 특별히 총애하고 키워준 은인이다. 항몽 자주의 영웅이요, 삼별초와 항몽파의 우상이기도 했다.

"······"

최우를 공신당에 모시겠다는 김준의 말을 듣고 원종은 답답하기만 했다.

이제 몽골과의 관계가 원만해졌는데 항몽파의 영수였던 최우를 위해 공신당을 짓는다면 몽골이 어떻게 나올 것인가.

원종은 속으로 그렇게 생각하고 있었다. 그러나 그로서는 아직은 김준의 의사를 꺾을 힘이 없었다.

"꼭 그래야 한다면, 그리 하시오."

고려에서는 태조 이래 공신당을 지어놓고 그 벽 위에다 모든 공신들의 얼굴 모습을 그려놓았다. 그리고 매년 10월에 그 공신들을 위해 불사를 베풀고 작고한 공신들에겐 명복을 빌어주었다. 그러나 강화로 천도한 이후로는 그런 행사를 폐지하고 있었다. 시설과 비용의 부족 때문이었다.

"감사합니다, 폐하. 새 공신각에는 최의를 축출한 무오정변의 위사공신들도 봉안해야 하겠습니다."

"그렇게 하시오."

"고맙습니다, 폐하."

원종 3년 시월, 그렇게 해서 새로 공신당이 지어졌다. 김준의 생각대로 그 공신당에는 최우와 무오정변의 위사공신들이 모셔졌다.

공신당의 벽에 얼굴이 그려진 사람은 추가된 공신들을 포함해서 무오년의 위사공신 13명이었다. 새로 짜인 공신 서열은 김준·박희실·이연소 (이인환)·김승준·박송비·유경·김대재·김용재·김식재·차송우·임연·이공주·김홍취 등이다.

추밀원사 유경과 몽골을 다녀와서 다시 상장군으로 진급된 박희실과 김준과 사이가 멀어진 임연을 빼고는 10명 모두 김준 진영의 인물이었다. 서열도 바뀌어 2위였던 김준이 1위로 올라서고, 1위였던 유경은 5위가 됐다가 다시 6위로 내려가고, 7위였던 임연은 11위로 밀려났다.

"아니, 김준이 이럴 수가 있어?"

위사공신의 수가 8명에서 13명으로 늘어나면서, 김준의 수족들 때문에 그 서열이 뒤로 크게 밀려난 임연이 입에 거품을 물면서 말했다.

내 결코 김준의 무리를 용서치 않을 것이다.

임연은 그렇게 작심했다.

기분이 언짢기로는 유경도 마찬가지였다. 그러나 이미 권력권 밖으로 밀려나 있는 유경은 침묵할 수밖에 없었다.

이것은 김준 세력이 강화됐음을 의미할 뿐 아니라 항몽 의지의 강화를 의미하는 것이었다.

이듬해 연말 원종은 새로 인사를 발령했다.

이때 김준을 수태위(守太衛)에 참지정사(종2품, 부총리) 판어사대사(정3품)로 삼았다. 이와 함께 화친파 문신의 핵심인 유경을 수태보 참지정사로, 이장용을 수태부 판병부사(종2품, 국방장관)로 발령했다.

여기에는 김준의 권력은 인정하지만 문권을 강화하여 무권을 견제하겠다는 원종의 의지가 들어있었다. 그러나 원종은 스스로 김준의 힘에 밀리고 있다고 생각했다.

왜 임금인 내가 이렇게 약한가. 오랜 군정과 전쟁으로 왕기(王氣)가 쇠한 것인가.

몽골 장수의 버릇을 고쳐주시오

태자 왕심이 몽골에 도착한 다음 달인 원종 2년(1261) 5월이었다. 전문윤(田文胤)이 사신으로 몽골에 가 있었다. 그는 세조 쿠빌라이에게 좋은 인상을 주어 그로부터 사랑을 얻고 대접도 융숭하게 받고 있었다.

전문윤이 귀국을 앞두고 쿠빌라이에게 하직 인사를 갔을 때였다. 절차가 끝날 무렵 쿠빌라이가 물었다.

"짐에게 할 말은 없는가?"

"있습니다, 폐하. 고려에서 사신이 문서와 공물을 가지고 해마다 상국으로 오고 있습니다. 그러나 그 노정이 멀고 지역이 궁벽하므로 도중에 밤이면 타고 오던 말들을 도적맞고 물품을 빼앗기는 일이 자주 있습니다. 이런 일이 없도록 해 주십시오."

"아직도 그런가. 짐이 그걸 모르고 있었구나. 일찍이 그럴 염려가 짐작되어 북쪽의 둔전을 남쪽으로 이동시켰는데도 그런 불안이 계속되고 있다니, 알았다. 각처의 다루가치들과 군대·백성들에 명령해서 금후는 고려 사신이 물건들을 잃지 않도록 하겠다."

"감사합니다, 폐하."

"또 없느냐?"

"다칸께서 우리 국왕을 불쌍히 여기시니 은혜가 지극합니다. 그러나 몽골 안에는 원종 임금을 참소하여 다칸 폐하와 이간시키려는 자가 있습니다. 폐하께서는 우리 임금을 참소하는 이의 말을 믿지 마십시오."

"네 충성이 갸륵하다. 유념하겠다."

"망극합니다, 폐하."

"술리타이(Sulitai, 速里大)에게 명하여 너를 고려까지 동행토록 하겠다."

전문윤은 아무 대답 없이 머뭇거리고 있었다.

"왜 그러느냐."

"아뢰옵기 황송하오나, 술리타이 장군은 보내지 마시기를 청합니다."

쿠빌라이는 괴이하다는 표정으로 물었다.

"무슨 까닭이 있느냐?"

"술리타이는 성품이 거칠고 행동이 무례하여, 지난번에 고려에 갔을 때 우리 임금과 대신들에 대한 폭언과 불손이 잦았습니다. 그런 사람이 고려에 다시 간다면 오히려 몽골에 대한 우리 고려의 성의와 참뜻이 훼손될까 우려됩니다."

"음, 그래?"

"지난해 다칸께서 고려에 주둔하고 있는 몽골 군사를 돌이키라고 명령하신 일을 가지고, 술리타이는 우리 고려에서 황제께 참소한 것이라고 분노하여 몽골로 돌아와서는 도리어 우리 고려와 임금을 참소했습니다."

"그래?"

"지금 만약 신과 동반하여 그가 고려에 가게 되면 후에 다시 무슨 말을 지어내어 폐하를 속일지 알 수 없습니다. 까닭은 그것입니다."

"술리타이가 심했구나."

"외국의 점령지에 나가 있는 몽골 장수들은 다칸 폐하의 얼굴입니다. 폐하를 뵐 길이 없는 점령지 백성들은 몽골 장수들을 보고 폐하를 생각합니다. 술리타이 같은 장수들의 버릇을 올바로 고쳐주셔야 몽골의 세계정벌이나 폐하에 대한 만국백성의 경모에 도움이 될 것입니다."

"알았다. 고쳐놓아야지."

술리타이는 원종이 태자로서 쿠빌라이를 만나고 고려로 돌아올 때 그를 호위하여 함께 왔다가 다루가치가 되어 고려에 주둔해 있던 몽골의 장수였다. 그는 몽골군사를 이끌고 왕전과 함께 강도로 건너와서 왕전의 즉위식에도 참석했다.

그러나 그는 개경 주변에 군대를 주둔시켜 지휘하고 있으면서 함부로 고려의 군관이나 관리를 살해하는 일이 잦았다.

원종이 원년(1260) 6월에 김보정을 시켜 그를 위무하려 보냈을 때, 술리타이는 김보정에게 퉁명스럽게 말했다.

"고려왕이 우리 황제께 아뢰기를 '신이 나라에 가면 곧 옛 서울 개경으로 환도할 것'이라고 했소. 그런데 왜 아직도 환도할 생각을 안 하고 있소? 그대들은 죽는 것도 두렵지 않은 모양이지! 고려왕은 우리 황제에게 거짓말을 하고도 무사할 줄 아는가!"

"……"

김보정은 변덕이 심하고 성질이 사나운 술리타이를 상대로 말을 하지 않으려고 잠자코 있었다.

얼마 후 술리타이가 강도로 사람을 보냈다. 그 사절은 마치 술리타이를 꼭 빼놓은 듯이 닮았다.

그는 으름장을 놓듯이 말했다.

"개경의 궁실과 민가들의 건축이 거의 끝나가고 있으니, 술리타이 장군은 우리 다칸 폐하의 귀국 명령에 따라 서경으로 갔다가 곧 몽골로 갈 것이오. 우리 황제와 예수투 원수에게 증정할 물건들을 마련해서 술리타이 장군 편에 보내 주시오."

"알겠소."

"또 있소. 우리가 고려로 올 때 타고 온 말들이 거의 죽어서 다 없어졌소. 말 50필도 함께 보내주시오."

이 문제는 고려 조정에서 논의되었다.

"술리타이는 지금 우리 임금과 나라에 대해 심히 언짢게 생각하고 있습니다. 그런 기분으로 그가 몽골에 돌아가면 계속 우리 임금과 나라를 모함하고 헐뜯을 것입니다. 그것은 나라에 좋지 않습니다."

"임금이 나서서라도 그런 술리타이를 붙잡아 두어야 합니다."

이런 말이 임금에게 건의됐다. 원종이 술리타이의 둔소로 갔다. 왕은 술자리를 마련해서 술리타이와 마주 앉아 술을 나누면서 사과조로 말했다.

"장군, 경황이 없는 중에 장군에 대해 신경을 제대로 못 쓴 것 같소이다. 불편하더라도 귀국하지 말고 좀 더 머물러 있으시오."

원종은 간곡히 만류했다.

그러나 술리타이는 단호했다.

"돌아가려는 계획이 이미 결정됐으니 나는 더 머물러 있을 수 없습니다."

며칠 후 술리타이는 자기 군사를 이끌고 서경으로 갔다.

마침 그때 쿠빌라이의 황제 즉위를 축하하기 위해 몽골에 갔던 영안공 왕희가 원종에게 보내는 쿠빌라이의 교시문을 가지고 고려로 돌아오고 있었다.

술리타이는 이런 사실을 미리 연락 받고 즉시 사절을 강도로 보냈다. 술리타이의 사절은 강도에 와서 큰 소리로 꾸짖었다.

"우리 술리타이 장군의 말을 그대로 전하겠소이다. '영안공이 우리 황제의 유지(諭旨)를 받들고 돌아오고 있는데도 고려 임금은 나와서 맞을 생각은 하지 않고 섬 안에만 들어앉아 있으니, 이는 우리 황제의 교지를 좋아하는 것인가, 싫어하는 것인가? 또 고려의 문무 신하들은 이를 좋아하는가, 어떤가?' 이런 말씀이오이다."

고려왕이 빨리 나와서 몽골 황제가 보낸 칙서를 정중히 받을 태세를 갖추지 않고 뭘 하고 있느냐는 질책이었다.

술리타이의 폭언이 있은 다음 달인 그해 8월에 영안공 왕희가 강화로 돌아왔다. 원종이 쿠빌라이의 조서를 받을 때 술리타이와 강화상 등 장수들도 강도로 와서 그 자리에 배석했다.

쿠빌라이의 교서에 '개경으로 환도하는 문제는 빨리 하든 늦게 하든 고려의 역량에 따라 적절히 알아서 하라' 는 대목이 나오자, 환도가 왜 이리 늦어지느냐고 질책해온 술리타이는 심히 못마땅한 표정이었다.

그 칙서에서 쿠빌라이는 몽골군의 철수와 다루가치의 소환을 공약했고 이 약속에 따라 술리타이는 고려에서 아주 철수하여 몽골에 돌아가 있었다.

이런 술리타이의 행패에 관한 전문윤의 얘기를 듣고 쿠빌라이는 말했다.
"음, 그런가. 알겠다. 그대는 참으로 충군애국(忠君愛國)의 신하다. 그대의 뜻을 알았으니 그대로 처결하겠다."

쿠빌라이는 전문윤의 말을 받아들여 술리타이를 동행시키지 않았다.

적대적인 전쟁관계에 있던 두 나라는 각기 왕위교체를 계기로 긴장완화의 단계를 넘어 친선관계로 들어갔다. 고려와 몽골 사이에는 화친이 이뤄지고 전쟁은 없어졌다.

이는 태자입조가 직접적 원인이지만 어쩌면 더 중요한 원인은 지난 30년간 고려의 상하와 군민이 강인하게 저항하여 싸운 결과였다. 몽골은 금나라·서요·서하·코라슴을 점령하여 멸망시킨 것처럼 고려를 쳐서 이길 수는 없다고 판단했던 것이다.

원종은 몽골과의 화평은 얻었으나 국가의 자주성을 포기해야만 했다. 금나라의 속방(屬邦)에서 겨우 벗어난 고려는 이때부터 다시 몽골의 속방이 됐다. 그런 예속관계는 그 후 공민왕 때까지 30년간 계속됐다.

이렇게 여몽관계가 급진적으로 개선되고 있던 원종 원년(1260) 7월. 여몽관계 개선의 토대를 싸놓은 대몽 화친론의 제3세대 영수 최자(崔滋)가 세상을 떠났다. 72세였다. 최자는 고종이 참석하여 주재한 조정회의에서 주전파 무인들의 항전론을 누르고 태자 왕전의 몽골입조와 대몽 화친정책을 주장하여 관철했다.

　최자는 자기가 맡아온 화친론으로 여몽관계가 개선되어 가는 것을 보면서 만족한 마음으로 눈을 감았다.[19]

---

19) 최자는 최충의 6대 손으로 지어사대사와 이부판사와 수석 재상 등을 거쳤다. 이규보와 함께 고려의
　　대문장가인 그는 최문충공가집(崔文忠公歌集) 10권을 비롯하여 보한집(補閑集) 등의 여러 문집과 시
　　가를 남겼다.

제 4 장

고려·몽골의 동맹

고려왕은 들어오라

쿠빌라이는 아릭부케를 완전히 굴복시킨 뒤 속국들의 임금들을 불렀다. 이때 구빌라이는 고려에도 사신을 보내 원종으로 하여금 몽골 수도로 입조하도록 통보해 왔다.

이 쿠빌라이의 조서는 몽골의 관인인 후두(Hudu, 胡都)·두이제(Duyizhe, 多乙者)와 중국인 조태(趙泰)·고려인 강화상(康和尙)을 통해 고려에 전달됐다.

원종 5년(1264) 5월 7일에 접수된 구빌라이의 조서는 세계 여러 속국의 임금들과 마찬가지로 원종도 '역마를 타고 와서 대대로 조근(朝覲)하는 예절을 행하라'는 내용이었다. 조근이란 신하가 임금을 찾아뵙고 인사를 드려 복종과 충성을 맹세하는 절차다. 조근을 조현(朝見) 또는 조회(朝會)라고도 한다.

쿠빌라이는 원종이 다시 몽골을 방문하여 항복의 예를 표하라는 지시다. 이른바 입조명령이다.

쿠빌라이가 원종을 부른 것은 전쟁 상대국가인 고려 임금이 친조하여 당초 몽골이 제시한 항복조건인 '국왕친조'를 받아내고, 일개 제후의 나라로 공식화하여 속방국 지배체제를 확실히 해두려는 것이었다. 뿐만 아니라 고려와 일본에 대한 쿠빌라이의 정책을 알려 협력케 하자는 데 목적이 있었다.

원종은 몽골 황도에 들어오라는 지시를 받고는 고민하기 시작했다. 아직도 강력한 세력으로 뭉쳐있는 군부 항몽파를 제압하지 못했기 때문이었다. 궁리 끝에 원종은 재상들을 모아 의논했다.

"이는 불가합니다. 우리 고려가 어떻게 저들의 제후나 속방이 된다는 말입니까?"

"더 버티면서 몽골의 태도를 떠보는 것이 좋을 듯합니다."

재상들은 이구동성(異□同聲)으로 반대했다.

화친파의 수령 최자가 사망한 뒤로 재상들은 항몽파 무인들의 눈치를 보며 기존의 반몽논리를 반복했다. 오로지 문신인 이장용(李藏用, 평장사)만이 화친론을 아뢰었다.

"폐하께서 조근하시면 우리 고려와 몽골이 화친하게 될 것이나, 그렇지 않으면 양국간에 흔단(釁端, 틈)이 생깁니다. 저들은 지금 크고 강한 나라가 됐습니다. 몽골의 조근을 받아들이십시오, 폐하."

항몽파 김준이 말했다.

"이미 초청을 받았으니 가시기는 하겠으나, 만일 무슨 불측한 변이라도 생기면 어찌할 것입니까?"

김준의 말은 어정쩡한 데가 있었다. 원칙적으로는 반대하지 않겠지만 임금의 안전을 걱정한다는 내용이었다. 김준은 내심으로는 원종이 다시 몽골에 가는 것을 원치 않았다.

임금이 입조하여 쿠빌라이를 만나고, 두 임금의 사이가 더욱 좋아져서 양국관계가 개선되면, 결과적으로 고려에서 무인정권이 약화되고, 조정 안에서는 화친론이 가속적으로 확산될 것을 김준은 우려했다.

이장용이 강경한 어조로 다시 말했다.

"김준 장군을 비롯해서 군부의 여러분들이 국가의 독립과 임금의 자주를 유지하기 위해 노심초사(勞心焦思)하는 심정은 충분히 이해됩니다. 그러나 폐하가 몽도에 입조하신다 해도 불길한 일이 전혀 없을 것으로 믿습니다. 만일 몽골에서 폐하에게 무슨 변고가 생기면 나와 나의 가족까지 모두 죽인다 해도 그 벌을 달게 받겠습니다."

이장용은 일족의 목숨을 걸고 말했다. 그러나 그는 확신에 차 있었다. 이장용은 타협적인 현실주의자였다. 화평책을 추구하되 이에 반대 입장을 지키려는 무인들과도 타협을 모색해야 한다고 생각해 왔다. 밖으로는 몽골과, 안으로는 항몽파와 어떤 일이든지 타협해야 한다는 것이 이장용의 자세였다.

그러나 이날 이장용의 모습은 그런 평상시의 태도와는 달랐다. 자기 입장을 분명히 밝혀 놓고, 그런 바탕 위에서 무인정권을 설득해 나가겠다는 의도였다.

다시 김준이 말했다.

"이 강화도는 우리 고려의 자주와 독립을 지키는 튼튼한 보루입니다. 만약 우리가 출륙환도하게 되면 이 최후의 보루를 포기하게 됩니다. 폐하께서 입조하시더라도 출륙환도를 약조하지는 마십시오."

이장용이 가로막고 나섰다.

"출륙환도로 해서 우리 종사가 위험해질 것이라고 염려할 필요는 없습니다. 이미 폐하께서 몽골에 다녀오셨고, 그때 만나서 친교를 나눈 그 분이 바로 몽골의 제위에 올라 여러 차례 우리에게 호의적인 조치를 취하고 우호적인 서신들을 보내왔습니다. 이제 몽골은 두려운 상대가 아닙니다. 이런 상태에서 중외(中外)를 편안케 하는 길은 개경으로 환도하게 하는 것만한 것이 없습니다."

중외란 조정과 백성, 국내와 국외, 안과 밖, 중앙과 지방을 총칭하는 폭넓은 의미의 단어다.

"강화경을 떠나 구도 개경으로 환도하자는 얘기군요."

"그렇습니다. 당장은 아니더라도 언젠가는 환도해야만 합니다. 그래야 국가 사직이 보전되고 백성들도 보호될 수 있어 나라가 편안해 집니다.

이 강도는 어디까지나 전쟁 피해를 막기 위한 임시수도이지 항구한 도성은 될 수 없습니다."

이장용은 당대 제일의 이론가이자 변론가였다. 그래서 원종은 평소에도 이장용에게 '말의 명수 이 재상'이라며 찬탄했다. 천민출신의 무사 김준은 그런 이장용을 말로는 당해낼 수 없었다.

김준의 비관론과 이장용의 낙관론 사이에 논쟁이 계속되는 동안 장내는 긴장과 고요가 짓누르고 있었다.

최자가 가고 없는 이제, 이장용은 최자의 뒤를 이어 화평론의 제4세대 선봉장이 되어 항몽파 무인들의 자주론과 대결해 나가고 있었다.

원종은 이장용이 임금을 대변하고 문신들을 이끌어 대몽 화친론을 펴는 것이 고마웠다. 이장용이 무인 강경파들을 상대로 대리전을 맡고 있기 때문이었다.

원종이 결론을 내렸다.

"짐은 몽골에 들어갈 것이오. 그러나 몽골의 다른 번국들과는 다른 시기에 가겠소. 낯설고 문화가 다른 번국들과 동렬에 서서 우리 고려의 지위를 격하시키는 일은 절대 없을 것이니 그 점은 염려하지 마시오."

원종은 절충적인 결정을 내렸지만 그의 어조는 단호했다. 화친파들의 얼굴은 환하게 펴졌다. 그러나 항몽파들의 모습은 긴장을 유지한 채 침묵하고 있었다.

원종이 다시 말했다.

"과인에게 불측한 변고를 우려해 준 것은 고마운 일이오. 그러나 내가 생각컨대 절대로 그런 일은 일어나지 않을 것이니 그 점도 우려하지 마시오."

원종은 결국 이장용의 말을 받아들여 몽골에 입조키로 했다. 그러나 많은 몽골 번국의 하나로 가기보다는 개별적으로 쿠빌라이를 만나겠다는 생각이었다. 쿠빌라이와 가까워진 원종으로서는 당연한 귀결이다.

원종은 몽골의 쿠빌라이에게 황도에 입도한다는 표문을 보냈다.

쿠빌라이의 교서에 대한 원종의 회답 표문

천하의 왕공들의 모임에 참석하라는 지시를 받고 기쁜 심정으로 지시에 충실할 것을 굳게 다졌습니다. 하오나 지금 우리나라의 형편을 보면, 전쟁과 기아와 질병이 엎치고 덮쳐 온 것이 삼십여 년이나 되어, 모든 것이 거의 다 소모되고 탕진된 형편이므로 깊은 산중과 먼 바다 속에 흩어져 떠돌아다니는 외로운 백성들을 사오 년 동안에 어찌 다 모을 수 있겠습니까.

폐하의 부르심에 응하여 지체 없이 출발하는 것이 당연하겠으나, 보잘 것없는 예물과 간단한 행장을 준비하는 데도 이 역시 쇠잔한 나라로서 어찌 쉽게 채비할 수 있겠습니까. 게다가 길은 멀고 날씨는 더우니, 신과 같은 허약한 체질로서 능히 감당하기는 어려울 것 같습니다. 그래서 기후가 청량해지기를 기다려 입조하려 합니다.

이와 같이 편할 도리만 생각하고 과분하게 바라는 것도 오로지 특별하게 우대해 주시는 것만 믿고 또 너그럽게 돌봐 주시리라는 것을 믿기 때문입니다. 지극히 인자한 덕으로 영원히 깊은 배려를 베풀어주시기 바랍니다.

원종은 왕 5년(1264) 5월 16일 장일(張鎰, 국자감 제주)과 몽골어에 능숙한 강윤소(康允紹, 낭장)를 몽골로 보내 표문을 쿠빌라이에게 전달케 했다. 강도에 와있던 몽골의 사신 4명 중에서 후두와 강화상은 장일·강윤소와 함께 몽골로 돌아갔다.

원종은 자기 서신과 함께 금으로 만든 종(金鐘)과 바리(金盂) 각 3개, 백은으로 만든 종 4개, 은바리(銀盂) 10개, 진자라 3필을 구빌라이에게 보냈다. 이때의 은종은 종 모양으로 만든 술잔이었다.

쿠빌라이는 원종이 보낸 표문과 방물을 받고 웃으며 말했다.

"고려왕 원종은 내가 자기를 좋아하는 것을 알고 응석을 부리고 있어. 그가 오지 않아도 짐은 서운하지가 않다."

신하들이 나섰다.

"고려는 자주성이 강한 나라입니다. 중국을 제외하고는 주변의 나라와 민족을 모두 야만시해 왔습니다."

"그렇습니다. 고려는 우리 몽골을 포함해서 여진·거란·일본을 모두 미개한 민족이라고 보고 있습니다. 저들을 엄히 다스리셔야 합니다."

신하들이 그렇게 말했으나 구빌라이는 계속 미소를 띠며 말했다.

"그냥 내버려두어라. 그럴 만도 하지 않은가? 저들은 일찍부터 농사를 주업으로 삼고 좋은 집에 들어앉아서 문화를 키워왔다. 그들은 문자를 익혀 학문 수준이 높고 문화를 찬란히 꽃피웠으니 그렇지 못한 주변 민족이 그들에게는 야만인으로 보였겠지."

농경 문명국 중국에 익숙해진 쿠빌라이다운 생각이었다.

"고려는 주변국과 다르다고 자처하기 때문에, 원종은 뒤에 따로 들어오겠다고 한 것입니다. 그것은 폐하께서 천하의 번왕들을 한 자리에 모아놓고 위광을 발휘하는데 대한 일종의 저항입니다. 저들을 혼내줘야 합니다."

"그 정도의 자존심은 살려주자. 그러나 중요한 것은 힘이다. 힘이 모든 것을 결정한다. 저들은 문화를 존중하지만, 우린 힘을 중시한다."

"그러나 고려는 자기들이 몽골에 항복하지 않고 수도인 강화경이 건재하다고 자만하고 있습니다."

"그럴 수도 있지. 그러나 이제 우리 몽골과 고려 사이에 새 시대가 열렸다. 서로 상부상조(相扶相助)하고 공생할 때다. 다만 우리가 중심이 되고 짐이 천자가 되는 것이다. 고려가 이번 천하 제후들의 조근에 불참한다 해도, 고려는 우리의 일개 작은 번방(藩邦)일 뿐이고, 원종은 지방 소국의 군주에 불과하다."

거세던 몽골의 신하들은 조용했다.

쿠빌라이가 다시 말했다.

"지난번에 고려왕 원종이 세자로서 우리에게 입조하러 개평에 왔을 때,

그가 뭐라고 했는지 아나?"

"뭐라고 했습니까?"

"그는 고려예법에서는 경장애유(敬長愛幼)와 강보약뢰(强保弱賴)를 최고의 미덕으로 생각한다는 것이야. 그러면서 짐과 자기의 관계는 경장애유의 원칙으로, 몽골과 고려의 관계는 강보약뢰의 원칙으로 해 나가자고 하더군."

"아주 명석한 생각이군요. 뭐라고 대답하셨습니까?"

"어쩌겠나. 그러자고 했지."

"고려왕은 아주 현명하고 현실적인 사람입니다. 그는 하나도 손해 보지 않고 임금을 하겠다는 것이 아닙니까?"

"내버려둬라. 우리는 강하고 큰 나라지만 고려는 약하고 작은 나라다. 고려왕은 나보다 다섯 살 아래다. 그런 우리가 저들이 요구하는 경장애유와 강보약뢰를 마다할 수 있겠는가."

원종과 고려에 대한 쿠빌라이의 심정은 그러했다. 그것은 고려의 화친파 문신들에게는 아주 바람직한 관계였다.

원종의 방몽결정은 강화파의 승리, 항전파의 패배임이 분명했다. 김준을 비롯한 항몽 무인들은 불쾌했지만 그런 대세를 거역할 수도 없었다.

그때 백승현(白勝賢, 중랑장)은 도참과 풍수에 능한 것으로 널리 소문나 있는 군관이었다. 그는 원종 5년(1264) 5월 김준을 찾아가서 말했다.

"금상(今上, 지금의 임금)이 몽골에 간 적이 있으나, 그때는 태자일 뿐이지 아직 임금이 아니었습니다. 태자의 입조와 임금의 입조는 크게 다릅니다."

"물론 그렇지."

"헌데, 임금이 친히 몽골에 입조하지 않고도 나라가 크게 성할 방법이 있습니다."

"뭐라? 입조하지 않고도 나라가 번성해?"

항몽파인 김준의 귀가 번쩍 띄었다.

"예, 장군. 임금께서 친히 마리산(摩利山) 정상의 참성단에 올라가 초제를 지내고, 전등사가 있는 삼랑성(三郎城)의 신니동(神泥洞)에는 가궐(假闕, 행궁)을 짓고, 혈구사(穴口寺)에서 왕이 친히 대일왕 도장(大日王道場)을 베풀면 됩니다."

김준은 백승현을 신뢰하고 있었다. 그의 말이라면 모래로 메주를 쑨다 해도 믿을 정도였다. 이번에도 김준은 백승현의 말을 믿고 싶었다. 믿기지 않아도 그의 말을 따르고 싶었다.

그것은 자기의 항몽정책을 밀고 나가는데 도움이 되기 때문이었다. 그래서 김준은 그 술언(術言)의 뜻을 정확히 알고 싶었다.

"왜 그런지, 이유를 말해 보게."

"지금 우리 고려엔 왕성한 기력(氣力)이 필요합니다. 지금 이 강도궁(江都宮)의 기력만으로는 부족합니다. 그래서 다른 곳의 지기(地氣)를 빌어와야 합니다."

"지기를 보충할 방법이 있는가?"

"있습니다. 지기가 성한 곳, 지력(地力)이 강한 곳에 별궁을 지으면 됩니다. 이것은 강도성의 쇠한 기운을 다른 곳의 기력으로 보강하는 것이지요. 그래서 지기와 지력이 강한 곳을 찾아서 그곳에 가궐을 지으면 됩니다."

"그래서 신니동에 가궐을 짓자는 것인가?"

"강화도에서 가장 기력이 왕성한 곳은 정족산(鼎足山, 강화군 길상면)입니다. 그 중에서도 궐터로 가장 좋은 곳이 삼랑성의 신니동입니다. 따라서 신니동에 가궐을 지으면 강도궁의 기운은 충분히 보비(補裨)됩니다. 이런 가궐은 쇠약해진 기운을 보완하여 나라의 기업(基業)을 늘어서 연장시키는 궁궐이라 해서 풍수에서는 연기궁궐(延基宮闕)이라 합니다."

"연기궁궐? 거 듣기 좋구나."

"신종 원년(1198) 정월에도 새로 집권한 최충헌이 왕을 폐립한 다음에는 산천비보도감(山川神補都監)을 설치하여 재추와 중방 술사들을 모아 쇠한 기운을 보비하는 일을 의논한 일이 있습니다. 같은 뜻입니다."

"그러면 왜 임금이 마리산 참성단의 초제를 지내야 하는가?"

"우리나라 개국의 성조이신 단군왕검께서 천제를 지내던 마리산 정상의 참성단에 올라가서 임금이 연못을 파고 초제를 올리는 것은 하늘의 힘과 단군왕검의 힘을 빌려 나라의 기력을 보강하는 길입니다."

"혈구산의 오성도장은 왜 베풀자는 것인가?"

"부처님의 힘(佛力)을 빌어서 역시 나라의 기력을 강화하는 것입니다. 가궐이나 초제도 도움이 되지만, 더 확실히 힘을 보장하기 위한 방법이지요."

"음, 우리 땅의 지신과 국조(國祖)인 단군 그리고 불교 교조(敎祖)인 불타의 힘을 빌리자는 것이군."

"그렇습니다. 3신의 3력(三力)을 빌려서 나라의 기를 강화하자는 것입니다."

"그대 말에 틀림은 없겠지?"

"임금이 그렇게 하시면 몽골에 친조하지 않아도 됩니다. 그뿐만 아니라 우리 삼한이 변하여 진단(震旦)[20]이 됩니다. 진단이란 세계의 중심 국가라는 뜻입니다. 그리하면 세계의 큰 나라들이 우리나라에 와서 우리 임금께 조회하게 됩니다."

"거 기쁜 소리구나. 임금께서는 마음으로는 몽골에 가기를 원치 않았으나 쿠빌라이의 명령이니 거역할 수도 없었다. 나라를 생각해서 임금은 몽골에 가기로 결정했고, 그것을 몽골에 통보했다. 이제 와서 그걸 바꿀 수는 없다. 그러나 그대의 말을 임금께 아뢰어야겠다. 임금도 기뻐하실 거야."

---

20) 진단(震旦 振旦 眞丹); 세계의 중심 국가, 곧 중국을 일컫는 말.

　　진단(震檀 또는 震壇); 우리 나라의 다른 명칭

김준은 다음날 원종에게 들어가서 백승현의 말을 그대로 전했다.

원종은 그 말을 들으면서, 그래 나라의 기가 서야한다, 아니, 임금의 기가 강해야 한다. 그래야 내가 군권을 누르고 수도를 옮겨 쿠빌라이와의 약속을 지킬 수 있다, 고 생각했다.

원종이 이렇게 말했다.

"백승현의 말대로만 된다면야 얼마나 좋은 일이오. 시작합시다. 조정에 명해서 빨리 가궐부터 착수하시오."

김준은 퇴궐해서 조문주(趙文柱)와 김구(金坵. 좌주)·송송례(宋松禮)·백승현(白勝賢)을 불렀다.

"정족산 삼랑성의 신니동에 가궐을 지으라는 어명이 계셨소. 그대들 4인이 이 일을 맡아줘야 하겠소."

이래서 신니동 가궐이 착수됐다.

김궤(金軌, 예부시랑)가 이 말을 듣고 평소 가까이 지내는 박송비(朴松庇, 우복야)에게 달려갔다.

김궤가 말했다.

"혈구산은 흉산(凶山)입니다. 백승현이 일찍이 고종께 '혈구산은 항상 대일왕(大日王)[21]이 머무는 곳'이라고 아뢰어, 임금께서 불사를 크게 열고 왕의 의대(衣帶)를 봉안했는데 얼마 안 되어 고종께서 승하하셨습니다."

"그렇지."

"그런데, 이제 그가 또 감히 허튼 말을 만들어서 왕에게 정족산에 가궐을 짓게 하고, 왕이 친히 혈구사에 대일왕 도장을 베풀도록 청하고 있으니 믿을 수 없는 일입니다. 공이 이것을 금지토록 해 주십시오."

"알았네."

---

21) 대일왕(大日王); 대우주를 밝게 비춰주는 대일여래(大日如來)를 일컫는 말. 세상의 만물을 길러주는 이(理)와 지(智)의 근원이 되는 본체라고 한다. 빛은 밖은 비추지만 안은 비추지 못하고, 밝음은 한쪽을 비추면 다른 쪽은 비추지 못하고, 태양은 낮에는 비추지만 밤에는 비추지 못한다. 그러나 대일왕은 내외(內外)·방소(方所)·주야(晝夜)의 구별이 없이 언제나 어느 곳이나 모두 비출 수 있다고 한다.

박송비는 다음날 김준을 찾아가, 김궤의 말을 그대로 전했다.

김준은 대노했다.

"아니, 김궤가 감히 나와 임금의 일을 방해하려 하는가. 이놈을 당장 처단해야 하겠소."

"참으십시오, 영공. 김궤는 다만 나라를 걱정할 뿐 다른 뜻은 없는 것 같으니, 그냥 살려 두지요. 다시는 그런 말을 않도록 하겠습니다."

"그럼 박 장군을 믿고 김궤를 내버려두겠소."

그래서 김궤의 일은 거기서 끝내기로 했다.

그해 6월 신니동에 가궐이 완성되어 원종이 그곳에 이어(移御)했다. 원종은 예정대로 마리산 참성단에 올라가 초제를 지내고, 혈구사에 가서 대일왕 도장도 베풀었다.

고려 화친파의 영수와 계보

1) 제1세대 화친파

-유승단(兪升旦, 참지정사)=화친인식을 가진 사람은 많았지만, 유승단이 유일하게 항몽파이며 절대권력자였던 최우에 대항하여 화친론을 폈다. 그는 몽골과의 전쟁을 피하자고 주장하면서, 강화천도를 반대했다.

2) 제2세대 화친파

-최린(崔璘)=몽골이 출륙환도와 고종입조 조건을 제시할 때, 조정에서 화친론을 대담하게 전개하여 항몽파인 고종으로 하여금 임금 대신 왕자를 입조케 하자고 주장했다. 고종의 승인을 받아 고종의 2자 왕창이 몽골에 입조할 때, 최린이 보호자로 수행했다. 귀국해서는 자랄타이를 상대로 외교전을 펴면서 몽골군 철수와 고려인 포로의 석방을 요구하고, 고려 조정의 화친론을 주도했다.

3) 제3세대 화친파

-최자(崔滋, 평장사)=제3세대 화평론의 영수.

-유경(柳璥, 추밀원부사)=문신으로 최씨정권을 붕괴시키는 정변에 참여. 고종의 신뢰를 받아 가까이 지내면서, 고종의 항몽론을 변화시켜 세자 왕전의 몽골입조를 결심케 했다.

-김보정(金寶鼎, 대장군·추밀원사)=무인이면서 몽골에 자주 드나들어 화친론자가 됐다. 최린 시대에도 화친론을 가지고 있었으나, 감히 나서지 못하고 있다가, 최자 시대에 화친파에 참여했다.

-이세재(李世材, 대장군·참지정사)=군인이면서 김보정과 함께 화친론을 폈다.

-이장용(李藏用, 정당문학)=현실주의 정치인. 타협의 명수.

4) 제4세대 화친파

-이장용(평장사·제2품)=제4세대 화평론의 수장. 외교와 타협의 수완가. 정책이론의 명수.

-기타 이세재·김보정

여몽 정상의 밀담

원종이 몽골 황궁에 입조키로 한 것은 화친론의 영수로 등장한 문신 이
장용이 김준과 논쟁을 벌여 승리한 결과였다.

그러나 원종은 마음이 놓이지 않았다. 삼별초를 장악하고 있는 김준의
무인정권이 몽골과의 화친과 원종의 방몽을 계속 반대하고 있었기 때문
이었다.

원종은 개탄했다.

밖으로는 우리 고려가 몽골의 힘에 눌리고, 안으로는 내가 김준의 힘에
밀리고 있다. 이래서야 어떻게 나라가 제대로 서고 임금이 왕 노릇을 할
수가 있겠는가.

원종은 자기의 화친 행동 때문에 김준이 한때 그의 아우 왕창을 왕으로
추대하려 했던 사실이 마음을 더욱 불안케 했다.

무인들을 잘 다뤄야 한다. 저들은 지금 고양이에 쫓겨 구석에 몰린 쥐
와도 같다. 그런 쥐는 언제 고양이에 덤벼들어 물지 모른다. 김준을 잘 달
래야 한다. 그가 원하는 것은 권력이고, 지금 나는 그것을 김준에게 줄 수
있다. 왕권 확립은 뒤로 미루자.

원종은 스스로 그렇게 다짐했다. 그날 밤 그는 다시 쿠빌라이를 만날

일을 생각하면서 잠을 이루지 못했다.

원종은 몽골로 출발하기 8일 전에 김준을 교정별감(敎定別監)으로 임명했다. 교정별감은 교정도감의 장이다. 교정도감(敎定都監)은 무인정권의 핵심기구로서 잘못된 일과 법에 어긋난 것들을 규찰하여 바로 잡는 권한을 갖는다. 정적의 제거와 반역자 처형도 도감에서 맡았다.

최충헌을 제외한 역대 무인정권 집정자는 교정별감을 맡아서 권력을 행사했다. 교정도감은 최충헌이 창설했고, 그는 이미 최강의 권력을 쥐고 있어 굳이 교정별감을 직접 맡을 이유가 없었다. 그는 자기 측근을 별감에 앉혀 위법자 처벌과 정적 처형을 대행시켰다.

최의가 살해되어 최씨 정권이 붕괴된 이후 교정별감 자리는 공석으로 있었다. 그 자리를 이제 김준이 다시 차지했다. 그러나 김준은 원종이 권력을 주기 전에 이미 스스로 별감 이상의 독재권을 행사하고 있었다.

그러나 김준이 임금에 의해 교정별감에 임명됨으로써, 그는 최충헌이나 최우·최항과 같은 강력한 집정자의 권력을 합법적으로 행사할 수 있게 됐다.

원종이 김준을 교정도감의 별감으로 임명한 것은 김준 중심의 무인정권의 부활을 공식적으로 인정하고, 김준을 무인정권의 집정자로 공식 승인한 데 있다. 이것은 무인정권의 공식적인 재등장과 왕정복고의 사라짐을 의미했다.

줄려면 푸짐하게 빨리 주어서 김준을 안심시켜야 한다. 그래야 일이 성사된다.

김준을 달래 놓기로 결심한 원종은 나라를 비우고 몽골로 떠나면서 자기가 없는 동안 김준으로 하여금 국정을 맡아보게 했다. 이른바 국감(國監)의 권한이다. 국감은 국무의 섭정을 의미한다.

원종의 조치는 자기의 몽골 입조를 반대하는 항전파 김준과 그를 중심으로 한 무인세력을 달래 두려는 일종의 무마책이자 타협안이었다.

이래서 김준이 내정에서는 절대적인 권한을 갖게 된 반면, 외정은 원종이 전담한다는 일종의 권력분립의 묵시적인 합의가 이뤄진 것이다. 이런 이원적 집정방식이 몽골과 화친하려는 원종의 권력관리 방식이었다. 김준으로서는 이것이 만족스러운 것은 아니었지만 받아들일 수밖에 없었다.

몽골 황제 쿠빌라이의 부름을 받고도 몽골 방문을 유보하고 있던 원종은 아릭부케의 반란이 완전히 종결되고 쿠빌라이가 연호를 새로 고치자, 그것을 계기로 삼아 그해(1264) 8월 12일 강도를 떠나 몽골로 향했다.

원종으로서는 두 번째의 몽골행이지만 왕위에 오른 뒤로는 처음이다. 따라서 원종의 몽골행은 역사상 고려국왕 최초의 몽골 입조가 된다. 그것은 몽골이 제시한 항복조건인 국왕친조였다.

추석을 사흘 앞두고 원종이 몽골로 떠나던 날, 강화도 북부 승천포의 제포항에는 태자와 제왕 그리고 문무백관이 나와서 임금을 환송했다. 이때 화친파 재상 이장용이 원종을 수행했다.

불교의 사찰과 도교의 도전(道殿) 그리고 일반 신사에서도 임금의 일이 성공적으로 잘 되어 무사귀환하기를 빌었다.

원종의 방몽 기간 중 김준이 모든 국권을 행사하게 되어 절대권력자가 됐지만, 그는 오히려 신변의 위협을 느꼈다. 그래서 김준은 정예별초 30명을 뽑아 자기 집에 배치시켜 밤낮으로 지키게 했다.

쿠빌라이는 집권하자 오고데이 이래 몽골국 수도였고 아릭부케가 근거지로 삼았던 카라코럼을 폐기했다.

그는 금나라 수도 중도(中都)를 몽골의 수도로 정하고, 그 이름을 대도(大都, 지금 북경의 서남부)로 바꾸었다. 지리적으로 북쪽이었던 자기의 본거지 개평(開平)은 1264년 초부터는 상도(上都)라고 불렀다.

그때 쿠빌라이는 개평과 중도를 함께 수도로 썼다. 이른바 이중수도(二重首都) 체제였다. 두 개의 수도라 해서 이것을 쌍도제(雙都制)라고 한다.[22]

유목민족의 습성대로 쿠빌라이는 겨울이면 남으로 내려와 중도에 머물고, 여름이면 북으로 올라가 내몽골의 상도에서 사냥을 하기도 하도 연회도 베풀었다.

원종이 이장용과 함께 몽골을 방문했을 때, 쿠빌라이는 새로 건설된 수도 대도에 와 있었다. 원종은 강화를 떠난 지 한 달 반이 넘은 그해(1264) 9월 29일 대도에 도착했다.

쿠빌라이는 원종 일행의 예방을 받고 반가움을 감추지 않았다.

"오, 동방의 '무지개 나라'에서 오신 귀빈들이군. 어서 오시오."

고려의 방문단을 맞은 쿠빌라이는 그 우람한 가슴으로 가녀린 동방의 신사 원종을 힘있게 껴안았다.

"반갑소이다."

원종도 기쁨과 만족을 감추지 못했다.

"다시 뵙게 되어 광영입니다."

"먼 길을 오시느라 고생이 많았죠. 말을 타고 초원을 누비며 살고 있는 우리들에겐 고려 정도는 편하고 가까운 길이지만, 궁궐 안에서 살아온 경에게는 꽤나 멀고 거친 길이었을 것이오."

"감사합니다, 폐하."

쿠빌라이는 원종 일행에게 체류기간 중 친히 두 번이나 잔치를 베풀어 주고, 관아에 명해서 매일 좋은 술과 음식을 보내어 원종을 기쁘게 대접해 주었다. 함께 간 신하들에게는 쿠빌라이가 친히 비단을 필로 주고, 침식을 편안히 해주라고 조정에 명했다.

원종이 대도에 체류하고 있던 어느 날 밤이었다. 쿠빌라이가 원종을 궁

---

22) 몽골의 수도; 수시로 이동하는 몽골은 건국 후에도 오랫동안 일정한 수도가 없었다. 제2대 황제 오고데이가 제위에 오르면서 카라코룸(哈爾和林, 지금의 하르호린)을 수도로 정했다. 쿠빌라이는 1264년 자기 본거지인 개평을 임시 수도로 사용하다가, 후에 금나라 수도인 중도를 확대하여 그곳을 몽골(元)의 수도로 하여 이름을 대도(大都)라 하고, 개평은 대도보다 위(북부)에 있다고 해서 상도(上都)라 했다.

전으로 불러들여 술상을 가운데 놓고 마주 앉았다. 몽골인 통역 한 사람이 배석했을 뿐, 독대(獨對)였다.

쿠빌라이가 말했다.

"정말 반갑소이다. 우리의 인연은 특별한 것이지요."

"그렇습니다. 그때를 생각하면 아직도 감개가 무량합니다. 저는 베풀어 주신 은혜에 항상 감사하고 있습니다."

"오랜 전쟁으로 폐허가 된 나라를 이끌어 가시느라 고생이 많을 것이오. 세자 왕심으로부터 고려에 대한 얘기를 들었소이다. 권신들의 발호가 아직 심하다면서요? 왕업을 이루려면 신하를 완전히 장악해서 철저히 통제할 수 있어야 합니다."

"감사합니다, 폐하."

"김준은 어떻소이까?"

"잘하고 있습니다."

"아니야. 그렇지가 않을 것이오."

원종은 말없이 쿠빌라이를 바라보았다.

"알아보니 김준은 권력욕이 대단한 자요. 그런 자가 임금에게 잘 할 리가 있겠소? 잘 한다면 겉으로만 그리 할 겁니다. 항상 김준을 경계하고 기회가 오면 아주 제거하시오. 그래야 왕권이 회복되고, 왕권을 회복해야 나라가 편해집니다."

"고맙습니다, 폐하."

"권력이란 참으로 묘한 것이오. 절대로 남과 나눠 가질 수 없는 것이지요. 권력을 임금의 손에 확실하게 집중해야만 나라를 통치할 수 있습니다."

원종은 김준에게 권력을 부여하고, 그를 국가의 집권자로 만들어 준 것을 떠올리면서 말했다.

"하오나, 폐하. 권력은 나눠 가질 때, 오히려 더 큰 힘을 행사할 수도 있습니다. 임금이 모든 것을 장악해서 스스로 나라를 이끌어간다면 오히려

운신의 폭이 좁아집니다. 게다가 왕권이 약하고 신권이 강하면 더욱 그렇지요. 그러나 신하들에게 권한을 나눠주고 서로 경쟁하게 하면서 임금이 위에서 그것을 감독해 나가면, 실로 강한 임금이 될 수 있지 않겠습니까."

"그런 경우도 있지요. 허나 그것은 임금이 신하를 완전히 장악하여 최후의 결정권을 가지고 있으면서, 자잘한 것을 위임할 때에만 가능한 것입니다. 신권이 왕권보다 강하면 절대로 안 됩니다."

이미 군대를 통솔하여 전쟁을 치르고 치열한 황권 투쟁에서 승리한 경험이 있는 쿠빌라이는 군사정권에 얹혀있는 원종을 사랑하는 동생이라도 대하듯이 말했다. 원종도 자상한 형의 얘기를 듣듯이 쿠빌라이의 얘기를 경청했다.

"설사 권력을 나누어 신하들에게 위임할 경우라 해도 왕권을 튼튼히 하고 임금의 뜻에 따라 나라를 이끌어 가야 합니다. 불복하는 신하가 있으면 임금이 언제라도 그를 제거할 수 있어야 왕권이 커집니다. 임금은 항상 부하를 감시하고 필요하다면 언제든지 결정권을 행사해야 합니다. 그렇게 하지 않으면 왕권이 강화될 수 없고, 왕위를 유지할 수도 없습니다."

원종의 견해가 군권분화론(君權分化論)이라면 쿠빌라이는 생각은 군권집중론(君權執中論)이었다.

쿠빌라이는 계속했다.

"권력을 나누어 줄 때에도, 한 사람에게만 주면 절대 안 됩니다. 대등한 세력을 가진 몇 사람에게 고르게 나눠주어서 서로 견제하게 하는 것, 이것이 군주의 권력관리 방법입니다. 그런데 지금 고려는 그렇지가 않아요. 김준 한 사람에게 권력이 너무 집중돼 있지 않소이까."

원종은 출국하면서 김준에게 권력을 강화하고 합법화해 준 것을 떠올렸다. 그러나 내가 떠나면서 무권을 통제하기 위해서 그 중심인물인 김준에게 많은 권력을 주어 무마하려 했던 것은 나의 권력관리 방법이다. 때가 오면 나는 왕권을 강화하고 군권을 없앨 것이야. 김준의 권한을 합법화하고 강화해 준 것은 일시적인 전술이고 수단일 뿐이지.

원종은 그렇게 자신의 행동을 되돌아 생각해 보았다.

"권력이 어느 유력 신하 한 사람에게 집중되면 왕권은 약할 수밖에 없습니다. 귀왕은 이미 권신 김준에게만 너무 많은 권한을 계속 주고 있어요. 위험합니다. 당장 고치세요."

"돌아가서 조절하겠습니다."

"그러나 쉽지 않겠지요. 필요하다면 언제든지 내게 알려주시오. 돕겠습니다. 우리 몽골의 힘으로 도와드리지요."

원종은 쿠빌라이의 눈을 보았다. 쿠빌라이는 너그럽게 웃고 있었다.

음, 내가 바로 보았어. 바로 그것이야. 내가 마음만 먹는다면 김준 따위를 없애는 것은 어렵지 않다. 더구나 내가 도움을 청하면 이 몽골 황제가 날 도와주겠다고 하지 않는가.

쿠빌라이가 계속했다.

"신하 중에 표독스레 도전하는 자가 있고 그 힘이 강하면 우선 그를 잘 대해서 안심시켜 놓아야 합니다. 그런 다음에 힘 있고 무예와 충성이 출중한 다른 자에게 임무를 주어서 적절한 기회에 제거하도록 하는 것이 안전합니다. 귀왕이 김준에게 권력을 더해 준 것은 그를 제거하기 위한 절차상의 조치로 나는 이해하겠소."

"예. 먼저 김준을 무마시켜 놓아야 한다고 생각해서 나는 그를 우대해 주었습니다. 지금 우리 고려 상황에서는 그런 방법을 써야 군권을 규제할 수 있습니다."

"그런 과정은 필요하지요. 몽골에서는 임금이 마음만 먹는다면 언제든지 누구라도 처형할 수 있습니다. 그러나 고려에서는 무마조치가 먼저 있어야 강신(强臣)을 성공적으로 제거할 수 있을 겁니다."

"정확히 보셨습니다."

원종은 김준에게 과분할 정도의 자리와 벼슬을 준 것이 그렇게 부끄러운 일은 아니라고 생각됐다. 그것은 어디까지나 김준을 안심시키고 제거하기 위한 방법일 뿐이었다.

쿠빌라이는 할 말을 다 했다는 듯이 부드럽게 웃으면서 말을 돌렸다.

"고맙습니다. 왕심 세자는 잘 있소이까?"

"예, 폐하. 인자하신 배려에 감사드립니다."

"아주 미남에다 명민하고 예절이 바른 대군이더군. 마음에 쏙 드는 아드님을 두셨어요."

"그렇게 봐주시니 몸 둘 바를 모르겠습니다."

"앞으로 잘 해 보십시다. 이제 고려와 몽골은 한 울타리 안의 형제 나라가 됐소이다. 그대의 왕업 수행에 불편이 없도록 내가 잘 보살펴 드리겠습니다."

"망극합니다, 폐하."

원종은 그 후에도 대도에 머물면서 몽골의 대신들을 두루 만나 정세를 파악하며 세월을 보냈다. 외국에서 온 사람들도 만나 세계의 모습을 알아보기도 했다. 외교술에 뛰어난 이장용도 원종과는 별도로 몽골의 대신들을 만나며 정책을 토론하고 시를 읊으며 친선을 강화하고 있었다.

고려 재상 이장용

원종이 이장용(李藏用)을 데리고 원나라에 입조하여 대도에 머물러 있을 때였다. 몽골에 인질로 들어가 있던 왕준(영녕공)은 풀려나지 않고 계속 몽골에 머물러 있었다.

나도 용손이다. 그런데 이게 무슨 꼴이야. 왕전은 임금이 되어 몽골 황제를 만나고 있는데, 나는 인질이 되어 계속 묶여 살고 있다니…… 나도 고려에 가고 싶다.

왕족이면서도 왕이 되지 못하고, 오히려 왕을 대신해서 인질로 몽골에 잡혀있는 왕준은 자신의 운명이 서글프기만 했다. 그는 역대 몽골황제들의 총애를 받고 있었지만 어쩐지 헛되고 부질없는 일만 같았다.

왕준은 이 기회에 원종과 이장용을 괴롭히면서 자신에 대한 몽골의 신뢰를 높이고, 고려에 대한 자기 권력을 강화하고 싶은 생각이 간절했다. 그는 몽골의 중서성에 들어가서 승상 사천택(史天澤)에게 말했다.

"지금 고려에는 중앙군으로 군사 38령이 있습니다. 1령이 1천 명이니까 3만 8천이 되지요. 만약 나를 고려로 보내주면 그 군사들을 거느리고 와서 몽골을 위해 쓰겠습니다."

엉뚱한 소리지만, 왕준이 고국에 돌아가고 싶어서 내놓은 제안이었다.

사천택은 호기심을 가지고 말했다.

"그렇소이까? 고맙습니다. 마침 고려왕과 재상 이장용이 우리 황도에 들어와 있으니, 이장용을 불러서 물어보고 쿠빌라이 폐하께 의논드려 보겠습니다."

"꼭 그리 해주십시오."

사천택은 한족(漢族) 출신의 귀족으로 금나라가 중도를 버리고 변경으로 남천했을 때 하북지방의 군벌이었다. 몽골이 중원을 점령하자 그는 쿠빌라이에게 항복하여 하남정벌에 나섰다.

사천택은 여러번 승리하여 쿠빌라이의 심복이 되고 중국의 하남경략 선무사가 되었다가, 뒤에는 중서성 우승상으로 들어와 있었다.

왕준의 말을 듣고 사천택은 그 자리에서 이장용을 중서성으로 불렀다. 이장용이 중서성으로 가서 승상의 방으로 들어섰다. 왕준은 그때까지도 그곳에 있었다.

사천택이 이장용에게 물었다.

"고려의 중앙군이 3만 8천 명이라면서요?"

이장용은 사천택 대신 그 옆에 앉아있는 왕준을 바라보았다. 왕준이 시선을 피했다.

이장용은 사천택을 향해서 말했다.

"우리 고려건국 초기인 태조 때의 제도는 그러했지요. 그러나 근래는 전란에다 흉년이 겹치고 잇달아서 군사들이 많이 줄었습니다. 그래서 우리 군의 1령이 1천 명이라 하지만, 실제의 수는 그렇지 못합니다. 이런 것은 귀국도 마찬가지 아닙니까? 몽골의 만호(萬戶)나 패자두(牌子頭)의 실제 수도 꼭 정해진 숫자대로 있지 못한 사정과 같은 것이지요."

사천택이 짜증스런 말투로 말했다.

"같은 고려의 지도층들인데 영녕공과 재상의 얘기가 어떻게 이렇게 다릅니까?"

몽골의 승상이 믿지 못하겠다는 표정으로 말하자, 이장용이 단호한 표정으로 응했다.

"사 승상이 그렇게 믿어지지 않는다면 영녕공과 나를 함께 고려로 보내서, 우리 군사의 인원수를 점검하게 해주시오. 만일 영녕공의 말이 맞으면 나를 죽이고, 내 말이 맞으면 영녕공에게 같은 형벌을 내리기로 합시다."

영녕공은 이장용의 말을 듣고 아무 말도 못하고 있었다.

사천택이 다시 이장용에게 물었다.

"고려 주군(州郡)의 호구 수는 얼마나 되오?"

호구는 인구를 산정할 수 있는 기준이다. 따라서 당시 호구는 나라의 큰 비밀이었다. 더구나 몽골에 호구 수를 알려주면, 그만큼 고려에 대한 공납이 많아지게 된다. 그래서 이장용은 그런 물음에 철저히 입을 다물기로 했다.

"나는 우리 호구 수를 알지 못합니다."

"그대가 고려의 재상인데 어찌 나라 호구의 수조차 모른다고 하십니까? 나라의 재상이 되어 자기 나라의 호구 수를 모른다함은 부모 된 자가 자기 자식의 수를 모른다고 함과 같은 것이오. 이 재상같이 우수하고 명석한 분이 그것을 모른다면 누가 믿겠소이까?"

"아무리 재상이라 해도 모르는 것은 역시 모르는 것입니다."

"이 시중은 지난번에 왔을 때도 고려의 호구를 모른다고 하더니, 아직도 모르고 있단 말씀입니까. 돌아가서 알아보지 않았습니까. 모른다는 말이 진실이오이까. 그래서야 어떻게 나라의 정사를 책임질 수 있겠소이까."

사천택은 이장용을 나무라는 투로 말했다.

그러나 이장용은 만만치가 않았다.

"모르는 것을 어떻게 안다고 하겠소이까. 모르면 모른다고 말해야 하고, 알 필요가 없으면 몰라도 되는 겁니다. 나라 재상이 어떻게 그런 세세한 숫자까지 알아야 합니까?"

"나라를 다스림에 나라의 호구가 대단히 중요한 것인데, 이 재상은 그것을 왜 세세하다 하시오. '재상이 있음은 나라에 기둥이 있는 것이요, 재상이 없음은 나라의 기둥이 없음과 같습니다.' 기둥이 지붕의 무게를 모른대서야, 어떻게 집을 버틸 수 있겠습니까? '기둥은 가늘면 안 되고, 재상은 약하면 안 됩니다. 기둥이 가늘면 집이 무너지고, 재상이 약하면 나라가 기우는 법입니다.'[23] 재상이 자기 나라의 호구 수를 모른다면, 어떻게 강한 재상이라 할 수 있겠소이까?"

이장용은 기분이 나빴다. 그는 배짱으로 나왔다.

"나는 강한 재상이 아닙니다."

사천택은 할 말을 찾지 못해 잠자코 있었다.

이장용이 빙그레 웃으면서 계속했다.

"헌데, 사 정승은 과연 대국의 큰 재상이십니다. 그 바쁜 중에도 어떻게 제갈병법(諸葛兵法)까지 그렇게 정밀하게 읽고, 제갈량의 '정승론'을 어떻게 그리 정확하게 말씀하십니까? 사 대인은 과연 '책을 널리 읽고 여러 가지 일을 잘 기억하고 있는'(博覽强記) 명승상이십니다."

사천택이 제갈량의 글을 인용해서 이장용을 꾸짖듯이 말했기 때문에, 사천택 못지 않게 박람강기한 이장용이 '나도 제갈량을 읽어서 그것쯤은 안다'는 투로 반격한 말이다.

그런 반격을 받고도 사천택은 기분 좋게 웃었다. 고려 재상 이장용의 말을 듣고 사 정승은 만족한 모양이었다.

이장용도 따라 웃으면서 말했다.

"사 승상, 하나 물읍시다."

"무엇이오?"

이장용은 창문을 가리켰다. 살들이 나란히 꽂혀 있었다.

---

23) 사천택이 인용한 말의 원문은 이렇다. 國之有輔 如屋之有柱, 國之無輔 如屋之無柱. 柱不可細 輔不可弱. 柱細則害 輔弱則傾(王士騏 편, 〈諸葛亮集〉 治國篇 擧措條). 여기서 輔(보)는 보상(輔相)의 약칭으로 재상이라는 뜻.

"저 창살이 모두 몇 개입니까?"

"글쎄요."

"이 방이 승상의 집무실이고 사 승상은 거의 매일 여기에 나오는데, 저 창살의 수를 모른단 말씀입니까?"

"몇 개 되지는 않지만, 세어보질 못해서요."

"그럴 것입니다. 우리 고려 주군의 호구 숫자는 저 창살의 수 천, 수 만 배가 넘습니다. 그것도 산이 많은 땅에 곳곳에 흩어져 있습니다. 그것들은 담당관서가 있어서 그곳에서 알고 있습니다. 사 승상은 수시로 출입하는 이 작은 방 하나의 창살 수도 모르는데, 여기저기 보이지 않는 곳에 흩어져 있는 일국의 호구 수를 나라 재상이 어찌 다 알고 있겠습니까? 더구나 전쟁을 겪는 나라의 호구 수는 수시로 줄어들게 마련입니다. 나는 재상이지만, 우리나라 호구 수를 알 수가 없고, 알 필요도 없어 알려하지도 않고 있습니다."

사천택은 아무 말도 못하고 있었다.

몽골의 한림학사 왕악(王鶚)은 이장용을 만나보고, 그의 지식과 태도에 매혹되어 있었다.

왕악은 금나라 출신의 선비였다. 쿠유크 시대인 1244년 옐루추차이(耶律楚材)가 죽자 왕악은 그의 후임으로 있다가, 지금은 한림원의 학사로서 쿠빌라이의 정치고문이 되어 몽골 사회의 존경받는 학자로 살고 있었다.

왕악은 어느 날 자기 집으로 이장용을 초대해서 연회를 베풀었다. 몽골의 광대가 와서 연주하고, 가수들이 중국의 시인 오언고(吳彦高)가 작사한 인월원(人月圓)과 춘종천상래(春從天上來)라는 노래 두 곡을 불렀다. 왕악이 아주 좋아하는 노래들이었다.

몽골인 광대가 노래를 부를 때, 이장용은 낮은 목소리로 그 가사를 따라서 읊었다. 그것이 음절에 맞았다.

노래가 끝나자 왕악이 이장용의 손을 잡고 경탄하면서 말했다.

"이 재상이 중국말을 모르는데, 이 노래의 곡조에 따라서 가사를 정확히 부르셨습니다. 이 재상께서는 물론 시문에도 능하시지만 음률에도 분명히 조예가 깊습니다. 과연 대단하십니다."

"우리 고려인들은 대개 이 정도는 합니다. 우리 민족은 옛날부터 노래를 잘하고 춤을 좋아한다고 해서, 중국의 역사책들에도 나와 있지요."

"나도 읽었습니다. 특히 고려족의 부여(夫餘) 사람들이 그랬다고 '삼국지 위서 동이전 부여편'에 쓰여 있더군요." [24]

"왕 학사야말로 정말 대단하십니다. 어떻게 우리 고려의 고대역사에까지 그리 소상히 아십니까?"

"다 우리와 같이 살게 될 나라들이어서 근래 들어 고려에 관한 고서들을 읽어보았을 뿐입니다. 고려를 공부하다보니, 고려가 대단한 나라라는 것을 알게 됐습니다. 이 승상을 뵈니 과연 고려인이 대단히 우수함을 더욱 확실하게 알겠습니다."

"그래요?"

"공자가 그랬다고 하더군요. '고려인들은 겸손하고 온화하고 예의바르고 남녀유별(男女有別)이 시행되는 예의의 나라요 군자의 나라'라고 하면서, 공자 자신도 고려를 이상향으로 생각하여 고려에 가서 살고 싶어 했다고 합니다."

"공자의 후손인 공빈(孔斌)이 그렇게 써놓았으니, 그리 믿어도 될 것입니다."

"예의건 가무건 간에, 그것들을 '아는 사람'(知者)은 '좋아하는 사람'(好者)만 못하고, 좋아하는 사람은 '즐기는 사람'(樂者)만 못하다고 했습니다. 그런데 이 재상이나 고려인들은 모두 그것을 알고 좋아하고 즐기면서 실천해 가는 사람들 같습니다."

---

24) 출처와 원문; 〈삼국지(三國志)〉 권30, 魏書(烏丸鮮卑東東夷傳 제30). '以殷正月祭天 國中大會 連日飮食 歌舞 名曰迎鼓'(은나라의 정월이 되면, 하늘에 제사를 지낸다. 이때는 온 나라가 크게 모여서, 날마다 마시고 먹고 노래하고 춤춘다. 이것을 영고라고 이름한다.)

왕악은 진심으로 고려인과 이장용에 대해 경의를 가지고 말하고 있었다.

"방금 왕 학사가 하신 지호락(知好樂)의 비유에 관한 말씀은 공자의 논어에 나옵니다. 옳은 말씀이지요. 무엇을 같이 알면 함께 담론할 수 있는 벗이 되고, 같이 즐기면 함께 놀 수 있는 친구가 되고, 같이 즐길 수 있으면 모두 한 몸이 되어 일체화가 가능합니다."

이장용은 고전에 관한 한 무엇이고 막히는 데가 없었다.

몽골 사람들은 이장용을 대단히 높이 평가했다. 특히 몽골의 지식인들은 이장용을 '해동현자'(海東賢者)라고 불렀다. 어떤 사람들은 자기 집에다 이장용의 초상을 걸고 아침마다 절했다고 고려사는 기록하고 있다.

왕권과 조공

원종이 쿠빌라이와 밀담을 나눈 지 십여 일 후인 그해(1264) 10월 18일이었다. 그는 쿠빌라이에게 하직 인사를 하기 위해 대도(大都, 북경)의 원나라 황궁으로 들어가 만수산전(萬壽山殿)으로 안내됐다.

쿠빌라이를 보자 원종이 말했다.

"그간 성은이 망극하였습니다."

"이번 만남도 참으로 뜻있는 것이었소. 우리 약속한 대로 잘 해 보십시다."

"예, 폐하."

원종은 속으로 생각했다.

당신이 가르쳐준 왕권관리 방법과 나를 돕겠다고 한 결의에 감사하오. 그대로 실현하겠소.

쿠빌라이가 웃으면서 말했다.

"고려는 그 동안 우리 몽골의 큰 걱정거리였소. 칭기스 다칸(大汗) 이래 우리는 동서세계의 강대국들을 모조리 정복하면서도 약소한 고려를 복속시키지 못해 체면이 서질 않았소. 그러나 이젠 강화가 이뤄졌으니 귀왕을 믿고 안심하겠소."

"제가 할 수 있는 일을 다 하겠습니다."

"일본은 주변 나라들을 괴롭혀 왔습니다. 중국과 고려가 그 피해자들이었지요. 앞으로 나는 일본을 정벌할 계획입니다. 먼저 사절을 보내 일본이 스스로 조공하도록 권고할 것입니다. 사절을 보낼 때, 고려가 도와주어야 하겠소."

원종은 의외의 제의에 당황했다. 잠시 생각하다가 말했다.

"예, 다칸의 일인데 도와야지요. 일본은 화외지지(化外之地)입니다. '교화(敎化)가 아직 미치지 못하고 있는 땅'이어서, 발달한 대륙문화의 경계밖에 놓여있습니다. 그 때문에 그곳 백성들은 아직 문명의 혜택을 모르고삽니다. 그런 땅은 전쟁으로 정벌하는 것보다는 사절을 보내 우호를 맺는것이 훨씬 좋은 방법이지요."

원종은 그렇게 말했으나 마음은 착잡했다.

외교로 일본이 설득되어 몽골에 입조할 리가 없으니 필시 전쟁이 벌어질 것이다. 우리 고려의 출륙 환도가 실현될 듯하니 쿠빌라이가 이제는우리를 몽골의 팽창전쟁에 내몰려고 하고 있구나. 일본과 송나라가 아직몽골에 복속치 않고 있으니 일본과 송나라 원정에 우리 고려를 참여시키려 하고 있는 것이지. 그러면 항전파 무인들이 가만히 있겠는가.

그러나 원종으로서는 이미 쿠빌라이에 의존키로 마음을 정해놓은 터였다.

원종의 얘기를 듣고 쿠빌라이가 말했다.

"고맙소. 일본이 조공하지 않으면 군사를 보내 칠 것입니다. 그러나 우리 몽골은 기마에는 능하나 수전엔 약합니다. 고려는 조선술이 좋고 수군이 강하다고 들었습니다. 몽골군이 일본을 원정할 때는 고려가 기지가 되고 함선과 수군을 내어 함께 일본을 정벌토록 합시다. 몽골과 고려가 공동으로 일본을 정벌하는 것입니다. 어떻습니까."

"일본은 섬나라입니다. 해상생활이 오래된 나라여서 수전에도 강합니다. 전쟁은 피하는 것이 좋습니다."

"그래서 전쟁보다 외교를 먼저 하는 겁니다. 사절을 보내 일본에 조공을 권고하겠지만, 그것은 우리가 전쟁 전에 타이르는 권항일 뿐입니다. 이미 우린 일본원정 방침을 정해놓고 조공하지 않으면 공격키로 했습니다. 여몽의 일본공벌(日本共伐)이지요. 그리 아시고, 우리가 요구할 때는 고려가 협조해 주시오."

쿠빌라이는 원종의 왕권강화를 보장하는 한편, 몽골의 대일정책에 고려를 앞세우겠다는 전략이었다.

원종은 주저하며 말했다.

"외교적인 교섭에는 적극 나설 수 있으나, 지금 우리의 여력이 군사정벌을 돕기에는 너무 부족합니다."

"몽골 대외정책의 근본원리는 '선외교 후전쟁' 입니다. 먼저 조공을 요구해서 들으면 서로 협력하며 공존하지만 조공을 거부하면 군사를 몰아 정벌할 것입니다. 고려의 전쟁지원은 다음 문제이니, 여몽공벌의 나의 뜻만 기억해 두십시오."

그러면서 쿠빌라이는 원종에게 낙타 10마리를 주었다.

쿠빌라이는 원종에게 왕권을 보장하고 대신 몽골에 조공을 요구했다.

원종은 국익에는 불리하지만 왕권정치를 위해서는 불가피하다고 생각하여 쿠빌라이의 요구를 받아들였다.

'여몽공벌' 이라는 쿠빌라이의 대일정책은 몽골에 귀부(歸附)한 고려인 조이(趙彝)의 진언을 받아들여 확정됐다. 고려 귀부자의 머리에서 나온 일본문제가 결국은 고려국의 부담으로 돌아오고 있었다.

원종은 몽골을 떠나 고려로 향했다. 대도에 머문 지 이십 여일 만이었다. 여몽의 일본공벌. 쿠빌라이의 후원 약속으로 원종의 걸음은 한결 가벼웠지만 마음은 무거웠다.

원종은 쿠빌라이와 회담을 마치고 산해관(山海關)을 거쳐 요하(遼河)를 건너 만주 땅을 가로질러 돌아오면서 속으로 다짐했다.

쿠빌라이의 말이 맞는다. 김준은 표독하고 도전적이며 힘이 강하다. 김준을 제거해야 한다. 그를 제거하기 위해서는 우선 안심시켜야 한다. 나도 그렇게 해 왔고, 쿠빌라이도 그렇게 말했다. 그를 없애야 내 뜻과 몽골의 일본원정을 돕겠다는 황제와의 약속을 실행할 수 있다.

귀국하는 원종의 발걸음은 이번에도 느렸다. 그는 도로 주변의 여러 성진을 돌아보면서 전쟁의 상처를 스스로 확인하고, 지방의 수령들을 만나 실정을 들어보기도 했다.

원종은 그해 1264년 12월 6일에 압록강을 건너 고려로 돌아왔다. 거의 4개월만의 귀국이었다. 고려에서는 한취(韓就, 추밀원 부사) 등이 야별초 정예부대를 인솔하고 의주에 나와서 원종을 맞아들였다.

원종이 강화도에 들어간 것은 압록강을 건넌 지 16일 만인 12월 22일이었다. 강화도의 승천포에는 강화경을 떠날 때 배웅 나왔던 조정의 문무대신들이 태자 왕심과 함께 다시 나와서 돌아온 임금을 맞았다.

영접절차가 끝나자, 원종은 제포에 머물러 하루를 쉬었다. 다음 날 원종은 강화경으로 들어갔다. 강도성 안에는 강화향교와 교동향교 학생들과 교수들이 나와서, 임금의 무사귀환을 칭송하는 글을 지어 올렸다. 이어서 음악과 곡예의 연주가 계속됐다. 원종은 그런 것들을 흥미 있게 관람한 뒤, 저녁 늦게야 언덕 위에 있는 궁궐로 들어갔다.

원종은 자기 궁전에서 다시 밤을 보내면서 쿠빌라이와 나눈 권력경영 방법에 대해 곰곰이 생각하고 있었다.

그래, 김준을 없애기 위해서는 우선 그의 비위를 맞춰주어 안심시켜야 한다. 원종은 그렇게 생각하면서 강도의 궁궐에 도착한 지 닷새 뒤인 12월 27일 김준의 사위 임자충(任資忠)에게 액정국(掖庭局)의 내시백(內侍伯, 정7품) 벼슬을 주었다.

다음 달인 원종 6년(1265) 정월 인사에서 원종은 김준을 문하시중으로 삼았다. 그후 원종은 김준이 최씨정권을 타도한 공을 치하하면서 귀족으로 책봉하여 해양후(海陽侯)로 삼고, 그에게 부(府)를 개설해 주었다. 원종은 김준에게 이른바 봉작입부(封爵立府)의 특전을 베푼 것이다.

김준은 시중의 벼슬에 오르고 작호를 받은 위에 그의 사부(私府)가 설치됐으니 과거 무인정권의 강력한 집정자였던 최충헌이나 최우가 차지했던 권력과 지위, 부와 명예를 모두 갖게 됐다. 이제 김준은 명실공히 무인정권의 집정자로, 고려의 권신으로 부동의 자리에 앉게 됐다.

원종은 한편으로는 김준에 맞서서 싸우고 있는 이장용에게도 힘을 실어 주었다. 그때 이장용은 평장사로서 병부판사를 겸하고 있는 재상급 실세였다. 원종은 우선 몽골에서의 공로를 인정해서 이장용에게 태자태사(太子太師)의 벼슬을 얹어주고, 경원군개국백(慶源郡開國伯)으로 봉하면서 식읍 1천 호에 식실봉(食實封) 1백호를 주었다.

이것은 중대한 권력 게임의 시작이었다.

원종은 자기 반대파인 항몽파의 주장(主將) 김준에게 명예를 실어주는 한편, 김준을 견제하는 화평파의 주장인 이장용에게 힘을 강화해주는 양면전략을 쓰고 있었다.

과거 고종이 김준을 올려주면서 유경을 올려 문무의 균형을 유지하면서 서로 견제하게 했듯이, 이번에는 원종이 유경 대신 이장용을 내세웠다.

고려에 대한 몽골의 요구는 기본적으로 두 가지였다. '국왕친조'(國王親朝)와 '출륙환도'(出陸還都)였다. 이 두 가지가 이뤄지면 몽골군을 철수시킨다는 것(蒙軍撤收)이었다.

김준에 와서 그중 국왕친조와 몽골철수가 이뤄졌다. 남은 것은 출륙환도였다.

김준은 공공연히 말하고 있었다.

"출륙환도만은 절대로 양보하지 않을 것이다. 우리가 개경으로 가는 날이면 나라는 몽골의 속국이 되고, 임금은 포로가 되며, 우리 무인들은 모두 주류 당하고 만다."

김준이 비록 일부 문신들과 연합해서 최씨 무인정권을 타도했지만, 대 몽노선은 최씨정권의 항몽정책을 그대로 계승하고 있었다.

몽골도 출륙환도는 절대로 물러설 수 없는 요구조건으로 설정해 놓고 있었다. 고종이 생존해 있을 때, 몽골이 그때까지 고려에 대해 그처럼 끈 질기게 요구하던 국왕친조를 태자입조로 타협한 것도 그런 배경에서 이 뤄졌다.

몽골은 고려 조정과 국왕이 강도에서 나와 개경으로 환도하는 것은 고 려가 몽골군의 행동반경 안으로 들어오는 것이라고 믿고 있었다. 적어도 고려가 몽골군을 상대로 정면으로 맞서서 군사적으로 대적할 수는 없기 때문이었다.

그런 점에서 고려의 출륙환도는 항전을 계속하고 있는 고려를 무저항 상태로 만들어 놓는 것이다. 고려가 이처럼 몽골에 대해 저항할 수 없게 되면, 그것은 곧 몽골이 가장 두려워 해온 고려-송-일본의 삼국 연합전선 형성을 차단할 수 있게 되는 것을 의미했다.

이제 몽골의 고려정책 목표는 출륙환도로 단순화됐다. 그러나 원종의 몽도방문으로 일본을 공동으로 원정한다는 일본공벌이 추가됐다. 출륙환 도와 일본공벌. 이것이 새로운 여몽관계의 과제였다.

쿠빌라이의 일본전략은 바로 시작됐다. 그는 원종 7년(1266) 11월 병 부시랑 헤이디(Heidi, 黑的)와 예부시랑 인홍(Yinhong, 殷弘)에게 조서를 써주어 고려에 보냈다. 헤이디는 몽골정부의 국방부 차관급으로 국신사 (國信使), 인홍은 외교부 차관급으로 국신부사가 되어 일본에 가는 사절 이었다.

당시 몽골에 도전하는 최대의 적은 송나라였다. 더구나 쿠빌라이는 송 나라를 치다가 몽케가 죽자 철수해서 군사를 이끌고 돌아와 황권투쟁을 벌였다. 황권이 확립되자 쿠빌라이는 다시 송나라를 정벌할 참이었다.

마침 몽골은 송나라나 금나라와 오랜 우호관계에 있던 고려와도 화평 관계를 이뤄놓았다. 바로 이럴 때를 기다려 귀부한 고려인 조이가 쿠빌라이에게 일본정벌 문제를 제기했다.

몽골은 금을 공격하면서 서하를 침공했듯이, 이제는 송나라를 치면서 일본을 치려는 것이다. 그것은 송을 고립시키는 전략이기도 했다.

그해 12월 25일 헤이디가 강화경에 도착하자, 원종이 그들을 대전으로 불러 접견했다.

"어서들 오시오. 세조 폐하께서는 어떠시오?"

"예, 강녕하십니다. 폐하께서는 지금의 중경이 비좁고 낡아서 제국의 수도로는 적합지 못하다고 하시면서 중경 교외에 새로 수도를 건설하라고 명하셨습니다."

"오, 그래요. 경하합니다."

"해서 지금 우리 수도 주변은 아주 바쁘고 시끄럽습니다. 금나라 수도였던 중도(中都)를 대도(大都)로 이름을 바꿨지만, 크지 않고 오히려 너무 작고 낡아서, 우리 쿠빌라이 세조 폐하께서는 그 동북쪽에 새로 수도를 건설하고 있습니다."

"새 수도는 대단히 크겠지요?"

"구도인 중도에다 새로 만든 신도를 붙여 놓는 것이니까 훨씬 크지요."

헤이디는 그렇게 말하면서 원종에게 쿠빌라이의 조서를 건넸다.

원종은 조서를 뜯으면서 물었다.

"무슨 내용이오?"

"우리 폐하께서는 일본과 우호관계를 맺고자 하여 저희를 일본으로 파견했습니다. 그러나 저희는 일본에 미숙할 뿐만 아니라 뱃길이 어둡습니다. 고려에서 사람을 내어 저희를 일본으로 안내하도록 해 주십시오."

"전에 쿠빌라이 황제로부터 그런 얘기를 들었지요."

원종은 쿠빌라이의 조서를 받아서 펴보았다.

쿠빌라이가 원종에게 보낸 조서

지금 헤이디와 인흥을 보내어 일본으로 가서 그 나라와 우호를 맺고자

하니, 경은 일본으로 가는 짐의 사신들의 길을 안내하게 하시오. 짐은

동방 사람들을 깨우쳐 열어서, 그들이 우리의 감화를 받고 의리를 흠

모하도록 하겠소. 이 일의 책임을 마땅히 경이 맡는 것이 좋을 듯하오.

왜인들이 명령에 순종하지 않아서, 가는 사신을 막을까봐 걱정되오.

일본은 경의 나라와 가까운 이웃이니, 이에 경에게 부탁하는 바이오.

경의 충성심을 이번 일에서 볼 수 있을 것이니, 이 일에 힘써주시오.

원종은 조서를 다 읽고 나서 접으면서 말했다.

"황제의 말씀대로 하리다. 우리 추밀원 부사 송군비(宋君斐)와 시어사

김찬(金贊)을 안내사절로 삼아 그대들과 동행토록 할 것이니, 그리 알고

함께 떠나시오."

외교 전문가이자 국가 전략가인 이장용이 듣고 말했다.

"결국 왔구나. 몽골이 일본의 조공을 받지 못하면 전쟁이 벌어진다. 그

때 고려는 다시 전쟁에 끌려든다. 이것을 막아야 한다."

이장용이 며칠 뒤 송군비와 김찬을 자기 집으로 불렀다. 그들은 술상을

사이에 놓고 함께 앉았다.

이장용이 입을 열었다.

"몽골의 의도는 자명하오. 그들은 우리와의 싸움이 끝났으니 이제는 우

리를 내세워 일본을 치려는 것이오. 몽골사절이 가서 뭐라고 말하든 일본

은 몽골 요구에 응하지 않습니다. 그러면 우리가 몽골군과 함께 일본을

치게 될 것이오. 지금 우리나라와 백성은 살아가기조차 어려운 판인데 어

떻게 다시 일본과 싸운단 말이오."

송군비와 김찬은 말없이 듣고만 있었다.

"그러니, 그대들은 몽골 사절들을 일본에 데려가지 말고 적당한 핑계를

내어 도중에 돌아오시오. 마침 저들은 바다에 미숙하니 멀미가 심할 것이

오. 가능한 한 험한 뱃길을 찾아서 가고 저들이 견디지 못하면 회항하시
오. 그것이 우리가 사는 길이오."

"예, 알겠습니다."

원종의 명령에 따라 이듬해 정월 송군비와 김찬이 헤이디와 인홍을 데
리고 일본으로 향했다. 이것이 몽골과 고려의 제1차 일본회유였다.

고려의 송군비와 김찬, 몽골의 헤이디와 인홍으로 구성된 여몽양국의
방일 교섭단은 그해 원종 7년(1266) 11월 28일 강화경을 떠났다.

탐라왕 고인단의 방몽

　쿠빌라이는 일본에 대한 야심이 컸다. 그가 고려에 대해 친선정책을 쓰면서 관심을 둔 것도 일본원정에 고려를 동원해보자는 것이었다.

　일본원정에 대한 계기가 된 것 자체가 고려인 조이(趙彛)의 제안에 의해서다.

　조이는 본래 경남 함안(咸安) 사람이다. 그는 어학에 비상한 재주가 있었다. 조이는 처음에 승려였는데 중국어·일본어·여진어 등의 외국어에 능통하더니, 몽골군이 드나들자 어느새 몽골어까지 능숙하게 구사할 수 있게 되었다.

　조이는 결국 절을 뛰쳐나와 환속하여서는 몽골로 들어갔다. 몽골서 입신한 뒤로 그는 뛰어난 능력으로 황제의 어소(御所)에 출입하면서 고려를 참소하고 헐뜯는 것을 일삼았다.

　원종 7년(1266) 어느 날 조이가 쿠빌라이에게 들어가서 말했다.

　"고려에서 동쪽 바다를 건너면 일본이라는 섬나라가 있습니다. 일본은 나라가 좁고 백성들의 체구도 작아서 고려나 중국에서는 이 나라를 왜국(倭國)이라고 불러왔습니다. 반어반농(半漁半農)의 야만국인데 나라가 척박하고 가난해서 떼를 지어 고려와 송나라 연안을 노략질해서 사는 무리가 많습니다. 그런 왜국의 도적 떼를 보통 왜구(倭寇)라 합니다."

"들은 바 있다."

"그러나 이 왜구의 나라는 법전과 정치가 제법 있습니다. 원래 한나라·당나라 이래로 때때로 중국에 사신을 보내 조공을 바쳐온 제후국이었습니다."

"그런가?"

"예, 폐하. 이 왜국이 송나라에도 조공을 바쳐왔습니다. 그러나 지금은 몽골이 중국의 주인이 됐으니 왜국도 마땅히 폐하에게 조공을 바쳐야 되지 않겠습니까?"

"당연히 그래야지."

"그러나 왜국은 아직 몽골에 조공해 오지 않고 있습니다."

"송은 우리의 적국이다. 일본이 송에 조공을 바치고 송과 교류한다면 용서할 수 없다."

쿠빌라이가 조이의 얘기를 듣고 다시 물었다.

"일본으로 가려면 바다를 건너야 하는데 어떻게 하면 우리가 일본에 갈 수 있겠는가?"

"고려와 일본의 공식적인 통교는 없었습니다. 그러나 교역이나 임금에 대한 선물 제공 등의 사적인 관계는 계속돼 왔습니다. 그래서 고려는 오래 전부터 왜국과 통호가 있는 가까운 이웃나라입니다. 우선 고려의 안내를 받아 폐하의 사신을 일본에 보내서 조공하도록 권고해 보심이 어떨까 합니다."

"그게 좋겠다."

"그래도 듣지 않으면, 그때는 군사를 동원해서 일본을 아주 정벌해 버리면 됩니다. 일본을 치려면 수군이 튼튼해야 합니다. 수군이 타고 갈 선박도 많아야 합니다. 그러나 몽골엔 수군이나 선박이 없지 않습니까."

"그렇지."

"염려하지 마십시오. 고려가 항복한 이상, 고려를 시켜서 배를 짓고 수군을 동원하라고 하시면 됩니다."

"고려가 배를 잘 만드나?"

"전통적으로 고려인은 조선기술이 우수합니다. 고려와 일본 사이에 탐라도(耽羅島, 지금의 제주도)라는 큰 섬이 있습니다. 이 섬은 중간 기지로도 유리할 뿐만 아니라 나무가 좋고 많아서 조선기지로도 쓸 만합니다."

"탐라도?"

"예, 비록 고려의 영토라고는 하나 탐라왕이 있어 스스로 통치하고 있습니다. 따라서 탐라왕을 불러 배를 짓고 수전을 돕게 하는 것도 유리할 것입니다."

"그래. 우선 탐라왕을 불러 배를 만들게 하고 왜국에 사절을 보내서 저들을 조공케 할 것이다."

여기서 여몽의 일본공벌이라는 쿠빌라이의 대일전략이 그려지기 시작한다. 그리고 얼마 뒤 몽골관료들의 정략적인 검토 끝에 확정됐다. 이런 쿠빌라이의 뜻은 그 후에 있었던 원종의 몽골방문 때 고려에 전달됐다. 쿠빌라이는 몽골의 대외팽창 전쟁에 고려의 군사와 물자를 동원하려 하고 있었다. 고려인 조이가 몽골을 부추겨 일본을 도모케 함으로써 모국의 사정을 더욱 어렵게 만들었다.

원종 7년(1266) 11월 28일. 고려의 송군비-김찬과 몽골의 헤이디-인홍의 여몽 사절단이 강도를 출발하던 날이었다.

겨울이라 춥기도 했지만 이상하게 생긴 털옷을 입은 왕자 풍의 사람이 몇 명의 시종을 이끌고 당당한 행렬을 지어 강화경의 고려궁에 나타났다. 제주성주(濟州星主)[25]로 있는 고인단(高仁旦)이라 했다.

제주성주란 제주도를 실질적으로 지배하며 다스리고 있는 토족 세력의 수장이다. 그는 탐라성주의 전통적인 공식의상으로 성장하고 궁궐로 들

---

25) 탐라의 '성주'는 한자로 城主가 아니고, 별성자를 써서 星主라 했다. 제주도에서는 남쪽 바다위로 항상 별이 많이 보인 탓일까. 조선조에 와서 제주목사(濟州牧使)의 호칭도 星主라고 했다.

어섰다. 강화궁의 남녀 직원들이 나서서 고인단의 옷과 행렬을 구경했다. 고인단은 곧 대전으로 안내됐다.

고인단이 임금에게 예를 표하자 원종이 말을 건넸다.

"성주, 의상이 아주 성대하고 보기도 좋구료."

"예, 폐하. 이것은 우리 탐라 최초의 선조인 고양부(高梁夫) 세 시조신 이래 입어온 성주(星主)의 공식 관복입니다."

"그렇소. 정말 훌륭하오."

"황공합니다, 폐하."

"지금 몽골 조정에서는 탐라에 대한 관심이 대단하오. 그들이 제주도에 대해 많은 것을 알기를 원하고 설명해 주기를 바라고 있어요. 이번에 성주가 직접 몽골에 들어가서 저들의 뜻을 살피고 설명해 주는 것이 좋을 것 같아서, 과인이 성주를 부른 것입니다."

"알겠습니다. 신이 다녀오겠습니다."

"외국이란 이상한 곳이오. 사람과 풍속과 산천이 우리와는 많이 달라요. 구경삼아 다녀오되 명심할 것이 있소."

"무엇입니까?"

"저들은 우리 고려와의 문제가 해결된 것으로 보고 앞으로는 남송과 일본을 원정하려 하고 있어요. 저들이 그때는 우리에게 함선과 군사·군량·마필 그리고 마초까지를 요구하려 하고 있소. 물론 원정군도 우리 땅에서 떠날 것이오. 몽골은 탐라를 목양지나 조선소로 하기에 적당한 곳으로 판단한 모양이오. 그리고 마초도 제주도에서 조달 받으려 하는 것 같소."

"그렇습니까."

"그들이 어찌 알았겠소. 우리를 반역하고 몽골에 들어가 귀부한 자들이 몽골 조정에 그렇게 일러 바쳤다 하오."

"예, 전하."

"제주도는 중간 기지로서 입지가 아주 좋기 때문에 그리 판단한 모양이오. 그러나 우리나라가 저들의 군사기지나 군수보급창이 된다면 어떻게 되겠소. 성주가 몽도에 가면, 몽골의 대신들을 만나게 될 것이오. 그러면 일본이나 남송 정벌의 무익성과 고려나 탐라의 어려운 사정을 잘 말해서 가능한 우리의 부담을 피하도록 하고, 그게 어려우면 극히 적은 부담을 질 수밖에 없음을 말해 주시오.”

“쉬운 일은 아닌 것 같습니다. 그러나 어명을 받들어 최선을 다하겠습니다.”

그래서 탐라성주 고인단은 8일 뒤인 12월 6일 강도를 떠나 몽골로 갔다. 성주를 안내하고 도울 수 있도록 중서문하성의 정언(正言, 정6품)으로 있는 현석(玄錫)이 수행했다.

제주도에서 평생을 살아온 고인단에게는 전시 수도인 강화경이나 황해도 평안도의 모습이 모두 신기하게만 보였다. 게르가 놓여있는 몽골인 부대를 보면서도 색다른 느낌을 받았다. 압록강을 건너 만주 땅을 가면서는 시끄러운 중국인들의 언동과 드넓은 대지를 보면서, 그는 ‘이런 세상도 있구나’ 하고 깨달았다.

현석이 그 낌새를 읽고 말했다.

“대단하지요?”

“신기하고 대단합니다.”

“그러나 이 땅 덩어리가 발해-신라의 남북국 시대만 해도 우리 민족의 강역이었소이다. 신라가 당나라를 끌어들여 고구려를 멸하고, 후에 발해가 이 땅에 들어섰으나 다시 거란족의 대요국에 멸망돼서 그 후로 이 땅은 우리 손에서 아주 떠났지요.”

“그렇지요. 고구려의 왕실은 건국시조인 동명성왕(東明聖王) 고주몽(高朱蒙) 이래 모두 고씨였습니다. 그들은 탐라에서 올라간 우리 집안의 고씨들입니다.”

고인단은 현석에게 제주도에 전해지는 고씨전설을 말해주었다.

그러나 탐라는 통일신라시대까지만 해도 별도의 독립국이었기 때문에,

고인단은 당시의 한반도 본토국가들의 영역이나 정치 판도에 대해서는 별로 관심이 없는 것 같았지만, 전설을 그대로 믿어 고구려의 왕족을 제주도의 고씨라고 말했다.

고인단-현석 일행이 몽골의 수도 대도에 이르러보니 모든 것은 원종이 말한 그대로였다.

그들이 만난 것은 명위장군(明威將軍)이라는 투도르(Tudor, 脫朶兒, 동통령)와 무덕장군(武德將軍)·왕창국(王昌國, 통령) 그리고 무략장군(武略將軍)·유걸(劉傑, 부통령) 등, 당시 몽골의 동아시아 정책을 담당한 고위 전략가들이었다.

그들은 고인단에게 몽골의 대외정벌 정책에 대해서 자세히 말하고, 제주도의 조선 능력과 목양 가능성, 마초 생산량 등에 대해서 꼬치꼬치 물었다.

고인단은 원종이 일러준 대로 여유가 넉넉지 않고 사정이 어렵다는 점을 들어 설명했다. 현석이 중간 중간 끼어들어 곤난함을 강조했다. 그러나 몽골 관리들의 생각을 고칠 수는 없었다.

그들은 결론 삼아 말했다.

"어쨌든 우리는 남송과 일본을 치게 될 것이오. 우선은 일본을 말로 회유해서 조공토록 하겠습니다. 그러나 바다 건너 먼 섬에 있는 그들은 그 바다의 험난함만을 믿고, 우리 요구를 거부할 것은 자명합니다. 따라서 일본과는 어차피 한바탕 전쟁을 벌이지 않을 수 없을 것 같소이다. 그 때를 대비해서 우리가 이미 고려에 주문해 놓고 있는 선박의 제조와 마필의 공급, 마초의 조달 등을 탐라에서도 맡아줘야 하겠소. 성주의 협력을 당부합니다."

고인단은 비록 지방 영주에 불과했지만 독자성이 남달리 강한 그는 조금도 굴하는 기색 없이 말했다.

"대국에서 그리 명하니 할 수 없구료. 돌아가 우리 국왕 폐하에게 말씀

드리고 우리 임금의 명에 따르겠소."

고인단은 고려국의 주체성을 잃지 않았다.

"원종에게 말만 할 것이 아니라, 설득하고 주장해서 일이 잘 되도록 도와주시오."

"나는 한낱 고려의 섬 하나를 맡고 있는 작은 영주일 뿐입니다. 임금을 설득하거나 그분에게 무엇을 주장할 수 없습니다. 몽골도 황제가 있으니 잘 아시겠지만, 신하들이 복종하면서 건의 정도나 하고 있지 않습니까."

탐라성주 고인단의 굴하지 않은 주장에도 불구하고 원종의 외교전략은 성과를 얻지 못했다.

파도로 중단된 대일 사절단

　원종 7년(1266) 11월 강화경을 출발한 고려의 송군비와 김찬, 몽골의 혜이디와 인홍으로 구성된 여몽의 대일교섭단은 강화도 북단의 제포항에서 배를 타고 강을 건너 개풍의 승천포로 가서, 거기서 말을 갈아타고 다시 합포(마산)를 향해서 남으로 갔다.

　합포에 도착한 그들은 그곳에서 이틀 동안 쉬고는 다시 배를 타고 대마도를 향해서 떠났다. 승선과 항해의 경험이 없는 몽골인들은 배가 출항한 지 반시간쯤 되자 배 멀미를 시작해서 토하기 시작하더니, 끝내는 선실에 누워서 나오지도 않았다.

　송군비가 말했다.

　"이 정도의 파도는 아무 것도 아니오. 이것은 고려에서 경이롭기로 유명한 남해수로(南海水路) 입니다. 초원에선 보기 어려운 경관이오. 나와서 같이 봅시다."

　"송 장군, 놀리지 마시오. 우린 아무것도 싫소. 견딜 수가 없어요."

　"이제 큰 바다로 나가면 훨씬 더할 터인데, 벌써부터 이리 멀미가 심해서야 일본까지 어떻게 갈지 그게 걱정이오."

　"우리는 말만 타고 살았지 배는 처음이오. 우리는 배 없이 말만으로 움직이는 유목민이에요."

송군비는 이장용의 말을 떠올리면서 물에 약한 몽골인들에겐 바다 파도가 무섭고 어렵다는 점을 강조해서 말했다.

"귀국 황제의 지엄한 명령인데 이래도 되겠소?"

그러나 그들은 대답하기조차 귀찮다는 듯이 돌아누우면서 죽어가는 목소리로 말했다.

"이런 풍랑과 우리의 멀미는 모두 하늘의 명령이오. 천명은 황명 위에 있소."

"그러면 어디 둘러서 쉬었다 갑시다."

그들은 가다가 거제도에 이르러 송변포(松邊浦) 항구에다 배를 댔다. 그들은 거기에서 뭍에 올라 일박했다.

다음 날 아침이었다. 송군비가 말했다.

"잘들 쉬셨소?"

그러나 몽골인들은 대답조차 하지 않았다.

날씨는 아주 청명했다. 그러나 바람이 좀 거칠게 불었다. 먼 바다에서 밀려오는 파도는 어제보다도 훨씬 높고 사나웠다. 일행은 해안가로 나와서 바다를 내다보았다. 희미한 산줄기가 보였다.

송군비가 동남쪽을 향해서 바다 쪽을 가리키며 말했다.

"저기 보이는 저 섬도 일본 땅이오."

그날은 날씨가 맑아서 희미하지만 멀리 대마도 산봉우리들이 보였다.

김찬이 말했다.

"자, 곧 떠나도록 서두릅시다."

그러자 몽골측의 헤이디와 인홍은 꼼짝도 하려하지 않았다. 그들은 서로 뭔가를 숙의하더니 헤이디가 송군비에게 다가와서 말했다.

"우리는 도저히 갈 수가 없겠소. 폐하의 엄명이 있으니 아니 갈 수도 없고…… 어찌하면 좋겠소이까?"

"우리야 뭐 안내 사절이니까 그대들의 뜻에 달렸지요. 일본까지 가든지 그대들이 돌아가겠다면 다시 강도까지 안내해 드려야지요."

무인출신 항몽파인 송군비의 대답이었다. 그러나 화평론을 따르는 문신인 김찬이 다시 말했다.

"그래도 여기까지 왔으니 일본엘 다녀와야 합니다. 쿠빌라이 황제의 세계정책이 걸린 문제인데요."

김찬은 고려 무인 중에서 가장 강경한 항몽파 군관인 김통정(金通精)의 친척이다. 김찬의 말을 듣고 인홍이 말했다.

"나라 정책도 정책이지만 몸이 성해야 뭐든지 하지요. 정벌이고 정치고 모두 사람이 하는 겁니다. 사람의 몸이 성해야지요. 우린 안 되겠어요. 그냥 돌아갑시다."

송군비가 말했다.

"하긴 그것이 잘하는 일인지도 모릅니다. 저 왜인들은 풍속이 완악하고 야만스러울 뿐만 아니라 성격이 사납고 예의가 없으니 더불어 상대하기 어려운 사람들이지요."

기다렸다는 듯이 헤이디가 말했다.

"그러면 돌아갑시다."

이래서 여몽(麗蒙)의 대일사절들은 거제도에서 선수(船首)를 돌려 다시 갔던 길을 따라 그 달 정월에 강도로 돌아왔다. 이장용의 지시에 의한 회항이었다. 이래서 몽골과 고려의 제1차 일본회유는 실패로 끝났다.

파도를 넘지 못해 뱃머리를 돌려 되돌아온 여몽 사절단들을 보고, 원종은 난감한 표정이었다.

"황제께서 몹시 진노하실 일인데, 이를 어쩌지?"

그리고는 몽골 사신들을 향해서 말했다.

"거제도까지 갔으면 풍파가 잔잔해지기를 기다려서라도 다녀와야지, 황명을 받들고 떠난 사절이 파도에 쫓겨 돌아오다니, 그게 될 말인가."

"죄송합니다. 저희들은 말 위에서는 세상에 무서운 것이 없고 안 되는 일이 없었는데 배 위에서는 꼼짝할 수가 없었습니다. 고려가 강화도의 작은 섬에서도 30년 가까이 버티는 이유를 이제 알 것 같습니다."

원종은 껄껄 웃었다.

송군비가 말했다.

"우리가 많이 설득해 보았지만 저들이 움직이려 하지 않았습니다."

"하긴 우리 속담에 '소를 물가에 끌고 갈 수는 있지만, 억지로 물을 먹일 수는 없다' 고 했소. 그래 수고들 했어요."

그들은 물러갔다.

원종은 나가려던 송군비를 불러 앉혔다.

"그러면 송군비, 짐이 표문을 써줄 것이니 그대가 헤이디·인홍과 함께 몽골에 가서 황제에게 표문을 전하고, 중도에 돌아온 경위를 직접 설명토록 하라. 저들에게 맡기면 또 무슨 거짓 변명을 하여 황제로 하여금 우리를 의심하게 해서, 우리를 곤혹스럽게 할지 모른다."

"예, 폐하."

"어쩌면 오히려 잘 된 일인지도 모른다. 일본이 몽골의 요구를 들을 것 같지 않고, 듣지 않으면 몽골은 왜국을 치겠다고 했다. 몽골이 왜를 치면 어차피 우리 고려를 앞세운다. 그러면 군사와 전함과 식량을 우리가 대지 않을 수 없다. 가서 쿠빌라이에게 말하되, 일본은 '교화시키기가 어려운 나라'(難化之國)임을 강조해서, 일본과의 통호는 불가능하고 불필요하다는 점을 설득토록 하라. 그래서 몽골이 일본을 치는 일이 없도록 잘 말하라."

그러면서 원종은 쿠빌라이에게 보내는 표문을 써 주었다. 거기에서 원종은 그들이 중도에서 귀환하게 된 경위를 상세히 설명하고, 이런 말을 덧붙였다.

원종이 쿠빌라이에게 보낸 표문

사신을 인도하여 일본에 화호(和好)를 통하게 하라는 명을 받들어, 배신(陪臣) 송군비 등을 보내어 몽골사신을 동반하게 하여 거제현에 이르렀습니다. 거기에서 사신들이 멀리 일본의 섬 땅 대마도(對馬島, 쓰시마)를 바라보니, '큰 바다가 만리나 되고 풍파는 거세어 하늘까지 치받고 있었습니다(大洋萬里 風濤蹴天).'[26] 이와 같이 위험한데, 어찌 원나라 사신을 데리고 위험을 무릅쓰고 경솔히 나아갈 수 있었겠습니까.

비록 대마도에 이른다 해도, 저들은 풍속이 완악하고 사나워서 예의가 없으니, 만약 상도를 벗어나 불궤(不軌)한 짓이라도 한다면, 장차 어떻게 할 것인가를 생각하다가, 고려 수행인들이 몽골 사신과 함께 돌아왔습니다.

일본은 본래 우리 고려와 화호를 통했다고 말씀하셨으나, 실은 화호를 통한 것이 아닙니다. 다만 대마도 사람들이 무역하기 위해 때때로 우리 금주(金州, 경남 김해)에 왕래한 것뿐입니다.

우리 고려는 폐하가 즉위한 이래 인자한 덕을 입는 바가 깊어서 30년간의 전쟁 끝에 겨우 숨을 돌리게 되어 간신히 목숨을 이어가게 되었습니다. 폐하의 성은은 하늘같이 커서 맹세코 그 은혜를 갚으려고 합니다. 만일 할 수 있는 일을 힘껏 노력하지 않는다면 하늘과 태양이 굽어보고 있을 것인데, 어찌 마음을 다하지 않겠습니까.

쿠빌라이는 돌아온 사신들과 원종의 표문을 접하고 화가 났다. 그는 즉시 조이를 불러들였다.

"이것을 어떻게 보아야 하겠는가?"

조이가 말했다.

---

26) 원종이 표현한 '대양만리 풍도축천'은 일본인들에게 관심이 많다. 몽골의 일본 침공을 고려의 입장에서 쓴 이노우에 야스시(井上靖)의 역사소설 '풍도'(風濤)의 제명은 바로 고려사에 기록돼 있는 원종의 표현에서 유래한다.

"고려왕이 폐하의 명을 거역한 것입니다. 고려에서는 왜국과 수시로 왕래해 왔습니다. 풍파 때문에 중도에 되돌아 왔다니 도저히 이해되지 않습니다. 몽골 사신들이 멀미를 견디기 어려워 한 것은 사실이겠으나 고려왕이 간사하게도 험한 뱃길로 사신들을 안내했을지도 모릅니다."

"그럴 수도 있겠구나. 그 동안 고려왕의 말에 거짓이 많았다."

"폐하께서 고려왕에 대해 너무나 자애로운 총애를 베풀어 오셔서 그의 버릇이 방자해졌습니다. 군사를 보내 혼을 내주셔야 합니다."

제 나라를 배반하여 타국에 귀부한 자는 자기 모국을 음해함으로써 충성심을 강조하고 입증하려 한다. 조이도 그랬다.

쿠빌라이가 말했다.

"고려를 치는 것도 쉬운 일이 아니다. 그 동안 우리는 얼마나 많은 군대를 보내 고려를 쳤느냐? 그런데도 우리는 아직 고려의 항복을 받지 못했다. 저들은 산을 뒤로 하고 바다를 참호로 삼아서 강화도를 천연의 요충으로 만들어 수비하고 있다. 우리는 벌써 사십 년이 되도록 그 섬을 떨어뜨리지 못했다. 고려는 함부로 공략할 수가 없는 나라다. 더구나 짐이 고려왕에게 몽골군을 보내지 않겠다고 언약했다. 이제 군사를 풀어서 다시 고려를 칠 수는 없다."

"하시면, 고려왕을 단단히 꾸짖어 다시는 그런 일이 없게 하십시오."

"알겠다. 짐이 사신을 다시 보낼 것이다."

"고려왕이 몽골 사신들의 멀미를 빙자해서 못 갔다고 했으니, 이번에는 몽골인들은 가지 말고 고려인만 일본에 가게 하여 폐하의 유시(諭示)를 왜왕에게 전하게 하십시오, 폐하."

"좋은 생각이다. 그리 하겠다."

그래서 쿠빌라이는 유시를 사신들에게 주어 고려로 돌려보냈다. 고려의 송군비와 김찬, 몽골의 헤이디와 인홍이 그해 원종 8년(1267) 8월 1일 다시 강도로 돌아왔다.

쿠빌라이의 조서에는 이런 구절이 들어있었다.

쿠빌라이가 원종에게 보낸 조서

전 번에 짐이 사신을 보내어 일본을 회유하려고 경에게 길 안내를 위임했다. 그런데 경은 이말 저말로 핑계하면서 마침내 헛걸음을 하고 돌아왔다. 고려 사람으로 우리 서울에 와있는 자가 적지 않으니, 그대의 계책은 어리석은 짓이다. 하늘의 도리란 항상 불변하여 믿음성이 있고, 사람의 도리란 성실한 것을 귀히 여긴다. 경은 전후하여 식언(食言)한 것이 많으니, 마땅히 스스로 반성해야 한다.

지금 일본에 대한 일은 일체 경에게 맡기니, 경은 짐의 이런 뜻을 잘 알아서 일본을 잘 타일러 반드시 요령(要領)을 얻도록 약속하라. 경이 일찍이 짐에게 말하기를 '성은이 하늘같이 커서 맹세코 보답하려 한다'고 했다. 일본의 일이 보답을 보이는 것이 아니겠는가.

쿠빌라이는 원종이 식언한다고 질책하고, 이번에는 고려에서 책임지고 일본을 다녀오라는 것이었다.

원종은 쿠빌라이로부터 질책을 예상하기는 했지만 이렇게 자신을 불신하는 내용의 준엄한 조서를 보낸 것이 못내 섭섭했다. 그러나 저쪽은 세계의 패왕이 되어있는 몽골의 황제이고, 그 동안 자기에게 깊은 애정을 보여 온 쿠빌라이가 아닌가.

원종은 고민에 빠졌다. 그러나 그는 비굴할 정도로 신복할 필요는 없다고 생각했다.

우리 고려는 몽골군과 싸워서 패하진 않았다. 따라서 우리는 결코 패전국이 아니다. 양국관계도 내가 적극적으로 몽골을 찾아가서 직접 쿠빌라이를 만나 대등한 위치에서 시작됐다. 우리는 결코 다른 피정복 국가들과는 다르다. 우리는 우리의 정당한 지위를 지켜나가야 한다.

원종은 자신에게 이렇게 다짐했다.

이런 의식은 당시 몽골을 상대로 하는 모든 고려인의 자존심이었다. 그런 자존심은 항몽파나 화친파가 같았다.

화친파의 수령인 이장용도 인간적인 자존심과 국가적인 주체성이 강하여, 몽골 대신들을 만나도 항상 고려의 입장을 강조했다.

몽골에 투항한 자가 아니라면, 고려인들은 누구나 어떤 몽골인을 만나도 비굴하지 않고 당당했다.

이장용의 외교전략

원종이 쿠빌라이의 질책 조서를 받고 고민하고 있을 때였다. 새로운 화친파의 수장으로 등장한 이장용(李藏用)도 고심에 빠졌다.

몽골과 일본 사이에 우리가 끼어들면 백해무익(百害無益)이다. 무슨 일이 있어도 이것만은 피해야 한다. 임금이 그걸 못하고 있으니, 신하인 내가 나서야지.

그때 이장용은 몽골이 아무리 일본을 다그쳐도 일본은 몽골에 가지 않을 것이고, 그렇게 되면 몽골이 행동을 개시할 것이며, 그것은 결국 고려에 누가 된다고 생각하고 있었다. 그런 점에서 그는 원종과 같은 생각이었다.

그래서 일본에 대한 몽골의 수공(受貢)이나 정벌(征伐)이 무익하다는 것을 헤이디와 인홍에게 깨우쳐 쿠빌라이의 생각을 바꾸게 하려고 했다.

현실주의자 이장용은 임금에게는 알리지도 않고, 어느 날 개경에 와있는 몽골의 사신들을 만났다. 그 자리에는 헤이디와 인홍, 그리고 고려의 접반사 반부(潘阜, 起居舍人)가 함께 있었다.

이장용이 말했다.

"몽골이 일본을 얻더라도 귀국 황제의 교화에는 도움이 안 됩니다. 그들을 내버려두더라고, 황제의 위엄에 손상될 것도 없어요. 몽골은 일본의 조공을 너무 서두르지 마시오."

헤이디가 말했다.

"그러나 저 왜국 일본이 세상 돌아가는 일을 알고 있을 터인데도 송나라와는 통교하면서, 우리에게는 아직 조공해오지 않고 저렇게 버티고 있습니다. 이건 우리 황제 폐하에 대한 무엄이요, 무례입니다."

이장용이 이를 받았다.

"지금 해와 달이 비취는 곳은 모두 황제의 신하가 되어 있소. 어리석은 저 작은 섬나라 일본이 감히 복종하지 않을 수가 있겠소."

인홍이 말했다.

"그러나 우리 황제께서는 왜인들의 저런 모습을 앉아서 보고만 있으려 하지 않습니다. 무슨 수를 쓰든지 일본이 우리 폐하의 치화(治化)를 받도록 하실 겁니다."

치화란 선정(善政)으로 백성들을 교화한다는 말이다.

이장용은 몽사 헤이디와 인홍이 전에 파도에 혼쭐이 난 적이 있기 때문에 아직도 배를 타고 일본에 가기를 꺼려하고 있음을 잘 알고 말했다.

"그러니까 내 말을 잘 들었다가 황제께 말씀드리세요. 다 그대들을 위해서 말하는 것이오."

"예, 그렇게 하지요."

말의 명수 이장용은 목소리를 가다듬어가면서 도도한 변설을 조목조목 토해내기 시작했다.

"첫째 폐하께서 국서를 저들에게 내려 주시는 것 자체가 합당한 일이 아닙니다. 왜인들이란 아주 교만한 자들이오. 수나라 문제(文帝) 때, 왜국에서 글을 올리기를 '해가 뜨는 곳의 천자가 해가 지는 곳의 천자에게 글을 보낸다'고 했을 정도로, 몽매하고 오만한 자들입니다. 원래 모르는 자가 대담한 법이오."

일본은 몽골의 요구에 따르지 않을 것이기 때문에 초유(招諭)할 필요가 없다는 '조공불요론'(朝貢不要論)이다.

"둘째 쿠빌라이 황제의 국서가 전달된 뒤에도 오만한 대답과 불경한 언사가 있을 경우는 어떻게 할 것이오. 만약 이를 내버려둔다면 몽골 조정의 누가 될 것이고, 그들을 친다면 바다의 바람과 물결이 험난하여 참으로 어려운 공격이 될 것입니다."

몽골은 일본을 쳐서 점령할 수 없다는 '정벌불능론'(征伐不能論)이다.

"몽골이 일본을 쳐서 이길 수는 없단 말이군요. 하긴 우리는 그 좁은 강하나 때문에 고려를 30년간이나 떨어뜨리지 못했으니까요."

"일본이 몽골 조정의 공덕이 흥성한 것을 보고도 그들이 조공하지 않는 것은 바다 멀리에 떨어져 있는 것을 믿기 때문이오."

"그러면 우리보고 어떻게 하란 말씀입니까?"

"그것이 내가 할 세 번째 말이오. 그래서 몽골은 일본을 그냥 지금 이대로 못 본 척하고 내버려두는 것이 상책입니다. 세월을 두고 서서히 기다리면서 일본이 오는지 않는지를 지켜보다가, 그들이 오면 내부(來附)를 장려하고, 오지 않는다면 도외시하여 내버려두는 겁니다. 이것이 바로 내가 황제에게 말하고 싶은 핵심이오. 서로 잊어버릴 만한 먼 땅에서 벌레같이 꿈틀거리면서 저희끼리 살도록 놓아두는 것이지요. 그리하면 하늘같이 덮어주고 사심 없는 성인의 덕과 같은 이치가 됩니다."

몽골은 어른답게 초연하여 일본에 개의치 말고 앉아서 지켜보라는 '방치좌시론'(放置坐視論)이다.

이장용의 말을 듣고 인홍이 말했다.

"그러면 일본이 과거 중국에는 조공했으면서도 우리 몽골에는 조공하지 않겠다는 것이 되는 것 아닙니까?"

"과거에 중국 대륙이 통일되어 강력한 국가가 들어섰을 때에도 일본은 바다를 격하고 있어서, 비록 중국과 통래(通來)하기는 했으나 매년 공납을 바친 일은 없었소. 중국에서도 일본을 염두에 두지 않으면서 일본이 찾아오면 무마하고 배반하면 끊어버렸소. 그것은 중국이 일본과 가까이 해도 천하를 교화하는데 아무런 도움이 되지 않고 일본을 내버려두어도 중국의 위신이나 이익에 손실이 없다고 생각했기 때문이오. 일본은 '있어도 이로움이 없고, 없어도 해로움이 없는'(有不利 無不害) 나라였소. 과거의 사정은 실제로 그러했소. 몽골도 그렇게 하면 됩니다."

몽골의 대일정책의 방법도 중국 역사에서 배워야 한다는 '중국모방론'(中國模倣論)이다.

"그러면 이 재상의 말씀은 일본에 대해서 아무 것도 하지 말라는 말이 아닙니까?"

"그렇소. 지금 이대로 내버려두는 것이오."

"그래도 되겠습니까?"

인홍이 끈질기게 물었다. 그러나 이장용은 조금도 흔들리지 않고 초지를 관철해 나갔다.

"그래야만 합니다. 바로 그것이 이기는 길입니다. 내버려 두는 것이 '싸우지 않아야 이긴다'(不戰而勝戰)는 말이외다."

헤이디가 말했다.

"알겠습니다. '싸우지 않아야 이긴다.' 예, 돌아가서 우리 황제께 그대로 진언하겠습니다. 고맙소이다, 재상 어른."

"내가 두 번 천자를 알현하여 친히 후한 은혜를 받았으니, 비록 먼 곳에 있더라도 은혜의 만 분의 일이라도 견마지성(犬馬之誠)을 하려는 것이오."

인홍이 말했다.

"폐하에 대한 재상의 갸륵한 정성을 돌아가서 우리 황제께 말씀 드리겠습니다."

"말이란 한번 들었다 해도 잊기가 쉽고, 남에게 전한다 해도 자칫 와전될 수도 있습니다."

그러면서 이장용은 자기가 말한 내용을 적은 문서 하나를 헤이디에게 건네주었다. 이것은 현실주의자 이장용이 제시한 고려-몽골-일본의 관계를 원만히 해결하는 방안이었다.

헤이디가 말했다.

"고맙습니다, 이 재상. 돌아가면 다칸에게 전하겠습니다."

원종은 뒤에 이것을 알고 화를 냈다.

"아니, 신하가 임금도 모르게 외국 사신을 만나 외국과의 문제를 이러쿵저러쿵 말하다니? 더구나 몽골 황제에게 글을 보낼 수 있는 것은 임금뿐인데, 이장용이 황제에게 글을 써주었는가. 이건 필시 이장용이 딴 마음을 품고서 한 짓이다."

원종은 그 자리에서 지시했다.

"이장용을 영흥도(靈興島)로 유배하여 격리하라. 접반사 반부도 이를 알면서 고하지 않았으니 채운도(彩雲島)로 유배하라."

그 명령을 받고 무사들이 이장용과 반부를 찾아갔다.

이장용은 자기 집에서 군사들에게 잡혀 결박되어 연행됐다. 반부는 그때 몽골사절들이 묵고 있는 객관에서 그들을 접대하고 있었다. 무사들이 객관으로 들이닥쳐 반부를 묶었다.

헤이디가 노하여 따졌다.

"이게 무슨 짓인가. 상국의 사절에게 이래도 되는가?"

고려 측이 그 연유를 설명하자 헤이디가 말했다.

"내가 돌아가서 이장용 시중이 써준 이 글을 우리 황제께 올려 들어주신다면 천하의 복이 될 것이고, 들어주지 않는다 해도 고려에 무슨 해가 되겠는가? 그런데도 고려왕이 이장용을 벌주려하니 이 서찰을 고려 조정에 돌려주겠다. 이장용과 반부를 석방해 주기 바란다."

헤이디는 이장용의 서찰을 무사들에게 내주었다. 무사들은 서찰을 가지고 궁궐로 갔다. 원종이 그 서찰을 읽어보고 말했다.

"내용에는 해로운 것이 없다. 더구나 이장용의 생각은 일본원정을 원치 않는 과인의 입장과 같다. 헤이디의 간곡한 청이 있으니, 이장용과 반부의 죄를 사(赦)한다."

그래서 그들은 유형(流刑)을 면했다.

몽골-일본 관계에 대한 이장용의 4대 구상

일본의 조공을 요구하는 몽골과 이를 거부하는 일본 사이에서 고려는 난처한 입장에 서있었다. 여기서 이장용은 자기의 구상을 세워 몽골 사신들에 전달했다. 원종도 이 구상에 견해를 같이했다.

1) **조공불요론**: 몽골이 아무리 조공을 권하고 위협해도 일본은 응하지 않는다. 따라서 굳이 조공을 요구할 필요가 없다.

2) **정벌불능론**: 일본은 격한 파도와 강한 바람이 있는 바다 건너에 있고 수전에 강하기 때문에, 몽골 기병이 일본을 정벌할 수 없다.

3) **방치좌시론**: 몽골도 일본문제에 개의치 말고 초연한 자세로 앉아서 지켜보기만 한다.

4) **중국모방론**: 중국은 대륙을 제패하여 강대한 제국을 건설한 뒤에도, 일본을 내버려 두었으니 손해 본 것이 없다. 몽골은 이 정책을 본받아야 한다.

고려 사절 일본에 가다

이장용의 만류전략과 고인단의 방문전략이 모두 좌절된 뒤였다.

쿠빌라이의 뜻을 내가 안다. 우리에게는 불이익하지만 그의 뜻을 실현케 해주는 것이 나의 도리다.

원종은 '대일관계를 경에게 맡긴다'고 한 쿠빌라이의 말을 받아들여 고려인을 일본에 사신으로 보내기로 결정하고 몽골 사절들을 불렀다.

헤이디와 인홍이 들어왔다.

"그대들은 파도에 약하니, 편안하게 이곳에 머물러 있으시오. 일본에는 바다에 익숙한 반부를 보내겠소."

원종은 곧 반부에게 1267년 8월에 씌어진 몽골 황제의 칙서와 자신의 고려 국서를 가지고 일본에 가게 했다.

반부는 다음 달인 그해 원종 8년(1267) 9월 23일 강도를 출발하여 합포로 가서 배를 탔다. 반부는 몽골과 고려의 제2차 일본회유 사절이 되었다.

반부가 가지고 간 국서들의 내용은 이러했다.

몽골 황제가 일본 국왕에게 보내는 칙서
대몽골 황제가 일본 국왕에게 글을 보낸다.

짐이 생각건대, 예로부터 소국의 임금들은 그 국경이 서로 인접되어 있을 때는 상호 통신할 도리를 강구하고 친선을 유지하기에 힘쓰는 법이다. 우리 몽골의 조종(祖宗) 황제들은 하늘이 명시한 뜻을 받들어 중화의 땅을 통치하게 되어 멀고 먼 곳에서도 우리의 위력을 두려워하고 우리의 인덕을 우러러보며 귀속하는 나라가 이루 헤아릴 수 없이 많다.

짐이 즉위한 초년에는 고려의 죄 없는 백성들이 오랫동안 전쟁의 참화를 입었기 때문에, 짐은 곧 우리 군사를 혁파한 다음에, 그 강역을 고려에 돌려주고 포로들도 돌려보냈다. 고려의 군신들이 이에 감동하여 내조하니, 의리는 비록 군신간(君臣間)이지만 기뻐하는 정은 부자와 같음을 그대의 군신들도 이미 알고 있을 것이다.

고려는 짐의 동쪽 울타리이고, 일본은 고려의 매우 가까운 이웃이다. 일본은 개국 이래 자주 중국에 통래(通來)하여 왔으나, 짐의 시대에 이르러서는 한 사람의 사신도 오지 않았다. 이것은 일본에서 세계 사정을 자세히 알지 못한 때문이라고 여겨, 사신과 칙서를 가지고 가서 짐의 뜻을 전하게 한다.

바라건대 이제부터 서로 왕래하여 화호를 맺어서 서로 친목하게 지낼 것이며, 몽골이 사해를 한 집안으로 만들려는 데 서로 화호를 열지 않는 것이 어찌 일가의 정분이라고 하겠는가. 군사를 쓰는 지경에 이르는 것을 누가 좋아하겠는가? 일본왕은 이를 헤아려 행하라.

고려 원종이 일본 국왕에게 보내는 국서

우리 고려가 몽고라는 큰 나라와 관계를 맺고 정삭(正朔, 천자의 政令)을 받든 지도 수년이 됐다. 몽골 황제는 인자하고 총명한지라, 천하를 한 집안처럼 여기고, 먼 곳에 있는 나라나 가까운데 있는 나라를 꼭 같이 대하여, 해와 달이 비치는 곳에서는 모두 그의 덕을 우러러 받들고 있다.

지금 몽골은 귀국과 우호를 맺으려고 나에게 글월을 보내기를 '일본은 고려와 더불어 서로 이웃이고 그 나라의 법전과 정치가 가상할 바가 있다. 중국의 한나라 당나라 이후 여러 번 중국과 우호관계를 가지고 있다. 그러므로 특히 짐이 사신을 보내어 일본으로 가게 하는 바이니, 풍파가 험하다는 말로 거절하지 말라'고 하였다. 몽골 황제의 뜻이 이와 같이 엄격한 까닭에, 이에 부득이 나의 신하를 보내어 황제의 공문을 가지고 귀국으로 가게 했다.

귀국은 중국과 화호를 통하지 않는 시대가 없었다. 지금의 몽골은 중원을 제압하고 있다. 몽골 황제가 귀국과 통호(通好)하고자 하는 것은 대개 온 천하가 황제에게 복종했다는 명분을 천하에 높이려는 것뿐이다. 몽골이 일본과 화호를 통할 수 있다면, 몽골은 반드시 귀국을 후하게 대접할 것이다. 일본왕은 한 사람의 사신을 몽골에 보내어 황제를 알현하는 것이 어떨는지를 헤아리고 참작해 보라.

반부가 가져간 원종과 쿠빌라이의 국서는 거제도에서 되돌아온 제1차 사절이 가져갔던 문서들이다.

반부는 합포에서 날씨와 바람을 기다려 다음 달에야 대마도[27]로 갔다. 거친 파도에 지친 그는 우선 가까이 있는 항구로 들어갔다. 반부는 이나우라(伊奈浦) 항에다 배를 대고 상륙했다. 이나우라는 대마도 동북부의 상현군(上縣郡, 가미아가다궁) 상현정(上縣町) 서해안에 있는 항구다.

그때 대마도는 종씨(宗氏)의 시대였다. 당시 대마도주는 대재부(大宰府)[28]의 관리로 있던 무네시게히사(宗重尙, 종중상)다. 그의 원래 성은 고레무네(惟宗, 유종)였다. 대마도의 지배자가 된 뒤로는 고레를 빼고 그냥 무네라고만 해서, 종씨가 됐다.

---

27) 대마도는 남북 두 개의 큰 섬으로 구성돼 있다. 그중 동북부의 큰 섬(北對馬)을 상현군, 서남부의 조금 작은 섬(南對馬)은 하현군이라 한다. 지금은 북대마와 남대마가 다리로 연결돼 있어, 배를 타지 않고도 왕래할 수 있다.

28) 대재부를 후에는 태재부(太宰府)라고 했다. 대재부가 역사적으로는 과거의 지방 정청을 의미한다면, 현재의 태재부는 과거 대재부가 있던 장소의 지명이다.

무네 도주의 정청(政廳)은 남대마 하현군(下縣郡)의 동남 해안가 이즈하라(嚴原)에 있었다.

반부가 왔다는 말을 듣고 무네가 말했다.

"이나우라는 여기서 멀고 불편하다. 그곳에 있는 반부를 우선 이곳 이즈하라로 옮겨 여기서 쉬게 하고, 대재부에 이런 사실을 알려 그를 어떻게 접대할 것인지에 대한 지시를 받도록 하라."

대재부는 일본 서부를 담당한 지방 통치부였다.

거친 파도와 불순한 일기 때문에 몹시 지쳐있던 반부는 무네의 집정소(執政所)가 있는 이즈하라로 옮겼다. 그는 그곳에서 한 달 가량 머물면서 당시 일본통치를 맡고 있던 가마꾸라 막부(鎌倉幕府)의 회답을 기다리고 있었다.

당시 일본은 막부시대였다. 수도는 왕도인 교또(京都)였고, 막부의 정청은 도꾜(東京) 동남쪽 교외의 가마꾸라에 있었다. 실권이 없던 일본 임금은 교또에 머물러 있었다. 가마꾸라에는 무인정권의 정청인 막부가 있어서, 막부의 장군이 사실상 일본을 지배했다.

일본의 막부(幕府)란 고려의 도방(都房)이나 몽골의 오르두(Ordu)와 같이 원래는 대장이나 장군의 진영이었으나 무인정치가 들어서면서 무사정권의 정청이 됐다.

1192년 일본의 귀족 장수인 미나모또 요리또모(源賴朝)가 세운 일본 최초의 무인정부가 '가마꾸라는 미나모또 가(家)가 3대 27년으로 끝났다.

그후는 초대장군 요리또모의 처가인 호죠가(北家)가 실권을 잡아 가마꾸라를 장악하여 일본 전체의 지배자가 됐다. 호죠가는 막부의 수령인 장군직은 왕족들에게 맡기고, 자기들은 막부의 제2인자인 집권(執權)직을 맡아 장군의 권한을 대행했다.

당시 일본정치는 국왕(텐노)을 제쳐놓고 막부가 통치권을 잡았고, 막부에서는 장군(쇼군)을 제쳐놓고 싯껭(집권)이 실권을 잡아 일본을 통치하는 묘한 체제였다.

반부가 일본에 갔을 때인 1267년의 막부 책임자는 가마꾸라의 제8대 싯켕인 호죠 도끼무네(北條時宗)였다.[29] 막부는 반부가 쿠빌라이와 원종의 국서를 가지고 왔다는 대마도의 보고를 받고 대책을 논의했다.

검토가 끝나자 도끼무네[30]가 말했다.

"몽골인은 본토로 받아들일 수 없지만 고려인이라면 받아 들여도 된다. 더구나 몽골의 의도와 고려의 뜻을 알고 있는 반부가 왔다면, 그를 대재부로 불러 국서를 받아보고 진의를 알아내도록 하라."

일본의 방침은 몽골인은 본토에 들여놓지 않겠다는 것이었다. 고려인 사절은 본토에 받아들이되 교또나 가마꾸라는 안되고, 구주(큐슈)의 대재부로 국한시켰다.

반부는 그해 말 대마도를 떠나 다음 해(1268) 윤 정월 초하루에 일본 큐수(九州, 구주)의 후꾸오까(福岡)에 있는 대재부로 가서 기다렸다.

그때 반부가 만난 일본 관리는 대재부의 제3자인 부사(차관) 급 쇼니(少貳, 소이)를 맡고 있는 무또스께요시(武藤資能)였다. 그는 일본외교를 전담하고 있는 막부의 진서봉행(鎭西奉行) 직을 겸하고 있었다.[31]

스께요시는 대재부[32] 책임자로서 대재사(大宰師)라는 직명으로 서부 일본을 다스리고 있던 대재수호인(大宰守護人)인 무또스께요리(武藤資賴)의

---

29) 장군(將軍, 쇼군)은 정이대장군(征夷大將軍)의 약어다. 일본은 국가 수립 이후 원주민인 아이누족을 토벌할 때, 정벌군의 사령관을 정이대장군이라 했다. 막부가 형성되자 일본 조정은 막부 집정자를 정이대장군이라 칭했다.

30) 호죠는 성이고 역대 가마꾸라 장군이 모두 호죠씨(北條氏)이기 때문에, 여기서는 혼잡을 피하기 위해 성 대신 이름을 쓰기로 한다.

31) 일본의 무사정권인 막부는 군사 치안기구인 대소(待所, 사무라이도꼬로), 일반 행정기구인 정소(政所, 만도꼬로. 또는 공문소라고도 했다), 사법기구인 문주소(問注所, 몬츄죠)와 왕도 보호와 치안을 위한 경도수호(京都守護), 외교담당 기구인 진서봉행소(鎭西奉行所), 기타의 지방을 관할하는 오주총봉행(奧州總奉行) 등의 6개 기구를 가지고 있었다. 그중 막부 장군이 직접 관할하고 있는 대소·공문소·문주소는 특히 '막부 3대기구'라고 했다.

32) 당시 대재부의 직원은 50명으로, 중앙 부처인 부성(部省, 고려의 상서급)과 같은 규모였다. 대재부의 장관인 대사부는 종3위(종3품). 대사부의 보좌관으로는 부사(副師) 급으로 종5위의 다이니(大貳, 제1차관)와 쇼니(少貳, 제2차관)가 있었다.

아들이었다.

"여기 몽골 황제 쿠빌라이와 고려 임금 원종의 국서가 있소."

반부가 여몽 양국의 국서를 스께요리에게 주었다.

"알겠소이다. 우리로서는 이 문서를 보고 대책을 결정할 수가 없소. 이를 막부와 왕부에 전달하도록 하겠소."

스께요리는 반부를 대재부에 머무르게 하고는 그 국서들을 가마꾸라 (鎌倉)에 있는 막부로 보냈다.

가마꾸라는 동경만 서남부에 자리 잡고 있었다. 동경만 서부 지역인 요꼬하마(橫浜)와 미우라(三浦)의 중간쯤에 있는 항구다. 지리적으로 보면 일본의 서도(西都)인 대재부와 왕도인 교또(京都) 그리고 막부가 있는 가마꾸라는 서남에서 동북으로 가는 일직선 위에 있었다.

따라서 고려·몽골의 사절이나 국서가 일본 임금에게 가려면 먼저 대재부로 건너가서, 교또의 왕부를 거치지 않고 동쪽의 가마꾸라 막부로 올라갔다가, 다시 되돌아서 대재부와 가마꾸라의 중간 지점에 있는 교또로 내려와야 했다.

호죠씨의 가마꾸라 막부에서는 반부가 가져간 고려·몽골의 국서들을 검토한 끝에 접수하지 않기로 결정했다.

막부의 싯겡 호죠 도끼무네가 말했다.

"이것은 몽골이 일본을 거저 먹겠다는 수작이다. 우리가 이런 문서를 받을 필요가 없다. 말 위에서 사는 내륙의 유목민 무리가 어떻게 바다를 건너서 배를 타고 사는 해양국가에 쳐들어올 수 있겠는가."

막부는 그런 내용의 단서를 달아서 그 국서들을 교또(京都)의 왕부로 보냈다.

국왕부에서 그 문서를 받은 것은 그해(1268) 2월 6일이었다. 당시 일본 왕부의 최고 실력자는 현직 임금인 가메야마(龜山)가 아니고 그의 부친이자 상왕인 전 임금 고사가(後嵯峨)[33]였다.

---

33) 고사가는 일본의 88대 임금이다. 그는 재위 4년째인 1246년에 왕위를 둘째 아들 히끼히도(久仁)에게

가마꾸라 막부에서 여몽의 국서를 가진 사절이 교또에 도착했을 때, 고사가는 교또를 떠나 교외의 별궁에 나가 있었다.

그 전날인 2월 5일 저녁에 고사가는 중요한 안건을 가진 막부의 사절이 가마꾸라에서 올라온다는 말을 듣고 급히 교또로 돌아갔다. 고사가가 이 문제에 대해 보고 받은 것은 2월 8일이었다.

다음 날 예정대로 막부 사절이 오자 조정 신료들은 몽골 문제에 대한 협의에 들어갔다.

고사가가 말했다.

"짐은 얼마 전부터 만인을 경탄케 할 천하무쌍의 중요한 '외국의 문제'(異國之事)에 대해 들은 바 있다. 과연 그 문제가 지금 이 앞에 와있구나. 원종과 쿠빌라이의 서신을 보건대, 이것은 과거 우리나라에서 경험한 적이 없던 일이다."

"그렇습니다, 폐하."

"중요한 것은 저들의 요구를 접수하고 답신을 보내느냐 여부다."

"반첩(返牒, 회신)을 보내서는 안 됩니다, 폐하."

"그렇습니다, 폐하. 가마꾸라 막부에서도 이미 호죠 도끼무네 싯껭이 회신을 하지 않기로 결정했습니다. 막부의 문서도 저쪽 국서와 함께 와있습니다."

"일국의 임금이 공식으로 문서를 보내왔다면 당연히 답서를 보내는 것이 국가간의 관례다. 이것을 어긴다면 그것을 구실로 저들 몽골과 고려가 군사를 몰고 쳐들어올 수도 있다. 우리 일본이 그것을 감당할 수 있겠는가?"

"몽골은 수전에 약하고, 고려는 지금 국력이 피폐해 있습니다. 큰 위험

물려주었다. 그가 89대 고후까구사(後深草)다. 그러나 고사가는 고후까구사가 왕위를 13년째 누리고 있던 1259년에 자기의 셋째 아들이자 고후까구사의 동생인 쓰네히또(恒仁)에게 양위하도록 강요했다. 이래서 쓰네히또가 90대 임금 가메야마가 됐다. 고사가는 두 아들이 임금으로 있는 28년 동안에 26년간 정사에 깊이 관여했다. 그는 '천황을 다스리는 임금'이라 해서 치천군(治天君)으로 불렸으나, 실질적인 결정권은 가마꾸라 막부의 장군(집정자)에 있었다.

은 없을 것입니다."

"그렇습니다, 폐하. 막부에 명해서 방어태세를 강화하는 한편, 전국의 대소 신사에 명해서 국가 안녕을 비는 기도를 올리도록 하시면 될 것입니다."

상왕 고사가가 허리를 뒤로 물리면서 말했다.

"그러면 그리 하도록 하라. 대재부에 있다는 고려사절 반부도 돌려보내라."

진지한 논의 끝에, 고사가는 막부의 회신거부 결정에 따르기로 했다. 이래서 일본의 국가정책도 항몽으로 결정됐다.

일본의 항몽정책은 그 후 일관되게 지켜졌다. 따라서 일본은 원종과 쿠빌라이의 국서에 계속 회답하지 않았다. 그렇다고 여몽의 국서[34]를 돌려준 것도 아니었다.

막부에서는 예하에 도끼무네의 명령서를 내려 보냈다.

"몽골이 흉심을 일으켜 일본을 노리고 있는 첩서를 최근 고려 사절을 통해 보내왔다. 이것은 몽골이 우리 일본을 정벌한다는 징조다. 구주(九州)의 모든 번주(藩主)들은 군사를 모아 국방태세를 갖추도록 하라."

가마꾸라 막부의 싯껭 도끼무네의 명령에 따라 구주 지방의 무사들이 전쟁 준비를 서둘러 나갔다.

일본측은 대재부의 사관(使館)에 들어있는 반부에 대한 접대 또한 처음부터 야박하기 이를 데 없었다. 왕도와 막부의 방침이 항몽으로 결정되자 대재부는 대접이 더욱 소홀했을 뿐만 아니라 반부를 핍박하기까지 했다.

반부가 일본 관리들에게 예물을 주어가며 여러 면으로 타일렀으나 그들은 끝내 듣지 않았다.

일본이 반어반농의 야만국가라더니 정말 문명국 같지가 않구나. 저희

---

34) 일본의 사료집에는 원종의 서신은 '고려국첩장'(高麗國牒狀), 쿠빌라이 서신은 '몽고국첩장'(蒙古國牒狀)으로 기록돼 있다.

에게 문화를 가르치고 물자를 베풀어준 고려에 이럴 수가 없을 터인데, 참으로 의리도 은혜도 모르는 야만인들이다. 그러나 할 수 없지. 여기는 왜국 땅이니 내가 참을 수밖에 없다.

반부는 그렇게 참아가며 거기서 다섯 달을 기다렸다. 그러나 일본은 끝내 반부의 왕도 입경을 거부하고 여몽 군주의 문서를 내주거나 그에 대한 답서를 써주지도 않았다.

상왕 고사가와 막부싯켕 도끼무네의 출국명령에 따라, 반부는 그해 원종 9년(1268) 6월 할 수 없이 빈손으로 일본을 떠나 7월 18일 다시 강도(江都)로 돌아왔다. 열 달만의 고행 길이었다.

결국 일본은 여몽 양국의 사신인 반부를 문전박대(門前薄待)하여 돌려보냄으로써 몽골과의 통교를 거부했다. 이래서 여몽의 제2차 일본회유도 실패로 끝났다.

일본의 대재부

대재부는 고대 일본의 율령제(律令制) 시대부터 있어온 지방정부로서, 중세 일본의 중요 통치부였다. 지금의 후꾸오까현(福岡縣) 태재부시 관세음사 4정목에 있었다. 일본에는 대재부라는 이름의 여러 지방 정청이 있어서, 중앙의 명령을 받들어 관할지역을 통치했다.

7세기 후반 백제 의자왕은 나당연합군의 침공으로 패망의 위기를 맞자, 우방관계에 있던 일본에 군사원조를 요청했다. 일본은 심사숙고 끝에, 한반도의 통일과 당나라의 동진을 막기 위해 백제의 요구를 받아들이기로 했다. 그러나 일본의 출병은 너무 늦었다. 그들은 백제가 멸망한 이듬해인 663년 군사를 보내 백마강(白馬江, 금강)에서 전투를 벌였다. 결국 일본군은 나당연합군에 패하여 돌아갔다. 일본역사에서는 이 백마강 싸움을 백강전투(白江戰鬪) 또는 백촌강(白村江)전투라고 쓰고 있다.

그 후 고구려마저 나당 연합군에 패배하자, 일본에서는 중국과 신라로부터 위기의식을 느껴 내부체제를 개혁하기 시작했다. 그 과정에서 신라의 삼국통일 직후인 701년 일본은 대보율령(大寶律令)을 선포하여 대재부를 모두 없애고, 한반도에서 가장 가까운 구주에 있던 축자대재부(筑紫大宰府)만 남겼다. 지금의 후꾸오까에 해당되는 축자지역을 관할하고 있던 축자대재부는 서국(西國)이라는 일본 서부의 구주지역 전체를 관할하는 관서로 확대됐다.

축자대재부는 구주에 대한 통치는 물론이고, 한반도나 중국으로부터의 군사적 위협에 대한 일차적인 방어임무를 비롯해서, 이들에 대한 외교와 통상 업무를 전담했다. 그 후 이 대재부는 대륙에 대한 국방·외교·통상·문화수입 등을 전담하는 기관으로 변모했다. 따라서 몽골이나 고려, 그 밖에 대륙의 국가들이 일본과의 외교접촉을 위해서는 먼저 사신이 대마도를 거쳐 구주의 나가사끼로 가서 대재부 관리와 교섭을 벌였다.

대재부 정청이 있던 자리에 지금은 주축돌과 비석 몇 개만 남아 과거에 정청이 있었던 곳을 증언해 줄 뿐이다.

몽골과 일본 사이에서

반부가 강도로 돌아가서 원종에게 방일 전말을 고하자 원종이 말했다.

"일본은 문명국인 중국이나 고려와 친교를 맺어야 경제적으로나 문화적으로 이득이 많다. 북방의 강력한 무력국가와 상대한들 무엇을 얻겠는가. 신복과 조공의 요구밖에 또 무엇이 있겠는가. 결국 일본은 몽골과 관계를 맺지 않고 독자적으로 있겠다는 정책이다."

반부가 말했다.

"그런 모양입니다, 폐하."

"일본은 자주성은 강하지만 현명하지 못하구나. 몽골의 요구를 거부한다 해도 사절은 만나보고, 그 결과를 토대로 변명을 찾고, 시일을 끌면서, 대책을 결정해야할 것이 아닌가. 국서를 가지고 간 사절조차 만나지 않고 국서만 받아 놓은 채 돌려보낸다면 전쟁밖에 무엇이 남겠는가. 일본은 서둘러서 전쟁을 자초하고 있다. 그쪽도 무인들이 정권을 잡아 겸창(鎌倉, 가마꾸라)에다 막부를 차리고 정사를 독천하고 있으니 그런 태도로 나왔을 것이야. 우리 무인들도 그렇게 항몽하고 있지 않은가. 그러나 그것은 현명한 정책이 아니다."

원종은 반부를 몽골에 보내기로 했다.

"대도(大都)에 가서 일본방문 결과를 쿠빌라이에게 상세히 고하라. 일본인들이 그대에게 행한 박대와 위협, 그리고 그들이 보여준 몽골에 대한 말과 행동을 남김없이 설명하라."

"예, 폐하."

"그러나 몽골이 일본을 무력으로 공격하는 것은 불가능하고 무익하다는 것을 강조하여 몽골의 일본정벌이 없도록 하라. 몽골이 일본을 치는 날이면 우리 국토는 군사기지가 되고 우리의 군사와 병선들은 그 원정에 동원될 수밖에 없다. 그 동안의 오랜 전쟁으로 피폐해진 우리가 어떻게 남의 나라의 전쟁에 휩쓸릴 수가 있겠는가?"

"그렇습니다, 폐하."

"빨리 몽사들을 데리고 떠나라."

반부는 피로를 풀 여유도 없이 다음날 강화에 머물러있던 몽골의 혜이디와 인홍을 데리고 바로 몽골로 향했다. 반부는 그때 쿠빌라이의 생일 축하사절로 대도로 떠나는 손세정(孫世貞, 합문사)·오유석(吳惟碩, 낭장) 등과 함께 갔다.

반부가 대도에 도착해서 쿠빌라이를 만나 그가 일본에서 보고 겪은 사실을 자세히 알렸다.

쿠빌라이는 대노했다.

"일본은 무지하고 야만적인 나라다. 세상 돌아가는 것을 아직도 모르고 있기 때문이다."

"일본에는 중국의 상인들이 빈번히 내왕하고, 일본 상인들도 송나라를 자주 가기 때문에 대륙의 웬만한 사정은 알 것입니다. 저들은 그런 사정을 알면서도 바다 길의 험함을 믿고 자만하고 있습니다."

"그렇다면 맛을 보여줘야 한다."

반부는 원종의 명을 상기하면서 말했다.

"하오나, 폐하. 고려와 일본 사이의 바다 길은 언제나 험해서 몽골군으로서는 배를 타고 건너는 것 자체가 대단히 어렵습니다. 지난번에 헤이디와 인홍도 일본은커녕 고려의 거제도에서 고생만 하다가 되돌아 오지 않았습니까. 그들이 겪은 것은 고려 남해연안의 파도일 뿐입니다. 고려를 떠나 일본으로 가는 바다는 실로 험하고 위험합니다."

"짐도 알고 있다."

"일본은 토지가 척박하고 물산이 빈곤해 보였습니다. 중원의 중국이나 서하와는 달리 섬나라 일본은 가난하고 뒤진 나라입니다. 일본을 점령한다 해도 얻거나 배울 것이 없습니다."

"조이는 일본이 법전과 정치가 개명돼서 배울 점이 있다고 했다. 그러나 나는 물자를 얻거나 무얼 배우기 위해 일본을 치려는 것이 아니다. 일본이 과거 중국 지배자들에게 조공을 바쳐왔으니 이번엔 우리 몽골에 복종하고 조공을 바쳐야 하지 않겠는가."

"그렇습니다, 폐하. 그러나 일본은 저희가 생각한 것보다 자신만만했고 해안경비나 군사배치도 철저했습니다. 제가 가있는 동안 전국의 군사를 동원해서 고려에서 가까운 구주지방의 방어준비에 들어가고 있었습니다."

"놈들이 놀란 모양이구나."

"일본은 바다로 둘러싸이고 국토는 산이 많아 기마부대가 맘 놓고 달릴 수도 없습니다. 백성들도 나라의 명령에 잘 따릅니다. 따라서 몽골이 군사력으로 일본을 치는 것은 대단히 어렵고 무익하다는 생각이 들었습니다."

"일본이 제아무리 강하고 준비가 돼있다 한들, 우리와 싸워서 이길 수야 있겠느냐. 내가 일본을 끌어들이려는 것은 세계를 하나로 해서 다 같이 화평을 누리며 사이좋게 살자는 것이다."

반부의 조리 있는 설명에도 쿠빌라이는 물러서지 않았다.

쿠빌라이는 일본문제를 맡고 있는 헤이디와 인홍을 다시 고려로 보냈다. 이미 고려에 익숙해진 그들은 그해(원종 9년, 1268) 11월 17일 다시 강화경 조정에 들어와 조종 신료들을 만났다.

헤이디가 말했다.

"우리 세조께서는 '이제 다시 몽골의 사신을 보내니, 고려가 중신으로 하여금 사신들을 일본에 안내하게 하라. 전과 같이 지체하거나 방해하는 일이 없도록 하라'고 하시면서, 다시 우리를 보냈습니다."

"뜻은 알겠소. 그러나 이런 문제는 우리 임금께서 결정할 문젭니다."

사흘 뒤 11월 20일 헤이디와 인홍은 궁궐로 들어가 원종에게 같은 말을 하면서 쿠빌라이의 조서를 내놓았다. 그 내용은 이러했다.

쿠빌라이가 원종에게 보낸 조서

먼저 번에 일본으로 가는 사신의 길을 안내하라고 했을 때, 경은 말을 꾸며 '바람과 물결이 험악하여 경솔하게 건널 수가 없었다'고 하더니, 이번에 반부 등은 일본을 다녀왔다고 했소. 반부는 어디로 해서 일본에 갈 수 있었소. 경이 건널 수 없다고 한 데를 건너갔다 왔으니, 또 무슨 변명을 하려는가. 참으로 부끄럽고 두려워 할 일이 아니오.

이번 보고에는 '반부가 일본에 갔더니 일본에서 그를 압박하여 돌려보냈다'는 말이 있소. 이 말을 어떻게 믿을 수가 있겠소. 그래서 이제 다시 병부시랑 헤이디와 예부시랑 인홍을 사신으로 보내어, 반드시 일본에 다녀오게 했소. 마땅히 고려의 대신으로 하여금 길 안내를 하게 하여, 그 전처럼 지연시키거나 방해하지 마시오.'

이것은 견책을 넘어 모욕적인 질책이었다. 원종은 수치감을 속으로 삼키면서 말했다.

"알겠소. 세조께서 이렇게 요청하니 그대로 하겠소."

원종은 재상급인 신사전(申思佺, 참지정사)과 진자후(陳子厚, 시랑)·반부(潘阜, 기거사인) 등을 보내어 헤이디·인홍과 함께 일본에 가게 했다. 이들이 여몽의 제3차 일본회유 사절이다.

양국의 이번 사절단은 규모가 컸다. 공식 사절은 고려인 4명에 몽골인이 3명이었다. 그 밖에 몽골인 5명과 고려인 67명의 군인이 종자로 따라가 사절단원은 모두 79명이었다.

여몽 사절단은 그해 1268년 12월 4일 강도를 떠나 합포로 가서 배를 탔다. 그들은 각기 고려와 몽골의 국서를 가지고 떠났다. 국서 내용은 처음의 것과 다른 것이지만 내용은 비슷했다.

헤이디와 인홍은 배가 항구를 떠나자마자 멀미로 눕더니 토하기 시작했다. 그들은 먹은 음식을 토하면서 불평하기 시작했다.

"여보시오, 신 참정. 일본까지는 얼마나 걸리오."

"이런 고생을 며칠간이나 해야 되오."

신사전이 웃으며 말했다.

"선원들의 말로는 빠르면 열흘, 늦으면 보름 이상 20일이 걸린다고 하오. 고생이 되겠지만 그때까지는 잘 참고 견뎌야 할 것이오."

그들은 천신만고 끝에 다음해(1269) 정월 16일에 일본 대마도에 도착했다. 그들은 가져간 여몽의 국서를 대마도 관부에 전달했다. 대마도 관원은 그것을 받으면서 말했다.

"이것을 대재부로 보내겠소이다."

헤이디가 따졌다.

"일본은 지난해에 우리 몽골 황제와 고려 국왕의 국서를 받고도 회답이 없었소. 우리는 그 회답을 받으러 온 것이니 빨리 우리를 교또의 왕부로 안내하시오."

"우리가 결정할 사항이 아닙니다. 기다려 보시오."

대마도 관부는 이런 사실을 대재부에 보고했다.

그러나 여몽 회유단이 아무리 기다려도 일본 정부로부터는 아무런 응답이 없었다.

헤이디와 인홍이 다시 대마도의 관부에 찾아가서 항의했다.

"기다리라고 했으면 가타부타 말이 있어야지, 얼마를 더 기다리란 말인가?"

"우리도 모르오."

이래서 몽골인과 일본인들 사이에 시비가 붙었다. 큰 싸움은 아니었지만, 그것으로 여몽의 제3차 일본 회유단은 일본 본토 상륙을 단념해야 했다.

그때 일본의 가마꾸라 막부는 대마도의 사절방문 보고를 받고도, 기존의 항몽 방침에 따라 그들을 받아들이지 않기로 결정하고 있었다.

"몽골 사신이 직접 왔다면 절대로 본토에 오지 못하게 하라. 그들은 분명 첩자다. 우리 수로와 지형을 탐지해 가는 것이 그들의 목적이다."

이래서 양국 사절들은 일본의 입국허락을 받지 못해 본토에는 이르지 못했다. 몽골인이 포함돼 있기 때문에 본토에는 들이지 않는다는 배몽입려(排蒙入麗)의 원칙이 적용됐다.

막부나 왕부에 갈 수 없다고 판단한 신사전이 헤이디에게 말했다.

"어떻소이까? 일단 왜국 땅을 밟았으니 이대로 돌아가도 그대가 황제의 질책을 면할 수 있지 않겠소?"

"다칸의 질책은 받겠지만 일본의 본토방문이나 관부접촉은 불가항력이오. 그러나 우리가 일본 땅에 도착했다는 사실을 증명하면 질책이 심하지는 않을 것입니다."

그러면서 헤이디는 근심스런 표정으로 고민하다가 말했다.

"이건 어떻소이까? 여기 대마도에서 일본 사람들을 데려가는 겁니다. 그러면 일본 본토에는 못 갔어도 우리 노력의 흔적은 되지 않겠습니까."

"허나 일본 사람들이 가겠소?"

"물론 가려고 하지야 않겠지요. 그러니까 좋은 말로 유인해 보는 겁니다."

"그러나 그들은 따르지 않을 것이오."

"말을 듣지 않으면 그냥 잡아가는 겁니다. 우리 군사도 있지만 고려 장정이 많지 않습니까?"

신사전이 놀라 물었다.

"여기는 일본 땅입니다. 그게 가능하겠습니까."

"염려 마십시오. 떠나기 직전에 잡아 싣고 바로 떠나면 됩니다. 우리 몽골은 항상 그렇게 해왔습니다. 말로 되지 않으니 행동으로 나가야지요."

헤이디는 데려간 몽골 군사들을 시켜 대마도의 일본인들을 설득해 보았다. 그러나 아무도 응하지 않았다. 그러자 다음날 귀국할 때 몽골인들이 일본인 남자 두 명을 납치해서 배에 실었다.

그들은 울고불고 야단이었다. 몽골 군사들은 일본인들의 입을 막고 선실에 밀어 넣었다. 그들의 이름은 하나는 도지로(塔二郞), 다른 하나는 야지로(彌二郞)라 했다.

이래서 헤이디와 인홍은 일본 본토에 들어가지 못한 보복으로 대마도에서 돌아오는 길에 일본인 두 명을 잡았다. 외무성의 인홍보다는 병무성의 헤이디는 군인출신에다 성품도 과격했다. 헤이디는 일본인을 잡아간다는 사실 자체를 아주 자랑스럽게 생각했다.

"저들은 포로입니다. 전쟁포로는 아니지만 외교포로지요. 놈들은 섬에서 배를 타고 고기를 잡으며 살아왔으니 배를 부리고 생선을 잡는데 유능할 것입니다. 중국을 손에 넣은 우리에겐 바다에서 고기를 잡는 수산업도 장려해야 합니다. 저들은 유용하게 쓰일 수 있습니다. 다칸께서 무척 기뻐하실 겁니다."

대마도는 뒤늦게 이 사실을 알고 두 명의 납치건을 보고했고, 대재부의 제4위에 있는 제2차관 쇼니(少貳)는 이를 가마꾸라의 막부와 교또의 왕실에 보고했다.

일본인 두 명을 납치하다

여몽 사절단의 배는 날이 아직 어두운 새벽 쓰시마(對馬島)를 떠났다. 선실에 갇혀있는 일본인들은 발버둥 치며 울어댔다.

신사전이 그들을 달래었다.

"너무 두려워하지 말라. 나는 고려의 대신이다. 내가 너희들의 생명과 안전을 보장하겠다. 고생이 되겠지만 좀 참고 견뎌라. 우리 고려와 저 대륙의 중국 땅 그리고 몽골이라는 나라를 구경 떠나는 셈치면 된다."

도지로(塔二郞)가 울음을 멈추고 물었다.

"저희는 살아서 돌아올 수 있습니까."

"물론이다. 내가 보장한다 하지 않았느냐. 고려를 믿어라."

"고맙습니다, 어르신. 그러나 저 몽골 사람들이 무섭습니다. 저 사람들은 사람 죽이기를 쥐 잡듯이 한다고 들었습니다."

"그런 점이 있다. 몽골은 무섭겠지만 나를 믿어라. 저들도 사람이니 덤비지 않고 가만히 있는데 괜히 죽이기야 하겠느냐. 잘만 되면 너희는 오히려 좋은 대접을 받고 돌아갈 수도 있다."

그들은 신사전의 말을 듣고 안도했다. 다음 날이 되자 그 일본인들은 마음이 진정된 듯했다.

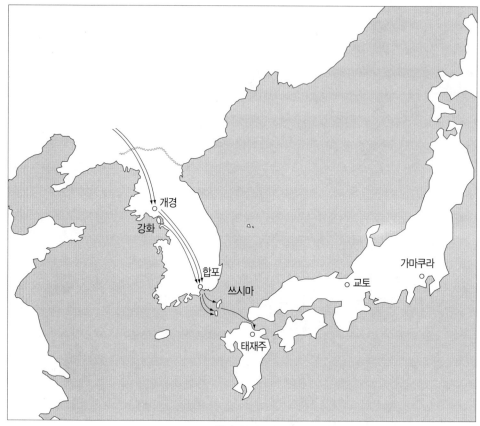

여몽의 대일 외교

그들은 멀미해서 토하는 몽골 사람들의 토사물도 치워주고 뱃일도 돕는 등 선상 봉사대가 되어주었다. 어떤 때는 선원들의 일을 도와주기도 했다.

대재부의 일본인 관리들로부터 학대와 핍박을 받았던 반부가 그들을 보고 헤이디에게 말했다.

"저 애들은 일본인 치고는 착하고 성실한 편입니다. 내가 지난번에 대마도에 연금돼 있으면서 겪은 고생은 남에게 말하기 부끄러울 정도로 모욕적이었습니다. 끼니를 굶고 목이 마른 적도 많았습니다. 왜인들은 못된 사람들이었습니다."

신사전이 말했다.

"관리들이야 그랬겠지만 백성들은 그대를 동정했을 것이오."

그해 원종 10년(1269) 3월 16일 여몽 방일 사절들이 강도에 도착했다. 그들이 일본인 두 명을 잡아왔다는 말을 듣고 원종이 신사전을 불렀다. 신사전은 그 동안의 과정과 일본인을 납치해 온 사정에 대해 상세히 설명했다.

원종이 말했다.

"나라의 공인들로서 남의 나라 백성을 잡아왔으니 떳떳한 일은 아니다. 그러나 일본정부의 푸대접이 있었고 우리측의 만류에도 몽골인들이 그렇게 했으니 어찌하겠는가. 그대가 몽골 사신과 함께 일본인들을 몽골로 데려다 주어라."

신사전은 헤이디-인홍과 함께 몽골로 가서 쿠빌라이에게 그간의 과정을 설명하고 일본인들을 바쳤다.

쿠빌라이는 기뻐하며 말했다.

"고려왕이 짐의 명령을 공경히 받들어 그대들이 험하고 어려운 길을 사양하지 않고 들어갔다가 살아 돌아와서 복명하니 그 충절이 칭찬할 만하다. 그러나 잡혀온 왜인들이야 무슨 죄가 있겠는가."

쿠빌라이는 신사전과 왜인들에게 후한 상을 내렸다.

쿠빌라이는 일본인들을 불러들여 위로하며 말했다.

"그대들이 여기에 오게 된 경위에 대해서 자세히 들었다. 무척 놀라고 고생이 많았을 것이다."

왜인들은 어안이 벙벙해서 아무 말도 못하고 있었다.

"그대의 나라 일본이 중국에 조공한 것은 그 유래가 오랜 일이다. 지금 내가 일본과 통호를 바라는 것은 그대들의 나라로부터 무엇을 얻어내자는 것이 아니다. 짐은 다만 후세에 짐의 명성과 몽골의 위광을 남기고자 할 따름이다."

일본인들은 몸을 조아리며 황공해 할 뿐 아무 말도 못했다.

쿠빌라이는 일본인들을 후하게 대접하면서 새로 지은 대도의 궁전들과 주변의 사찰을 구경시키라고 명했다.

그들은 거대하고 아름다운 궁전들과 시가, 그리고 절들을 보고 감탄을 연발했다.

"부처님이 산다는 천당이나 불찰(佛刹)이 있다는 말을 들었는데, 여기가 바로 그런 곳이구나."

그 말을 전해 듣고 쿠빌라이는 그들에게 자기의 만수산 궁전도 보여주게 했다.

그 후 어느 날이었다. 신사전은 대마도에서 회항할 때 그 왜인들에게 석방귀환을 약속한 사실을 생각했다.

그렇다. 저들을 돌려보내야 한다. 쿠빌라이도 저들은 죄가 없다고 말했다. 그러나 헤이디의 말처럼, 외국인의 기능을 배우려고 기능인 포로들을 데려다 중용하는 몽골이 일본인들을 어로요원으로 붙잡아둘지도 모른다. 내가 나서서 쿠빌라이를 설득하여 약속대로 일본인들을 돌려보내도록 해야겠다.

신사전은 용기를 내어 쿠빌라이에게 들어갔다.

"폐하의 말씀대로 저 왜인들이야 무슨 죄가 있겠습니까. 더구나 싸우다 잡힌 전쟁포로도 아닙니다."

"돌려보내자는 말씀인가?"

"그렇습니다. 저들을 이곳에 잡아둔들 무슨 소용이 있겠습니까. 석방하여 일본으로 돌려보내 세계를 다스리는 제왕이신 폐하의 관후한 성덕과 몽골의 위대함을 왜인들이 알게 하십시오."

쿠빌라이가 잠시 생각하다가 말했다.

"그대 말이 옳다. 그리 함이 좋겠다."

쿠빌라이는 신사전의 요청을 받아들여 일본인들을 돌려보내기로 했다.

몽골은 제3차 사절파견으로도 일본과의 통호(通好)에 실패했다. 일본의 고집은 세계를 제패해 나가고 있는 몽골 황제 쿠빌라이의 자존심을 건드렸다. 신사전과 혜이디로부터 방일 전반에 관한 보고를 받고 쿠빌라이가 말했다.

"일본이 아직도 우리 몽골 무서운 줄을 모르는구나. 말로는 되지 않을 나라이니 회초리를 들어 버릇을 고쳐줘야 하겠다."

쿠빌라이는 일본에 대해 외교교섭을 포기하고 무력공벌을 결심했다.

"그래. 이제 남은 것은 중국의 장강(長江, 양자강) 이남에 있는 송나라와 월남국, 그리고 바다 건너의 섬나라인 일본과 인니국(印泥國, 인도네시아). 이 네 나라뿐이다. 내 결코 이들을 그냥 놔둘 수 없다. 그들은 모두 큰 물 건너에 있어 그 물을 믿고 있으니, 아무래도 조선 기술과 수전 능력이 뛰어난 고려의 도움이 필요하겠구나."

쿠빌라이는 곧 미정벌 국가들에 대한 무력원정을 준비하면서, 고려에 대해 몽골의 일본 정벌전쟁을 도우라는 조전(助戰) 압력을 가해오기 시작했다.

쿠빌라이는 고려의 항몽파 무인들의 제거를 생각했다.

임금은 항복했는데도 고려군이 항전을 계속하고 있는 것은 항몽파 군부가 집권하고 있기 때문이야. 따라서 고려의 반몽 군부세력의 제거가 급선무다. 그들을 완전히 제거하지 않으면 우리는 일본원정을 단행할 수 없다. 김준 같은 항몽파 무인들이 정권을 잡고 있는 한 고려에 대한 몽골의 명령은 먹혀들지 않는다. 국왕 원종이나 화친파 문신들의 친몽정책도 제약될 수밖에 없다.

쿠빌라이는 원종과 나눈 밀담을 떠올리고 있었다.

원종에게 무인제거를 얘기했는데도 아직 김준이 건재한 것을 보니 원종의 힘으로는 불가능한 모양이야. 그러면 우리가 나설 수밖에 없지.

쿠빌라이는 다시 일본에 사신을 파견키로 하고, 유루다(Yuluda, 于婁大)와 우정(于璇) 등 6명을 왜인 두 명과 함께 고려로 보냈다. 이들은 신사전과 함께 그해 원종 10년(1269) 7월 20일 강도에 들어왔다. 쿠빌라이는 종전대로 고려에 대해 그들을 일본까지 안내하라고 요구했다.

그때 고려에서는 반년 사이에 정변과 권력교체가 빈번하게 일어나고 있었다. 원종이 임연(林衍)의 임을 빌어 그해 12월 김준을 제거했고, 집권한 임연은 원종의 대몽종속과 문권강화에 항거하여 이듬해(1269) 6월 원종을 폐하고 왕창을 왕으로 추대했다. 이런 소란의 계속으로 국내가 정신없이 돌아가고 있을때 유루다 일행이 강화경에 도착했다.

임연은 전권을 행사하고 있었지만 몽골의 심사를 건드려서는 안 된다고 판단하여 김유성(金有成)과 고유(高柔)를 그들과 더불어 일본으로 가게 했다. 일행은 모두 60여 명이었다. 이것이 여몽의 제4차 일본회유 사절단이다.

이들은 몽골 중서성의 첩문(牒文)과 고려 경상진안동도(慶尙晉安東道) 안찰사 첩문 등의 두 나라 국서를 가지고 갔다.

내용은 지난번에 보낸 것과 일치했다. 몽골 중서성의 문서에서는 '우리는 일본에 대해서 용병(用兵, 전쟁)하기를 원치 않는다'고 전제하고 조공을 요구하면서, 일본이 몽골의 요구를 계속 거부할 경우 '군사를 쓸 것'이라는 의사를 분명히 밝혀, 다시 일본을 위협했다.

여몽 사절단은 그해 9월 17일 대마도 서해안에 이르러 이나우라(伊奈浦) 항구에 배를 대고 일본인 포로들을 풀어주었다. 그들은 다시 대마도 관부로 가서 가져간 국서들을 전했다. 대마도 당국은 그들을 대마도에 머물러 있게 하면서 국서들을 대재부(大宰府)로 보냈다.

고려와 몽골의 사절들은 며칠 후 대재부로 갔다. 그들은 대재부의 수호소(守護所)에 수용됐다.

한편 9월 24일 국서를 받은 일본 대재부의 쇼니는 그 문서들을 가마꾸라 막부로 보냈고, 막부에서는 그 문서를 검토한 다음에 교또의 왕부로 보냈다.

조정의 검토회의에서 사실상 왕권을 행사하는 고사가(後嵯峨) 상왕이 말했다.

"몽골과 수교하지 않는다는 우리 방침을 바꿀 수는 없다. 그러나 대국과의 전쟁을 자초할 수도 없다. 국서에 대한 회신 거부는 전쟁의 빌미가 된다. 이번에는 회신 국서를 보내야 한다."

왜왕 가메야마(龜山)도 동의했다.

이래서 교또의 일본 왕부(王府)에서는 몽골의 수교요구는 거부하되, 수교거부 내용의 답신은 여몽 양국에 보내기로 했다. 일보 후퇴였다.

고사가가 다시 말했다.

"즉시 회신서를 보내라. 우리의 적국은 몽골이지 고려가 아니다. 몽골과 일본의 중간에 있는 고려는 몽골에 투항했기 때문에 어쩔 수 없이 나선 것이다. 이 점을 고려하여 문서를 작성하라."

문서작성을 맡은 사람은 스가와라 나가나리(菅原長成)였다. 스가와라는 몽골과 고려에 보낼 두 통의 국서를 썼다. 몽골과 고려에 대한 일본의 태도에는 차이가 있었다.

몽골에 보낼 문서인 일본국태정관첩(日本國太政官牒)의 내용은 이러했다.

일본이 몽골에 보낸 국서

일본은 귀국과 사절을 교환한 바가 없으니, 귀국에 대해 좋고 나쁨이 있겠는가. 그러나 귀국은 지금까지 우리에 대해 이유를 모르게 흉기를 사용하려 하고 있다. 봄바람이 다시 불지만, 얼어붙은 얼음은 아직도 두껍다. 성인의 글이나 석가의 가르침에는, 구원받아서 살아난 것은 소회(素懷)라 하고, 생명을 약탈하는 것을 악행(惡行)이라 한다. 귀국은 어째서 황제의 덕이 있고 인의의 나라라고 칭하면서, 오히려 '서민을 상살하는 근원'을 열려고 하는가.

여기서 말한 '서민을 살상하는 근원'은 바로 전쟁이다. 이것은 몽골이 용병 운운하는 말을 한 데 대해서 그 의도를 반박한 내용이다. 몽골의 요구를 거부한 것임이 분명했다.

고려에 보낼 문서인 일본국대재부수호소첩(日本國大宰府守護所牒)은 아주 온건하게 되어 있다.

먼저 몽골이 잡아갔던 일본인 두 사람을 송환해 준 데 대해 감사를 표시하고, 여몽 사절단이 도착했을 때 대마도 당국이 해안에 병력을 집결시켜 놀라게 한 데 대한 사과를 했다. 또 머물러 있는 동안 어려움이 없도록 식량과 식수를 지원해 주겠다고 밝혔다. 이것은 호의적인 태도였다.

당시 일본의 내정은 군부의 막부가, 외교는 임금의 왕부가 각각 맡고 있었다. 따라서 관례대로라면, 이들 문서는 형식상 막부를 거쳐 대재부를 통해서, 여몽 사절들에게 전달될 것이었다.

그러나 일본의 실권을 잡고 있던 가마꾸라 막부는 전쟁이 나면 군부가 맡게 된다는 이유로 왕실이 작성한 회신문서를 검토했다. 문구를 분석해 가면서 내용을 세세히 검토 끝에 막부는 비록 거부문서라 해도 굳이 그것을 보내는 것은 전략상 이득이 안 된다고 판단했다.

막부싯겡 호죠 도끼무네(北條時宗)가 말했다.

"우리가 자주를 지켜 몽골에 조공하지 않고 저항키로 했으면 그 방침을 강하게 고수해 나가야 한다. 왕부의 이런 나약한 문서를 고려와 몽골에 보낼 수는 없다. 몽골이 전쟁을 걸어온다면 단호하게 나서서 싸워 물리쳐야 한다. 몽골에 완강히 저항해온 고려가 항복한 것은 무인정권이 항몽정책을 완화했기 때문이다."

막부의 왕실 회신국서 차단은 왕실의 결정에 대한 막부의 거부였다. 교또의 왕부와 가마꾸라 막부의 이중정치 체제에서, 외교문제에 우선권을 가지도 있던 왕부가 막부에 의해 부정됐다.

일본에서도 몽골에 대한 정책을 둘러싸고 문신 중심의 왕부 온건론이 무인 중심의 막부 강경론에 꺾였다. 이와 함께 외교의 주도권은 관례를 깨고 사실상 왕부에서 막부로 넘어갔다.

여몽 사절단은 빈손으로 돌아왔다. 제4차 대일회유도 실패로 끝났다.

몽골의 재상 조양필(趙良弼)이 일본사절로 갈 것을 자청하여 고려에 온 것은, 그로부터 3년이 지난 뒤였다.[35]

---

35) 조양필이 고려에 온 것은 1272년이다. 이때 고려 수도는 강화에서 개경으로 옮겨지고, 항몽집단 삼별 초가 등장하여 진도에 왕국을 세우고 있었다.

제 5 장

천민 김준의 천하

김준은 몽골로 오라

원종 9년(1268) 정월. 새해가 되면서 원종의 걱정이 더욱 커졌다. 국왕
으로서의 자기 위치는 확고해지고 있었지만 몽골의 조전(助戰, 전쟁지원)
압력이 계속되고, 무인 항몽세력은 노골적으로 왕권강화나 몽골 조전에
반발하고 있었기 때문이었다.

앞으로 몽골과의 사신왕래나 외교협의는 더욱 빈번해질 테고 조전 문
제를 무인들이 맡게 되면 일이 제대로 되지 않을 것은 불문가지다. 쿠빌
라이도 김준을 제거하고 무인정권을 약화시켜야 한다고 했다. 그래 김준
을 없애자.

원종은 다른 신하에게 강한 힘을 주어 강신을 제거해야 한다는 쿠빌라
이의 말을 떠올리면서 항몽파의 영수 김준과 화친파의 영수 이장용을 놓
고 무게를 달고 있었다.

군사를 쥐고 있는 김준은 지금 교정별감에 시중을 겸하고 있다. 시중은
권력이 별감에는 미치지 못하지만 나라의 행정을 총괄하는 수석 재상이
아닌가. 몽골과의 외교를 맡은 시중 자리를 계속 김준에게 주면 일이 어
려워진다. 시중은 김준에서 떼어 이장용에게 주어야 한다.

그러나 그때까지도 원종에게는 김준을 맘대로 할 힘이 없었다. 그래서

그는 김준을 불러 의논키로 했다. 김준이 강화궁의 대전으로 들어갔다.

원종이 말했다.

"그 동안 짐이 보건대, 시중 자리는 몽골과의 관계를 떠맡는 귀찮은 자리요. 공은 군권을 장악하고 항몽전을 주도해 온 입장이니, 몽골과의 외교관계에서 피하는 것이 공에게도 편하고 나라에도 좋을 것 같은데, 공의 생각은 어떻소?"

김준의 사전 양해를 얻자는 생각이다.

"시중이 비록 일인지하 만인지상(一人之下 萬人之上)의 고위직이긴 하나 폐하의 신하임엔 틀림없습니다. 신하의 임용과 면직은 오로지 폐하의 권한이십니다. 신은 어의에 따르겠습니다."

"고맙소. 그게 나을 것이오."

이래서 원종은 그해 정월 인사 때, 시중인 김준을 해임하고 이장용을 그 후임으로 임명했다. 원종으로서는 대단한 용단이었다. 이래서 김준은 시중이 된 지 3년만에 그 자리에서 물러났다.

그 소식을 전해 듣고 김준 진영에서는 초강경파들이 나서서 외쳤다.

먼저 차송우(車松祐, 장군)가 말했다.

"아니, 임금이 시중을 화친파 이장용에게 넘겨주었단 말입니까! 이장용은 몽골과의 협력을 주장하는 친몽분자입니다."

이제(李悌, 장군)가 나섰다.

"그렇습니다. 이장용 같은 간사한 자가 시중을 맡으면 앞으로 대몽관계는 임금과 시중이 자기네 맘대로 요리하게 됩니다."

허인세(許仁世, 낭장)는 팔을 걷어붙이면서 말했다.

"이건 그냥 넘겨서는 안 될 중요한 사안입니다."

김준이 나섰다.

"그러나 나는 별감직을 계속 가지고 있다. 게다가 군권이 우리에게 있지 않은가. 시중은 권력도 없으면서 잡일만 많은 자리다. 내버려두어라."

그러나 김준의 직계이자 항몽 강경파들이 열을 올려가며 반대했다.

먼저 손원경(孫元慶, 장군)이 말했다.

"이대로 그냥 넘어가면 세상에서는 이걸 우리가 밀리고 있다는 증거로 받아들입니다. 우리가 조정안에서 밀리고 있다는 인상을 주어서는 안 됩니다. 그러면 우리를 질시하는 자들이 딴 마음을 먹기 시작합니다."

김창세(金昌世, 낭장)도 나섰다.

"그렇습니다. 우리가 밀리기 시작하면 임금이나 화친파 문신들 그리고 무인 중에서 우리를 넘보는 자들의 도전을 불러일으킵니다. 무인경시나 화친파의 도전을 조기에 차단하기 위해서도 이번 인사를 뒤집어놓아야 합니다."

김준이 말렸다.

"고맙다. 그러나 그만 해두자. 다른 문제는 내가 다 알아서 처결할 것이다."

이래서 원종의 시중 교체 파동은 김준의 만류로 표면화되지 않고 그냥 넘어갈 수 있었다.

쿠빌라이는 답답했다.

항몽파가 고려권력을 장악하고 있는 한 고려의 왕권은 취약할 수밖에 없다. 왕권이 약하면 몽골의 고려정책이 이행되지 않는다. 앞으로 고려는 우리의 정벌전쟁에 군사를 보내고 장비와 물자를 보태야 한다. 그런데 원종은 뭘 하고 있는가. 내가 그렇게 가르쳐 주었는데도, 원종은 자기 권력을 강화하지 못하고 있어. 그가 김준이나 항몽세력을 제거하기는 어려울 것이야. 그러면 내가 나서야지.

그러면서 쿠빌라이는 고려에 사신을 보내기로 했다.

그해 3월 27일이었다. 몽골은 자기네 북경로 총관(北京路摠管) 겸 대정부윤(大定府尹)인 유예순토(Yuyesunto, 于也孫脫)와 예부낭중 맹갑(孟甲)을 고려에 보내, 쿠빌라이의 조서를 원종에게 전했다.

조서 내용은 쿠빌라이가 왕창에게 말한 것을 문서화한 것이 대부분이었다. 그 밖의 내용은 이러했다.

쿠빌라이가 원종에게 보낸 조서
우리 태조 칭기스 황제께서 정한 제도에 '무릇 몽골에 내속한 모든 나라는 볼모를 몽골에 바치고(人質), 군사를 내어 정벌전쟁을 도우며(助戰), 양식을 운수해 오고(食糧), 우역을 설치하고(驛站), 백성의 호수를 조사하여 호적에 올리고(戶籍), 몽골의 다루가치를 그 땅에 두어야 한다(行政官)'고 돼있다.

고려는 그중 우역 한 가지는 불충분하지만 설립했다. 그러나 나머지 다섯 가지는 받들어 시행치 않았다. 듣건대 고려의 정권이 예전부터 좌우의 근신에게 가있다고 하니, 그들이 방해하여 경으로 하여금 짐의 말을 듣지 못하게 하는가.

우리 조정에서는 이제 송나라를 토벌하려 한다. 그대는 우리를 도울 만한 사졸과 전함의 수량을 스스로 헤아려서 마련하고, 운수할 식량은 곧 저축하도록 하라. 다루가치와 호적의 일에 대한 경의 생각은 어떠한가.

이제 특별히 사신을 보내어 조서를 가지고 가게 한다. 마땅히 사실 그대로 성실히 보고하되, 해양공 김준의 부자와 시중 이장용으로 하여금 주본(奏本, 임금에게 올리는 보고서)을 만들어 이 황도에 와서, 짐에게 자세히 아뢰도록 하라.

그 조서는 고려가 몽골을 도와 송 나라를 토벌할 군사와 전함·식량을 준비하고, 그 상황을 집정자 김준과 새로 시중이 된 이장용이 직접 몽골에 와서 보고하라는 내용이었다. 최고의 관직인 시중이자 화평파의 선봉장인 이장용과 최강의 실력자인 교정별감이자 항몽파의 중심인 김준의 동시 호출이었다. 몽골 황제 쿠빌라이는 김준의 아들 김대재와 아우 김승준도 함께 들어오도록 명령했다.

김준은 불길한 생각을 금할 수 없었다.

쿠빌라이가 나를 부르는 것은 불쾌하지만 이해할 수는 있다. 그러나 내 형제와 부자들까지 함께 부르다니? 무슨 음모가 있다.

김준은 그가 가장 믿고 의지하는 심복 책사인 항몽과 차송우를 불렀다.

"몽골이 왜 나를 들어오라고 했겠는가?"

"아마도 고려 임금과 몽골 황제가 공모하여 영공을 잡아두려고 하는 것일 겁니다. 임금이 몽도(蒙都, 대도)에 체류하는 동안 황제가 밤에 임금을 궁전으로 불러 단둘이 앉아서 오랜 시간을 보냈다고 합니다. 그때 무슨 음모가 있었음이 분명합니다."

"그러면 내가 몽골에 갈 수가 없겠구만?"

"그렇습니다. 몽골은 영공을 잡아 가두고 자기들의 요구를 모두 시행하도록 압력을 가할 것입니다. 영공께서 가시면 안 됩니다."

"어떻게 하면 좋겠는가?"

차송우는 강경했다.

"몽골 사신 유예순토나 맹갑을 잡아 죽이고 우리가 멀리 섬으로 가서 숨으면 어떻겠습니까? 물론 임금과 조정도 함께 끌고 가야 합니다."

"몽사들을 처형하고 다른 섬으로 천도한단 말이지?"

"예. 최우 공은 나라가 위기에 몰리자 몽골 다루가치들을 죽이고 이 강도로 천도했습니다. 영공께서도 그 전략을 따라 몽사를 처형하고 재천도하는 겁니다. 나라를 위해서입니다."

이것이 항몽 자주파들이 구상한 이른바 해도재천론(海島再遷論)이다. 해도재천론은 강화도를 버리고 다시 더 먼 섬으로 조정을 옮겨 몽골에 대항을 계속하자는 항몽전략이다.

김준은 속으로 '그래 나도 최우 공보다야 못할 것이 없지' 하면서 물었다.

"다시 섬으로 천도해도 되겠는가?"

"안될 것이 없습니다. 저들은 이 가까운 강화도에도 건너오지 못하는데, 탐라 같은 더 먼 섬에까지야 감히 올 생각이나 하겠습니까?"

"먼 섬이라면 어디를 말함인가?"

"남쪽에 가면 탐라같이 물산이 많고 방어하기 좋은 섬이 있습니다."

"임금이 들어주겠는가?"

"듣지 않으려 할 것입니다. 그러나 강행해야지요. 고종도 천도에 반대했지만 최우 공이 고종을 강박하여 강화천도를 강행하지 않았습니까."

"그랬지."

"지금은 임금과 몽골이 공모하고 있습니다. 지금까지 역대 무인정권의 영공들이 모두 자기네 뜻대로 모든 것을 처결했지, 언제 왕의 말을 들었습니까? 힘을 내십시오, 영공."

"다시 섬으로……"

"예, 영공. 일찍이 이곳 강화 태생의 배중손(裵仲孫)·김통정(金通精) 등이 해도재천을 주장해 왔습니다. 조정이 몽골에 투항하는 쪽으로 기울자, 그들은 자기네 고향을 버리고 다시 천도하자고 주장했습니다. 지금은 해도재천론이 삼별초 군사들 사이에 강력한 공감을 얻고 있습니다. 유존혁(劉存奕) 장군과 지유인 노영희(盧永禧) 등도 그런 해도재천 지지자들입니다."

"그런가. 다 믿음직한 군관들이군. 해도재천이라."

"그렇습니다, 별감어른."

몽골과의 화친관계가 무르익어 가면서 고려 무인정권의 새로운 전략구상으로 제기된 해도재천론은 오래 전부터 배중손·김통정 등에 의해 거론돼 오다가, 이때 차송우에 의해서 표면화됐다. 해도재천의 전략구상은 정책토론에서 공식적으로 논의되기 시작한 것이다.

임금을 폐합시다

쿠빌라이의 호출을 받은 김준은 차송우로부터 몽골사신의 처형과 해도 재천에 관한 얘기를 들은 다음 날 일찍 입궐했다. 그는 바로 대전으로 들어가서 원종에게 말했다.

"폐하, 신은 할 일이 많아 강도를 떠날 수 없습니다. 더구나 몽골까지야 어떻게 가겠습니까?"

예상대로 원종은 고개를 가로 저었다.

"지금 몽골은 세계를 평정하고 송과 고려만 남겨두고 있소. 우리도 어차피 출륙하지 않을 수 없을 것이오. 그 동안 우리와 몽골의 관계가 많이 좋아졌고, 이를 더욱 발전시킨 다음에 우리는 강도를 떠나 개경으로 환도해야 하오. 마침 세조 쿠빌라이는 덕망이 너그럽고, 특히 우리 고려에 대해서는 크게 호감을 가지고 있으니 영공이 들어간다 해도 위험은 없을 것이오."

김준은 속으로 생각했다.

차송우의 말처럼 임금은 역시 몽골과 공모하여 나를 제거하고 왕권을 강화하여 항몽정책을 친몽정책으로 바꾸려는 것이다.

김준이 잠자코 있자 원종이 다시 말했다.

"내가 있으니 쿠빌라이 황제에 대해서는 아무 걱정 마시오. 가서 중국과 몽골의 산천과 사람들의 생활 모습을 둘러보고 오시오. 오가는 길이며 도시들이 볼 만합다. 대도 북쪽의 만리장성도 보아두고요."

"그러나, 폐하. 신은 몽골을 믿을 수 없습니다. 신이 시중을 내놓아 대몽외교를 이장용 시중이 맡고 있습니다. 따라서 이 시중이 가면 될 것인데 몽골 황제가 왜 신을 불렀는지, 그 저의를 이해할 수 없습니다. 더구나 그는 우리 형제와 부자 등 일족을 다 불렀습니다. 이것을 어떻게 의심하지 않을 수 있습니까?"

"그렇지요. 그 점은 좀 이상하긴 하지만 그러나 별일이야 있겠소? 쿠빌라이는 큰 사람입다."

김준은 속으로 '아니야. 뭔가 있어. 별일이 있을 것이야' 하면서 말했다.

"쿠빌라이의 마음속엔 분명히 감춰진 저의가 있습니다. 저희를 잡아 처단하고 친몽정책을 강화하려는 것이 틀림없습니다."

그렇게 말하고 김준은 편전에서 물러 나왔다.

원종은 쿠빌라이가 했던 말을 떠올리면서 생각했다.

그래. 김준의 추리가 맞을지도 몰라. 내가 못하니까 쿠빌라이 본인이 나서려는 것이다.

김준은 돌아와서 다시 책략과 이론의 천재라는 자기 진영의 장군 차송우를 불렀다.

김준이 임금의 반응을 전해주자 차송우가 말했다.

"그것 보십시오. 임금은 몽골로 하여금 영공을 연금하거나 처단케 한 다음, 국정을 임금 자신이 전단하고, 나라를 몽골에 바치고 항복하려 하는 것입니다. 자기 일신의 안전과 왕위 확보를 위해서입니다."

"그렇겠지?"

"물론입니다. 몽도에 가시면 절대로 안 됩니다. 그건 우리의 파국일 뿐입니다. 다시 임금께 가서 단호하게 말하십시오. 몽골엔 절대로 갈 수가 없고, 저들의 사신을 베어서 우리의 단호한 항전의지를 보여야 한다고 말입니다."

항몽파 김준은 차송우의 말이 마음에 쏙 들었다. 그러나 임금이 문제였다. 김준이 주저하고 있자 차송우가 다그치듯 말했다.

"한 번 찍어 넘어가지 않는 나무는 열 번이고 백 번이고 계속 찍는 겁니다. 다시 부딪쳐 보십시오."

차송우는 주저하는 김준을 밀어붙이듯이 독촉했다.

"나 혼자 불렀어도 들어가지 않을 터인데 동생과 아들들까지 함께 부르다니?"

김준은 그런 불길한 생각을 떨쳐버리지 못하면서 다시 임금에게 갔다.

"저는 몽골에 가지 않겠습니다. 아무리 생각해 보아도 내가 몽골에 가야할 이유가 없습니다. 저는 여기서 할 일이 많습니다."

"나를 믿고 다녀오시오. 별 일 없을 것이오."

원종은 지난번과 같은 '나만 믿으라' 는 말만 반복했다.

"아닙니다. 저는 안 갑니다."

김준은 다시 궁궐을 나섰다.

김준은 원종의 말을 듣고 나와서 다시 차송우를 불렀다.

"임금은 내가 뭐라고 말해도 듣지 않고 자꾸만 몽골에 다녀오라고 한다. 어찌해야 하겠는가?"

"내 말이 틀림없습니다. 임금과 몽골이 공모하여 영공을 잡아 가두고 고려를 완전히 몽골의 속령으로 만들려는 것입니다."

"이미 우리는 몽골의 속령이 되어있지 않은가?"

"그러나 영공이 이렇게 버티시고 있는 한 고려가 몽골의 완전한 속령이라고 할 수는 없지요. 지금 고려를 이 정도라도 버텨주는 것은 영공의 확고한 저항태세 때문입니다. 나라의 공식 관직인 시중을 빼앗고 별정직인 별감만 남겨둔 것도 임금과 쿠빌라이의 공모에서 나온 겁니다."

"음, 그렇겠군. 그러나 왕이 저렇게 두 번이나 계속 거절하니 어떻게 하면 좋겠는가?"

차송우가 말했다.

"용손(龍孫)이 어찌 지금의 임금뿐이겠습니까? 왕재(王材)는 많습니다. 제왕들이 많이 있지 않습니까?"

제왕(諸王)은 왕족으로서 귀족의 작호(爵號)를 받은 사람들이다.

"임금을 폐위하고 다른 왕을 세우자는 말인가?"

"정중부와 최충헌 등 역대 무인 집정자들이 다 그런 방법을 써서 권력을 잡아 유지해 오지 않았습니까? 본때를 보여줘야 합니다. 힘을 내소서, 영공. 임금의 폐금입신(廢今立新)은 얼마든지 있는 일입니다."

차송우는 지금의 임금(今上)을 폐하고 새로운 임금(新王)을 세우자고 주장했다.

"허나, 그게 어디 쉬운 일인가?"

"지금 고려에서 우리의 힘을 당할 자가 있습니까. 왕건 태조께서도 태봉국 궁예왕의 장군으로 있으면서 공을 세워 아찬(阿湌) 알찬(閼湌) 파진찬(波珍湌)[36] 등의 벼슬을 거쳐 시중이 되었다가, 임금을 폐하고 자신이 임금으로 즉위했습니다."

"태조는 그리 했지."

"지금 영공도 공을 세워 정사공신으로 올라 시중을 지냈습니다. 헌데 무엇을 그리 염려하십니까? 결단을 내리십시오, 영공."

"나보고 혁명하여 왕이 되라는 말인가?"

"하명만 하십시오. 제가 완전하게 처리하겠습니다."

---

36) 아찬(阿湌); 신라 17관등 중에 제6관등. 대아찬(大阿湌)의 바로 아래, 일길찬(一吉湌)의 바로 위다. 아찬은 6두품에 오를 수 있는 자격을 갖는다. 발음 그대로 아찬(阿飡)이라고 쓰기도 하고, 한자 발음 그대로 아손으로 읽기도 한다. 飡의 한자 발음은 찬 또는 손.
알찬(閼粲 또는 閼飡); 신라제도를 모방해서 만든 태봉의 8관등 중의 제7관급 벼슬.
파진찬(波珍湌); 태봉의 8관등 중 다섯째 관급. 신라 제도로는 17관등 중 넷째 관급으로 잡찬의 아래, 대아찬의 바로 위다.

"자신할 수 있는가?"

"지금 고려의 군사는 야별초이고, 야별초는 모두 우리 수중에 있습니다. 신의군과 마별초도 우리 편에 있습니다. 이 고려에서 영공이 하셔서 안 될 일은 없습니다. 우리는 그렇게 뿌리가 깊고 강력한 최씨정권도 몰아내지 않았습니까. 무엇이 두렵습니까. 빨리 결심해서 하명해 주십시오, 영공 어른."

"알았다."

임금 폐위. 1170년 무인정변 이후에는 흔히 있어온 일이다. 그러나 최충헌이 희종을 폐한 마지막 폐왕정변(廢王政變)이 있은 지도 벌써 50년이 지났다. 그러나 지금 몽골과의 화전문제(和戰問題)를 놓고 다시 무인들에 의한 임금폐위 문제가 거론되기 시작했다.

김준은 자신에 찬 차송우의 말을 옳게 여겨 우선 몽골의 사신부터 죽이기로 작정하고 도병마의 녹사인 엄수안(嚴守安)으로 하여금 중서문하성(中書門下省)과 중추원(中樞院) 양부에 통보하도록 했다.

엄수안이 말했다.

"중서문하성과 추밀원은 고집 센 문신들이 임금을 보좌하며 친몽화해를 추진하고 있습니다. 그 양부가 영공의 의견에 순순히 따라 주겠습니까?"

"쉽게 따르지는 않겠지. 그러나 알고 보면 그들도 모두 몽골을 싫어하고 환도를 두려워하고 있다. 가서 우리 뜻을 그대로 알려라."

'무모한 발상'이라고 생각한 엄수안은 고개를 갸웃하면서, 김준의 말을 따라 양부로 갔다.

"김준 별감께서는 지금 강화경에 와있는 몽골의 사신 유예순토와 맹갑과 그 수행원들을 처단하여, 저들의 부당한 요구를 들어주지 않겠다는 우리의 의지를 보여주겠다고 합니다. 그는 곧 이를 실행키로 결정하고 준비를 시작했습니다."

양부회의에서 이 말을 들은 중신들은 모두 안색이 변한 채 아무 말도 못하고 있었다.

"처단해도 되겠습니까?"

엄수안이 대답을 요구하자 그때부터 중신들은 입을 열었다.

"뭐라? 분명히 그게 사실인가?"

"예, 틀림없습니다."

그렇게 말하는 엄수안도 곤혹스런 표정이었다.

"세계를 쥐고 있는 강대국의 사신을 어찌 그럴 수 있단 말인가."

"설사 약소국의 사신일지라도 잡아 죽여서는 안 되는 법이오."

"우리가 몽골 사신을 죽이면 그들이 가만히 있지 않을 것이오. 여진족이 죽인 저구유를 우리가 죽였다고 하여 침공해 오지 않았는가."

"지금 오랜 전쟁이 끝나가고 있는데 영공은 왜 다시 전쟁을 불러오려 하는가."

반대론이 빗발치자 엄수안이 말했다.

"그러나 분명한 것은 이것이 김준 공이 숙의하고 숙고한 끝에 내린 결단이라는 점입니다."

'어떻게 그럴 수가 있느냐'는 표정들이었지만 김준의 결단이라는 말에 아무도 대꾸하지 못했다.

엄수안은 모두가 몽골 사신 처형을 반대하고 두려워하고 있음을 읽고 김준의 아우인 김승준에게로 갔다.

김승준은 김준과는 달리 합리적으로 생각하는 사람이었다. 게다가 김승준은 평소부터 엄수안을 신뢰하고 있었다.

엄수안이 김승준의 집에 갔을 때, 마침 김승준은 가벼운 병을 앓고 있었다.

엄수안이 말했다.

"영공이 몽골 사신을 처단하려 하고 있습니다. 이 얘기를 듣고는 양부의 모두가 안색이 변해서 처음에는 아무 말도 못했습니다."

"그것은 반대한다는 뜻이 아니겠는가?"

"그렇습니다. 내가 '그래도 되겠느냐' 고 물었더니, 그들은 몽골 사신을 처단할 경우 우리가 겪게 될 사태를 걱정하며 모두 두려워하고 있었습니다."

"그럼 어떻게 해야 하겠는가?"

"옛날부터 군사가 서로 싸우면 임금이나 장수의 사신들이 양군 사이를 오가면서 서로 의견을 나누었습니다. 사신의 신변 안전을 서로 보장하는 것이 그때부터 생겼습니다. 약소국인 우리 고려가 강대국인 몽골 사신을 해하는 것은 결코 유리한 계책이 못됩니다."

"고구려의 연개소문도 당나라의 사신을 감금하고 죽이지 않았는가? 그것이 나라의 주체성과 강력함을 상대에게 알리는 것이 아니겠는가."

"바로 그것 때문에 고구려는 당나라의 공격을 받게 되고, 결국은 당나라에 의해 멸망해서, 우리 민족이 만주 땅을 중국에 빼앗기지 않았습니까?"

"그랬지."

"주체성이든 강력함이든, 그런 건 나라가 있은 다음의 문제입니다. 강대한 적을 맞아 저들을 노하게 할 필요는 없습니다. 이제 까닭 없이 몽골의 사신을 죽인다면 약하고 작은 우리 고려는 장차 어디로 가겠습니까? 이것은 우리 자신을 보전하는 계책이 되지 않습니다."

"하긴 그럴 것이야. 몽골 사신을 죽이면 몽골이 가만히 있겠는가. 우리 국가나 신하가 모두 보전되지 못할 것이야. 하긴 몽골이 침공하기 시작한 것도 저구유를 우리가 살해했다는 것 때문이 아니었나."

"그뿐이 아닙니다. 칭기스 때 몽골이 회회국(回回國, 코라슴)을 침공한 것도 회회왕이 몽골의 사신을 죽인 데 대한 보복이었다고 합니다."

"사신을 죽이면 안 되겠어."

김승준은 그렇게 말하고 곧바로 김준에게 달려갔다. 그는 엄수안에게서 들은 양부회의의 상황도 설명했다.

"그래? 그럼 그만 두자."

김준은 아우의 말을 듣고 몽골 사신의 처형을 단념했다. 그러나 자신을 몽도에 가라고 말한 원종에 대해서는 매우 불만스럽게 생각했다.

"나는 절대로 몽골에 가지 않을 것이다. 너희들도 가지 말라."

김준은 각 종파의 승려들을 자기 집에 불러 불공을 드리고 복과 안전을 빌게 했다. 경 읽는 소리가 연일 김준의 동네 일대에 밤낮 없이 퍼져 나갔다. 이런 김준의 누그러진 태도변화는 엄수안의 현명하고도 끈질긴 노력의 결과였다.

엄수안은 원래 키가 크고 담력이 있었다. 일을 처리할 때는 항상 합리적이고 능숙하게 잘 처리해서 그 능력을 인정받고 있었다.

엄수안의 집안은 대대로 강원도 영월군의 아전으로 있었다. 당시의 제도로는 아전에게 아들이 셋이면, 그중 하나는 조정의 벼슬길로 나갈 수 있었다. 엄수안은 그런 경우에 해당되어 중방의 서리로 임명됐다. 그는 관리로 있으면서 공부를 열심히 해 원종 때 과거에 합격하여 도병마의 녹사로 옮겨가 있었다.

원종은 김준 일가를 뺀 채, 그해(원종 9년, 1268) 4월 5일 시중인 이장용을 몽골 사신들과 함께 몽골에 가도록 했다. 이렇게 해서 김준의 입조 문제는 일단 수습됐다.

그러나 폐위 문제가 거론되었다는 것을 안 원종은 이때부터 김준을 두려워하기 시작했다. 김준의 왕위폐위가 실현되지는 않았지만, 원종은 군권을 장악하고 있는 김준에게 공포감을 느꼈다.

몽골 황제와 고려 시중

원종 9년(1268) 4월이었다. 이장용이 몽골 사신 유예순토(于也孫脫)·맹갑(孟甲)과 함께 강화경을 떠나 쿠빌라이가 있는 대도(大都)로 향했다.

몽골과의 전쟁은 끝났지만 화친은 아직 이뤄지지 않았다. 임금과 쿠빌라이의 관계는 좋아졌지만, 고려와 몽골의 관계는 아직 대립상태였다. 그러나 이제 여몽 화친은 대세다. 화친을 추구하되 몽골의 요구를 최소화해야 한다. 그것이 강대국 몽골로부터 약소국 고려를 지키는 길이다. 이것이 화친파의 영수인 이장용의 외교 목표이자 철학이었다.

이장용이 대도에 이르자, 며칠 후 쿠빌라이가 그를 황궁의 자기 편전으로 불러들였다.

"김준은 겁쟁이구만. 그는 왜 오지 않았는가?"

"김준은 할 일이 많아 오지 못했습니다."

"할 일이 많아? 아니야, 겁이 많은 거야. 그러나 그는 분명히 내 입도명령을 거부했다. 이는 용서할 수 없다."

"죄송합니다, 폐하."

그렇게 말하면서 이장용이 원종의 표문을 올렸다. 그 표문의 내용은 이러했다.

원종이 쿠빌라이에게 보낸 표문

하늘은 크기 때문에, 쳐다 보면 항상 아래를 굽어보는 것과 같아서 인간들은 하늘을 두려워합니다. 생명 있는 만물은 마음이 불편할 때에 울면, 그 소리는 반드시 슬프게 들립니다.

폐하께서 지적한 출륙문제는, 우리가 이미 구도 개경에 궁궐을 짓고 있어 준비되고 있습니다. 군대를 보내어 전쟁을 도우라는 문제는, 비록 피로한 백성들밖에 없지만 있는 힘을 다하여 점차적으로 준비하고 있습니다. 병선을 준비하고 군량을 운반하는 문제도, 힘껏 진행하여 장차 가져갈 것을 기약합니다. 다루가치에게 호적을 갖추어 바치는 문제는, 우리가 방금 바다에서 나와 건설 사업을 하고 집을 짓기에 바빠서 짬이 없으니, 그 일이 끝난 다음에 역시 분부대로 하겠습니다.

나의 신하 해양공 김준과 시중 이장용으로 하여금 폐하에게 올리는 문서를 가지고 오라는 문제에 대해서는, 이장용은 훈령을 받들어 몽골 사신과 함께 떠나게 했고, 김준은 마침 개경으로 도읍을 옮기는데 따른 관청배치와 건설사업의 총 지휘를 도맡고 있기 때문에 보내지 못합니다. 급하고 바쁜 일을 마무리 지어 모든 일이 완성되기를 기다렸다가 장차 신이 김준을 데리고 가겠습니다.

쿠빌라이는 원종의 표문을 읽어본 다음, 이장용을 앉혀놓고 질책하듯이 따져 물었다.

"짐이 고려에 우리의 송나라 정벌을 도우라고 했거늘 고려에서는 군사의 숫자를 분명하게 아뢰지 않고 그저 모호한 말로써 얼버무렸다. 바른 대로 말하라. 지금 고려의 군사가 정확히 얼마인가?"

"과거에는 4만의 군사가 있었으나, 30년간의 병란과 역질로 거의 다 죽었습니다."

"죽은 자도 많겠지만, 살아남은 자가 어찌 없겠는가? 고려에도 부녀자가 있는데 어찌 새로 태어나는 사람이 없겠는가? 그대가 비록 나이가 많고 일에 어둡다 한들 어떻게 이리 망령되이 말하는가?"

"몽골군이 철수한 이래로 새로 태어난 자가 있으나 아직은 모두 어리고 나약하여 군사로 쓸 수는 없습니다."

"영령공 왕준이 우리에게 말하기를 고려에 5만의 군사가 있다고 했다."

"5만 군의 얘기는 영녕공(永寧公, 왕준)이 오랫동안 모국을 떠나와서 고려의 실정을 모르기 때문에 나온 말입니다."

"영령공은 아주 자세하고 정확히 말했다. 고려에는 군사가 38령이 있는데 1령이 1천 명이므로 총 3만 8천이고, 기타의 군사가 또 있어 적어도 5만은 넉넉히 있다고 했는데, 어찌 그 말을 믿지 않을 수 있겠는가. 그중 1만은 남겨두고 4만을 내어 우리의 다음 전쟁을 도우라는 말이다."

"신이 4년 전인 갑자년(1264, 원종 5년)에 저희 임금을 모시고 이 황도에 들어왔을 때에도 중서성에서 사천택(史天澤) 정승에게 그런 말을 들었습니다. 우리 태조가 건국 초에 만든 제도는 분명히 그러합니다. 그러나 근래 병화(兵禍)가 잦아 군사와 백성들이 많이 죽었기 때문에, 비록 1령이라 해도 실제 수는 그것에 훨씬 미달합니다. 마치 원나라에 만호패(萬戶牌)[37]가 있다 해도 실제 병력의 합수(合數)는 그에 못 미치는 것과 같은 이치입니다."

쿠빌라이는 이장용의 말을 듣고 믿을 수 없다는 표정으로 말했다.

"그대가 군사의 숫자를 분명히 아뢰었다면, 짐이 어찌 이런 말을 하겠는가."

그러면서 쿠빌라이는 내관을 불러 말했다.

"지금 빨리 가서 영녕공을 들게 하라. 두 사람의 말이 서로 다르니 대질시켜 봐야 하겠다."

황궁 내관들이 왕준의 집으로 달려갔다.

쿠빌라이는 이장용을 향해서 다시 엄중하게 말했다.

---

37) 만호패; 원나라의 군사부대 단위인 만호(萬戶)와 패자두(牌子頭)를 합쳐서 이른 말.

"그대가 본국에 돌아가면 빨리 군사의 숫자를 사실대로 아뢰도록 하라. 그렇게 하지 않으면 장차 군사를 일으켜 다시 고려를 토벌할 것이다."

지극히 위협적이었다.

그러나 이장용은 흔들리지 않았다.

"영녕공과 함께 가게 해주십시오, 폐하."

"짐은 장차 군사를 송나라와 일본을 치는데 쓰고자 한다. 하여 고려를 한 집안같이 보는데, 야속하도다. 고려에 어려운 일이 있으면 짐이 구원하지 않겠는가? 아직 몽골에 입조하지 않은 나라들을 짐이 정복하려 하는데, 고려가 군사를 내어 싸움을 돕는 것은 마땅한 도리다. 그대가 돌아가서 왕에게 말하여 전함 1천척을 만들되 큰 배는 쌀 3~4천석을 실을 수 있게 하라."

"전함에 대한 폐하의 명을 우리 고려가 감히 받들지 않을 수 있겠습니까. 다만 급히 독촉하신다면, 비록 배를 만드는 재목이 있다 해도 시기에 대지 못할까 염려됩니다."

"비슷한 일을 가지고 말하겠다. 우리 국초에 칭기스 황제 때에 하서(河西, 서하국)의 왕이 딸을 황제에게 바치고 화친을 청했다. 그때 하서왕은 '황제께서 여진의 금나라와 회족(回族)의 코라슴을 정벌한다면, 좌우에서 힘을 다하여 돕겠다'고 말했다. 그러나 막상 칭기스 다칸이 회족을 정벌하게 되어 하서왕에게 도움을 명령했지만 하서왕은 끝내 응하지 않았다. 황제께서는 코라슴을 점령한 다음 하서국을 침공했다. 하서의 국왕이 '좌우에서 돕겠다'고 한 약속을 어기고 몽골의 명을 이행하지 않았기 때문이다. 그대도 이런 사실을 알고 있는가?"

"예, 들어서 알고 있습니다. 그러나 우리는 다만 군사가 없고 물자가 빈핍(貧乏)할 뿐이지 약속을 어기거나 명을 거부하는 것은 아닙니다."

"고려에서 송나라까지는 순풍을 만나면 이삼일이면 되고, 일본까지는 아침에 떠나 저녁에 도달할 수 있다. 이것은 고려인들이나 중국인들이 하는 소리다. 그런데, 그대 나라는 어찌하여 일본의 일을 도맡으려 하지 않는가?"

"삼십년간이나 몽골군이 들어와 백성을 살상하고 물건을 불태워서 지금 고려에 그럴 여력이 없기 때문입니다, 폐하."

고려의 군대를 내어 몽골의 팽창전쟁에 동원하는 것은 절대로 안 된다고 이장용은 생각했다. 일본의 정벌에 관한 한, 이장용은 철저한 반대파였다. 그 때문에 몽골 사신들을 만나 일본조공의 무익성과 일본정벌의 불가능성을 설명하고 글로 써서 주었던 일도 있다.

이번에는 이장용이 그런 주장들을 쿠빌라이에게 직접 설명했다. 쿠빌라이는 동의하지는 않았지만 반론하지도 않았다.

이장용은 국상(國相)답게 고려가 몽골의 대일정책이나 대외전쟁에 동원되는 것을 막기 위해 전념했다. 그는 몽골이 일본을 정벌하게 되면, 정벌에 따를 비용과 장비와 인원을 고려가 부담하게 될 것이라고 일찍부터 믿고 있었다.

몽골이 고려의 인구와 병력을 묻는 것도 그런 의도에서 나온 것일 터라 이장용은 국세(國勢)에 대해 일체 몽골에 알려주지 않았다.

이장용은 그때 시중으로서 화친론의 제4세대 영수가 되어 있었지만 국익에 반하면서까지 몽골에 협력하지는 않겠다는 자세였다. 그가 원종을 제쳐놓고 몽골 사신 헤이디와 인홍을 만나 쿠빌라이의 일본접촉을 만류한 것도 그 때문이었다.

그 때 영령공 왕준이 들어왔다. 그가 고려의 병력 수에 관해 말하려 하자 이장용이 나섰다.

"지존(至尊)하신 황제 폐하 앞에서 우리가 다투고 대변(對辯, 대질)하는 것은 예의상 마땅치 않습니다."

그리고는 쿠빌라이를 향해서 말했다.

"사람을 고려에 보내서 확인해 보시면 사실대로 입증될 것입니다. 그리 하십시오, 폐하."

"알았다. 그리 하겠다."

이래서 쿠빌라이 앞에서 고려인끼리 서로 다른 말을 하며 언성을 높이는 일은 없게 되었다.

쿠빌라이는 우두지(Wuduzhi, 吾都止)를 사신으로 삼아, 이장용을 따라 고려에 가서 고려의 전함과 군액(軍額, 병력의 수)을 점검케 했다.

이장용은 의지가 대담하고 판단이 정확하고 논리가 정연할 뿐만 아니라 풍채마저 좋아서, 일국의 재상이 되기에 충분했다. 그는 총명하면서도 공손해서 누구에게나 호감을 샀다. 생활은 검소하고 언행이 침착해서 임금이나 집정자도 그를 함부로 대하지는 못했다.

이장용은 책을 많이 읽어서 막히는 데가 없었다. 그는 경서와 사서는 물론, 음양서와 의약서·율령·역법에 이르기까지 두루 읽어서 모르는 것이 없을 정도였다.

이장용은 문장에 있어서도 당대의 대가였다. 그의 글은 깨끗하고 총민하여 우아하고 넉넉한 데가 있었다.

몽골에서는 고려에 대해 조속히 출륙환도할 것을 요구하고, 원종은 이에 따라 개경으로 환도할 준비를 서두르고 있었다. 화평론자 이장용은 출륙환도는 이제 더 이상 거부하거나 미루기가 어려운 과제라고 생각했다.

그러나 자주파인 집정자 김준과 그 주변의 무인집단에서는 주변정세와는 달리 오히려 강도 고수와 대몽항전의 태세를 강화해 나갔다.

평화론과 자주론, 화친론과 항몽론의 오랜 모순은 계속 갈등하고 있었다.

이장용의 화친론

고려 시중 이장용은 그해 원종 9년(1268) 6월 25일 몽사 우두지
(Wuduzhi, 丟都止)와 함께 강도로 돌아왔다. 그는 방몽을 거부한 김준(金
俊, 교정별감)을 찾아갔다.

"수고했습니다, 이 시중. 내가 가지 않아 쿠빌라이가 노했겠지요."

"그렇소이다. 내가 할 일이 많아 같이 오지 못했다고 했더니, 그는 일이
많은 것이 아니고 겁이 많은 것이라고 하면서, 자기 명을 어겼으니 용서
할 수 없다고 합니다."

"그래요? 용서하지 않아? 그래, 몽골은 어떻습니까?"

"내가 직접 몽골에 가서 보건대 우리가 그들과 계속 대결하는 것은 무
모한 일입니다. 지금 몽골은 세계를 평정해 놓고 마지막으로 송나라에 대
한 공격에 총력을 기울이는 한편, 일본 원정을 준비하고 있어요. 송나라
도 곧 몽골에 복속될 것입니다. 그러니, 우리도 몽골에 대한 항전을 멈추
고 저들과 타협하는 것이 국가 이익으로 보아서 상책입니다."

"우리는 송나라보다 더 잘 견뎌낼 수가 있어요. 이 강도야말로 몽골이
범접할 수 없는 금성탕지가 아니오? 지금까지 우리는 몽골의 침공을 잘
막아왔소이다."

김준은 이장용의 의견을 받아들이려 하지 않았다.

"몽골의 지도자들과 군사들을 직접 보건대, 우리의 힘으로 몽골에 저항하는 것은 '하룻강아지 범 무서운 줄 모르는 격' 임을 알았습니다. 송이 함락되면 다음은 우리 고려 차례입니다. 몽골이 송나라를 멸한 뒤 송나라 군사를 앞세워 고려를 치는 그런 참극을 겪기 전에, 우리가 스스로 저들의 요구를 들어주는 것이 좋습니다. 저들의 요구가 그리 어려운 것도 아닙니다. 우리 조정이 강도에서 출륙하여 개경으로 가기만 하면 됩니다. 개경이 생소한 땅입니까. 우리가 수도로 썼던 구도로 다시 돌아가는 것뿐입니다."

무인정권의 집정자로서 고려의 최강자인 김준은 물러서지 않았다.

"개경으로 나가면 곧 항복이 아니오? 그래서 우리 군부는 출륙환도를 거부하는 것이외다."

"이미 우린 항복한 것입니다. 임금이 몽도에 들어가 조회하지 않았습니까? 몽골군도 공격하지 않는데 우리가 방어전을 계속한다면 그것은 도전입니다. 우리 폐하께서도 몽골에 조공하여 몽골의 보호를 받고자 하고 있습니다. 쿠빌라이는 우리가 자기 명에 응하지 않으면 군사를 내어 고려를 정벌하겠다고 내게 직접 말했습니다. 지금 우리가 더 이상 몽골과 대결해서는 안됩니다."

"전쟁으로 피폐한 우리가 환도 후 저들의 무리한 요구와 간섭을 어떻게 견뎌낸단 말이오? 우린 이미 경험했습니다. 저구유 같은 사절을 보내 계속 공물을 바치라고 얼마나 강요했습니까. 저구유가 죽자 전쟁이 시작되지 않았습니까. 이런 것은 시중도 잘 아는 문젭니다."

"알지요. 그래서 약한 나라는 강대국과 목표가 다르면서도 같은 척하고, 독촉이 있으면 서두르는 척하면서 늦추고, 도움을 청하면 돕겠다고 하면서 적절한 이유를 대서 미루는 것입니다. 몽골의 요구가 무리하다해도 우선 들어주겠다고 말해놓고, 들어주기 어려우면 들어주는 척이라도 하면서 실제로는 나라 사정이 어려우니 요구를 줄여주고 시일을 늦춰달라고 청하여, 자꾸 미뤄 나가면 됩니다. 우리와 몽골과의 관계도 지금까지 그러했고, 앞으로도 그렇게 해야 합니다. 몽골은 생각보다 아직 순진하고 우리의 어려운 사정도 잘 알고 있으니, 몽골이 우리 요구를 거부하지는 않을 것입니다."

몽골의 요구를 들어주되 우리 부담을 최소한으로 줄이자는 것. 이것이 이장용 외교의 기본이었다.

"몽골은 우리에게 출륙환도를 독촉하고 있습니다. 시중께서는 어떻게 하자는 말씀이오?"

강화천도 문제를 놓고 최우와 유승단이 벌였던 찬반논쟁이, 화친파 이장용과 항몽파 김준 사이에 출륙환도 문제로 바뀌어 재연되고 있었다.

이장용이 나섰다.

"이렇게 합시다. 일단 개경에 궁궐을 비롯한 모든 왕도의 시설을 갖춰서, 여름에는 조정이 육지의 개경에 나가서 일하고 겨울에는 다시 섬 땅인 강도로 들어와서 일을 보는 겁니다. 하개동강(夏開冬江)이지요. 몽골이 뭐라고 하면, 강화는 동계의 행궁일 뿐이라고 말하면 됩니다. 그것이 유목족인 저들에게는 조금도 이상한 일이 아닙니다. 쿠빌라이도 겨울이면 남쪽의 대도로 내려왔다가 여름이면 북쪽의 상도로 올라가서 일을 보아 하대동상(夏大冬上)한다고 하니, 오히려 당연하게 생각될 것이오. 자기가 계절에 따라 '하남상대' 하여 궁전을 바꾸면서, 우리 임금의 '하개동강'을 막기야 하겠습니까."

화평파의 개경환도론과 자주파의 강도고수론 사이의 절충론이었다. 이장용의 새로운 제안을 듣고 김준은 잠시 머리를 굴리다가 말했다.

"음, 그것도 하나의 방법이 되겠습니다."

"그러면 우선 환도작업을 총괄할 출배도감(出排都監)을 설치해서 개경에다 왕도건설을 시작하고 그것을 몽골에 보여줍시다. 그렇게 하면 출륙환도를 하지 않고도 곧 하는 것처럼 꾸밀 수 있습니다."

"좋은 대안이니 그렇게 하십시다. 언제고 궁궐은 지어야 할 터이니 궁궐부터 짓기로 하지요."

김준이 동의했다.

현실주의자 이장용의 절충안은 모두에 의해 현실적인 대안으로 수용됐다.

개경환도를 희망하는 화친파들에게는 당장은 아니지만, 머지않아 확실히 개경으로 가게 된다는 희망을 갖게 했다. 한편 강도고수를 주장하는 항전파들에게는 강도에서 아주 떠나지 않으면서도, 몽골의 다그침을 막을 수 있는 방패가 된다고 믿었다.

이래서 고려는 출배도감을 설치하여 그 책임자인 출배별감을 파견하고, 군사 30령(3만 명)을 보내서 개경에다 본격적으로 궁궐을 짓기 시작했다.

출배별감도 화친파와 항몽파의 균형에 맞게 임명했다. 무인이면서 화친파에 가까운 김방경(金方慶, 대장군)을 비롯해서 김준의 아우인 김승준(金承俊, 장군) 등 4명이 출배별감에 임명되어 개경 주변에 파견됐다. 그들은 물자를 조달하고 인력을 동원하는 등으로 궁궐 영조를 돕기 시작했다.

한편 일본원정을 위한 몽골의 전함건조 요구에도 응하여 전함을 만들기 시작했다. 원종은 두 달 후인 그해 8월 군사 1만 명을 편성하고, 관리들에 명령하여 재목들을 구하여 전함을 만들도록 했다. 고려 군사 상황을 점검하기 위해 고려에 온 우두지를 데리고 다니면서 현장을 일일이 보여주게 했다.

우두지의 안내자로는 최동수(崔東秀, 대장군)를 선정했다. 그들이 조선 현장을 둘러볼 때마다, 우두지는 조선 인원의 수와 만들고 있는 선박의 수와 크기를 낱낱이 적었다.

우두지가 말했다.

"아직 군선이 완성되지는 않았지만 건조작업이 활발히 진행되고 있군요. 우리 황제가 들으면 몹시 기뻐할 것입니다."

"이제 머지않아 함선들이 물위에 뜨게 됩니다. 우리 조선 기술자들은 유능하고 부지런해서 빨리 잘 만들어냅니다."

최동수의 대답이었다.

며칠 뒤, 최동수는 원종이 쿠빌라이에게 보내는 국서를 가지고 우두지와 함께 강도를 떠났다. 그때 홍유서(洪惟敍, 국자감 학유)가 서장관으로 따라갔다.

원종의 글은 이러했다.

원종이 쿠빌라이에게 보낸 표문

소방은 비록 전성한 때에도 백성들이 적었는데, 신묘년(1231)이후 삼십년간 계속된 병란과 질병이 서로 잇달아서 죽거나 도망한 자가 너무 많습니다. 지금은 얼마 남지 않은 백성들이 겨우 농사짓는 생업으로 돌아와 있고, 병위(兵衛)에 속해있는 자들도 건장하고 용감한 장정이 별로 없습니다. 그러나 황제의 칙명을 어기기 어려워, 다방면으로 군사를 징발하여 겨우 1만인을 얻었습니다. 전함은 이미 관리들에게 맡겨서 재목을 장만하여 건조하고 있습니다.

쿠빌라이는 그런 보고를 받고 기뻐했다.

"고려가 어려운 가운데도 우리에게 잘 협력하고 있다. 고마운 나라다."

두 달 후인 그해 원종 9년(1268) 10월 13일. 쿠빌라이는 일본원정 전쟁 준비를 맡고 있는 세 명의 장수와 십여 명의 관원을 고려에 보내, 고려 군사의 숫자와 건조된 함선을 점검하여 확인케 했다.

이 세 사람의 장군들은 명위장군(明威將軍) 투도르(Tudor, 脫朶兒, 도통령)와 무덕장군(武德將軍) 왕국창(王國昌, 통령), 무략장군(武略將軍) 유걸(劉傑, 통부령)이었고, 이들은 2년 전에 탐라성주 고인단(高仁旦)과 중서문하성의 현석(玄錫, 정언)이 몽골에 가서 만난 바로 그 사람들이었다.

그들은 쿠빌라이가 원종에게 보내는 조서를 가져왔다. 그 내용은 이러했다.

쿠빌라이가 원종에게 보낸 조서

경이 최동수를 보내, 군대 1만명을 갖추고 선박 1천척을 만들게 했다
고 보고했다. 이에 대해 짐은 투도르 등을 파견하여 군대를 사열하고
함선들을 검열하도록 하는 바이니, 건조하는 배들은 여기서 보내는 관
원들이 지시하는 대로 만들라. 탐라와 같은 곳에 이미 선박 건조의 일
을 맡겼다면, 더 첨가하여 부담을 지울 필요는 없다. 그러나 만일 아직
도 선박건조의 과업을 주지 않았다면, 즉시 탐라로 하여금 따로 1백 척
을 짓게 하라.

군대들과 선박들은 항상 정돈하여 비치하고 있으라. 남송이나 일본이
나 간에 나의 명령을 거역하면 그들을 정벌할 것이니, 그때마다 적당
히 사용할 것이다. 이와 아울러 먼저 관원을 보내어 흑산도와 일본을
왕래하는 뱃길을 시찰하게 하는 바이니, 경도 고려의 관원을 보내어
그들을 호송하고 길 안내를 하도록 하라.

투도르 등 몽골 사절 14명은 먼저 조선소를 돌아보고 고려군을 사열했
다. 박신보(朴臣甫, 낭장)와 우천석(禹天錫, 도병마 녹사)이 그들을 안내했다.

다음으로 그들은 흑산도로 갔다. 고려에서 일본으로 가는 수로인 흑산도
를 시찰하고, 이어서 제주도로 가서 탐라성주 고인단의 안내를 받아 해안
과 산림을 살펴본 다음, 제주도에다 배 1백 척을 만들어 놓도록 요구했다.

제주도는 고려와 일본·남송을 견제하고 매개할 수 있는 중간 지점에
놓인 전략적 요충이었다. 이 섬은 몽골이 송나라와 일본을 정벌할 때, 긴
요한 발진기지가 될 수 있는 섬이었다.

몽골의 일본원정 준비는 이렇게 고려에서 진행되고 있었다.

김준의 행패

김준이 잇달아 임금의 명령을 듣지 않아 임금으로부터 의심받기 시작할 무렵인 원종 9년(1268) 11월이었다. 용산별감(龍山別監) 이석(李碩)의 물건을 실은 배 2척이 별립산 아래 간재강[38] 하구 창후포에 정박하고 있었다.

이석은 김준의 아들 6명 중 네번째인 후실 소생 김애(金璲)와 사이가 나빴다. 어떤 사람이 이석의 배가 선창에 들어왔다는 것을 김애에게 알렸다. 김애가 그것을 김준에게 보고했다.

"무슨 물건이라더냐?"

"확실치는 않으나 궁중으로 들어갈 물건들인 것 같습니다."

"아주 진귀한 물건들이겠구나. 야별초를 시켜서 그것들을 전부 빼앗아 와라."

"왕실과 조정에서 뭐라고 하지 않겠습니까?"

"야별초는 밤일에 능하다. 밤에 나가서 감쪽같이 해치워야지. 흔적을 남기지 않도록 하라."

김애는 그날 밤 동모제(同母弟)인 야별초의 김기(金祺, 장군, 김준의 제5자)와 김정(金靖, 장군, 제6자)을 불러서 그 물건들을 탈취해 오게 했다. 김기-

---

38) 간재강; 별립산과 고려산 사이의 하점평야를 가로질러 서쪽으로 흐르는 하천.

김정 형제는 부형의 명을 받들어 야별초 군사를 보내 그 물건들을 모두 털어 김준의 집으로 실어다 놓았다.

김준이 그것을 열어보았다. 갖가지 과일이며 어육·떡·과자 등 산해진미를 골고루 갖춘 음식들이었다.

"임금이 왕족들과 나눠 먹을 식품들이구나. 백성들은 굶어 죽어가고 있는데 왕실이 피난지에서 이래도 되는가. 이것을 야별초에 보내 고생하는 군사들이 나눠먹게 하라."

김준은 그것들을 모두 야별초에게 보냈다.

내시들로부터 이석의 배가 군사들에 탈취됐다는 말을 전해 듣고, 원종은 크게 불쾌했다.

"어떤 작자들의 소행이냐?"

"야별초라고 합니다."

"아니, 야별초? 밤도둑을 막기 위해 만들어 놓은 야별초가 밤에 도둑질을 했단 말이냐. 더구나 궁중 용품을?"

그 물건은 왕명에 의해서 이석이 궁중의 제사용품으로 마련하여 보낸 내선(內膳)이었다.

원종이 다시 물었다.

"그놈들은 누구의 야별초인가? 지휘관이 누구냐 말이다."

"김준의 아들들이 저지른 일입니다. 김기와 김정이 휘하의 야별초를 풀어 배를 털어 갔다합니다."

"김준의 아들들? 그자들은 모두 장군이 아닌가?"

"그렇습니다, 폐하."

"그래, 장군의 자리에 오른 자가, 특히 나라 집정의 아들들이란 자가 나라 군사를 풀어 도둑질을 했어?"

고종은 혀끝을 찼다.

다음날 아침이었다. 원종은 평소와는 달리 아주 굳은 표정으로 서류 하나를 김준에게 내주었다.

"이걸 보시오. 이석이 제출한 선장(膳狀)이오."

제사 용품의 품목을 적은 목록이었다. 그것을 받아보고 김준의 안색이 변했다. 어제 빼앗아온 물품들임이 분명했다.

야별초가 감쪽같이 해치운 것으로 알았는데, 왕이 모든 것을 알고 있구나.

김준은 그렇게 생각하면서 말했다.

"제가 알아보겠습니다. 폐하께 심려를 끼쳐 들여 죄송합니다."

김준은 물러나 나와서 김창세(金昌世, 낭장)·허인세(許仁世, 알달) 등 야별초 도령들에게 명령했다.

"어제 나눠준 물품들을 급히 회수해 들이라. 그건 궁중에서 쓸 귀중한 물품이라 한다."

"군사들이 이미 먹었습니다. 남은 것이라도 거둬들이겠습니다."

도령들이 부대로 달려갔다.

"어제 배당된 식품들을 모두 내 놓으라!"

군사들이 먹다 남은 물건들을 모아왔다. 그러나 회수된 것은 본래 물품의 절반 가량뿐이었다.

김준은 그것을 가지고 궁중으로 갔다.

"죄송합니다, 폐하. 왕실 내선인 줄 모르는 야별초들이 저지른 죄행입니다. 모두 제 불찰이었습니다."

그때 원종은 생각했다.

노비출신의 천한 놈. 그러나 아직은 김준을 건드려서는 안 된다. 그는 아직도 강하고 세력이 있다. 그를 잘 달래줘야 한다.

그래서 원종은 웃으며 말했다.

"한 번 빼앗은 물건을 다시 바친다 해서 될 일이오? 이것은 모두 나의 제사용품이오. 이석이 미처 진상하지 않아서 빼앗긴 것이니, 이것은 공의 죄라기보다는 이석의 잘못이오."

김준은 더욱 몸 둘 바를 몰랐다. 원종은 김준이 보는 앞에서 내시들을 불러서 일렀다.

"용산별감 이석은 왕명으로 지시된 사직업무에 태만했다. 그를 파직하고 섬으로 유배하라."

이석은 왕명대로 해도에 유배됐다. 그러나 얼마 뒤에 원종은 그의 유배를 풀어 다시 소환해서 용산별감에 복직시켰다.

이 제물탈취 사건 때부터 원종과 김준은 더욱 사이가 갈라지기 시작했다. 김준의 방자한 태도를 보면서, 원종은 혼자서 생각하고 있었다.

아니, 나는 김준을 잘 대접하여 관직을 올리고 작위까지 내렸다. 정사에 관한 일도 그의 말을 들어 시행해 주었다. 몽골 입조도 면제시켜 주지 않았는가. 그렇거늘, 그자는 은혜를 모르고 오히려 임금인 나를 어려워하지도 않고 있어.

원종은 그 동안 김준이 행한 무례를 떠올려 보았다.

김준은 내가 몽골에 있을 때, 나 대신에 경안공을 임금으로 추대하려 했다. 그뿐인가? 그는 임금 어려운 줄을 모르고 함부로 수방을 궐 밖으로 옮겨 나를 무안스럽게 하더니, 몽골에 입조하라는 나의 명령에 불복하고, 다시 신성한 궁중 제사용품까지 탈취해다가 자기 가병 같은 군사들에게 나눠주다니. 내가 잘못 보았어. 김준은 결코 충신이 아니야. 왕실을 위협하고 있어.

원종은 무인정변 이후의 사태를 훑어보았다.

이 모두가 왕권이 약하기 때문이다. 저들이 왕권을 임금에게 복귀시켜 준다고 해놓고도 맘대로 정사를 주무르고 있다. 이것이 먼저 해결되어야 한다.

원종은 이런 사태는 반드시 바로 잡혀야 한다고 생각했다.

일국의 집정자가 된 처지에 어떻게 도적질까지 한단 말인가. 천예(賤隷) 출신은 할 수 없군. 고종은 김준을 이대로 놓아두어서는 안 되겠다고 생각했다. 그렇지만 막강한 김준을 당장 어떻게 할 힘이 없었다.

원종을 소외시키는 김준의 행위는 계속됐다. 다음 달인 12월.

국자감의 홍유서(洪惟敍, 국자감 학유)가 그해 8월 최동수(崔東秀, 대장군)의 서장관(書狀官)으로 몽골에 갔을 때였다.

홍유서가 이미 그곳에 가있던 김유(金裕, 왕준의 참모) 등 다른 고려인들을 만나서 얘기를 나누는 중에 김준의 잘못을 들어 비판한 적이 있었다. 이것이 김준에 보고돼, 김준은 칼을 뽑아 홍유서를 살해했다.

김준은 홍유서를 처단하고 나서 기고만장하여 말했다.

"나는 무오년(고종 45년, 1258)의 큰 흉년을 당해서 권신 최의를 죽이고, 그들이 쌓아놓은 곡식을 꺼내어 백성들을 살렸다. 내가 비록 시가지 길바닥에 누워있더라도 백성들은 감히 나를 해하지 않을 것이다."

"그럴 것입니다."

"임금이라 해도 마찬가지다. 백성들이 나를 받들고 있는데 임금인들 나를 어떻게 할 수가 있겠는가."

그는 공로가 크고 덕을 많이 베풀었다고 자신만만했다. 그래서 임금에게도 두려워하지 않고 방자했다.

김준은 집권 후 전국 각지에 넓은 농장들을 마련해 놓고, 가신들로 하여금 농장들을 관리하게 했다. 전라도 지역 농장은 문성주(文成柱)에게 맡기고, 충청도 지역은 지준(池濬)이 맡았다.

"너희들이 어떻게 일하고 있는지 주의해 볼 것이다. 관리에 태만하거나 손해 보는 일이 없도록 하라."

김준은 그런 말로 두 사람에게 실적 경쟁을 시켰다. 문성주와 지준은 서로 다투어서 많이 거둬들이기를 일삼았다.

그들은 식량이 떨어져 종자까지 먹어버린 농민들에게 봄에 볍씨 한 말을 꾸어주고는 가을에 쌀 한 섬을 받아냈다. 쌀 한 섬은 벼 두 가마니이고, 한 가마니는 열 말이니까, 그들은 스무 배를 받아낸 것이다.

그들이 농민들로부터 받아내는 방법은 가혹했을 뿐만 아니라 예외가 없었다.

"어려울 때 빌려주었으면 제때에 갚아야지, 왜 이리 상환이 늦어! 내일까지 갚지 않으면 자식들부터 잡아다 혼을 낼 것이다."

지정해 준 날까지 갚지 않으면 자식들을 불러다 매질하고는 사람들을 풀어서 빼앗아 오게 했다.

행패가 심하기는 아들들도 마찬가지였다. 김준의 아들들도 아비를 본받아서 다투어 무뢰배들을 모아들여 가신을 늘여나갔고, 가신들은 재산관리에 투입됐다. 관리방식은 김준과 같았다.

김준의 여러 아들들은 아비의 권세를 믿고 방자하게 날뛰면서, 남의 땅을 빼앗아 제 것으로 삼았다. 항의하면 가신들을 풀어서 매질했다. 그 때문에 백성들 사이에서는 김준 부자에 대한 원망이 높았다.

김준의 부자가 벌이는 농지 확장경쟁은 양반이나 고관들의 불만을 샀다. 김준 일족은 지방 관리들을 회유하고 협박하고 돈을 주어서, 양반들의 땅을 자기네 이름으로 고쳐놓았다. 땅을 빼앗긴 양반·고관의 지주들은 고소조차 못하고 땅을 포기했다.

못된 짓 하기는 김준의 부인도 뒤지지 않았다.

최충헌이나 최우·최항 등이 일찍이 임금을 자기 집으로 맞아들여 묵게 하면서 연회를 베풀었던 것과 같이, 집정이 된 김준도 그렇게 하려고 이웃집들을 강제로 철거하고 확장공사를 벌였다.

그는 겨울의 엄동과 여름의 삼복을 가리지 않고 공사를 강행했다. 집의 높이가 여러 길이 되고, 뜰의 넓이는 사방 1백 보가 넘었다. 그 집은 강도성의 어디에서 보아도 우뚝해 보이는 고대광실이었다.

그래도 방부(妨夫, 남편을 해치는 여자)로 소문나 있던 김준의 아내는 그것에 만족하지 않고 수시로 남편을 들볶았다.

"사내대장부의 눈이 왜 이다지도 작소? 이왕 공사를 시작했으면 좀 더 크게 해서 집정자의 집답게 번듯하게 꾸밀 일이지, 이게 뭐요! 최씨들이 했던 것 잘 알지 않아요! 당신, 왜 이래요. 양반이 못돼서 그래요!"

양반이 아니기는 노예출신인 아내도 마찬가지였다. 그러나 남편에 대놓고 '양반이 못 돼서 그러냐'고 따지는 아내의 말이 천민출신인 김준의 마음을 찔렀다.

"여보시오, 부인. 가화만사성(家和萬事成)이라 하지 않소? '집안이 화평해야 모든 일이 잘 되는 것'이오. 예부터 수신제가(修身齊家)라야 치국평천하(治國平天下)할 수 있다고 했소. 집안에서 당신이 계속 이러면, 나는 나라를 제대로 휘어잡지 못하게 된다는 걸 모르시오!"

"난, 그런 어려운 문자 몰라요."

"지금은 전시요. 검소하게 살아서 남의 모범을 보여야 할 집정자가 백성들의 이목을 무시할 수는 없소. 그런 속된 욕심은 버리시오."

"속된 욕심? 말을 함부로 하지 마세요. 나는 일을 하려면 제대로 하라고 한 말씀입니다, 별감어른!"

"당신의 그런 욕심 때문에 백성들이 당신을 '구반다'라고 부르는 것이오."

"구반다? 어떤 연놈들이 그따위 말을 지껄인답디까?"

김준의 부인은 강화경에서 구반다(鳩盤茶)로 소문나 있었다. 구반다란 원래는 사람의 정기를 빼어 먹고 산다는, 생김새가 아주 추하게 생긴 귀신을 일컫는 말이다.

이것이 전화되어 일반적으로는 늙고 용모가 추하면서 욕심이 많고 사악한 독처를 이르는 말이 되었다. 구반다를 궁반다(弓槃茶)라고도 했다.

구반다라는 김준의 말을 듣고, 그 구반다가 다시 대들었다.

"이런 전시에는 당신같이 겸손하고 나약한 집정자보다는, 최충헌이나 최우같이 위엄과 권위가 있는 대담한 집정자가 필요해요. 나약하게 보이면 사람들이 우습게 보고 도전하는 거예요!"

"당신도 모르는 게 없구만. 그러면 이런 것도 알아두시오. 머지 않아 조정이 개경으로 환도하게 돼있소. 그런 판에 여기에 더 큰집을 지어서 어떻게 한단 말이오."

"당신이 이 나라의 집정자로서 최강의 권력자인데, 당신이 출륙하지 않으면 그만이지 누가 환도고 뭐고 한다는 거예요. 당신은 평소부터 개성엔 안 간다고 말하지 않았소!"

"지금 나라의 입장과 세계의 흐름이 그렇지 않아요. 우리 뜻대로 되지 않는다는 말이오. 이 작은 나라가 어떻게 큰 나라를 따르지 않고 거역하겠소. 우리가 원튼 말든 언젠가는 개경으로 돌아가야 하오."

"참, 당신두. 나는 실망했어요."

"내가 강하다지만, 일개 소방의 국내 권력자일 뿐이오. 나라 저 밖에서는 거대한 흐름이 파도처럼 도도(滔滔)하게 흐르고 있어요. 그런 세계의 흐름을 읽지 못하면 소국의 권력자 따위는 한없이 무력한 것이오."

김준은 자신을 알고 있었다. 그 후 그는 집을 한 치도 더 늘이지 않았지만 그 때문에 아내에게 계속 시달려야 했다.

아, 이 대장부 김준의 신세가 왜 이렇게 됐는가. 집에서는 여편네에게 시달리고, 조정에서는 이장용에게 밀리고, 궁중에서는 임금에게 쫓기고, 나라 밖에선 쿠빌라이에 협박 받고 있다. 이렇게 밀리니까 아랫놈들까지 딴 생각을 벌이고 있다.

김준은 갑자기 자기에게 거칠어진 임연을 떠올리고 있었다.

왜 이리 되는 일이 없는가. 아내의 말처럼 내가 너무 나약해서 그런가. 아, 세상이 답답하구나.

김준은 혼자 방에 들어가 스스로를 가엽게 여기며 탄식하고 있었다.

임연의 도전

　임연은 원래 김준의 직속 부하였다. 그러나 중인 출신의 임연은 천민인 김준보다 진급이 빨랐다. 최씨정권을 몰아낸 무오정변(戊午政變, 1258) 때도 임연은 김준과 함께 참여했다. 그 때도 계급으로는 임연이 주병자인 김준보다 높았다.

　임연은 최일선에 나서서 최의 진영의 핵심들을 죽여 위사공신(衛社功臣)의 반열에 올라섰다.

　그 후 임연은 여러 차례 진급을 거듭하여, 무신의 상장군에다 문신의 추밀원 부사가 되어 상당한 무인 실력자로 떠올랐다. 추밀원은 임금의 보좌와 경호를 맡은 부서다. 따라서 추밀원 부사는 임금의 비서실 차장 격이다.

　임연은 야심을 감추지 못하고 쉽게 밖으로 드러냈다. 성질이 불같아서 참아내지 못하는 성격이었다.

　김준의 아들들이 남의 땅을 빼앗아 전토(田土)를 늘여나가다가 양반 고관들과 부딪치더니 끝내는 임연(林衍)과 충돌했다. 임연은 김준의 아들과 시비가 붙었을 때 조금도 양보하지 않았다.

　김준이 그걸 보면서 주위에 대고 말했다.

"내가 집정자가 되어 이렇게 시퍼렇게 살아 있는데도 임연이 이러하거늘, 하물며 내가 죽은 뒤에야 말할 것이 있겠는가. 임연은 의리도 없고 인정도 마른 자다. 이런 자를 어떻게 놓아두겠는가. 어디 두고 보자. 언제고 걸려들 때가 올 것이다."

김준은 임연을 칠 기회가 오기를 기다리면서 벼르고 있었다.

바로 그 무렵 임연의 아내가 자기 집 여종을 직접 매질해서 죽인 일이 벌어졌다. 명백한 살인이었다. 그러나 당시는 권세 있는 자가 종과 같은 천민을 죽이는 것쯤은 그냥 넘어가는 경우가 많았다.

김준이 임연가의 노비 살해 소식을 듣고 말했다.

"임연의 처는 원래 '상판대기가 두꺼워서 뻔뻔하기 이를 데 없는 여자'(強顔之女)야. 게다가 성품이 고약해서 말로는 고칠 수 없어. 그러니까 여자의 몸으로 부려먹던 여종을 때려죽이지. 한마디로 후안무치(厚顔無恥)다. '낯가죽이 두꺼워서 수치를 모르는' 철면피지. 그녀를 멀리 귀양 보내서 백성들과 떼어놓아야겠다."

임연이 그 말을 전해 듣고 발끈했다.

"아니, 김 별감이 아무리 권세가 높기로 나의 집안문제에 개입해서 이렇게 나를 모욕할 수 있는가."

이 일이 있은 후 김준에 대한 임연의 적개심은 점점 부풀어갔다.

"임연, 이놈. 좀 키워주었더니, 이젠 눈에 뵈는 것이 없구나. 그놈의 속은 내가 안다. 그러나 그놈의 무예는 보통이 아니지. 임연을 미리 제거하지 않으면 결국 내가 화를 당한다."

김준은 실제로 임연을 두려워하고 있었다.

임연은 눈매가 '벌의 눈'(蜂目)과 같이 둥글게 튀어나왔고, 그 목소리는 '승냥이 소리'(豺聲)와 같이 날카로웠다. 그래서 한 번 눈이 부딪치기만 해도 보는 사람들이 공포감을 느끼고 소름이 끼쳤다. 그는 거구에다 몸이 빨랐다. 그를 이길 자가 없었다고 했다.

임연은 어려서부터 거꾸로 서서 팔로 땅을 짚고 다니기를 좋아했다. 그래서인지 팔뚝은 굵은 서까래 같았고, 주먹은 크기가 메주덩어리만 했다고 기록돼 있다. 가을에 지붕을 이을 때 임연은 혼자서 이영을 집어서 지붕위로 던질 정도로 힘이 강했다.

김준에 비해 임연은 야망이 크고 표독하며 마음이 닫혀있는 사람이었다.

임연은 진주(鎭州, 지금의 충북 진천) 출신으로서, 고장에서 몽골군의 침입을 격퇴한 무명의 이족(吏族)이었다.

그의 부친은 진주를 관향(貫鄕)으로 하는 임척(林滌)이다. 임척은 진천 아전의 딸과 결혼하여 임연을 낳았다. 그들은 고려의 건국 공신인 임희(林曦)의 먼 후손으로 알려졌다.

임희는 왕건의 파진찬(派珍粲)으로 고려 건국을 도운 공으로, 후에는 병부령(兵部令, 병부장관)이 되어 건국의 기초를 쌓았다. 임희의 딸은 제2대 혜종(惠宗)의 정비인 의화왕후(義和王后)다. 따라서 임연의 가계는 좋은 편이었다.

임희의 후손들은 아직도 구산(龜山, 진천군 문백면 구곡리 구산동)에 모여 살고 있다. 임연이 태어난 곳도 바로 이 구산이다. 지금 현지에서는 구산을 '굴티마을'이라 부른다.

임연은 처음에 진천 동향 출신의 대장군 송언상(宋彦祥)[39]의 수하로 들어가서 사양졸(飼養卒, 말 부리는 군사)로서 일하면서, 죽주산성(竹州山城, 경기도 안성) 전투에 참여하여 공을 세웠다. 그 후 무슨 사정에서인지 임연은 송언상의 휘하에서 나와 고향 진천으로 돌아가 있었다.

바로 그때 몽골군의 제6차 침입이 있었다. 고종 41년(1254) 7월 자랄타이(車羅大)의 대군이 개경을 휩쓸고 다시 남진해서 진천에 이르렀다.

죽주대첩의 경험이 있는 임연은 그때 진주성에 들어가 고향사람들과 함께 자랄타이의 몽골군과 싸워 그들을 격퇴했다. 그 공로로 임연은 대정(隊正)이 되어 중앙군에 편입, 강화도로 올라와 살게 됐다.

---

39) 송언상(宋彦祥)과 송문주(宋文胄)는 같은 사람이다.

그 무렵 임연의 먼 친척이라면서, 임연의 집에 자주 출입하던 임효후(林孝侯)라는 자가 있었다. 그는 출입이 잦아지면서 임연의 처를 간통했다. 임연이 이것을 알고 몹시 분해서 이를 갈았다.

임효후, 이자가 오고 갈 데가 없다기에 집에 붙여주었더니, '은혜를 원수로 갚아'(報恩以怨)? 내 이놈을 용서치 않을 것이다. 반드시 갚아주고 말 거야.

임연은 복수할 방법을 생각했다.

임효후를 고발해서 처벌토록 해? 아냐. 사내대장부가 그럴 수는 없지. 그러면 같은 방법을 쓰자.

임연은 고발하는 대신 임효후의 처를 유인해서 간통했다. 임효후가 그 사실을 알고는 임연을 관가에 고소했다. 해당 기관에서는 사건을 조사한 뒤 죄상이 입증되어 임연을 투옥했다.

그때는 최씨정권의 마지막 집정자인 최의(崔竩)의 시대였다. 최의의 권력승계를 주도하여 실력자로 등장한 김준은 임연의 사람됨이 비범함을 알고, 그를 구해주려고 발 벗고 나섰다.

김준이 최의에게 찾아가서 말했다.

"임연은 장사입니다. 그의 완력을 당할 사람은 아무도 없습니다. 앞으로 유용하게 쓰일 재목인데, 지금 그런 하찮은 죄로 너무 심한 형벌을 내린다면 장차 필요할 때는 쓸 수 없는 사람이 되고 맙니다. 선처해 주십시오."

"그렇게 불량하면서 힘이 센 자를 놔두면 오히려 뒤에 화근이 되지 않겠소?"

"그 점은 염려 마십시오. 제가 맡아서 다스리겠습니다."

"알겠소."

정이 많고 의리가 있는 김준의 구명운동은 성공했다. 이래서 임연은 결국 죄가 감면됐다.

이어서 김준의 추천에 의해 임연은 새로 벼슬까지 얻었다. 김준은 임연의 진급운동까지 벌여 낭장으로 승진시켜 주었다. 그 후 임연은 김준을 아버지라고 불렀다. 김준의 아우 김승준을 보면 숙부라고 부르고, 김준의 아들들과는 호형호제(呼兄呼弟)하며 한 가족처럼 지냈다.

김준과 임연이 최의의 혜택을 받았으면서도 함께 최의를 타도한 이후, 김준은 권력이 강화되어 왕실을 경시할 정도가 됐고 임연은 명문귀족 측과 인척관계를 맺어 이제는 독자적인 권력기반을 형성했다. 임연은 김준과 맞설 정도가 됐다.

그때 김준의 횡포가 심해서 원종과 갈등을 빚고 있는 데다가, 김준의 아들과 토지 문제로 시비가 붙고, 김준이 노비를 살해한 임연의 처를 귀양 보내려 하면서 임연은 김준과 갈등이 심해졌다.

그때 임연은 김준을 제거하기 위해 칼을 갈았다. 그도 그럴 것이 임연은 정치적으로 김준에 버금가는 수준에 올라 있었기 때문이었다.

그런 상태에서 양자 간의 갈등은 정치적인 권력투쟁으로 질주하기 시작했다. 임연은 칼 쓸 기회를 찾고 있었다.

강윤소(康允紹, 낭장)[40]는 그때 궁정에서 근무하는 내료(內僚)의 무인이었다. 간사할 뿐만 아니라 지략이 뛰어나고 대인관계도 좋았다. 남을 설득하여 자기가 원하는 쪽으로 이끌어가는 데는 천부적인 능력이 있었다.

강윤소는 원래 신안공 왕전(王佺)의 노비였다. 신안공은 바로 원종의 장인이다. 강윤소는 원종이 태자 때부터 접근하여 원종의 총애를 받는데 성공했다. 원종이 즉위하자 강윤소에게는 큰 기회가 생긴 것이다.

강윤소는 일찍이 몽골어를 익혀놓고 있었다. 능숙한 몽골어 실력으로 여러 차례 몽골을 다녀오면서 화친파가 됐다. 그는 몽골과의 외교에 공을 세워 원종의 총애를 받아 여러 차례 승진을 거듭했다.

---

40) 강윤소에 대해서 동국통감은 환관으로, 고려사는 낭장으로 서로 다르게 쓰고 있다. 그중 고려사의 기록이 맞는 것 같다. 후에 강윤소가 장군이 되어 몽골에 갔다는 동국통감의 기록으로 보아, 당시 강윤소는 낭장으로 있었던 것으로 추정된다.

이런 복합적인 이유로 강윤소는 원종에 대한 충성심이 대단할 수밖에 없었다.

화친파가 된 강윤소는 김준이 집정자로서 실권을 쥐고 있는 한 원종이 추진하는 몽골과의 화친이 어려울 뿐만 아니라, 이미 원종의 측근이 되어 있는 자기의 장래도 밝지 않다고 생각했다.

이런 자는 없애야 한다. 그래야 나라가 서고, 임금이 강하고, 내가 산다.

거기서 강윤소는 김준의 제거를 생각하기 시작했다.

강윤소는 임연과도 아주 가까운 사이였다. 그는 김준과 임연의 사이가 몹시 나빠졌고, 원종이 김준을 꺼려하는 것을 잘 알고 있었다. 이런 관계 속에서 강윤소는 생각 끝에 하나의 계교를 생각해냈다.

임금의 권위를 업고, 임연의 무력을 빌어, 김준을 치자. 김준의 제거는 임금도 임연도 원하는 바이니까. 이것은 '남의 칼을 빌려 남을 친다' 는 일종의 차도살인계(借刀殺人計)가 된다.

강윤소는 입궐하여 원종을 찾아갔다.

"여러 공신들이 모두 김준과 좋게 지내면서 그의 집을 출입하고 있는데, 김준을 아버지라고 부르던 임연만은 유독 김준을 따르지 않고 있습니다. 요즘은 오히려 그들 사이가 아주 나빠진 것 같습니다."

"그런가. 왜 서로들 잘 지내지 않고서."

원종은 임금답게 그저 담담하게 들어 넘겼다. 그러나 그는 이것이 좋은 징조의 시작이라고 생각했다.

"무엇 때문에 그 둘의 사이가 벌어졌는가?"

"사적인 감정이 얽혀서 그렇습니다."

그러면서 강윤소는 무오정변의 위사공신이 추가되면서 김준의 형제 부자들이 공신으로 편입되고 임연의 서열이 7위에서 11위로 격하된 사실, 임연이 김준의 아들들과 토지를 둘러싸고 충돌한 일, 임연의 처에 대한 김준의 유배 발언 등 그간의 얘기를 들려주었다.

원종이 다 듣고서 말했다.

"음, 그런 사적·공적인 감정으로 대립됐다면 두 사람은 좀처럼 화해되기 어렵겠군."

"그렇습니다. 폐하의 취임 자체를 방해했던 김준은 폐하의 대몽 화해정책에 반대할 뿐만 아니라, 왕위의 폐립과 해도재천을 기도했던 자입니다. 언제든지 반역할 수 있는 대단히 위험한 분자입니다."

원종은 그 이상 대답하지 않았다.

강윤소는 몇 차례 더 원종에게 같은 말을 반복했다. 원종은 관심 있게 들었지만 별다른 반응을 내보이지는 않았다.

임금이 저러고 있지만 내심으로는 무언가를 기대하고 있을 것이야. 내가 이제 본격적으로 임금을 도와드려야겠다. 그것은 곧 나를 돕는 일이다. 하늘은 스스로 돕는 자를 도와준다고 하지 않는가.

강윤소는 그렇게 마음을 정했다.

강윤소는 임연을 부추겨야겠다고 생각하고 어느날 그를 찾아갔다.

"요즘 폐하께서 김준의 방자한 태도를 몹시 못마땅해 하고 계십니다."

"나도 대충 들어서 알고 있소. 그 동안 김준이 폐하의 성덕을 크게 입고도 폐하의 사생활에 간여하고 왕실의 제사 용품을 도적질하는 등 임금에게 무례한 짓거리를 많이 했소."

"뿐만 아니라 폐하와 김준은 여러 가지로 생각이 다르고 성격이 맞지 않습니다. 그런데도 김준이 임금을 무시하고 자기 독단으로 나라를 이끌어 나가려하기 때문에 양쪽의 충돌은 불가피할 것 같소."

"그런가? 그 정도인가?"

"틀림없습니다. 나라 형세가 이렇게 어려운 판에 임 장군은 장차 어찌하려 하십니까?"

마침 임연은 김준을 제거해야 하는데 자기 힘으로는 역부족이라고 생각하고 있던 참이었다.

"그렇지. 나라 형편이 어렵지. 그렇다면 이 임연이 가만히 앉아있을 수 없소. 폐하께서 명령을 내리신다면 정사공신에다 임금을 보좌 경호하는 추밀원의 고위 신하인 내가 어찌 죽기를 꺼려하겠소."

김준에 대한 임연의 앙심은 사사로운 감정이나 이해관계를 넘어서서, 이제는 국왕과 나라를 위한다는 공적인 명분을 얻게 됐다. 이런 대의(大義)는 임연에게 힘을 보태주었다.

만일 임금과 함께 한다면 김준을 제거할 힘이 강화될 뿐만 아니라, 정치적인 대의도 갖추게 된다. 마침 이 강윤소가 임금과 나를 맺어주려 하고 있으니 왕실과 결탁해야겠다. 임금과 강윤소의 힘을 빌려 김준을 치자. 지금이 바로 기회다.

임연이 그렇게 강윤소처럼 차도살인계를 생각하고 있을 때였다.

강윤소가 말했다.

"장군께서는 몽골과 항전하여 승리한 공로로 군관으로 출사했습니다. 그러나 김준은 뭡니까. 한낱 최씨가의 노비로 있으면서 최씨네 가병을 인솔하고 있다가 그들에 의해 출사하지 않았습니까."

"그대가 그걸 알아주니 참으로 고맙소."

강윤소는 임연을 부추겨 놓았고, 자기에 대한 임연의 신뢰심도 더욱 굳게 만들었다.

강윤소가 궁궐로 들어가서 원종에게 임연의 말을 그대로 전했다. 원종은 속으로 '그래 이제부터는 일을 도모해볼 만하겠다'고 생각했다.

"그런가. 임연은 과연 충신이다."

원종은 임연의 말에 감복한 듯한 표정이었다.

"김준과 임연은 출신부터가 다릅니다. 김준은 천예 출신으로 최문(崔門, 최씨가문)의 가신 출신입니다. 하오나 임연은 우리 고려의 건국공신으로 높이 벼슬한 뿌리 있는 집안에서 태어나 몽골과의 싸움에서 공을 세워 스스로 입신한 자입니다. 임연은 그걸 알고, 김준 같은 자가 나라의 전권을 독점하고 있는 것에 불만이 큽니다."

원종은 가문과 근원을 중요하게 여기는 전통적인 사고의 소유자였다.

그렇지. 임연은 뿌리 있는 집안이다. 그런 임연이라면 임금 중심의 정치에 협력할 수도 있을지 모른다.

원종은 속으로 그렇게 생각하면서 겉으로는 담담하게 말했다.

"음, 그렇겠군."

그런 원종의 반응을 깊이 살핀 강윤소는 흡족한 기분으로 물러 나왔다.

원종과 임연·강윤소, 세 사람은 김준 제거라는 같은 목표를 가지고 있으면서도 아직까지 서로 따로였다. 그러나 이제 세 사람은 맺어지고, 차도살인이라는 같은 방법을 생각하고 있다.

다음날 강윤소는 다시 임연을 만나서 자기가 원종에게 한 말과 이에 대한 원종의 반응을 그대로 전했다.

임연은 흥분하여 얼굴에 홍조까지 띠면서 말했다.

"고맙네. 정말 김준이 도대체 뭐야. 천한 노비 주제에 아무 공로도 없이 일국의 전권을 독천(獨擅)하고 있다니. 그대도 알지 않는가. 그자의 공로라고 해봤자 얼마나 되는가. 그런 공로쯤은 나도 있다. 기회가 오면 나는 무인 장부답게 폐하에게 충성을 다할 것이다."

강윤소는 원종과 임연 사이를 오락가락하면서 두 사람을 잔뜩 부추겨 놓았다.

임연은 사적으로는 김준 일가에 대한 분을 풀고, 공적으로는 임금에 충성하면서, 자신은 나라의 최고 권력자가 되는 꿈에 부풀어 있었다.

밀모

임연이 대궐에 들어가 숙직을 서던 날이었다. 한껏 달아오른 그는 일을 서둘러야겠다고 생각하며 원종의 측근 환관 최은(崔壴)을 불렀다.

"김준은 폐하의 뜻을 배반하고 자기 세력만 길러 나라를 제 마음대로 전단(專斷)하고 있다. 몽골에서도 김준 때문에 고려에 대해 나쁘게 생각하고 있어요. 김준이 최씨들과 무엇이 다른가. 모두 똑 같은 자들이지."

"그렇지요"

"나라 형세가 이 지경이 되었으니, 나는 때가 오면 언제든지 결단을 내릴 것이다."

"김준을 어떻게 하시겠다는 말씀입니까?"

"폐하의 명령만 계시다면 나는 언제든지 목숨을 바칠 것이다. 그대는 폐하를 가까이서 모시는 시신(侍臣)이다. 나라 사정이 이러한데 뭘 하고 있는가? 내관(內官)[41]으로서의 직분을 행하여 폐하에게 결단을 내리도록 고하지 않고, 왜 그리 주저하는가. 좀 적극적으로 서둘러! 다 폐하와 나라

---

41) 과거의 관직 중 궁궐 안에서 근무하는 직책의 관리(宮吏)의 칭호는 비슷하고 복잡하여 혼동하기 쉽다. 궁궐 안에서 근무한다고 해서 궁관(宮官) 내관(內官), 임금 가까이 있다고 해서 내시(內侍), 그 밖에도 환관(宦官) 내환(內宦) 중관(中官) 등이 있다. 거세된 사람들이 많이 들어가 궁리가 되면서, 환관 내시 등 궁리들을 모두 거세인으로 인식하나, 본래는 거세와 관계없는 말이다.

를 위한 길이야."

"아, 예. 장군의 뜻을 폐하께 고하겠습니다."

"하루라도 빨리 들어가 전하시게."

그러나 최은은 소심하고 겁이 많았다. 임연의 말에 짐짓 약속은 했으나 속으로는 겁을 먹어 여러 날 늦추고 있었다.

임연이 다시 최은을 불러서 다그쳤다.

"지난번에 내가 그대에게 한 말은 나의 입에서 나와서 바로 그대의 귀로 들어갔다. 세상에 아는 사람은 나와 그대뿐이다."

"예, 그렇지요."

"만에 하나 혹시라도 그 말이 누설된다면 우리 두 사람의 목숨은 언제 달아날지 모른다. 헌데, 그대는 왜 그리 우물쭈물 망설이는가? 그래 가지고서야 어떻게 폐하의 충복이라고 할 수 있겠는가! 이렇게 시일을 끌다가 일이 누설되기라도 한다면 어쩔 것인가."

"죄송합니다. 곧 폐하께 고하겠습니다."

서슬 퍼런 임연의 호령을 듣고 소심한 최은은 몸을 부들부들 떨면서 물러났다.

그러나 최은은 혼자서는 원종에게 들어가 그렇게 말할 용기가 나질 않았다. 그는 같은 환관인 김경(金鏡)에게 가서 일의 전말을 설명했다.

"그런가? 임연은 보통 사람이 아니오. 임연이 그렇게 나선다면 반드시 일을 벌일 것이야. 지금으로 보아서는 성공 가능성이 높소. 임연의 세력이 아직은 김준을 쓰러뜨릴 수 없으니까, 폐하께서 힘만 실어주시면 임연은 반드시 성공할 것이오."

"그리 생각하오?"

"물론이지. 그래, 가서 폐하에게 고합시다. 우리가 임연과 함께 김준을 없앱시다. 그것은 김준에 의해 유실된 왕권을 다시 회복하고, 우리 궁신(宮臣)의 힘을 강화해 줄 것이오."

최은과는 달리 김경은 적극적이었다. 최은과 김경은 그 길로 원종에게 들어갔다.

최은이 말했다.

"임연의 얘기를 들었습니다. 그는 지금 우리 고려가 위기라고 하면서, 폐하께서 무슨 일이든지 하명만 내려주신다면 몸을 던져 반드시 성공시키겠다면서, 이를 빨리 폐하께 고하라고 했습니다."

강윤소로부터 들어서 임연의 생각을 대충 알고 있는 원종은 확인하듯 말했다.

"김준에 관한 얘기냐?"

"그렇습니다, 폐하."

"과연 너희가 말하는 바와 같이 된다면 얼마나 크게 다행한 일이겠느냐."

원종은 그렇게만 말했다.

최은과 김경은 물러나 곧바로 임연을 찾아가서 원종의 말을 전했다.

"폐하께서 '임금이 하명하고 임연 장군이 성공시켜 준다면, 얼마나 크게 다행한 일이냐'고 말씀하셨습니다."

임연은 흥분해서 말했다.

"오, 그래? 수고했소. 이번 일은 폐하와 그대들과 나의 생명이 걸린 중대사요. 입을 굳게 하고, 나의 말을 잘 따르시오."

"예, 장군."

김준을 타도하기 위한 임연의 공작은 본격화됐다.

임연은 맏아들 임유무(林惟茂)와 사위 최종소(崔宗紹)를 불렀다.

"내가 큰일을 벌이기로 했다. 임금의 뜻을 받들어 김준을 처단하는 일이다."

"예? 김준을 말입니까."

"그러면 정변이 아닙니까."

"그렇다. 임금 측근의 강윤소와 김경·최은이 나를 적극 돕고 있다. 너희들도 나서야 한다.”

임연은 그간의 진행 상황을 상세히 설명해주고 말했다.

“우선 무기를 마련해야겠다. 몽둥이면 된다. 많이도 필요 없다. 20여 개면 충분하다. 이것은 유무, 네가 맡아라.”

“예, 아버님.”

“참나무라야 좋다. 이 강화도 참나무는 목질이 단단하고 구하기도 쉽다. 휘둘러서 치기 좋게 만들어 놓도록 하라.”

임연은 최종소를 향해서 말했다.

“우리 야별초 군사들을 잘 단속해 두어라. 김준 일가에 밀착돼 있는 자들은 제외하고 언제든지 차질없이 동원할 수 있게 하라.”

“예, 장인어른.”

그들이 돌아가자 임연은 중추원 상관이자 평소 김준을 좋지 않게 여기고 있는 친왕파 조오(趙璈, 동지중추원사, 종2품)를 찾아갔다.

조오는 비록 문신이었지만, 그의 두 아들 조윤번(趙允璠)과 조윤온(趙允溫)은 모두 장군이었다. 그의 가까운 일족인 조윤저(趙允著)도 유력한 장수여서, 조오는 탄탄한 무가(武家)를 이루고 있었다.

임연이 말했다.

“지금 폐하의 밀명을 받고 궁중의 환관들과 야별초의 장수들이 김준을 제거할 거사를 준비하고 있습니다.”

임연은 지금까지 진행되고 있는 사항을 전부 말해 주었다.

조오가 말했다.

“알겠소이다. 나도 기꺼이 나서겠소.”

“고맙습니다, 동지원사. 자제분과 조카들도 함께 의거토록 종용해 주십시오.”

“물론이지요.”

임연은 일이 의외로 잘 풀려나가고 있다고 생각하면서 물러났다.

조오가 김준 제거에 참여키로 하자, 다른 사람들의 포섭은 한결 쉬워졌

다. 임연은 그 후 이분희(李汾禧, 대장군)와 김보의(金保宜, 장군)의 포섭에
도 성공했다. 이들은 원종의 신임을 받는 친왕파 무인들이었다.

임유무는 다음날 오후 군사들을 동원하여 별립산(別立山)으로 올라가
참나무를 베어서 몽둥이를 만들었다. 넉넉히 50개를 만들어서 남의 눈에
띄지 않게 밤에 임연의 집으로 운반해 놓았다.

임연이 그걸 받아서 살펴보았다. 그는 몽둥이를 어깨위로 올려 흔들어
보다가 말했다.

"무겁고 단단해서 좋다. 이만하면 됐다. 그래, 수고했다. 너도 군사를
잘 단속해 놓고, 명령을 기다려라."

"예, 아버님."

임유무가 돌아가자, 임연은 그 몽둥이들을 어루만지면서 혼자 중얼거
렸다.

몽둥이들아, 너희가 내 운명을 결정할 것이다. 너희만 믿겠다.

임연은 참나무 몽둥이들에 자기 염원을 담아서 빌고는 그것들을 궤짝
에 담아서 선물처럼 포장해 놓았다.

이것을 궁중에 보내야겠는데, 어떻게 한다? 큰일을 할 때는 최은같은
소심한 겁쟁이는 안 되겠어. 적극적이고 맺고 끊음이 분명한 김경이 나을
것이야. 이런 일은 그런 사람과 해야 한다.

임연은 김경과 함께 일을 도모하기로 작정하고, 다음날 밤에 김경을 자
기 집으로 불러냈다.

"그대라면 믿고 무슨 일이든지 할 수 있겠소. 우리 뜻을 모아 폐하에게
충성합시다."

"예, 그러지요. 헌데, 어떻게 하시렵니까?"

"김준을 제거해야, 임금이 편하게 국가 대사를 해나갈 수가 있소."

"거사일을 언제로 하시겠습니까?"

"비밀작전은 선제공격을 해야 성공할 수 있소. 곧 몽골의 사절 투도르 (Tudor, 脫朶兒, 도통사) 일행이 돌아갈 것이오. 그때 임금이 환송하시지요?"

"그렇습니다. 몽골사절단은 병신일(丙申日)에 떠납니다."

"닷새 남았군. 임금이 환송 길에 나서시면, 김준이 폐하를 호종할 것이오. 그날로 합시다. 그때 내가 야별초 정병을 이끌고 나갔다가 기회를 보아 김준을 치겠소이다."

"예. 그날이 좋겠습니다. 내가 할 일은 무엇입니까?"

"첫 번째의 거사에서 일이 성사되지 않을 경우에 그대가 나서야 합니다."

"어떻게 말입니까?"

"그대가 김준에게 가서 어명이라 하고 김준을 편전으로 들라 하시오. 그대가 이것을 가지고 가서 궁중에 보관하고 있다가 김준이 들면 그때 쓰시오. 이걸로 김준을 처단하면 일은 다 되는 것이오."

그러면서 임연은 그 몽둥이를 넣은 상자들을 김경에게 내주면서 말했다.

"이런 것들이오. 이 참나무 몽둥이 한 방이면 웬만한 사람은 죽거나 기절할 것이야."

임연은 몇 개 남겨둔 몽둥이들을 보여주었다. 그것들은 비록 각목에 불과했지만 정변의 장비, 살인의 무기다. 김경이 그걸 받아서 무게와 길이를 살펴보고는 말했다.

"단단하고 쓰기에도 편리할 것 같습니다."

"규격품으로 만든 것이오. 그대가 이걸로 갑사들을 무장시켜 궁 안에 대기시켜 놓았다가 김준을 편전이나 대전 안으로 불러들여 안에서 처단하시오. 그러면 바깥일은 내가 다 책임지고 완벽하게 처리하겠소. 야별초 군사를 동원해서 김준 무리의 저항을 분쇄하고 궁성을 호위할 것이외다."

"좋습니다. 하십시다."

"고맙소."

"저도 임연 부사를 뵈면서, 임 부사는 함께 일할 수 있는 분이라고 생각해 왔습니다. 명하신 대로 거행하겠습니다. 궁궐 안의 일은 염려 마십시오."

"고맙소, 김 동지."

그렇게 해서 그들은 궁궐의 안팎에서 함께 거사하기로 뜻을 모았다. 두 사람은 서로 얼싸안았다. 임연이 김경의 두 어깨를 자기의 두 손으로 잡은 채 말했다.

"드디어 김준의 십 년 세월은 끝장이오. 이젠 우리의 시대가 오는 것이오. 정말 고맙소."

"우리의 시대라니오? 아닙니다. 나는 아닙니다. 무력을 가지고 일을 주도하고 계신 임 부사의 시대가 되는 겁니다."

"아니오. 우리가 같이 폐하를 모시고 나라를 이끌어 가야지요."

"알겠습니다."

"일의 성패는 보안에 달려 있소. 궁궐 안에도 김준의 무리는 있소. 그들이 눈치채지 못하도록 은밀히 진행해야 하오."

"궁궐 안에서 무술에 능한 사람으로는 환관인 박문기 등 몇 명이 있습니다. 조심해서 하겠습니다."

"그 박문기를 조심하시오. 그자는 눈치가 유난히 빠른 데다 김준에게 충성하는 김준의 심복이오."

"알고 있습니다."

거기서 그들은 헤어졌다. 임연이 김경을 문밖까지 배웅했다. 섣달 보름달이 유난히 차고 밝았다.

김경은 몽둥이를 받아서 임연이 마련해 준 마차에 싣고 궁중으로 날라다 두었다.

김경은 원종의 총애를 받는 측근 기온(奇蘊, 대장군)과 장계열(張季烈, 어사대부)을 찾아가서는 김준 일가의 횡포와 원종의 심정을 강조해서 설명하고, 자기가 임연과 함께 원종의 밀명을 받아 김준 처단을 추진하고 있다고 말하면서 협조를 구했다.

기온이 말했다.

"당연하지. 이런 일에 내가 돕지 않으면 누가 돕겠나? 임연은 성격이 모나지만 그런 일은 잘 할 것이야. 함께 합시다."

장계열도 같은 생각이었다.

"나도 함께 하겠소. 기온 장군께서는 무인과 군사관계를 맡아 주시오. 나는 문신과 정사 쪽을 맡겠소이다."

"좋소. 그리 합시다."

김경이 말했다.

"고맙습니다. 모두 폐하와 국가를 위한 일이니 한 치의 착오도 있어서는 안됩니다. 특히 사람들을 포용하시되, 성품이 경박하거나 입이 가벼운 사람은 빼십시오. 일이 누설되면 모두가 허사입니다. 그리되면 폐하께서도 폐출은 물론 옥체마저 보전하시기 어렵습니다."

"물론이지요."

"사용할 무기는 칼과 몽둥이입니다. 따라서 칼을 잘 쓰는 검객과 몽둥이를 정확히 사용할 장사가 필요합니다."

그러면서 김경은 임연이 준 몽둥이들을 보여주었다.

기온이 그걸 보고 말했다.

"음, 좋소. 아주 잘 만들어졌소. 검객으로는 환관 김자정(金子廷)이 가장 가까이 있는 폐하의 총신이고, 몽둥이 잘 쓰기로는 영초(令抄)인 김상(金尙)과 김자정의 아우 김자후(金子厚)요. 그밖에 몇 사람 더 찾아서 요소에 배치해 두었다가 부립시다."

이렇게 해서 김준을 타도할 세력이 형성됐다. 임연-임유무 부자와 사위인 최종소를 제외하면, 무인·문신·환관 모두가 원종이 아끼는 근왕세력(勤王勢力)들이었다.

그들은 헤어져서 각자 자기가 맡은 일을 추진해 나갔다.

한편 김경은 거사일을 이틀 앞두고 편전으로 들어가서 원종을 만났다.

"폐하, 임연이 김준 일당을 제거하고 정권을 폐하에게 돌리기로 했습니다. 저는 그것을 안에서 돕기로 약속했습니다."

"그러냐. 어떻게 할 작정이냐?"

"몽사들이 돌아갈 때 폐하께서 배웅을 나가시면 김준이 호종할 것입니다. 그때 임연이 정병을 거느리고 있다가 김준을 치기로 했습니다. 이것이 제1차 거사계획입니다."

그때까지 표면상 의연한 듯이 행동해온 원종이 노골적으로 관심을 나타내며 물었다.

"2차 계획도 있느냐?"

"예, 폐하. 만일 1차 거사가 이뤄지지 않을 경우를 대비해서, 2차 거사 계획을 마련해 두었습니다. 신이 궁궐 안에 있으면서 갑사들을 대기시켜 놓았다가, 때를 보아 어명을 빙자하여 김준을 불러들여 궁 안에서 처단키로 했습니다. 밖에서는 이와 때를 맞추어 임연이 야별초 군사들을 동원하여 김준의 일족과 그를 따르는 군사들을 치는 한편, 궁궐을 보위키로 했습니다. 폐하께서는 아무 것도 모르시는 것으로 하시고 그냥 가만히 내전에 계시면 됩니다."

"그래도 되겠느냐."

"김준을 처단되지 않으면 나라가 안됩니다. 폐하의 뜻대로 정사가 펴지지 않고, 몽골이 계속 고려를 의심하게 되어 두 나라 관계가 개선되는 데도 방해될 뿐만 아니라, 조신들도 단결하기 어렵습니다. 그래서 신들이 의거해서 김준을 제거하고 복정우왕(復政于王, 왕정복고)을 명실상부하게 실현코자 합니다."

"성사될 수 있겠는가."

"안심하십시오, 폐하. 먼저 김준만 처단하면 복정우왕은 성사됩니다. 일은 어렵지 않게 성공할 것입니다. 저희 신들이 치밀하게 계획을 세워 동지들을 모아놓았으니 신들을 믿고 안심하십시오, 폐하."

"임연을 믿어도 되겠느냐?"

"임연은 비범한 데가 있어 능히 김준을 처단해 낼 것입니다. 그러나 그는 만만치 않은 자입니다. 일이 성사된 뒤에 그가 여러 가지 문제를 일으켜 자기 권력을 키우려할 수도 있습니다. 그러나 복정우왕을 위해서는 우선 김준이 제거돼야 합니다. 그 일을 할 사람은 우리 고려 안에서는 임연밖에 없습니다, 폐하."

"안심할 수가 없구나."

"그러나 참여하는 모든 사람들이 대부분 폐하를 받드는 친왕세력들입니다. 임연파는 임연의 부자와 사위인 최종소 뿐입니다."

원종은 김경이 '어명을 빙자하여 김준을 불러들여 왕궁 안에서 처단한다는 것' 이 마음에 걸렸다.

"이런 일에 짐이 개입한다는 것이 어째 좀 쑥스럽다."

"그래서 폐하께서는 아무 것도 모르시는 것으로 하시면 되옵니다. 어명을 내거는 것은 우리 자의로 하는 기책(奇策)입니다."

그래도 원종은 미덥지 않은 모양이었다.

"기온 장군과 장계열 어사대부가 일을 준비하고 있고, 칼과 목봉을 잘 쓰는 장사들도 정해 놓았습니다. 일은 반드시 성공합니다. 안심하십시오, 폐하."

원종은 말이 없었다. 그러나 그는 속으로 이번 일은 반드시 성공할 것으로 믿고 있었다. 그는 임연과 강윤소·기온·김경의 능력과 마음을 믿고 있었다.

그때 김준의 둘째 아들 김용재(金用材)[42]는 조오와 같은 직급인 동지추밀원사(同知樞密院事, 종2품)로 있었다. 임연과 같은 추밀원에 있었지만, 정3품의 추밀원 부사인 임연보다는 한 품급 위였다.

---

42) 김준의 차남인 김용재(金用材)는 후에 이름을 김주(金柱)로 고쳤다. 그래서 김용재에 관한 후기의 기록은 모두 김주로 되어있다. 여기서는 원래의 이름 김용재로 썼다.

마침 그 무렵 어느 날 김용재가 김준의 방에 들어갔다.

"이상한 꿈을 꾸었습니다, 아버님. 아무래도 흉몽 같아서 좀 불길한 생각이 듭니다."

"무슨 꿈이냐."

"자주색 옷을 입은 사람 하나가 우리 집에 들어와서 대청 위에 앉아 사람들을 시켜 우리 형제들을 잡아다가 바늘로 두 귀를 뚫어서 실로 하나씩 꿰는 꿈이었습니다."

"거 괴상한 꿈이구나."

"마지막으로 제 차례가 됐는데, 바늘을 가진 자가 자주색 옷을 입은 사람을 향해서 나를 가리키며 '이 자도 꿸까요?' 하는 것이었어요. 그랬더니, 자주색이 '어찌 그자만 홀로 용서해 주겠느냐?' 했습니다. 그래서 바늘 가진 자가 나도 꿰었습니다."

"듣기에는 과히 좋지가 않은 꿈이다."

"자주색 사람은 마치 지금의 임금 같았고, 바늘을 쥔 자는 꼭 임연처럼 보였습니다."

"임금과 임연처럼 보였어?"

"예, 아버님."

"음, 자포(紫袍)는 임금도 자주 입는 도포이니 자포를 입었다면 임금이라 할 수 있다. 바늘은 곧 칼이므로, 바늘을 쥔 자라면 무인일 것이니 임연이라고 볼 수도 있겠다."

"그래서 더욱 불길합니다, 아버님."

"그러나 꿈이란 누구나 꾸는 것이고, 꿈이 다 맞는 것도 아니다. 너무 걱정하지 말고 맡은 일이나 열심히 해라."

"예, 아버님."

그러나 김용재는 어딘지 불안하고 찜찜했다. 그는 항상 주변에 군사들을 배치해 놓고 사방을 경계하며 다녔다.

김준도 꿈 얘기를 듣고는 불안해지기 시작했다. 더구나 자기네 일가에

해를 입힌 꿈 속의 사람들이 임금과 임연 같았다는 말을 듣고 더욱 기분
이 나빴다. 김준도 그 후로는 바깥출입을 자제했다.

김준의 최후

　　원종 9년(1268) 12월 20일 병신일이었다. 강도에 와있던 몽골 사신단 투도르·왕국창·유걸이 고려의 군사력과 전함건조, 그리고 흑산도와 탐라도를 시찰하고 돌아가는 날이었다. 원종이 교외까지 나가서 그들을 전송하기로 한 것이다.

　　관례에 따르면 김준이 당연히 왕의 어가를 호종하게 되어 있었다. 그랬으므로 임연은 김준을 습격하기 위한 군사들을 승천포로 가는 길에 배치해 놓고 시간을 기다리고 있었다.

　　원종도 이날을 기다려 왔다. 모든 것이 임연-김경의 계획대로 이뤄지기를 기대하면서 현장에서 벌어질 일들을 생각해 보았다.

　　한편 그날 아침 일찍 김준은 부하들을 불러놓고 진영회의를 열었다. 그는 힘없는 목소리로 김용재가 꾸었다는 꿈 얘기를 자세히 들려주었다.

　　장수들이 말했다.

　　"꿈은 꿈일 뿐입니다. 그런 것에 너무 마음 쓰지 마십시오."

　　"그렇습니다, 장군. 우리를 믿고 힘을 내십시오."

　　그러나 감각이 빠르고 계책에 밝은 장군 차송우(車松祐)가 말했다.

　　"꿈을 믿을 것은 아니지만 안전엔 항상 최선을 다해야 합니다. 지금 임금이나 문신 주위에서는 별감이 잘못되기를 바라는 자들이 많습니다. 위험 요인이 하나만 있어도 방비는 백을 해놓아야 합니다."

김준이 말했다.

"옳은 말이오. 용재의 꿈은 그냥 꿈일 뿐이지만 그런 꿈을 꾸었다는 건 불길하고 마음에 걸려요. 나는 호종에 나가지 않겠소. 오늘은 그대들도 나가지 말도록 하시오."

그래서 김준과 그의 무리들은 이날 원종의 호종에 나가지 않았다.

김준 일당의 불참을 보고 가장 놀라고 의아해 한 것은 그들을 처단키로 한 임연이었다. 그들이 보이지 않자 원종도 이상하게 여기기는 마찬가지였다.

김준의 불참으로 이날 거사하기로 한 임연의 당초 계획은 자연히 유산됐다. 몽사들은 예정대로 떠났지만 원종은 김준 타도계획이 누설된 것이 아닌가 해서, 그날은 잠을 이루지 못했다.

김경이 편전으로 들어갔다.

"황공하옵니다, 폐하. 그러나 안심하십시오. 제2계획으로 들어갈 것입니다."

"김준이 몽사 환송에 참석치 않은 이유는 무엇인가. 혹시라도 김준이 밀모를 알고 있는 것은 아닌가."

"김준과 그 주변의 움직임을 알아보았으나, 그들이 저희 계획을 눈치채고 있다는 징조는 전혀 없습니다. 안심하셔도 됩니다, 폐하."

"그렇다면 다행이다."

"폐하께서 병이 났다는 말을 퍼뜨리고 내시들을 여러 신사(神祠)와 사원에 나누어 보내 폐하의 쾌환(快患)을 비는 기도를 올리도록 했습니다."

"그리 하라."

원종의 쾌유를 비는 기도가 즉각 시행됐다.

정변의 제1차 계획이 유산된 다음날은 어전조회가 있는 날이었다. 임연이 일찍 입궐해서 김경에게 갔다.

"더 이상 지연돼서는 안 되오. 이제 바로 제2계획으로 들어갑시다. 자객들을 궁궐 안에 배치해 놓고 있다가, 김준이 조회에 참석하면 때를 놓치지 마시오."

"염려 마십시오. 이미 기온 장군 지휘하에 정예 검객들이 임금 주변에 매복해 있습니다."

"고맙소. 김준이 처단되면 나는 바로 나가서 성 밖의 계획을 펼 것이오. 나도 군사들을 이미 대기시켜 놓았소."

"고맙습니다, 장군."

김준이 조회에 참석하면 김경이 김준을 따로 불러 임금의 명령이라 전하고 편전으로 들게 하여 거기서 몽둥이로 처단할 계획이었다.

그러나 이상한 일이었다. 무슨 일 때문인지 그 날도 김준이 조회시간에 입궐하지 않았다.

아니, 이럴 수가.

임연은 불안했다.

이렇게 일이 계속 지연되면 계획이 누설될 수 있다. 앉아서 때를 기다릴 것이 아니라 찾아가서 해치워야 한다.

임연이 김경을 찾아가서 말했다.

"별수 없소. 이제 그대가 김준의 집으로 가서 왕명이라 속이고 김준을 입궐하라 이를 차례요. 지금 바로 하시오."

김경이 수하 몇 명을 이끌고 김준의 집으로 갔다. 김준은 마치 집에 있었다.

김경이 말했다.

"어인 일이십니까, 영공. 어제는 몽골사신 환송 때 임금 호종을 못하시더니, 오늘 조회에도 참석하지 않으시니……?"

"아, 몸이 좀 불편해서 그랬소."

"폐하께서 영공과 급히 상의하실 일이 있다고 하시면서 급히 모셔오라고 명하셨습니다."

"폐하께서?"

"예. 그래서 저희가 어명을 받잡고 이렇게 왔습니다."

"무슨 특별한 일이라도 있는가?"

"그런 모양입니다."

김준이 아무 것도 눈치채지 못하고 있음을 알고 김경은 안도했다.

"무슨 일인가?"

"그런 것을 저희가 어찌 알겠습니까?"

"그런가. 미안하이. 명초(命招)가 계셨으니 입궁해야지. 내 곧 차비를 차려 나오겠네."

명초란 대신을 불러오라는 임금의 명령이다. 김준은 호화롭게 장식된 융복(戎服, 군복)을 급히 차려입고 나와서 말을 타고 김경 등과 함께 궁궐로 향했다. 김준의 경호는 어느 때보다도 엄중했고 인원도 많았다.

김경은 생각했다.

혹시 김준이 무슨 낌새라도 챈 것은 아닐까.

그러나 김준이 어명이라는 말을 듣고 그대로 나서는 것을 보니 알아차린 것은 아닌 것 같았다. 김용재의 꿈 얘기를 들은 뒤 김준 부자들은 하나같이 경호에 신경을 쓰고 있었다.

김준의 처족인 환관 박문기(朴文璣)는 궁궐 안의 움직임과 김경의 거동을 보고 어딘지 이상하다고 생각했다. 원종이 김준을 부를 이유가 없는데도 김경이 긴장된 모습으로 김준을 부르러 갔다는 말을 들었기 때문이다.

분명해. 김준을 해하려는 음모임이 틀림없어.

남달리 직관이 빠른 박문기는 김준에 대한 어떤 음모가 진행되고 있다고 생각했다. 그는 급히 김준의 집으로 향했다.

박문기는 도중에 김준의 행차를 만났다. 김준은 김경과 함께 궁 쪽으로 가고 있었다. 그러나 김준의 경호대가 좌우에서 김준을 겹겹이 옹위하고 그 행렬이 워낙 삼엄해서 박문기는 김준에게 접근조차 할 수 없었다.

한편 김준의 아우 김승준은 김준이 갑자기 입궐한다는 말을 듣고 급히 서둘러 궁 안의 도당으로 갔다. 김승준이 도착해보니 김준이 이미 그곳에 와 있었다. 김준은 다른 신료 장수들과 화기애애하게 담소를 나누고 있었다. 김승준은 안심했다.

그때 최은이 나와서 김준에게 왕명을 전했다.

"폐하께서 영공부터 먼저 들라 하십니다."

"음, 그런가?"

김준은 웃는 얼굴로 일어섰다. 최은이 앞서가고, 김준이 그 뒤를 따랐다. 겁이 많은 최은이었지만 그때의 걸음걸이와 생김새는 마치 염라대왕이 보낸 저승사자와도 같이 당당하고 준엄해 보였다.

김준은 아무런 생각없이 최은을 따라갔다. 이 장면을 지켜보던 임연이 혼자서 말했다.

이젠 됐다. 오늘이 바로 김준의 마지막 날이다.

김준이 최은을 따라가는 것을 확인하고, 임연은 사위 최종소와 함께 궁에서 빠져나갔다.

최은이 김준을 안내하여 편전 앞에 이르렀다.

"요즘 폐하께서 몸이 좀 편찮으십니다. 오늘은 저쪽 정당(政堂)으로 가시지요."

원종이 병을 얻어 전국에서 쾌환기도를 하고 있다는 얘기를 이미 들은 김준이 말했다.

"아직도 쾌차하지 않으신 모양이군."

"그렇습니다."

평소 최은은 늘 무표정했고 말이 없었다. 그날도 최은이 앞장서서 말없이 무표정하게 걸어갔다. 정당 문이 열리고 최은이 들어섰다. 그 뒤를 따라서 김준이 들어섰다. 그때였다.

"야, 이 역적 김준아!"

영초(令抄)로 있는 김상(金尙)이었다.

그는 정당의 문 뒤에 숨어 있다가, 김준이 들어서자 순식간에 나타나서 몽둥이로 김준의 머리를 내리쳤다. 임연이 만들어준 그 무겁고 질긴 참나무 몽둥이였다. 힘이 장사인 김준이지만 몽둥이를 한 대 맞고는 그 자리에서 비명을 크게 지르고는 쓰러졌다.

"이 못된 놈들!"

김준은 그렇게 소리치면서 김상을 노려보며 일어서려 했다. 그러자 검객 하나가 나와서 김준의 목을 벴다. 김준은 그 자리에서 목이 베어 죽었다.

최은은 다시 도당으로 갔다. 그러나 조금 전의 당당했던 모습과는 달리, 이때 그의 다리는 후들후들 떨리고 있었다.

이래서 안 된다. 최은, 침착하라.

최은은 스스로 자신에게 명령하면서 계속 걸어갔다. 곧 안정이 회복됐다. 최은이 도당에 도착해서 이번에는 김승준[43]을 바라보며 말했다.

"김승준 장군도 드시지요. 지금 폐하께서 영공과 중대사를 의논하고 계십니다."

"아, 그래요. 중대사라면?"

"몽골 문제인 것 같습니다. 가보시면 압니다."

이번에도 최은이 앞서가고, 김승준이 그 뒤를 따라 갔다. 불안하고 초조하여 떨고 있는 최은은 자기의 표정을 가릴 수 있어 다행이라고 생각하며 묵묵히 걸었다.

그들은 정당 문을 들어섰다. 헌데, 원종과 김준은 보이지 않고 바닥에는 피가 낭자했다. 김승준은 놀라서 멈칫했다.

그때 환관 김자정(金子廷)이 문 뒤에서 나타나 소리쳤다.

"게 섰거라, 이놈!"

---

43) 김승준은 이때 이름을 김충(金冲)으로 고쳤다. 그러나 여기서는 혼란을 피하기 위해 원래의 이름인 김승준으로 통일해서 썼다.

김승준은 뒤로 돌아 달아나려 했다.

"김승준! 어디로 달아나려 하느냐."

그러나 문은 이미 굳게 잠겨 있었다. 김자정의 아우 김자후(金子厚)가 반대쪽 문 뒤에서 칼을 들고 나타났다. 김자정은 놀라 서있는 김승준을 참나무 몽둥이로 때려 눕혔다. 이번에는 김자후가 칼로 김승준의 목을 벴다. 김승준도 다시 일어나지 못했다.

순식간에 도당에서는 긴장감이 돌기 시작했다. 김준을 호위해서 따라온 가신 하나가 말했다.

"아무래도 낌새가 이상하다. 분위기가 전에 같지 않아."

"나도 같은 기분이야."

김준의 경호들이 도당을 나와서 정당 쪽으로 몰려갔다. 김준 형제의 행방을 알아보기 위해서였다. 그들이 정당의 문을 열고 들어서려 했다.

그러나 김자정이 문을 막고 서서 말했다.

"지금 왕명이 있어서 우리가 김준·김승준 형제를 죽였다. 너희가 들어와서 어찌하겠다는 것인가!"

"뭐라! 영공의 형제분이 모두 처단됐다 했소?"

"그렇다. 밖에서도 지금 김준의 일족과 그 일당이 모두 잡혀서 처단되고 있다."

김준의 무리들은 순간 어찌할지 몰라 술렁거리고 있었다.

김자정이 말했다.

"분명히 말해 두건대, 너희는 살려 주겠다. 앞으로 우리와 마음을 같이 해서 사직을 호위해야 한다. 물러가라!"

김자정은 그렇게 말하면서 힘으로 그들을 밀어내고 문을 닫아 버렸다. 김준의 무리들은 허탈한 상태로 돌아서서 나갔다.

궁궐 밖에서는 임연이 계획한 대로 일을 진행시켜 나갔다. 자기 휘하의 야별초와 조오 일가 및 이분희·김보의 등의 군사를 풀어서 한편으로는 궁성을 호위하고, 다른 한편으로는 김준의 아들들과 그 도당들을 붙잡아 들였다.

김준의 가족들이 잡혀오는 대로 임연은 그들의 목을 벴다. 아직 잡히지 않은 김준의 둘째 아들 김용재(金用材, 추밀원 동지사)가 자기 집에서 무리를 모아 방비를 엄중하게 하면서 이를 막아보려 했다. 김용재는 며칠 전의 꿈이 아주 불길하게 생각되어 가신들을 잘 단속해서 집안 경비를 엄히 하고 있던 터였다.

임연은 야별초의 고여림(高汝霖, 지유)을 김용재에게 보냈다. 고여림이 김용재와 서로 가까운 사이였기 때문이었다.

고여림이 김용재의 집에 도착하자, 김용재는 한편으로 기뻐하고 한편으로는 두려워했다.

고여림은 담담하지만 단호하게 말했다.

"불행한 일이지만, 영공 형제가 이미 다 처단됐소."

"뭐! 아버님과 숙부가?"

"사태는 이미 돌이킬 수가 없게 됐소. 모든 조신과 장군들이 임금 편에 서서 영공을 쳤소."

"임금이 우릴 쳤단 말이오?"

"그렇소. 임금이 칼을 뽑았소."

김용재는 겁에 잔뜩 질려 있었다. 그는 부들부들 떨고만 있을 뿐 아무 말도 못했다.

"지금으로서는 순순히 항복하는 것이 가장 안전하고 남자다운 일이오. 칼을 던지고 나와 함께 나갑시다."

고여림이 좋은 말로 투항하도록 타일렀으나 김용재는 고여림을 의심하여 마음을 정하지 못하고 주저했다.

"대세는 결정 났소. 순순히 항복하지 않으면 군사들이 들이닥칠 것이오. 어느 쪽을 택할지는 그대에 달려 있소. 시간이 없소!"

그래도 김용재는 아무 말을 못하고 있었다. 고여림은 단념한 듯이 마지막 말을 던지고 돌아갔다.

"투항할 의사가 없는 것으로 알겠소. 나는 돌아가오. 차후에라도 문제가 순순히 해결되기 바라오."

엄수안(嚴守安)이 원종에게 들어갔다.

"김준과 그 일파가 대부분 제거되거나 검거됐습니다. 그러나 김준의 아들 김용재가 6번 도방과 여러 군의 군사들을 자기 집에 모아 항거하려 하고 있습니다. 이 자들을 내버려두면 변란을 일으킬 것이 분명합니다."

"어찌하면 되겠는가?"

"대세가 이리 됐으니 이젠 폐하께서 직접 표면에 나서야 합니다. 복정우왕의 명분으로 어명에 따라 처리함이 좋습니다."

"그래서?"

"어명으로 김용재를 체포하고 김준 제거 행위를 합법화시켜 주십시오. 그래야 일이 빨리 진정됩니다, 폐하."

"알았다. 대신과 장수들을 불러들여라."

곧 정승들과 대장들이 모여들었다.

원종이 명령했다.

"김준 일가의 죄가 크고 나라 일에도 방해가 많았다. 그 수괴들은 이미 처형됐거나 체포됐다. 그러나 몇몇 잔당이 모반을 꾀하고 있다. 그들을 모두 잡아들여 소란을 속히 진정시키도록 하라."

원종은 즉시 박성대(朴成大)를 불렀다.

"그대가 김용재를 체포해 오도록 하라."

"예, 폐하."

박성대는 소수의 정예병을 데리고 바로 김용재의 집으로 갔다. 그러나 김용재의 방어태세는 엄중했다. 그들은 누구의 접근도 받아들이지 않고 있어 박성대의 군사들은 접근할 수 없었다.

고여림이 빈손으로 돌아오고 김용재가 어명마저 거부하자, 임연이 명령했다.

"말로는 안 되겠다. 부대를 보내 무력을 진압한다. 조자일(曹子一) 장군이 무장부대를 끌고 가라. 다시 투항을 권고하고, 투항하지 않으면 공격하여 김용재와 그 일당을 소탕하여 잡아오라."

조자일이 갑옷 입은 군사들을 이끌고 김용재에게로 갔다. 김용재가 자기 군사들을 이끌고 나와서 임전태세를 갖추고 있었다.

양측이 대치하고 있을 때, 조자일 휘하의 서정(徐靖, 교위)이 무리의 중앙에 서있는 김용재를 향해 활을 쏘았다. 김용재는 활을 맞지는 않았지만 달아나 담을 넘어 도망했다. 조자일의 군사들이 그를 추격하여 붙잡아 바로 목을 벴다.

이래서 김준·김승준 두 형제와 김준의 아들 6명 중 어려서 죽은 2명을 뺀 살아있던 나머지 네 아들이 모두 참살 당했다. 그들의 권력도 그 자리에서 무너졌다. 원종 9년(1268) 무진년(戊辰年) 12월 21일 정유일이었다.

원래 김준에게는 아들 여섯이 있었다. 김대재·김용재·김식재는 정실 소생이고, 김애·김기·김정은 후실 소생이었다. 그 중에서 맏이인 김대재와 셋째인 김식재는 무오정변에 참가하여 공신이 됐으나, 정변이 개시되면서 바로 잡혀 임연에 의해 처형됐다.

김애는 과거에 급제하여 우부승선에 올라 있었다. 김기와 김정은 장군이었다. 그러나 임연의 기습을 받아 제대로 저항 한 번 해보지 못하고 모두 목이 잘렸다. 끝까지 저항한 것은 동지추밀원사인 둘째 아들 김용재뿐이었다.

김준의 아우 김승준은 청백하고 스스로 자기 분수를 지키며 살아왔다. 그는 김준과 그 아들들의 행패가 있을 때마다 가서 꾸짖기를 주저하지 않았다. 그래서 김준도 아우를 몹시 어려워했다.

그 때문에 김승준이 김준과 함께 죽었을 때 세상 사람들은 몹시 애석하게 여겼다고 전한다.

김준 일가를 몰살한 다음 임연은 다시 군사를 풀어서 그 당파의 숙청에 나섰다.

이듬해 원종 10년(1269) 1월 7일이었다.

임연은 먼저 김준을 받들어 온 최휘(崔暉, 대장군)·차송우(車松祐, 장군)·강보충(康保忠, 장군)·현수(玄壽, 장군)·박승익(朴承益, 장군)·방중산(方仲山, 낭장)·갈남보(葛南寶, 지유)·지준(池濬, 지유)·문성주(文成柱, 지유)·김창세(金昌世, 별장)·허인세(許仁世, 별장) 등 11명을 잡아다 목을 벴다.

김준의 직계 중에서 이제(李悌, 장군)와 손원경(孫元慶, 장군)은 스스로 목숨을 끊었다.

김준의 아내와 최공의(崔公義, 장군)·김홍취(金洪就, 상장군)·이득재(李得材, 낭장)·길선보(吉宣甫, 낭장) 등은 먼 섬에 유배됐다. 김준의 가노 중에서도 '살해당한 자가 수없이 많아 이루 다 헤아릴 수 없다'고 기록돼 있다.

김준의 측근 중에서 김준의 양아들인 박기(朴琪, 승선)와 이종기(李宗器, 대장군)도 얼마 후에 처형됐다.

김준이 고성(固城)에 귀양 가 있을 때, 그 고을 사람이었던 박기는 김준에게 따뜻이 은혜를 베풀어 김준이 자기 아들로 삼고 집정이 된 뒤에는 관직을 주어 승선까지 올려주었다.

박기는 의리가 강한 사람이었다. 김준이 처형된 다음에 박기는 임연에 대해서 불만과 불평을 품고 고기를 먹지 않고 있었다. 밤이면 남몰래 울기도 했다. 임연이 이 말을 듣고 왕에게 아뢴 다음에 그를 살해했다.

이종기는 원래 영주(永州, 경북 영천)의 아전으로 있다가, 지방에서 일을 저질러 서울로 도망해 와서는 김준의 휘하에 들어가 군인이 된 자다. 그는 힘이 세고 용력이 있었다. 그는 김준의 심복이 되어 김준의 정변에 참여하여 공을 세워 승진을 거듭해서 대장군에 올라 있었다.

고종 45년(1258)에 최의를 살해함으로써 최씨 정권을 타도하고 경쟁자들을 제거하여 집권한 김준은 꼭 10년만에 붕괴됐다.

무진정변(戊辰政變, 1268)의 핵심 주역은 네 사람이다.

야별초의 임연(林衍, 장군)과 강윤소(康允紹, 낭장), 궁정세력인 김경(金鏡, 환관)과 최은(崔嗯, 환관). 이 네 명이 바로 무진정변의 수훈자다.

그러나 그 중심은 임연이다. 임연은 고종 41년(1254) 고향인 진천에서 몽골군을 물리친 공으로 임관되어 대정이 된 지 14년만에 고려 최강의 권력자가 됐다.

무진정변(戊辰政變) 추진자들은 3개 세력의 연합에 의해 성공할 수 있었다.

세력별로 보면, 임연·임유무 부자와 임연의 사위 최종소(崔宗紹)를 포함한 임연의 일족 직계와 김경·최은·김자정·장계열(張季烈, 어사대부)·기온(奇蘊, 대장군) 등 원종계의 궁정세력, 그리고 임연에 의해 동원된 강윤소·이분희·조오·김보의(金保宜, 장군)·조윤저(趙允著) 등의 문무 고위 관료층이었다.

원종은 그 중에서 임연-임유무 부자와 문신인 조오, 무장인 이분희·강윤소, 그리고 환관 김자정 등 6명을 무진정변의 일등공신으로 삼아 위사공신으로 책봉했다. 임연 부자를 제외한 4명은 모두 원종과 가까운 친왕세력이었다.

해가 바뀌어 이듬해 정월, 원종은 정변의 공신인 강윤소(康允紹, 장군)를 몽골에 보내어 김준을 죽인 사실을 몽골 조정에 알렸다.

쿠빌라이가 신하들을 불러놓고 말했다.

"고려 사정이 좋아지는 것 같다. 원종이 내 말을 알아듣고 잘 하고 있다. 김준 같은 반몽세력이 제거되고 무인정권이 붕괴되면 화친파가 득세하여 고려 복속이 쉽게 진전될 것이다."

"그러나 폐하, 고려는 작지만 알 수 없는 나라입니다. 이번 정변의 주동자는 임연이라 합니다. 임연도 만만찮은 무인입니다. 그는 자기 고향에서 우리 군사들을 물리친 공으로 입신했고, 야심도 김준 못지 않다고 합니다. 그가 다시 항몽 무인정권을 세워 임금을 견제하지 않을까 걱정입니다."

"그럴 수도 있겠지. 그러나 원종이 잘하고 있는 데다 우리가 개입할 수 있게 되었으니, 반몽 무인정권을 세우기가 쉽지 않고 설사 세운다해도 오래 가지는 못할 것이다."

쿠빌라이는 고려 사정이 몽골에 유리할 것으로 낙관하고 있었다.

제 6 장

임연 시대의 혼란

유경의 수난

김준 세력을 제거한 원종은 마음이 한결 편했다.

"이젠 무인의 반발 없이 대몽정책을 펼 수 있겠다. 공신들의 노고가 컸다."

정변이 성공적으로 끝난 지 두 달이 지난 원종 10년(1269) 2월 16일이었다. 시정체제가 어느 정도 안정되고 정사가 제대로 돌기 시작했다고 생각한 원종은 궁궐 안뜰에다 크게 연회를 베풀었다.

지난해 김준을 몰아낸 무진정변(戊辰政變, 1268)의 성공을 축하하며, 정변공신들을 위로하기 위한 축제였다.

대낮부터 시작된 그날 잔치에는 많은 신하들이 모였다. 조정 대신들과 외국 사신들과 정변 공신들은 하루 종일 즐겨 놀았다.

특히 술이 거나해진 임연은 흥에 겨워 휘파람을 불며 궁궐의 기둥에 매달려 희롱거렸다. 역사서들은 '그 모습이 마치 원숭이 같았다'고 전한다.

최씨정권을 타도한 무오정변(戊午政變, 1258)의 공신이었고 고종이 가까이 부렸던 원로문신 유경(柳璥)도 그때 궁중연회에 참석해 있었다. 그러나 공을 세웠다는 신하들이 시시덕거리며 노는 모습이 그에게는 모두 건방지고 주제넘게 보였다.

아무런 감흥없이 자리만 지키고 있던 유경은 시큰둥해서 속으로 중얼거렸다.

저 꼴보기 싫은 것들. 그래, 젊은 임금이 저 애숭이들과 한통속이 되어 뭘 하겠다는 거야.

유경은 흥겨운 연회장에서도 전혀 흥겨운 줄 모르고 내내 시무룩하게 앉아 있다가 연회가 파하자 곧장 집으로 돌아갔다. 원종은 그런 유경의 모습을 간간히 살펴보고 있었다. 원로의 이런 자세는 원종의 비위를 거슬렀다.

한편, 중국 역사의 실례를 들어 환관정치와 무인집권의 폐해를 규탄한 유경의 언행은 곧 환관 김경의 귀에 들어갔다.

"아니, 폐하께 충성해야 할 자가 우리처럼 폐하를 위해 공을 세운 사람들을 모멸해?"

김경은 이 문제를 가지고 임연에게 달려갔다.

얘기를 듣고는 임연도 발끈했다.

"아니, 유경 따위가 폐하의 뜻에 따라 일으킨 우리의 의거를 부정하고 우리를 능멸하다니? 이건 역모나 다름없소."

그러나 임연의 표정은 곧 변했다. 무엇인가 바라던 것이라도 찾았다는 듯한 표정이었다.

임연이 계속해서 말했다.

"오히려 잘 됐소. 이 기회에 유경을 제거해야겠소. 유경의 언행은 그를 제거할 충분한 이유가 되오. 곧 폐하에게 들어가 진언하시오. 폐하께선 김준의 처단을 매우 흡족하게 생각하고 계시오. 그러므로 유경이 무진정변을 부정하면서 김준을 처단하여 위사공신이 된 우리를 경멸하고 있다고 말하면, 폐하께서는 몹시 진노하실 것이오. 유경의 말은 곧 임금에 대한 불경이며 불충이오. 빨리 가서 말씀 드리시오."

"알았소이다."

다음날 아침이었다. 유경의 동정을 관찰해 온 김경이 대전으로 들어가 유경의 근래 행위에 대해 원종에게 상세히 보고했다. 김경의 얘기를 듣고 원종은 가까이서 일하고 있는 김구(金坵, 대사성)를 불러 책망했다.

"그대는 유경과 친교를 맺고 있음을 짐은 알고 있소. 헌데, 유경은 어제 같은 축제에 초대받고도 오히려 속으로 불평만 했소. 근래에는 경사(經史)를 들먹이며 무진정변 등 최근에 있었던 국가의 일과 짐의 행위에 대해 함부로 비론(批論)하기를 좋아했소."

김구는 자기가 관련된 일이어서 불안해지기 시작했다.

"더구나 유경은 진한당(秦漢唐) 삼국의 고사를 들어가며 비난했다고 하는데 나는 유경의 행동을 묵과하지 않을 것이오."

당시 고려 문단의 거장이었던 김구는 겁에 질려 일어나서 원종에게 큰 절을 올리면서 엎드린 채로 말했다.

"폐하, 신이 대죄를 범했습니다. 엄히 문죄하여 벌을 내려주십시오."

"그대는 왕의 명령과 교시를 작성하는 임무를 띠고 있으니, 특별히 용서하겠소. 다시는 그런 경거망동(輕擧妄動)이 없도록 하시오. 유경이 비록 나라에 공이 큰 원로대신이나, 엄한 벌을 내릴 것이오."

원로 문신 유경은 김준과 함께 무오정변을 일으켜 최씨 정권을 타도한 일등공신이 됐으나, 김준을 타도한 무진정변 때는 부인상을 당해 상복을 입고 집에 머물러 있었다. 따라서 유경은 무진정변에 참여치 않았을 뿐만 아니라 그 내막조차 정확히 모르고 있었다.

상을 마친 뒤 어느 날, 유경은 친구인 김구를 만나 자리를 같이했다.

"오래간만에 나와서 몇몇 사람이 위사공신(衛社功臣)이 됐다는 소식을 들었소. 알아봤더니 모두 임금의 측근에서 서성대고 있던 하찮은 군소(群小)들이더군."

군소란 소인배의 무리들이라는 얘기다. 유경은 임연 등 무진정변 공신들을 하찮게 경멸하는 투로 말했다.

김구가 동조했다.

"예, 임연과 강윤소·김경·최은 등이 무진정변을 성사시켜 위사공신이 됐지요."

"참으로 세상이 어지럽게 됐어요. 환관이 득세한 나라치고 잘 되는 나라를 보았소이까?"

"환관의 득세는 망국의 징조지요. 중국의 역사만 보아도 최대의 제국이었던 진(秦)이나 한(漢)나라 당(唐)나라가 모두 환관들의 발호로 망했습니다."

김구의 말이 끝나자 유경이 환관정치를 규탄했다.

"그렇소이다. 그 나라들이 모두 왕의 측신 또는 근시인 내시와 환관들이 발호하여 결국 망하게 됐어요. 중국 최초의 통일제국이라는 진나라를 망친 사람은 조고(趙高)라는 환관이 아니오이까. 그는 진시황이 죽자 임금의 유서를 위조해서 시황제의 장자로서 변방에 나가있던 부소(扶蘇)를 자살하게 한 뒤에, 자기가 가르친 차자 호해(胡亥)를 제2대 황제로 옹립하고는 전권을 독천했습니다. 그는 백성을 마음대로 수탈하고 현신과 명장을 닥치는 대로 잡아죽여 세상을 혼란시키다가 결국 진나라를 망하게 했습니다."

"그랬지요."

"그러나 근시의 횡포가 어디 그뿐이오? 전한의 말기에도 근시·환관들의 횡포가 심하더니, 후한에 이르러서는 내시인 조절(曹節)의 주도 아래 왕의 근시들이 당파를 만들어 횡포가 더욱 심했어요. 그들은 반대파의 장수와 선비 백여 명을 처형하고, 육 백여 명을 종신토록 가두었습니다. 당나라 때도 마찬가지였소. 고력사(高力士)·이보국(李輔國)·정원진(程元振)·어조은(魚朝恩) 등이 당나라의 대표적인 근시들인데, 이런 신하들이 국권을 마음대로 하여 왕의 폐립까지 좌지우지했으니 나라가 망하지 않을 수 있었겠느냐 하는 겁니다. 결국 그런 나라들이 모두 환관·내시 등 임금 주변에 있는 측신(側臣)들의 횡포로 붕괴됐습니다."

김구가 덧붙였다.

"그랬지요. 그러나 어디 중국뿐입니까. 우리나라에서도 백제의 의자왕이나 고려 의종도 환관들의 농간에 빠져 스스로 말로를 재촉했지요."

"헌데, 지금 우리가 꼭 그 꼴로 가는 것만 같아 걱정이구료."

"그런 환관들이 몇몇 무뢰한 무인들과 짜고 정변을 일으켜 국권을 장악하고 있으니, 이런 무인정치가 언제나 아주 끝날 것인지 암담합니다."

입담이 센 유경이 마구 말을 털어놓으며 무인정치를 비난했다.

"복정우왕(復政于王)이라 해서 왕정이 복고되려나 했는데 김준이 무인정치를 다시 하더니, 이번에는 김준의 도당이었던 임연이 자기 주인을 죽이고 그 뒤를 이어 무인정치를 계속하고 있습니다. 그래서 복정우왕은 간데없고, 오히려 복치우무(復治于武)가 되었지요. 젊은 임금이 빨리 철이 들어 간신을 멀리하고 무인정치를 없애 진정으로 안정되고 편안한 왕도정치를 펴야하는데……"

김경으로부터 유경의 소행에 대해 자초지종을 다 듣고 원종이 명령했다.

"유경은 앞서 최의를 죽이고 권세를 잡으려다 김준의 무리에 배격되어 뜻을 이루지 못했다. 어제 밤의 궁중 연회에 나와서도 별로 즐거워하는 빛이 없었지. 짐이 친히 술을 부어주었는데도, 유경은 기뻐하거나 고마워하는 기색이 전혀 없었다. 내가 손수 일을 만들어서 역적 김준을 처단했거늘 유경이 이를 무시하려는 것임이 분명하다. 이건 유경이 권력을 탐하여 딴 마음을 가지고 있다는 증거다."

"그렇습니다, 폐하."

"유경은 부왕의 신임과 공로에 의지하여 짐을 경시하고 있는 거야. 그건 애국심이 없다는 얘기다. 부왕의 신하라도 내게 충성하지 않으면 과거의 신하이지 나의 신하가 아니다. 늙었으면 뒤로 물러나 앉아서 젊은이들을 도와줘야 애국이지, 욕심은 왜 부려! 이런 낡은 욕심꾸러기는 멀리 보내 자성토록 해야 한다. 그를 흑산도(黑山島)로 보내라."

원종은 자기 근신인 김구에 대해서는 경고에 그쳤으나, 부왕 고종의 근신이었던 원로 유경은 괘씸하고 귀찮게 여겨 서해의 먼 섬으로 유배했다.

원종의 처벌을 통지받고 유경이 말했다.

"나는 고종의 사람이지 원종의 사람은 아니다. 허나, 지금의 임금이 내게 이럴 수는 없다. 그가 몽골에 가고 없을 때, 나는 자기를 대신해서 중환 중인 부왕 고종을 우리 집에 모셔다가 병을 간호하고 편안하게 가시도록 임종하여 정중히 보내드리지 않았는가."

"그랬지요. 그때 고생이 많으셨습니다."

"더구나 고종 폐하가 승하하신 뒤에는 내가 나서서 후사를 돌보았다. 그 때문에 태자는 국내에 없었으면서도 무난히 임금이 되지 않았는가. 남의 선행을 모르는 것은 군자라 할 수 없는데……"

유경은 원종을 정면으로 모욕하고 있었다. 그는 유배형 통지를 가져온 문신이 잘 알고 있는 사람이어서 그를 믿고 거침없이 말했다.

유경이 계속 원종을 경멸하는 투였다.

"더구나 원종과 나는 나라 정책에 대해서 똑같이 무인정치보다는 군주 정치, 항몽론보다는 화친론을 지지하고 있지 않은가. 고종 폐하를 설득하여 화친론으로 바뀌게 하였고 그 맥락으로 쿠빌라이와 친교를 맺어놓지 않았는가. 과거를 돌아보고 자기를 알아야지. 그런 나를 저 멀고 거친 흑산도로 가라고!"

"뭐, 오래야 계시겠습니까."

"그래, 화친파 임금이 화친파 문신인 이 유경을 내쫓아 항몽파 무인들과 손잡고 어떻게 나라를 이끌어 가겠다는 것인가. 몽골의 쿠빌라이가 원종 임금을 어떻게 보겠는가. 참으로 답답하구나."

그러나 원종의 유경 처벌은 유배에 끝나지 않았다.

원종은 거만(巨萬)[44]에 달하는 유경의 재산도 몰수했다. 유경은 원래 재산이 많아 '삼한의 거부'라고 불렸다. 그가 이사를 할 때는 재산을 실어

---

44) 거만을 鉅萬이라고도 쓴다. 돈이나 재산이 막대함을 말한다. 본래의 거만은 '만의 만 배'라는 뜻.

가는 마차가 열흘 동안 계속 왕래하고서야 끝이 났다.

최의를 처단한 뒤에 유경의 재산은 두 배로 늘었다고 전한다. 이런 각종의 진귀한 보배들과 골동품·양곡·비단 등 헤아릴 수 없는 재산들이 모두 압수됐다. 그때 짐을 실은 마차들이 좁은 강화경 성 안의 거리를 며칠 동안이나 메웠다고 전한다.

유경의 아들 유승(柳陞, 행수)과 유경의 측근인 김정(金挺, 장군)·주열(朱悅, 예부시랑)도 모두 섬으로 귀양 보냈다. 이제 유경은 손발마저 끊겼다. 그해 4월 17일이었다.

쉽게 보면, 젊은 신왕 원종과 원로 구신 유경의 충돌은 지금도 흔히 볼 수 있는 신구세력 사이의 노약갈등(老若葛藤)이었다.

원종 폐위론

무진정변은 무인정변 치고는 큰 사건이다. 그러나 임금인 내가 뒤에 서 주지 않았다면 임연이나 강윤소·김경이 해내지 못했을 것이야. 내가 김 준의 제거를 주도했으니 이 기회에 왕정을 제대로 회복해 놓아야 한다. 그것은 선대 임금들에 대한 후손의 책무다.

원종은 비록 무진정변 수훈자들에게 위사공신 칭호를 주었지만 정변의 가장 큰 공은 자신에게 있다고 생각했다. 그래서 원종은 이 정변을 명실 공히 왕정복고의 계기로 삼고자 했다.

그러나 왕정복고는 정변을 주도했다는 공로만으로는 안 된다. 왕권을 떠받치고 지켜주는 힘이 있어야 한다. 힘은 세력이다. 그러나 지금 개별적 으로 나를 지원하는 근왕파는 있어도, 나를 위해 몸을 바쳐 충성할 조직된 세력은 없다. 없다면 만들어야지. 근왕세력(勤王勢力)을 만들어야 한다.

원종은 힘을 모으는 일을 두 갈래로 추진해 나갔다.

첫째는 친왕세력의 규합이다. 강윤소·김경·최은은 원종에 충성하는 친 위 근왕파다. 원종은 이들을 묶고 강화하여 자기 주변에 배치해 나갔다.

둘째는 화친파의 규합이다. 문신세력과 일부 온건파 무인들이 규합대 상이다. 원종은 비록 화친파 문신인 유경은 유배했지만, 항몽을 반대하고 몽골과의 우호를 주장하는 다른 문신들을 자기 주변에 끌어 모았다.

원종은 이렇게 친왕세력과 화친세력을 규합해서 왕권을 강화하고, 그 힘으로 항몽 강경파를 누르고 출륙환도를 실현할 생각이었다.

원종은 정변후의 권력질서 개편을 표면에 드러내놓고 처리하기 시작했다. 그는 노골적으로 몽골과의 화친을 추구하면서 출륙환도를 계획했다. 대몽 항전파인 무인들을 피하고 문신들을 가까이 했다.

여기서 문제는 임연이었다.

임연은 비록 군사력을 동원하여 김준을 제거하고 문신직인 추밀원 부사를 맡고 있지만 근왕세력은 아니었다. 그렇다고 화친파도 아니었다. 김준과 똑같이 그는 야별초의 실세로서 항몽파 무인세력의 중심인물이었다.

김준 일당의 제거로 문제가 끝난 것은 아니었다. 임연도 김준과 다름없었다. 임연이 있는 한 무인정권의 재발을 막기 어렵고, 친몽외교도 못한다. 무인정치가 회복되면 왕권이 서지 못하고 정사와 외교는 어려워진다.

이런 원종과 임연의 사고구조와 세력기반의 차이는 정변 후에 흔히 따르는 권력투쟁을 촉진시키고 가속화했다. 이 권력투쟁의 핵심에는 항상 원종과 임연이 서있었다.

왕권정치와 무인통치, 친몽화평과 반몽항전, 개경환도와 강도고수. 이런 중대한 국가적인 주제를 놓고 정변세력들 사이에서는 논쟁이 일어났다. 그리고 이 논쟁은 권력투쟁으로 발전했다.

세력간의 권력 싸움은 항몽파인 임연 중심의 군부세력이 화친파인 원종 중심의 궁정세력에 대한 도전으로 전개됐다.

강윤소는 그 성품이 권력지향적이고 기회주의적이었다. 그는 원래 임연과 가까운 사이였으나 원종의 신임을 얻어 임금의 측근이 되어 있었다. 그러나 정변 후 임연의 권세가 강해지자, 강윤소는 다시 임연에게 붙어 그의 직계가 됐다.

따라서 임연에게 문제되는 것은 궁정세력인 환관들이었다. 정변 후 현저하게 권력이 커진 것은 환관세력이었다. 그때 임금 가까이에 있는 김경과 최은의 권력은 조야를 뒤흔들 만큼 커져 있었다.

따라서 임연이 가장 경계한 것은 김경과 최은이었다. 그러므로 임연의 첫 번째 타격 대상이 된 것도 바로 그 두 사람이었다. 임연은 궁정세력을 제거할 계획을 은밀히 추진해 나갔다. 그때 걸려든 것이 대장군 기온(奇蘊)의 증뢰사건이었다.

기온은 고종의 서녀에게 장가들어 있는 고종의 사위이고, 원종에게는 매부가 된다. 그런 점에서 기온은 의심할 여지가 없는 근왕세력이다. 기온은 왕실의 측근이 되어 국가의 기밀에 관계된 일을 보고 있었다.

무진정변이 성공한 뒤에, 기온은 김준의 재산을 적몰하는 업무를 맡아서 처리했다. 그는 김준의 집에서 빼앗은 진기한 보화들을 떠오르는 궁정파 환관세력 김경과 최은에게 바쳤다.

임연이 이것을 알고서 말했다.

"잘 걸렸다. 이건 하늘의 도움이다. 야별초 군사를 데리고 가서 김경과 최은, 기온과 최은의 아우 최기(崔琪)를 잡아와라."

임연의 아들들이 휘하의 야별초를 끌고 가서, 그 네 명의 궁정세력을 힘들이지 않고 붙잡아왔다.

임연이 말했다.

"수고했다. 환관들은 처형한다. 그들은 뇌물을 받았을 뿐만 아니라, 임금을 싸고 돌면서 권력을 남용하여 부정이 많았다. 그들은 임금을 도와 나라를 몽골에 팔아먹을 자들이다. 김경과 최은-최기 형제는 즉각 참형에 처하고 목을 거리에 효시하라."

세 사람은 즉시 목이 베어졌다. 그들의 머리는 궁궐 앞의 강도성 저자 거리에 높이 내걸렸다.

"기온은 장수다. 그가 아무리 부정을 저질렀다 해도 같은 무인인 우리가 그를 함부로 다뤄서는 안 된다. 기온은 유배에 처한다."

기온은 멀리 섬으로 유배됐다.

그때 원종의 측근 중에 장계열(張季烈, 어사대부)이 있었다. 장계열은 원종의 신임이 커서 임금의 침실에까지 출입할 정도였다. 그러나 그는 욕심이 없고 예절 바른 사람이었다. 권력을 탐하지도 않았다.

그러나 장계열이 임금의 신임을 받는 것 자체가 임연에게는 걸림돌이었다. 게다가 장계열은 기마와 격구를 잘하고 무예에도 능했다. 유사시에 그는 충분히 임연의 적수가 될 수 있는 사람이었다.

임연이 명령했다.

"장계열을 잡아와라."

삼별초 군사들이 장계열도 잡아들였다.

"장계열이 친왕파이긴 하지만 큰 불법이 있는 것은 아니다. 그를 처형하면 민심이 나빠질 수도 있다. 그러나 임금과 가까이 두어서는 안 된다. 장계열도 섬으로 유배한다."

임연은 세평이 좋았던 장계열을 함부로 처형하지 않고 기온처럼 서해의 먼 섬으로 유배하는 데 그쳤다.

이래서 임연은 원종 10년(1269) 6월 국왕 원종의 주변에 포진하고 있는 근왕세력(勤王勢力)들을 일소했다. 그들은 임연의 강력한 권력 경쟁자들일 뿐만 아니라, 원종을 비롯한 화친파를 옹호하는 사람들이었다. 근왕세력 척결은 몽골에 완전히 예속된 원종을 약화·제거하기 위한 사전작업이었다.

임연의 다음 타격목표는 임금인 원종 자신이었다.

그 무렵 임연 진영의 본부격인 임연의 집 큰방에는 임연-임유무 부자를 비롯하여 임연의 사위인 최종소(崔宗紹, 대장군), 임연의 처조카 이황수(李黃綬), 그리고 직계인 송군비(宋君斐, 추밀원 부사)·강윤소(康允紹, 대장군) 등 임연의 측근들이 모여 있었다.

이들은 임연과 함께 김준을 타도한 무진정변(戊辰政變, 1269)의 공신이 되어 계급과 벼슬이 크게 올라 있었다.

임연이 무거운 목소리로 입을 열었다.

"금상인 원종은 안 되겠습니다. 그는 몽골과의 화친을 추구하면서 문신들을 끌어 모으고 있습니다. 다음 차례는 우리 무신의 약화와 나 임연의 제거일 것입니다. 이런 임금과는 나라 일을 같이 할 수 없어요."

강윤소가 재빨리 나섰다.

"그렇습니다. 지금의 임금은 그냥 두어서는 안 됩니다. 쿠빌라이와 밀모한 끝에 무인집정이자 항몽정책을 주도한 김준을 없앴습니다. 김준 제거는 임 장군도 뜻을 같이하여 우리가 함께 이룬 장거이지만, 임금은 자신의 의도를 우리를 통해서 이룬 것입니다. 지금은 왕자를 보내 대몽항복과 무인정권 제거를 도모하고 있습니다. 당장 그를 폐하여 갈아치워야 합니다."

눈치가 빠르고 임연을 잡아야겠다고 생각한 강윤소는 일찍이 임연이 새로운 정변을 생각하고 있음을 간파하고 이렇게 남보다 앞서서 선수를 쳤다.

그러나 진영회의는 긴장했다.

임금을 폐립하는 것과 임연을 지켜 무인정권을 연장하는 것, 이 둘은 모두 중요한 문제였다. 두 개의 문제를 놓고 장내에서는 식은땀이 흘렀다.

임연이 물었다.

"다른 분들의 생각은 어떻습니까."

송군비가 나섰다.

"강윤소 장군의 말이 옳습니다. 임금은 몽골과 화친을 추진하면서 항몽파인 무인정권을 제거하고자 하고 있습니다. 왕자는 몽골에 가서 양국 왕실의 친선을 도모하면서 출륙환도를 약속하고 있습니다. 정권을 튼튼히 유지하기 위해서 필요하다면 임금을 바꿀 수도 있습니다. 정중부도 의종을 폐하고 명종을 세웠습니다. 최충헌도 권력을 잡은 뒤에는 명종을 폐하고 신종을 세우지 않았습니까. 장군, 결단을 내리십시오."

이황수도 나섰다.

"임금의 폐립이 어려운 일은 아닙니다. 지금 우리가 나서서 안 될 일이 어디 있겠습니까. 결심만 내려 주십시오."

임연이 말했다.

"그래 좋소. 날 보고 결단을 내리라고 독촉하니 말하겠습니다. 여러분들의 생각이 그렇다면, 임금을 폐합시다. 임금은 우리가 잘 버티고 있는 나라를 몽골에 바쳐 항복하고 몽골의 앞잡이가 되어 있습니다. 그는 되지도 않을 몽골의 일본정벌 업무를 대행하면서 애국적인 우리 무인정권을 없애려 하고 있어요. 이런 임금을 오래 두면 나라가 안 됩니다."

중대 결심을 한 사람이 갑자기 크고 강해 보이는 것처럼 그때 임연의 모습이 그러했다.

임연이 다시 말했다.

"임금을 제거하려면 신망있는 사람을 앞에 내세워야 하오. 지금으로서는 조오만한 사람이 없어요."

원종의 폐위를 구상하고 있는 임연의 머리에 떠오른 사람이 조오(趙璈, 추밀원 부사)였다. 조오는 비록 문신이지만 항몽파 무장들과 가까이 지내온 거물이었다.

임연은 조오를 찾아가서 의논했다.

"지금의 임금은 몽골에 투항해서 다시 송도로 환도하려 하고 있습니다. 이 방침을 실현하기 위해서 항몽파를 제거하려 하고 있습니다."

조오는 놀라는 표정으로 물었다.

"그게 사실입니까?"

"그래서 임금은 요즘 주변 환관들을 부추기고, 항몽을 포기한 온건파 장수들을 끌어들이고 있습니다. 친왕파들이 우리 항몽파를 주살하려 하여 우리가 선수를 쳐서 그들을 처형했습니다. 그러나 임금은 계속 항몽파를 도모하려 합니다. 우리가 이런 임금의 행위를 앉아서 보고 있을 수만은 없습니다. 공이 도와주시면 내가 이를 막아볼까 합니다."

"어떻게 막겠습니까?"

"임금을 바꿔보려 합니다."

"예?"

조오는 깜짝 놀랐다. 그래서 다시 물었다.

"그렇다면 왕위 폐립이란 말입니까?"

"예. 왕창(王淐) 대군을 세우려 합니다."

"이건 중대한 일입니다. 걸리면 역모죄가 되어 삼족이 몰살됩니다. 나는 그런 큰일을 할 위인이 못됩니다. 죄송합니다, 임 장군."

"그러지 말고 함께 하십시다. 우리 야별초 군사를 동원하면 일은 쉽게 성사됩니다. 막강한 세력인 김준을 제거한 우리가 그 정도 일을 못하겠습니까."

"문제는 힘이 아니라 대의와 명분입니다. 군사력으로 임금을 폐하는 것이 뭐 그리 어렵겠습니까. 그러나 대의에 맞지 않으면 선비들이 따르지 않고, 명분이 서지 않으면 백성들이 등을 돌립니다. 선비와 백성들이 따라오지 않으면 나라의 큰일은 성공할 수 없습니다."

"임금은 몽골에 투항하고 환관 중심으로 정사를 펴려 하고 있습니다. 그런 임금의 행동을 저지하기 위해서 임금을 폐하는 것은 대의와 명분에 맞는 일이 아닙니까."

"이 문제에 관한 한, 나는 더 이상 아무 말도 할 수 없소이다. 이만 돌아가 주시오."

임연은 불쾌한 표정으로 말했다.

"공이 그렇게 나올 줄은 몰랐소이다. 그럼 할 수 없지요. 나중에 후회하는 일이 생길 것이오."

협박조의 말을 남기고 임연은 돌아갔다.

조오 포섭은 유산됐지만, 임연은 돌아가면서 조오의 말을 곱씹어 보았다.

그래, 조오의 말은 옳다. '문제는 힘이 아니라 대의와 명분이다. 대의에다.' 그럴 것이야.

그렇게 생각하면서 임연은 속으로 자신에게 다짐했다.

그래, 대의를 찾고 명분을 세우자. 그것이 없으면 무인들도 따라오지 않을지도 몰라. 그러나 조오, 말은 좋지만 행동은 틀렸다. 네놈은 절대로 용서치 않을 것이다.

임연은 그렇게 벼르고 있었다.

임연은 강윤소와 송군비, 그리고 아들 임유무와 사위 최종소, 처조카 이황수 등 측근들을 다시 불렀다. 모두 임연 체제의 실세들이었다.

임연이 말했다.

"물리적으로 임금을 폐하는 일은 그리 어려운 일이 아니다. 문제는 우리의 행동에 명분을 갖춰 정당성을 세우는 일이다. 임금의 폐위 문제는 대의명분이 서야 한다. 명분을 어떻게 세울지가 문제다."

최종소가 말했다.

"나라를 지켜야 할 임금이 나라를 적국에 바쳐 항복하고 있습니다. 몽골의 요구를 다 들어주어 출륙환도하려 하고, 군사와 병선 군량을 내어서 몽골의 일본정벌과 송나라 공격전에도 조전(助戰)하려 합니다. 지금 백성들은 궁핍과 피로에 지쳐있고 나라 재정은 말라 있습니다. 그럼에도 임금은 백성들로부터 공납을 받아내어 몽골의 대외 침략전쟁을 지원하고 있습니다. 그런 임금은 나라의 주군일 수가 없습니다. 그따위 임금을 폐하는 것은 대의에도 맞고 명분도 섭니다."

송군비도 나섰다.

"맞는 말입니다. 폐위에 적법한 절차를 갖추면 합법성이 되고, 합법성을 갖추면 정당성을 얻고, 정당성을 갖추면 정통성은 저절로 이뤄집니다. 재상들을 모아서 재추회의를 열고 거기서 동의를 얻으면 합법적인 폐위가 가능합니다."

임연이 물었다.

"그러나 재추들이 임금 폐위를 지지하겠는가?"

무진정변으로 낭장에서 대장군으로 계급이 세 단계나 뛰어 오른 강윤소가 대답했다.

"재추들은 기회주의자에 보신주의자들이기 때문에 문제를 제기하면 가타부타 말이 없을 겁니다. 그러면 동의한 것으로 간주하고 밀어붙이면 됩니다."

임연이 물었다.

"그러나 만약에 한 사람이라도 이의를 제기하여 반대한다면 어찌할 것인가?"

사위 최종소가 나섰다.

"지금 문신들도 임금에 대해 불만이 많습니다. 임금이 주변의 환관들을 가까이 하여 그들과 정사를 논의하고, 환관들에 의해 인사와 정책이 결정된다고 해서 문신관료들의 불만이 높습니다. 장인어른께서 재추회의에 나가 위협조로 폐위를 주장하시면 신료들은 감히 반대하지 못할 것입니다. 설사 한 두 명이 반대한다 해도 말하지 않는 다수의 침묵을 배경으로 묵살해버리면 됩니다."

이황수가 나섰다.

"임금이 환관들을 데리고 중요 결정을 내리고 그것을 집행하면 문신들은 반대하게 마련입니다."

송군비가 다시 말했다.

"그렇습니다. 임금이 성부(省部)의 문신들을 멀리하고 궁실의 환관이나 내시를 가까이 하여 내조(內朝) 중심의 정사를 펴면 외조(外朝)의 관리들은 그것에 반대하게 되어 있습니다."

그런 관례와 전통을 잘 알고 있는 임연이 말했다.

"그래. 그리 합시다. 임금이 밖으로는 몽골에 항복하여 몽골의 정벌전쟁을 지원하고, 안으로는 환관 중심의 정사를 펴서 정식 문관관료들을 소외시키고 있다는 것을 내겁시다. 그리고 재추회의의 결정을 거쳐 합법적으로 임금을 폐위하여 정통성을 갖춘다는 것으로 정리하여 일을 추진키로 합시다."

임연은 힘으로 밀어붙여 임금을 폐위하기로 마음을 굳혔다.

그리고 명령했다.

"내일 우리 야별초 군사들을 완전 무장시켜 궁성을 포위하고 정예부대를 격구장에 집합시켜 놓으시오."

임금이냐, 장군이냐

　　임연 진영이 임금 폐위를 결정한 다음 날인 원종 10년(1269) 6월 18일. 삼별초와 6번 도방의 군사들이 궁성을 이중삼중으로 둘러쌌다. 일부 부대들은 강화경 궁성 안의 격구장에 모였다. 삼별초 군사들은 완전히 무장돼 있었다. 그들은 때때로 함성을 지르며 가벼운 군사훈련도 했다. 주변에 대한 시위용이었다.

　　임연은 이렇게 위협적인 분위기를 만든 다음 재추들을 모아놓고 말했다.

　　"금상(今上, 현재의 임금)은 선대 고종 폐하의 뜻과는 반대로 몽골에 투항하고 저들의 요구를 받아들였습니다. 아울러 군사와 물자를 거둬서 몽골의 대외전쟁을 지원하고 있습니다. 몽골의 쿠빌라이가 고려에 대해 군선건조를 명령하고, 몽골의 장수들이 와서 조선을 독촉하고 갔습니다. 지금 우리에게 무슨 여력이 있어서 다시 장정을 징집하고 배를 짓고 군량을 내놓겠습니까."

　　임연은 말을 더듬거리면서도 열변을 토하기 시작했다.

　　"그뿐만이 아닙니다. 임금은 문관들을 제쳐놓고 내시와 환관만으로 정사를 펴나가고 있습니다. 명분이 없고 대의에 거슬리는 일을 하기 때문에 이런 일이 벌어지는 것입니다."

임연의 열변과는 달리 재추들은 차분하고 냉철하게 듣고만 있었다.

임연의 말은 계속됐다.

"나는 왕실을 위해서 권신 김준을 제거했소이다. 그런데도 임금께서는 김경·최은 등 환관의 무리와 모의하여 나를 죽이려 했소. 나는 가만히 앉아서 죽음을 당할 수는 없었소이다. 그래서 내가 먼저 손을 써서 그들을 쳤습니다. 그러나 나에 대한 위협은 계속되고 있습니다. 앞으로 나는 큰일(大事)을 벌이려 하는데, 여러분의 생각은 어떻습니까?"

임연이 큰일을 벌이겠다고 하자 모두가 놀랐다. 큰일이 무엇인지 대개 짐작은 했지만 분명한 것은 아니었기 때문에 모두가 의아한 표정들이었다.

그러자 문하시중인 이장용(李藏用)[45]이 나서서 착 가라앉은 목소리로 물었다.

"장군이 '큰일을 벌이겠다' 고 했는데, 큰일이란 무엇입니까?"

임연은 표독한 인상을 지으며 단호하게 말했다.

"지금의 임금에게는 나라를 맡길 수가 없다는 것이 내 생각입니다. 그래서 임금을 멀리 섬으로 추방하거나 살해할 수밖에 없습니다."

원종에 대한 폐위론(廢位論)이었다. 장내가 긴장했다. 초긴장이었다. 그러면서 술렁거렸다. 서슬 퍼런 임연의 임금 폐위론에 모두가 소름이 끼치는 듯한 표정들이었다.

"아니, 임금을 유배하거나 살해해?"

"그런 말을 이런 공식적인 회의에서 공개적으로 말해도 되는 것인가."

"임금의 신하인 우리가 그런 얘기를 듣고 어떻게 해야 하는가."

그들은 서로를 쳐다보며 자기네들끼리 이렇게 수군대기만 할 뿐, 아무도 겉으로 나서는 사람은 없었다.

그때 바깥의 격구장에서는 삼별초 군사들의 군사훈련 소리가 회의장 안에까지 들려왔다.

---

45) 이장용은 최항시대의 세력가였다. 따라서 그는 임금보다는 집권 무인과 가까웠다. 이장용은 최의의 장인, 곧 최항의 사돈이라는 설도 있다.

임연이 다그치듯이 말했다.

"여러분의 생각은 어떻습니까?"

이응렬(李應烈, 사공)이 나섰다.

"불행한 일이지만, 불가피한 일입니다. 나라를 위해서는 폐위도 방법이 될 수 있습니다. 임 장군의 의견에 따르겠습니다."

송군비(宋君斐, 추밀원부사)도 나섰다.

"몽골의 외침을 받아온 우리에게 항복은 치욕입니다. 거기다 몽골의 외국침공을 지원한다는 것은 나라의 도리가 아닙니다. 유 장군의 결정에 따르겠습니다."

"고맙습니다."

임연은 폐위론을 지지하는 사람이 계속 나올 것으로 믿고 말했다.

"다른 분들도 의견을 말해 주십시오."

임연이 의견을 물었어도 입을 여는 사람이 다시는 없었다. 임연이 좌석을 죽 돌아보다가 말했다.

"이것은 대단히 중요한 문제인데도 말씀들이 없으니 한 분씩 돌아가면서 소견을 밝히도록 하겠습니다."

임연은 한 사람씩 지적하여 말하게 했다. 맨 먼저 지적된 사람은 이장용이었다.

"이 시중부터 말씀해 주시지요."

임연의 지명을 받고 이장용은 잠시 생각에 잠겼다.

지금 임연은 목숨을 걸고 나왔음이 분명하다. 그렇지 않고서야 어떻게 임금의 유배와 살해를 공개적으로 입에 담을 수 있겠는가. 우리가 그런 임연을 제지할 수는 없다. 임연의 요구를 들어주지 않으면 분명히 어떤 예측 못할 변란이 일어날 것이다. 저 군사들이 가만히 있겠는가.

이장용은 그렇게 머리를 정리하고 말했다.

"임 장군이 주상의 유배와 시해를 말씀하시나, 그것은 모두 불행한 일입니다. 우리 신료들은 받아들일 수 없습니다."

장내가 다시 흔들리기 시작했다. 임연과 그 무리들은 입을 굳게 다물고 지켜듣고 있었다.

이장용이 천천히 말을 이었다.

"이런 방법은 어떻습니까? 폐하께서 왕위를 태자에게 물려주도록 조정에서 건의하는 것입니다. 폐하가 왕위를 스스로 양도하시도록 하는 것이죠."

이것은 손위론(遜位論)이다. 이장용의 손위론은 일종의 타협안이었다.

이장용은 철저한 현실주의자였다. 현존하는 상황을 존중해서, 그 안에서 해결책을 찾아야 한다는 것이 그의 철학이었다. 실제로 그는 타협과 절충의 천재였다.

이장용의 말을 듣고, 뱃심이 좋고 당돌하여 어디서나 소신을 굽히지 않고 말하는 유천우(兪千遇, 참지정사)가 가만히 있지 않았다. 임연이 지명하지 않았음에도 그는 임연을 바라보며 큰 목소리로 말했다.

"이것은 나라의 중대사입니다. 공은 더 깊이 생각해서 이런 일을 처결하기 바랍니다. 더구나 손위를 한다면 후계 왕을 추대해야 하는데, 태자는 지금 원나라에 가 있지 않습니까. 그가 돌아오기를 기다려서 해도 늦지 않습니다."

유천우는 연기론(延期論)을 폈다. 그러나 유천우의 의사는 형식이 연기론일 뿐, 내용은 반대론이었다.

이날의 긴급 재추회의에서는 원종에 대한 임연의 폐위론, 이장용의 손위론, 유천우의 연기론이 제기됐다.

그러나 대부분의 조신들은 가타부타 말이 없었다. 임연의 지적을 받고도 나라의 재상급인 그들은 자기 의견을 말하지 않고 얼버무렸다.

"나는 미처 이런 일을 생각해 본 적이 없어서……"

"나는 중론에 따르겠습니다."

"나도 그리 하겠습니다."

그것은 찬반표시 없는 침묵이었다. 이런 식의 침묵 속에서는 진영회의에서 논의된 대로 다수의 침묵을 찬동으로 밀어붙일 형편은 못됐다. 결국 임연은 결정을 내리지 못하고 그날의 회의를 파했다.

이래서 합법적으로 임금을 갈아치우겠다는 임연 진영의 계획은 무산됐다. 적법성을 통해 원종 폐위의 정통성을 세우자고 주장한 송군비의 제안은 실효없이 막을 내렸다.

조신들이 회의장에서 나와 뿔뿔이 헤어지고 있었다. 그때였다. 임연의 사돈인 이응렬이 임연에게 다가갔다.

"용손(龍孫)이 어찌 한 사람뿐이겠습니까. 반드시 지금의 왕만 모셔야 할 이유는 없습니다. 왕재는 많습니다. 때를 잃지 말고 강행하십시오, 영공."

"고맙습니다, 사돈어른. 그러나 나는 재신들도 몽골을 싫어하기 때문에 나의 손위 제의에 쉽게 찬동할 줄 알았습니다. 그러나 저들의 속내는 그렇지가 않군요. 정말 문신들은 알 수 없는 사람들입니다."

이응렬은 임연의 맏아들인 임유무(林惟茂)의 장인이었다. 그는 임연을 추종하고 있는 대몽 강경파였다.

이응렬이 말했다.

"재추들은 몽골과 싸우기를 좋아하지 않으면서도, 항복하는 것도 원치 않습니다. 그들은 몽골을 좋아하지는 않으면서 몽골과 불화하는 것도 원치 않습니다. 나이 들고 고위직에 올라 있는 문신들은 현상의 변화를 원하지 않습니다. 현재에 만족하고 있는 기득권자들이 현상변화를 기피하는 것은 인간 세상의 통칙이지요."

"나는 문신들이 그렇게 나올 줄은 전혀 몰랐습니다."

"그러나 영공인 임 장군이 지금 그런 것에 패념할 필요는 없습니다. 권력은 무력입니다. 칼에서 권력이 나옵니다. 칼은 군권입니다. 지금 군권은 영공의 손안에 있지만 임금과 영공 사이에서 동요하고 있습니다. 삼별초를 단속해 놓고 칼을 뽑으십시오. 그래야 권력이 확실히 영공에게 옵니다."

"내 그리 생각하고 있습니다. 잘 도와주시오."

"예, 장군."

이응렬은 의기양양한 모습으로 회의장을 떠났다.

임연이 소집한 조정회의에서 손위론을 편 이장용(李藏用, 문하시중, 종1품)과 연기론을 폈던 유천우(兪千遇, 참지정사, 종2품)는 모두 중서문하성의 수뇌부를 형성하는 재상급들이었다.

그러나 시중인 이장용은 재상들 중에서도 일인지하 만인지상(一人之下 萬人之上)의 총재(摠裁)이고, 그 밑으로 7명을 지나서 8번째가 돼야 참지정사 유천우가 있었다. 그때 이장용은 68세였고, 유천우는 60세였다.

이장용이 누대에 걸쳐 높이 벼슬한 명문가 출신의 고관이라면, 유천우는 나지막한 양반집 출신 신진관료의 원로일 뿐이었다. 그들 두 사람은 서열상 상하관계가 분명했다.

임연이 원종 폐위를 의결하려다 무산된 그날 밤이었다. 유천우가 직속 상관인 이장용을 집으로 찾아갔다.

유천우가 다짜고짜 따져 물었다.

"시중어른, 나는 지금까지 이 시중을 믿고 존경해 왔습니다. 그러나 오늘 시중께서 임금을 폐위하자는 임연의 말에 동의하고 손위론을 폈습니다. 이것이 임금을 받드는 가장 웃어른인 시중으로서 할 수 있는 말입니까. 앞으로 나는 시중 어른을 존경하지 않기로 했습니다."

유천우는 당당했다.

이장용은 눈을 감은 채 유천우의 얘기를 다 듣고 나서 말했다.

"내가 유 참정의 존경을 받을 자격도 없지만 그동안 존경해 왔다니 송구하오. 나로서는 할 말이 없소이다. 이렇게 찾아와서 좋은 충고를 해 주시니 어쨌든 고맙소, 유 참정."

"정말 나는 이 시중의 총재답지 않은 말에 실망했습니다."

"허나, 그대도 아까 궁성을 포위하고 격구장에 모여 시위하고 있던 야별초 군사들과 독벌의 눈같이 독이 오른 임연의 눈을 보았겠지요. 그때의 임연은 당장 내전으로 처들어가서 임금을 시해라도 할 태세가 아니었소? 임연이 말하기를 '내가 임금을 멀리 섬으로 추방하거나, 살해하려 하는데 어떤가' 하지 않았소이까. 임연의 생각은 당장이라도 임금을 시해하겠다는 것이었습니다."

"그랬지요."

"그래서 나는 폐하부터 살려놓고 보자는 것이었소. 내가 손위론으로 임연을 설득하지 않았다면 지금쯤은 벌써 무슨 일이 일어났을 것이오. 임금뿐만 아니라 그대와 나는 물론 문신들 다수가 이미 비명에 갔을 것이외다."

"그러나 우리 재추들이 목을 걸고서라도 그런 걸 막아야지요. 어떻게 신하들이 임금의 유배와 살해를 논한단 말입니까? 어떻게 그런 말을 입에 담을 수 있단 말입니까? 신하된 도리를 다 해서 막아야지요."

"그렇게 한다면 목숨만 날아갈 뿐 막아지지는 않습니다. 우리 좀 길게, 안전한 길을 생각해 봅시다. 평화적인 방법으로 하면 우선 임금과 우리 문신들의 생명은 보전할 수 있습니다. 지금은 아직 무인들의 세력이 강하지만 그들은 곧 끝나게 되어 있어요. 어차피 우리 고려는 몽골과 화친할 수밖에 없고, 그러면 왕권은 완전히 회복됩니다. 임금이 정사를 전제(專制)하는 군주정이 다시 실현되고 문신 중심의 정치가 이뤄지게 됩니다. 그때까지 우리 문신들이 서로들 참고 조심해서 피해가 없도록 해야 합니다."

이장용의 현실론과 유천우의 명분론이 맞서 논쟁이 시작됐다.

이장용의 얘기를 듣고 유천우가 따졌다.

"이 시중의 말대로 폐하가 손위한다면 당장 보위를 내놓게 되는 것 아닙니까?"

"그렇겠지요. 그러나 그리 오래 가지는 않을 것입니다. 지금 태자가 몽골에 가 있지 않소이까. 또 몽골의 쿠빌라이가 우리 폐하를 얼마나 아끼고 보살펴주고 있소이까. 경이 우려하고 있는 일들이 모두 우리가 바라는 대로 잘 해결됩니다. 좀 기다려 봅시다. 임연이 하고 있는 일은 우리의 힘으로 말릴 수도 없습니다. 그걸 알아야 합니다."

"시중의 말씀은 술사(術士)들이 점을 치는 것 같아 도무지 믿어지지 않습니다. 하긴 우리가 아무리 나선다 해도 저들의 뜻대로 되고 말 것이니 시중의 태도도 이해할 만합니다."

"고맙소이다, 유 공. 내 말대로 될 터이니 두고 봅시다. 우리 그때가지 각자 자신을 잘 지킵시다. 그것이 임금을 위하고 나라를 아끼는 충군애국(忠君愛國)이 됩니다."

유천우의 과격주의가 이장용의 점진주의에 굽히기 시작했다.

"시중의 뜻을 알겠소이다."

유천우가 그렇게 말하며 일어서려 했다.

"유 공, 한마디만 더 합시다."

이장용은 유천우를 다시 잡아 앉혔다. 그리고는 낮은 소리로 말했다.

"우리는 같은 문신이니까, 이것은 알아둡시다. 사실 최의와 김준이 제거되면서 무권이 약화되고 문권과 왕권이 상대적으로 강화됐소."

"그렇지요."

"이제 대세는 왕권과 문권 쪽으로 기울고 있어요. 이에 대해서 무인들이 불안을 느끼는 겁니다. 그래서 지금 무인들이 집단적으로 왕권을 약화시키고 문신들을 억압하여 상실한 무권을 회복하려는 겁니다. 무인들은 최충헌-최우 시대를 동경하고 있어요. 지금은 폐하와 문신들이 다 같이 조심하면서 때를 기다려야 합니다. 무인들은 무권회복·항몽지속·강도고수를 바라고 있어요. 그러나 임금이나 문신들은 그와는 반대로 무권약화·여몽화해·개경환도를 바라지 않소이까."

"그렇지요."

"이때를 잘 넘기면 곧 무인들의 세상은 끝납니다. 그러면 임금과 문신들의 시대가 오지요. 뒤틀린 세상이 바로 잡히는 겁니다. 난세엔 갈대의 생존법을 따라야 합니다."

"예? 갈대의 생존법?"

"태풍이 불면 갈대는 땅에 바싹 눕지요. 뻣뻣이 서있던 나무나 풀들은 태풍으로 뿌리가 뽑히거나 줄기가 부러져 나가지만, 누워있는 갈대는 줄기와 뿌리를 잘 보존했다가 태풍이 가라앉으면 다시 일어납니다. 그게 갈대의 강인한 생존력입니다. 지금은 태풍이 몰아치는 난세요. 이런 난세에는 우리 문신들이 갈대의 생존법을 배워서 납작 엎드려 기다리며 강인하게 살아나야 합니다."

"그러나 선비인 문신들이 어떻게 그런 방법을 따를 수 있소이까."

"유 공, 남들이 비겁하다고 하겠지만 그것이 현명하고 유익한 방법입니다. 내 말을 알겠소이까."

분노한 얼굴로 이장용을 찾아와 따지던 유천우는 다른 얼굴로 웃으며 돌아갔다. 그 모습을 바라보면서 이장용은 흐뭇하게 웃었다.

유천우는 유경과 함께 최우의 정방에서 최우를 보좌하던 인물이다. 그는 뇌물을 받고 삼척인들의 산성입보를 유보시켜주려 했다가 유경의 고발로 한때 섬으로 유배됐던 그 사람이다. 그는 아우 유원적이 김준을 살해할 모의를 하고 있음을 듣고 아우를 곤장으로 쳐서 보낸 다음, 모의가 적발되어 형으로서 그 모의를 사전에 알고 있었느냐는 김준의 물음에 그렇다고 할 정도로 당당했던 사람이다.

임연, 원종을 폐하다

이장용과 유천우가 손위론을 놓고 논쟁을 벌이던 원종 10년(1269) 6월 19일 밤 그 시각이었다.

임연은 자기 세력기반인 야별초를 시켜서 원종의 측근 세력인 권수균 (權守鈞, 전 장군)·이서(李敍, 대경)·김신우(金信祐, 장군)를 잡아 들였다.

임연이 나서서 말했다.

"너희들의 죄를 알겠는가."

권수균이 말했다.

"내가 무슨 죄를 지어 여기에 끌려왔는지 나는 모르겠소이다."

"나도 그렇소."

모두들 모르겠다는 대답이었다.

임연이 말했다.

"그러면 너희들의 죄를 알려주겠다. 권수균은 미천한 출신으로 외람되이 벼슬을 얻어 장군까지 된 죄를 범했다. 이서는 제 처가 낳은 전 남편의 딸을 간음했다. 김신우는 제 아비의 첩을 유인해서 간통한 죄다. 너희들, 파렴치한 도덕 파탄자들이 우리 고려의 관직을 더럽혔다."

임연은 이들에게 이렇게 각각 다른 죄목을 씌워서 심문했다.

그 말을 듣고 권수균이 말했다.

"비록 미천한 신분 출신이지만 나라에 공을 세워 장군이 된 것이 무슨 죄가 되오? 더구나 나는 이미 나이 들어 군에서 치사(致仕)하여 여생을 보내고 있는 퇴역이 아니오이까?"

그런 권수균의 외침은 임연의 귀엔 들리지 않았다.

"지금 우리에겐 시간이 없다. 저들의 목을 쳐라!"

군사들이 달려들어 세 장수의 목을 벴다. 이것은 원종을 위협하면서, 다른 조신들을 겁주기 위해 본을 보인 처형이었다. 원종 폐위를 위한 일종의 사전 조치였다. 이 희생양들을 보고 조신들은 과연 겁을 먹기 시작했다.

바로 다음 날인 6월 20일 아침. 임연의 집무실이었다. 임연 진영이 다시 모여 앉았다.

임연의 사위 최종소가 말했다.

"재추회의에서 장군의 폐위안에 대해 이장용 시중이 손위안을 제시했고, 유천우는 연기안을 제의했습니다. 거기서 폐위안을 지지한 사람은 두 명이었지만, 손위안과 연기안을 지지하고 나선 사람은 제안자를 빼고는 없었습니다. 대부분의 사람들은 '중의에 따르겠다'고 했습니다. 그러면 이젠 다수의 지지를 얻은 폐위안측의 뜻대로 강행해도 법에 어긋나지는 않습니다. 합법성을 갖추면 정통성이 선다고 하지 않았습니까. 폐위를 강행하십시오, 장인어른."

강윤소가 말했다.

"오늘날과 같은 난세에는 힘이 대의요 명분입니다. 장군, 힘으로 밀어붙이십시오. 그러면 됩니다. 문신들은 그 속성이 기회주의입니다. 자기 안전과 이익을 위해 때만 기다리는 족속들이지요. 일이 성사되면 문신들은 모두 권력 쪽으로 모여들게 되어 있습니다."

"알았소. 군사력에 의한 행동이 있을 뿐이오."

임연의 말이었다.

이틀 뒤인 6월 22일 을미일. 임연은 삼별초의 휘하 막료와 군관들을 소집했다. 약 50명이 모였다. 임연은 전장의 장수처럼 전투복에다 허리에는 기다란 칼을 차고 있었다. 그가 애용하는 격투용 장검이다.

임연이 단상에 올라갔다.

"오늘 거사한다. 삼별초와 6번 도방(都房)의 군사들에게 전투용 갑주를 주어 집합시켜라."

"예, 장군."

"조정 백관들을 안경공(安慶公) 왕창(王淐)의 집으로 소집하라."

임연의 심복 군관들이 뛰면서 흩어졌다. 그들은 조정과 대신들의 집으로 가서 원종의 동생 왕창의 저택으로 모이라는 통첩을 보냈다.

"왕창 저하의 저택으로?"

조신들은 임연이 원종 폐위를 강행하고 있다고 생각하면서 왕창의 저택으로 갔다.

한편 임연은 말을 타고 칼을 흔들거리며 연병장으로 갔다. 갑주와 창검으로 장비한 삼별초와 도방의 군사들이 집합해 정돈해 있었다. 그는 군사들을 거느리고 자기 막료들과 함께 왕창의 집으로 행군했다.

강화경 사람들은 군사들의 화려한 복장과 전투용 장비, 당당한 보무를 관심 있게 지켜보았다.

임연의 군사들이 왕창의 집에 도착했을 때, 그곳에는 이미 조정 신료들이 모여 겁에 질린 모습으로 사태를 기다리고 있었다.

임연은 동궁으로 들어가 왕창에게 임금의 옷을 입혀서 남쪽을 향해서 앉게 하고 자기가 먼저 큰절을 올렸다.

"경하드립니다, 태자 저하. 지금부터는 저하께서 우리 고려의 임금이 되셨습니다. 충성을 서약합니다."

"아니, 그게 무슨 말씀이오? 폐하가 계신데 신왕이라니, 이상하지 않소!"

그러나 임연은 들은 체도 하지 않고 나머지 신료와 장수들에게 절을 하게 했다. 이렇게 해서 임연은 왕창을 왕위에 앉혔다. 왕창은 어안이 벙벙했다. 무엇이 어떻게 되는지 모르겠다는 표정이었다.

추대 절차를 약식으로 끝낸 뒤 임연이 말했다.

"즉위식은 별도로 대궐에서 치르겠습니다. 새 임금이 추대됐으니 우리 신하들은 이것을 축하하는 만세를 부릅시다."

그리고는 승냥이처럼 소리를 크게 지르며 외쳤다.

"신왕 폐하 만세!"

모두가 복창했다. 그렇게 만세 삼창을 끝내고 모두들 언덕길을 올라가 강화궁으로 들어갔다. 궁궐 안의 격구장에서 정식으로 신왕 즉위식이 거행됐다. 강화초등학교 바로 밑(남쪽)에 있는 심도직물터였다.

행사가 막 시작됐을 때였다. 밖에서는 갑자기 비바람이 사납게 불어쳤다.

아니, 왜 난데없이 폭풍이 불어치는가.

길가의 나무들이 뽑혀 넘어지고, 지붕 위의 기왓장들이 날아갔다. 그러나 궁궐 안에서는 신왕에 대한 하례가 계속됐다.

왕창은 남쪽으로 향해 놓인 옥좌(玉座)에 조용히 앉아 있었다. 시중인 이장용과 권신 임연이 먼저 왕창 앞으로 나가서 하례했다. 이어서 백관들이 등급에 따라 차례로 나가서 왕창에게 큰절을 올리고 등극을 하례하며 충성을 맹세했다.

이응렬이 옆에서 이것을 바라보다가 임금을 바꿨다는 기쁨을 얼굴에 가득 담은 채 휘파람을 불면서 기뻐하고 있었다. 하례식이 모두 끝나자 임연은 계단을 뛰어 내려와서 이장용에게 절을 하면서 말했다.

"재추회의 때 시중께서 왕에게 손위(遜位)하게 하자고 말씀하시지 않았으면 어찌 오늘의 경사가 있었겠습니까."

"폐하가 손위의 뜻을 밝혔습니까."

"아직 밝히지 않았습니다. 곧 손위를 받아옵니다."

"그러면 폐위지, 손위가 아니지요."

"폐위든 손위든, 그것은 임금의 교체입니다. 다만 순서를 바꾸었을 뿐이지 임금은 바뀌었습니다. 그러나 신왕이 즉위했으니 곧 손위하지 않겠습니까."

그러면서 임연은 웃었다. 현실주의자 이장용은 담담했다. 이장용은 이미 벌어진 현실을 받아들일 수밖에 없다는 표정이었다.

신왕 즉위식이 열리고 있을 때, 원종은 왕비와 함께 궁궐 안의 진암궁(辰巖宮)에 있었다.

즉위식이 끝나자 임연이 이창경(李昌慶, 좌부승선)에게 말했다.

"그대는 지금 당장 진암궁으로 가라. 거기에 왕과 왕비가 있다. 그들을 궁궐 밖으로 내보내라."

그것은 명령이었다. 아니 위협이었다.

이창경은 '왜 하필 나인가' 하고 중얼대면서 물었다.

"궁궐 밖이라시면?"

"별궁이 있지 않은가. 용암궁(龍巖宮) 말이다."

비가 부슬부슬 내리고 있었다. 검은 날이었다. 이창경이 이분성(李汾成)과 함께 원종이 거처하고 있던 진암궁으로 갔다. 정말 가기 싫은 길을 억지로 가는 걸음걸이였다.

그들은 곧 진암궁에 이르렀다. 이창경이 내관에게 말했다.

"폐하가 계신 곳으로 안내하게."

"예, 이리로 오시지요."

이창경과 이분성은 함께 원종이 있는 방으로 안내됐다. 그들은 큰절부터 올렸다. 원종은 사태를 모두 알고 있었다. 그러나 그는 담담하게 앉아 있었다.

이창경이 말했다.

"폐하, 아뢰옵기 황송하오나 곧 궁을 나가셔야 하겠습니다."

원종은 아무 말도 하지 않고 있었다. 왕비 경창궁주(慶昌宮主)[46] 유씨(柳氏)는 소리 내어 울었다. 밖에서는 궁녀들과 내관들이 흐느껴 우는 소리가 들렸다.

"성화가 벼락같습니다. 빨리 옮기셔야 합니다."

"강윤소는 어떠하냐?"

원종은 자기의 심복이라고 생각해 온 강윤소의 태도에 대해 물었다.

이분성이 말했다.

"강윤소는 이미 폐하를 떠났습니다. 단념하십시오, 폐하. 그는 지금 딴마음을 먹고 있습니다. 강윤소는 임연·임유무·최종소·송군비 등과 함께 처음부터 왕위 폐립을 모의했습니다. 폐하를 폐위토록 먼저 주장하고 나선 것도 바로 강윤소였습니다."

원종은 실망한 표정이었다.

"강윤소도 그렇구나. 그래, 궁을 나가겠다. 헌데, 어디로 옮긴단 말이냐?"

"용암궁입니다."

"음, 용암궁."

원종은 왕비와 함께 비를 맞으며 걸어서 궁을 나왔다. 임금을 좌우에서 모시던 근신들이 모두 흩어졌다.

"이 말을 타십시오."

이창경은 자기가 타고 갔던 말을 왕에게 내주었다. 원종이 말 위에 올랐다. 이창경은 시종하는 자 5명을 시켜서 왕과 왕비를 나누어 별궁인 용암궁으로 모시게 했다.

이렇게 해서 원종은 다수 재신들의 묵인 속에 폐위되고, 그 아우 왕창이 즉위했다. 손위론·연기론이 모두 묵살되고, 임연 진영이 정한 대로 강

---

46) 원종의 정비(正妃)는 김약선의 딸, 최우의 외손녀인 정순왕후(靜順王后) 김씨(金氏)다. 그러나 김씨는 원종의 즉위 전에 사망했다. 경창궁주 유씨는 제2비이기 때문에 왕후(王后) 칭호를 받지 못해, 궁주(宮主)로 머물러 있었다.

제 폐위가 이뤄졌다.

이것은 최충헌에 의한 희종 폐위 이후 반세기만의 왕위 폐립이었다. 이것이 임연의 기사정변(己巳政變, 1269)이다.

왕창에게는 임금의 자리가 가시방석이었다. 그는 보위에 앉은 지 열흘 뒤인 7월 2일 임금의 자격으로 임연을 교정별감으로 임명했다. 이제 임연은 명실공히 고려 무인정권의 집정이 됐다.

교정별감이 된 다음날 임연은 적몰(籍沒)[47]한 김준의 옛 집으로 입주했다. 임연이 옮겨갈 때, 왕창은 도방 6번의 군사를 보내 임연을 호위하게 했다.

그때 군사들의 무장과 갑옷이며 행렬의 보무당당함은 마치 임금의 행차를 방불케 했다. 그날의 위용은 집정자 임연의 힘이 얼마나 강한지를 다시 한 번 보여주었다.

임연은 새 임금 왕창을 김준의 후실 소생인 김애가 살던 집으로 옮겨 거처하게 했다. 임연이 김준을 타도한 뒤에 적몰해 놓은 집이었다.

"나는 살던 집에서 그냥 사는 것이 더 편합니다."

"아닙니다. 김애의 집은 궁궐보다 더 크고 화려한 고대광실(高臺廣室)입니다."

임연은 왕창을 내몰듯이 이사시켰다. 왕창은 할 수 없이 김애의 집으로 들어갔다. 왕창이 대궐을 나와 김애의 집으로 옮기자 임연은 대궐 안에 있는 왕실 창고를 뒤져 진기한 보화들을 모두 꺼내어 갔다.

임연이 설명했다.

"백성들로부터 강압적으로 거둬들인 이 보화들을 법령으로 압수할 수도 있으나, 왕실과 임금의 체면을 생각해서 전왕과 금상을 피하게 한 뒤에 이렇게 거둬 가는 것이다."

그렇게 가져간 왕실 창고의 보화들은 모두 임연의 사물이 됐다.

---

47) 적몰(籍沒); 중죄인으로부터 가산을 모두 몰수함.

며칠 후인 7월 11일 왕창은 원종을 태상왕(太上王)으로 올리고, 태상왕이 거처하는 부를 세워 숭령부(崇寧府)라 명명했다. 여기에는 주부와 녹사 각 1명씩을 배치해서 원종을 돕도록 예우했다. 왕창은 원종이 유폐되어 있는 용암궁의 이름을 명화전(明和殿)으로 고쳤다.

기사정변에 대해 조선조의 고려사 집필 사관들은 임금을 축출한 임연과 이장용을 이렇게 혹평했다.

임연의 원종 폐위에 대한 사평

임연이 불쾌한 마음을 품고 공공연히 회의를 열었다. 거기서 이장용이 당시의 수상이 되어 순역(順逆)을 밝게 진술하여 흉악한 음모를 좌절시키지 못하고, 왕에게 손위시키자는 말을 맨 먼저 주장했다. 그 결과 군주를 폐치하는 일을 손바닥 뒤집듯이 쉽게 했으니, 원종을 폐위한 수악(首惡)은 임연이고 조악(助惡)은 이장용이다. 이장용 같은 자가 어찌 임금을 몰아낸 축군지죄(逐君之罪)를 피할 수 있겠는가.

태자의 반격

시중 이장용이 교정별감이 된 임연에게 말했다.

"우리와 몽골은 국교가 형성돼 있습니다. 더구나 몽골 황제 쿠빌라이와 원종 태상왕은 각별한 사이입니다. 임금이 바뀌었으니 쿠빌라이에게 알려야 합니다."

"쿠빌라이가 순순히 받아들이겠습니까?"

"받아들이게 해야지요."

"방법이 있습니까?"

"있습니다."

"어떤 방법입니까?"

"과거 무인정변이 일어나 임금을 교체했을 때, 정중부와 최충헌이 상국인 금나라에 임금 교체를 알린 방법대로 하면 됩니다."

"나는 그 방법을 모르는데요."

"병이 들어 스스로 손위했다는 전왕의 서찰과 부왕의 양위로 할 수없이 즉위했다는 신왕의 서찰을 써서 쿠빌라이에게 보내는 방식이지요."

"그리 하십시다."

임연은 7월 7일 곽여필(郭汝弼, 中書史人, 종4품)을 몽골에 보내, 원종이 스스로 왕위를 아우인 왕창에게 손위(遜位)했다고 쿠빌라이에게 알리게 했다.

그때 곽여필은 두 개의 표문을 가지고 몽골로 갔다. 하나는 원종의 이름으로 된 사직 표문이었고, 다른 하나는 신왕 왕창의 표문이었다.

임연은 정예한 야별초 20명을 뽑아놓고 말했다.

"너희는 곽여필을 호송하여 북계로 가라. 남의 눈에 띄지 않게 따라가라. 몽골까지 갈 필요는 없다. 곽여필을 북계 병마사에게 인계하고, 너희는 헤어져서 압록강 주변의 길목에 매복하고 있어라. 그러면 곧 태자 왕심이 몽골에서 돌아올 것이다. 그때 태자를 맞아 모셔오도록 하라."

"예, 알겠습니다."

"태자를 놓치면 안 된다. 만일 놓쳐서 그가 몽골로 되돌아가는 날이면 문제가 커진다. 태자가 기미를 알아차리고 강도로 돌아오기를 거부한다면 강제로라도 끌고 와야 한다."

야별초들은 다음날 7월 7일 곽여필과 함께 강화경을 떠났다.

고려에서 기사정변이 일어났을 때, 몽골에 들어간 태자 왕심(王諶)은 그런 사실을 전혀 모르는 채 고려로 돌아오고 있었다. 왕심이 강도를 떠나 몽골의 대도로 향한 것은 기사정변 두 달 전인 그해(1269, 원종 10년) 4월 20일이었다.

그때 막강한 문무 요인들이 왕심을 수행하고 있었다.

문신으로는 재상급인 참지정사 채정(蔡楨, 채송년의 아들)과 임연의 아들인 임유간(林惟幹, 승선)을 비롯하여, 무인으로는 정자여(鄭子璵, 대장군)·김부윤(金富允, 장군)·인공수(印公綏, 낭장)·김자정(金子貞, 내관 낭장)·나유(羅裕, 견룡 행수) 등이 따라갔고, 서장관으로는 김응문(金應文, 학유)이 수행했다.

귀국중인 왕심이 몽골인들의 호위를 받아가며 압록강 건너편의 만주 땅 구련성(九連城)의 파사부(婆娑府)에 도착한 7월 24일. 평북 정주(靜州)

의 관청노비 정오부(丁伍孚)[48]가 몰래 압록강을 건너 파사부로 갔다.

정오부는 왕심을 찾아가서 말했다.

"태자 전하. 강도에서 변란이 일어났습니다. 임연이 모반하여 원종 폐하를 폐하고, 안경공을 보위에 앉혀놓았습니다."

"뭐라! 그게 사실이더냐?"

"제가 어찌 감히 거짓을 아뢰겠습니까."

"폐하의 안위는 어떠시냐?"

"별궁 용암궁에 모셔졌다 합니다."

"오, 불행 중 다행이다. 다른 유혈은 없었느냐?"

"근왕의 신하 몇 명이 처형됐다는 얘기를 들었습니다. 그러나 그들이 누구인지는 미처 듣지 못했습니다."

"그런가. 요즘 같이 나라의 단결이 필요한 때에 어찌 그런 일이……"

파란 하늘이 왕심의 눈에는 새카맣게 보였다.

"임연은 이 변란 소식을 듣고 태자 전하께서 입국하지 않고 몽골로 되돌아가실까 두려워하여 야별초 20인을 국경 부근에 매복시켜 기다리게 하고 있습니다. 전하께서 입경하시면 저 야별초가 전하를 붙잡아 갈 것입니다. 청컨대, 국경에는 절대로 들어가지 마십시오, 전하."

그때 왕심을 수행했던 정자여가 말했다.

"저 더벅머리 임연 놈이 어찌 감히 그럴 수가 있겠습니까. 근거 없는 말일 것입니다. 일개 노비 놈의 말에 괘념하지 마십시오, 전하."

왕심은 그 진위가 의심스러워 어쩔 줄을 모르고 있었다.

그때 함께 수행했던 나유(羅裕)가 말을 달려왔다.

"일이란 알 수가 없으니 변란을 보아가며 들어가도 늦지 않습니다. 적신(賊臣)들에게 속아서 해를 당하는 일이 있어서는 안 됩니다. 서둘러 입경하지는 마십시오, 전하."

무덕장군 김부윤(金富允)도 말했다.

---

48) 정오부(丁伍孚); 정오보(丁五甫)라고 표기된 자료도 있다. 같은 인물이다.

"저 관노의 말을 믿는다 해도 손해 볼 일은 없습니다. 정오부의 상을 보니 거짓말할 것 같지는 않습니다. 잘 살핀 다음에 거동하십시오, 전하."

"그럽시다."

그래도 왕심은 어찌할 줄을 몰라 전전긍긍하고 있었다.

그때 왕심을 수행한 사람 중에 북계 태생의 정인경(鄭仁卿, 제교)이 있었다. 그가 나서서 말했다.

"제 아비가 인주(麟州, 신의주 동린동)의 수령으로 있는 정보(鄭保)입니다. 제가 인주에 들어가 진상을 알아오겠습니다. 허락하여 주십시오, 저하."

"그러냐? 그리 하라."

정인경은 몰래 압록강을 건너 인주로 갔다.

정오부가 말했다.

"제가 들은 바로는 곽여필이 고주사(告奏使)로 몽골에 가는 길에 지금 영주(靈州, 신의주 토성동)에 와 있다고 합니다. 청컨대, 곽여필을 불러와 직접 알아보도록 하시지요. 그러면 강도 사정을 더 상세히 알 수 있을 것입니다."

"그래. 그게 좋겠다."

왕심은 자기를 호위해 온 몽골인 수종자 7인을 시켜 압록강을 건너가서 곽여필을 잡아오게 했다. 그들은 압록강을 건너 영주로 갔다. 모두가 몽골군 중에서도 무예가 남달리 출중한 무사들이었다.

그때 왕심을 수행했던 임연의 아들 임유간이 옆에서 이런 광경을 지켜보면서, 아무 말 없이 침묵을 지켰다. 그러나 난처한 표정과 어색한 몸가짐을 감추지는 못했다. 임유간은 임연의 행동을 안타깝게 여기면서 속으로 중얼거렸다.

아버님은 왜 그리 무리한 일을 저지르고 계신가. 임금을 폐립하다니? 그게 어디 그리 쉬운 일인가.

정인경은 압록강을 건너 북계 땅으로 들어서서 급히 인주로 갔다. 그는 먼저 아버지 정보를 찾아갔다. 주위 사람들도 모여들었다. 들어보니 정오부가 고한 말은 모두가 진실이었다.

다음 날이었다. 정인경은 다시 구련성으로 가서 자기가 들은 것들을 모두 왕심에게 말했다.

"그래. 임연의 반역은 틀림없다. 그렇다면 나는 어떻게 해야 하는가."

왕심은 자기가 지금 무얼 어떻게 해야 할 지 몰라 했다.

마침 그때였다. 몽골 수종자들이 곽여필을 잡아왔다. 그들은 의주방호부의 역관인 정비(鄭庇)도 함께 데려왔다. 곽여필이 왕심의 앞에 꿇어앉았다.

왕심이 물었다.

"임연의 얘기는 들어서 대충 알고는 있지만, 강화경에서 온 그대에게 직접 들어보자. 강화에서 근래 무슨 일이 있었는가?"

"태자 전하, 제가 이제 여기서 뭘 숨기겠습니까. 그 동안 강도에서 있었던 일을 소상히 알리겠습니다."

그렇게 말하면서 곽여필은 모든 것을 사실대로 고했다.

정비가 덧붙였다.

"그렇습니다, 저하. 그런 소문은 북계에까지 널리 퍼져 있어, 저도 그렇게 알고 있습니다. 정변입니다."

왕심이 곽여필에게 물었다.

"그대는 무슨 임무를 띠고 몽골에 가는가?"

"원종 폐하께서 아우 안경공에게 양위했음을 몽골 황제에게 고주하기 위해 가는 길입니다. 여기 그 표문들이 있습니다."

곽여필은 두 개의 서류를 꺼내놓았다. 표지를 보니 과연 왕위교체를 몽골에 알리는 원종과 신왕 왕창의 표문들이었다.

왕심이 그것을 받아서는 몽골 수종자들에게 주었다. 그러나 몽골인들은 그것을 왕심에게 돌려주면서 말했다.

"이건 우리 몽골에서 접수할 수 없는 문서입니다. 태자께서 개봉해 보십시오."

왕심이 받아서 원나라 황제에게 가는 문서를 열었다. 원종의 사직 표문 요지는 이러했다.

원종 명의로 쿠빌라이에게 보낸 사직 표문

신이 일찍이 황제의 성대를 만나 크나큰 배려를 받았는지라, 항상 솔선하여 나의 도리를 다하여 황제에게 보답하려고 생각하여 왔습니다.

그러나 무슨 연고인지 작년부터 재변(災變)이 여러 차례 일어나 지금까지 계속되고, 질병(疾病)이 생겨서 백방으로 치료했으나 조금도 효과를 기대할 수 없는 채 이미 위독한 지경에 이르렀으니, 신은 언제 죽을지도 모르겠습니다. 만일 혹시라도 불행한 일이 생기면, 장차 어떤 사람에게 나라를 부탁하겠습니까? 그런데 원자는 입조하여 아직 돌아오지 않고 있습니다.

그러나 나라를 통치하는 자리를 비워둘 수 없으니 어찌하겠습니까? 하물며 나의 부친이 일찍이 선조들의 옛 규례에 따라서 나에게 위촉하기를, '만일 대사를 바꿀 일이 있거든 마땅히 아우를 먼저 세워야 한다'고 하셨으니, 어찌 그 말을 좇지 않을 수 있겠습니까.

나의 아우 안경공 왕창은 세 번이나 귀국 조정에 가서 폐하에게 조근했고, 여러 번 특별히 폐하의 사랑을 받았습니다. 백성들의 기대도 크게 받고 있으니, 능히 나라를 감당하여 다스릴 만한 인물입니다. 그래서 이에 아버지의 유훈을 준수하고 여러 사람들의 말에 따라서, 6월 22일에 왕창으로 하여금 나라 일을 임시로 대행하게 하였습니다.

그 표문을 읽는 왕심의 손은 떨리고 눈에서는 계속 눈물이 흘렀다. 원종의 표문을 다 읽고 나서 말했다.

"이건 무인 놈들의 사기극이다. 아버님을 가두어놓고 임연 일당이 세상을 속이는 짓이야. 이 사기꾼 같은 놈들."

왕심은 치를 떨었다. 그러면서 숙부인 신왕 왕창의 이름으로 된 표문도
열어서 읽었다.

그 요지는 이러했다.

왕창이 쿠빌라이에게 보낸 표문

신의 형 왕전이 질병으로 인하여, 신에게 명하여 임시로 국사를 맡아
보게 하였습니다. 신이 떨쳐버리고 가기에는 이미 어렵게 됐고, 취임
하기에도 또한 분수에 맞지 않습니다. 비록 어쩔 수 없어서 임시로 종
묘의 제사를 주재하는 왕위를 차지하기는 했으나, 감히 편안히 있을
거를이 없고, 깊은 연못에 임한 듯한 두려운 마음만 더욱 지극할 뿐입
니다.

왕심은 분노했다.

"숙부가 이럴 수가 있어?"

그는 잠시 후 목소리를 낮추어 다시 말했다.

"아냐, 숙부도 임연 일당에게 강요당했다. 숙부는 아무 것도 모르는 채
그냥 무인 놈들한테 당하고 있어."

태자 왕심은 통곡하며 다시 몽골로 돌아가려 했다.

그러나 시종하는 신하들은 모두 따라가기를 주저했다.

무서운 세상이 됐구나. 이것이 요즘의 우리 고려의 실정이자 관리들의
실태다. 왕심은 그렇게 한탄하면서 어떻게 해야 할지를 몰라 머뭇거리고
있었다.

그때 김부윤이 나섰다.

"태자 전하, 여기서 주저하실 일이 아닙니다. 빨리 몽골 황제에게 가서
서 진상을 알리고 도움을 청해야 합니다. 그것 외에는 다른 방법이 없습
니다."

"그런가?"

정인경이 다시 다그치듯이 말했다.

"자, 어서 가시지요. 제가 모시겠습니다."

왕심은 비로소 용기를 얻어 몽골의 수도 대도(大都, 지금의 북경)로 되돌아가기로 했다.

그러나 많은 고려인 수종자들이 주저하면서 자기네들끼리 수군거렸다.

"강화의 권력은 변했다. 임금도 바뀌었다. 이젠 임연의 천하다. 지금은 생사의 기로다."

"그렇소. 어떻게 해야 하는가."

"지금은 임연의 세상이오. 태자의 곁을 떠납시다. 이것이 우리가 사는 길이오."

그러면서 수종자들은 자리를 피했다. 각자 살길을 찾아서 숨어버린 것이다.

왕심은 정자여·정인경 등 몇 명만을 데리고 오던 길을 되돌아 쓸쓸히 대도로 향했다. 얼마나 갔을까. 왕심은 임연의 아들로 자기를 수행한 임유간 생각이 났다. 주위를 둘러보니 뒤에 임유간이 보였다.

"임유간은 피하지 않고 나를 따라오고 있군."

정자여가 나섰다.

"임유간은 성품이 온건하고 사리에 밝아 임연이나 다른 형제들과는 다릅니다. 그는 임연 일당의 폐립 소행에 관해 듣고 몹시 서운해 하는 말을 해왔습니다."

"그런가."

그때 강화도의 임연 진영에서는 왕심이 몽골로 되돌아갔다는 소식을 들었다.

아들 임유무(林惟茂)가 임연에게 보고했다.

"태자가 파사부까지 왔다가 이곳의 소식을 듣고 대도로 되돌아갔다고 합니다."

"뭐? 왕심이 몽골로 되돌아갔다고?"

임연이 놀라 물었다.

"드디어 최악의 사태가 오겠구나. 왕심에게는 누가 알려주었는가?"

"변경의 어떤 관노가 달려가서 알려주었다고 합니다."

"몽골이 다시 들어올 것이다. 철저히 대비하라."

임금을 폐립하고도 태연하게 지내던 임연이 밤잠을 못 자면서 전전긍긍하기 시작했다.

한편 왕심은 대도에 도착하여 그 길로 쿠빌라이를 찾아가 강도의 변고를 설명했다.

"다칸 폐하. 폐하의 군사를 보내 신의 부왕과 조정을 구원하여 주십시오. 저희 아바마마께서는 폐하를 높이 숭경하고 정성을 다해 몽골에 협력해 왔습니다. 무인들이 아바마마를 폐위한 것도 그 때문입니다. 무인들은 대체로 항몽파입니다. 꼭 군사를 빌려주십시오."

왕심은 몽골 세력을 끌어들여 고려 왕실의 위험을 수습해 보려했다. 그것은 내정문제의 해결을 몽골의 손에 넘겨주려는 생각이었다.

그러나 쿠빌라이의 태도는 시종 신중했다.

"사정이 딱하구나. 허나 짐은 고려 정변에 대해 태자에게 처음 들었다. 고려에 가있는 우리 관인(官人)들로부터 아무 보고가 없으니 무슨 근거로 그대 말을 그대로 믿을 수 있겠는가?"

"여기 그 역신들이 폐하에게 올리는 표문이 있습니다. 몽골 사신들의 권고가 있어 소신이 먼저 열어 보았습니다. 모두 허위로 만든 문건들입니다."

쿠빌라이는 그 표문들을 읽어보고 걱정하며 왕심을 위로했다.

"불행한 일이다. 임연은 보통 놈이 아니구나. 곧 우리 관인들로부터 보고가 올 것이다. 태자의 말대로라면, 내가 저들을 용서치 않을 것이다. 너무 상심하지 말고 여기서 편히 쉬면서 사태를 지켜보도록 하라. 사실이라면 내가 도와주겠다."

"성은이 망극합니다, 폐하."

몽골의 개입

쿠빌라이는 임연의 왕위폐립 문제를 비서실격인 추밀원에 넘겨 그 대책을 작성해 올리도록 지시했다. 이 지시에 따라 추밀원 회의가 소집됐다.

고려의 사태에 대한 보고를 마치고 논의가 시작됐다.

"이것은 고려 무인정권의 집정자 임연과 항몽파들이 우리 몽골제국의 정책에 정면으로 도전한 것입니다. 고려왕 원종은 전쟁을 원치 않는 우리의 입장을 이해하고 적극 협력하고 있는 사람입니다. 그런데 무인 강경파들이 이에 불만을 품고 원종을 핍박하는 것입니다."

"당장 군사를 동원해서 임연을 잡아오고 원종을 복위시키도록 폐하에게 건의합시다. 마침 고려의 태자가 와서 청병(請兵)하고 있으니 군사를 투입한다고 해도 명분은 뚜렷합니다. 태자에게 군사를 붙여주어 돌아가게 하면 됩니다."

"그렇습니다. 참으로 잘 된 일입니다. 우리에겐 오히려 좋은 기회입니다. 지금까지 우리는 강력히 저항해 온 고려에 대해 오히려 관대히 대해왔습니다. 이건 문제가 있습니다. 이 기회에 고려에 군대를 보내 우리의 세계정책을 고려에서도 펴야 합니다."

강경론이 지배적인 분위기였다. 그러나 은인자중하던 온건론자들이 하나 둘씩 나섰다.

몽골의 승선 마형(馬亨)이 입을 열었다.

"지금은 고려 파병을 서두를 때가 아닙니다. 임연이 강도 고수작전을 펴면 우리 군사가 가도 아무 소용이 없습니다. 임연은 끄덕도 하지 않고 강도를 지켜낼 것입니다. 지금까지 우리 군대는 강도에는 한 발자국도 들여놓지 못했습니다."

처음으로 반대론이 나오자 장내가 갑자기 숙연해졌다.

잠시 후 강경론자들이 반격하고 나섰다.

"그래서 우리는 군사를 빌려주고 고려 태자로 하여금 쳐들어 가게 하자는 겁니다. 그러면 저쪽 진영에 내분이 일어나고 결국 고려왕은 복위됩니다."

마형이 다시 반박했다.

"저들은 지금까지 험한 산성과 섬들에 의거해서 우리를 막아왔습니다. 그들은 이 방어에 성공했고, 우린 고려 함락에 실패했습니다. 지금 우리는 군사적으로 저들을 어떻게 할 아무런 방법이 없습니다. 따라서 군사출동 문제는 좀 더 신중히 생각해야 합니다."

"그러면 마 공의 방안은 무엇이오? 이렇게 수수방관만 하고 있자는 말씀인가?"

"군사적인 방법 말고, 사절을 보내 외교적으로 해결하자는 것이 나의 생각입니다."

"자기네 임금을 폐위한 자들인데 말로 해서 듣겠습니까? 더구나 임연이란 자는 자기 상관이었던 김준을 죽이고 집권한 표독하기 이를 데 없는 자라고 하지 않소이까?"

마형이 주춤하고 있었다.

잠시 후 같은 온건론자인 마형의 족친인 마희기(馬希驥)가 나섰다.

"우리가 혹시라도 군사를 모아 쳐들어간다고 합시다. 그럴 경우 임연이 흉한 반역을 일으켜 원종을 가해한다면 어찌하겠습니까?”

“거, 무슨 말씀이오. 그는 이미 반역했습니다. 그런데 다시 흉한 반역을 일으킨다니 좀 알아듣기 쉽게 얘기해 보시오.”

“고려왕 원종은 우리 다칸 폐하께서 특별히 점지하여 아끼는 번왕입니다. 만일 우리가 군사를 끌고 들어갈 경우 임연의 무리가 원종을 처단해 버릴 수도 있습니다. 그건 우리와 고려 모두에게 유해합니다. 이걸 고려해야 합니다.”

마형이 동조했다.

“그렇소이다.”

“그래서 우리 폐하께서도 현지의 우리 관인들의 보고를 받아보고 나서 대책을 세우겠다고 하시는 것입니다.”

침묵하여 듣기만 하고 있던 사람들은 마형-마희기의 말에 동의한다는 듯이 모두가 머리를 끄덕였다.

“그러나 더욱 중요한 이유가 있습니다. 임연이란 자가 험산과 심수에 의지하면서 송나라와 연형(連衡)하여 우리에 저항하리라는 것도 생각해야 합니다. 그가 송나라와 힘을 합쳐 강도를 굳게 지킨다면 어찌하겠는가, 이런 말씀입니다. 힘을 한곳에 집중해서 빨리 송나라를 함락시키자는 것이 폐하의 생각이십니다.”

마희기가 송과 고려의 연형 가능성을 거론하고 황제 쿠빌라이의 생각을 들먹이자, 강경론자들이 입을 닫았다.

마희기가 말을 이어나갔다.

“군사적으로는 지금도 우리가 고려와 송을 이기지 못하고 있습니다. 게다가 고려와 송이 연형하여 동맹이라도 맺게 되면, 우리가 비록 웅병(雄兵) 백만을 가지고 있다 해도 어느 세월에 그들을 떨어뜨릴 수 있겠습니까? 그것은 우리 제국에 이익이 되지 않습니다.”

“그러면 마 공들께서는 어찌자는 것이오? 무슨 대책이 있는 모양인데, 그것을 말해 보시오?”

그러자 마형이 나섰다.

"그래서 군사를 보내기 전에 먼저 사신을 보내서 폐하의 권위와 우리 군사의 위력으로 임연을 설득해 보자는 것입니다. 그래도 그가 말을 듣지 않으면 그때 가서 군사적인 방법을 생각해도 됩니다. 이것이 보기에도 좋지 않겠습니까. 폐립의 문제는 어디까지나 고려의 내정에 관한 일입니다. 남의 일에 우리가 급하게 서두를 필요가 있겠습니까."

강경파들은 아무런 얘기가 없었다.

이래서 그날 회의에서는 우선 사절을 보내서 임연에게 원종의 복위를 종용하도록 하는 온건법을 써보고 그래서도 안 되면 그때 가서 군사적인 강공법을 강구하도록 쿠빌라이에게 건의키로 했다.

추밀원 회의가 파하고 사람들이 일어서서 흩어지려 할 때였다. 그대로 앉아있던 마희기가 말을 계속했다. 일어섰던 사람들이 제자리에 도로 앉아서 경청했다.

"무릇 번진(藩鎭)의 권력을 나누어 놓으면 통제하기 쉽고, 제후의 힘이 강성해지면 다루기 어렵습니다. 이것은 고금에 두루 통하는 법칙입니다."

추밀원의 쿠빌라이 승선들은 마희기가 무슨 말을 하려는지 궁금하다는 눈치로 묵묵히 경청하고 있었다.

"지금의 고려는 과거의 신라·백제·고구려의 삼국을 병합하여 통일한 나라입니다.[49] 우리가 고려의 군민을 둘로 나누어 그 나라를 분치(分治)하고, 권세가들의 권력을 비슷하게 해서 저희끼리 서로 견제하게 하면 고려는 스스로 약해질 것입니다."

마희기는 고려를 분할하여 서로 싸우게 해서 약화시키자는 것이었다.

---

49) 마희기가 여기서 말한 '삼국'은 후삼국을 지칭한 것인 듯하다. 후삼국의 원래 명칭은 삼국시대와 마찬가지로 고구려·백제·신라였다. 이것을 후세 사람들이 삼국시대와 구별하기 위해 후삼국이라 하고 고구려를 후고구려, 백제를 후백제라고 쓰고 불렀다. 고려는 왕건이 궁예의 후고구려를 이어받아 고려로 국호를 고친 나라다. 그러나 몽골의 지식인들은 자기네 팽창정책의 논리와 명분을 구성하면서 『삼국사기』의 저자 김부식의 입장을 받아들여 고려를 신라를 승계한 나라라고 규정하려 했다.

임연에 대해서 온건정책을 써야 한다고 주장하는 마희기의 속셈은 고려에 대해 이렇게 악랄했다. 그는 제국주의 정책의 근대적 표현인 세력균형과 분할통치를 역설하고 있었다.

"정통성의 입장에서 보면 고려는 스스로 고구려를 이어받아 그 국호도 고려로 했다고 하나, 그것은 건국이념으로 제시한 정신적인 문제일 뿐입니다. 실은 고려는 신라를 계승한 나라입니다. 따라서 고려는 과거 신라가 가졌던 영토만 가져도 됩니다. 지금 고려 영토로 되어 있는 북계의 땅이나 동계의 북부지역, 그리고 남쪽의 큰 섬인 탐라는 신라의 땅이 아니었습니다."

"그렇습니다. 건국 후 유력한 임금들이 북진정책을 써서, 고구려 땅을 정복하고 자신들이 고구려를 계승했다고 주장했습니다."

"그런즉 이렇게 나중에 고려 영토가 된 땅들을 떼어내어 그것을 우리가 관할해야 합니다. 마침 고려에서 땅을 우리 몽골에 바쳐온 사람이 있다고 하니, 그것을 받아들이는 것도 좋은 방안입니다."

모든 사람들이 고개를 끄덕여 긍정의 뜻을 표했다. 그 후 몽골 정부의 핵심들은 모두 이런 고려 영토의 분할을 염두에 두게 됐다.

고려에서 임금이 몽골과의 화친을 추진하고, 이에 무인 항몽파들이 저항하여 내부적으로 극도의 혼란을 겪고 있을 때, 몽골의 조정 일각에서는 고려의 영토분할을 추진하고 있었다.

몽골의 이런 내막을 전혀 모르는 채 고려 조정에서는 다음 달 8월 7일 시중 이장용을 몽골에 보내 쿠빌라이의 절일(節日, 생일)을 축하하도록 했다.

임연은 이장용이 원종 폐위에 찬동했기 때문에 그를 몽골에 보내면 폐위에 대해 잘 설명할 것으로 기대했다.

임연이 떠나는 이장용을 불러서 분명히 말했다.

"금상을 폐위하는데는 이 시중의 도움이 컸소이다. 몽골에 가서 우리 사정을 잘 말해서 후환이 없게 해 주시오."

"알겠소이다."

"그리고 세자가 계속 몽골에 있으면 좋지 않습니다. 그를 잘 달래서 반드시 데려오시오."

이장용은 현명하고 꾀가 많은 사람이었다. 그는 권력 관리에도 능했다. 그는 몽골과의 화친이 중요하다고 생각하는 화친파였다.

"세자를 만나서 잘 달래보겠습니다. 그가 내 말을 들을지는 나도 모르겠소이다."

그러나 이장용은 왕심에게 귀국을 권할 생각이 아예 없었다.

몽골에 가있는 세자 왕심은 8월 8일 정자여에게 글을 주어 고려로 보냈다. 이것은 왕심의 휘지(徽旨), 곧 '태자의 자격으로 왕을 대리해서 내리는 명령'이었다.

그 서찰 요지는 이러했다.

태자 왕심이 고려 조정에 보낸 휘지

신하들이 작당하여 금상 폐하를 폐위하고 숙부 왕창대군을 왕좌로 추대했다는 청천벽력(靑天霹靂)같은 소식을 접하고, 경악과 당혹을 금할 수 없다. 이것은 안으로 백성의 뜻을 거스르고, 밖으로는 세상의 흐름을 모르는 정저와(井底蛙, 우물안 개구리)의 우를 범한 것이 아니고 무엇이겠는가.

모름지기 부왕을 복위시켜야 한다. 그것은 당연한 하늘의 이치이자, 마땅한 신하의 의리다. 하늘의 이치와 신하의 도리를 배반하고도 천벌을 피한 예는 없다. 만일 그렇지 못하다면, 순안후 왕종(王悰) 대군을 왕으로 세우도록 하라.

순안후(順安侯) 왕종은 원종의 제2자이고, 왕심 바로 밑의 친동생이다. 그럴 무렵 고려에 와있는 다루가치들로부터 강도정변에 대한 보고가 몽골의 황실에 올라갔다. 이미 밀원의 건의서를 받아본 쿠빌라이는 다루가치들의 정변 보고서를 받아보고 생각을 정리했다.

드디어 기회가 왔다. 항몽파 무인들을 제거할 절호의 기회다. 뿌리 깊은 항몽파 세력을 고려 안에서 일소하자.

쿠빌라이는 그렇게 다짐하면서 왕심을 불렀다.

"세자의 말에 틀림이 없다. 그러나 염려하지 말라. 짐이 고려왕실을 보호해 줄 것이다."

쿠빌라이는 워투르부화(Wotur-buhua, 斡脫兒不花)와 이악(李愕) 등을 사자로 삼아서 고려로 보냈다. 왕심의 서장관으로 따라간 김응문(金應文)이 그들을 안내하여 귀국 길에 올랐다.

중도를 떠난 원나라 사절들은 요양을 거쳐 그해 8월 25일 승천부에 이르렀다. 그들은 거기서 배를 타고 강화쪽 승천포로 가서 강도성으로 들어갔다.

그들이 가져온 쿠빌라이의 조서의 요지는 이러했다.

쿠빌라이가 고려에 보낸 조서

고려국 세자 왕심이 와서 아뢴 바에 의하면, '본국의 신하가 제 마음대로 짐이 이미 승인한 국왕을 내쫓고 그 아우 왕창을 국왕으로 세웠다'고 한다. 짐은 고려 국왕 왕전이 왕위를 이은 이래 과실이 있었다는 말을 아직 듣지 못했고, 설사 과실이 있었다 해도 신하들은 임금을 간하여 고치게 했어야 할 것이며, 그래도 고치지 않는다면 원나라 조정에 고하여 짐의 조처를 기다려야 마땅했다.

그러나 원나라 조정에 보고하지도 않고 신하가 제 마음대로 왕을 폐립했으니, 예로부터 어찌 이런 도리가 있을 수 있겠는가. 만일 국왕과 세자 그리고 그 족속을 한 사람이라도 해친 자가 있다면, 짐이 반드시 용서하지 않고 응징할 것이다. 그대들은 짐의 마음을 분명히 알고 신하의 도리를 생각하여 조목별로 그 사실을 아뢰도록 하라.

이 교서에서 쿠빌라이는 고려왕의 지위는 몽골의 허가 없이는 함부로 변동시킬 수 없고, 고려왕은 몽골의 승인이 있어야한 존립할 수 있다는 뜻을 분명히 했다. 상국인 종주국이 하국인 변방에 대하여 내린 질서체제였다.

몽골 사신들은 임연을 만나서 물었다.

"그대가 신하로서 왜 왕위를 폐립했소? 그럴 만한 무슨 이유라도 있었소이까?"

다급해진 임연은 이렇게 둘러댔다.

"사람들은 내가 왕을 폐립시켰다고 말하지만, 왕의 폐립은 권력 있는 자만이 할 수가 있소. 나의 지위는 고려에서 8번째입니다. 그런 내가 무슨 권력이 있어서 왕을 폐립했겠소?"

"그대가 군사를 다 장악하고 있지 않소?"

"천만의 말씀이오. 나는 단지 야별초의 일개 군관일 뿐이오. 나는 그럴 입장이 아니외다."

몽골 사신들의 태도는 완강했다.

"그대의 말은 믿을 수가 없소. 우리는 더 이상 들을 필요를 느끼지 않소."

그러면서 몽골 사신들은 모두가 일어서서 줄을 지어 나갔다.

임연은 겁이 났다. 그는 참모들을 불러 진영회의를 열었다.

"태자가 외세를 끌어들여 내정을 간섭케 하고 있다. 이런 자가 앞으로 임금이 되어 국정을 맡게 되면 어찌 되겠나. 우리가 왕위를 폐립한 것은 잘 한 일이다."

사위 최종소가 나섰다.

"하오나, 사후조치를 철저히 해둬야 하겠습니다."

"어떻게 하면 좋겠는가?"

강윤소가 말했다.

"몽골군의 출동에 대비하는 한편, 사절을 다시 보내 몽골 황제에게 우리의 사정을 설명하는 겁니다. 전번에 보낸 표문들은 왕심이 압수한 것 같으니 다시 보내야 합니다. 과거의 무인 집정자들도 임금을 폐립한 뒤에는 폐왕과 신왕의 폐문을 보내서 왕위교체가 정당하고 불가피한 것이었음을 고해 왔습니다. 정중부 시대에는 금나라 황제가 처음에는 믿지 않고 단호했지만 계속 표문을 올리고 사자들이 가서 설명하자, 나중에는 왕위 폐립을 기정사실로 인정해 주었습니다. 우리도 그렇게 해야 합니다."

"알았다. 방어태세를 강화하고 사신을 보내자."

임연은 지보대(智甫大, 지유)로 하여금 야별초의 정예군사를 이끌고 황해도 황주(黃州)로 가서 둔영을 설치하고, 다시 신의군 정예들은 초도(椒島)에 들어가 포진토록 했다.

임연은 그들을 보내면서 말했다.

"왕심이 몽골군사를 끌고 들어올지 모른다. 그러나 군사가 온다 해도 과거처럼 전쟁하러 오는 야전군은 아닐 것이다. 기껏해야 시위용이거나 왕실보호를 위한 군사일 것이다. 그대들이 맘먹고 공격하면 이길 수 있다."

임연은 특히 신의군 군사들을 향해서 강조했다.

"그대들은 신위군 소속이다. 몽골군에 잡혀 고생하다가 용감히 탈출하여 돌아온 반몽애국의 전사들임을 명심하라. 초도에 가서 대비하고 있다가 몽골군사들이 들어오면 격퇴시켜 저지하라. 지휘관 몇 놈만 처치하면 그들은 물러간다."

임연은 한편으로 자기 휘하의 야별초 군관들을 각 지방에 보내면서 이렇게 말했다.

"지방에 가면 먼저 백성들에게 일러줄 말이 있다. '곧 몽골군이 다시 쳐들어온다. 왕자가 몽골 군사들을 다시 끌어들여 전쟁이 벌어진다.' 이렇게 백성들에게 일러라. 그리고 백성들을 산성과 해도로 입보시켜 다시 항전할 태세를 갖추게 하라."

한편 그해 9월 7일 임연은 김방경(金方慶, 추밀원 부사)과 최동수(崔東秀, 대장군)를 원나라에 보내서 다시 원종의 사직 표문과 왕창의 표문을 전하게 했다.

최종소가 그 말을 듣고 임연을 찾아갔다.

"김방경은 폐위를 지지한 이장용과는 다릅니다. 그는 과묵하고 올곧은 무인입니다. 이런 판국에 그런 사람을 몽골에 보내도 되겠습니까?"

"듣건대, 김방경은 경솔한 행동을 하지 않는데다, 최근에는 임금 폐위에 반대한 유천우와 사이 나쁜 일이 있었다. 얼마 전 김방경이 길에서 유천우를 만나고도 인사를 하지 않자 유천우가 화를 냈다는 것이야. 그렇다면 김방경을 보내도 될 것이다."

그래서 김방경은 임연의 폐립을 조사하기 위해 고려에 왔다가 귀국하는 몽골의 사신 워투르부화(斡脫兒不花)와 함께 몽골로 갔다.

김방경이 쿠빌라이에게 바친 표문들의 내용은 지난번 것과 똑같은 내용이었다.

최탄의 반란

그 무렵 북계 지역에서는 임연의 처사에 반대한다는 명분을 내걸고 반란이 일어났다. 주동자는 서북면 병마사의 영리(營吏)들인 최탄(崔坦)과 한신(韓愼)이었다.

원종이 폐위됐다는 소식이 전해지자 최탄이 한신에게 갔다.

"임연이 임금을 폐위했으니 다시 전쟁이 일어나게 됐소. 전쟁이 나면 우리 북계 지역은 다시 몽골군에 짓밟혀 폐허가 되고 말 것이오."

"그렇겠지."

"고려와 북국 사이에 전쟁이 벌어질 때마다 양측 군사들이 수시로 이곳에 와서 뺏고 빼앗기는 바람에 국경이 일정치 않소. 그 때문에 이곳이 어느 나라이고 우리가 어느 나라 백성에 속하는지도 분명치 않게 되었소. 그러다보니 백성들의 고생이 이만저만이 아니오. 이번에도 그럴 것이오."

그런 배경 때문에 평안도 지역은 전쟁 피해가 많았고, 중앙 정부에 대한 충성심도 그리 크지 않았다.

"그러니 우리가 대책을 세워야지."

최탄이 말했다.

"이렇게 합시다. 우리가 일어나 임연을 토벌하여 원종을 복위시키고, 권력을 잡아 나라를 바로 세우자는 것이오."

반란 모의는 이렇게 최탄의 제의로 시작됐다.

"나라 권력을 잡기가 가능하겠는가?"

"불가능하다면 이곳 북계라도 장악해서 몽골에 투항하면 이곳의 전쟁 피해는 면할 수 있지."

"먼저 북계를 장악하고 중앙에 도전하여 김준이나 임연 식의 권력자가 되자는 것이군."

"그렇지. 가능한 한도에서 땅과 권력을 차지하자는 것이오."

"좋은 방법이오. 이곳의 백성들은 전쟁이라면 진절머리를 내니까 우리가 궐기하면 쉽게 따라올 것이오."

"그렇소. 뿐만 아니라 원종을 아끼는 몽골이 고려에 무력개입해 올 것이오. 이럴 때 우리가 선수를 쳐서 땅을 바쳐 몽골에 귀순하면 우리가 이곳의 지배자가 되는 것이오."

"옳게 보았소. 나는 그대의 생각에 따르겠소."

이래서 최탄과 한신은 반란을 일으키기로 합의했다. 그들의 전략은 명쾌했다.

우선은 임연의 왕위폐위에 반대하여 호왕론(護王論)을 명분삼아 서북면 지방을 장악하고, 그 힘으로 중앙에 도전하여 원종을 복위시키고 임연을 대신하여 실권자가 되며, 만일 세가 불리해지면 북계 지역 땅을 바쳐 몽골에 귀순한다는 3단계 전략이었다.

원종 10년(1269) 10월 3일.

최탄과 한신은 삼화현의 이연령(李延齡, 전직 교위), 정원도호부의 계문비(桂文庇, 낭장), 연주의 현효철(玄孝哲) 등 북계의 군진(軍鎭) 실력자들을 끌어들여 함께 군사를 일으켰다.

반군들은 깃발들을 찬란하게 세우고 공격을 개시했다.

'임연타도 국왕보위'

'전쟁방지 국가평화'

이런 구호들을 써넣은 여러 색깔의 깃발이 산하를 누볐다.

"조정의 신료들이 나약하고 충성심이 없어 임연의 왕위폐립을 저지하지 못했으니, 임금을 보필하기 위해 우리들이 나설 수밖에 없다."

이것이 그들이 내건 거사 명분이다.

그런 점에서 이들은 임연 중심의 항몽론에 반대하고, 원종 중심의 화해론을 지지하는 사람들이었다.

그들이 궐기하자 상당수의 서북의 현과 진이 그들을 지지하고 나섰다. 서북 백성들이 몽골과의 전쟁을 반대하고 화친을 희망하고 있다는 증거였다.

그들은 합류를 거부한 군진들부터 공격했다.

반군들은 먼저 용강(龍岡, 평남 용강군 용강읍)·함종(咸從, 평남 강서군 함종면)·삼화(三和, 용강군 삼화면)로 가서, 그 지역의 사람들을 선동하여 함종의 현령 최원(崔元)을 잡아 죽였다.

밤에는 가도(椵島)로 들어가서 그곳에 와있던 심원준(沈元濬, 서경분사어사)·박수혁(朴守奕, 감창) 등 정부 관원들과 중앙에서 파견돼 나온 경별초(京別抄)[50] 군사들을 죽였다.

그때의 서북면(북계) 병마사는 새로 온 홍녹주(洪祿遒)였다. 상서를 지낸 홍녹주는 이신손(李信孫)의 후임으로 부임한 지 열흘밖에 되지 않았다.

왕창은 홍녹주를 보내면서 말했다.

"원래 북계는 사람들이 거칠고 정부에 불만이 많은 지역이오. 그래서 반란이 잦았소. 게다가 북군(北軍)이 쳐들어올 때마다 가장 먼저 전란에 희생되는 지역이어서 백성들이 몹시 시달려 있소. 이번 정변을 계기로 다시 반란이 일어날 것이라는 판단이 있어 그대를 북계 병마사로 보내오. 부친이 그곳에서 백성들의 마음을 얻어 아직도 존경받고 있으니, 그 힘을

---

50) 수도 강화경에 소속된 삼별초 군사. 그때 조정은 강화경의 경별초를 위험지역에 보내 몽골군의 침공을 저지토록 하고 있었다.

빌어서 서북면 백성들은 잘 무마해 놓으시오."

"예, 전하."

그때 북계에서는 반란이 일어날 것이라는 소문이 널리 퍼져 있었다. 왕창이 이 소문을 듣고 북계 백성들의 존경을 받는 홍균(洪鈞, 평장사)의 아들 홍녹주를 북계 병마사로 보낸 것이다.

그러나 최탄의 난이 일어나자 홍녹주는 진압을 포기하고 담을 넘어 도망했다. 그는 생명을 건지는 데는 성공했으나 마음은 편치 않았다.

"나는 북계의 백성들을 잘 다스려 반란을 일으키지 못하게 하라는 명령을 받고 나왔다. 그러나 부임한 지 열흘만에 반란이 났으니 내가 어떻게 하늘을 보며 살 수 있겠는가."

홍녹주가 그렇게 자탄하면서 바닷물에 빠져 죽으려 할 때였다.

"병마사 어른!"

황종서(黃宗瑞, 분도장군)가 뒤따라 달려와서 말렸다.

"제가 가서 변란을 정탐하고 오고자 하니 기다려 죽더라도 늦지 않습니다. 참으십시오."

"고맙소. 그리 하리다."

그러나 황종서가 떠난 지가 꽤 오래 됐는데도 아무런 소식도 없이 그는 돌아오지 않았다.

황종서도 저들에게 붙잡혀 화를 당했음이 분명했다.

홍녹주가 그렇게 생각하고 있을 때 반란군들이 들이닥쳐 그를 살해하려는 찰나였다.

그것을 보고 최탄이 말렸다.

"북계 영주(營主)인 홍녹주는 죽이지 말라. 그는 우리가 어버이로 받드는 홍균 평장사의 자제다. 홍균 평장사의 은혜가 있었으니, 우리가 차마 그 은덕을 배반해서는 안 된다."

홍녹주의 아버지 홍균은 두 차례 북계 병마사를 지내면서 그 지역 백성을 잘 보살피고 교화해서 덕을 쌓았다. 그 덕망에 감사해서 그 지역 백성들은 홍균을 '어버이'로 부르며 받들고 있었다.

최탄은 도망해 있는 홍녹주에게 사람을 보내서 그들이 봉기한 이유를 이렇게 설명했다.

"원종 임금께서 두 차례나 원나라에 조회하여 동방을 편안케 한 결과 백성들이 그 혜택을 크게 받았습니다. 그러나 임연은 진주(鎭州)의 일개 졸개일 뿐인데 그가 무슨 공덕이 있어 국왕을 폐위시켰다는 말입니까? 더구나 임금이 폐위될 때 어느 신하 하나 목숨을 걸고 나서서 반대한 자가 없었다 합니다. 이렇게 우리 조정에 충신이 없으므로 우리들이 격분하여 일어나서 원흉인 임연을 죽이고 임금을 보위에 복귀시키고자 합니다."

홍녹주가 듣고 말했다.

"너희들의 뜻은 알겠다."

"선대 홍균 평장사께서 두 차례나 이 지방의 진무사(鎭撫使)로 부임해 오셔서 우리 백성들의 생명을 살려 주셨습니다. 이번에는 상서께서 다시 병마사로 부임해 오셨는데, '선인의 풍도'(先人之風)가 있으니 우리들이 차마 과거의 덕을 배반할 수는 없습니다."

"그대들이 우리 아버지를 잊지 않아 그 덕이 자식에게까지 미치니 얼마나 감사한 일인가. 만약 참으로 그 은혜를 잊지 않고 있다면 부탁하건대 분도(分道)의 관리들과 전리(電吏)를 모두 석방하라."

홍녹주의 말에 따라 최탄은 그들이 붙잡아갔던 사람들을 모두 풀어주었다. 그 후 홍녹주는 도망해서 개경을 거쳐 강화도로 돌아갔다.

임연은 장일(張鎰, 국자감 제주, 종3품)을 후임 북계 병마사로 임명했다.

그때 임연은 최탄-한신의 난을 진압할 형편이 되지 못했다. 원종을 폐위함으로써 신료와 백성들의 신망을 잃었고, 몽골에 대비하여 요충지의 성진(城鎭)을 맡고 있는 군사를 딴 데로 빼돌릴 수 없었기 때문이었다.

임연은 급한 대로 이군백(李君伯)을 북계 안무사로, 현문혁(玄文革)을 역적방호장군으로 임명하여 군사 1백 50명을 주어 반적들을 토벌케 했다. 이때 그가 출동할 수 있는 군사는 그것이 고작이었다.

그러나 이군백은 적을 두려워하여 북계 땅에 들어가지 못하고 되돌아왔다. 임연은 이군백을 파면하고, 시어사를 지낸 박휴(朴烋)를 후임 안무사(선유사)로 삼아서 반적들을 선유하게 했다.

박휴는 대동강에 이르러 강가에다 일산(日傘)을 크게 펼치고 위엄을 보인 다음에 호상에 걸터앉았다. 그리고는 군사들을 시켜 외치게 했다.

"반군들은 들으라. 박휴 선무사께서 조정의 명을 받고 너희를 달래기 위해 여기에 와 계시다. 반군들은 즉시 나와서 박휴 선무사를 영접하라."

박휴는 반군들이 나오기를 기다리고 있었다. 반군들은 북을 치면서 말을 탄 기병들을 건너편 평양쪽 강가에 일렬로 길게 늘여 세웠다. 그리고는 배를 저어서 절반이 넘게 건너왔다.

그들이 배에서 박휴를 바라보며 말했다.

"지금 나라에 임금이 없는데 누가 감히 선유사를 보냈단 말이오? 원종 폐하에 대한 의리상, 우리는 임연이 강제로 앉힌 왕창 대군을 임금으로 섬기지 않을 것이오. 따라서 우리는 그대를 영접할 수 없소."

그러면서 그들은 임연의 죄상을 열거했다.

"임연이 짓고 있는 죄가 많소이다. 임연은 김준을 죽인 다음 다시 국권을 전단하고 있음이 그 죄가 하나요, 정변을 일으켜 성공한 뒤 많은 사람을 함부로 죽였으니 그 죄가 둘이요, 임금을 정당한 이유 없이 폐했으니 그 죄가 셋이오. 제 멋대로 임금을 몰아 낸 임연의 축군지죄(逐君之罪)를 우리는 결코 용서하지 않을 것이오."

그 사이에 반군이 관군들을 포위했다. 포위망은 물샐 틈조차 없었다. 그들은 관군을 공격하기 시작했다. 그렇게 시작된 반군의 공격은 그치지 않았다. 관군들은 제대로 저항조차 못하고 죽거나 흩어졌다. 결국 임연의 진압군은 대동강에 이르렀다가 반군에 의해 격파됐다.

그 후로 북계의 거의 전역이 반군의 수중에 들어갔다.

최탄의 반군은 철주성을 공격하여 성을 함락시키고, 수령 김정화(金鼎和)와 그의 가족들을 모두 사로잡았다. 반군들은 김정화를 기둥에 묶어놓고는 그 아내를 끌어내어 김정화가 보는 앞에서 차례로 강간했다. 미모의 아내는 사내들을 피하려고 몸부림쳤다. 그러나 몇 명이 팔을 잡고 다리를 벌려, 그녀는 꼼짝도 못하고 수모를 겪어야 했다.

김정화가 그 모습을 보고 몸을 비틀어 흔들면서 외쳤다.

"이 무지몽매한 놈들아! 너희가 어찌 사람의 탈을 쓰고 짐승의 짓을 한단 말이냐. 여인을 욕보이는 일은 숨어서도 하기 어려운 일인데, 어떻게 백일하에 만인이 보는 앞에서 그렇게 할 수 있다더냐. 너희가 비록 반군이로소니 인륜마저 짓밟는단 말이냐. 이 인면수심(人面獸心)의 금수같은 놈들아!"

그러나 그런 김정화의 울부짖음은 반군들에겐 모기소리로도 들리지 않았다. 반군들은 저희들끼리 히히거리며 계속 김정화의 아내를 돌아가며 더럽혔다. 눈으로는 차마 볼 수가 없는 광경이었다.

"아니, 어쩌면 저럴 수가……"

사람들은 고개를 돌렸다. 그러나 누구 하나 나서서 말릴 수가 없었다.

김정화의 아내는 몹시 아름답고 품위가 있었다. 김정화가 처음 철주성으로 부임해 올 때, 그의 아내는 자기 미모를 자랑하여 얼굴을 가리지 않고 왔다. 전례를 벗어난 대담한 행동 때문에 그녀의 미모는 북계에 널리 소문나 있었다.

그러나 반군의 만행에 반항을 계속하던 그녀는 결국 힘이 다해 초주검이 되어 있었다.

선주(宣州, 평북 선천)의 수령 김의(金義)는 그 사람됨이 장부 같았다. 반군들이 그를 잡아놓고 술을 따르라고 했다.

"야, 이 역적 놈들아! 나라 관인에게 술을 따르라니? 이건 나라의 법도이기 이전에 사람의 도리에 어긋난 짓이다. 나는 너희 역적 놈들에게 술을 따르지 못한다."

"죽기 싫으면 술을 따르라. 따르면 목숨은 살려준다."

"빨리 나를 죽여라. 나는 너희 같은 금수의 무리들과는 같은 하늘 아래 살고 싶지 않다."

"네 배짱이 보통이 아니구나. 당장 목을 벨 것이로되 윗분의 명령이 없으니 우선은 들어가 있으라."

반군들은 김의를 골방에 가뒀다.

이런 세상에 사는 것 자체가 지옥이다. 이대로 가버리고 말자.

반군에게 술 따르기를 거부한 김의는 결국 그날 밤 그 골방에서 목을 매어 자살했다.

최탄-한신의 서북면 반군들은 미친 듯이 날뛰었다. 서경의 관리들인 최연(崔年, 유수)·유찬(柳燦, 판관)·조영불(曹英紱, 사록) 등도 모두 반군에 붙잡혀 처형됐다.

그밖에 용주(龍州)·영주(靈州)·자주(慈州)·철주(鐵州)·선주(宣州) 등 5개 지역의 수령들과 관리들도 반군에 붙잡혀 살해됐다. 성주(成州)의 수령은 반군에 포섭된 부하에 의해 죽었다.

서북 반군, 몽골에 붙다

최탄이 몽골에 귀부하기 위해 무리 삼십여 명을 이끌고 대부성(大富城, 大夫營의 후칭)에 이르렀다.

그때 대부성에는 몽골 사신 투도르(Tudor, 脫朶兒)가 와 있었다. 그는 몽골의 일본정벌 준비를 위해 다른 사절들과 함께 강도에 왔다가 흑산도와 탐라도를 시찰하고 돌아가던 길이었다.

투도르가 최탄의 무리를 불러서 물었다.

"그대들이 궐기한 사유는 무엇인가?"

최탄이 꾸며서 말했다.

"고려에서 반몽 무인들이 해도재천계획을 세우면서 중앙에 불만이 많은 우리 북계 사람들을 다 죽이려고 하고 있습니다. 우리들이 그 소리를 듣고 일어나 여러 성의 관군 수령들을 죽이고 몽골에 들어가서 고하려고 합니다."

"이곳 사람들은 왜 중앙에 불만이 많은가?"

"우리가 미워하는 것은 중앙의 항몽파 무인들입니다. 그들은 임금과 신하들을 강제로 강도로 입보시켜 몽골과 전쟁을 계속해 왔습니다. 그 때문에 전국이 폐허가 되고 많은 백성들이 죽었습니다. 살아남은 자들도 지치고 굶주려 더 살 수가 없습니다. 전쟁으로 인한 피해가 가장 심하고 많은 곳이 바로 이 지역 북계(평안도)입니다."

"그렇겠지."

"그래서 원종 임금께서는 몽골과 화친하여 전쟁을 끝내고 개경으로 환도하려 하고 있었는데, 이에 불만을 가진 임연 일당의 항몽파 무인들이 임금을 폐했습니다. 이제 다시 전쟁이 날 판인데 전쟁이 나면 우리 지역은 바로 군사들의 통로가 됩니다. 우리 지역은 가장 먼저 전쟁이 벌어지고, 가장 나중에 전쟁이 끝나는 곳입니다. 그 때문에 이곳 백성들은 전쟁 없는 평화의 날을 기다리고 있습니다. 우리가 중앙의 항몽파 무인들을 미워하는 것은 그 때문입니다."

"이 근처의 여러 성에 관리들이 많이 있는데 왜 다 죽이지 않았는가?"

"투도르 대인이 여기에 와 계시다고 하기에, 먼저 대인에게 말씀드리고 나서 죽이려고 합니다."

"이 주변의 중요 군진은 셋이다. 그것은 의주(義州)·인주(麟州)·정주(靜州)다. 가서 그 세 성의 수령은 잡아오고 나머지 관리들은 다 죽여 없애도록 하라."

"예, 대인."

최탄의 무리들은 몽골 장수의 명령을 받고 길길이 뛰면서 달려갔다. 그들은 아주 사납고 무자비해 보였다.

마음이 약한 투도르는 후회하기 시작했다.

내 말이 심했다. 내가 고려에 대해 그렇게 까지 할 필요는 없지 않은가. 더구나 사람을 죽이고 있는 반란군들에게 살인명령을 내리다니……

투도르가 반군들을 돌아보았을 때, 그들은 이미 사라지고 없었다.

반군들은 군사들을 이끌고 그 세 곳으로 달려가서, 의주 부사 김효신(金孝臣)[51]과 인주 수령 정신보(鄭臣保), 정주 수령 한분(韓奮)을 붙잡았다.

---

51) 김효신(金孝臣); 고려사절요와 동국통감은 김효신으로 표기했으나, 고려사 열전 최탄조에는 김효거

투도르의 말대로 항복하지 않는 백성들과 하급 관리들은 닥치는 대로 죽이고 사로잡은 수령들을 데리고 대부성으로 갔다. 반군들은 그들을 투도르에게 끌고 갔다.

자기 명령을 후회하고 있던 투도르가 잡혀 온 수령들을 보고 말했다.

"그대들은 내가 부른 것이 아니라 최탄이 부른 것이다. 가서 최탄을 만나 보도록 하라."

김효신이 나섰다.

"우리는 고려의 북계 지역 성주들입니다. 우리가 몽골의 관인을 만나보지 않고, 반란의 수적(首賊)인 최탄을 어떻게 먼저 볼 수 있겠습니까?"

"그런가? 그러면 이리 들도록 하시오."

투도르는 그들을 안으로 불러들여 술을 대접하면서 위로했다.

김효신이 말했다.

"오늘 여기서 대관을 뵙게 되니 이제 죽어도 여한이 없습니다. 지금 이곳 여러 성의 수령들이 죄 없이 죽음을 당하게 되었으니 참으로 슬프고 민망한 일입니다. 대인께서 그 수령들의 목숨을 살려 주기바랍니다."

"임연이 원종을 폐했기 때문에 그들이 일어선 것이오. 우린 원종을 지지하고 보호하고 있소. 따라서 최탄의 반란을 나무랄 수가 없소이다."

"반군들의 주장은 한낱 허울일 뿐입니다. 저들은 함부로 사람을 죽이고 여인들을 공개리에 겁탈했습니다. 최탄-한신의 무리들은 사욕을 추구하는 도배들이지 결코 임금을 위해서 일어난 충군이 아닙니다."

한분이 말했다.

"그렇습니다. 저들은 전란을 틈타서 사욕을 채우려는 자이지 국가나 임금을 위하는 자들이 아닙니다. 몽골이 저런 자들은 보호하고 묵인한다면 언젠가는 몽골에 대해서도 반역할 것입니다."

(金孝巪)로 나온다. 비슷하게 보이는 臣자와 巪자에 대한 사관들의 자료 판독의 차이 때문일 것이다. 여기서는 고려사보다 뒤에 편찬된 동국통감과 고려사절요의 기록을 믿어 그 표기에 따랐다. 세 사서가 출판된 해는 고려사 1451년(조선 문종 원년), 고려사절요 1452년(문종 2년), 동국통감 1484년(성종 15년).

투도르가 어색한 표정으로 말했다.

"아, 참. 고려는 참으로 이해할 수 없는 나라요. 말의 수재들이오. 양쪽 말을 들으면 다 그럴 듯하니 어찌하면 좋을지 모르겠소."

정신보가 나섰다.

"몽골과 고려는 우방이 되어가고 있습니다. 어차피 우리는 몽골의 보호를 받는 번병이 될 수밖에 없습니다. 이럴 때 몽골 관인인 대인은 사태를 올바로 파악하여 대처해야 합니다. 본심을 숨기고 사욕을 채우는 반역자들의 말에 속지 마십시오."

한분이 다시 나섰다.

"저들은 대인께서 관리와 백성들을 죽이라고 명령했다고 떠들면서 마구 살상과 약탈과 겁탈을 벌였습니다. 그 때문에 많은 백성과 관리들이 피해를 당하거나 목숨을 잃었습니다. 우리는 저들이 임의로 만들어낸 말이라고 믿고 있습니다. 빨리 저들에게 인명살상·재산약탈·부녀겁탈을 중지하도록 명령하십시오."

고려 성주들의 얘기를 듣고 투도르는 흔들리기 시작했다.

그런 낌새를 알고 정신보가 나섰다.

"귀공이 그렇게 하지 않으면 반란으로 인한 고려인의 불만이 모두 몽골로 돌아갑니다. 이것은 쿠빌라이 황제에 누가 됩니다. 빨리 서둘러 주십시오."

투도르는 자기가 반군들에게 관리들을 죽이라고 명령한 것에 대해 다시 후회하면서 말했다.

"알겠소. 그리 하리다."

그러면서 밖에 대고 소리쳤다.

"최탄을 들라하라."

곧 최탄이 들어왔다.

"빨리 군사들로 하여금 살인과 방화·약탈·겁탈이 없도록 하라."

"예?"

최탄은 이상하다는 투로 말했다.

"이건 나의 명령이다. 속히 시행하라. 복종하지 않으면 우리 군사들을 불러올 것이다."

"예, 대인."

최탄은 투도르의 명령대로 반군들에게 일체의 행동을 중지하도록 지시했다. 그 때문에 죽음을 면한 사람이 많았다. 몽골 관리의 힘은 고려에서 이미 이처럼 막강해 있었다.

그러나 투도르는 잡혀왔던 의주·인주·정주의 수령들을 풀어주지 않고 몽골군 게르 안에 묶어두고 있었다.

수령들이 따졌다.

"도대체 이게 뭐요?"

"기다리시오. 나와 함께 갈 데가 있소."

잠시 후 최탄이 다시 투도르에게 들어왔다.

"군사들에게 사람을 죽이거나 불을 지르거나 물건을 약탈하거나 부녀자를 겁탈하지 말라고 명령했습니다. 대인의 명령은 잘 지켜질 것입니다."

"그래, 수고했소."

"긴히 드릴 말씀이 있습니다. 중요한 일입니다."

"뭐요?"

"지금 우리가 차지하고 있는 이 북계 땅을 몽골 황제에게 바치겠습니다."

"그래? 고맙소."

"그러나 임연이 이것을 알고 이 땅을 치려 하고 있습니다. 저희에게 몽골 군사 2천을 내어 도와주십시오. 그러면 우리가 능히 이 땅을 보위하여 몽골의 직할지로 삼겠습니다."

"알았다. 일이 그리 되도록 힘쓰겠다."

투도르는 의외의 성과를 거두었다고 생각하면서, 이런 사정을 원나라 조정에 보고했다. 그리고는 김효신 등 22명의 고려 군관과 관리들을 데리고 몽골로 갔다.

최탄의 무리들이 귀국하는 투도르를 환송했다. 최탄은 몽골에 귀순하려는 자신의 목적이 달성됐다고 기뻐했다. 그는 무리들을 이끌고 북계로 돌아갔다.

두 개의 편지

원종 10년(1269) 시월이었다. 몽골 황제 쿠빌라이는 그때 몽골 수도 대도에 머물러 있던 고려 태자 왕심을 불러들였다.

"지금 강도에서는 고려의 무인 집정자들이 짐의 말을 이행하지 않고, 북쪽 변경에서는 최탄의 무리가 반란을 일으켜 소란이 일고 있다. 왕위 폐립에 관한 표문들은 모두 거짓이어서 믿을 수가 없다. 내가 세자 너의 요청을 수락하여 군사를 보내 고려의 왕실을 보호하고 나라를 안정시키려 한다."

"감사합니다, 폐하."

"그래서 짐이 동경(요양)의 투냥케(Tunianke, 頭輦哥) 국왕에게 명하여 그 휘하의 몽케두(Monkedu, 蒙哥篤)로 하여금 곧 군사를 이끌고 고려로 가도록 명령했다."

"망극합니다, 폐하."

"한편 헤이디(Heidi, 黑的, 병부시랑)를 사절로 삼아 강도로 보내서, 먼저 임연을 회유하여 원종을 복위시키도록 할 것이다. 만약 임연이 헤이디의 말을 거부하고 임금을 복위시키지 않으면, 몽케두로 하여금 즉각 군사력을 쓰도록 명령해 놓았다. 세자, 이만하면 됐느냐?"

쿠빌라이는 웃으며 왕심을 바라보았다.

이때 몽골은 원종을 대변하는 왕심과 함께 북계의 반란을 주도하고 있는 최탄으로부터 동시에 파병요청을 받고 있었다. 이 두 개의 요청은 취지가 서로 다르지만 몽골에는 모두가 이익이 될 파병이었다.

쿠빌라이는 스스로 마음속으로 계산해 놓은 것이 있었다. 임연의 왕위 폐립을 계기로 고려에 대한 내정 간섭의 단초를 열어놓고, 군사를 투입하여 고려에 직접 간섭하는 장치로 삼겠다는 것이었다.

그러나 내분에 휩싸인 고려에서는 그것을 알 턱이 없었다.

쿠빌라이가 왕심이 요청한 파병을 약속하면서 '이만하면 됐느냐'고 묻자 왕심이 말했다.

"망극합니다, 폐하. 하오나 폐하의 군사가 대동강은 건너지 않게 하십시오. 만약 몽골군이 다시 대동강 이남으로 간다면 우리 백성들은 또 전쟁이 일어난 것으로 알고 피난갈 것입니다. 그리 되면 민심이 저절로 혼란해져서 변란이 일어날까 두렵습니다."

"그럼 어떻게 하란 말인가."

"몽골 군사가 서경 이남으로는 내려가지 않도록 폐하께서 미리 분부를 내려주시면 됩니다. 그러면 그런 혼란은 막을 수 있습니다."

"그래?"

몽케두의 군사가 평양에 주둔하는 것이 몽골로서는 최탄이 바친 북계 땅을 지키고 관리하기에 오히려 편할 터였다.

쿠빌라이가 그것을 생각하면서 말했다.

"허허, 세자는 과연 명민하고 원숙하구나. 백성과 나라를 생각하는 마음이 크다. 세자는 당연히 그래야지. 그래, 몽골군이 대동강 이남으로는 가지 않도록 하겠다."

"꼭 그렇게 명해 주십시오."

쿠빌라이는 여유 있고 너그러운 웃음으로 왕심을 바라보면서 말했다.

"어허, 고려의 세자가 몽골제국의 황제인 짐에게 오히려 명령하고 있구

나. 그래 알았다. 네가 말한 대로 그렇게 명을 내리마. 그대는 과연 훌륭하고 미더운 세자다."

"황공합니다, 폐하."

"짐은 그대에게 대원제국의 작위를 내려 동안공(東安公)으로 책봉하려 한다. 동안이란 '동방을 편안하게 한다' 는 뜻이니, 짐의 군사로 임연의 무리를 쳐서 동방의 나라 고려를 평안케 하도록 하라."

"망극합니다, 폐하."

왕심이 그 명을 받아들이려 하자 옆에 있던 김훤(金晅, 문신)이 말했다.

"태자 전하, 신중히 생각하소서. 전하께서 원의 작위를 받은 사실을 임연이 알게 되면 백성들에게 '원나라에서 태자에게 일개 귀족의 자리를 내렸으니, 이것은 장차 우리나라를 없애고 임금을 두지 않으려는 것' 이라고 널리 유포하면서 '내가 사직을 수호하겠다' 고 할 것입니다. 어리석은 백성들은 몽골을 미워한 나머지 임연의 말을 따를 것이고, 그렇게 되면 나라를 바로잡기가 더욱 어렵게 됩니다. 목숨을 걸고라도 몽골의 사작(賜爵)을 사양하십시오."

통역을 통해서 김훤의 얘기를 듣고 쿠빌라이가 말했다.

"짐의 뜻은 그것이 아니나 좋지 않은 사람들이 악의로 그렇게 소문을 퍼뜨린다면 결과는 그리 될 수도 있겠다. 김훤의 말이 옳을 듯하니 짐의 사작을 거두겠다."

쿠빌라이는 왕심의 동안공 작위를 스스로 취소했다.

며칠 후 몽케두가 쿠빌라이의 명령에 따라 군사를 이끌고 고려로 출발할 무렵이었다. 왕심이 몽골의 중서성에 들렀다.

그때 중서성에 있던 재상들이 말했다.

"몽케두의 군사가 고려에 들어가 오래 머물러 있으면 군량미를 대주어야 합니다. 임연이 군량미를 대주지 않을 것이기 때문에 북계에서 조달하지 않으면 안됩니다. 북계를 다스릴 사람은 임연과 내통하지 않으면서 북계 백성들 사이에 인망이 있는 사람이라야 합니다."

"그렇겠군요. 알겠습니다."

왕심이 중서성을 나오자, 원나라 재상들이 자기네들끼리 말했다.

"고려왕이 수난을 많이 겪고는 있지만 세자 하나는 제대로 두었어. 저렇게 젊고 똑똑한 데다 용모마저 준수하니 흠잡을 데가 없는 왕자야."

"그래서 우리 폐하께서도 탐을 낸다고 하지 않습니까?"

"탐을 내다니? 폐하의 공주들은 다 출가하고 없지 않소?"

"그래서 더욱 안타깝다는 것이지."

"황제의 자녀는 수를 정확히 알 수 없으니 찾아보면 어디서 나올 수도 있을 것이오."

"폐하께서야 원래 지금의 고려왕을 태자 시절에 보시고는 한 눈에 마음에 들어 총애하고 계시지 않소이까?"

"우리 폐하께서 고려왕 부자를 저렇게 좋게 보고 계시니, 우리가 고려 세자를 사위로 맞아들이도록 주청해야 합니다. 그게 또한 우리의 조공국 정책이 아닙니까?"

"이미 도당(都堂)에서 적당한 때에 주청하기 위해 기회를 찾고 있다 합니다."

왕심은 누구를 북계 책임자로 삼을 것인지를 궁리하고 있었다. 그는 시중 이장용을 불렀다. 이장용은 그해 원종 10년(1269) 8월 몽골 황제 쿠빌라이의 생일축하 사절로 대도에 들어와 있었다.

왕심이 이장용에게 물었다.

"북계 병마사를 새로 찾아봐야 하겠습니다. 임연과 내통하지 않으면서 북계 백성들 사이에 인망이 있는 사람이라야 하겠는데, 누가 좋습니까?"

"추밀원 부사 김방경(金方慶)이 좋습니다. 그는 두 번 북계 진무사가 되어 그곳의 백성들에게 남긴 은혜가 매우 큽니다."

"김방경이 혹시 항몽파는 아닙니까?"

"무인이지만 항몽파는 아닙니다. 상부의 명령에 충실할 뿐 항몽을 말한 적은 없습니다."

화평론의 선봉장인 이장용은 힘의 논리를 정확히 알고 있었다. 그는 화평파인 문신이나 임금의 힘만으로는 몽골과의 화해를 이룩할 수 없다고 생각했다.

무인들을 갈라놓는 것이다. 무인이 아니면 무인들을 설득시킬 수가 없고, 무인정권을 붕괴시킬 수도 없다. 따라서 출륙환도하여 몽골과 화친하려면 무인정권을 제압할 수 있는 무인들을 끌어들여야 한다. 무인인 그들에게 화평론을 받아들이게 할 수는 없다. 그러나 임금에게 충성하게 할 수는 있다. 우선 유능하고 생각이 옳은 무장들을 국왕 주변에 끌어 모아야 한다. 김보정이 무인출신으로 화친을 주장하고 있지만 그 한 사람으로는 역부족이다.

이장용이 말했다.

"마침 김방경은 임연이 써준 안경공의 표문을 몽골 황제에게 올리기 위해 이곳에 와 있으니, 하늘이 돕는 것 같습니다."

"그가 임연과 가까운 사이는 아닙니까?"

"그렇지 않습니다. 그는 무인이지만 역대 어떤 무인 집정자들과도 가까이 지낸 적이 없고 원수진 적도 없습니다."

"그러면 그가 어떻게 이처럼 현달할 수 있었소이까?"

"그의 인품과 능력 때문입니다. 안동 김씨인 김방경은 매사에 충직해서 부당한 일을 용납하지 않았습니다. 그릇이 크고 사직을 아끼는 사람입니다."

"훌륭한 장수군요. 그러면 그를 북계 병마사로 하십시다."

"이번 기회에 김방경을 불러서 직접 만나보시고 병마사로 임명했음을 통고하십시오."

왕심은 김방경을 불러 북계병마사를 맡아달라고 말했다. 김방경은 의외라고 여기면서 생각했다.

국법상 세자가 관리를 임명할 수는 없다. 몽골이나 세자가 원종 폐립을 인정하지 않지만 그렇다고 폐위된 원종이 인사권을 행사할 형편은 아니다. 그래서 세자가 부왕 원종을 대신하여 인사권을 행사하고 있구나.

김방경은 그렇게 생각하면서 말했다.

"예, 저하. 그리하겠습니다."

"고맙습니다, 장군. 몽골은 나의 요청을 받아들여 군사를 고려에 보냅니다. 장군이 인도해 주십시오."

"예, 저하."

김방경을 북계 병마사로 임명하여 몽골 진주군의 안내자로 삼음으로써 무인들을 화친론 진영으로 끌어들이려는 이장용의 구상은 좋게 출발되어 나갔다.

이장용은 이제 무인 김방경과 함께 화친론의 쌍두 선봉장이 되어 항몽파 무장들을 설득해 나갈 계획을 구상하고 있었다.

그리하여 끝내는 무인정권을 없애고 환도를 실행하여 문신이 보좌하는 왕권중심의 군주정치를 회복해 나갈 것이었다. 이것이 화친파의 제4세대 선봉장이자 문신의 대표자격인 시중 이장용의 꿈이요 목표였다.

그때 이장용은 세자를 설득해서 데려오라고 한 임연의 부탁이 떠올랐지만 왕심에게 귀국을 권하지는 않았다.

원종의 복위

  그해(1269) 11월 6일 몽골의 황제 쿠빌라이는 외교와 군사 양면에서 조치를 잇달아 취했다.

  그는 먼저 동경(요양)에 주둔해 있는 몽케두를 고려 안무사로 임명하고, 군사를 이끌고 서경으로 들어가되 절대로 대동강을 넘지 않도록 일렀다. 그러나 일석이조(一石二鳥)를 노리는 몽골의 의중을 모르는 왕심과 최탄은 몽케두 군사가 자기의 요청에 의한 파병으로만 알고 있었다.

  쿠빌라이는 파병에 이어서 헤이디 등 12명을 사신으로 삼아 강도로 보냈다. 이것은 외교설득과 군사위협의 병행을 의미했다.

  헤이디 사절단은 그해 원종 10년(1269) 11월 11일 강도에 도착했다. 그들은 바로 궁궐로 들어가 조정 대신들을 만나서 말했다.

  "우리 몽골제국 황제께서는 고려의 왕위폐립에 대해 크게 걱정하고 계십니다. 그래서 다시 조서를 전하도록 했습니다."

  헤이디는 쿠빌라이가 써준 조서를 전달하지 않고 손에 들고 있었다. 황제의 조서를 받을 사람은 국왕인데, 몽골에서는 왕창을 고려왕으로 인정하지 않아 국서를 줄 수가 없다는 뜻에서였다.

  헤이디의 말을 듣고 고려의 대신들이 말했다.

"예, 말씀하시지요."

"그럼 들어보십시오."

헤이디는 일어서서 목소리를 가다듬어 큰소리로 쿠빌라이의 조서를 읽어 내려갔다.

쿠빌라이가 고려 조정에 보낸 조서

고려의 국왕 왕전(원종)과 그에게 속한 관원 및 군민들에게 이른다.

얼마 전에 왕전이 병이 있다고 하면서, 자기 마음대로 안경공 왕창에게 국가사업을 임시로 대행시킨다 하기에, 짐이 사신을 보내 고려의 왕위 폐립에 대해 알아오게 했다.

그러나 임연은 이 일은 자기가 한 것이 아니라고 하는 모양이다. 그러나 권력이 있는 자라야 국왕을 폐위시키거나 즉위시킬 수 있다. 임연은 '나의 관직은 일곱 사람의 밑에 있는데, 나에게 무슨 힘이 있어서 이 일을 해내겠는가'라고 했다고 한다. 그러나 임연의 말은 믿을 수가 없다.

따라서 고려국왕 원종이 안경공 왕창과 집정인 임연을 데리고 원나라(몽골) 대궐에 나와서, 직접 그 실정을 말하도록 하라. 짐이 그 시비를 듣고서 스스로 적절히 조처할 것이다. 또 왕전이 아무 탈이 없이 지낸다는 말을 들었으나 그의 생사 여부도 확인하기 어려우니, 반드시 그가 내조해서 짐이 만나보아야 믿을 수 있다.

짐의 명에 따라 이미 투낭케(頭輦哥) 국왕이 군사를 이끌고 국경에 가 있다. 만약 위의 세 사람이 기한을 넘기고 들어오지 않는다면, 투낭케가 원흉을 잡아 끝가지 심문하고 즉시 군사를 보내 모조리 섬멸할 것이다.

헤이디는 쿠빌라이의 조서를 다 읽고는 앉으면서 말했다.

"이런 내용입니다."

쿠빌라이는 관련된 세 사람, 즉 가해자인 임연과 피해자인 원종 그리고 임연에 의해 원종의 후임 임금으로 추대된 왕창을 모두 부른 것이다. 이 것은 연전에 화평파의 대표 이장용과 항몽파의 두목 김준을 함께 불렀던 방식과 같다.

원나라 황제의 조서를 듣고, 고려 중서문하성의 재신(宰臣)과 추밀원의 추신(樞臣)들은 조정에 모여서 그 대책을 숙의했다. 그러나 임연이 몸이 불 편하다는 이유로 조정의 재추회의에 나오지 않아 회의는 겉돌기만 했다.

사흘 뒤였다. 재추들은 할 수 없이 임연의 집으로 몰려갔다. 그때 이미 임연의 병은 깊어가고 있었다. 귀국하던 왕심이 원종 폐위소식을 듣고 몽 도로 되돌아간 이후, 임연은 울화병을 앓고 있었다.

조정의 신료들은 임연에게 조서의 내용을 설명하고, 그것에 어떻게 답 할 것인지를 의논했다.

임연이 탄식하며 말했다.

"나는 국가를 바로잡은 뒤에 원나라 황제에게 입조하려 했소. 헌데, 지 금 원나라에서 사람을 부르고 시비를 따지는 것이 이렇게 급하니, 앞으로 어떻게 하면 좋겠소."

그러면서 눈물을 주루룩 흘렸다.

이젠 임연도 끝장이구나.

병에 겹쳐 기마저 꺾었어.

임연이 끝나면 무인정권도 끝장이 아닌가.

그때 조정 신료 모두가 그런 생각을 하면서, 각자 자기의 이해관계를 따지기에 바빴다. 누구 하나 방안을 말하는 사람은 없었다.

그런 유동적인 상황에선 언제나 침묵이 왕이다. 그것이 난세에서 살아 남는 길이다.

그해 11월 21일 밤. 임연이 헤이디의 몽골 사신들을 위해 자기 집에서 잔치를 베풀었다.

그 자리에서 헤이디가 임연에게 말했다.

"빨리 원종을 복위시켜야 하오. 그렇지 않으면 그대가 신구 두 임금과 함께 몽골에 가야 하오. 그것 외에는 다른 방법이 없소. 만일 이 명령에 불복하면 투낭케 국왕이 군사를 끌고 들어올 것이오."

"지금의 임금인 왕창 대군도 훌륭한 분이오. 앞으로 몽골의 충실한 번주(藩主)가 되어 귀국과 잘 협조하게 될 것이오."

"사람만의 문제가 아니오. 어떻게 신하가 임금을 자의로 폐위할 수 있소. 우리 황제 폐하의 의지가 확고하시니 복위시키지 않으면 그대에게 큰 화가 미칠 것이오."

"폐하께서 그렇게 원종 임금을 아끼시오?"

"원종 임금은 몽골에 대해 친화적일 뿐만 아니라, 우리 황제와 개인적으로도 아주 친해져 있어요. 더구나 고려 세자와 우리 폐하의 공주 사이에 혼담이 진행되어 지금 거의 성사 단계에 이르렀소. 우리 황제 폐하와 원종 임금이 곧 사돈이 된단 말씀이오. 두 분의 관계가 이런 수준인데 그대가 이번 왕위 폐립을 성사시킬 수 있겠소이까?"

임연은 거기서 잠시 침묵하다가 말했다.

"상국에서 그렇게 말씀하시니 원종 임금을 다시 모시도록 하겠소. 곧 복위절차를 밟겠습니다."

"빨리 서둘러야 하오. 어쩌면 지금쯤 투낭케 국왕 휘하의 몽케두 장군이 군대를 이끌고 국경을 넘어왔을지도 모르오."

"예? 몽골군이 말입니까?"

"그렇소이다."

헤이디는 위협하듯이 말했고 임연은 겁에 질려 있었다.

임연은 다음 날 다시 재추들을 불러서 의논했다.

"원나라에서는 원종의 복위를 끈질기게 고집하며 조금도 양보하려 하지 않고 있습니다. 어떻게 하면 좋겠습니까?"

그렇게 말하는 임연은 등이 아픈지 수시로 자세를 고쳐 잡고 있었다.

몸이 불편하니 기마저 꺾인 듯, 그의 태도나 눈빛·목소리는 이미 과거의 임연이 아니었다.

그런 임연의 모습을 보면서 신료들이 하나 둘 입을 열었다.

"원나라의 요구를 우리가 받아들이지 않을 수 있겠습니까?"

"그것이 어려우니까, 우리가 이렇게 모여 의논하는 것입니다."

재추들은 왕을 함부로 폐립하는 임연을 믿어서는 안 된다는 생각들이었다. 그들은 국권이 더 이상 무인들의 손에 쥐어져서는 나라가 평온할 수 없다고 생각했다.

"그러면 영공의 생각은 어떻습니까?"

"저도 뾰족한 수는 찾지 못하고 있습니다. 여러 재추들께서 동의해 주신다면, 원나라의 요구대로 들어주는 것이 어떨까 합니다."

그러자 모든 재추들이 목소리를 하나로 해서 힘있게 말했다.

"그렇게 합시다. 왕위를 원종 폐하에게 다시 돌려드립시다."

"다른 의견 없습니까?"

"없습니다."

"그렇게 합시다."

그만큼 화친론이 조정의 대세로 익어가고 있었다. 임연은 무거운 목소리로 말했다.

"그러면 여러분의 총의에 따라 지금의 안경공을 퇴위하게 하고, 전왕을 다시 복위하게 하는 것으로 하겠습니다."

임연은 할 수 없이 항복했다.

왕위폐립은 나라의 중대사였지만 결정은 쉽게 이뤄졌다. 이렇게 해서 몽골과의 외교분쟁이 됐던 임연의 원종 폐위 문제가 해결됐다. 폐립 반년 만인 그해(원종 10년) 11월 22일이었다.

몽골의 군사·외교적 개입에 의한 원종의 복위는 고려사에서 두 가지 의미가 있었다. 첫째는 왕권과 무권의 균형관계가 왕권우월로 바뀌는 계기가 됐고, 둘째는 고려에 대한 몽골의 내정간섭이 실효성 있게 본격화됐다는 점이다.

그날 밤 원종은 거처하던 용암궁에서 고려 국왕의 자격으로 몽골 사신들을 위해 잔치를 열었다. 그 자리에서 원종은 헤이디를 향해서 말했다.

"중사(中使)는 이리 와서 상좌에 앉으시지요."

그러나 헤이디가 펄쩍 뛰면서 사양했다.

"상좌라니요. 거 무슨 말씀이십니까? 전하가 계신데 제가 어떻게 그 자리에 앉습니까. 저는 절대로 그 자리에 앉을 수는 없습니다."

"아니, 오늘은 그대가 주빈입니다. 이리 앉으시오."

"이제 왕심 저하께서 우리 황제의 따님과 혼인하는 것을 허락 받았으니 우리들은 모두 황제의 신하가 된 것입니다. 그리고 전하께서는 곧 황제의 부마대왕(駙馬大王)의 부친이 되십니다. 그래서 전하께서 서향하시면 우리는 북면할 것이고, 전하께서 남면하시면 우리는 동면할 것입니다."

그러나 원종도 양보하지 않고 말했다.

"천자의 사신이 어떻게 아래 자리에 앉을 수 있겠소이까? 어서 올라오시오."

그래서 결국 원종이 동쪽에, 헤이디가 서쪽에 대좌해서 서로 마주보며 앉았다.

우리 전통예법의 한 원칙은 주동객서(主東客西)다. 주인은 동쪽에 앉고 손님은 서쪽에 앉는 것이 우리 예법이다. 이날 원종은, 임금은 북쪽에 앉고 신하는 남쪽에 앉는 군북신남(君北臣南)의 원칙을 굳이 사양하고 주객의 원칙에 따라 좌정했다.

우리의 전통예법에서는 북이 남보다 상석이고, 동은 서보다 상석이며, 좌는 우보다 상석이다. 즉, 북쪽에 앉아 남면하면 왼쪽은 동쪽이 되어 상석이 되고, 오른쪽은 서쪽이 되어 하석이 된다.

남좌여우(男左女右)나 문동무서(文東武西) 등의 예법원칙도 그런 원리에서 파생되어 실행되어왔다.[52]

이런 우리 전통예법의 원칙들은 중국에 전해져 그대로 답습되고, 중국인들은 우리를 동방예의지국(東方禮義之國)이라 불렀다. 우리의 예법은 중국을 통해서 다시 그 주변의 여러 민족에 전파되어 나갔다. 그 결과 지역에 따라 부분적인 차이는 있으나, 우리 예법원칙들이 동양의 기본예법으로 정착되기에 이르렀다.[53]

다음 날 아침 조정의 문무백관들이 원종이 감금되어 거처하고 있던 왕부(王府) 용암궁에 나가서 원종의 어가를 호위하여 대궐로 들어왔다. 몽골 사신들도 그 행렬의 뒤를 따랐다.

길가에 나와서 구경하던 백성들이 그것을 보고 모두 감동하여 눈물을 흘렸다.

"임금님이 신하들에 내쫓겨 연금돼 있었으니 얼마나 마음고생이 크셨을까."

"아니, 몽골 사신들이 우리 임금님의 복위를 축하하여 저렇게 어가의 뒤를 따라가는 걸 보니 마음이 착잡합니다."

"보기가 좋지요."

"그래요. 이제 몽골군이 다시 쳐들어오지 않겠다는 것을 알 수 있겠네요."

"그러나 우리 왕실이 몽골에 신복하여 나라의 독립이 없어진다는 항몽파 장수들의 주장이 실감되는군요."

강도성(江都城) 사람들은 이런 얘기를 주고받으면서 마음으로부터 원종의 복위를 축하했다.

---

52) 생사유별(生死有別)의 우리 예법원칙에 따라 죽은 사람에 대해서는 이런 우선순위가 바뀐다. 따라서 묘지나 상례 때에는 평상시의 일반원칙과는 반대로 적용된다.(한국문명학회 《문명연지》 2003년 1월호)
53) 공자의 7세손인 공빈(孔斌)은 그의 저서 '동이열전' (東夷列傳)에서 우리나라를 동방예의지국이라 지칭하고, 중국의 성군인 순 임금이나, 중국에 상례의 모범을 보여 효도를 실천한 대련·소련 형제가 동이족임을 밝혀, 우리나라 예법이 중국에 전해졌음을 소개하고 있다. 김신연; '전통예절의 현대적 계승방안 연구' (한국문명학회 학술발표회 발표논문, 2002. 12. 14.) 참조.

그때 몽골 사신들이 원종에게 다가가서 말했다.

"오늘은 대단히 경사스러운 날입니다. 우리는 임금에 대한 조정백관의 하례 장면을 보고 싶습니다."

그 말을 듣고 원종은 서둘러서 자포(紫袍)를 입고 대궐 뜰에 나와서 몽골 황제가 있는 북쪽을 향해서 사례했다. 그리고 황의(黃衣)로 갈아입고 강안전(康安殿)으로 가서 백관들의 하례를 받았다.

이날부터 원종은 다시 대전으로 들어갔고, 왕창은 자기 집으로 돌아갔다. 이렇게 해서 원종은 임연에 의해 폐위된 지 6개월만에 다시 왕위에 올랐다. 원종 10년(1269) 11월 23일이었다.

원종은 최탄 반란의 안무사를 맡았던 시어사 박휴(朴烋, 봉어)를 몽골로 보내 쿠빌라이에게 자신이 왕위에 복위했음을 알리고 사례토록 했다. 나흘 후인 27일 박휴는 원종의 표문을 가지고 강화경을 출발했다. 그때의 원종의 표문은 이러했다.

원종이 구빌라이에게 보낸 복위 표문

신은 원래 몸이 잔약(孱弱)하여 얼마 전 갑자기 깊은 병에 걸렸습니다. 병의 빠른 회복을 위해 신의 아우 왕창에게 임시로 국사를 맡아보게 하였는데, 폐하께서 조서를 내려 곡진하게 타일러 훈계하시고 다시 사신을 보내 신을 불러 주시는 은총을 보여 주시니, 당연히 왕위를 다시 맡았습니다. 장차 황도로 가서 황제의 대궐로 알현하겠습니다.

상처 입은 호랑이

　폐위됐던 원종이 다시 제자리로 돌아가자 왕실의 권위는 강화된 반면 임연의 위신은 크게 떨어졌다. 원종의 대몽 화친정책에 대한 지지자가 늘고, 임연의 항몽정책을 지지했던 사람들이 빠져 나와 왕실 쪽에 접근하고 있었다.

　이렇게 임연이 약화되면서 조야의 마음이 조오(趙璈, 동지추밀원사)에게 쏠리고 있었다. 그는 문신이면서 장수 아들들을 두고 있었다. 그가 조정의 중심이 되어 임금과 문신·군부를 조정해 가면서 나라를 이끌어가야 한다는 생각이었다. 조오는 고관이면서도 태도가 항상 공손했다. 말과 행동은 올바르고 무거워서 신료와 무인들 사이에서도 신임을 얻고 있었다.

　김준 정권을 타도한 무진정변(1268) 유공자인 조오는 김준을 제거한 뒤에 동행보좌공신으로 책봉돼 있었다.

　더구나 임연이 원종을 폐할 때, 임연으로부터 폐위 제의를 받고 단호히 거부한 이후, 그에 대한 고려 사회의 중론은 더욱 좋았고 인망도 높아졌다.

　그 뿐만이 아니었다. 그의 맏아들인 조윤번(趙允璠, 장군)과 막내아들 조윤온(趙允溫, 장군)이 다 같이 용기와 힘 그리고 대의를 지키려는 의기가 충만한 데다, 주변에 많은 사람을 거느리고 있었다.

임연은, 조오가 원종 폐위에 공조하기를 거부한 데다 원종 복위 후에 민심이 자기에게서 떠나 조오에게로 쏠리자, 조오의 세력에 위협을 느끼고 있었다.

야별초의 지휘관을 지낸 김문비(金文庇, 장군)는 그때 임연을 제거하고 임금을 떠받들려고 생각하고 있었다. 김문비는 평소 자기와 가까이 지내면서 임연을 자주 비판해 온 윤수(尹秀, 장군)를 찾아갔다.

"서북에서 임연에 반대하여 최탄의 반란이 일어나고, 몽골 황제가 사절을 급파하여 임연을 질책해서 원종을 다시 복귀시켰소. 모두 임연의 왕위 폐립에 대한 반격이오. 이때야말로 임연을 제거할 거사의 적기가 아니겠소?"

윤수도 같은 생각이었다.

"그렇소. 그러나 우리가 거사하려면 조오 일가를 업을 필요가 있소. 지금 민심이 조오쪽으로 돌아섰고 그 일가의 세력도 큽니다."

"조오는 만만찮은 사람이오. 임연도 그를 끌어들이려다 실패하지 않았소?"

"그런 점이 있지. 그 때문에 임연이 그를 미워했으니 임연을 제거하자고 하면 동조할지도 모를 일이오. 일단 접촉해 봅시다."

"그리 합시다. 조윤번은 내가 잘 알고 지내온 사이이니 내가 그를 만나 설득해 보겠소."

김문비는 그때 떠오르고 있는 조오 일가를 포섭키 위해 먼저 조오의 아들 조윤번을 집으로 찾아갔다. 마침 조윤번이 집에 있었다.

김문비가 말했다.

"임연이 스스로 김준을 죽인 다음에 혼자 국가 정사를 독단하더니 급기야는 왕위폐립까지 자의로 일삼다가 저렇게 됐소. 지금이야말로 역신 임연을 제거할 절호의 기회요."

"그대의 말은 모두 옳소. 그러나 나는 그런 일엔 관여하고 싶지 않소이다."

"그대도 알겠지만, 지금 세상 민심이 조오 대감에게 쏠리고 있소. 일이 성사되면 그대 일가는 제2의 최충헌이 되는 것이오. 왜 이런 절호의 기회를 차버리려 하시오."

"우리 아버님은 문신입니다. 아버님은 권력을 얻기 위해 자식들이 가지고 있는 군사를 부리실 분이 아니십니다. 단념하시오."

조윤번의 꿋꿋한 태도에 김문비는 당황하지 않을 수 없었다. 그러나 말을 해놓았으니 물러설 수도 없었다.

"지금 임연은 그대 부자를 제거할 생각을 가지고 있다는 걸 아시오?"

"우리 부자를?"

"원종 폐위 때 함께 거사하자고 찾아온 임연의 제의를 그대 부친이 거절했소. 그 때문에 지금 임연이 그때의 분한 감정으로 그대 일가를 없애려 하고 있소."

"그래요?"

"임연은 장군의 집안 모두를 친몽파로 규정해 놓고 있소. 그대 집안이 멸문의 화를 당하게 됐다는 말이오. 임금을 맘대로 폐립한 자를 그냥 놔둔다는 것은 신하의 도리가 아니오."

"설사 그렇다 해도 나는 누굴 제거하는 데는 참여하지 않을 것이오. 이것은 선대(先代) 이래 우리 가문이 고수해 온 철칙이오. 부친께서도 그런 우리 전통을 지키려고 임연이 제의한 폐위에 가담치 않은 것이오."

"그렇지 않아요. 무진정변 때는 부친이 임연의 권유를 받아들여 김준 타도에 참여하지 않았소."

그것은 사실이었다. 임연 제거에 참여치 않으려고 적당히 둘러대던 조윤번은 흔들렸다.

김문비가 몰아쳤다.

"그대 혼자서 결정하려 하지 말고 부친 조오 동지원사(同知院事, 추밀원 종2품)와 상의해서 참여토록 하시오."

결국 조윤번은 기울어지기 시작했다.

"성공할 수 있겠소?"

"그건 염려하지 마시오. 그대의 부친과 형제들이 가담한다면 안될 일이
있겠소?"

"알았소. 내 아버님과 상의해 보겠소."

조윤번은 조오에게 갔다. 그는 김문비가 한 말을 전하고 조오의 의향을
물었다.

조오는 단호했다.

"곤수유투(困獸猶鬪)라 했다. '곤경에 처한 짐승이 오히려 더 싸우려고
덤비는 법'이야. 막다른 골목에 이르면 더 사나워지는 것이지. 임연은 지
금 곤란한 지경에 처해 있다. 김문비의 모의에 절대로 가담해서는 안 된
다. 그는 믿을 수 없는 자다. 그런 자와는 위험한 일을 같이 해선 안 된
다."

그렇게 되자 김문비는 겁이 나기 시작했다. 임연 제거가 성사되지 않을
뿐만 아니라 잘못하면 아직도 야별초를 거느리고 있는 임연에 의해 오히
려 자기가 멸문의 화를 입게 될지도 모른다는 생각이 들었다.

대담하자. 이럴 땐 대담하게 부딪쳐야 산다.

김문비는 임연을 찾아갔다.

조윤번과 가까이 지내는 김문비가 찾아오자, 임연은 이상하기도 하고
반갑기도 해서 물었다.

"자네가 웬 일인가?"

"긴히 드릴 말씀이 있어 급히 달려 왔습니다."

"그렇게 급한 일이 있는가? 뭔가, 그게?"

"조오의 부자들이 영공을 시해할 계획을 꾸미고 있습니다."

"뭐? 조오 부자가 나를?"

"그렇습니다, 장군. 그들은 영공이 원종을 폐위할 때 자기들이 협력하
지 않았기 때문에 보복 당할 것이라면서 선수를 써서 영공을 먼저 제거하

려 하고 있습니다."

"그래? 어떻게 그걸 알았는가?"

"저는 조윤번과 아주 가까이 지내온 사이입니다."

"알고 있네."

"조윤번이 나에게 찾아와서 함께 거사하자고 했습니다. 그러나 나는 그것을 거부하고 바로 이리로 왔습니다."

김문비는 주객을 바꿔서 말했다.

"그럴 것이야. 그들은 나를 두려워하고 있지. 알았다. 고맙다."

임연은 그 자리에서 수하 군졸들을 불러서 지시했다.

"당장 가서 조오와 그의 두 아들 조윤번·조윤온 그리고 조오의 사위 장호(張顥)를 잡아와라. 그들의 심복들도 함께 잡아오도록 하라."

임연 직계의 야별초 군사들이 무장을 갖추고 달려 나갔다. 군사들이 뛰쳐나가자, 김문비가 자기가 한 거짓말이 두려워서 다시 말했다.

"그자들은 심문할 필요도 없습니다. 내가 직접 들은 바이기 때문에 의문의 여지가 없습니다."

"내 성격이 어디 그런 자잘한데 신경 쓰는 사람인가. 내겐 그런 중범자들을 심문할 시간이 없네."

임연은 화가 치미는 듯 씩씩거리고 있었다.

일은 잘 되어가는구나.

김문비는 속으로 회심의 미소를 지었다.

얼마 뒤에 조오 일가 4명과 그 측근들이 잡혀왔다.

"너희들의 죄는 크다. 그 죄는 너희가 알고 내가 안다. 너희 같은 무리는 굳이 심문할 필요조차 없다."

그러면서 임연은 한 차례 매질을 한 뒤, 조오와 조윤온을 유배하고 조윤번과 장호를 비롯해서 조오 주변의 일당 7명을 참형에 처했다. 그들의 집과 땅도 모두 적몰했다. 원종 10년(1269) 12월 10일이었다.

상처 입은 호랑이. 사냥꾼의 총에 맞고 피를 흘리며 쫓기다 막판에 몰린 호랑이는 그 어느 때보다도 사납고 잔인해서 누구도 당해낼 수 없다. 조오의 말대로, 원종 폐위가 실패로 돌아가고 그 위신과 위력이 크게 떨어져 있는 지금의 임연이 바로 그런 상처 입은 호랑이였다.

조오의 친인척에 대한 처벌이 내려지자, 조오가의 여자들이 나서서 항의했다. 주로 조오의 딸들과 며느리들이었다.

"우리 아버님은 아무 죄가 없소. 즉각 유배를 풀고, 우리 오빠와 남편들을 모함한 자들을 처벌하시오!"

"임연 별감은 진상을 제대로 조사하여 처결하시오! 그대는 중대한 과오를 범했소."

그들은 그렇게 외치면서 대궐 앞에 와서 연일 시위를 벌였다.

임연이 그것을 보고 물었다.

"저것들은 뭔가?"

"조오가의 여자들입니다. 자기네 남자들이 아무 죄가 없는데 김문비의 모함에 걸렸을 뿐이라면서, 우리가 잘못 알고 그들을 처벌했다는 것입니다."

"나가서 쫓아버려라. 다시는 얼씬거리지 못하도록 해. 얌전히 앉아있어야 유배된 조오와 조윤온도 생명을 부지할 수 있다고 분명히 전하라."

실제로 임연은 조오를 살려두는 것이 불안했다. 핑계만 생기면 언제든지 조오와 조윤온도 처치할 심산이었다. 임연의 경고가 있은 뒤로 조오가 여자들의 궁궐 앞 시위는 멎어졌다.

그러나 임연의 마음은 항상 괴로웠다.

나라 안에서 이런 사태가 계속되고 있을 때, 국경 밖에서는 몽골이 원종 폐위를 내정 간섭의 기회로 삼아 고려에 사절을 보내고 군사를 파견했다. 이제는 나라 안에서 임연의 영이 통하지 않게 됐다.

강권(强權)이 힘을 잃으면 혼란이 따른다. 임연 중심으로 세워졌던 엄격한 기강은 흩어져 가고 있었다. 오히려 임연은 쫓기는 입장에 놓였다. 힘이 빠진 지위는 오히려 무거운 짐이 될 뿐이다.

상처 입은 호랑이 임연은 자신의 경솔을 한탄했다.

천하의 이 임연이 어떻게 이 꼴이 됐는가. 하찮은 노비 정오부(丁伍孚)가 압록강을 건너가 왕심에게 폐위를 알려 입국을 만류하고, 쿠빌라이는 군대를 투입하면서 사절을 보내 나를 협박하여 원종을 복위시키고, 서북 방면에서는 최탄의 무리가 반란을 일으켜 권력을 노리고, 강화경에서는 김문비 등이 나를 제거하려고 사람들을 포섭하다가 제대로 안 되자 나를 속여 엉뚱한 사람들이 죽거나 유배되게 했다. 왕의 폐립이 왜 이리 복잡한가. 최충헌은 왕을 여럿 내쫓고도 큰 변란없이 지내지 않았는가. 생각해 보면 모두 내가 경박하고 못난 탓이다.

연일 분노와 공포 속에서 술로 시간을 보내던 임연은 울화로 생긴 병이 도져서 드디어 심한 등창이 되어버렸다. 그로 인해 임연은 심한 고통을 겪으며 살아야 했다.

빼앗긴 북녘 땅

태자 왕심의 노력으로 몽골의 힘을 얻어 다시 왕위에 앉은 원종은 혼자서 생각했다.

지금 이 땅은 내가 있기에는 너무나 불안하다. 임연이 비록 병으로 시달리지만 어떤 마음을 먹고 있는지 알 수가 없다. 그는 김경이나 최은 같은 나의 환관들이나 권수균·이서·김신우 같은 측근 신하들을 죽이고, 나의 근신들을 쫓아내 나를 고립시켰다. 더구나 임연을 제거하려고 정변을 시도했다가 실패한 예도 있다. 임연은 나를 없애서라도 자기 체제를 강화해서, 자기가 나라를 이끌어 가려고 할 것이야. 나는 위험하다. 이곳을 피해야 내가 살고 나라가 선다. 그러면 어디로 피해야 하는가. 국내는 아니다. 몽골이다. 쿠빌라이 황제로부터 이미 호출을 받지 않았는가.

원종은 불안한 강화도를 떠나 원나라 수도 대도(大都, 지금의 북경)로 가기로 마음을 정했다.

임연의 원종 폐립이 있었을 때, 쿠빌라이는 원종과 임연과 왕창이 함께 입조하라는 명령을 보냈었다.

그러나 임연은 겁을 먹고 가기를 거부했다. 나를 복위시키면 굳이 몽골에 가지 않아도 된다는 몽사 헤이디의 약속을 받아냈다. 임연은 나를 복위시켜 방몽하지 않아도 된다. 임연이 가지 않으면, 왕창의 방몽은 의미가 없었다.

그리하여 원종이 혼자서 가기로 했다. 원종으로서는 이번이 세 번째 방몽이었다.

이번에 가면 쿠빌라이와 의논하여 왕실의 안전을 보장받고 임연의 무인정권을 축출해서 왕권을 강화해야 하겠다. 그래서 이 고려를 임금이 있는 나라, 임금이 정치하는 임금의 나라로 만들어야지.

원종은 그렇게 작정하고 있었다.

원종은 대도로 떠나기 전에 차자인 왕종(王倧, 순안공)을 불렀다.

"몽골의 쿠빌라이 황제가 나를 구원해주었다. 이제 나를 살리고 다시 우리 왕실의 힘을 강화해 주기 위해 나를 부른 것이다. 이번 정월의 신년 하례를 겸해서 몽골에 들어가 황제를 만나고자 한다."

"잘 된 일입니다, 아바마마."

"내가 없는 동안 네가 국감(國監)이 되어 나라를 잘 돌보도록 하라. 잘못하면 임금이 왕위와 나라를 도둑맞는 세상이다. 이런 세상을 빨리 고쳐 놓기 위해서 내가 직접 몽골에 간다."

원종은 왕종을 국감으로 삼아 자기 부재중에 나라 일을 맡도록 국정을 위임했다. 국감이란 임금이 국정을 수행할 수 없을 때 임금의 자격으로 섭정(攝政)하는 것을 의미한다.

"이번에 몽골에 가서는 모든 문제를 결착시켜 놓겠다. 왕정이 복고됐다고 하나 모든 국권은 아직도 임연이 행사하고 있다. 나의 생명과 왕좌까지도 저희들 맘대로 좌지우지하고 있으니, 이런 일은 근본부터 없애야 한다. 이번에 그런 문제를 말끔히 해결하고 돌아올 것이다."

"노고가 많겠습니다."

"임연이 단단히 혼났기 때문에 쉽게 딴 짓은 못할 것이다. 그러나 만일을 위해 임연의 아들 임유간을 데려가겠다. 그것이 나의 방몽을 두려워하는 임연을 안심시킬 뿐만 아니라 임연이 방몽치 않아도 된다는 이유가 된다. 임유간이 인질이 되기 때문에 임연이 다른 후환을 저지를 수는 없을 것이다."

왕심을 수행하여 대도에 갔던 임유간은 지난 달 몽사 헤이디가 쿠빌라이의 조서를 들고 고려로 왔을 때 함께 돌아와 있었다.

임유간이 원종을 수행한다는 소식을 듣고, 임연이 그를 불렀다.

"네가 임금을 수행하게 된 것은 다행한 일이다. 항상 임금의 곁에 붙어 있으면서 일을 돕는 한편, 경호에도 신경 쓰도록 하라. 그래야 임금이나 측근들이 함부로 우릴 위태롭게 하는 일을 삼갈 것이야."

"제가 간다 해도 임금이나 그 측근이 뒤에서 하는 일을 막을 수는 없습니다. 저는 다만 많은 수행원 중의 하나로 힘든 일이 생기면 곁에서 도울 뿐입니다."

"그렇겠지. 그러나 이 임연의 아들이 곁에 있다는 것 자체가 그들을 견제하게 된다."

태자 왕심을 따라 몽골에 갔다가 돌아온 임유간은 우승선에 임명되어 원종을 수행했다.

임연이나 다른 형제들과는 달리 임유간은 권력에 대한 욕심이 없었다. 게다가 말과 행동이 겸손했을 뿐만 아니라, 폐립 사건을 안 뒤로 더욱 충실하게 왕심을 보좌했다는 점이 고려됐다.

그러나 강윤소는 임연의 폐위 정변 때 앞장서서 폐위를 주도하여 수행자 명단에는 들어있지 않았다.

임연은 망해가고, 원종이 득세하고 있다. 그러면 나는 어떻게 될 것인가. 강윤소는 위기감을 느끼기 시작했다.

그렇다. 이제 내가 살 길은 몽골에 붙는 것이다. 나는 몽골어에 익숙하고, 몽골이 낯설지도 않다. 나와 임연은 동지 관계에 있고, 임연이 아직 권좌에 앉아있다. 이제 임금이 몽골에 간다. 이런 기회에 임금의 수행원으로 몽골에 들어가야 몽골에 자리잡아 둘 수가 있다. 이런 절호의 기회에 어떻게 해서든지 나는 몽골을 가야 한다.

그래서 강윤소는 임연에게 가서 졸랐다.

"금상이 이번에 몽골에 들어가면 쿠빌라이에게 무슨 말을 하고 어떻게 행동할지 모릅니다. 따라서 우리 측에서 임금을 따라가서 감시하고 감독해야 합니다. 임유간 공이 수행하고 있지만, 그는 성품이 온건한 데다 영공의 자제라는 점에서 임금을 감시하기에는 한계가 있습니다. 그래서 제가 이번에 임금과 함께 몽도에 들어가고자 합니다."

임연이 잠시 머뭇거리다가 말했다.

"임금이 그대의 수행을 원치 않을 것이오."

"그러니까 더욱 제가 가야 합니다. 장군 소신대로 하십시오. 이젠 임금의 뜻을 존중해서는 안됩니다."

"알았소. 강 장군도 임금을 수행하시오."

임연은 관계 관리들을 불러 설득하고 협박해서 강윤소를 수종자 명단에 넣었다. 이래서 강윤소는 소망대로 원종의 몽골 방문에 수행키로 됐다.

원종은 그해(1269, 원종 10년) 12월 19일 새로운 결의와 희망을 가지고 방몽 길에 올랐다. 상하 관료와 역인 등 7백여 명이 원종을 수행했다.

원종의 거대한 방문단이 강화도 승천포에 이르렀다. 바닷 바람이 불어쳤다. 북풍이었다. 기온이 뚝 떨어져 몹시 추운 날이었음에도 원종은 추위를 아랑곳하지 않고 배를 탔다.

전에 쿠빌라이가 보여준 자상하고 우정 어린 모습을 떠올리면서, 원종은 만족한 기분으로 북행 길에 올라 강을 건너 개풍 쪽의 승천부로 갔다.

전왕 고종은 몽골을 싫어하고 두려워해서 피하는 입장이었다. 그런 부왕의 자주적인 반몽 입장과는 달리 원종은 친몽 입장이었다. 원종은 몽골에 접근해서 몽골의 힘을 빌어 내부 문제를 해결하려 하고 있었다. 그 때문에 김준이나 임연 등의 항몽적인 무인 집정자들은 원종을 의심하고 약화시키려 해왔다.

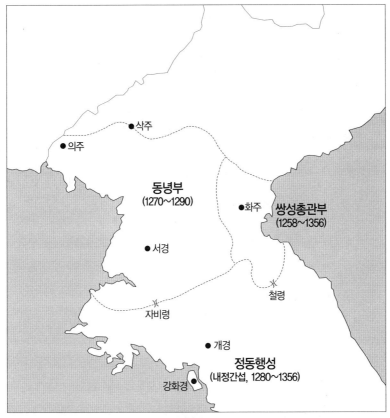

북부영토의 상실

　안에서 해결되지 않으면 밖에서라도 해야지. 자력으로 안 되면 남의 힘을 빌어서라도 잘못은 바로 잡아야 한다. 몽골의 힘으로 왕정복고를 실현하겠다는 것이 원종의 구상이었다.

　원종이 그런 꿈을 안고 강도를 떠나 구도인 개경에 머물러 있을 때였다. 원종의 경호를 맡고 있는 이분희(李汾禧, 대장군)가 말했다.

　"북계 반군 지역을 지나게 될 때 혹시 언짢은 일이 있을지도 모르겠습니다. 그러나 안전에는 아무 염려 없을 것입니다."

　"거 무슨 소린가?"

"최탄·한신이 반란을 일으킨 뒤 아직도 투항하지 않고 있습니다."

원종은 당초 최탄이나 한신에 대해서는 나쁘게 생각하지 않았다. 그들은 임연의 원종 폐위에 대한 저항으로 궐기하고 원종의 복위를 내걸고 중앙에 도전했기 때문이다.

"최탄·한신의 무리는 그 후 어떻게 되어 있는가?"

"관군의 소탕에 밀려 위기에 몰리자 북계의 땅과 백성을 몽골에 바치고, 군사 원조를 청했다고 합니다."

"최탄의 무리가 나의 복위를 위해 궐기했다고 하더니, 내가 복위했는데도 투항하지 않고 몽골에 귀부했단 말이냐. 그는 역심을 품고 반란을 일으켜 세상을 속였구나."

"그렇습니다, 폐하."

원종은 실망과 배신감을 느끼면서 말했다.

"그래, 몽골은 어떻게 나왔는가?"

"예, 몽골 황제 쿠빌라이는 최탄의 청을 받아들이라고 명령했다 합니다."

"아니, 쿠빌라이 황제가?"

"예, 폐하."

"삼국시대와 발해 때까지만 해도 만주벌을 차지하고 중원을 위협하던 우리 민족이 아니었더냐. 신라의 삼국통일로 작아진 땅을 우리 고려가 들어서서 약간 회복해 놓았는데, 최탄의 무리가 다시 쪼개어 몽골에 바치다니, 참으로 한심한 일이다."

"송구합니다, 폐하."

원종은 무겁게 입을 다물고 말이 없었다.

그 무렵 정주(靜州) 별장 강원좌(康元左)가 사람들을 거느리고 원종에게 와서 하례했다.

"차마 올리기 어려운 문서이나, 폐하가 모르시면 안 될 내용이어서 바칩니다."

강원좌는 왕에게 몽골 황제의 조서를 내놓았다. 원종이 의아하다는 눈빛으로 강원좌가 주는 문서를 받아들었다. 최탄이 땅을 들어 몽골에 바친 데 대한 쿠빌라이의 교서였다.

그 내용은 이러했다.

쿠빌라이가 북계 반군들에 보낸 교서

고려국의 귀주도령 최탄 등과 서경 54성 및 서해 6성의 군민(軍民)들에게 유시한다.

최탄이 아뢰기를 '역신 임연이 북계의 여러 백성들과 그 처자들을 피고 협박하여 모두 동쪽(고려)으로 가게하고 만약 명령을 어기면 살해하겠다'고 위협했다고 한다. 너희들이 그 핍박과 위협에 따르지 않고 역당들을 쓸어 죽임으로써 배반할 마음이 없음을 밝혔으니, 그 의리가 가상하다.

이제 짐이 최탄에게는 칙명(勅命)을 내려주고 나머지 아전들과 백성들에게도 따로 칙령하여, 신중하게 위무하고 보호하도록 했다. 오직 너희들 신민들은 짐의 뜻을 우러러 본받아 더욱 충절을 다하도록 하라.

원종은 맥이 풀렸다.

"아니, 쿠빌라이 황제가 우리 북계 백성들과 관민을 위무하고 보호할 것이니, 충절을 다하라고? 이건 마치 새로 자기네 백성이 된 사람들에 대한 황제의 칙어와도 같구나."

"그렇습니다, 폐하."

"우리 북방의 60개 성이 몽골 영토가 됐다고 선언한 교서가 아닌가. 북계의 54개 성과 서해도의 6개 성이라니, 우리의 서북 영지가 전부 몽골령이 되는구나. 황제께서는 너무나 무심하시다."

몽골의 쿠빌라이가 평안도의 전부와 황해도의 6개 성을 몽골 영토로 빼앗아갔다는 내용이다. 원종은 그가 그렇게도 믿고 의지하던 쿠빌라이가 고려에 대해 영토적 욕심을 부리는 것이 원망스러웠다.

이런 몽골의 행위는 몽골 중추원의 승선 마희기(馬希驥)가 제시한 고려의 '신라승계론' 구상에 따른 몽골의 고려영토 분할흡수 정책이 실현단계에 들어갔음을 의미한다.

원종은 개경에서 이틀을 머문 뒤, 12월 21일 다시 북으로 말을 달렸다. 그러나 강도를 떠날 때 그렇게도 가볍던 원종의 발걸음은 무겁기만 했다.

원종은 서찰을 써서 수행 중인 박항(朴恒, 우사간)에게 몽사 헤이디와 함께 먼저 몽골로 가서 몽골의 조정인 도당(都堂)에 전하게 했다.

박항은 춘천 태생으로, 춘주성(春州城, 춘천)이 몽골군에 함락될 때 몽골군의 포로가 되어 끌려간 모친을 송환해 오기 위해 두 번이나 중도에 다녀왔으나 어머니를 찾지 못한 그 사람이다. 박항은 후에 춘천 박씨의 시조가 됐다.

박항이 가져간 원종의 서찰 내용은 이러했다.

원종이 몽골 도당에 보낸 서찰

나는 순전히 황제의 큰 배려에 의하여 폐하를 뵙기 위해 이 달 19일에 길을 떠나 바쁜 걸음으로 황도로 달려가고 있습니다. 그런데 요사이 우리 고려 북쪽의 변방 백성들이 서경 반란에 휩쓸려 지역 수령들을 많이 죽이고는, 그 죄를 모면하기 위해 모함하는 언사를 꾸며, 귀국 조정을 모독하는 데까지 이르고 있소.

몽골의 도당에서는 명절을 축하하려고 먼저 간 우리 사신의 말을 들어 그 옳고 그름을 가린 뒤에 황제께 상세히 보고하여, 황제께서 더욱더 우리 고려를 애호해 주시도록 하며, 우리 고려로 하여금 영원히 백성을 보전하고 국가를 유지할 수 있도록 해주기 바랍니다.

국서치고는 표현이 모호하여 무엇을 말하는 것인지가 분명치 않았다. 그러나 이것은 최탄-한신의 반란과 북계영토 흡수에 대한 쿠빌라이의 조치에 항의하는 완곡한 표현이었다.

그로부터 닷새 뒤 원종이 황해도 동선역(洞仙驛)[54]에 이르렀을 때였다. 그러나 사람들이 보이지 않았다. 미리 준비를 해놓고 나와서 임금을 맞아야 할 역참(驛站)에는 사람 하나 없이 조용했다.

역참이란 국가의 연락체계였다. 지방과 중앙 사이의 명령과 공문서, 변경의 정보, 사신의 영송과 접대 등을 맡는 신속하고도 능률적인 국영 교통통신 기관이다. 군사 외교는 물론 행정적으로도 중앙집권 국가를 유지하는 기간적인 기능을 역참에서 맡았다.

"아니, 이럴 수가 있느냐. 임금이 행차했는데 마중 나와 안내하는 사람 하나 없다니? 가서 사정을 알아보아라."

이분희가 나섰다.

"황송합니다, 폐하."

그는 사람들을 향해서 지시했다.

"모두들 나가서 역참을 샅샅이 살펴보라. 역리들이 어디서 무엇을 하는지는 알아오라."

수행원들이 흩어져 나갔다. 그러나 역리들은 한 명도 없고, 역사는 텅 비어 있었다. 수행원은 마을로 내려가 사정을 알아보았다.

"말도 마시오. 최탄의 군사가 몇 차례나 휩쓸고 지나가며 사람을 죽이고 물건을 빼앗았는데 역리들이 어떻게 남아있겠소."

"다수가 죽었고 일부는 도망했어요."

"투항해 끌려간 사람들도 있지요."

"밤이면 반군들이 와서 역사를 숙소로 쓰고 있소. 곧 그들이 올 때가 됐으니 빨리 피하시오."

수행원들이 알아온 사정을 종합해서 이분희가 원종께 보고했다.

"역사와 마을이 폐허처럼 텅 비었습니다. 최탄의 난을 당하여 반군들이

---

54) 동선역(洞仙驛): 황해 봉산군 동선면 선령리에 있던 파발역. 선령리는 지금 북한에서 구읍리로 호칭하고 있다.

들어와 사람을 죽이고 물건을 빼앗아 가는 바람에 역리들이 모두 죽거나 도망하고 투항했기 때문이라 합니다."

원종의 마음은 다시 어둡고 무거워졌다.

우리나라에서는 삼국시대인 5세기말(487년, 신라 소지왕 9년) 이전부터 역참제도가 유지되어 왔다. 역참은 말이 지치지 않고 달릴 수 있는 거리를 두고 설치돼 있었다.

역참에는 관리자와 양마인의 숙소 그리고 식량과 식수·마초 등을 보관하는 창고가 있었다. 말이 풀을 먹을 수 있도록 유목지도 확보했다. 역참에는 중앙이나 변방에서 문서를 보낼 때 통신원이 수시로 갈아탈 수 있도록 말을 수십 마리씩 갖춰놓고 있었다.

그러나 원종이 세 번째로 몽골을 방문할 때는, 최탄의 반란으로 역참제도가 마비되어 본래의 기능을 잃고 있었다.

제7장

임금이 끝장낸 무인통치

임금-재상-장군의 정치동맹

그해(1269, 원종 10년) 12월 27일 원종은 허전하고 쓸쓸한 마음으로 북행을 계속했다. 일행이 평양 못미쳐 탄령(炭嶺)에 이르렀을 때였다. 반군의 두목 6명이 나타나 임금이 타고 가는 수레 앞을 가로막았다.

그 중 수령이 나와서 무릎을 꿇고 아뢰었다.

"폐하, 얼마나 고생이 많으셨습니까? 신은 최탄입니다. 저희는 폐하의 불행에 분개하여 복위를 위해 임연에 저항하여 싸워왔습니다. 다행이 천우신조(天佑神助)가 내리어 폐하께서 복위하시게 되니, 저희는 폐하의 복위를 경하 드리며 이 술잔을 올리고자 이렇게 달려왔습니다. 저희들의 헌주를 허락하여 주십시오, 폐하."

최탄은 준비해 온 술을 임금에게 바치려 했다. 그 주변에는 무장한 반군 군사들이 빽빽이 둘러싸고 있었다.

수행원 모두가 깜짝 놀라 어찌할 줄을 모르고 있었다. 원종이 말을 하려하자 수종하던 최동수(崔東秀, 대장군)가 말렸다.

"이들은 반역자들입니다. 폐하께서 이들이 항복도 하기 전에 더불어 말씀을 하셔서는 안 됩니다."

그 말을 듣고 반군들이 소리를 높여 말했다.

"반역자라니? 우리는 임금님을 퇴위시킨 반역자 임연의 무리를 처단하기 위해 의거했소. 우린 반군이 아니라 충군이오."

수행원 허공(許珙, 승선)이 나섰다.

"그렇다면 왜 땅을 바쳐 몽골에 귀부했느냐!"

"어차피 우리 고려는 몽골의 지배하에 들어가는 것 아니오? 우리는 '몽골의 힘을 빌려 나라를 안정시키려는 것' 이오. 폐하께서도 이런 일로 몽골에 입조하시는 것이 아니오!"

원종은 묘한 생각이 떠올랐다.

몽골의 힘을 빌려 나라를 안정시킨다. 임금인 나의 생각과 반군인 최탄의 생각이 어떻게 이렇게 일치한단 말인가. 나로서는 무인정권을 제거할 수 없으니 몽골의 지원을 받지 않을 수 없지. 그러면 반군들은? 어쨌든 그들과 나는 같은 반열에 서 있는 것이 아닌가.

강윤소(康允紹, 대장군)가 나섰다.

"그대들이 내건 명분은 모두 거짓임이 판명됐다. 그래도 계속 어전에서 폐하를 기망하려 하는가. 빨리 물러가라."

"그대들 허공과 강윤소는 모두 임연의 졸개들이다. 너희들은 임연과 공모해서 폐하를 폐위한 자들이 아닌가. 너희는 폐하를 모실 자격이 없다. 비켜라. 우리가 모시겠다."

그러면서 최탄은 군사들을 움직이려 했다. 그건 어가를 탈취하려는 책동이었다.

원종이 입을 열어 말했다.

"짐은 반역자의 술을 받을 수 없다고 이르고, 길을 치워 빨리 행차를 계속토록 하라."

원종의 목소리를 듣고 최탄이 당황하여 말했다.

"폐하의 어의가 그러하시다면 우리는 이만 물러가겠습니다. 장도가 호사다행(好事多幸)하시기를 빕니다."

그 말을 남기고 최탄은 군사를 이끌고 물러갔다.

원종은 탄식했다.

여기는 분명 우리 고려의 국토이고 고려의 임금은 과인이거늘, 지금여기가 누구의 땅이고 누가 임금인지 분간할 수가 없구나.

원종의 머리에는 나라 땅이 잘려나가고, 국권이 권신들에 의해 좌우되고, 반도들이 국가를 혼란케 하는 현실이 서글펐다.

이듬해 원종 11년(1270) 정월 초하루였다. 원종은 박주(博州, 평북 박천)에 머물고 있었다. 수행원들로부터 신년 하례를 간소하게 받은 뒤, 원종이 말했다.

"최탄이 북계의 땅을 떼어 몽골에 바치고 그 땅을 지키기 위해 군사를 보내달라고 했다고 하니, 임금인 내가 그것을 알고 가만히 있을 수는 없다. 더구나 쿠빌라이 황제는 그 땅을 받아들이기로 하고 교서까지 써주지 않았는가. 아마 군사도 보낼 것이다. 몽골 조정에 서찰을 보내 이를 막아야 하겠다."

원종은 다시 원나라에 보내는 글을 썼다. 이번에는 최동수를 보내어 원나라의 도당(都堂)에 전하게 했다.

원종이 보낸 글의 요지는 이러했다.

원종이 몽골 도당에 보낸 서찰

이제 듣건대, 우리나라에서 반역한 최탄 등이 고려 군사가 자기네 땅을 침략하려 한다고 원나라에 보고하고, 원나라 조정에 군사 2천 명쯤 보내어 보호해 달라고 요청했소. 이를 승낙하는 황제의 결정이 내려져서 이미 행성(行省)[55]에 전달됐다고 합니다. 그러나 고려 관군이 그들을 치려 한다는 것은 사실이 아니며, 이 일을 해명하기는 전혀 어려운 일이 아닙니다.

---

55) 행성; 행중서성(行中書省)의 약칭. 원나라 때의 지방통치기관. 이것이 중국의 지방행정 단위인 성(省)의 기원이 됐다. 여기서는 동경(지금의 요령)에 있던 행성을 의미.

내가 일찍이 그들의 반역을 알았으나, 그들이 투항하여 원나라에 붙좇기로 했기 때문에, 나는 한 번도 그들의 죄를 묻지 않았소. 그러나 내가 지금 원나라로 가는 장도에 올라서 나라가 텅 비었는데, 도대체 누가 그들의 땅을 침략한단 말이오? 신이 몽골에 들어가 황제를 뵙고 말씀 드릴 기회를 가진 다음에, 몽골이 군사를 보내도 늦지 않습니다.

임금인 내가 몸소 황제를 뵈오러 가는데, 몽골국의 군사가 어떻게 나의 나라에 들어가서 백성을 경동(驚動)시킬 수 있겠소? 몽골 도당의 여러 상국(相國)들은 이런 사정을 황제에게 자세히 진달하여, 우리 고려국을 끝까지 도와주고 보호하여 주기 바랍니다.

몽골이 반란군의 군사파견 요청에 응하지 말고 쿠빌라이를 만나 설명할 때까지 기다려 달라는 내용이다. 원종은 자신이 쿠빌라이에게 직소하여 해결해 보려는 데 기대를 걸고 있었다.

최동수 일행을 떠나보내고 나서, 원종은 서서히 행장을 갖춰 박주를 떠났다. 원종의 행렬은 정주-곽산-선천-동림-염주-용천을 거쳐 압록강변의 국경도시 의주로 갔다.

그들은 의주에서 이틀을 머문 뒤, 정월 닷샛날 하얀 압록강의 얼음을 밟고 만주 땅으로 건너갔다. 눈이 두껍게 쌓여 언 것이어서 그리 미끄럽지는 않았다. 원종과 고관들이 탄 말들은 강 위를 뚜벅뚜벅 걸어갔다.

압록강 북안의 외국 땅에 들어선 원종 일행은 행렬을 가다듬어 대열을 한층 엄정히 갖추고 품위를 더해서 출발했다. 속도도 고려에서보다는 한층 높였다. 이들은 눈으로 덮인 만주의 산하를 둘러 보면서 만감이 교차하는 것을 어쩔 수 없었다.

원종 일행이 만주 땅을 가고 있을 때 수많은 몽골군이 대열을 지어 남쪽으로 가는 것이 눈에 띄었다. 대부대의 이동이었다. 어림잡아도 수천 명은 족히 될 것 같았다.

"저 군사들은 어디로 가는 것인가."

이분희(李汾禧, 대장군)가 대답했다.

"여기서는 저런 규모의 몽골군 이동을 언제든지 볼 수 있다고 합니다."

"저 방향으로 가면 우리 고려가 아닌가?"

"그렇습니다, 폐하."

"어디로 가는 누구의 군대인지 알아보도록 하라."

정자여는 수하의 사람들을 풀어서 수소문해 보았다. 그들이 알아온 말을 종합해서 그가 원종에게 보고했다.

"동경행성 투낭케 국왕 휘하에 있는 몽케두의 군대라 합니다. 몽골에 가 계신 태자 저하의 요청에 따라 몽골 황제가 명해서 우리 고려로 떠나는 군대라고 합니다."

"태자는 짐의 복위를 위해서 군대를 요청했을 것이다. 그러나 내가 이렇게 복위되어 지금 몽경(蒙京) 대도로 가고 있는데 왜 몽골 군대가 고려로 간단 말인가?"

이분희가 나섰다.

"몽골 황제도 무슨 생각이 있어서 파병했을 것입니다."

"그게 무슨 생각일까?"

"아마도 임연이 아직도 권력과 군사를 확실하게 장악하고 있기 때문일 것입니다. 그리고 우리 고려에 대한 압력수단일 가능성도 있습니다."

"압력수단이라니?"

"몽골은 군사를 보내 점령한 나라는 항복을 받고 자기네 영토로 만들었습니다. 그러나 고려에 대해서 만큼은 폐하의 노력으로 국체(國體)와 사직(社稷)을 유지토록 했습니다. 그 동안 고려에서 치른 몽골의 대가도 큽니다. 몽골 황제는 군사를 고려에 주둔시켜 우리나라를 강력히 통제하려는 것이 아닐까 하는 생각이 듭니다."

"음, 그럴 수도 있겠구나."

이번에는 정자여가 다시 말했다.

"최탄도 군대를 요청했다고 하니, 저 군대의 성격을 더 알아보아야 하겠습니다."

"그렇다. 더 알아보고 대책을 세워야 하겠다."

"어쩌면 몽골이 북계 땅을 흡수한 뒤 그것을 지키기 위해 보내는 군대
인지도 모릅니다."

원종의 표정은 어둡기만 했다.

원종 일행은 나흘 뒤인 1월 9일 번시(本溪)에 이르렀다. 번시에서 하루
길이면 동경(東京, 요양)에 도착한다. 그들은 번시에 행궁을 차리고 머물
기로 했다.

당시의 번시는 지금의 연산관(連山關)을 일컬음이다. 언덕 위에 새로 건
설된 지금의 번시는 연산관에서 북쪽으로 조금 떨어진 곳에 있다.

당시 고려와 중국을 왕래하던 양국 사절들이 묵어가던 연산관의 옛집
은 없어지고, 지금은 군대 막사 비슷한 ㄱ자형의 단층건물 한 채가 있다.
한자로 '애국학교'(愛國學校)라는 간판이 붙어있다. 초등학교라고 한다.[56]

원종 일행은 번시의 연산관에서 이틀을 쉬면서 동경행성의 몽골 관리
들을 만날 준비를 갖추기로 했다.

몽골에 먼저 가 있던 이장용과 김방경·곽여필이 원종이 복위되어 몽골
로 온다는 소식을 듣고, 번시의 행궁으로 와서 원종을 기다리고 있었다.
곽여필과 김방경은 임연의 사신으로 원종이 폐위된 사실에 관련된 표문
을 가지고 몽골에 갔다가 귀국하는 길에 동경에 와 있었다. 이장용은 원
종이 폐위되어 있던 지난 해 8월 쿠빌라이의 절일(節日)을 축하하기 위해
왕창이 보내서 몽골에 가 있다가 동경으로 나와 있었다.

이들 세 사람은 번시에서 원종을 마중하고 동경을 거쳐 함께 대도로 가
기로 했다.

---

56) 필자가 이 지역을 방문했을 때는 2004년 8월 8일이었다. 그때는 방학 중이어서, 연산관의 애국학교는
   텅 비어 있었다. 잡초가 나있는 운동장엔 농구대 3개가 놓여있었다.

원종은 연산관에서 이장용·김방경과 함께 내외 정세와 고려의 대응책을 놓고 그날 밤을 새워가며 의견을 나누었다. 가장 큰 관심사는 고려영토에 대한 몽골의 야심 문제였다.

원종이 먼저 말했다.

"최탄이 북계와 서해도의 60개 성을 몽골에 바치겠다고 했소. 몽골의 입장은 어떠하오?"

김방경이 대답했다.

"몽골은 그 땅을 받아들여 자기네 영토로 편입시킬 방침이라 합니다. 폐하께서 몽골 황제에게 호소하심이 우리가 그 땅을 지킬 수 있는 마지막 방법일 것입니다."

그러나 이장용은 부정적이었다.

"폐하와 몽골 황제의 사이가 각별하기는 하나, 쿠빌라이는 이미 우리 북변 영토를 몽골에 귀속시킬 결심을 굳혔다고 봐야 합니다. 따라서 황제에게 직소하신다 해도 성과는 기대하기 어려울 것입니다."

원종이 말했다.

"짐과 태자에 대한 몽골 황제의 애정이 각별하다는 것을 나는 확실하게 알 수 있소. 나와 쿠빌라이의 관계는 정치적 관계를 넘어서, 인간 대 인간의 정서적 관계에 이르러 있소. 그런데도 이번에 내가 직접 황제에게 말해도 소용이 없겠소?"

다시 현실주의자 이장용이 나섰다.

"두 분 폐하의 사이가 각별히 좋다는 것은 세상이 압니다. 그러나 쿠빌라이 황제는 그런 사사로운 감정 때문에 제 발로 굴러 들어온 영토를 양보할 분이 아닙니다. 지금 몽골은 벌써 육칠십 년째 저렇게 대외전쟁을 벌이고 있지 않습니까. 그 목적은 단 하나, 다른 나라 땅을 빼앗자는 것입니다. 거기서 물건을 강탈하여 군사들에게 나눠주고, 그 나라 임금으로부터 조공을 받고, 점령지 백성들로부터는 세를 거두려는 것입니다. 그 점을 염두에 두시고 판단해야 합니다."

"그러면 내가 장차 황제를 대면할 때도 그냥 아무 말도 하지 않아야겠소?"

"일단 호소해 보실 필요는 있습니다. 그렇게 하신들 우리가 잃을 것은 아무 것도 없습니다. 다만 결과를 크게 기대할 것은 없겠다는 말씀입니다."

원종과 김방경은 쿠빌라이에 대한 호소에 기대를 걸려고 했으나, 현실적으로 사고하는 이장용은 밑질 것은 없겠지만 헛수고일 뿐이라는 생각이었다.

그날의 모임 이후로 원종은 대몽 화친파 문신 이장용과 무신 김방경을 더욱 신뢰하게 됐다.

원종은 그들을 보면서 생각했다.

앞으로 우리 고려에 중요한 것은, 밖으로는 몽골과의 관계를 돈독히 하는 것과 안으로는 무인정권을 제거하는 일이다. 이 두 개의 목적을 이루기 위해서는 문신 이장용과 무신 이방경을 잡아둬야 한다.

그래서 원종은 세 사람만이 있는 자리에서 말했다.

"예로부터 전해 오는 말에 '구름은 용을 따르고, 바람은 범을 따른다'고 해서 운종용 풍종호(雲從龍風從虎)라 했소. 하늘을 치닫는 용은 구름을 불러서 하늘에 올라 그 기세를 더하고, 천리를 달리는 범은 질풍을 맞아야 날램을 더한다는 말이지요."

이장용과 김방경은 원종이 무슨 말을 하려는 것인가 신경을 곤두세웠다.

원종이 말을 이어나갔다.

"훌륭한 임금이 되자면 훌륭한 신하를 얻어서 그들의 도움을 받아야 합니다. 앞으로 과인은 우리 고려를 전쟁의 재난으로부터 건져내어 백성들이 편안하게 살도록 하고 싶소. 그러자면 현신(賢臣)을 얻어야 하오. 그대들은 구름과 질풍이 되어 과인을 도와주시오."

임연 앞에서 손위론을 제시하여 원종을 퇴위시킨 죄책감을 느끼고 있던 이장용은 그 말이 떨어지자 벌떡 일어나서 원종에게 큰절을 하면서 말했다.

"성은이 망극합니다, 폐하. 신 이장용, 무슨 일이 있어도 진충보국(盡忠報國)하여 결초보은(結草報恩)[57]을 다하겠습니다."

결초보은은 죽더라도 은혜를 잊지 않고 혼령이라도 남아서 반드시 은혜를 갚겠다는 말이다.

이장용은 현실주의자답게 이 기회를 적절히 활용했다.

이장용의 충성서약이 끝나자, 김방경은 가만히 있을 수 없게 됐다. 마음엔 내키지 않았지만, 김방경도 묵직하게 몸을 일으켜 원종에게 큰절을 하면서 말했다.

"소장 김방경은 살신성인(殺身成仁)해서 폐하의 성은에 운수지보(隕首之報)를 다 바칠 것입니다."

운수란 '머리를 떨어트림' 곧 죽음을 의미한다. 운수지보는 목숨을 바쳐서 은혜를 갚겠다는 뜻이다.

두 중신의 충성맹세를 듣고, 정치적 지반이 허약했던 원종이 만족한 미소를 지으며 말했다.

"우리 고려의 두 기둥인 이장용 시중과 김방경 장군이 운결지보를 다하여 진충지신(盡忠之臣)이 되겠다고 하니, 임금으로서 참으로 든든하오. 과

---

57) 결초보은(結草報恩); '풀을 묶어 은혜를 갚는다' 는 말. 중국 진(晉)나라의 대부 위무자(魏武子)에게는 사랑하는 젊은 첩이 있었다. 위무자가 병이 들어 죽게 되자, 그는 자기 아들 위과(魏顆)를 불러서 자기가 죽거든 자기 첩을 다른 데로 시집보내라고 말했다. 그러나 그는 다음날 다시 위과를 불러 자기 첩을 개가시키지 말고 자기와 함께 순장하라고 유언했다. 며칠 후 위무자가 죽자 위과는 서모를 순장하지 않고 다른 사람에게 시집보냈다. 뒤에 진(晉)과 진(秦) 나라 사이에 전쟁이 나자, 위과가 장수로서 출전하게 됐다. 그러나 위과와 맞붙어 싸우던 진나라 장수 두회(杜回)는 길을 가다가 자꾸 풀잎에 걸려 쓰러지는 바람에 위과의 포로가 되어 위과는 승장이 됐다. 위과가 두회가 넘어진 길의 풀을 조사해 보았더니, 길 양편의 풀이 서로 묶여져 있어서 그 길을 가면 누구나 발이 걸려서 넘어지게 되어 있었다. 위과는 이상하게 생각했지만, 누가 그렇게 했는지 알 수가 없었다. 그날 밤에 위과가 잠들어 있을 때, 어떤 노인이 꿈에 나타나서 자신은 첩의 친정아버지라고 밝히고, 딸을 순장시켜 죽게 하지 않고 개가시켜 준 데 대한 은혜를 갚기 위해 적장 두회가 지나가는 길의 풀을 묶어놓았다고 말했다고 한다. 그후 '결초보은' 이라는 말이 생겨서, 죽어서라도 은혜를 갚는다는 뜻으로 쓰이고 있다.

인은 이제 용이 구름을 얻고 범이 질풍을 얻은 격이오. 앞으로 두 분이 천군만마(千軍萬馬)가 되어 과인을 도와 대업을 완수하도록 합시다.”

운결지보(隕結之報)는 운수지보와 결초보은을 합한 말이다. 모두 목숨을 내걸고 충성을 다하여 은혜를 갚겠다는 뜻이다

원종의 말이 끝나자, 이장용과 김방경이 다시 일어나서 함께 원종에게 큰절을 하면서 말했다.

“성은이 망극합니다, 폐하. 오늘의 서약을 굳게 지켜 폐하의 충복이 되어 나라를 지키는 일꾼이 되겠습니다.”

이래서 대몽 화친파의 핵심인 국왕 원종과 조정의 이장용, 군부의 김방경 사이에 정치적 동맹이 이뤄졌다.

이장용(李藏用, 1201-1272)

고려 후기의 문신이며 학자. 인주 이씨로, 추밀원사를 지낸 이경(李儆)의 아들이다. 과거에 급제하여 서경사록(西京司祿)에서 관직생활을 시작했다. 추밀원의 승지와 부사·판호부사·중서시랑평장사·문하평장사를 지내고 문하시중까지 올라갔다.

이장용은 경학과 역사에 밝고 문장에 능했다. 음양·의학·율력에 통달했고, 불서 (佛書)에도 깊었다. 1264년 원종이 몽골에 갈 때 수행하여, 지식과 문장을 유려하게 발휘해서 명재상에 '해동현인' (海東賢人)이라 불렸다.

그는 나라의 중요 문제를 정확히 파악 인식하고 그것에 대한 논리가 분명했다. 현실적이어서 타협에도 능했다. 무인들과 대결하여 대몽화해와 개경환도를 주장하여 화평파를 지도하면서도, 항몽 주전파인 무인들과 충돌하지 않고 문제를 해결하는 명수였다. 이장용은 애국심이 커서 국익을 생각한 외교가이기도 했다. 몽골의 대일공세 외교에도 제동을 걸어, 일본에 조공을 강요치 말도록 권했다.

원종이 친몽노선을 취하자 1271년 무인집정이었던 임연(林衍)이 원종을 폐위하자고 제안했다. 그때 이장용은 이를 거부하지 않고, 오히려 임금이 스스로 손위(遜位) 하게 하자는 왕위사퇴 권고안을 제안했다. 그 후에도 주요 직위를 유지하여 문하시중으로 국왕을 도왔지만, 결국 뒤에는 경쟁자들의 상소로 이것이 문제 되어, 이장용은 일체의 관직에서 면제되어 서인(庶人)이 됐다. 그는 개경환도·삼별초독립 등으로 나라가 분열과 대결에 휩싸여 있던 1272년 개경에서 사망했다.

나라냐, 임금이냐

원종이 강도에서 대도로 떠날 때, 임연은 자기 아들 임유간(林惟幹)과 강윤소(康允紹, 대장군) 등 심복들로 왕을 호종케 했다.

왕은 도중에 임연의 무리들이 듣고 있는 가운데 넌지시 신하들에게 물었다.

"동경행성(東京行省)에서 만약 원나라 관리들이 왕위폐립에 대해 묻는다면 과인은 어떻게 대답해야 하겠소?"

그러자 강윤소가 말했다.

"마땅히 전에 원나라 황제에게 아뢴 표문의 내용대로 대답해야 합니다."

허공(許珙, 승선)이 나섰다.

"그렇습니다. 일국 임금의 말이 문서와 서로 달라서는 안 됩니다."

이분희(李汾禧, 대장군)도 나서서 말했다.

"더구나 폐하께서 복위하신 다음에 폐하의 명의로 몽골 황제에게 보낸 표문도 먼저 번의 표문과 내용이 같았습니다. 외국에 대한 나라의 문서는 서로 어긋남이 없어야 합니다. 기존의 표문대로 말씀하십시오."

이들 세 사람은 모두 임연과 함께 김준 정권을 타도한 무진정변의 공신들이다. 그들은 그 정변을 성공시킨 공로로 특진돼 있었다. 나머지 사람들도 임연을 두려워하여 감히 다르게 말하는 사람이 없었다. 왕권은 아직도 약했고, 임연의 힘은 여전히 강하여 만주 땅에까지 미치고 있었다.

허공이 원종을 바라보면서 다시 말했다.

"중국 고전경서(古典經書)의 가르침에 따르면, 임금도 중요하지만 나라가 더 중요하다 했습니다. 임금으로서 나라 안의 문제를 밖에 나와 좋지 않게 말하면 외국에 좋게 비치지 않을 것입니다. 헤아려 주십시오, 폐하."

임금이냐, 나라냐의 중요성을 두고 한 말이다. 이론상으로는 일리가 있다. 그러나 군주국가 고려의 국왕인 원종은 속으로 생각했다.

공자나 맹자는 물론, 노자나 장자도 그렇게 말했지. 그러나 자고로 나라는 임금의 것이고, 임금은 바로 나다. 내가 먼저이고 나라는 그 다음이다. 그러나 임금인 내가 정치의 근본 문제들을 다룬 성현들의 고전을 무시할 수는 없겠지.

원종은 국서대로 따르리라고 마음먹었다.

그러나 허공, 네가 임금인 내 앞에서 감히 '역적 임연'의 편에 서서 그렇게 말할 수 있어?

원종은 임금보다는 나라가 먼저라고 말하는 허공을 말없이 바라보고 있었다. 허공은 원종의 시선을 감당할 수 없었는지 고개를 떨구었다.

원종은 고개 숙인 허공을 바라보면서 재작년에 있었던 일을 떠올렸다.

원종 9년(1268)이었다. 그때 허공의 벼슬은 우부승선(정3품)에 이부시랑(정4품)과 지어사대사(知御史臺事, 어사대 지사, 종4품)이었다. 이것은 고려 관료기구의 핵심인 중추원과 이부 및 어사대의 요직들이다. 즉 허공은 임금의 수석 비서관에다 행정부인 이부의 국장, 감찰기관인 어사대의 차관을 겸하고 있는 막강한 문신이었다.

그때는 김준이 나라의 정권을 오로지 하고 있을 때였지만, 임연도 무인으로서 최씨 정권을 타도한 무오정변의 공신으로 올라있던 유력한 세력가였다. 그만큼 그는 막강한 힘을 자랑하는 권력의 실세였다.

임연은 그때 자기 아들 임유무(林惟茂)를 허공의 딸에게 장가보내려고 청을 넣었다. 자기 가족들로부터 그 말을 듣고 허공은 일언지하에 거절했다.

"안 된다. 어찌 '역적 임연'의 집안에 딸을 출가시킨단 말이냐."

임연이 몇 차례 더 강박하여 혼사를 추진했지만, 그럴 때마다 허공은 여러 가지 핑계를 대고 허혼을 피했다. 임연은 할 수 없이 원종을 찾아가서 사정을 말하고 부탁했다.

"허 승선의 고집을 풀게 하셔서 허혼토록 해주십시오."

"알았소이다. 그러나 허공은 고집이 센 선비입니다. 잘 될지는 나도 모르겠소."

원종은 허공을 불러서 말했다.

"임연은 김준을 물리치고 국권을 쥐고 있는 권신이 되어 있소. 그가 지금 그대와 인척을 맺으려 하오. 그러나 그는 간사하고 흉악한 사람이오. 그에게 반감을 사서는 안 될 것이니 그대는 깊이 생각해서 처리하시오."

그러나 허공은 조금도 흔들림이 없었다.

"황송한 말씀이나, 차라리 신이 화를 입더라도 딸을 감히 역적이 된 신하의 집에 시집보내지는 않겠습니다, 폐하."

"과연 허 승선이오. 그대가 알아서 하시오."

허공은 궁궐에서 물러 나와서는 딸의 결혼을 서둘렀다. 며칠 후 그는 딸을 김전(金佺, 평장사)의 아들에게 시집보냈다.

그 얘기를 듣고 임연은 화가 났다.

"허공, 이 자가 이 임연을 업신여기는구나."

퇴짜를 맞은 임연은 할 수없이 아들 임유무를 사공 이응렬(李應烈)의 딸에게 장가들었다. 사공(司空)은 실직이 없는 명예직이었지만, 그 관계(官階)는 정1품으로 국가 최고의 품급 자리였다.

그로부터 한두 달이 지났다. 무진정변이 일어나 김준이 죽고, 임연이 그 뒤를 이어 나라의 집정자가 됐다.

그때 허공은 부인이 죽어서 양천(陽川, 서울 강서구 가양동)에 갔다가 강도로 돌아오는 길에 김포의 통진(通津)에 이르러서야 정변 소식을 들었다.

이젠 임연에게 꼼짝없이 죽겠구나. 아내도 갔으니, 더 산들 뭘 하나. 가다가 염해의 강물에 빠져 죽어버리자.

염해(鹽海)는 김포와 강화 사이에 놓여있는 좁은 해협이다. 지금 강화대교·초지대교가 놓여있는 그 염해를 갑곶강(甲串江)이라고도 한다.

다음 날 허공은 강화를 향해 가다가 염해에 이르렀다. 그는 빠져 죽으려고 제방에 올라섰다. 그러나 세차게 흘러가는 물살을 보니 겁이 났다. 물에 빠져 죽을 생각도 사라졌다.

사람이 죽고 사는 것은 하늘이 정하는 일이다. 내가 사람이 무서워서 지레 죽을 필요는 없다. 선비다운 일이 아니지. 자, 강화로 가자. 임연이 호령하는 강화경으로 들어가자.

허공은 마음을 고쳐먹고 배를 타고 강도(江都)로 건너갔다. 그는 죽은 듯이 조용히 집에 들어앉아 임연의 동정을 주시하고 있었다.

그때 임연은 함께 일할 문신들을 찾고 있었다. 정변에서 많은 문신들을 죽였기 때문에 마땅한 문신들이 없었다.

임연이 말했다.

"이럴 때 허공이라도 있으면 좋겠는데, 허공은 아직도 돌아오지 않았는가."

"며칠 전에 돌아와서 집에 칩거하고 있습니다."

"그래? 잘 된 일이다."

임연은 그 한 마디만 했을 뿐 더 이상 아무런 조치도 취하지 않았다. 그러나 그 얘기는 그날로 허공에게 전해졌다.

"음, 임 장군이 그랬어?"

다음 날 허공은 임연의 집을 방문했다. 임연이 반색을 하며 허공을 맞아들였다.

"나는 일이 있어 부인의 조문도 못했습니다. 나무라지 말아주시면 다행으로 알겠습니다."

"그런 경황 중에 어떻게 장군이 조문을 떠나실 수 있었겠습니까?"

"허 승선을 기다리고 있었습니다. 지금은 어려운 난국입니다. 허 승선이 나를 좀 도와주셔야 하겠습니다."

"다 나라 일인데, 무슨 일인들 마다하겠습니까?"

"고맙소이다."

임연은 허공에게 관리의 선발과 임명의 전권을 주었다. 조정의 인사권을 준 것이다. 그 후로 허공은 임연의 심복이 되어, 임금보다는 임연의 편에 서서 모든 것을 생각하고 처리했다.

원종을 따라 몽골에 들어가는 지금도 허공은 임연의 주구 노릇을 하고 있었다.

허공, 승선인 네가 내게 그럴 수가 있느냐.

원종은 아무 말 없이 허공을 바라보기만 했지만 그의 마음은 분명히 그렇게 허공을 질책하고 있었고, 허공에게도 그렇게 나무라는 것으로 들렸다.

한겨울 눈 속의 청송처럼 고고하고 꼿꼿하던 선비 허공. 네가 어떻게 이렇게 추하고 나약하고 처량하게 되었는가. 도대체 권력이란 무엇인가. 의리란 무엇인가. 너는 군신유의(君臣有義)를 마음과 머리 속에 지니고 살아왔을 선비 관리가 아니던가.

원종은 허공을 바라보면서, 그 속에서 인간의 수많은 모습을 보고 있었다.

원종은 번시에서 이틀을 머물고 정월 11일 아침 일찍 번시를 떠나 동경으로 향했다. 이장용과 김방경·곽여필은 원종을 수행했다. 원종의 행렬은 그날 저녁 동경에 도착했다.

동경에는 만주와 고려를 총괄하는 몽골의 동경행성(東京行省)이 있다. 그 동경행성의 책임자가 국왕 투낭케다.

원종이 동경에 이르렀을 때, 투낭케와 조양필(趙良弼, 평장사)[58]이 휘하 장수와 고관들을 데리고 나와서 원종을 맞아들였다. 원종의 모습이 보이자, 조양필이 앞으로 나서면서 먼저 말했다.

"어서 오십시오, 국왕 전하."

"오, 조 평장. 반갑소이다."

원종과 조양필은 이미 구면이었다. 원종이 태자 적 쿠빌라이를 만날 때 그들도 처음 만났다. 그 후 조양필은 여러 가지로 원종과 고려를 돕고 있었다.

환영절차가 끝난 뒤 투냥케는 원종을 안으로 안내했다. 그는 거기서 시종들을 물러가게 한 뒤에 종이와 붓을 가져와서 낮은 목소리로 원종에게 말했다.

"우리 몽골은 임연의 왕위폐립에 대해서 알고 싶습니다. 그 진상을 여기에 정확하게 써 주십시오."

투냥케는 원종이 비록 복위됐지만, 임연의 충견들에 둘러싸여 독자적으로 왕권을 행사할 수 없는 부자유한 군주임을 알고 있다는 표정이었다. 원종도 투냥케의 그런 표정을 읽고 있었다.

"나는 풍병으로 손이 떨려서 글을 쓰지 못하오."

투냥케가 원종의 손에다 시선을 주었다. 아무렇지도 않았다. 원종은 그냥 둘러대고 있음이 분명했다.

투냥케가 물었다.

"도대체 어떻게 된 것입니까? 고려 사람들의 말이 다 달라서 우리로선 그 진상을 정확히 알 수가 없습니다."

"내가 몽골의 황제 폐하에게 두 차례 표문으로 아뢴 바와 같소."

"그러면 왕심 세자가 우리 다칸 폐하께 왕위가 부당하게 임연에 의해 폐립되었으니, 군사를 보내 이를 바로잡아달라고 읍소한 것은 어인 일입

---

58) 조양필(趙良弼); 원문은 조평장(趙平章)으로 되어 있다. 이것은 '조양필 평장사'를 이른 것으로 해석된다. 이 해석에 따라 여기서는 조평장을 평장사 조양필로 고쳐 썼다. 조양필은 쿠빌라이가 등극하기 전인 송나라 정벌 때부터 강회(江淮) 선무사로 쿠빌라이를 받들며 수행하던 측근이다. 그는 태자 시절의 원종을 좋게 보고, 그를 고려왕으로 임명하도록 쿠빌라이에게 권고한 친원종파 몽골 관리다.

니까?"

"나는 그것에 대해서는 아는 바 없소이다."

원종도 임금과 나라 중에서는 나라가 더 중요하다고 생각한 모양이었다. 몽골 사람들은 손이 떨려서 글을 못 쓴다고 한 원종의 말이 사실이 아님을 알았으나 그 이상 묻지는 않았다.

"황제 폐하께서는 임금이 빨리 황도에 이르시길 기다리고 계십니다. 서둘러 가셔야 하겠습니다."

"그렇습니까? 고맙소이다. 그리 하지요."

원종은 투냥케의 방에서 물러 나왔다. 그는 황제가 자기를 기다린다는 몽골 관리들의 말에 다시 일말의 희망을 걸고 있었다. 이번에 쿠빌라이를 만나면, 북변 영토문제쯤이야 해결되지 않겠는가 하는 기대가 마음 한켠에선 솟아올랐다.

"우리에게는 서북의 60성이 큰 땅이지만, 지금 세계를 석권하고 있는 저 몽골 제국에는 그게 뭐 그리 대단하다고 쿠빌라이 황제가 나를 상대로 욕심을 부리시겠는가. 짐이 가서 황제에게 잘 호소해 볼 것이다."

원종은 수종관(隨從官)들에게 그렇게 말하면서 떠날 준비를 서두르도록 명했다.

몽골 정치군

원종이 동경에서 일박한 다음 날인 원종 11년(1270) 정월 11일 아침. 일행이 대도를 향해서 동경을 출발하려 할 때였다. 김방경도 당연히 수행 대열에 섰다.

그때 투냥케가 말했다.

"김방경 장군은 여기에 머물러 있어야 합니다."

"무엇 때문이오? 우리 폐하께서 복위되어 쿠빌라이 황제를 뵈러 가시는 길이 아닙니까. 내가 수행하려 합니다."

몽골 관리 하나가 퉁명스레 대답했다.

"황명입니다."

"황명?"

그러면서 김방경은 원종을 바라보았다.

원종은 고개를 끄덕이면서 말했다.

"쿠빌라이 황제의 명을 따르시오, 김 장군. 나는 이장용 시중과 함께 대도로 가겠소."

투냥케가 다시 말했다.

"고맙습니다, 국왕 전하. 그러나 이렇게 많은 수원(隨員)을 모두 데리고 대도에 들어갈 수는 없습니다. 번국의 국왕이 황도에 갈 때는 수행원 1백 명만 데려 가실 수 있습니다."

원종은 언짢았다. 그러나 몽골 책임자의 요청을 거절할 수도 없었다.

"알았소. 그 규정에 따르겠소."

바로 전날 밤이었다. 홍복원의 아들로 동경총관으로 있는 홍다구가 투냥케를 찾아갔다. 홍다구는 과거의 그의 아비 홍복원과 마찬가지로 동경 일대에 살고 있는 고려인만 관리하는 고려인 총관이었다.

"어서 오시오, 홍 총관."

"고려왕 원종 말입니다. 그는 일개 번국의 제후일 뿐인데, 황도에 들어가면서 7백 명이나 되는 수원들을 모두 데려가겠다고 합니다. 이는 무엄한 일입니다. 저들을 다 황도로 가게 해서는 안 됩니다."

"그렇지. 잘 말해 주었소."

"더구나 수원 중에는 여러 명의 장수가 있습니다. 그들이 자기네 임금을 호종하는 수 백 명의 군사를 영솔해서, 다칸 폐하가 계신 황도에 들어가게 해서는 안 됩니다."

"몇 명이면 되겠소?"

"문무 수행원 합쳐서 1백 명이면 됩니다. 그 이상은 허락하지 마십시오."

"알겠소. 그리 합시다."

이래서 원종은 김방경과 수행원 6백 명을 동경에 남겨두고, 관리들과 일부 호위 무사 등 1백 명만 데리고 원나라 수도인 대도(大都, 북경)로 출발했다.

이보다 며칠 앞선 그해 정월 초닷새 날이었다. 태자 왕심이 쿠빌라이에게 요청한 몽골군사 3천 명 중 선발대가 남하했다.

원종이 몽골의 수도를 향해서 압록강을 건너던 그때, 요양 일대에 있던 몽골군은 고려를 향해서 떠났다. 이것은 바로 몽케두 휘하의 군사였다.

원종이 압록강을 건너서 북상하다가 길에서 목격한 몽골군 부대가 바로
이 군사들이었다.

그들 몽골군은 남쪽으로 이동해서 압록강 북안의 평원에 임시 막사를
짓고 기다리고 있었다. 다시 며칠 뒤 이 몽골군의 선발대가 압록강을 건
너갔다. 지휘부로 구성된 본진도 며칠 후 선발대의 뒤를 따라 압록강을
건넜다. 그때 투냥케가 김방경에게 말했다.

"김 장군이 몽골군을 안내하시오. 그래야 있을지도 모를 임연군의 저항
을 막을 수 있소."

"내가 몽골군을 이리 일찍 안내할 줄은 몰랐소이다."

몽골군 본진의 선두에는 김방경과 몽케두가 말머리를 가지런히 해서
가고 있었다.

청천강을 건너 안북에 머물 때 김방경은 북계 병마사로 취임했다. 몽케
두는 군사를 이끌고 계속 남진해서, 그해 2월 7일 평양에 도착했다. 몽케
두는 몽골의 고려 진무사(鎭撫使)가 되어 평양을 장악하고 몽골군을 거기
에 주둔시켰다.

이 몽골군은 왕심이 요청한 임연 타도용의 군사이면서, 최탄이 요청한
북계 점령군이라는 이중성격을 띠고 있었다.

그러나 몽골은 원종이 이미 복위된 것을 알고 난 뒤에 몽케두의 군대를
출발시켰다. 그런 점에서 임연 타도보다는 북계 점령에 더 역점을 둔 군
대였다.

그것은 쿠빌라이의 말에서 더욱 분명해졌다.

"고려 세자 왕심의 요청이 있어서 몽케두의 군대를 고려의 서경에 진주
토록 했다. 이제 고려 조정의 변란 문제가 해결됐으니, 몽케두의 군대는
최탄을 돕도록 하라. 최탄은 2천 명을 요청했으나, 3천 명을 파송하니 충
분할 것이다."

몽케두의 군대는 최탄의 반란을 지원하는 북계 점령군으로 그 성격이
변했다. 이래서 몽골군을 안내하여 들어온 조정의 김방경과 몽골군 파견

을 요청한 반군의 최탄이 미묘한 신경전을 벌였다.

최탄과 한신이 처음에 반란을 일으켰을 때, 그들은 여러 고을의 수령을 처단했다. 그러나 박주의 장관인 강분(姜分)과 연주의 장관인 권천(權闡)에게는 예로 대우하면서 건드리지 않았다. 그것은 두 사람이 김방경의 매부들이었기 때문이다.

최탄과 한신은 김방경의 인망이 북계 지방에서 높을 뿐만 아니라, 김방경의 인물됨이 원만하고 성실하며 여러 모로 능력이 있어서 장차 그가 크게 될 것을 예상하고 있었다.

그때 임연의 명령으로 몽골군을 공격키 위해 야별초의 지보대(智甫大, 지유)가 군사들을 이끌고 황해도에 나와 있었다.

이들은 매복해 있다가 몽골군들이 남진하면 기습 공격하여 격퇴시키라는 명령을 받고 있었다.

몽골 군사가 평양에 진주하자, 최탄이 몽케두에게 접근하여 말했다.

"임연은 몽골군이 들어온다는 얘기를 듣고, 정예 군사들을 서해도 지역에 매복시켜 놓고 있습니다."

"그게 무슨 소린가."

"몽골군이 개경과 강화도 부근으로 남진하는 것을 저지하기 위해서입니다. 야별초의 지보대(智甫大) 등이 군사를 이끌고 서해도의 황주에 와 있고, 신의군의 정예병들을 초도에 숨겨놓고 있습니다."

"그들이 우리 몽골군을 공격하겠다는 것인가."

"그렇습니다. 임연이 비록 원종을 복위시켰으나, 해도재천 계획에 따라 앞으로는 몽골의 관인들을 죽이고 제주도로 들어가려 합니다."

"허면, 어떻게 하면 되겠는가?"

"청컨대, 장군께서 사냥한다는 말을 퍼뜨리고 남쪽으로 내려가서, 고려 경군의 움직이는 상황을 살펴서 알려주십시오."

"그러면?"

"우리가 지보대의 군사를 토벌한 다음 수군으로 강화도 서편의 볼음도
(乶音島)와 말도(末島)로 진군할 터이니, 장군께서는 강화도 동편의 착량
(窄梁)으로 진군하십시오. 우리가 강화도를 동서에서 위협하면, 저들은
나가지도 물러가지도 못할 것입니다."

"고려 조정을 동과 서에서 완전히 포위하여 강화도에 묶어둔단 말이
군."

"그렇습니다. 그때 가서 황제 폐하의 허락을 받아 강도를 빼앗으면, 그
안에 있는 고려의 자녀와 옥백(玉帛)을 모두 장군이 차지할 수 있습니다."

몽케두가 웃으면서 말했다.

"그 작전에 구미가 당긴다."

최탄의 측근인 오득공(吳得公)이 최탄과 투냥케가 나누는 얘기를 들었
다. 내가 비록 최탄의 부하로서 행동을 같이해 왔지만, 나는 엄연히 고려
의 백성이다. 몽골군이 고려의 수도를 유린하는 것은 참을 수 없다. 무슨
일이 있어도 이건 막아야 한다.

오득공은 최탄과 한신 등이 임연의 원종 폐위에 항거하여 반란을 일으
킬 때 기꺼이 참여했다. 그러나 원종이 복위한 뒤에도 영토를 몽골에 바
치는 것을 보고, 최탄과 한신이 역적이라고 생각하면서 탈출할 기회를 기
다리던 차였다.

최탄이 몽골군의 힘을 빌려 강화경을 치려하자, 오득공은 곧 안북에 있
는 북계 병마사 김방경(金方慶)에게 달려갔다. 그는 김방경에게 최탄의 속
셈을 모두 알려주고 말했다.

"제가 아무리 최탄을 받들어 왔지만, 이런 매국행위는 도저히 참을 수
없어 이렇게 달려왔습니다."

"그런가? 고맙다. 고려엔 그대 같은 충성스럽고 의로운 군사들이 필요
하다."

"고맙습니다, 장군."

"그래, 사냥은 언제 떠난다더냐."

"내일 떠나기로 했습니다."

"알았다."

김방경은 밤새 말을 달려 다음 날 아침 평양에 도착했다. 그는 몽케두의 군막으로 갔다. 거기에는 이미 군사들이 모여 있고, 최탄 등이 웃는 낯으로 서성거리고 있었다.

김방경이 들어서자 몽케두가 말했다.

"오, 김 장군이 오셨군요. 멀리서 어떻게 이리 일찍이 오셨습니까?"

"내 긴히 장군께 할 말이 있어 왔습니다."

"할 말이라니요?"

"장군은 지금 어딜 가려고 이러시는 겁니까."

"객지에 오래 있으니 무료해서 오늘은 사냥이나 즐길까 합니다. 때마침 잘 오셨소. 장군도 함께 가십시다."

"어디로 말인가요?"

"황주·봉주로 가서 초도(椒島)까지 들어가려 합니다."

"그곳은 모두 대동강 이남입니다. 관인께서는 황제의 분부를 벌써 잊으셨소이까? 어찌 대동강을 건너 남으로 가려 하시오!"

"우리 몽골 사람이 활 쏘고 사냥하는 것을 일삼는 것은 황제께서도 잘 알고 계십니다. 헌데, 그대가 어째서 이를 막는단 말입니까?"

"내가 사냥하는 것을 금하는 것이 아니오. 나는 황제께서 내리신 명에 따라서, 그대가 대동강을 건너는 것을 금하는 것이외다. 만약 사냥할 필요가 있으면, 어째서 꼭 대동강을 건너 남쪽으로 멀리 가야만 즐겁겠소이까?"

몽케두가 말했다.

"임연이 우리를 공격하기 위해 보낸 군사들이 서해도(西海道, 황해도)에 매복해 있습니다. 내가 그들을 토벌해야 하지 않겠소. 만약 대동강을 건너 죄를 받게 되면 내가 혼자 당하면 될 일인데, 장군이 무슨 관계가 있다고 이러시는 거요?"

김방경은 단호했다.

"나 김방경은 이곳을 지키는 고려의 북계병마사요. 내가 이렇게 지키고 있는데, 관인께서 어떻게 강을 건너겠다는 것이오. 만약 건너고 싶다면 쿠빌라이 황제의 윤허를 받아오시오."

"허허, 참 이거."

김방경은 단호했다.

"임연이 몽골군을 습격하기 위해 군대를 보낸 곳은 대동강 이남이오. 장군이 대동강 이북에 머물게 되어 있는데, 그 남쪽에서 임연이 군사를 어떻게 배치하던 그게 무슨 상관이오? 다만 그대는 그곳에 가지 않으면 아무런 피해가 없을 것이니, 여기에 머물러 계시오."

몽케두는 엉거주춤하고 있었다.

김방경은 사람을 지보대에게 보냈다.

"가서 지보대에게 이르라. 몽골군은 대동강을 넘지 않을 것이다. 만일 대동강을 넘는다면 내가 쳐서 막을 것이다. 그러니 지보대는 즉시 군사를 데리고 강도로 철수하도록 전하라."

김방경의 군관이 초도로 달려갔다. 그는 김방경의 명령을 지보대에게 전달하고 군사를 후퇴시키도록 타일렀다.

"김방경 병마사의 명령이라면 우리가 여기에 있을 필요가 없소이다. 알았소. 우리는 철수하겠소."

그러면서 지보대는 군사들을 이끌고 강도로 철수했다.

그 얘기를 듣고 몽케두가 말했다.

"김방경의 충직성은 하늘에서 내려준 성품이다. 나도 김방경을 존경하지 않을 수가 없다."

몽케두는 자기의 군사를 대동강을 넘어서지 않게 하겠다고 김방경에게 약속했다.

김방경(金方慶, 1212-1300)

고려 후기의 무장이면서 정치인. 안동김씨다. 신라 경순왕의 후손이며, 아버지는 병부상서·한림학사를 지낸 김효인(金孝印)이다. 1229년 17세에 고위직 자제들에게 관직을 주는 음서제도(蔭敍制度)로 산원(散員) 겸 식목록사(式目錄事)에 보임되면서 관도에 들어섰다.

조부 김민성(金敏成)이 김방경을 양육했다. 어려서부터 성품이 강직하고 도량이 넓었다. 관리가 된 뒤에도 충성스러우면서 직언을 잘 해, 당시 문하시중 최종준(崔宗峻)이 아껴 큰일을 자주 맡겼다. 감사어사에 올랐을 때, 창고를 검사하면서 재상의 청탁을 거절했다. 서북면 병마판관으로 있던 1248년 몽골군이 침공하자, 사람들을 위도(葦島)에 입보시키고, 섬에 제방을 쌓고 우물을 파며 섬을 개간하여 전란을 겪는데 성공했다.

김방경은 지어사대사를 지내고 상장군으로 진급되어 형부상서 추밀원부사를 역임했다. 화친파 문신이었던 이장용(李藏用)의 추천을 받아 원종과 몽골의 신임을 얻어, 고려와 몽골의 군사충돌을 막는 데 기여했다. 무인이면서 무인정권 장수들과 가까이 하지 않고, 오직 자기 직무인 국방에 전력했다. 그는 몽골의 정치적 압력을 받으면서도, 고려의 국익과 위신을 세우기 위해 노력하여 상하의 신뢰를 받았다.

김방경은 후일 여몽연합군의 도원수가 되어, 진도와 제주도에서 삼별초를 함락하여 멸망시키고, 다시 일본원정에 참전한다.

쿠빌라이와의 재회

나라 일이 너무 힘들고 복잡하다.

원종 11년(1270) 정월 만주의 동경을 떠나 대도로 향한 원종은 하루라도 빨리 쿠빌라이를 만나야 한다는 강박관념으로 길을 재촉했다.

그러나 북국의 추위와 눈보라는 연일 무섭게 몰아쳤다. 그 때문에 남국 고려의 임금과 관리들은 길을 나설 수 없는 날이 많았고, 나선다 해도 속도를 낼 수가 없었다.

한 번 눈이 내리면 길을 메웠다. 그 위에 차가운 대륙풍이 몰아닥쳤다. 눈이 바람에 날려 길과 밭·웅덩이들을 분간할 수 없었다. 그 때문에 말들은 길을 분간하지 못해 가끔 눈구덩이에 빠지곤 했다.

길에 나서면 살을 도려내는 듯한 차가운 대륙풍으로 얼굴이 찢어지는 느낌이었다. 추운 날 길은 빙판이 되어 미끄러웠다. 추위가 누그러지면 윗부분이 녹아 더욱 미끄러웠다. 말들이 미끄러져 자주 길바닥에 넘어졌다. 말이 넘어지면 사람도 떨어져 땅에 뒹굴었다.

원종은 한탄조로 말했다.

"호기설곡(胡騎雪礐)이라 하더니 예가 바로 그렇구나."

호기설곡이란 '오랑캐의 기마병과 눈구덩이' 라는 말이다. 되놈들의 말은 뛰는데 눈구덩이가 여기저기 함정처럼 놓여 있어 달릴 수 없는 어려운 형편을 말한다. 그때의 원종이 바로 그러했다.

그러나 몽골 사람들이 타고 다니는 말들은 넘어지지 않고 얼음판이 된 길을 성큼성큼 잘도 달렸다. 눈구덩이에도 빠지지 않았다. 온대 농경사회 인 고려의 말과는 달리 한대 유목사회인 몽골의 말들은 이런 길을 달리는 데 충분히 익숙해 있었다.

원종 일행의 말 가운데 어떤 것은 넘어지면서 다리를 다쳤다. 일주일이 면 충분히 갈 수 있는 동경에서 대도까지를 꼭 이십 일이 걸렸다. 예정보 다 열흘 가까이 늦어져, 원종은 1월 30일에야 대도에 도착했다.

원종 일행은 해가 서산 위로 넘어갈 무렵 몽골의 황성에 들어섰다. 그 들은 몽골 측에서 마련해 놓은 숙사에 들어가 여정을 풀었다.

그때 태자 왕심이 정자여(鄭子璵)와 원부(元傅) 등 이미 몽도에 들어와 있던 자기 수행원들과 함께 객사로 달려왔다. 왕심은 들어서자마자, 원종 에게 큰절을 올리면서 큰소리로 말했다.

"아바마마, 강녕한 용안을 뵈오니 눈물이 앞을 가립니다."

정치적인 수난을 이겨낸 끝에 이국땅에서 이뤄진 부자 상봉이었다.

왕심은 절을 하고 엎드린 채 일어나지 않고, 상체를 들먹이면서 눈물을 쏟아내고 있었다. 거기 있던 모든 신하들이 함께 울었다. 원종도 눈시울 이 붉어져서 말했다.

"태자를 비롯한 그대들의 충성어린 노력을 과인은 잊지 않을 것이다. 참으로 수고들 많았고 고맙다."

"성은이 망극합니다, 폐하."

모두가 그렇게 외치면서 눈물을 닦았다.

그 이상 다른 말은 아무 것도 필요치 않았다.

그날 밤 그들은 몽골 측에서 제공한 음식과 술, 그리고 고려에서 준비 해간 음식들로 노고를 풀었다. 원종도 거나하게 취해서, 밤이 깊어 가는 줄을 모르고 애기꽃을 피웠다.

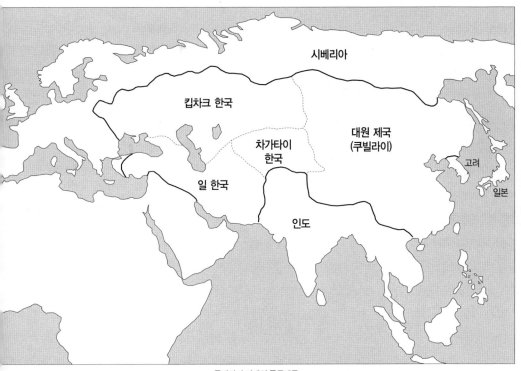

쿠빌라이 시대의 몽골제국

　원종과 몇몇 수행원들은 다음 날 2월 1일 황궁의 태극전(太極殿)에서 쿠빌라이를 만나도록 되어 있었다. 동반자는 이장용·신사전·원부·임유간 등 지위가 높은 수행원들이었다.

　그들은 아침 일찍부터 서둘러서 새로 지은 황궁으로 갔다. 넓고 크고 화려한 궁전이었다. 태극전은 쿠빌라이가 대원제국의 황제로서 부하나 번왕들에 대한 공식적인 의전을 행하는 황궁이었다.

　그래서인지 쿠빌라이는 저 높은 자리에 앉아있었다. 이것은 지난번 원종이 그를 만났을 때와는 사뭇 다른 모습이었다. 쿠빌라이는 중국 황제의 자리와 같이 자신의 자리를 고쳐갔다. 게르 안의 군장 자리가 아니라 전제군주 천자의 용상으로 변해가고 있었다.

원종은 몽골 황제 앞으로 가서 절을 하고 준비해 간 토산물들을 예물로
바쳤다.

"폐하, 그 동안 옥체 만강하셨습니까?"

높은 자리에서 내려다보고 있던 쿠빌라이는 친근감을 가득 담아 웃으
면서 부드럽고 여유있게 말했다.

"날씨도 춥고 일기도 불순한데 동쪽 멀리서 오시느라 고생이 많았겠
소."

"예, 폐하. 그러나 폐하를 뵙게 된다는 기쁨 때문에 고생을 모르고 부지
런히 달려 왔습니다."

"고맙소. 그 동안 반역의 무리들이 함부로 일을 저질러 반년 이상 고생
을 했다지요?"

"하오나 폐하의 가호가 있어 모든 것이 정상화되어, 신이 이렇게 폐하
를 다시 뵙게 되었습니다. 거듭 감은 드립니다."

"폐립에 대해서는 이미 세자 왕심과 시중 이장용이 자세히 진달하여 짐
이 대충 알고 있소."

쿠빌라이는 이장용·원부·신사전 등에 대해서는 이미 낯이 익어 있었
다. 이장용(李藏用, 문하시중)은 지난 번 원종의 제2차 방몽 때 수행해서 대
면했고, 원부(元傅, 추밀원 부사)는 왕심을 수행하여 몽도에 들어와 있었기
때문에 왕심을 접견할 때 본 바가 있다.

쿠빌라이는 특히 신사전(申思佺, 지문하성사)을 향해서 웃으며 말했다.

"그대 신사전 공은 짐의 사신 헤이디·인홍을 인도하여 일본의 대마도
까지 갔다 온 것으로 기억하고 있다. 그때 일본인 두명을 짐에게 바쳤지.
그대의 고생이 많았다."

쿠빌라이의 기억은 정확했다.

신사전은 벌떡 일어나 큰절을 하면서 말했다.

"망극합니다, 폐하. 일을 성사시키지 못해 신은 그저 황공할 따름입니
다."

쿠빌라이는 갑자기 표정을 엄히 해서 임유간(林惟幹)을 바라보며 말했다.

"그대는 누구인가?"

임유간은 얼떨떨해져서 말을 못하고 있었다.

이장용이 나서서 말했다.

"저희 고려의 무인집정인 임연의 둘째 아들 임유간입니다."

"그런가. 들은 바에 의하면 항몽파인 그대의 아비 임연이 몽골과 화친을 추구하는 원종 임금을 제 마음대로 폐립시켰다고 하는데, 그게 사실인가?"

쿠빌라이의 모습은 원고와 피고를 앉혀놓고 심문하는 재판관처럼 근엄했다.

임유간이 당황해서 말했다.

"폐립은 이장용 시중이 한 일이니, 청컨대 이장용 시중에게 하문하십시오."

왕위 폐립을 위해 소집된 재추회의에서 이장용이 원종으로 하여금 스스로 손위케 하자는 의견을 낸 것을 두고, 임유간이 원종 폐위의 책임을 이장용에게 돌렸다.

세조 쿠빌라이가 그 자리에 함께 있던 이장용과 신사전·원부 등에게 물었다. 그들은 각기 사실을 자세히 말했다.

쿠빌라이는 고개를 끄덕이며 말했다.

"음, 그럴 테지. 그간 임연의 말이 모두 거짓이었음을 확실하게 알겠다."

임유간이 다시 말하려 하자 쿠빌라이가 이를 중지시키고 말했다.

"네가 한 말은 모두 거짓이다. 앞으로 하려는 말도 필시 거짓임이 분명하다."

그리고 문 쪽을 바라보며 사람을 불렀다. 부하 하나가 들어왔다.

"저 임유간이 짐에게 거짓말을 했다."

"예, 폐하."

곧 이어 군사 몇 명이 오라를 들고 들어와서 임유간의 목을 얽어맸다. 임유간은 꼭 개처럼 목이 매인 채 그들에 의해 끌려 나갔다. 매여 나가는 임유간의 모습은 마치 생선장수가 끌고 가는 홍어와도 같았다. 그것을 바라보는 원종도 몹시 언짢아하는 표정이었다.

쿠빌라이가 다시 말했다.

"중서령을 들게 하라."

중서령은 몽골의 대외관계 일을 맡고 있는 중서성의 장관이다. 곧 원나라의 외교 총책인 중서령이 들어섰다.

"부르셨습니까, 다칸 폐하."

"즉시 고려의 임연에게 통첩하라. '네 자식 임유간이 와서 국왕의 폐위에 대해 아뢴 말이 있고, 고려 대신들도 와서 고한 말이 있지만, 짐의 생각으로는 모두 자세하지 못하다. 이런 때에는 반드시 네가 즉시 황도로 올라와서 분명하게 설명해야 한다.'고 말이다."

"예, 다칸."

이것은 쿠빌라이가 임연에게 내린 두 번째의 입조명령이다. 첫 번째 명령은 원종과 그 아우 왕창, 임연의 3인 동시입조 명령이었다. 그러나 그중 원종만 입조하여 지금 쿠빌라이를 만나고 있다.

임유간이 끌려 나간 뒤, 쿠빌라이는 다시 여유있고 온화한 모습으로 돌아와 웃으면서 말했다.

"멀리서들 오시느라 피로가 많이 쌓였을 것이오. 오늘은 이만 물러가 쉬시오. 저녁에는 그대들을 환영하는 연회를 베풀겠소."

쿠빌라이의 말은 다정했지만 지극히 공식적이었다.

"감사합니다, 폐하."

원종은 할 말이 많았지만, 그 이상 아무 말도 못하고 물러 나왔다. 그는 자기를 대하는 쿠빌라이의 태도가 과거와는 너무 많이 달라졌다고 생각하면서 일행들과 함께 객사로 돌아왔다.

그날 저녁 원종 일행은 연회장으로 안내되어 나갔다. 몽골의 많은 조정 신료들과 무장들이 휘황찬란한 몽골의 전통 민속차림의 옷들을 입고 나와서 자리를 메웠다. 여성들도 많았다.

원종은 몽골 중서성에서 나온 의전관리의 안내를 받아 장내를 돌면서, 몽골의 문무 관리들과 인사를 나누었다. 인사가 끝나자 원종은 주빈석 아래의 위치로 안내되어 갔다.

거기서 얼마를 기다리자 몽골 관리 하나가 단상으로 올라가 우렁찬 목소리로 외쳤다.

"지금 다칸 폐하께서 입장하고 계십니다."

그 말이 떨어지자마자 모든 사람들이 입구 쪽으로 몸을 돌렸다. 쿠빌라이가 위풍도 당당하고 쾌활한 모습으로 나타났다.

"다칸 폐하 만세!"

그들은 만세를 외치며 환호성을 질렀다. 그 소리는 서로 뒤섞여 무슨 말인지 분간되지 않았다. 다만 장내가 떠나갈 듯 크고 길고 높은 우렁찬 함성이었다.

그 환호성을 가르듯이 쫙 갈라져 있는 통로를 통해서 쿠빌라이가 사열하는 야전 사령관같이 걸어들어 오면서 너그러운 웃음으로 답례하고 있었다.

쿠빌라이가 주빈석에 올라가 서있었다. 이어서 원종이 안내되어 올라갔다.

"어서 오시오, 원종."

"정말 감사합니다, 폐하."

"그 동안 몹시 피로했을 터이니 오늘은 맘 놓고 심신을 푸시오."

원종은 쿠빌라이가 가리키는 옆자리에 앉았다.

이어서 음악이 울려 퍼지면서, 무용단들이 여러 차례 교대하여 나와서 춤을 추었다. 순서에 따라 가수들도 혼자서 혹은 떼를 지어 나와서 노래를 불렀다. 모두 북국 유목민 특유의 민속춤과 노래와 놀이들이었다. 그렇게 한차례 돌아간 뒤 무대가 갑자기 정지됐다. 단하도 조용해졌다.

사회자의 목소리가 울렸다.

"존경하는 우리 대 몽골제국의 다칸 폐하께서 말씀이 계시겠습니다."

쿠빌라이가 무게가 잔뜩 실린 자세로 일어났다.

"친애하는 동지들, 그리고 전우들. 다들 들으시오. 오늘 우리나라를 찾아온 귀중한 손님 한 분을 소개하겠소."

쿠빌라이가 원종을 바라보았다. 원종이 일어났다.

"이 분이 저 동방의 무지개 나라, 고려국의 국왕이시오. 앞으로 우리와 고려는 맹방으로 우리가 추진하는 세계 평정사업에 적극 동참하여 우리를 도울 것입니다."

장내는 다시 한 번 함성과 박수가 터져나와, 연회장 궁전이 무너질 듯이 크게 울렸다.

"고려국 임금의 우리 대원제국(大元帝國) 방문을 환영하여 오늘은 모두가 즐겁게 놀고 들고 마십시다."

또 박수와 함성이 울려나왔다. 장내가 시끄러운 가운데 참석자들은 술과 음식을 들면서 담소를 나누고 가무단의 연예 프로를 즐기고 있었다.

쿠빌라이가 말했다.

"우린 말 위에서 초원을 누비며 살아온 사람들이라, 먹고 마시고 노는 것이 이렇습니다. 좀 거칠어요. 고려같이 농사를 지으며 점잖고 조용하게 살아가는 사람들에게는 잘 맞지 않을지도 모르겠소이다."

"아닙니다, 폐하. 신이 보기에도 힘차고 혈기 왕성한 것이 아주 좋습니다."

원종 일행을 위한 연회라 했지만 결국은 자기네들끼리 놀고 마시는 연회였다. 그런 분위기에서는 깊이있는 논의를 할 수가 없었다. 특히 몽골군의 고려 진주와 같은 미묘한 문제를 끌어내어 말할 수는 더더구나 없었다.

연회는 두 시간 이상이 지난 뒤에 막을 내렸다.

다음 날인 원종 11년(1270) 2월 2일 원종은 연회를 베풀어 준 데 대해 사의를 표하기 위해 궁으로 들어갔다.

태극전에 이르러 보니 벌써 많은 사람들이 쿠빌라이 몽골 황제를 만나기 위해 기다리고 있었다. 원나라 조정의 대신들과 지방의 제후, 그리고 외국의 임금들이었다.

의전관은 늦게 도착한 원종을 먼저 들어가게 하면서 말했다.

"보시다시피 오늘 폐하의 일정은 아주 빡빡합니다. 단순한 인사이니, 가능한 한 빨리 끝내주셔야 합니다."

"예, 알았소."

원종은 기다리지 않게 배려해 준 것만으로도 고맙게 생각하면서, 쿠빌라이 방으로 갔다.

쿠빌라이가 환하게 웃으면서 말했다.

"어서 오시오, 무지개 임금."

쿠빌라이는 고려를 무지개 나라, 원종을 무지개 임금이라고 불렀다. 높은 데서(高) 빛나는(麗) 나라라 해서, 고려를 하늘의 무지개에 비유했다. 몽골인들은 지금도 한국을 솔랑가스(solangas, 무지개)라고 부른다.

"폐하께서 신을 위해 연회를 성대히 베풀어주신 성은에 감사드립니다. 정말 즐겁고 훌륭한 자리였습니다. 신에게는 영원히 잊지 못할 추억이 될 것입니다."

"그렇게 생각해 주니 고맙소. 나는 공이 흥미 없어 하는 것 같아서 미안하게 여겼었는데, 흥미로웠다니 다행입니다."

"폐하의 하교와 기대에 어긋남이 없도록 최선을 다하겠습니다. 계속 보살펴 주시오소서."

"알았소. 그대의 왕권 안전은 염려하지 마시오."

"드릴 말씀이 없지 않으나, 오늘은 이만 물러가겠습니다. 안녕히 계십시오."

원종은 그 이상 다른 말을 할 수가 없었다. 그래서 허리를 숙여 인사하고 물러 나왔다. 쿠빌라이는 말없이 웃음으로 원종의 인사에 답례했다.

　내가 할 말이 있다고 했으면, 떠나기 전에 한 번 만나자고 나왔어야 하지 않는가. 쿠빌라이는 아무래도 과거 같지가 않다. 너무 많이 달라졌어. 원종은 별러 온 말들을 하나도 못해서 못내 아쉬웠다.

　쿠빌라이는 정말 많이 변했다. 고려와 나에 대한 마음이 변한 모양이야. 하긴 환경이 달라졌으니, 행동이 전과 같을 수는 없겠지. 이제는 천하가 모두 쿠빌라이의 것이 됐으니, 세계 각지에서 찾아오는 외국의 왕후장상이며 각종 행사가 빈틈없이 이어지고 있지 않겠는가.

원종의 정상외교

원종은 쿠빌라이와 헤어지고 나와 세계 속의 고려를 생각해 보았다. 너무나 초라했다. 몽골이 태양이라면 고려는 저 수많은 별 중의 하나에 지나지 않았다.

이대로 돌아가야 되는 것은 아닐까. 쿠빌라이에게 해야 할 말이 많은데……

특히 최탄이 헌납한 북계 국토를 몽골이 병합한 문제 등에 대해 쿠빌라이에게 직접 호소하지 못한 것이 원통했다.

일이 급하니 별 수 없다. 글로써 내 뜻을 전하자.

원종은 표문을 써서 쿠빌라이에게 보내기로 하고 이장용을 불렀다. 원종의 얘기를 듣고 이장용이 말했다.

"옳으신 사려입니다. 무슨 내용을 쓰려 하십니까, 폐하?"

"왕실과 사직의 안전을 위해서, 이미 얘기가 있어온 혼사와 짐이 데리고 갈 몽골 군사를 요청하려 하오."

"군사 문제는 이미 몽케두의 군사가 가있지 않습니까?"

"그 군사는 성격이 도무지 이해되지가 않소. 임연을 견제하기 위해서는 짐을 지지하고 옹호하는 몽골군을 내가 직접 이끌고 들어가야 하오."

"그러면 그리 하십시오. 그러나 그런 표문은 쿠빌라이 황제에게 직접 올리기보다는 먼저 도당으로 보내어 도당에서 황제에게 올리게 하는 것이 의례상 좋을 듯합니다."

"일이 급합니다. 직접 올리는 것이 크게 결례가 되오?"

"만일 쿠빌라이 황제에게 직접 올리면, 도당에서 이를 언짢게 여겨 여러 구실을 붙여 반대할 수 있습니다. 그리되면 황제의 마음이 달라질 수 있습니다, 폐하."

"생각해 보니 그렇구료. 도당으로 보냅시다."

그래서 그날 원종과 태자 왕심, 그리고 시중 이장용이 머리를 맞대고 의논한 끝에 표문을 만들었다. 집필은 이장용이 맡았다. 그 내용은 이러했다.

쿠빌라이에게 보낸 원종의 표문

지난 기미년(고종 46년, 1259) 제가 세자로 있을 때 처음으로 입조하였더니, 마침 황제께서 즉위하러 올라가는 기회를 만나서 많은 애호를 받았습니다. 그러나 나의 부왕께서 갑자기 세상을 떠났다는 소식을 듣고 근심 걱정이 그지없었더니, 황제께서는 나로 하여금 왕위를 계승하게 하셨습니다.

이번에 권신 임연이 제멋대로 왕을 폐립하여, 신은 왕위를 잃고 근심과 불만에 차 있었습니다. 그때 황제께서 여러 번 사신을 보내어 그 연유를 힐책하고, 나를 직접 입조하라고 부르시기에 다시 여기에 오게 되었습니다. 황제는 더욱더 많은 배려와 위문을 주셨으니, 나의 감격은 하늘과 땅이 다 아는 바입니다.

우리나라가 몽골에 대해 청혼하는 것은 영원히 좋은 인연을 맺자는 것입니다. 그러나 나의 분수에 넘는 일을 청하는 것 같아서, 오랫동안 감히 청하지 못하고 있었습니다. 그러나 이제는 모든 것이 소원대로 이루어졌고, 마침 세자도 여기에 와 있으니, 바라건대 청혼하여 공주와 세자가 결혼의 예식을 이루게 되면, 우리 고려는 영원토록 번국으로서의 직분을 다하게 될 것입니다.

나는 갑자년(1264, 원종 5년)에 직접 입조하여 구도로 환도하겠다고 말했습니다. 고려에 돌아간 이후 나는 애써 서울(개경)을 건설하려고 하였지만, 권신들이 방해하여 그 일을 다 끝내지 못한 채 지금에 이르렀습니다. 청컨대, 군인 약간을 주시면, 내가 그들과 함께 곧바로 구도 개경으로 가서, 섬 안에 있는 신하들과 백성들을 타일러 모두 다 육지로 나와 살게 하고, 또 기회를 이용하여 권신들을 없애버리고, 나머지 사람들을 모두 안무케 하겠습니다.

이 표문의 골자는 두 가지. 청혼과 청병이다.

청혼(請婚)은 그 동안 비공식적으로 추진해 온 고려 태자와 몽골 공주의 결혼문제를 결말지어 원종과 쿠빌라이가 사돈 관계를 맺는 정식 촉구다. 청병(請兵)은 이번에 돌아가서 환도를 강행하고 무인정권의 권신들을 없애버리겠으니, 자기가 귀국할 때 몽골 군사를 빌려달라는 내용이다.

원종은 몽골 황실과 인척을 맺어 왕위를 공고히 하고, 외국군의 힘을 빌려 내정 문제를 해결하려는 심산이었다.

다음날 2월 4일 아침 일찍이 이장용이 이 표문을 들고 몽골의 중서성으로 가서 전했다. 몽골 도당은 원종의 청원을 받아들여 쿠빌라이에게 양국 왕가의 결혼과 몽골군사 파견을 허용토록 건의키로 했다.

몽골의 중서성의 주청서를 중서령이 직접 들고 황실로 들어가 쿠빌라이에게 올리면서 말했다.

"고려가 이미 우리나라에 항복하여 조공하는 번방(藩邦)이 됐고, 폐하에 대한 고려왕의 충성도 의심할 정도가 아닐 뿐만 아니라, 그 아들 세자 왕심 또한 갖춘 품성과 황제에 대한 충성심이 충분합니다. 이런 점을 감안할 때, 우리 제국의 번방정책에 따라 고려의 세자 왕심을 폐하의 부마로 삼아 양육함이 좋겠습니다."

"그런가?"

"예, 폐하. 마침 고려왕이 황제 폐하를 알현키 위해 우리 황도에 상경해 있고, 왕 스스로 청혼을 해왔으니, 이 기회에 허혼하는 것이 타당하겠습니다."

중서령은 그렇게 말하면서 도당의 청혼 주청서를 원종의 글과 함께 쿠빌라이에게 주었다.

쿠빌라이가 그 글들을 읽어보고 웃으면서 말했다.

"그럽시다. 고려를 부마국으로 삼아보지."

"고려왕의 파병요청도 들어주심이 좋겠습니다. 고려왕이 요구한 대로 군사를 보내면, 앞으로 우리가 고려를 지배하고 다스리는 데 큰 힘이 될 것이니, 이것도 허락하여 주십시오. 이 기회에 군사를 보내서 무인정권을 없애면, 우리가 고려의 내정에 합법적으로 간섭한 선례를 남기게 되고, 그 군사력으로 고려를 경략하기도 쉬워질 것입니다."

"이미 몽케두가 군사를 끌고 가 있지 않은가?"

"그러나 그 병력으로는 부족합니다. 고려의 군사보다 더 많지는 않다 해도, 항몽파 무인들의 고려군을 제압할 수 있는 정도의 군사는 보내야 고려를 우리 마음대로 다스릴 수 있습니다."

"우리 도방에선 내 마음을 정확히 읽고 있구료. 좋소. 그리 합시다."

몽골은 원종의 세자 청혼과 파병 요청을 모두 들어줌으로써, 고려의 내정간섭 체제를 확립해 나가고 있었다.

며칠이 지나서 쿠빌라이는 왕준(王綧, 영녕공)과 고려인으로 몽골에 귀부해 있는 강화상(康和尙)·홍다구(洪茶丘) 등 고위 인물들을 불렀다.

그들이 황궁으로 들어가자, 쿠빌라이가 원종이 표문을 올린 사실과 그 내용을 말해주었다. 이어서 그런 문제들에 대한 자기의 생각을 설명하면서, 그것을 원종에게 전해 주라고 명했다. 일종의 구두 메시지였다.

왕준과 강화상·홍다구는 원종이 머물고 있는 객관으로 갔다. 그 세 사람을 대표해서 왕준이 먼저 말했다.

"중서성에서 이미 임금이 요청한 일들을 황제에게 보고했습니다. 군사와 마필은 임금이 요구한 대로 보내주도록 황제가 허락했습니다."

"그렇소?"

원종은 환하게 웃으며 말했다.

왕준이 말을 이었다.

"그러나 청혼 문제에 대해서는 나중에 사신을 보내 다시 요청해 오면, 그때 가서 허락하겠다고 말했습니다. 황제께서는 '몽골의 법에 중매를 세워 두 족속이 결합하는 것은 진실로 친교를 맺자는 것이니, 어찌 허용하지 않으랴. 그러나 고려왕이 이번에는 다른 일로 와서 청혼했으니, 아무래도 그가 너무 서두르는 것 같다. 그러니 일단 고려에 돌아가서 백성들을 안착시키고 난 뒤에, 앞으로 사신을 보내어 청혼하면 그때 허락하도록 하겠다. 그러나 나의 친딸들은 모두 출가했으니, 형제들과 의논해서 적합한 조카딸을 골라서 결혼시키겠다'고 했습니다."

"알았소. 그리 알고 있겠소."

원종이 쿠빌라이에게 요구한 청혼과 청병 중에서, 청병은 받아내고 청혼은 뒤로 미뤄진 것이다.

원종은 몽골이 군사를 빌려주면 그 힘으로 출륙을 거부하고 있는 무인정권을 아주 없애버리고 개경으로 환도한다는 것이었다. 쿠빌라이가 파병을 약속함으로써 개경으로의 출륙환도와 무인정권 제거라는 원종의 과제들은 해결 단계에 들어섰다.

원종은 기뻤다.

일이 잘 되어가고 있구나. 이제 무인정권은 끝장이다. 허나, 몽골에 빼앗긴 북계 영토 문제는 어떻게 되는 것인가.

여기에 대해선 아무런 말이 없었다. 그럼에도 원종의 그때 기분은 한껏 고양돼 있었다.

원종은 그때서야 최탄이 요구한 몽골군이 이미 서경으로 들어가 진주하고 있음이 확인됐다는 보고를 북계 병마사 김방경으로부터 받았다.

"뭐라? 벌써 몽골군이 서경에 진주해 있다는 말인가?"

이장용이 대답했다.

"그렇습니다. 반신 최탄의 파병요청과 왕심 전하의 파병요청의 시기가 일치된 겁니다. 그래서 몽골은 양쪽 요청을 모두 받아들여 몽케두의 군사를 정월에 출발시켜, 다음 달 정축일에 서경에 들어갔다고 합니다. 몽골이 동경에서 김방경을 머물러 있게 하더니, 김방경으로 하여금 몽케두를 안내하게 해서 두 장수가 나란히 압록강을 건넜다고 합니다."

정축일이라면 그해 2월 7일이었다.

"과인이 몽골에 들어올 때 남으로 이동하고 있던 군사가 평양으로 들어갔구나. 몽골이 일거양득(一擧兩得)을 꾀했어."

"더구나 쿠빌라이 황제가 역도들인 최탄과 이연령(李延齡)에게는 금패를 주고 현효철(玄孝哲)과 한신에게는 은폐를 보내, 군관의 징표를 주었다고 합니다. 지난 1월 14일에는 이미 황제가 조서까지 내려서 북계 땅을 직접 몽골에 속하게 하고, 서경을 동령부(東寧部)로 개칭하면서 자비령(慈悲嶺)을 우리와의 국경으로 삼았다고 합니다."

"정월 열나흘이면 과인이 동경을 떠나 이 대도로 오고 있을 때가 아닌가."

"그렇습니다."

"황제께서는 과인이 대도에 오기 전에 이미 모든 일을 해치웠구나. 세계의 넓은 땅을 차지하여 큰 제국이 되어있는 몽골이 왜 좁은 고려의 땅을 빼앗아 가지려 하는가."

왕은 아연실색이었다.

그것은 안 된다. 북계의 땅이 어떤 땅인가. 그건 원래 우리 고구려 땅이었다. 신라의 통일로 빼앗겼다가, 고려가 건국되어 겨우 회복한 땅이 아닌가. 이것을 빼앗길 수는 없다.

원종은 그렇게 생각하고 있다가 2월 10일 직접 쿠빌라이에게 표문을 보냈다. 그 표문은 이러했다.

원종이 쿠빌라이에게 보낸 표문

최탄·이연령 등이 본래 국가에 원한이 있는 것은 아니었습니다. 권신 임연이 왕위의 폐립을 마음대로 했기 때문에 군사를 일으키는 듯 했습니다.

이제 신이 권신을 제거하고 군사를 청하여 나라에 돌아가서 다시 옛 서울 개경으로 돌아가려 하니, 최탄 등은 마땅히 군사를 버리고 고려 조정에 귀순해야 합니다. 그런데도 제가 왕위에 복귀한 지금 그들이 도리어 강역을 나누어서 자기 직공(職貢)을 닦으려 하니, 처음의 봉기 명분과 어그러지는 일입니다.

천자는 사해(四海)를 한집안으로 삼기 때문에 의리에 있어서 피차의 선택이 없는 것이며, 제후는 백성들과 함께 땅을 지키면서 힘써 조종(朝宗)을 받드는 정성을 다하는 것인데, 어찌 우리 백성들이 갑자기 두 쪽으로 나누어지리라고 생각했겠습니까. 제발 여러 성을 돌려주어 저희 고려에 소속시켜 주도록 허락하기 바랍니다.

그러나 때는 이미 늦었다. 상실한 북방 영토의 환부를 위한 원종의 간절한 호소에도 불구하고 쿠빌라이는 귀를 굳게 막고 있었다.

오히려 몽골 도당에서는 몽케두의 군대를 보낸 뒤, 다시 후속 군대를 보내는 문제를 논의하고 있었다.

그 얘기를 듣고 원종은 쿠빌라이에게 다시 글을 보냈다.

원종이 쿠빌라이에게 보낸 표문

이미 몽골군이 우리 서경에 가 있다고 합니다. 만약 몽골의 대군이 다시 고려에 이르면, 백성들이 놀라서 도망하여 군량미를 공급하는 것이

지탱되지 못할까 두렵습니다. 신이 앙청한 후속 군사는 정지시켜 주시기 바랍니다. 그리고 이미 출발한 대군은 개경에 머물러 있고 경계를 넘지 않게 해주시기 바랍니다.

쿠빌라이는 이 문제에 대해서도 아무런 대답이 없었다. 청병문제에 대해서는 원종이 잘못 판단한 흔적이 있다.

몽케두의 군대가 고려로 간다는 정보를 이미 받고도, 그는 다시 추가로 청병했다. 그러나 몽케두의 군대가 평양에 주둔하고 있다는 보고를 뒤늦게 듣고는, 자기가 서면으로 요청하여 허락 받은 추가 청병을 철회하는 경솔함을 보였다. 서경에 머물러 있도록 한 몽골군을 개경으로 남진케 요청한 것도 기존 방침과 맞지 않았다.

고려에 투입된 몽골군이 고려 왕실과 최탄 반군이라는 적대적인 양측의 요청에 따른 이중적 성격을 띠고 있는 데다, 원종이 '국가자주의 문제'와 임연을 제거하겠다는 '권력투쟁의 문제'를 구분치 못해서 빚어진 일종의 착란현상이었다.

이래서 자비령 이북의 서북지역 땅은 몽골의 영토로 편입되고 말았다. 동령부 총관에는 반군의 두령인 최탄이 임명되고, 그 지역의 수비는 몽골군이 맡고 있었다. 그 후 이 땅은 몽골이 직접 지배하는 땅이 됐다.

동령부는 그 후 충렬왕 2년(1276)에 동령로총관부로 승격되어 20여 년간 몽골 지배하에 있다가 충렬왕 16년(1290)에 고려에 환부됐다.

원종은 귀국 길에 오르면서 그해(1270) 2월 12일 쿠빌라이에게 작별 인사를 하기 위해 입궐했다.

쿠빌라이는 그 자리에서 이렇게 말했다.

"경이 요구한 대로 동경행성의 국왕 투냥케의 군사를 빌려주었으니 소용되는 대로 쓰시오. 특히 무인 출신의 권신들을 말끔히 씻어내고 강력한 군주전제의 정사를 펴시오. 성공을 빌겠소."

원종은 쿠빌라이가 자기가 요구한 문제에 대해 일언반구의 말도 없어서 혹시 그 표문이 중간에서 올리지 않았는지도 모른다고 의심되어 물었다.

"망극합니다, 폐하. 신이 올린 표문은 보셨습니까."

쿠빌라이는 담담하게 말했다.

"다 보았소. 그러나 이미 결정된 문제들이어서 달리 바꿀 수가 없었소. 군사들은 이미 일부가 떠났을 것이오."

"그러면 투낭케 국왕의 군사들이 옛 서울 개경에만 머물러 주둔하여 그 경계를 벗어나는 일이 없도록 해 주십시오."

"그리 하겠소."

이래서 새로 고려에 진주하는 몽골 군사는 어디까지나 정치적인 수단이지, 전쟁 수단이 아님을 분명히 했다.

얼마 전, 왕심은 몽골군이 대동강 이북에 머물도록 요청하여 쿠빌라이의 허락을 받았다. 김방경은 대동강 이남으로 전진하려던 몽케두의 기도를 저지했다. 그러나 무인정권 제거와 출륙환도를 계획하고 있는 원종은 몽골군이 개경 주위에 주둔하도록 요청했다. 이것이 받아들여져 몽골군은 강화 건너편의 개경 주변으로 남진했다.

원종이 다시 말했다.

"폐하의 다루가치와 함께 고려로 가고 싶습니다. 이를 허용하여 주십시오."

"그리 하시오. 경의 신변보호와 왕권 안정에 짐이 관심을 가지고 있으니 염려하지 마시오."

"이곳에 구금돼 있는 임유간이 비록 임연의 아들이지만 제가 데려온 저의 신하입니다. 함께 귀국하게 풀어주십시오."

"알았소."

쿠빌라이는 원종의 자잘한 요구들은 다 들어주었다. 그는 귀국하는 원종에게 금선주사(金線走絲)와 색견(色絹) 2백 필, 말 4마리, 활과 화살 등 여러 가지 물품을 주었다.

그리고 동경행성에 명하여 행성의 국왕 투냥케와 조양필(趙良弼, 평장사)·체체두(Chechedu, 徹徹都)로 하여금 원종 일행을 호위하게 했다.

　투냥케는 오래 전부터 만주 지역을 맡고 있었다. 그는 동경에 머물러 있으면서, 고려에 추가 투입하는 군사를 이미 압록강 건너편의 만주 땅에 대기시켜 놓았다가 수시로 도강시키고 있었다.

　그해 2월 16일, 원종은 세자 왕심과 수행원들을 데리고 함께 대도를 떠나 무거운 발걸음으로 고려로 향했다. 임유간도 풀려나 귀국 길에 올랐다.

임연의 죽음

쿠빌라이의 통첩문을 가진 몽골 사신들이 말을 달려 대도를 떠났다. 그들은 며칠 후 강도에 들어가 그 통첩문을 국감인 왕종(王悰, 순안후)에게 전했다.

통첩문은 임연이 대도로 와서 왕위폐립 전말을 보고하라는 내용이었다. 그것은 쿠빌라이의 단호한 명령이었다.

왕종은 그것을 임연에게 보냈다.

고려의 주전파가 많이 약화되기는 했지만 아직도 군부 소장파 안에는 몽골에 저항하여 끝까지 싸워야 한다는 과격파가 많이 남아 있었다. 그 중심인물은 해도재천론(海島再遷論)을 펴면서 삼별초 군사들을 설득시켜 온 항몽 강경파의 배중손(裵仲孫, 장군)과 노영희(盧永禧, 지유)·김통정(金通精, 도령) 등이었다.

임연은 왕종이 보내준 쿠빌라이의 통첩문을 뜯어보았다. 속내를 감추지 못하고 잘 드러내는 그는 얼굴에 노기를 띠면서 말했다.

"이놈이 또 날 부르는구나."

임연의 사위 최종소가 궁금하다는 표정으로 물었다.

"무슨 말씀입니까?"

"쿠빌라이가 나를 자기네 궁궐로 들어와서 왕위폐립에 관해 상세히 보고하라는 것이야. 임금이 들어가서 쿠빌라이에게 자초지종을 설명했을 것이다. 그 때문에 쿠빌라이가 모두 알고 있을 것인데, 왜 나를 또 오라는 게야."

배중손이 말했다.

"가시면 안 됩니다. 그것은 곧 나라의 투항입니다. 임금이 항복했으나 우리 군부가 계속 저항하고 있기 때문에, 군부의 중심 지도자인 영공을 제거하여 나라를 통째로 복속시키려는 것입니다. 영공을 오라고 한 것은 쿠빌라이와 원종 임금이 공모한 흉계입니다."

김통정이 나섰다.

"그렇습니다. 임금이 몽골에 가서 투항하고, 몽골 군사를 데려와 우리 항몽파 무인과 예하 군사를 혁파하려 하고 있습니다. 우리는 항몽 전의를 다져서 다시 대항해야 합니다."

노영희도 나섰다.

"태자와 임금이 차례로 몽골 황제의 소매를 잡고 구명하고 있음이 분명합니다. 그들은 몽골의 힘을 빌려 우리 항몽 자주파를 없애려 합니다. 영공이 몽골에 가서는 안 됩니다. 전국 각지에 방호별감을 보내서 백성들을 산성과 해도에 입보시키고, 결전 태세를 다시 확립해야 합니다."

송군비도 그 자리에 있었지만, 최근 들어 임연과 사이가 멀어진 데다 해도재천론자들이 열렬히 나서는 바람에 발언의 기회를 갖지 못하고 있었다.

임연의 바로 옆에 있던 이응렬이 나섰다.

"그렇습니다. 이 젊은 무인들의 말대로 하는 것이 나라를 위해 바람직합니다."

임연이 마음 든든한 표정으로 말했다.

"알겠소. 고맙소이다. 나는 절대로 대도에 가지 않겠습니다. 왕을 폐립했던 나는 김준과도 다릅니다. 내가 몽골에 들어간다면, 나는 돌아오지 못합니다. 저들이 나를 그냥 놓아둘 리가 없습니다."

이래서 임연은 원나라 황제 쿠빌라이의 명령을 다시 거부키로 했다. 두 번의 방몽 명령을 모두 거부했다.

임연은 삼별초 중에서 자기가 확고히 장악하고 있는 직계의 야별초(夜別抄) 군사를 여러 도의 주와 군에 보냈다.

그들을 보내면서 임연이 말했다.

"임금이 몽골에 다녀오면서 몽골군을 끌고 돌아오고 있다. 그들이 왜 들어오겠는가. 우리 군사를 치고 입보해 있는 백성들을 끌어내어 나라의 항복을 받기 위해서다. 여러분은 각기 맡은 지방에 가서 백성들에게 이런 사실을 널리 알리고, 그들을 해도와 산성으로 입보시켜 결전태세를 갖추도록 하라."

임연의 명령에 따라 전국에 파견된 야별초 군사들은 각 지방을 돌아다니면서 백성들을 독촉하여 산성이나 섬에 들어가게 했다. 그러나 백성들은 임연의 입보 명령에 따르지 않고 피하거나 도망하여 숨었다.

임연은 혼자서 고민에 빠졌다.

왜 일이 이렇게 꼬이기만 하는가. 최탄의 도전이 있고, 몽골이 간섭하고, 임금이 몽골군을 끌고 들어오고, 백성들이 명을 어기고…… 내가 부덕한 모양이구나. 어느 때보다도 건강이 필요한 이때, 몸은 왜 또 이리 아픈가.

임연은 근심과 번민으로 잠을 못 자고 식사도 하지 못했다. 날씨마저 잔뜩 흐려 벌써 십여 일째 어둡고 음산한 날이 계속되고 있었다.

원종 11년(1270) 2월 25일. 임연은 등창이 심해져서 결국 그 병으로 죽었다. 임연이 죽고 나자 그 동안 흐렸던 날씨가 묘하게도 말끔히 개었다. 김준을 몰아내고 정권을 잡은 지 15개월만에 임연의 권력은 막을 내린 것이다.

임연이 죽자 무인정권의 권부(權府)인 교정도감에서는 즉시 상소문을 국감인 왕종에게 보내, 임연의 죽음을 알리고, 임연의 맏아들 임유무를 차기 교정별감으로 삼아 달라고 건의했다. 이것은 상소의 단계를 넘은 강요였다. 왕종은 그날로 임연의 아들 임유무를 교정별감으로 삼았다. 임유무는 임연의 뒤를 이어서 고려의 집정이 됐다. 이래서 무인정권은 계속되고 있었다.

강도에서 임연이 죽고 그 아들 유무가 대신 들어섰을 때, 원종과 세자 그리고 이장용은 대도를 떠나 귀국길에 올라 있었다.

임연이 죽은 지 11일 뒤인 원종 11년(1270) 3월 7일이었다. 국감인 왕종은 김지서(金之瑞, 낭장)를 보내서 부왕 원종에게 임연의 죽음을 알리게 했다.

김지서는 말을 달려 압록강을 건넜다. 그래도 원종은 보이지 않았다. 그는 다시 동경으로 갔다. 원종은 대도를 떠난 지 수 십일이 됐음에도 아직 동경에도 도착하지 못하고 있었다.

김지서는 다시 대도를 향해서 서쪽으로 달렸다. 그는 요하 부근의 지평선이 멀리 보이는 요동 벌에서 동쪽으로 천천히 마차를 타고 오는 원종을 만났다. 김지서는 어가 앞에 다가가서 큰절을 하고, 일행이 둘러보는 가운데 말했다.

"임연이 2월 25일 숨을 거두었습니다."

"오, 그랬나? 어떻게 죽었나?"

"등창으로 절명했습니다. 임연은 최탄의 반란과 몽골의 입조명령, 백성들의 불복 등으로 고민해 오다가, 폐하께서 투냥케의 몽골군을 이끌고 돌아오신다는 얘기를 듣고는, 아주 등창이 심해서 앓다가 결국 그 병으로 죽었습니다."

"음, '등에 종기가 나서 죽었다'고? 그러면 저발배사(疽發背死)가 아닌가."

"그렇습니다, 폐하."

"유방과 항우가 싸우던 중국의 혼란기에 항우의 책사인 범증(范增)이 바로 등에 종기가 나서 죽었다. 책사를 잃은 항우는 그 후 패하였고 유방이 중국을 통일해서 한나라 제국을 세울 수 있었지."

그 말을 듣고 모두들 침묵을 지켰다. 그때 원종은 속으로 '책사가 종기로 죽은 뒤 주군인 항우가 패하여 죽었듯이, 임연이 죽은 이제 고려에서도 무인정권이 끝장난다'고 생각했다.

"그래 조정에서는 어떻게 했나?"

"국감(國監)께서는 임연의 아들인 장군 임유무를 후임 교정별감으로 명하셨습니다."

"그랬어?"

원종은 속으로 생각했다.

드디어 기회는 왔다. 모든 것이 나를 위해 돌아가고 있다. 이 기회에 아주 결착(結着)을 내야 한다.

원종은 정자여와 이분희를 불렀다.

원종이 말했다.

"임연이 죽었소."

"예? 그래서 김지서가 왔습니까?"

"그렇소. 임연이 등창으로 죽었다는 국감의 통보를 김지서가 가지고 왔소."

원종계인 정자여는 담담하고 차분한 표정이었다. 그러나 임연계의 이분희는 안색이 변했다.

정자여가 물었다.

"후임의 자리는 어떻게 됐답니까?"

"국감이 임유무를 교정별감으로 삼았다고 하오."

"아니, 왕종 대군께서 왜 그리 서두르셨을까요? 폐하의 귀국까지 기다리지 않고서."

"임연의 잔당들이 보챘을 것이야. 왕종이 국감이라 하지만 무슨 힘이 있었겠나?"

아무도 그 이상 말하는 사람이 없었다.

죽은 임연의 힘이 아직도 임금의 주변에 강하게 작용하고 있는 것 같았다.

임연에게는 아들 5형제가 있었다. 임유무가 맏아들이고, 다음은 임유간(林惟幹)·임유인(林惟裀)·임유거(林惟秬)·임유제(林惟提) 등이다.

임유무는 무인정권의 집정이 됐지만 아직 어려서 매사를 측근에 의지해서 처결했다. 중요 정치관계는 자기 장인인 이응렬에게, 행정문제는 임연의 충복 송군비에게, 군사문제는 매형인 최종소에게 물어서 처리해 나갔다. 이들은 임유무 체제의 실세 3인방이었다.

그들은 모두 항몽론에 입각한 역대 무인 집정자의 대몽정책을 그대로 계승하고 있었다. 그 때문에 임유무 정권은 화친론을 추구하는 왕실주변의 문신세력과 충돌할 수밖에 없는 운명이었다.

임유무는 집권자이었지만, 그의 권력은 집중되어 있지 못했다. 권력이 분산되고 그것을 통일적으로 확고히 장악하지 못함으로써, 임유무 무인정권은 힘의 중심이 없었다. 이것이 정권을 그만큼 약화시켰다.

임연의 군사적 기반은 야별초였다. 그러나 임유무는 아직 야별초를 장악하지 못하고 있었다. 그나마 다수의 야별초는 임연에 의해 지방에 파견돼 있었다. 요지를 방비하고, 지방민의 입보를 독려하기 위해서였다. 야별초의 우수한 군관들은 수로방호사가 되어 해도로 가거나, 방어별감이 되어 산성으로 나갔고, 다수의 일반 군사들이 그들의 휘하에 들어가 강도를 떠나 있었다. 그 때문에 강도에는 군사들이 많지 않았다.

임유무 중심의 소수 집권세력들은 극도의 공포감에 젖어 있었다. 이응렬과 송군비·최종소 등의 권유에 따라 임유무는 임연의 직속부대였던 도방(都房) 6번의 군사를 모아서 자기 집을 호위케 하고, 다시 아우 임유인을 시켜 서방(書房) 3번을 거느리고 임유간의 집을 호위케 했다. 그때 임유간은 세조 쿠빌라이에게 원종의 왕위 폐립에 대해 거짓말을 했다는 죄목으로 대도에 구금되어 있다가 원종과 함께 돌아오고 있었다.

세상이 이렇게 되자 임연-임유무를 비난하는 동요와 참위설이 난무했다.

하늘은 임연 일당의 죄를 물어 임연을 죽게 했다.

임유무가 권직을 계승하고 있으나, 그는 무능하고 믿을 사람이 없어 권력을 장악치 못하고 있다.

세상이 이미 임가 일족을 버려 무인정권은 곧 붕괴되고 말 것이다.

그것들은 임씨 권력의 종말을 예고하고 기대하는 내용들이었다. 삽시간에 노래와 얘기로 지어져 나라 전체에 퍼져 나갔다.

임유무가 측근들을 불러놓고 말했다.

"요즘 세상이 어지러워지자 '터무니없는 거짓을 만들어' 주작부언(做作浮言)을 일삼고 있다. 이런 불순분자들을 색출하여 처단해야 할 것이오. 우선 고발을 받아 그런 자들을 잡아들이시오."

그래서 조정에서는 이것을 금하는 방문을 써 붙이게 했다.

능히 동요와 도참을 말하는 자를 잡아오는 자에게는 관작과 재화로 포상하겠다. (有能捕童謠及說圖讖者賞以爵貨; 고려사)

그래도 아이들의 시국 동요와 어른들의 참위설은 끊이지 않고 계속 나돌았다. 그러나 아무도 그런 사람을 고발하거나 체포하는 자는 없었다.

임유무는 일관(日官, 천문관) 오윤부(吳允孚)를 불렀다.

"부친이 돌아간 이후 사회가 극도로 혼란하고 유언비어가 난무하고 있다. 지금 말세의 가요들이 만들어져서 아이들 사이에서 불려지고 망국의 참위설이 백성들 사이에 계속 퍼져나가고 있다. 이것은 분명히 누군가 사주하는 짓이다. 그러나 아무리 단속하려 해도 단속되지 않는다. 이럴 때 사회를 진정시킬 방책은 무엇인가?"

오윤부는 임유무의 얼굴을 쳐다 보면서 한심하다는 표정으로 대답했다.

"그것은 마치 병이 깊어진 다음에 의원을 구하는 것과 같아서, 지금으로선 어떻게 고칠 방법이 없습니다."

그 말을 듣고 임유무는 맥이 풀렸다.

고려사를 집필한 조선조 사관(史官)들은 임연의 죽음과 임유무의 권력 승계에 대해서 이렇게 평했다.

임연-임유무 정권에 대한 사평

임연이 군주를 폐위시키고 황제(몽골)의 명을 거역하여 패역(悖逆)한 죄가 차고 넘치니, 하늘에서 혹독한 형벌을 내려서 그를 죽게 한 것이다. 진실로 국가의 대계를 아는 자가 있었다면, 임연의 죄를 밝히고 바로 잡아 길거리에서 그의 시체를 환열(轘裂)시키고, 그의 아들이나 형제들도 모두 법대로 처치하여 그 뿌리를 잘라 버리는 것이 옳았을 것이다. 그러나 도리어 임연의 일족들로 하여금 나라 권력을 계속해서 잡도록 하여 후에 반란을 일으키게 했으니, 이 얼마나 애석한 일인가.

강화를 떠나 개경으로 환도하라

　대도에서 쿠빌라이를 만나고 그해(원종 11년, 1270) 2월 16일 귀국 길에 오른 원종이 만주의 동경에 도달한 것은 4월 10일이었다. 임연이 죽은 지 45일이 되는 날이다.

　원종은 강도를 출발할 때 데리고 떠난 수행원 7백 중 6백 명은 동경에 남겨두고, 1백 명만 데리고 대도까지 갔다 돌아오는 길이었다.

　원종이 동경에 이르러보니, 거기에 머물러 있던 6백 명 중에서 유주(庾　賙, 지유)와 오부순명(吳夫順明, 낭장), 김윤기(金允奇, 藥員) 등을 포함해서 다수의 고려인이 자취를 감추었다.

　원종은 놀랐다.

　"아니, 이럴 수가? 도대체 어이된 일인가?"

　"홍다구의 회유와 협박에 못 이겨서 모두 그에게 투항했다고 합니다."

　홍다구는 반역자 홍복원의 아들로, 원나라에 귀부해 있었다. 동경 지역에 있는 고려인을 다스리고 있던 홍다구는 세력을 확장하기 위해 원종의 수행자들을 빼내는 공작을 벌여 성공했다.

　임금인 나를 수행하는 고려의 신하들이 반역자 홍다구의 휘하로 들어가다니? 임연이 이미 병으로 죽었으니, 이제 내가 돌아가 남아있는 권신을 제거하면 바로 된 세상이 될 터인데…… 참으로 어리석은 자들이로다.

원종은 한탄하며 한숨을 지었다.

몽골의 동경총관부에서는 총관인 국왕 투낭케가 원종 일행을 기다리고 있었다.

투낭케의 군사들은 이미 반 이상이 고려로 출발한 뒤였다. 원종은 쿠빌라이에게 약간의 군사만을 요구했으나 쿠빌라이가 내준 몽골의 고려 진주군은 1만 명 가까운 대 군단이었다.

이 몽골 군사도 두 가지 성격을 띠고 있었다.

원종이 왕심에 이어 쿠빌라이에게 군사를 요청하고 있을 때, 최탄의 반군측에서도 몽골군의 증파를 요구했던 것이다. 이번에도 양측의 요구를 동시에 들어준, 역시 일석이조(一石二鳥)였다.

그러나 원종이나 최탄은 이번에도 각기 자기의 요청에 따라 몽골이 군사를 보내준 것이라고 믿었다.

그러나 더욱 곤혹스러운 것은 이번의 고려 진주군에는 반역자 홍다구의 군사 수 천 명이 들어있다는 점이었다. 그들은 주로 고려를 배반하고 몽골에 붙은 부몽분자(附蒙分子)들이었다.

원종을 수행하여 몽골에 갔다가 홍다구에 포섭되어 이탈한 군사들도 모두 그 부대에 소속돼 있었다. 조국을 이탈한 그 무리들이 몽골의 군사가 되어 점령군의 신분으로 고려에 진주한 것이다.

원종이 투낭케 군사의 호위를 받으면서 만주벌을 내려오고 있을 때였다. 그는 주변의 산천을 바라보면서 만감이 교차함을 느꼈다.

여기가 우리의 옛 고구려 땅이로구나.

원종은 이미 세 번 왕복하는 길이었지만, 지금의 그에게는 만주 땅이 새삼 새롭고 감명 깊게 다가왔다.

내 비록 서북 60성을 잃었지만, 이제 돌아가서 이 몽골군을 무기 삼아 경인군란(庚寅軍亂) 이후 일백 년간 계속된 난세의 무인천하를 끝장내고 왕도정치가 실현되는 치세를 만들 것이다.

경인군란은 의종(毅宗) 말년인 1170년 정중부-이의방-이고의 경인년 무인정변을 일컬음이다.

임연이 죽었다. 이제 무인정권은 끝난 것이나 다름없다. 임유무가 집정이 되었다지만 누가 그를 따를 것인가.

원종은 자신감이 생겼다. 그는 부푼 가슴을 부여잡고 압록강을 향해서 말을 몰았다. 그러나 아직도 길은 얼음판이어서 속도는 한없이 느리기만 했다.

그해 4월 28일에야 원종과 투냉케는 압록강에 이르렀다. 강물은 벌써 녹아있었다. 원종이 강물이 흘러가는 모습을 보다가 이장용에게 말했다.

"몽골로 갈 때는 이 압록강이 꽁꽁 얼어서 얼음을 타고 건넜는데, 어느새 얼음이 녹아 이젠 배를 타고 이 강을 건너는군."

"석 달 열흘이 됐습니다."

"벌써 그리 됐구면."

감각이 빠른 화친파의 수장 이장용이 말했다.

"지금은 봄이 지나 여름이 되고 있습니다. 고려를 짓누르고 있던 겨울의 무거운 얼음이 모두 힘없이 녹아내리고 있습니다. 새 계절은 바로 폐하의 시대입니다."

"고맙소."

원종은 만족하게 웃었다.

그들은 무인정권이 무너져 고려에 새 시대가 오고 있다고 생각하고 있었다.

원종과 투냉케 일행은 압록강 중간에 있는 대부도(大富島)에 상륙했다. 그들은 대부성 안으로 들어갔다.

그때 투냉케가 원종에게 말했다.

"임유간을 엄중히 감시하고 있습니까?"

투냉케는 임연이 죽은 지금 그가 도망할 우려가 있다고 생각해서 원종에게 감시를 잘 해 달라고 청했다.

"반역죄인(反逆罪人)인데 어찌 추호인들 감시를 태만히 하겠소."

원종이 압록강을 건너 고려 땅에 들어와 남진하고 있을 때였다. 그는 정자여와 이분희 두 장수를 다시 불렀다.

"임연이 죽고 어린 임유무가 들어섰다면 지금이 정책을 바꿀 기회다. 내가 교지를 써 줄 터이니, 그대들이 이걸 가지고 먼저 강도로 가서 나라 사람들에게 타일러라."

원종은 문서 한 통을 정자여에게 주었다. 정자여와 이분희는 곧 남쪽으로 말을 달렸다. 이때 원종을 수행하여 온 몽골의 사신 체체두도 정자여 일행과 동행했다.

그들은 주야로 달려 5월 11일 강화도로 들어갔다. 일행은 바로 조신들을 불러 모았다. 좁은 도성 안에 모여 살던 조신들이 허둥지둥 모여들었다.

정자여가 말했다.

"자, 다들 잘 들으시오. 지금 황제 폐하께서 몽골의 쿠빌라이 폐하가 내준 몽골군의 호위를 받고 돌아오고 계십니다. 지금부터 내가 폐하의 전지(傳旨)를 낭독하겠습니다."

모든 신료들이 자리에서 일어섰다.

정자여가 목소리를 가다듬어 읽기 시작했다.

원종이 고려 조정에 보낸 교서

원나라 황제는 동경행성의 국왕 투냥케(頭輦哥, Tunianke)와 평장사 조양필(趙平章)로 하여금 군사를 거느리고 과인을 호위하여 귀국하게 했다.

쿠빌라이 황제는 이어서 과인에게 말하기를 '경이 돌아가서 나라 사람들에게 효유하여 다시 옛 서울에 돌아와 도읍하면, 우리 몽골 군사들은 즉시 철군할 것이다. 만약 명령을 거역하는 자가 있으면, 그 자신뿐

만 아니라 처자까지도 모조리 포로로 잡아 오겠다'고 했다. 이번 출륙
은 과거처럼 해서는 안 된다. 문무 양반으로부터 방방곡곡의 백성들에
이르기까지, 모두 다 아비와 자녀를 데리고 나와야 한다.

어리석은 백성들이 많은 몽골군대가 국경 안으로 다시 들어온 것을 보
면, 반드시 놀라서 소동을 일으킬 우려가 있다. 빨리 나의 말을 전하
여, 각 도의 백성들이 안심하고 생업에 종사하도록 하라. 그리고 나를
옹위(擁衛)해서 들어가는 몽골 군대들을 후하게 대접하여 맞아들이도
록 하라. 국가존망의 일이 이번 출륙에 달려있으니, 각자는 마땅히 있
는 힘을 다해야 한다.

출륙 환도하라는 왕명이었다. 그것을 읽고 나자 장내에 조용한 파장이
일었다. 임연이 죽은 뒤였지만, 임유무의 무인정권이 계속되고 있는 때여
서 분위기는 묘하게 흘러나갔다.

비교적 담력이 큰 홍균(洪鈞, 평장사)이 먼저 말했다.

"드디어 폐하께서 돌아오시는군요."

김구(金坵, 좌복야)가 이어받았다.

"그렇습니다. 몽골의 군대를 이끌고 돌아오시는 겁니다."

박홍(朴眖, 동지추밀원사)도 나섰다.

"과거의 몽골군은 우릴 치러 들어왔는데, 이번의 몽골군은 우리 임금을
호위하고 들어오는군요. 전쟁이 바로 몇 년 전의 일이었는데, 참으로 격
세지감(隔世之感)이 있습니다."

채인규(蔡仁揆, 우승선)가 말했다.

"몽골군이 활을 거두고 물러나간 지가 벌써 10년이 넘었습니다. 변할
때도 됐습니다."

대체로 화친파였던 문신들은 당연하다는 투로 기뻐하고 안도하는 편이
었다. 그러나 거의가 항몽파였던 무인석에서는 볼멘 표정들이었다. 문신
이면서도 임유무의 장인이라는 관계로 항몽파의 원로가 되어 있는 이응

렬이 말했다.

"비록 몽골군이 임금과 함께 들어온다 해도, 그들은 우리의 적군임엔 틀림없습니다. 성문을 굳게 닫고 지켜야 합니다."

당돌하고 뱃심 좋다는 유천우가 말했다.

"임금과 세자가 원 나라의 군대를 이끌고 왔는데, 성문을 닫고 거절한다는 것은 곧 임금을 적으로 보고 임금에게 항전하는 것이 됩니다. 이것이 어찌 신하의 도리이겠습니까. 비록 굳게 지키려 한들 가능하겠습니까?"

유천우는 임연이 원종을 폐위하려 할 때, 연기론을 펴서 이를 반대한 친왕파 문신이었다. 항몽파 무인들 쪽에서는 풀이 죽었다. 임유무 정권은 완전히 힘을 잃고 있음이 분명했다.

국감인 왕종은 그들의 표정을 살피면서 조심스럽게 말했다.

"폐하의 명령이시니, 이 전지는 즉시 각 도의 안찰사들에 시달하여 모든 백성들에게 알리도록 하시오."

왕종이 명령했지만 새로 집정이 된 임유무와 그 주변에서는 아무런 대답이 없었다. 그들은 왕의 유시를 지방에 시달하려 하지 않았다. 그래도 왕종은 별다른 반응 없이 회의를 끝냈다.

항몽파의 반왕 도전

임유무 중심의 권신파들은 교정도감의 별감실에서 자기들끼리 다시 모였다. 삼별초의 항몽파 군관들이 대거 그곳으로 몰려갔다. 임유무가 그들을 보며 말했다.

"어서들 오시오."

자리가 갖춰지자 임유무가 말문을 열었다.

"임금의 명은 곧 원나라에 대한 항복선언이오. 우리가 임금의 명령에 따른다면 이건 곧 고려가 몽골에 항복하는 것입니다. 우리가 40년째 항전해 오다가 이렇게 쉽게 굴복할 수 있겠소이까. 항몽은 우리 무인정권의 오랜 노선입니다. 이를 끝까지 지켜나가야 합니다."

그의 매부 최종소가 말했다.

"항복하려면 왕이 들어와서 조신들의 의견을 들어 결정해야 할 것이 아닌가! 어떻게 그런 중대한 문제를 임금이 혼자서 결정할 수 있는가? 이건 우리 무인정권에 대한 임금의 멸시이자 도전이다."

배중손이 강한 어조로 말했다.

"게다가 우리가 피 흘려 싸우면서 몰아냈던 몽골군을 임금이 가서 다시 끌고 들어오다니요! 이래도 나라의 임금이라 할 수 있습니까. 이것은 임금이 나라를 팔아 왕위를 사오는 격입니다. 나라의 자주를 지키고 백성의 노예화를 막기 위해서도 우리는 결사항전해야 합니다."

김통정도 말석에 앉아 있다가 말했다.

"이건 임금이 원나라와 공모하여 우리 항전파를 주살하려는 것입니다. 여기서 물러선다면 우리 무인정권과 삼별초는 모두 박멸 당합니다. 그 동안 온갖 희생을 치르면서 나라를 지키고 왕실을 보전해온 우리가 이제 와서 물러설 수는 없습니다."

해도재천파의 수장(首長)인 배중손이 다시 나섰다.

"강화로 천도한 이래 우리는 몽골과 싸워서 나라를 지켜왔습니다. 지금 임금 부자가 몽골군을 앞세워 들어오고 있다고 하나 과거의 침공 때처럼 강한 군대는 아닐 것입니다. 이곳 강도에서 몽골군을 막고, 그래도 역부족이면 다시 먼 해도로 재천도해서 대항하면 됩니다. 우리는 충분히 몽골군을 막아낼 수 있습니다."

앞좌석에 앉아서 조용히 듣고만 있던 이응렬이 차분한 목소리로 입을 열었다.

"비록 우리들의 마음에 들지는 않지만 중대한 사안인 만큼 일단 여러 사람의 의견을 들어보는 것이 옳습니다. 그래서 물러난 재상급과 3품 이상의 현직 관리, 그리고 대성(臺省)의 4품 이하 모든 관원들에게까지도 출륙 환도의 가부를 서면에 적어 밀봉해서 개별적으로 보내도록 합시다."

김통정이 다시 나섰다.

"그것은 투항입니다. 서면 회답을 하게 하면 문신들이 다수 참여하게 됩니다. 그들은 패배주의자요 보신주의자들입니다. 그들에게는 나라도 없고 백성도 없습니다. 문신들은 자기네 자리와 재산을 지키는 것을 무엇보다도 우선시 여기고 있습니다. 그런 자들에게 의견을 물을 필요는 없습니다."

배중손이 김통정을 지지하고 나섰다.

"옳은 말입니다. 저들의 의견을 묻는다는 것은 임금의 뜻을 받아들이자는 말과 같습니다. 항복을 자초하는 일에 저는 반대입니다."

그러자 이응렬이 다시 나섰다.

"이런 문제는 합법적인 절차를 거쳐야 힘을 얻습니다. 지금의 무권은 과거의 무권이 아닙니다. 우리 끼리 결정한다면 항몽파가 임금의 명을 어기고 반역했다는 공격을 받게 됩니다. 문신이나 화친파 정도라면 두려울 것이 없습니다. 그러나 백성들이 문제입니다. 벌써 백성들은 염전사상에 물들어 있습니다. 이점을 고려해서 그리 하도록 합시다."

임유무의 먼 외숙격인 이황수(李黃綬)가 나섰다.

"문신들은 기회주의자들입니다. 우리의 항몽 입장을 알고 있으니, 저들은 감히 우리의 일에 반대하지 못할 것입니다."

김통정이 이황수를 쏘아보며 질책하듯이 말했다.

"거 무슨 경솔한 말이오? 문신들은 지금 자기네 세상이 왔다고 기고만장해 있어요. 지난 번 조정회의 분위기를 몰라서 그리 말하시오."

그 위압에 눌려 이황수는 머쓱했다.

집정인 임유무가 나섰다.

"합법적인 절차를 밟도록 합시다. 비록 문신들이라 해도 아직 다수가 항몽을 지지할 것으로 봅니다. 문신들도 몽골을 야만적인 나라로 보기 때문에 임금의 명에 무조건 따르지는 않을 것입니다."

김통정이 다시 나섰다.

"문신들을 믿다가는 낭패를 당할 수 있습니다. 과거 김준은 원종 폐위를 힘으로 강행하지 않고 조정의 의사를 묻다가 실패했습니다. 임연 영공께서도 원종의 폐위를 조정 논의에 붙였으나 동의를 얻지 못해 힘으로 강행하여 겨우 실현했습니다. 권력을 잡았고 힘이 있으면, 강행해야 합니다. 내 말을 가벼이 듣지 마십시오, 영공."

김통정은 의기와 자신감이 충만해 있었다.

임유무는 부드러운 목소리로 말했다.

"알았소이다. 내게도 생각이 있으니, 나를 믿어주시오. 합의절차를 밟겠습니다."

이래서 현직의 3품 이상과 물러난 재상급 이상의 사람들에게 임금의 명령에 대한 찬부를 묻기로 했다. 김통정은 볼멘 표정으로 회의장을 뒤쳐나갔다.

원종의 출륙 환도 명령에 대한 전직 및 현직 문무신료들의 회답 방식은 무기명 밀봉이었다. 일종의 무기명 서면투표였다.

임유무와 이응렬은 고위 관직자들이 비록 문관이라 해도 몽골에 대한 항복에는 동의하지 않을 것으로 낙관하고 있었다. 그러나 의외였다. 봉함되어 들어온 설문을 뜯어보니 거의 모두가 환도를 찬성했다. 반대는 극히 적었다.

임유무는 놀랐다.

"이렇게까지 많은 사람들이 출륙환도를 바라고 있을지는 미처 몰랐습니다. 참으로 문제군요."

임유무의 말을 듣고 김통정이 말했다.

"문신들이 대다수인 신료들의 의사를 물은 것 자체가 잘못이었습니다."

김통정은 '내가 뭐라고 했더냐' 는 투로 쏘아붙였다.

배중손이 나섰다.

"밀봉 서면이니까 무책임하게 자기 일신의 이해와 감정에 따라 적어 보낸 것입니다. 신료들을 일당에 모아놓고 공개논의를 시켜보면 의견이 달라질 수 있습니다."

송군비가 배중손을 지지했다.

"옳은 지적입니다. 그렇게 하십시다."

그래서 임유무는 다음날 신료들을 소집해서 원종의 환도명령 문제를 논의하게 했다.

그러나 문신들에게는 '왕명복종' (王命服從) 자체가 명분이고 정의이고 합법이었다. 그들은 통일이라도 한 듯이 일사불란하게 잇달아 출륙과 환도를 지지하며 왕명에 복종해야 한다는 입장이었다.

유천우가 말했다.

"임금의 명령인데 신하들이 어찌 감히 따르지 않을 수 있겠습니까?"

박홍이 뒤를 이었다.

"이젠 출륙해서 송도로 돌아가야 합니다."

화친론의 제4세대 영수인 이장용은 몽골에 들어갔다가 임금과 함께 오는 길이어서 그 자리에 없었다. 그러나 조정의 문신들 모두가 화친론을 주장하고 나섰다.

채인규도 나섰다.

"환도 찬성론이 많다면, 임금의 명령을 받들어 개경으로 가야 합니다."

임연 진영이었던 홍규(洪奎, 어사중승, 일명 洪文系)가 통명스런 어조로 뱉듯이 말했다.

"이젠 화평을 구해야 합니다. 백성들은 오랜 전쟁과 빈곤에 지쳐 쓰러진 지 오랩니다. 임금의 명령을 들어야 해요."

홍규의 원래 이름은 홍문계였다. 그는 임연의 사위, 임유무의 매부다. 그런 관계로 홍규는 자연스레 임연 진영의 요원이 됐다. 그러나 임연이 원종 폐위를 강행하는 등 반왕노선(反王路線)을 강화하자 심적인 갈등을 빚기 시작했다.

더구나 원종이 몽골과 강화를 맺고 친몽노선으로 기울면서, 홍규의 이념적 갈등은 강화됐다.

마침 임연이 죽고 임유무가 들어서서도 반왕조치를 계속하자 홍규는 처가인 임가 진영(林家陣營)과 헤어지기 시작하여 원종을 지지했다.

"전쟁을 끝내고 조정을 다시 개경으로 옮기자는 폐하의 명령을 신하인 우리들이 거부해서는 안 됩니다."

홍규의 친왕발언은 무인정권의 세력과 왕군-문권의 세력변화를 선명히 보여주었다.

임유무가 그 말을 듣고 개탄조로 생각했다.

밖에서는 몽골군이 나라를 위협하고, 안에서는 친몽파가 우릴 위협하고 있다. 그뿐인가. 임금은 몽골군을 끌어들이고, 서북의 반역배들은 나라를 몽골에 팔아먹었다. 홍규마저 우리를 떠났으니……

임유무 무인정권은 출륙 환도와 몽군 환대를 명하는 원종의 전지를 묵살하여 군현에 시달하지 않았다. 그러나 조정이 나서서 원종의 전지를 각도와 군현에 직접 내려 보내 모든 백성들에게 숙지시키도록 시달했다.

"아아, 폐하의 음성이 들리는 것만 같구나. 이렇게 강한 임금의 결단은 처음 보는 일이야."

전라도 안찰사 권단(權坦)은 왕이 전한 유시를 보고 감동하여 울면서 그것을 주현에 널리 알렸다.

"이제 이 땅에서 전쟁은 없어지게 됐다. 폐하의 명령을 지체없이 시행해야 하겠다."

충청도 안찰사 최유엄(崔有渰)도 유시를 읽고 감격하여 어쩔 줄을 몰라 했다.

이런 소식들은 곧 중앙인 강도로 되돌아 왔다. 지방에서 올라오는 그런 친왕 소식을 듣고 임유무는 전전긍긍 어찌할 바를 모르다가 수로방호사와 산성별감을 다시 임명하여 각 도에 파견했다.

수로방호사(水路防護使)는 백성들을 모아 섬으로 입보하는 일을 맡고, 산성별감(山城別監)은 육지에서 백성들을 몰아 산성에 들어가서 몽골군과 싸우는 직위였다.

방호사와 별감에 임명된 사람들은 모두가 임연-임유무의 심복인 삼별초의 항전파 군관들이었다. 임유무는 야별초 군사들을 수로방호사와 산성별감의 일을 돕고 보호하게 했다. 이래서 강도에는 야별초의 수가 더욱 줄어들게 됐다.

임유무의 이런 행동은 왕의 명령을 무시하고 도전하는 처사였다. 그런 점에서 이것은 일종의 반란이었다.

강화도 태생인 배중손은 지방으로 떠나는 수로방호사와 산성별감들을 따로 불러 그날 밤 술자리를 마련했다.

"지금 우리 고려의 운명은 풍전등화와 같소. 임금이라는 자가 적국의 수도에 가서 그 임금 앞에 항복하여 나라를 내주었소. 이럴 때 지방으로 가는 그대들의 사명은 실로 막중하오."

배중손은 거기서 말을 끊고 술잔을 들면서 말했다.

"자, 여러분의 장도를 축하하오. 다 같이 건배!"

"건배!"

배중손의 말이 계속됐다.

"이번에 여러분이 지방에 내려가면, 본래 임무인 백성들의 입보에 머물러서는 안 됩니다. 임금이 몽골에 투항해서 나라를 바치고 돌아온다는 사실을 명백히 주지시키고, 우리는 몽골 야만인들과 끝까지 싸워야 한다는 사실을 철저히 교육시켜 과거의 항몽 의지가 되살아나도록 해야 하오."

술상은 푸짐했다. 상위에는 바다에서 잡은 생선들과 배중손의 집에서 잡아온 삶은 돼지고기가 올라있었다. 배중손은 이런 자리를 마련키 위해, 자기 고향에서 가까운 후포(後浦, 지금의 강화군 화도면 선수리. 일명 仙水浦)의 음식점에다 낮부터 준비를 시켜놓았다.

배중손의 열변이 계속되고 있었다.

"우리 고려 백성들은 애국심이 강하고 이민족에 대한 배타심이 철저합니다. 따라서 이번에 여러분이 지방에 가면 백성들에게 임금과 화친파 문신들의 대외 투항성(投降性)과 노예 같은 종속성(從屬性)을 강조하는 한편, 우리 민족의 단결과 정신을 고취시켜 놓아야 합니다."

그 자리에 동석했던 김통정이 손수 주전자를 들고 돌아다니면서 산성별감과 수로방호사들에게 술을 부어주고 말했다.

"이번에 임금이 귀국하면 무슨 일이 벌어질 것만 같습니다. 원종과 쿠빌라이 사이에 확실히 어떤 밀약이 있었습니다. 그것은 우리 항몽파 무인들과 그 무장부대인 삼별초를 탄압하는 것임이 분명합니다. 임금의 대몽화친과 출륙 환도를 반대하는 것은 바로 우리들 항몽파 군사들이기 때문입니다. 불행하게도 임연 장군이 서거했으니, 임금은 이 기회를 놓치지 않으려고 필사의 노력을 다할 것입니다."

그날 강화도 태생인 배중손과 김통정은 지방으로 떠나는 삼별초 출신 수로방어사와 산성별감들에게 행동지침까지 일러주었다.

원종의 출륙환도 명령에 반대하는 임유무의 조치가 강행되자 각지 수령들 사이에서 잇달아 반발이 일어났다.

"왕명을 어기다니? 이건 받아들일 수 없다."

"이건 임유무 일당의 반란이다. 이런 것은 용서할 수 없다."

전쟁과 무인정치에 시달린 백성들과 문신 관료들은 모두가 그렇게 생각했다. 임유무의 항전명령은 이제 먹혀들지 않았다.

야별초가 경상도에 이르러 백성들을 여러 섬에 들어가게 독촉하고 있을 때였다. 경주에는 9명이 내려와서 입보를 강행하고 있었다.

마침 그때 관내를 순찰하고 있던 경상도 안찰사 최간(崔簡)이 경주에 이르렀다. 그때 경주의 판관으로 나와있는 사람은 엄수안(嚴守按)이었다.

아전 출신의 문관 엄수안은 김준이 원종을 폐위하려 할 때, 이를 반대하여 유산시킨 친왕파 관료다. 그는 김준의 임금 폐립 기도에 불만을 느껴, 후에 무진정변(1268)에서 임연과 함께 김준 타도에 공을 세웠다.

그 공로로 엄수안은 낭장 겸 어사를 거쳐 경주의 판관으로 나와 있었다. 그런 점에서 임연과는 정치적 동지관계였다. 그러나 국가 권력이 왕권과 군권의 이중체제로 분열되자, 원래부터 친왕파인 엄수안은 왕권을 택했다.

경주 판관 엄수안이 순회중인 경상도 안찰사 최간에게 말했다.

"임유무의 말을 듣고 백성들을 경솔하게 입보시키면 임금의 명을 거역하는 것입니다. 이것은 절대로 안 됩니다. 이곳 동경(경주)에 와서 항전태세를 펴고 있는 별초 9명을 모두 잡아 가두고, 앞으로 예상되는 어떤 사태에도 단호히 대비해야 합니다."

최간은 엄수안의 말을 받아들여 경주의 부유수 주열(朱悅) 등과 함께 밤에 야별초들을 기습했다. 그들은 야별초를 모두 잡아 가두고 왕이 빨리 귀국하기를 기다리고 있었다.

이틀 후 그들은 원종이 국경 안에 들어와 개경으로 오고 있다는 말을 들었다.

엄수안이 말했다.

"안찰사 어른, 이젠 이러고 있을 때가 아닙니다. 우리가 직접 폐하께 갑시다."

"구금돼 있는 저 별초들은 어떻게 하고?"

"그대로 두고 갑시다. 그들도 모두 우리 고려인 아닙니까. 모두들 배중손과 김통정이 시키는 대로 따르고 내려왔을 뿐입니다."

"그럽시다."

그들은 사이 길로 가서 개경을 거쳐 서해도 쪽으로 갔다. 서경으로 가는 길을 따라가다가 겨우 왕의 행재소(行在所)를 알아냈다. 그들은 행재소에 들러서, 원종에게 실상을 보고했다.

최간의 얘기를 듣고 원종이 말했다.

"뭐? 임유무가 짐의 명령을 거역하여 몽골과 일전을 치를 준비를 하고 있어?"

엄수안이 대답했다.

"그렇습니다, 폐하. 무슨 비상조치를 취하셔야 합니다. 그렇지 않으면 전쟁이 일어나서 백성들이 혼란에 빠지고, 임유무 일당의 잔혹한 행동이 계속될 것입니다."

"알았다. 비상조치를 취하겠다. 그대들의 충성스런 행동은 용기 있고 장한 일이다. 짐이 그대들을 기억할 것이다."

"망극합니다, 폐하."

한편 강도에서 임유무는 지방 수령들이 원종에게 모여든다는 소식을 듣고 삼별초에 명령해서 지방관들의 일탈행동을 철저히 감시하도록 지시했다.

그때 서해도(황해도) 안찰사 변량(邊亮)도 임유무의 명령을 거부하고 이속(吏屬)들을 데리고 도망했다. 임유무가 그 보고를 접하고 자기의 야별초를 시켜 변량을 추격케 했다. 그러나 변량과 그 이속들은 무사히 왕의 행재소로 달려가 실상을 보고했다.

여러 지방의 관리들로부터 나라 사정을 알게 된 원종은 무슨 결단을 내린 듯이 말했다.

"알았다. 세상의 돌아가는 흐름과 백성들의 사정을 무시하고, 임금의 명령에 배반하고 있는 임유무 일당을 결코 용서치 않을 것이다. 그들은 좁은 땅에서의 작은 힘을 믿고 넓은 세상의 흐름과 거대한 힘의 무서움을 모르고 있다. 그런 무지는 결국 스스로 참화를 부르고 만다. 엄수안의 말대로 나는 비상조치를 취하여 나라를 구할 것이다."

원종의 책략

임유무의 왕명거부 행동은 자기 진영 안에서도 불만을 일으켰다. 그것은 결국 임가 진영의 분열을 가져왔다.

임연 세력을 형성하고 있던 송송례(宋松禮, 직문하)와 임연의 사위인 홍규는 그 집단 안에서 무게 있는 지도급 인사들이었다. 그러나 그들은 겉으로는 비록 임유무에게 복종하는 체하고 있었으나 마음속으로는 불만이 컸다.

원종은 이런 사정을 보고 받고 삼별초 내막을 잘 알고 있는 이분희를 불렀다.

"임연과 임유무는 군부의 지지를 어느 정도 받고 있는가."

"전혀 못 받고 있습니다. 임유무가 비록 교정별감이 됐다고 하나 그 직에 오른 지는 얼마 안됐기 때문에, 아직 군을 장악하지 못했을 것입니다."

"그러나 삼별초를 포함해서 무인들은 대부분 임연-임유무와 같은 항몽파들이 아닌가?"

"이제는 많이 변했습니다. 선왕이신 고종 대왕께서는 몽골을 좋아하지 않으셨기 때문에, 무인들이 모두 일사불란하게 임금의 편에 서서 무인정권의 항몽을 지지했습니다."

"그랬지."

"그러나 금상 폐하께서 몽골과 화친을 모색하기 시작하신 이후로는 많은 원로 무장들이 온건파로 돌아서서 폐하의 결정이면 무엇이든지 따르겠다는 자세입니다. 소장파 무인들이 나라의 자주를 강조하면서 아직 항몽을 지지하고 있으나 그 세력이 그리 크지는 못합니다."

"나라의 자주를 강조하고 있다는 소장파 무인들은 어떤 자들인가?"

"가장 두드러진 자는 강화 출신의 장군 배중손입니다. 이웃한 교동(喬桐) 출신인 김통정이 배중손을 떠받들고 있습니다. 그 밖에도 노영희도 같은 자주파입니다. 대장군인 유존혁(劉存奕)도 그들의 존경을 받는 항몽파 장수입니다. 군의 계급으로는 유존혁이 맨 위지만 성품이 온화해서, 배중손이 사실상 항몽파들을 주도하고 있습니다."

"음, 배중손?"

"예, 폐하. 배중손의 무리들은 각자 자존심이 있고 학문과 병법을 갖추고 있기 때문에 항몽파의 새 주도세력으로 등장하고 있습니다. 이른바 해도재천론을 떠들고 있는 것도 바로 배중손-김통정의 강화도 무리들입니다."

"유존혁은 송송례와 마찬가지로 무오정변(戊午政變, 1258)에 참여해서 김준-임연 등과 합세해서 최씨정권을 몰아낸 친왕파 공신이 아닌가?"

"그렇습니다. 그들은 2등 공신격인 보좌공신 명단에 들어 있습니다."

"항몽파 무인들 중에는 임연의 직계 세력들도 많지 않은가?"

"그러나 임연의 세력이 곧 임유무의 세력은 아닙니다. 임연이 자기 자리는 임유무에게 물려주었지만 능력과 권위, 인맥은 물려주지 못했습니다."

"임유무가 임연을 따르지 못하는구나. 아들이 승어부하지 못하면, 그 집안은 잘 되지 못한다."

승어부(勝於父)란 '자식이 아버지보다 낫다'는 말이다. 승어부는 '제자가 스승보다 낫다'는 승어사(勝於師)와 함께 후대가 선대보다 더 발전하는 모습을 표현하는 말이었다.

원종은 이분희를 통해서 임가 진영 무인들의 내막에 대해 대체적으로 파악할 수 있었다. 이분희는 지극히 현실적인 사람이었다. 그는 계산이 빠르고 권력 유지에 남다른 행동을 보였다.

이분희는 최우의 문객으로 들어가 대장군이 된 이송(李松)의 아들이다. 그는 당시의 일반적인 관행대로 부친을 따라 군에 들어갔다.

이분희는 최우의 심복이었던 김준(金俊)의 수하가 되어, 김준에 의해 산원으로 진급되면서 군의 하급부대 지휘관인 행수(行首)가 되고, 후에는 다시 낭장으로 진급되어 상급부대 참모장인 지유(指諭)로 승진할 수 있었다.

이분희는 김준이 무오정변을 일으켜 최의를 타도할 때 김준의 곁에 붙어있으면서 김준을 거들었다. 그때의 공로로 그는 장군이 됐다. 그때부터 양반의 무반가 출신인 이분희는 원종의 눈에 들어 원종의 총애를 받게 됐다.

임연이 김준을 타도하기 위해 정변을 조직할 때 이분희를 포섭할 필요를 느꼈다.

임연은 당시 함께 정변을 모의하던 김경(金鏡, 환관)을 시켜 원종에게 건의해서 이분희를 진급시켜 줄 것을 청했다. 임연의 추천이라는 김경의 말을 듣고 원종은 즉시 이분희를 대장군으로 승진시키고 직문하(直門下, 중서문하성의 종3품)의 벼슬을 얹어 주었다.

그 후 이분희는 김준을 타도할 때 임연을 도왔다. 그 후로 그는 힘없는 임금보다는 권력자 임연을 택했다.

이분희는 임연의 심복이 몽골에 갈 때는 임연의 지시에 따라 원종을 감시하는 역을 맡았었다. 그러나 주군이었던 강자 임연이 이미 죽은 뒤로는 방향을 다시 잡아야 했다.

임연의 후임으로 임유무가 들어서긴 했지만 이분희는 대세에 따라 원종의 측근으로 변신하기 시작했다.

원종과 이분희의 얘기는 늦도록 계속됐다.

이분희가 말했다.

"임연도 진영의 내부 결속을 제대로 못하고 있었습니다."

"그게 무슨 소린가?"

"어사중승 홍규는 임연의 사위입니다. 그러나 그는 임연을 가까이 하지 않았고 처남들인 이유무 형제들과도 관계를 멀리하고 있었습니다."

"처가와 불화했는가?"

"그렇습니다. 임연 진영의 친인척이 임연-임유무 정권에 대한 지지파와 반대파로 나뉘어 서로 반목하고 있습니다."

"그래? 어떻게 나뉘어 있는가?"

"임가 정권을 지지하는 자는 이응렬·최종소와 최영(崔瑛)·이황수(李黃秀)·송방예(宋邦乂)·이성로(李成老) 등입니다. 임유무의 장인인 이응렬이 이 지지파를 이끌고 있습니다."

"그래? 그럼 반대파는?"

"홍규와 채송년의 아들인 채정(蔡楨)·채인규(蔡仁揆) 부자 등입니다. 임유무의 자형인 홍규가 임가 진영 내의 반대파를 지도하고 있습니다. 김준은 주로 하천(下賤)한 환관들과 인척을 맺어 집권 10년간 분란이 없었으나, 명문 고관들과 인척을 맺어온 임연의 집안에서는 짧은 기간에도 분열이 심합니다."[59]

"임연의 집안에 왜 분열이 생겼는가?"

"홍규도 처음에는 임연 정권을 지지하고 도와 주었습니다. 그러나 그들이 계속 반왕노선으로 기울자, 홍규는 임연과 그의 자식들이 잘못하고 있다고 믿고 비판했기 때문이지요. 더구나 폐하를 폐위한 것은 신하의 불충불의라고 홍규가 규탄해 왔습니다."

"홍규는 고마운 충신이로군. 그는 제대로 된 가문이구나."

"강화에서 여러 대를 이어 살아온 강화도 사람입니다. 가산도 많아 거

---

59) 임연정권 지지자인 이응렬은 임연의 장남 임유무의 장인이고, 최종소는 임연의 사위이고, 원주 이씨인 이황수는 임연의 처조카다. 반대파인 홍문계는 최종소와 같이 임연의 사위이고, 채정의 아들인 채인규는 3자 임유인의 장인이다. 최영은 최우시대에 문하시중을 지낸 최종준의 아들로서, 채인규의 장인이 되어 있었다.

부일 뿐만 아니라, 호족에 준하는 영향력이 있는 가문입니다. 대대로 현달한 집안이지요. 홍규는 옳지 않은 것은 용납치 않는 의로운 사람입니다. 대를 이어 벼슬한 집안의 출신자답게 그는 사직이나 폐하에 대한 충성심도 대단히 강하고 철저합니다."

"그런가? 짐이 아직 그걸 모르고 있었군."

"아주 믿음직한 신하입니다."

"짐이 무슨 일이든지 명하면 따르겠는가?"

이분희는 원종을 바라보았다. 원종은 몹시 긴장되어 있었다. 그의 얼굴에는 어떤 심각한 결의가 나타나 있었다.

이분희가 말했다.

"폐하의 명령에 따를 것입니다."

"다른 무인들도 내 명을 따르겠는가?"

"대부분 따를 것입니다."

"음, 알겠다."

"홍규에 대해서는 폐하를 종행(從行)하고 있는 이분성(李汾成)이 더 잘 알고 있습니다. 이분성은 신의 일족이어서 제가 잘 압니다. 이분성과 홍규는 아주 오래 전부터 가까이 지내는 사이입니다."

"음, 그런가. 알았다."

이분희는 물러갔다.

이분희는 이미 임연-임유무 진영을 떠나 완전히 원종 편에 붙었다.

그날 원종은 어떤 계략을 생각하고 있었다.

이 기회에 임유무를 타도하지 않으면 무인정권은 더욱 연장되고 그들의 힘도 강화될 것이다. 더 이상 시일을 끌어서는 안 된다. 우선 저들을 갈라놓아서 서로 싸우게 해야 한다. 홍규가 적임일 것이다. 임연-임유무를 나쁘게 보면서, 신하로서의 의리도 굳고 임금에 대한 충성심도 강하다고 하니 이 일을 홍규에게 맡겨볼 만하다. 이번이 기회다. 이 기회에 무인정치를 완전히 끝장내야 한다.

그렇게 마음을 다잡은 원종은 밤에 밀지를 써놓고, 다음 날 5월 13일 아침 홍규와 가까이 지내왔다는 문신 이분성을 불렀다.

"홍규를 잘 아는가?"

"예, 폐하. 오래 전부터 친밀히 지내온 사이입니다. 집안끼리 대를 거쳐 가까이 지내왔습니다."

"과인이 무엇이든지 명하면 홍규가 따르겠는가?"

"따를 것입니다. 신이 그의 성격을 잘 압니다. 의리와 용기와 충성심이 대단한 선비입니다."

"힘들고 어려운 일을 명해도 따르겠는가?"

"그럴 것입니다. 비록 홍규로서 수행하기 어려운 어명이라도 그는 그 명을 수행하려고 최선을 다 할 것입니다. 믿으셔도 됩니다, 폐하."

"나는 이제 몽골과의 전쟁을 끝내고 수도를 강화에서 개성으로 옮겨 온 백성이 안정되고 평화롭게 살 수 있게 하고자 한다. 그러려면 무인정권이 없어져야 한다. 그들은 몽골과의 화친과 수도의 출륙환도를 반대하고 있다. 어려운 일이겠지만, 그들이 있는 한 전쟁은 계속되고 환도도 불가능하다. 내 말을 알겠나?"

"예, 알겠습니다. 홍규라면 임연-임유무 정권을 분쇄하는데 흔쾌히 기여할 것입니다."

"그러면 됐다. 홍규를 믿어보겠다."

그러면서 원종은 흰 봉투 하나를 꺼내 이분성에게 주면서 말했다.

"이것은 홍규에게 주는 과인의 밀지다. 오늘 중으로 강도로 들어가서 이것을 홍규에 주어 나의 뜻을 전하고 나의 명을 시행토록 하라."

"예, 폐하."

이분성은 원종이 임연에 의해 폐위되던 날, 이창경(李昌慶, 좌부승선)을 따라 원종을 대전에서 내몰았던 일 때문에 원종에 대한 죄책감과 충성심이 남달리 강했다.

원종의 명을 받고 이분성은 즉시 말을 타고 달려갔다. 그는 개경을 지나 승천부에 이르렀다. 임금의 밀명은 남의 눈에 띄지 않아야 한다. 그래서 강화에는 밤에 도착해야 한다고 이분성은 생각했다.

이분성은 배를 준비해 놓고, 어두워질 무렵 강도에 하선할 수 있도록 출발시간을 요량해 보았다. 해가 서산에 거의 닿으려는 무렵에 출항키로 했다.

이분성은 그가 요량한 대로 저녁 어스름 해질 무렵 강화도의 승천포에 하륙했다. 다행히 사람이 드물었고, 자기를 알아보는 사람은 아무도 없어 대행이었다.

강화도 승천포에 도착한 이분성은 사람들의 눈을 피해서 강도성으로 들어가 비밀히 홍규의 집으로 찾아갔다. 마침 그가 집에 있었다.

이분성이 말했다.

"폐하께서 보내셔서 왔소이다."

"폐하는 지금 어디 계십니까."

"지금 서해도에서 송도를 향해 오고 계십니다."

"그래, 무슨 일이오?"

이분성은 항몽파 무인정권을 없애고 수도를 개경으로 옮기려고 한다는 뜻을 설명해 주고 말했다.

"폐하께서 당신에게 밀지를 내리셨소이다."

"예? 폐하께서 나에게 밀지를?"

"여기 있소."

이분성이 원종의 밀지를 건네주자, 홍규는 벌떡 일어나서 임금이 있는 북쪽을 향해 두 번 절하고 떨리는 손으로 밀지를 펴서 읽었다.

원종이 홍규에 보낸 밀지

경은 여러 대를 거쳐 벼슬한 집안의 후손이다. 마땅히 의리를 따지고

사세를 헤아려서 사직을 이롭게 함으로써, 조부와 부친의 이름을 더럽히지 않도록 하라.[60]

내용은 애매하고 간단해서 이분성의 말이 없었다면 이해하기 어려울 정도였다. 홍규는 밀지를 읽고, 다시 일어나 원종이 있는 북쪽을 향해 큰 절을 했다. 한때 임연을 지지하고 원종에 반대했던 자신의 죄책감을 씻을 기회가 왔다고 기뻐하는 자세였다.

그는 입을 다부지게 열어 이분성에게 말했다.

"내일 부문(府門) 밖에서 나를 기다려 주시오."

부문이라면 보통 강화 승천부의 정문을 말한다. 이분성은 말뜻이 분명치 않다고 생각해서 물었다.

"좋은 소식이 있겠는가?"

"어명을 따르겠소. 내가 일을 벌여 임금께 충성을 다하려 하오."

"이 일은 중대사요. 실패가 없어야 합니다. 홍 중승은 일을 너무 쉽게 보고 서두르는 것이 아니오?"

"나도 평소 이 문제를 생각하고 몇몇 동지들과 의논해 둔 바가 있소. 아무 염려 말고 이 홍규를 믿으시오."

이분성은 홍규의 손을 꽉 잡고 흔들면서 말했다.

"장하오, 홍 중승. 고맙소이다. 그럼 내일 부문(府門) 밖에서 기다리고 있겠소이다."

그때 홍규는 혈기왕성한 30대의 장년이었다.

홍규는 동지추밀원사(同知樞密院事, 종2품)를 지낸 남양 홍씨 홍진(洪縉)의 아들이다. 그의 어릴적 이름은 홍문계였으나 성장하여 홍규로 바꿨다.

홍규는 사소한 일에 개의치 않고 담백하여 욕심이 적었다. 자유롭게 행동하기를 좋아해서 남으로부터 구속받기를 싫어했다. 그런 홍규가 비록 임연의 사위이고 임유무의 자부(姉夫)이지만 그들을 좋아할 리가 없었다.

---

60) 고려사 원문; 卿 累葉衣冠 當揆義度勢 以利社稷 無添祖父(고려사 열전 홍규전)

홍규는 원종의 밀지를 받아 읽고는 송송례에게 곧장 달려갔다.

송송례는 상장군으로 직문하(直門下, 문하성 종3품 벼슬)를 겸하고 있었다. 그는 최씨정권을 타도한 고종 45년(1258)의 무오정변 때 공을 세워 보좌공신이 되어있었다.

송송례의 두 아들 송염(宋琰, 장군)과 송분(宋玢, 장군)은 모두 궁궐 경비를 맡은 위사(衛士)의 우두머리로 있었다. 특히 송분은 신의군의 많은 병력을 거느린 지휘관이었다. 따라서 송송례는 그때 탄탄한 무가를 형성하고 있었다.

홍규와 송송례는 평소 가까이 지내온 사이였다. 그들은 함께 임연 진영에서 임연을 돕다가, 같은 이유로 진영을 떠나 반림친왕(反林親王)으로 기울어져 있었다.

홍규가 달려갔을 때 마침 송송례는 집에 있었다.

홍규가 성급한 말투로 말했다.

"직문하, 기회가 왔소이다. 이번 일만 성사되면 사후는 내가 책임지리다."

"기회가 왔다니, 무슨 얘기요? 찬찬히 말씀해 보시오."

"나라를 위해 충성을 바쳐 공을 세울 기회란 그리 많지는 않소. 그러나 지금 바로 그런 기회가 왔소. 내가 오늘 임금의 밀지를 받았소이다."

"임금의 밀지?"

"그렇소. '의리를 따지고 사세를 헤아려 사직을 이롭게 하라' 는 전교였소."

"음, 그래요?"

"임금이 보낸 출륙 환도의 유시를 임유무가 거역하고 있어 조야가 모두 분개하고 있으니, 거사의 명분과 시기가 모두 무르익었소."

"어떻게 하면 되겠소."

"삼별초를 모아놓고 사직을 호위하자고 대의로써 타이릅시다. 모두들 임유무를 집정으로 인정하지 않고 있으니 쉽게 우릴 좇을 것이오. 그리고 자제분들의 역할을 믿겠소."

"알겠소이다."

홍규를 보낸 뒤 송송례는 두 아들을 불렀다.

"이제 일어설 때가 됐다. 곧 거사하여 임유무를 제거한다. 군사를 잘 단속하고 명령을 기다려라."

"예, 아버님!"

송분도 긴장했다. 그는 부대로 갔다. 송분은 자기의 신의군들을 소집하여 점호를 실시하고, 전투태세를 갖춰 대기토록 했다. 송분은 다시 심복 몇 사람을 데리고 좌별초와 우별초 부대들을 찾아다니며 설득했다. 그는 좌우 별초의 중심(衆心)을 끌어 모으는 데 성공했다.

원종의 몽골방문과 그 여파

1) 제1차 방몽=1259년

태자 시대였던 그해 왕전(王倎)은 고종의 친조를 요구하는 몽골의 항복조건을 완화하여 태자친조로 바뀌면서 몽골로 갔다. 그러나 몽골 임금 몽케는 송나라 정벌전에 참전했다가 병사했다. 왕전은 몽케의 아우 쿠빌라이를 맞아 예를 표했다. 쿠빌라이는 고려의 태자친조를 환영하면서, 자기 본거지인 개평으로 함께 가서, 전쟁종결과 왕위보장을 약속했다. 고종이 죽었기 때문에, 왕전은 귀국하여 1260년 왕위에 올랐다.

2) 제2차 방몽=1264년

몽골로부터 국왕친조의 요구를 받고 몽골로 갔다. 이로써 몽골의 철수조건인 국왕친조문제가 해결됐다. 쿠빌라이는 원종에게 고려 무인정권의 약화와 원종의 왕권보장을 약속하고, 몽골의 일본원정을 도와달라고 요구했다. 원종은 이를 받아들이고 귀국했다. 그 힘으로 원종은 임연 등을 동원하여, 항몽파이며 무인정권 집정인 김준을 살해하는 한편, 여몽의 사절을 일본에 보내 몽골에 조공할 것을 권했다. 그후 태자 왕심(王諶)을 몽골에 보내 왕실친교·출륙환도·왕권강화 등을 추진했다. 무인집정 임연(林衍)은 1269년 원종을 폐하고, 왕제 왕창(王淐)을 즉위시켰다. 그러나 몽골의 개입으로 원종은 4개월만에 복위됐다.

3) 제3차 방몽=1269년

왕위를 회복한 원종은 쿠빌라이의 초청을 받아 몽골로 갔다. 쿠빌라이는 무인정권 제거를 지원할 것과 개경환도를 요구하는 한편, 몽골의 일본정벌을 지원할 것을 요구했다. 원종은 이를 받아들였다. 마침 그의 방몽중에 임연이 병사하고, 그의 아들 임유무가 무인집정을 승계했다. 원종은 귀국하면서 출륙환도를 명령하면서, 반 임유무 세력 사람들에게 밀서를 보내 임유무를 제거할 것을 요구했다.

무인정권의 종말

다음 날 원종 11년(1270) 5월 14일이었다. 송염과 송분은 신의군을 동원하여 이를 아버지 송송례의 지휘에 맡겼다. 그들은 신의군의 소수 병력만 가지고 삼별초가 있는 곳으로 갔다.

송염·송분 형제는 좌우별초 군관들을 불러놓고 임유무의 무능과 그 부자의 비행을 들어 임유무 정권을 타도하자고 설득했다. 임유무에 불만을 가지고 있던 별초 군사들은 송분의 설득을 받아들였다.

송송례와 홍규는 이 삼별초 군사들을 이끌고 임유무 토벌에 나섰다. 임유무 진영에서 이를 미리 알았으나, 이미 역공의 손을 쓸 수는 없었다. 수세에 몰린 임유무는 군사를 자기 집에 집결시켜 놓고 기다리는 수밖에 없었다.

임유무의 집에 이르러 송송례가 외쳤다.

"자, 돌격하여 임유무를 잡아라!"

송염과 송분의 군사가 앞장서서 임유무의 집 동쪽 문을 부수고 돌입했다. 다른 군사들은 집을 포위하고 저항하려는 임유무의 군사를 향해 어지러이 화살을 쏘아댔다.

명분과 대세를 잃은 군사는 약할 수밖에 없다. 그때 임유무는 왕명을 어김으로써 명분을 잃었고, 몽골과의 화친을 거부하여 대세에 역행하고 있었다. 임유무의 군사는 곧 무너져 흩어졌다. 측근들도 도망하고 없었다.

임유무와 그의 매부인 최종소는 군사들에게 사로잡혀 끌려왔다.

송송례가 홍규에게 말했다.

"저들은 당신의 처남과 동서요. 그들을 멀리 섬으로 귀양보냅시다."

그러나 홍규의 생각은 달랐다.

"그들의 죄가 큽니다. 살려둘 수 없는 역신들이오. 임유무가 바로 주범입니다. 더구나 이곳에는 몽골 사람들이 와있지 않소이까? 그렇게 관대하게 처리하면, 폐하께서도 미흡하게 여기고 몽골도 가만있지 않을 것이오. 그자들의 목을 베어 거리에 효수해야 합니다."

홍규가 묶여 있는 그들 앞에 나섰다.

"처남, 그리고 동서. 그대들의 운명은 여기서 끝났다."

임유무와 최종소가 머리를 들어 홍규를 바라봤다.

임유무가 말했다.

"매부! 매부가 어찌 이럴 수가……?"

최종소도 말했다.

"동서, 우리가 어떻게 이렇게 됐소?"

그러나 홍규는 싸늘했다.

"그런 사사로운 정에 매달리려 하지 말라! 이건 사직의 운명이 걸린 일이다. 그대들은 역모의 주역들이다. 무인인 그대들의 항전의지는 이해할수 있다. 그러나 전쟁을 종식시켜 도탄에 빠진 백성을 구하고 평화를 이룩하려는 폐하의 명을 어긴 죄는 용서할 수 없다!"

임유무와 최종소는 홍규를 노려보았다. '다른 사람도 아닌 네가 이럴수가 있느냐' 는 눈빛이었다.

홍규는 이를 외면하고 별초 군사들에게 명령했다.

"머뭇거릴 시간이 없다. 이자들을 처단하라."

군사들이 기다렸다는 듯이 달려들어 그들의 목을 벴다.

임유무의 아우 임유인은 사태가 이미 잘못 되었음을 알고 스스로 목을 찔렀다. 목에서는 핏줄기가 솟구쳐 나왔다. 그러나 목숨만은 그대로 붙어 있어서 숨을 헐떡거리고 있었다. 옆에서 그 장면을 보고 있던 몽골 사신 하나가 나섰다.

"이런 것은 간단해요. 이렇게 누르면 금방 죽어요. 우린 양을 잡을 때 입과 발을 묶은 다음 이렇게 목을 눌러 죽입니다."

그는 자기의 큰손으로 죽어 가는 임유인의 목을 눌러 숨통을 끊었다. 송분의 신의군 군사들이 그것을 보고 있다가 칼로 임유인의 목을 내리쳐서 아주 끊어놓았다.

임유무와 임유인·최종소의 머리는 곧 강도성 안의 중심가에 높이 내걸려 바람에 흔들거렸다.

임유무의 장인 이응렬은 소식을 전해 듣고 당황했다.

"저들은 분명히 나를 노릴 것이다. 살고 보자. 우선 몸부터 살아야 한다."

그러나 묘안이 없었고 시간도 없었다.

"그래, 승려를 가장하여 몸부터 피하자."

이응렬은 머리를 빡빡 깎고 승복으로 갈아 입어 도망했다. 그는 늙은 몸을 이끌고 부하 몇 명과 함께 강화경의 서문을 빠져나가 절이 있는 고려산으로 헐레벌떡 뛰었다.

송염·송분의 군사들이 추격하여 그들을 다시 잡아왔다.

군사들이 이응렬을 잡아서 끌고 들어가자, 누군가가 말했다.

"저건 임유무의 장인 이응렬이다!"

그곳에 나와 있던 남자아이들이 달려들어 마구 주먹질을 했다. 그러자 군관 하나가 소리 질렀다.

"이놈들아! 너희들은 그래선 안 돼! 나이 많은 노인 아닌가!"

그 소리에 아이들은 뒤로 물러섰다.

이응렬은 송군비(宋君斐)·송방우(宋邦又)·이성로(李成老)·이황수(李黃綬) 등과 함께 유배됐다. 임연의 다른 인척과 부하, 가노들도 모두 유배됐다. 이들은 모두 임연의 직계이고 항몽파였다.

그중 특히 악랄하기로 소문나 있던 이황수는 전라도 진도(珍島)로 유배되었다.

변란이 일어나고 임유무의 군사가 패배하자, 임연의 아내 이씨는 좋은 옷을 골라 입고는 진기한 보화를 보자기에 싸서 품에 안고 집을 빠져나가려고 틈을 살피고 있었다.

이황수의 고모인 이씨는 투기심이 강하고 음험했다. 포악하기는 남편에 지지 않을 정도였다. 임유무가 왕명을 거역하고 사람들을 살육한데는 그의 어미 이씨가 시킨 것이 많았다고 기록돼 있다.

임연의 처가 뒷문으로 집을 빠져 나오자, 어떤 여자들이 달려들어 그녀를 붙잡아 세웠다. 임연에 의해 일가가 파멸 당한 조오(趙璈)의 집안 여자들이었다.

그들은 서로 나누어 문을 지키고 있다가, 이씨가 보따리를 안고 나타나자 그를 낚아챘다.

그들은 다짜고짜 임연의 처의 머리채를 거머쥐고서 뺨을 후려갈겼다. 그에게 원한이 있던 마을 사람들도 떼를 지어 몰려나와서, 그녀의 옷을 찢어서 발가벗겼다.

알몸이 된 이씨는 이리저리 둘러보며 도망할 틈을 찾았다. 그러나 이미 구경꾼들이 담벽처럼 빽빽이 둘러싸고 있었다. 숨을 곳이 없자 그녀는 미나리 밭으로 뛰어 들어갔다.

그것을 구경하던 아이들이 다투어서 기왓장과 조약돌을 그녀에게 던졌다. 이씨 부인은 송송례의 야별초 군사들에 체포되어 살아남은 두 아들 임유거·임유제 등과 함께 몽골로 압송됐다.

그때 원종과 함께 몽골을 다녀오던 둘째 아들 임유간도 개성에서 붙잡혀 도로 몽골로 끌려갔다.

이렇게 해서 원종 11년(1270) 5월 14일 임유무 정권은 붕괴됐다. 원종 9년 김준을 타도하고 집권한 임연-임유무 정권은 결국 2년 만에 막을 내렸다. 이것이 원종이 주도하여 왕정의 완전복고를 가져온 경오정변(庚午政變)이다.

이와 함께 의종 24년(1170) 경인년에 정중부의 무인난으로 시작된 1백년간의 고려 무인집권도 막을 내렸다.

경오정변은 임유무의 무인정권을 제거함으로써, 고려사의 맥을 새로이 잇는 중요한 전환점이 됐다.

무인정권타도의 공로자들

고려 무인정권의 마지막 집정자인 임유무 체제를 타도한 수훈자는 이를 계획하고 밀령을 내린 원종이다. 그러나 현실적으로 이를 실현해 낸 사람은 문신 홍규와 무인 송송례다.

-홍규(洪奎, 일명 洪文系, 어사중승)

고려의 문신으로 남양 홍씨. 홍문계는 홍규의 초명이다. 동지추밀원사를 지낸 홍진(洪縉)의 아들이고, 부인은 참지정사 김연(金鍊)의 딸이다. 무인집정 임연(林衍)의 사위이고, 임유무 집정 때는 송송례와 함께 자문역을 맡았다. 그러나 무인정권을 끝내려는 원종의 밀령은 받아, 송송례와 함께 임유무 일당을 척결하여 수훈을 세웠다. 송송례와 함께 세자 왕심(王諶, 忠烈王)을 따라 원나라에 갔을 때는 그 공로로 쿠빌라이로부터 원의 좌부승선(左副承宣) 벼슬을 받았고, 돌아와서는 추밀원부사(樞密院副使)가 됐다.

두 딸이 징발되어 원나라에 보내지게 되자, 이를 기피하려다 발각되어 유배됐다. 그러나 김방경 등이 공로가 크다는 이유로 용서를 상소하여 유배에서 풀려났지만, 딸들은 몽골에 가야했다. 홍규는 그 후에도 고위직을 계속 받았으나, 1316년 개경에서 사망했다.

-송송례(宋松禮, 상장군·직문하)

고려의 무인으로 재상. 여산(礪山) 송씨다. 대장군이 되어 직문하(直門下) 직에 있을 때, 홍규와 함께 원종의 밀령을 받아 임유무 일당을 제거하여 왕정복고를 주동했다. 그 공으로 상장군이 됐다. 지추밀원사(知樞密院事)가 되어, 삼별초 토벌군과 일본원정군을 검열했다. 1274년 여몽연합군의 제1차 일본원정에 참전했으나 실패하고 돌아와, 승상이 되어 곽자여(郭子璵)와 함께 몽골식 변발 활동에 앞장서다가, 1289년 개경에서 사망했다.

왕정복고

　홍규는 임유무 일당을 척결한 후 송분·이분성과 함께 강을 건너 개경으로 갔다. 그들은 곧바로 원종을 찾아 북쪽으로 떠났다.

　한편 조정에서도 유천우(兪千遇, 지문하성사)와 박홍(朴晄, 동지추밀원사)·채인규(蔡仁揆, 우승선)를 육지로 보내 귀국하는 원종을 맞아들이게 했다.

　이틀 후인 5월 16일 원종이 용천역(龍泉驛, 황해도 서흥면)에 이르렀을 때였다. 중령역(中靈驛)의 역졸 두 사람이 헐레벌떡 달려와서 승천부의 공문을 임금에게 바치며 보고했다.

　"임유무가 처단됐습니다, 폐하. 그 일당도 모두 죽거나 유배됐습니다."

　"오, 그래."

　원종은 온 얼굴에 희색이 가득했다. 그는 역졸들에게 은 술잔 등의 물품을 주면서 말했다.

　"승천부사가 오늘 짐에게 좋은 소식을 전해주었다. 가서 수고했다고 전하라."

　그날 오후에는 홍규가 송분과 함께 왕이 머물고 있는 용천역의 행재소로 찾아왔다. 그들은 그간의 과정을 자세히 설명하고 축하문을 올렸다.

축하문 요지는 이러했다.

홍규·송분이 원종에게 올린 하서(賀書)

반역자가 권력을 농락하여 바야흐로 하늘에 사무치는 큰 화가 생기려 하고 있더니, 조상들의 신령이 도와주어 능히 사직을 지키는 공을 이루었습니다. 성상(聖上)께서 왕위에 다시 오르시어 국가 중흥의 대업을 빛나게 열어 놓았으며, 국가 간의 관계를 도모하고, 큰 나라에 대한 예방을 실행하셨습니다. 그리하여 이웃 나라와 친선이 맺어지고, 국내의 큰 원수도 제거되었습니다.

원종은 그들의 하례서를 읽고 그들과 차를 같이하면서 얘기를 나누었다.

"그대들이 짐의 뜻을 받들어 충성을 다했음을 잊지 않겠소. 특히 홍규 중승은 임유무와 처남매부라는 가까운 인척인데도 나라를 위해 큰일을 했소. 정말 어려운 일을 해냈소."

"성은이 망극합니다, 폐하."

"송분 장군은 부자 형제가 나서서 저들을 타도하는데 결정적으로 큰일을 한 것으로 알고 있소. 짐은 그대 일가의 공로도 잊지 않을 것이오."

"망극합니다, 폐하. 신하로서 해야 할 직분을 뒤늦게나마 할 수 있었던 것은 오직 홍규 중승이 기회를 만들어주었기 때문입니다."

"무인집정이 끝났다고는 하나 앞으로 나라에는 더 큰 일들이 닥칠 것이오. 그대들이 앞장서서 나라의 어려운 일들을 맡아줘야 하오."

송분이 말했다.

"이 한 몸, 분골쇄신(粉骨碎身)하여 진충보국(盡忠輔國)하겠습니다, 폐하."

홍규도 말했다.

"임연의 무리는 물론이거니와 앞으로는 역심을 품은 무인이 다시 등장하여 나라를 소란케 하고, 폐하를 근심케 하는 일은 없을 것입니다, 폐하."

"고맙소."

고려와 몽골의 화친으로 6차례의 몽골 침략을 받아서 일어난 27년간의 전쟁은 이미 4년 전에 끝나 있었다. 함경도와 평안도의 북녘 땅을 몽골에 빼앗겼지만, 오랜 전쟁으로 유혈과 방화·약탈을 겪으며 시달리고 굶주려 온 고려는 이제 다시 평화를 맞게 됐다.

고려의 제24대 임금 원종(元宗)은 조정에 대해 강화를 떠나 개경으로 환도할 것을 명령했다.

임유무(林惟茂, 임연의 아들)의 항몽파 무인정권이 이에 불응하자, 원종은 귀국 도중에 밀사를 보내 반 임연과 장수들을 동원하여 임유무 일당을 제거하고 무인정권을 타도했다.

무인정권이 붕괴됨으로써, 고려는 1백년 만에 다시 왕정이 복구되고 항몽전쟁이 종결되어, 몽골이 요구한 대로 39년 만에 개경으로의 환도가 준비되고 있었다.

여몽전쟁 종결과 무인정권 타도, 그리고 개경환도가 진행되는 것은 고려사회의 일대 충격이었다. 고려는 권력의 주체와 구조가 동시에 바뀌고 국가 체제의 근본이 변하는 중대한 변혁기이자 과도기를 맞고 있었다.

이때 삼별초가 원종배척·환도거부·항몽지속 등 3대 기치를 들고일어나 새로 국가를 조직함으로써, 고려는 분열되어 다시 혼란기에 접어든다.

따라서 임연-임유무 정권은 붕괴됐으나, 고려의 무인정권이 아주 종식된 것은 아니었다. 몽골과의 강화협정으로 여몽전쟁이 종결됐으나, 항몽태세가 없어진 것은 아니었다. 뒤에 일어나는 삼별초 정권도 무인정권이었다. 삼별초 정권의 형성은 항몽전쟁을 대전제로 삼고 있었다.

고려 무인정치의 전개과정

고려의 무인정치는 3기 5단계를 거쳐 한 세기 동안 지속됐다. 각 단계는 귀족과 상민 사이에 권력쟁탈이 일어나 집정 신분이 바뀌었다.

1) 초기: 형성기(1170-1196, 26년); 정중부-이의방-이고(삼두정치)

제1단계: 의종 24년(1170)부터 명종 9년(1179)까지 9년간이다. 이때는 상민계 출신인 정중부-이의방-이고의 삼두정치(三頭政治)로 시작되어 이들이 서로 살생을 일삼던 혼란기였다. 그들 3인의 권력투쟁 끝에 삼두정치 는 이고가 이의방에 처단되면서 이의방 주도정치가 됐다가, 다시 이의 방이 정중부 세력에 처단되어 정중부 주도 정치로 바뀌었다.

제2단계: 명종 9년부터 명종 13년(1183)까지 4년간이다. 명문귀족 출신의 경대 승이 상민계 무인들의 정변세력을 제거하고 정변 이전의 모순도 척결 하려 시도했던 반동기였다. 경대승은 복고적 개혁을 시도했으나 보수 적인 무인들의 저항으로 자위에 급급하다가 병사함으로써 그의 집권 은 단기에 끝났다.

제3단계: 명종 14년(1184)에서 26년(1196)까지의 12년간이다. 이때는 상민 중 에서도 최하 계층 출신의 이의민이 집권했던 천민지배의 시기였다. 이의민은 왕권과 밀착되어 있었으나, 개경의 토착 귀족들의 저항으로 큰 일을 할 수가 없어서 무사안일을 추구한 정체기였다.

2) 중기: 안정기(1196-1258, 62년); 최충헌-최우-최항-최의(4대승계)

제4단계: 명종 26년(1196)에서 고종 45년(1258)까지다. 이 시기는 명문 양반가 출신인 최충헌-최우-최항-최의 4대간 계속된 최씨집권 시대다. 고려 무인정치가 20여 년간의 시행착오를 거쳐 완성되고 안정된 정착기였 다. 최항까지의 3대는 분명히 권력이 도전받지 않고 절대권력을 행사 할 수 있어 안정을 이룰 수 있었다. 그러나 1257년 윤 4월 최항이 죽 고, 최의가 집권하면서 권력에 동요와 도전이 일기 시작했다. 따라서 최의의 집권 이후는 결코 무인정권의 안정기라고 할 수 없다. 그러나 여기서는 최씨정권 시대 전체를 안정기로 보는 국사학계의 견해에 따라, 최의시대도 안정기에 포함시킨다.

3) 말기: 몰락기(1258-1270, 12년); 김준-임연-임유무

제5단계: 최씨정권이 붕괴된 고종 45년(1258)부터 김준을 거쳐 임씨정권이 붕괴된 원종 11년(1270)까지다. 이때는 다시 상민 출신인 김준과 임연·임유무가 차례로 정권을 맡았다. 몽골과의 장기항전을 벌이며 무인 상호간에 권력투쟁을 일삼다가 끝내는 국왕에 의해 무인집정 체제 자체가 붕괴되는 과정의 무인정권 종말기였다.

주요연표

1210 왕숙-왕진 부자, 강화도 유배에서 풀려 개경으로 귀환.

1211 왕준명이 최충헌을 제거하려던 궁정정변 실패. 최충헌, 희종을 폐하고 강종
    옹립(12. 25). 몽골, 금나라 침공. 위구르와 카를루크 왕국이 몽골에 투항. 고려
    사신 김양기, 만주서 몽골군에 피살(5월).

1212 금의 거란인 장수 옐루류게, 몽골에 투항하고 동맹체결.

1213 강종이 죽고 왕진이 고종으로 즉위. 거란인 옐루류게가 금에서 독립, 후요국
    을 건설하고 요왕(遼王)이라 칭함.

1214 금나라, 몽골에 항복하고 변경(卞京)으로 수도를 옮김. 고려계 몽골 장수 무갈
    리가 요하와 만주 정벌.

1215 몽골군이 금나라 수도 중도를 점령. 금나라 여진족 장수 푸젠완누, 독립하여
    독자세력 형성.

1216 거란인 자주파가 몽골에 항복한 야율유가를 축출하고 대수요국 건설. 몽골군이
    대수요국 공격. 대수요국의 거란족이 고려침공(8월 14일).

1217 푸젠완누가 간도 지방으로 옮겨 동진국 건설했으나 몽골군에 패하여 항복.

1218 몽골군이 동진국과 함께 자주파 거란족을 추격하여 고려에 진주(11월 25일). 몽
    골군이 서요를 멸망.

1219 고려 몽골 동진 3국 연합군이 강동성에서 거란군을 섬멸. 여몽 형제조약 체결. 몽골군 철수. 최충헌 사망. 항몽 강경파 최우가 무인집정으로 승계. 칭기스가 코라슴 원정. 의주에서 한순-다지가 반란.

1220 우가하가 의주반적 수뇌를 검거하여 고려에 환송.

1225 몽골 사신 저구유 피살. 여몽관계 단절. 칭기스, 코라슴정벌을 마치고 귀국.

1226 서북면 병마사 김희제가 만주에 출정하여 우가하군을 격파하고 그들의 진지 석성(石城)을 함락.

1227 칭기스, 몽골-서하 전쟁 중에 낙마로 부상한 데다 질병이 들어 서하의 육반산에서 병사. 사망지는 서하 남부 육반산의 칭기스 피서지 양전협(凉殿峽). 시신은 몽골의 영산인 부루칸 칼둔 계곡에 묻힘. 65세. 막내 톨루이가 국감이 되어 섭정.

1229 칭기스의 3남 오고데이가 몽골 2대 황제(태종)로 취임. 오고데이, 고려·코라슴·러시아 원정계획 선포. 고려에 침공한 것은 칭기스가 아니고, 제2대 오고데이 때부터다.

1231 최우, 정적 숙청 처형. 살리타이의 몽골군이 고려 침공(제1차). 박서-김경손의 고려군, 귀주성에서 대승. 최춘명, 자주성 방어. 충주성에서 고려군이 대승. 몽골군이 개경포위. 고려 항복.

1232 살리타이가 다루가치 72명 남겨두고 철수. 몽골의 다루가치들을 잡아 처형. 고려, 강경 주전파와 온건 주화파 사이에 열띤 논쟁 끝에 최우가 강화도로 천도 강행. 강화에 궁궐 조영. 살리타이의 몽골군 재침(제2차). 살리타이가 처인성에서 김윤후에 피살.

1233 홍복원-필현보가 서경(평양)에서 반란. 최우가 반란을 진압하고 필현보를 처형. 홍복원은 몽골로 도망하여 반역자가 됨. 몽골, 푸젠완누의 동진국 멸망시킴.

1234 부몽장수(附蒙將帥) 조숙창 처형. 김취려 사망. 고종, 최우를 진양후에 봉함. 몽골-남송 연합군이 금나라를 멸망시킴.

1235 탕구의 몽골군이 고려 침공하여(제3차) 경주까지 진격. 고려, 개천·죽주·공주에서 몽골군 격파. 초조 대장경과 속장경, 황룡사 9층탑 등 소실.

1237 몽골, 러시아와 유럽 원정. 바투가 모스크바 키에프 점령.

1239 몽골군이 고려에서 철수. 몽골이 사신 보내 고려왕의 친조를 요구. 고종은 친조를 거부하는 대신, 왕족인 왕전(王佺)을 몽골에 보냄.

1241 고종, 양아들 영령공 왕준(王綧)을 왕자라 하여 몽골에 인질로 보냄. 오고데이 사망, 황후 토레게네가 섭정.

1246 오고데이의 장자 쿠유크가 몽골 제3대 황제(정종)로 취임.

1247 아무칸의 몽골군이 고려침공(제4차).

1248 쿠유크 사망. 황권을 둘러싼 권력투쟁 전개. 칭기스의 2자 차가타이와 3자 오고데이 집안 세력이 힘을 모으고, 장자 조치와 막내 톨루이 집안이 다른 한편이 되어 경쟁.

1249 최우 사망, 최항이 무인정권 승계. 항몽 강경대응 계속.

1251 톨루이의 장남인 강경파 몽케가 몽골 제4대 황제(헌종)로 취임, 고려에 강경정책 추구.

1252 몽케가 정적숙청 개시. 쿠유크 전황의 모친과 자제 및 그 지지세력 등을 처형.

1253 야쿠의 몽골군이 고려 침공(제5차). 몽케시대 여몽의 권력자가 모두 강경파여서, 몽골군의 고려 침공 때 파괴 약탈이 특히 심함. 고려에서 화평파의 발언이 강화됨. 고종이 2자 왕창을 몽골에 인질로 보냄.

1254 몽골의 자랄타이가 고려 침공(제6차).

1256 여몽강화 성립, 자랄타이 몽골군 철수. 몽골장수의 투항.

1257 최항 사망, 최의가 승계.

1258 김준-유경이 최의를 죽이고 왕정복고. 그러나 곧 천민출신의 김준이 무인정권을 유지하고 집정으로 행세. 몽골군의 횡포가 강화되어 고려의 참패 계속. 고려 화친파 세력 강화.

1259 고려 태자 왕전이 몽골 방문(제1차 방몽). 몽골의 요구로 강화도 성벽 철거. 황제 몽케가 남송 정벌전에서 사망. 몽케 사망으로 몽골의 대고려 정책이 완화. 고종 사망. 왕전은 몽케의 동생 쿠빌라이를 만나 강화조약 체결. 38년간 계속된 여몽전쟁 종결.

1260 왕전이 귀국하여 즉위(원종). 몽골에서 쿠빌라이와 아릭부케 형제가 각기 귀족
　　　회의(쿠릴타이)를 소집하여 황제에 취임. 형제간의 황권전쟁 발생.

1261 쿠빌라이가 동생 아릭부케의 반란을 격파하고 승리.

1264 원종이 쿠빌라이의 초청으로 몽골 방문(제2차 방몽). 쿠빌라이가 왕권강화를
　　　위한 지원을 약속하며 무인견제를 권고.

1266 탐라왕 고인단이 몽골 방문. 몽골이 고려를 앞세워 일본외교 시작. 그 후 몽골
　　　이 계속 사절을 일본에 보내 조공을 요구. 일본은 조공 거부.

1268 중인출신의 임연이 원종의 도움을 받아 김준을 제거, 무인정권의 집정이 됨.

1269 항몽파 임연이 친몽적인 원종을 폐하고, 왕제 왕온을 왕으로 세움.
　　　평안도에서 최탄-한신이 반란, 땅을 몽골에 바침.
　　　임연, 몽골의 압력으로 원종을 복위시킴. 원종 몽골방문, 쿠빌라이와 밀담(제3
　　　차 방몽).

1270 임연 병사, 아들 임유무가 승계. 몽골이 최탄-한신이 기진한 서북면을 자국령
　　　으로 병합하고, 이를 통치하기 위해 평양에 동령부 설치.
　　　원종이 신하들을 시켜 임유무를 살해하고 무인정권을 종식시키고, 강화도에
　　　서 개경으로 환도할 것을 명령.
　　　항몽파 장수 배중손 주도하에 삼별초가 원종의 친몽과 군정 종식에 반기, 출
　　　륙환도를 거부. 원종이 삼별초를 해체.
　　　삼별초가 왕온을 임금으로 삼고, 강화도 해안을 봉쇄. 삼별초 진도로 옮겨 왕
　　　국을 건설하고 해안과 제주도 장악.

참고문헌

기본사료(사전 및 고전)

鄭麟趾·金宗瑞; 高麗史(상중하 3권·영인본)(서울, 亞細亞文化社, 1972)

高麗史(북한국역)(서울, 신서원, 1992), 전권

金宗瑞; 高麗史節要(서울, 명문당, 1991)

신편 高麗史節要, 민족문화추진회 역(상중하 3권)(서울, 신서원, 2004)

동국통감(국역)(서울, 세종대왕기념사업회, 1996)

柳在河; 高麗王朝史(서울, 학문사, 2000), 전6권.

국방부; 對蒙抗爭史(서울, 전사편찬위원회, 1988)

國防部; 韓民族戰爭通史(서울, 국방군사연구소, 1994) 전4권

유원수 역; 몽골비사(서울, 사계절, 2004)

尹用爀; 高麗對蒙抗爭史硏究(서울, 일지사, 1993)

村上正二 譯註; モンコル秘史(1-3)(東京, 平凡社, 1997)

多桑(D'hosson) 著, 馮承鈞 譯; 多桑蒙古史(全二冊)(北京, 中華書局, 2004)

トソン(D'hosson) 著, 佐口透 譯注; モンコル帝國史(全6冊)(東京, 平凡社, 1994)

Urgunge Onon 편역; The Secret History of the Mongols (Richmond, Curzon Press, 2001)

額尒登泰·鳥云達貴 校勘; 蒙古秘史(校勘本)(呼和浩特, 內蒙古人民出版社, 1980)

孟廣耀·莫久愚·趙英; 蒙古民族通史(呼和浩特, 內蒙古人民出版社, 2002)

宋濂; 元史(全十五冊)(北京, 中華書局, 2005)

楊家駱; 蒙兀兒史記(全八冊)(臺北, 世界書局, 1982)

脫脫 撰; 金史(全八冊)(北京, 中華書局, 2005)

전문서 및 답사서적

姜斅錫 저, 국방부 역; 東國戰亂史 내란편(서울, 전사편찬위원회, 1988)

강효석 저, 국방부 역; 東國戰亂史 외란편(서울, 전사편찬위원회, 1988)

盧思愼; 東國輿地勝覽(서울, 서경문화사, 1994)

동국병감(서울, 국방부 전사편찬위원회, 1984)

金庠基; 高麗時代史(서울, 서울대 출판부, 1999)

盧啓鉉; 高麗外交史(서울, 갑인출판사, 1994)

朴廣成; 韓國中世社會와 文化(서울, 민족문화사, 1993)

박영규; 한권으로 읽는 고려왕조실록(서울, 들녘, 1996)

박용운; 高麗時代史(서울, 일지사, 1996)

박용운; 高麗時代 臺諫制度硏究(서울, 일지사, 1993)

박용운; 高麗時代尙書省硏究(서울, 경인문화사, 2000)

박용운; 中書門下省宰臣 연구(서울, 일지사, 2000)

邊太燮; 高麗政治制度史硏究(서울, 일조각, 1997)

李基白; 高麗兵制史硏究(서울, 일조각, 1999)

진단학회; 韓國史(서울, 진단학회, 1968) 전6권

司馬安 編著; 成吉思汗 管理箴言(北京, 中國民航出版社, 2005)

業喜 編著; 蒙古族古代名將錄(瀋陽, 遼寧民族出版社, 2004)

侯鈺蛇 編; 蒙古歷史長卷(呼和浩特, 內蒙古人民出版社, 2005)

장상식; 몽골민속기행(서울, 자우출판. 2002)

웨더포드(Weatherford) 저, 정영목 역; 칭기스칸, 잠든 유럽을 깨우다(파주, 사계절, 2005)

勒內 格魯塞(Rene Grousset) 著, 譚發瑜 譯; 成吉思汗(北京, 國際文化出版公司, 2003)

劉迎勝; 元史-二十五史新編(香港, 中華書局, 2004)

黎東方; 細說 元朝(上海, 上海人民出版社, 1997)

진단학회; 韓國史(서울, 진단학회, 1968) 전6권

杉山正明; モンゴル帝國の 興亡(東京, 講談社, 1999)(上.下)

金富植 편, 姜舞鶴 해역; 三國史記(서울, 청화, 1989)

김한규; 요동사(서울, 문학과 지성사, 2004)

徐兢 저, 鄭龍石 金鐘潤역; 高麗圖經(서울, 움직이는 책, 1998)

杉山正明 저, 임대희 · 김장구 · 양영우 역; 몽골세계제국(서울, 신서원, 1999)

孫文聖; 忽必烈大帝(哈爾濱, 北方文藝出版社, 2005)

李錫厚 · 白濱; 遼金西夏史(上海, 上海人民出版社, 2003)

杉山正明; 大モンゴルの 世界(東京, 角川書店, 1992)

杉山正明; クヒライルの 挑戰(東京, 朝日新聞社, 1995)

小松久男 외 저, 이평래 옮김; 중앙 유라시아의 역사(서울, 소나무, 2005)

Morris Rossabi; Khubilai Khan- His Life and Times(Los Angeles, University of California Press, 1988)

논문 및 기사

김신연; 전통예절의 현대적 계승방안 연구(한국문명학회 학술팔표회 발표논문, 2002년 12월 14일)

이윤기; 이윤기의 유라시아 신화기행(조선일보, 2002년 주1회 연재)

정재서; 동양의 신화(한국일보, 2002년 주1회 연재)

노영택; 한국사에 있어서의 강화도 위상(인천카톨릭대 제1회 학술연구발표회 논문, 1996)

윤명철; 고려의 강화천도와 대몽항쟁의 해양적 성격(인천카톨릭대 제6회 학술세미나 발표논문, 2000)

윤용혁; 고려시대 강도의 개발과 도시정비(인천카톨릭대 제6회 학술세미나 발표논문, 2000)

이상선; 고려시대 강화의 역사적 위상과 문화(인천카톨릭대, 누리와 말씀, 제2호, 1997)

이상태; 강도시절 유물 유적(인천카톨릭대 제6회 학술세미나 발표논문, 2000)

이희덕; 대몽항쟁기의 강화문화(인천카톨릭대 제6회 학술세미나 발표논문, 2000)

사전 및 지도

한국민족문화대백과사전(성남, 한국정신문화연구원, 1997)

金龍善 편저; 高麗墓地銘集成(춘천, 翰林大 아시아문화연구소, 1997)

동국여지승람(신증)(서울, 서경문화사, 1994)

李炳甲 편; 中國歷史事典(서울, 학민사, 1995)

延世大學校 國學研究院; 增補 高麗史索引-人名·地名篇(서울, 신서원, 1996)

이덕재 편저; 한국벼슬사전(서울, 영지사, 1997)

田溶新; 韓國古地名辭典(서울, 高麗大 민족문화연구소, 1995)

황충기 편저; 韓國學註釋事典(서울, 국학자료원, 2001)

김용만·김준수; 지도로 보는 한국사(서울, 수막새, 2004)

Geoffrey Parker 편, 김성환 역; 아틀라스 세계사(서울, 사계절, 2004)

譚其驤 主編; 中國歷史地圖集(全八冊)(北京, 中國地圖出版社, 1996)

Bartholomew etc.; The Times Atlas of the World(New York, Times Book, 1980)

Bazargur and Enkhbayar; Chinggis Khan, Historic-Geographic Atlas(Ulaanbaatar, Mongolia Academy of Sciences, 1990)

Buell, Paul D.; Historical Dictionary of the Mongol World Empire(Oxford, Scarecrow Press, 2003)

Karen Farrington; Historical Atlas of Empires(London, Mecury Books, 2003)

O' Brien, Patrick K.; Atlas of the World History(New York, Oxford Univ. Press, 2002)

Sanders, Alan J. K.; Historical Dictionary of Mongolia(Oxford, Scarecrow Press, 2003)

향토사 관련서

강화군; 신편 강화사(강화, 강화군사편찬위원회, 2004)

강화문화원; 江華史(강화, 강화사편찬위원회, 1776)

강화군; 江華地名誌(강화, 강화문화원, 2002)

김경준; 강화도 역사산책(서울, 신대종, 2001)

김지영; 강화문화유산(도서출판 방방곡)

이경수; 역사의 섬 강화도(서울, 신서원, 2002)

이동미; 강화도(서울, 김영사, 2004)

이형구; 강화도(서울, 대원사, 1998)

항몽전쟁, 그 상세한 기록 _❸ 불안한 평화

초판 인쇄 | 2007년 7월 20일
초판 발행 | 2007년 7월 25일

지은이 | 구종서
펴낸이 | 심만수
펴낸곳 | (주)살림출판사
출판등록 | 1989년 11월 1일 제9-210호

주소 | 413-756 경기도 파주시 교하읍 문발리 파주출판도시 522-2
전화 | 영업부 031)955-1350 기획편집부 031)955-1369
팩스 | 031)955-1355
이메일 | salleem@chol.com
홈페이지 | http://www.sallimbooks.com

ISBN 978-89-522-0670-1 04810
       978-89-522-0671-8 04810 (세트)

* 잘못된 책은 구입하신 서점에서 바꾸어 드립니다.
* 저자와의 협의에 의해 인지를 생략합니다.

값 15,000원